KONSALIK

Die Verdammten der Taiga

Natalia, ein Mädchen aus der Taiga

Meinen Lesern

KONSALIK

Die Verdammten der Taiga

Seite 5

Natalia, ein Mädchen aus der Taiga

Seite 321

ZWEI ROMANE

ERSCHIENEN BEI HESTIA

Nur wer die Taiga kennt,
versteht die Ewigkeit...

Altes russisches Sprichwort

Printed in Germany
ISBN 3-7770-0407-3
Umschlaggestaltung: Atelier Schütz, München
Umschlagillustration: © Solveig Ullrich, München
Druck und Bindung: Ebner Ulm

ERSTES BUCH

DIE VERDAMMTEN DER TAIGA

1

Er wachte auf, weil ihm die Sonne ins Gesicht schien.
Igor Fillipowitsch Putkin empfand das als unangenehm und merkwürdig, es war eine gemeine heiße Sonne, die ihn voll traf, und er konnte sich in der Erinnerung, die jetzt langsam wieder einsetzte, nicht erklären, wieso er mitten in diese blanke Hitze geraten war.
Putkin wollte die Augen aufreißen, aber irgendwie gelang das nicht. Die Umwelt blieb dunkel, er kämpfte gegen die Schwere seiner Lider wie gegen zwei Zentnersäcke, die man wegdrücken will, seine Zähne begannen zu knirschen, und ein Zittern durchlief seinen Körper. Was ist das? dachte er und blieb starr liegen. Um mich ist es hell, die verdammte heiße Sonne brennt mir ins Gesicht, aber die Welt ist dunkel für mich. Natürlich muß alles hell sein, denn hat man schon eine Sonne gesehen, die im Dunkeln scheint? Großer Gott, meine Augen! Ich habe keine Augen mehr! Plötzlich habe ich keine Augen mehr! So etwas gibt es doch nicht . . . man legt sich hin, macht ein Nickerchen, und wenn man aufwacht, schwupp, sind die Augen weg! Großer Gott –
Putkin rührte sich nicht. Die Hitze blieb auf seinem Gesicht, und als er wieder mit den Zähnen knirschte und die Fäuste ballte, kam ein Teil seiner Erinnerung zurück. Er hörte Bäume rauschen, murmelnde Stimmen, Geräusche, als wenn Metall auf Metall schlägt, alles sehr merkwürdige Dinge, nach deren Sinn er krampfhaft suchte.
Plötzlich, wie ein Stich, der sein Gehirn traf, war die volle Erinnerung wieder da. Putkins Körper zog sich zusammen wie im Krampf und versuchte dann, sich hochzuschnellen. Es gelang sogar; er kam auf die Beine, die Dunkelheit zerriß, die zentnerschweren Lider klappten hoch, er starrte in einen fahlblauen, wolkenlosen, vom Sonnenglanz überzogenen Himmel, und als er das sah, brach aus seiner Brust ein lautes Stöhnen, mehr schon ein dumpfer Schrei, der den Pfropfen löste, der ihm – wie er spürte – mitten im Herz saß.
Das Flugzeug! Verdammt ja, das Flugzeug! Bevor er zu einem Schläfchen eingenickt war, befand sich Igor Fillipowitsch hoch über der unendlichen, herbstlich flammenden Taiga in der Luft, in einer kleinen, zwanzigsitzigen »Antonow«-Maschine, die ihn von den Ver-

suchsbohrfeldern bei Suchana am Olenek nach Irkutsk zur Zentrale des Ölforschungskombinats »Neue Welt« bringen sollte. Da oben – man wäre viertausend Meter hoch, sagte Makar Lukanowitsch, der Pilot, ein vorzüglicher Flieger, früher Hauptmann der Luftwaffe, ein Held des Friedens – also dort oben schwankte die Maschine wie ein Betrunkener, mal links, mal rechts, mal mit der doppelten Propellerschnauze nach unten, und der lange, dürre, geradezu unanständig krank aussehende Professor Morotzkij hatte gesagt: »Genossen, ist das ein Wind hier oben! Man kann das erklären: unten die warme Taiga, oben die kalte Luft, das gibt extreme Strömungen!« Und die herrliche Jekaterina Alexandrowna hatte mit ihrer tiefen Samtstimme gelacht und den Rauch ihrer Papyrossa durch die Nase geatmet. Eine klassische Nase, sage ich euch! Schmal, gerade, genau in der richtigen Größe, und das in einem Gesicht, das einem Mann die Hosen von den Hüften reißt.

Ja, es war eine gute Stimmung in dem Flugzeug. Nur er, Putkin, war müde, hatte sich zurückgelehnt, bezwang mit Mühe den Abgang eines bohrenden Windes, weil neben ihm die zierliche Lehrerin Nadeshna Iwanowna saß, und war eingeschlafen. Das war alles, woran er sich erinnerte.

Und plötzlich liegt man auf der Erde, die Knochen schmerzen einem von der Hirnschale bis zum Zehennagel, man war einen Moment blind, hat einen Kloß statt eines Herzens in der Brust und tappt auf dem weichen Waldboden herum wie ein schlaftrunkener Bär beim ersten Frühlingsahnen.

Man denke nicht, Igor Fillipowitsch Putkin wäre ein dummer Mensch, und in seinem Gehirn seien die Windungen anders herum gelegt. Im Gegenteil: Er war ein auffällig großer, geradezu gewaltiger Mann mit ausgeprägten Muskeln, die er gern im Strandbad nach der Art der Athleten rollen und kugeln ließ, um den Mädchen zu zeigen, was greifbare Männlichkeit ist. Er hatte ein kluges Köpfchen, anerkannt von der Akademie der Ingenieure, gelobt von seinen Vorgesetzten – ein Mensch mit Zukunft, vor allem hier in Sibirien, wo man nur in den Boden zu greifen brauchte, um zu verstehen, was der Spruch bedeutet: Das Glück liegt in deiner Hand. Er war ein Fachmann auf seinem Gebiet, der Bohrtechnik, und zweimal hatte er brüllend vor Stolz in dem stinkenden, fettigen schwarzen Ölgeiser gestanden, der aus dem Bohrloch zum erstenmal heraussprudelte . . . seine Entdeckung, eine neue Ölquelle im Herzen Sibiriens. Neuer Reichtum für Mütterchen Rußland.

Putkin sah sich um. Sein Blick war jetzt klar geworden, der Schock, oder was es gewesen war, das ihn unbeweglich und blind gemacht hatte, fiel von ihm ab wie Sandkörner, die man wegklopft. Er stand auf einer Lichtung, einem sogenannten Windbruch, umgeben von den turmhohen Lärchen, Birken und Kiefern der Taiga. Sein Anzug war an vielen Stellen zerrissen, ein Schuh fehlte (das erklärte auch, warum es am linken Fuß kitzelte, wenn er auftrat), aber das war nicht das schlimmste. Vor ihm lag, zerplatzt und über die ganze Lichtung verstreut, das Flugzeug, als sei es ein Käfer gewesen, den der Schuh eines Riesen zertreten hatte. Makar Lukanowitsch Benerian, der Pilot, saß an einem der vom Sturm geknickten Baumstämme gelehnt, den Kopf auf der Brust und noch immer ohne Besinnung. Der deutsche Ingenieur Andreas Herr hockte auf einem anderen Baumstamm, und die Ärztin Jekaterina Alexandrowna Susskaja tastete ihn ab, von oben bis unten, und suchte anscheinend einen Bruch. Sie tat es gründlich, und in jeder anderen Situation hätte Putkin dieses Abtasten als eine verflucht erotische Handlung klassifiziert. Professor Semjon Pawlowitsch Morotzkij war schon verbunden . . . ein dicker Verband umschlang seinen schmalen, asketischen, ja schon fast unästhetischen Totenkopfschädel. Die Brille in diesem Hungergesicht wirkte jetzt noch clownhafter als sonst . . . sie balancierte auf dem langen Nasenrücken wie ein Seiltänzer auf dem Drahtseil. Man war versucht, zu rufen: »Paß auf, Semjon Pawlowitsch, beweg dich nicht ruckartig . . . die Brille fällt!«

Putkin zog die heiße Sommerluft keuchend in die Lungen und spreizte die Finger. Sie klebten aneinander, und als er sie ansah, waren sie mit geronnenem Blut überkrustet. Er machte wieder ein paar tappende Schritte in Richtung auf die Ärztin Susskaja und starrte auf die weit verstreuten Trümmer des Flugzeuges und der Ladung, die beim Aufprall herausgeschleudert worden war.

Wo ist die Lehrerin, dachte Putkin. Sie saß neben mir. Ein zartes Vögelchen, zerbrechlich wie Chinaporzellan. Wenn sie einen ansah mit ihren großen kullernden Kinderaugen, juckte es einem immer in den Fingern, und man mußte sich bezwingen, sie nicht sofort zu streicheln. Himmel, wo war sie?

Putkin drehte sich. Nadeshna Iwanowna Abramowa war hinter ihm. Sie kniete vor einem großen, verdorrten Ast, der aussah wie ein Kreuz, und betete. Tatsächlich, sie kniete da und betete, eine aufgeklärte, sozialistische Lehrerin. Ganz versunken war sie in dem Blödsinn. Durch Putkin fuhr ein eisiger Schreck, er drehte sich, so schnell es seine geprellten Muskeln zuließen, nach der Ärztin Susskaja und hob beide Arme.

»He!« schrie er. Nanu, was habe ich für eine Stimme, dachte er erschrocken. Sie klingt, als wenn man auf einen rostigen Blechtopf schlägt. »He! Jekaterina Alexandrowna! Ihr Patient aus Deutschland hat den Kopf noch auf den Schultern. Wenden Sie sich mal anderen zu, die es nötig haben!«

»Sie sind gesund!« schrie die Susskaja zurück und beendete das Abtasten. Andreas Herr zog sein Hemd wieder an, griff dann nach einem nassen Tuch, das neben ihm auf dem Baumstamm gelegen hatte, und klatschte es sich in den Nacken. »Ich habe Sie als ersten untersucht, Igor Fillipowitsch. Sie lagen genau neben mir, als ich aufwachte. Einen Schädel haben Sie wie ein Eisentopf und Knochen wie ein Mammut!«

»Sehen Sie die Lehrerin an!« Putkin zeigte nach hinten.

»Sie hat's auch gut überstanden.«

»Ihr Gehirn ist durchgeschüttelt! Sehen Sie doch nur! Sie betet!«

»Warum nicht, Genosse?« Jekaterina Alexandrowna kam näher. Sie sah trotz ihrer zerfetzten Kleidung, dem mit Öl verschmierten Gesicht und den blutverkrusteten Beinen herrlich aus. So etwas bringt nur Rußland hervor, dachte Putkin völlig sinnlos in dieser Situation. Das ist die sichtbare Verschmelzung Europas mit Asien.

»Warum nicht?« äffte er die Susskaja nach. »Jawohl, warum wohl nicht? Ist Lehrerin, lehrt die Kinder die marxistische Welt . . . und betet! Sie ist verrückt geworden!«

»Sie haben niemanden, dem Sie danken können, daß Sie noch leben?«

Putkin wurde unsicher. Er schielte die Susskaja mit gesenkten Augen an und versuchte, seine blutverkrusteten Hände an der Hose abzuwischen. Morotzkij, der Professor, kam nun auch näher, er schwankte etwas und schien große Schmerzen in seinem umwickelten Kopf zu haben.

»Wir haben alle überlebt«, sagte er. Morotzkij hatte trotz seiner langen Dürre eine angenehme, warme Stimme. Niemand traute sie ihm zu. Aus diesem Gerippe erwartete man ein hohles Schnaufen.

»Alle?« fragte Putkin und sah sich wieder um.

»Alle! Soviel Glück ist unheimlich.«

»Ob das ein Glück ist . . .« Putkin zeigte auf den an den Baumstamm gelehnten Benerian. »Und Makar Lukanowitsch?«

»Steht noch unter Schockeinwirkung.« Die Susskaja strich sich die verschwitzten und mit Dreck und Laub durchsetzten Haare aus dem Gesicht. Eine Wolke schwarzen Gespinstes, in das sich der Sonnenglanz verirrte und nicht mehr herauskonnte. »Ich habe ihm eine Herzinjektion und Kalzium gegeben . . . mehr habe ich nicht im Koffer.«

»Die Medizin des 20. Jahrhunderts!« sagte Putkin giftig. Er wußte selbst nicht, warum er so aggressiv war . . . vielleicht kam es daher,

daß Nadeshna beten konnte und er wirklich nichts hatte, an dem er sein inneres Glücksgefühl abreagieren konnte.
»Sie benehmen sich flegelhaft!« sagte die Susskaja. »Aber Sie fielen mir schon in Suchana auf, als Sie über den kleinen Flugplatz kamen. Das ist ein Mann, dachte ich, der dreimal auf den Boden stampft und dann denkt, jetzt wächst dort Weizen.«
»So etwas braucht Sibirien, Jekaterina Alexandrowna!« Putkin wurde rot wie ein gescholtener Schuljunge, und das ärgerte ihn noch mehr. »Soll ich mir einen Gott zulegen, um Ihnen genehm zu sein? Verdammt, ziehen Sie die Lehrerin von dem Ast weg! Ich kann es einfach nicht sehen.«
Er wandte sich ab, schwankte an der Ärztin vorbei, die ihm nicht aus dem Weg ging, nein, er mußte um sie herumgehen, und traf auf Andreas Herr, der, den nassen Lappen im Nacken festhaltend, langsam zu der Gruppe kam.
»Beten Sie auch?« brüllte Putkin.
»Nein. Noch nicht.«
»Sie werden mir sympathisch, Gospodin.« Putkin wischte über sein Gesicht – es war aufgedunsen. Wer weiß, wie lange ich in der prallen Sonne gelegen habe, dachte er. Keiner hat mich weggeholt. Haben mich einfach da braten lassen. Eine unmenschliche Gesellschaft! Da denkt nur jeder an sich selbst, und über fünfzig Jahre sowjetischer Erziehung fällt von ihnen ab, wenn sie am nötigsten ist. Eine Bande, sage ich, eine Bande!
Putkin setzte sich auf einen der niedergebrochenen Bäume, starrte über die Flugzeugtrümmer und blickte dann zu dem Deutschen hoch. Man hatte sich auf dem Flugplatz von Suchana gegenseitig vorgestellt, man war ja ein gebildeter Mensch. So eine kleine Fluggesellschaft in Sibirien ist immer interessant, man lernt die seltsamsten Menschen kennen, ja es ist, als sei Sibirien ein Sammelbecken extremster Individualisten, die hier von der grandiosen Natur, der unendlichen Weite und dem Gefühl der eigenen Winzigkeit zusammengeschweißt werden. Jeden hier hatte er noch nie gesehen, nur der Deutsche Andreas Herr war ihm nicht fremd. Aber das ging keinen etwas an, am wenigsten den Deutschen selbst.
»Wissen wir schon, wo wir sind?« fragte Putkin.
»Nein. Benerian ist noch ohnmächtig, Jekaterina Alexandrowna hat zwar eine alte Karte in den Trümmern gefunden, aber wir kennen ja den Flugweg nicht.« Andreas Herr sprach das merkwürdige Russisch eines Deutschen, das so klar war wie geputztes Glas. Für einen Russen klang es so faszinierend wie das Deutsch für einen Deutschen, wenn es ein Russe spricht. »Wir vermuten, daß wir mitten in der Taiga ab-

gestürzt sind, fast genau auf halbem Weg, wenn man die Uhrzeit zugrunde legt. Sie haben nichts gemerkt, Igor Fillipowitsch?«

»Nichts.« Putkin schüttelte den Kopf. Er schielte zu Nadeshna. Die Lehrerin hatte ihr Gebet beendet und kam auf die Lichtung zurück. Ein Wesen wie aus einer Feder gemacht, durchsichtig und schwerelos. Aber doch so viel Frau, daß durch die zerfetzte Bluse, die sie vorn zusammenklammerte, die Wölbungen der Brüste deutlich hervorstachen. »Ich habe geschlafen wie ein Biber. Drei Teller Bohnen vorher, das macht müde. Ich esse Bohnen für mein Leben gern. Mit Bohnen bin ich großgezogen worden. Bohnen und Kartoffeln. Meine Eltern waren kleine Kolchosbauern in Sassowo.« Er atmete tief auf und blickte hinüber zu der Susskaja. Sie kontrollierte den Verband von Professor Morotzkij und beugte sich dann zu dem noch immer unansprechbaren Benerian. »Wie ist das eigentlich passiert?«

»Das kann nur der Pilot erklären. Plötzlich sackten wir ab und fielen wie ein Stein. In der Luft noch brach die linke Tragfläche ab.«

»Und trotzdem leben wir?« Putkin holte seufzend Luft. »Ein Wunder.«

»Wollen Sie jetzt auch beten?«

»Ihre Witze sind abgestanden, Andrej!« Putkin erhob sich und blickte in den wolkenlosen, strahlenden Himmel. »Man wird uns suchen . . .«

»Sicherlich. Man wird die Flugroute abfliegen. Was aber, wenn wir vom Weg abgekommen sind?«

»Andrej, denken Sie so etwas nicht!« sagte Putkin heiser. »Sie sind Deutscher, ein Gast hier . . . Sie kennen dieses Land nur als Besucher, waren nur einige Wochen am Rande der Unendlichkeit . . . Sie wissen nicht, was es bedeutet, wenn man uns hier nicht findet und herausholt.«

»Sie dramatisieren, Igor Fillipowitsch.« Andreas Herr blickte hinüber zu der Wand der Riesenbäume. Eine Mauer in flammenden Farben, durchsetzt mit dem ewigen dunklen Grün der Kiefern und Fichten. »Das ist ein Herbstwald, und er ist auf der Erde, nicht auf einem anderen Stern.«

»So kann nur ein kindliches Gemüt sprechen!« Putkin machte eine weite Handbewegung. »Wald! Ja. Wald! Aber was für ein Wald! Wald, der im Unendlichen anfängt und im Unendlichen endet. In zwei Wochen ist Winter! Wissen Sie, Andrej, was das bedeutet? Das kommt plötzlich . . . auf einmal schneit es, auf einmal fegt ein Eiswind übers Land, und dann erstarrt hier alles, und Ihr schöner Herbstwald, die ›Flammende Taiga‹, wird zur ›Toten Taiga‹. Und wir, wir sitzen mittendrin. Ohne Wintersachen, ohne eine Waffe, mit den bloßen

Händen! Und da sagt er, ich dramatisiere! He! Warum stehen wir herum wie die Hennen, die einen Hahn suchen? Man sollte etwas tun, Genossen! Wie wär's mit einigen großen Feuerchen, die auf uns aufmerksam machen?«

»Der Wald knackt vor Trockenheit.« Morotzkij, der bisher nur mit seinem Kopf beschäftigt war, bückte sich ächzend und hob einen Ast hoch. Er zerbrach ihn ... das Holz war so trocken, daß es staubte. »Sollen wir alle verbrennen? Sie werden das Feuer nicht unter Kontrolle halten können. Haben Sie Wasser zum Löschen?«

Putkin starrte den langen dürren Menschen an, und plötzlich begannen seine Lippen zu zittern.

»Wasser –« sagte er leise. »Das ist ein heiliges Wort. Haben wir überhaupt Wasser zum Trinken?«

»Wir wissen es nicht.« Die Susskaja schüttelte Dreck und Laub aus ihrem langen Haar. »Ich habe nur einen Kanister gefunden und ihn für die Wunden verbraucht ...«

»Was haben Sie?« stammelte Putkin. »Sie haben das einzige Wasser ... Sie haben einfach ... so für die Wunden ... zum Waschen ... das letzte, wertvolle Wasser ... Jekaterina Alexandrowna, das sprechen Sie so gelassen aus ...?«

»Ich habe als Ärztin als erstes an die Versorgung der Wunden zu denken.«

»Damit wir später alle verdursten!« schrie Putkin auf. »Wasser! Man kann sich die Wunden auch sauberlecken wie ein Hund. Katja, die, denen Sie heute die Wunden ausgewaschen haben, werden Sie in vier Tagen verfluchen und in zehn Tagen aufhängen!«

»Die Taiga ist voll von Flüssen und Bächen«, sagte Andreas Herr unsicher.

»Aber hier, hier? Wissen Sie, ob auch hier?« brüllte Putkin. »Sagte es nicht der Professor: Der Wald ist wie Staub so trocken? Wann hat's hier zum letztenmal geregnet? Wann wird es wieder regnen? Wer krepiert ist, braucht kein Wasser mehr.«

»Wir werden die Birken anzapfen ...« sagte die Lehrerin Nadeshna sanft. »Birkensaft kann man trinken. Ich habe es mit meinen Kindern im Ferienlager einmal aus Spaß gemacht ...«

»Die Birken! Die vor Trockenheit nicht mehr rascheln können! Wasser muß her, zum Teufel!«

»Jetzt rufen Sie doch nach Gott!« sagte Andreas ohne Spott. Ihm war kotzelend zumute. Putkin fuhr herum wie in den Hintern gestochen.

»Ich sagte: Zum Teufel!«

»Der Teufel ist ein gefallener Engel ... fragen Sie Nadeshna.«

Putkin kniff die Lippen zusammen. »Reizen Sie mich nicht«, sagte er tonlos. »Mein verehrter Deutscher, reizen Sie mich nicht! Wir müssen jetzt alle nur einen Gedanken haben: Durch den Wald zur nächsten menschlichen Siedlung! Warum wissen wir nicht, wo wir sind? Katja, wecken Sie Makar Lukanowitsch auf. Was ist das für eine ärztliche Ausbildung, die noch nicht mal einen Schock behandeln kann? Wir müssen wissen, wo wir sind! Nur Makar kann uns das sagen. Tun sie doch etwas, Jekaterina Alexandrowna!«

»Es ist alles getan worden«, sagte die Susskaja dunkel. »Halten Sie den Mund, Putkin! Mit bloßem Gebrüll hat noch niemand die Taiga besiegt. Wollen Sie jetzt losrennen? Fühlen Sie sich stark genug?«

»Ja!«

»Wir nicht. Wir bestehen nicht nur aus Muskeln wie anscheinend Sie. In zwei Stunden ist es Abend.«

»Wir sollten planvoll vorgehen.« Morotzkij setzte sich neben Andreas auf den umgestürzten Baumstamm. »Zuerst das Wasserproblem. Keiner hat bisher die Trümmer durchwühlt. Vielleicht finden wir etwas. An Bord waren vier Kisten Konserven.«

»Eingewecktes Wasser, was?« schrie Putkin gequält. »So eine Dummheit!«

»Wenn es Gemüsekonserven sind, enthalten sie Wasser, natürlich«, sagte Morotzkij, ohne beleidigt zu sein. »Wir sollten uns um die Trümmer kümmern . . .«

Sie ließen den noch immer besinnungslosen Benerian zurück und gingen hinüber zu dem auseinandergeplatzten Wrack. Von dem Flugzeug war nicht viel übriggeblieben, und das Wunder, daß sie noch lebten, wurde immer größer, je mehr sie die Zerstörung begriffen. Nadeshna schlug ein Kreuz vor der Brust, was Putkin zu einem gefährlichen, wolfsähnlichen Knurren reizte.

Die Kisten enthielten Fleischkonserven und tatsächlich Gemüse. Karotten und Gurken. Außerdem fand man den unversehrten Wassertank, der Kühlwasser für die Propellermotoren enthielt. Eine stinkende, ölige Brühe schwappte in dem Blechkasten.

»Verdursten werden wir also nicht«, sagte Andreas Herr laut. »Das Problem ist gelöst. Verhungern auch nicht. Die Welt wird bewohnbarer, Putkin, was meinen Sie?«

»Ich denke an den Winter.«

»Ich denke, man wird uns suchen? Wenn wir heute abend nicht planmäßig in Wiljuisk zwischenlanden, wird man Alarm schlagen.«

»Es kann sich wirklich nur um Stunden handeln«, sagte auch Morotzkij zuversichtlich. »Was meinen Sie, Katja Alexandrowna?«

»Ich habe gar keine Angst.« Die Susskaja wühlte in den Trümmern, holte eine zerrissene Decke heraus und hängte sie sich über den Arm

wie einen wertvollen Teppich. »Nur der Genosse Putkin muß immer durch die Gegend spucken! Lassen wir ihn – es ist seine Art, sich zu vergnügen.«
»Sechs Menschen –« sagte Putkin dumpf. »Sechs Menschen sind jetzt auf Gedeih und Verderb zusammen, und davon müssen fünf Idioten sein. Es ist zum Kotzen! Mein Pech verfolgt mich. Als ich neun Jahre alt war, begann's. Ich fiel vom Traktor und brach mir beide Beine, weil der Traktorist ein besoffener Idiot war. Von da an nur Unglück, als wenn man am Schwanz des Teufels hängt. Nein, nein, ich sage nichts mehr. Ich schweige jetzt. Aber ihr werdet sehen, wie sich alles entwikkelt, was aus uns wird . . . jeder von uns muß es ausfressen . . .«

Die Nacht war lau. Tausend Geräusche füllten den Wald, Nachtvögel flatterten über den Windbruch, es roch nach süßlichem herbstlichem Sterben, als atmeten die Riesenbäume ihren jährlichen Tod aus. Sie hatten das Feuer kleingehalten, um es unter Kontrolle zu bekommen. Die Flammen prasselten aus dem pulvertrockenen Holz und gaben Licht, aber keinen Rauch. Doch gerade der wäre nötig gewesen, denn kaum brach die Dunkelheit herein und das Feuer brannte, verwandelte sich die Luft in eine summende Wolke. Myriaden von Mücken umschwirrten das Feuer und setzten sich wie Staub auf die Menschen. Morotzkij ertrug es mit der Sturheit eines Gelehrten, der weiß, daß man Naturereignisse nicht ändern kann. Dafür begann Putkin, wieder wie ein Fuhrknecht zu fluchen, schlug sinnlos um sich, schwenkte flammende Hölzer um seinen Kopf und benahm sich geradezu grotesk. Natürlich half das gar nichts. Die Mücken kümmerten sich nicht um seine feurigen Scheite. Sie fielen ihn dort an, wo er gerade nicht Funken um sich versprühte.
»Satan noch mal!« sagte die Susskaja mit ihrer tiefen Stimme. »Was haben Sie für einen ordinären Wortschatz, Putkin! Nehmen Sie Rücksicht auf Nadeshna.«
»Als ob das Vögelchen nicht wüßte, was eine Hure und ein Stinksack sind!« schrie Putkin. »Wir brauchen Rauch, um die Biester zu vertreiben! Feuchtes Holz.«
»Zaubern Sie mal, Igor Fillipowitsch!«
»Ich werde es!« Putkin sprang auf. Massig stand er im Flammenschein und packte sich an die zerfetzte Hose. »Die Damen bitte umdrehen!«
»Igor, was haben Sie vor?« fragte die Susskaja ruhig.
»Drehen Sie sich um, meine Dame!« schrie Putkin. »Oder schauen Sie hin, wie's beliebt! Ich pisse in die Flammen – das gibt Rauch!« Er blickte hinunter zu den anderen Männern. »Genossen, wer schließt sich an? Schluß ist's mit der Pensionatsmoral! Sollen wir bei lebendi-

gem Leib von den Mücken gefressen werden? Wer gerade kann, ran an die Flammen und hinein! Das stinkt zwar, aber es wird Wunder wirken! Keine Mücke mehr weit und breit . . . ich garantiere!«
Er knüpfte die Hose auf und spreizte die Beine. Nadeshna Iwanowna wandte den Kopf tatsächlich weg und starrte in die Finsternis, Jekaterina Alexandrowna zögerte noch, aber als Putkin rücksichtslos sein Wasser strahlen ließ, blickte auch sie weg.
Es zischte, Qualm wallte auf, und es stank erbärmlich. Aber die Mükkenwolke lichtete sich. Es war, als bliebe sie entsetzt in der Nachtluft stehen, ehe sie abdrehte.
»Was sage ich?« rief Putkin voll Triumph. »Der Mensch ist doch der Größte! Es lebe der Geist der Improvisation! Genossen, ziert euch nicht. Heran!«
Morotzkij zögerte, aber dann erhob auch er sich, stellte sich ans Feuer und schlug sein Wasser ab. Ihm folgte Andreas Herr . . . mit einem Seitenblick auf die Susskaja, die sich umgedreht hatte, entleerte auch er sich und setzte sich schnell wieder. Nur Putkin stand noch, ganz Triumphator.
»Eine neue Form von Blutsbruderschaft«, sagte er genußvoll. »Ich danke euch, Brüder. Wenn wir alles Weitere so gemeinsam machen, kommen wir durch.«
Er wartete auf eine Antwort, aber als nichts kam, setzte er sich schulterzuckend. Nadeshna Iwanowna hatte beide Hände vor den kleinen Mund gelegt und würgte. Der Gestank des verdampfenden Urins war bestialisch, aber die Mücken blieben weg.
»Unserem Täubchen dreht sich der Magen wie ein Kreisel«, sagte Putkin und grunzte wie ein gestreichelter Hund. »Wir werden uns an noch mehr dreckige Dinge gewöhnen müssen. Haben Sie nicht bemerkt, daß kein Flugzeug gekommen ist? Wir sind längst überfällig, aber nichts rührt sich von Wiljuisk aus. Sechs Menschen und eine alte Maschine sind weg . . . was ist das schon? Jede Suchaktion ist teurer, als wir bei denen im Wert stehen. Sechs Namen ausstreichen . . . das ist bequem, einfach, mühelos, kostet keine Kopeke. So ist das, Genossen. Wir sind Dreck, der vom Himmel gefallen ist.«
»Ihre Ungeduld ist schon pathologisch«, sagte die Susskaja. Sie reichte Nadeshna eine geöffnete Konservenbüchse mit Karotten hinüber, damit sie den Saft trinken konnte und dadurch ihren Ekel hinunterspülte. »Warten Sie doch ab . . . morgen, übermorgen . . . man sucht uns schon.«
»Soll ich Ihnen sagen, Katja, was morgen und übermorgen ist?« schrie Putkin aufgebracht. »Wir werden hier sitzen und warten. Und in Wiljuisk und Irkutsk werden sie auch sitzen und warten und in die Sitz-

kissen furzen und nichts tun! Bist du in Sibirien, dann hilf dir selbst ... das ist der einzige wahre Satz, den jeder hier in diesem Land im Hirn tragen sollte. Aber bitte, warten wir ab. Starren wir in den Himmel, ob sich ein Propellerchen dreht. Und dann ist plötzlich der Schnee da.«

»Der Schnee kommt bestimmt –« sagte Morotzkij gleichgültig. »Dem laufen Sie nicht davon, Igor Fillipowitsch. Da spielen zwei, drei Tage keine Rolle mehr.«

»Wir sollen also nichts tun?« sagte Putkin entgeistert.

»Wir sollten etwas mit Planung tun.« Morotzkij holte mit den Fingern drei Karotten aus der Büchse. Nadeshna hielt sie ihm hin, und er aß sie schmatzend. »Es steht außer Zweifel, daß wir zu Fuß weitermüssen. Nur – in welche Richtung?«

Putkin wollte etwas Unanständiges sagen, als er, genau wie die anderen, zusammenzuckte. Jemand hatte mit schriller Stimme geschrien. Zunächst nur einen Laut, aber jetzt brüllte es: »Mutter? Mamuschka! Halt mich fest, Mamuschka, bei Gott und allen Heiligen, halt mich fest! Mutter!«

Morotzkij zog den Kopf in die Schultern, als friere er. Putkin saß mit offenem Mund, und seine Augen glotzten in die Dunkelheit. Nadeshna begann zu weinen und lehnte sich an Andreas Herr. Nur die Susskaja sprang auf und spreizte die schönen, langen schlanken Hände.

»Benerian ist erwacht –« sagte sie gepreßt. »Ich gehe zu ihm.«

»Mutter!« schrie der Pilot wieder. Seine Stimme überschlug sich und zerbrach. Dann folgte ein Greinen, als habe man einen Säugling ausgesetzt. Jekaterina Alexandrowna nahm ein flammendes Scheit mit und rannte zu dem Baumstamm, an den man Benerian gelehnt hatte. Die kleine Sanitätstasche hatte sie neben ihm abgestellt, um ihm sofort helfen zu können, wenn er aufwachte.

Putkin – wie konnte es anders sein – war der erste, der die Sprache wiederfand. »Von Makar Lukanowitsch werden wir auch nicht erfahren, wo wir hier sind«, sagte er mit Sarkasmus. »Solange er nach seiner Mamuschka brüllt, kann man von ihm keine navigatorischen Angaben erwarten. Meine Lieben, ich ahne, Benerian ist so vollkommen auf seinen Schädel gefallen, daß wir mit ihm nicht mehr rechnen können.«

»Sie haben eine ekelhafte Art, Putkin, Wahrheiten auszusprechen«, sagte die Susskaja. Sie kam wieder in den Feuerkreis zurück. »Ich habe Makar eine neue Injektion gegeben. Er ist wach, aber er dämmert dahin. Sein Schock ist massiv, und er ist nicht ansprechbar. Ich befürchte, er hat den Verstand verloren.«

»Aber das kann sich nach einiger Zeit ändern, nicht wahr?« fragte Morotzkij leise.
»Ich weiß es nicht.« Die dunkle Stimme der Susskaja war plötzlich spröde. »Benerian wurde jetzt in das Stadium eines Kindes zurückgeworfen, eines unberechenbaren, bösartigen Kindes. Wir . . . wir sollten ihn zu seiner eigenen Sicherheit festbinden. Er war eben dabei, sich selbst zu erwürgen . . .«
»Als ob wir nicht Probleme genug hätten.« Putkin nickte Andreas zu. »Kommen Sie, Andrej. Bindfäden liegen genug herum in den Trümmern.«
Sie suchten ein paar Stricke in dem Haufen der zerplatzten Kartons, gingen zu Benerian und banden ihm die Fußknöchel zusammen, spreizten seine Arme und banden sie mit den Handgelenken an starken Ästen fest. Zur völligen Sicherheit schlangen sie noch einen Strick um seinen Leib und klopften mit einem dicken Rohrstück zwei lange Nägel in den Stamm, um die sie die Strickenden wickelten. Kopfschüttelnd stand dann Putkin vor dem wimmernden Benerian und hielt dessen Schädel fest, der unentwegt, wie ein Uhrpendel, hin und her schwang. Dabei stieß Benerian ausgesprochen kindische Laute aus und seiberte wie ein Säugling.
»Hauptmann Makar Lukanowitsch –« sagte Putkin gepreßt. »Held des Friedens mit vier Orden. Und endet so in der Taiga, mit einem leergeblasenen Gehirn. Andrej, sehen Sie, welch ein Mist das Leben ist?«
In dieser ersten Nacht, vor einem stinkenden Feuer, schlief niemand. Die Taiga schien jetzt in der Finsternis mehr vom Leben erfüllt zu sein als unter der Sonne. Große Mäuse huschten über die Lichtung, Wiesel und Marder, einmal sogar, sehr vorsichtig witternd, ein kapitaler Fuchs und dann ein Rentierpaar, stolz und langsam, sich nicht um die Menschen kümmernd. Mit einer deutlichen Würde zogen sie als große Schatten über den Windbruch. Morotzkij rieb sich die Hände, als das stolze Paar im Wald wieder verschwunden war.
»Ich weiß, wo wir vom Himmel gefallen sind«, sagte er. Putkins Kopf fuhr herum.
»Aha!«
»Wir sitzen in einem Gebiet, in dem die Tiere noch keinen Menschen gesehen haben. Ihre Verhaltensweise ist geradezu paradiesisch.« Morotzkij rückte seinen Kopfverband zurecht. Es war schon eine Kunst, an diesem dürren Schädel einen festen Verband zu installieren. »Wir leben hier in der vollkommensten Einsamkeit . . . vom Menschen aus gesehen.«
»Und das sieht er am Verhalten der Tiere!« röhrte Putkin spöttisch.

»Da watscheln zwei Rentiere vorbei, und schon hat er den Atlas im Kopf.«
»Ja.« Morotzkij schlang die Arme um die angezogenen Beine. »Ich bin Professor für Verhaltensforschung. Spezialgebiet Nagetiere.«
»Der Himmel straft uns hart.« Putkin warf neues Holz in die glimmende Glut. »Was sind Sie?«
»Ich beobachte Tiere.«
»Und damit wird man Professor? Wozu soll das denn gut sein, ob man weiß, wieviel Kügelchen ein Schaf am Tage scheißt? Da habe ich einen nützlicheren Beruf. Ich bohre Öl und schmiere damit unsere Wirtschaft.« Putkin blickte von einem zum anderen. Die Susskaja lauschte in die Dunkelheit. Dort wimmerte Benerian wieder und rief leise: »Mama! Mamuschka. Halt mich doch fest, Mama ...« Seine Seele war zerstört. Sie blieb in der Luft hängen von dem Augenblick an, wo er den Absturz seines Flugzeuges nicht mehr aufhalten konnte.
»Wir sollten uns näher kennenlernen, meine Lieben«, sagte Putkin jetzt. »Wir werden eine lange Zeit zusammenbleiben und jeder auf den anderen angewiesen sein. Da sollte man sich kennen. Seien wir ehrlich zueinander. Die Masken weg. Wer sind wir? Semjon Pawlowitsch, fangen wir bei Ihnen an – Sie haben schon etwas von sich losgelassen. Wieso kommen Sie als Tierpsychologe in das Drecknest Suchana? Allein! Um dort die Biber und Ottern zu beobachten?«
Morotzkij starrte in die Flammen. Sein dürres Gesicht mit der randlosen Brille wirkte wie eine ausgewickelte Mumie. »Freiwillig bin ich in Sibirien«, sagte er langsam. »Jeder Mensch trägt etwas mit sich rum, das ihn krumm macht. Soll ich lange erzählen?« Er holte tief Atem. »Ich habe meine Frau getötet.«
Plötzlich war das Knistern der brennenden Äste wie das Krachen von Schüssen. Die anderen starrten Morotzkij an und schwiegen betroffen. Morotzkij nickte mehrmals. Seine Stimme blieb aber so warm und doch so gleichgültig wie vorher.
»Ich habe sie ermordet. Nicht mit Raffinesse, sondern ganz einfach mit einem langen Küchenmesser. In den Rücken gestoßen. Zu Ende war's. Wie das so ist – ich kam einmal früher als sonst aus dem Institut nach Hause, und wer liegt im Bett? Nastja mit meinem besten Assistenten. Eine Woche später war Nastja tot, und Waska Diogenowitsch, den Assistenten, hat man verhaftet, des Mordes angeklagt und zu lebenslanger Strafarbeit nach Workuta verurteilt. Gut hatte ich das eingefädelt, mit wissenschaftlicher Gründlichkeit ... Waska hing in einem Indiziennetz und mußte darin umkommen. Freunde, was soll ich das alles erzählen? Er ist in Workuta gestorben, aber ich bin daran zerbrochen. Das Gewissen, meine Lieben. Ich hätte nie geglaubt, daß

das Gewissen einen so aushöhlen kann. Da war Sibirien für mich das richtige ... hier konnte ich mich in der Weite verlieren, hier stieß mein Gewissen nirgendwo an ...«

»Und Sie, Andrej?« fragte Putkin heiser vor innerer Erregung. »Sie sind Diplomingenieur, Fachmann für Bergbau, nicht wahr?«

Andreas Herr sah Putkin verblüfft an. »Woher wissen Sie das? Ich kann mich erinnern, Ihnen nur meinen Namen gesagt zu haben.«

Putkin grinste breit. »Wir sind ein mißtrauisches Volk, Andrej. Warum? Seit Jahrhunderten droht man der Welt mit dem Teufel und den Russen. Das färbt ab. Was von draußen zu uns kommt, wird unter die Lupe genommen. Was will er hier? Was tut er hier? Wo wandern seine Augen hin? Was denkt er über uns? Für uns ist jeder Fremde zunächst eine lebende Lüge. Natürlich, ganz natürlich, daß man ihn heimlich beobachtet, auch wenn er mit noch so friedlichen Absichten gekommen ist. Sie, Andrej Herr, sind nach Rußland gekommen, um auf Einladung des Bergbauzentralrates neue Methoden der Untertageabräumung zu erklären. Soll ich aufzählen, wo Sie überall waren? Seit Sie in Sibirien sind, bin ich Ihr Schatten. Eine dämliche Aufgabe, aber sie mußte sein. Ich bin Ihr drittes Ohr und drittes Auge.«

»Mit anderen Worten –« sagte Andreas rauh, »Sie haben mich überwacht.«

»Erraten.« Putkin lächelte breit.

»Und was haben Sie an mir gefunden?«

»Politisch nichts. Als Mann aber sind Sie ein potenter Bursche. In neun Wochen fünf Liebschaften ... meine Gratulation! Und herrliche Weiber, meine Freunde, sage ich. Man konnte neidisch werden. Ich hatte immer das Zimmer nebenan, und wenn das Bett knackte, als schlage man es mit einem Hammer zusammen, verfluchte ich meinen Auftrag.« Putkin zeigte auf Nadeshna, die verlegen auf der Unterlippe kaute. »Und Sie, mein zartes Täubchen? Lehrerin? Natürlich. Aber in Suchana? Nein!«

»Ich habe Verwandte besucht«, sagte Nadeshna Iwanowna leise. Aber plötzlich warf sie den Kopf in den Nacken, und ihre großen Kinderaugen blitzten, daß Putkin ein Kribbeln unter den Haaren spürte. Es war, als wenn sich eine Schlange zum Angriff aufrichtet und zu zischen beginnt. »Nein!« sagte sie laut. Ihre Stimme klang voller und härter. »Ich habe Bibeln verteilt! Ich habe den heimlichen Christen in neunzehn sibirischen Dörfern Bibeln gebracht ...«

»Was haben Sie?« stotterte Putkin entgeistert. »Bibeln?«

»Fragen Sie den KGB.« Nadeshna Iwanowna Abramowa stemmte die zierlichen Füße in den Waldboden. »Man hat dafür in Moskau eine eigene Abteilung: Bekämpfung der illegalen und verbotenen Einfuhr von Bibeln in die UdSSR. Aber sie kommen auf geheimnisvollen, dem KGB unbekannten Wegen herein. Direkt aus Rom. Dort gibt es eine Dienststelle, die diesen Transport organisiert. Und nicht nur Bibeln kommen heimlich nach Rußland, auch Priester, gut ausgebildete Priester. Ich habe zwei von ihnen in Sibirien zurückgelassen.« Sie sah die anderen kampfeslustig an, eine völlig veränderte Nadeshna. Kein zartes Vögelchen mehr, eher schon ein verkappter Adler mit scharfen Krallen. »Das bin ich! Sie sagten doch, Igor Fillipowitsch, wir sollten ehrlich sein, ohne Maske.«

»Verteilt Bibeln und Priester!« schrie Putkin und hieb die Fäuste gegeneinander. »Teufel auch, was sind wir für eine Bande! Ein Mörder, ein Spitzel, eine Agentin des Vatikans, ein Deutscher, der russische Weiber wie Bonbons vernascht ... und Sie, Jekaterina Alexandrowna? Was bieten Sie uns an?«

»Nichts!« sagte die Susskaja. Ihre dunkle Samtstimme schwang wie eine verhängte Glocke. »Gar nichts.«

»Wollen Sie als einzige von uns behaupten, daß Sie normal sind?« schrie Putkin.

»Es scheint so, Igor Fillipowitsch.«

»Sie enttäuschen, Katja! Los, suchen Sie einen dunklen Fleck! Wir können keinen schneeweißen Engel in unserer Mitte gebrauchen. Irgend etwas ist auch mit Ihnen los. Heraus damit!«

»Lassen Sie mich in Ruhe, Putkin!« Die Susskaja erhob sich und ging hinüber zu dem greinenden, festgebundenen Benerian. Aber bevor sie in der Dunkelheit untertauchte, sagte sie noch: »Nur wenige Menschen sind schön, wenn sie nackt sind. Warum wollen Sie alle nackt sehen, Putkin?«

Später hörte man sie, wie sie sich mit dem stammelnden Benerian unterhielt und wie er immer wieder: »Rajetschka! Rajetschka!« rief ... den Namen seiner Mutter. Anscheinend verwechselte er die Susskaja mit ihr und klagte ihr sein unmenschliches Leid.

Das Feuer prasselte bis in den Morgen hinein. Die Menschen saßen wie leblose Puppen da. Was sollte man noch sagen? Es war alles gestanden worden, was zu gestehen war. Nur einmal sagte der unentwegte Putkin leise und nickte zu der entfernten Susskaja hin:

»Und sie hat *doch* ein Geheimnis, Freunde. Ein dicker Hund muß es sein, daß sie darüber schweigt. Aber wir bekommen es heraus, sage ich. Wir bekommen es noch heraus.«

2

Der neue Tag war heiß wie der vergangene. Die Taiga leuchtete wie ein wogendes Flammenmeer und brannte bis in den wolkenlosen blauen, unendlichen Himmel hinein. Kein Suchflugzeug war bis jetzt zu hören gewesen. Die Reisighaufen, die man zusammengetragen hatte und die man anzünden wollte, wenn man Motorenlärm hörte, blieben unberührt. Putkin verfluchte alle Welt, belästigte jeden mit seinen groben Worten, spielte mit den zerplatzten Kartons Fußball und strich immer in der Nähe von Nadeshna herum. Es war klar, daß er sie attackieren wollte . . . wer heimlich Bibeln und Priester nach Rußland schleppt, war für ihn ein Objekt, das man zermalmen durfte.

Es war um die elfte Morgenstunde, als Putkin seinen Zorn platzen ließ. Katja und Andreas sortierten aus den Trümmern alles Nützliche heraus, und das war eine Menge guter Dinge, Morotzkij schrieb in sein Tagebuch einige Bemerkungen, und Nadeshna baute, um Putkin zu ärgern, aus Kisten einen Altar, als Putkin plötzlich dumpf aufschrie und mit drei gewaltigen Tritten seiner muskelstarken Beine den Altar vernichtete. Nadeshna flüchtete wortlos, denn Putkins Aussehen verbot jede Diskussion. Wie ein Stier rannte er herum und stampfte auf die Trümmer des Kistenaltars.

»Sie macht mich verrückt, diese Betschwester!« brüllte er. »Baut Altäre und singt fromme Lieder! Und das mitten in der Taiga! Ist das zu ertragen? Warum bekehrt sie niemand? So einfach ist das doch! Was braucht sie denn? Einen dicken pulsenden Knüppel zwischen die Beine, das genügt! Da hat noch jedes Weibsbild eine andere Melodie gesungen als Kirchenlieder . . .«

Von den Trümmern kam Andreas herüber. Er nickte Nadeshna zu, schob sie zu Katja Alexandrowna und ging weiter. Mißtrauisch blickte ihm Putkin entgegen.

»Sie sind ein Schwein, Putkin!« sagte Andreas, als er zwei Meter vor ihm stand. »Eine Riesensau! Sie entschuldigen sich bei Nadeshna Iwanowna.«

»Entschuldigen? Oho!« Putkin lachte hart auf. Seine Muskeln spannten sich. Unter dem dünnen Hemd sah man es deutlich. Sie waren alle

in der Hitze sowenig wie möglich bekleidet und schwitzten trotzdem wie in einer Banja. »Ich nehme kein Wort zurück! Wie ist's mit Ihnen? Sie Frauenkenner! Erbarmen Sie sich doch der kleinen Nadeshna und treiben Sie ihr den Christus aus. Ich wette, sie hat's gern und lang ...«
»Putkin«, sagte Andreas dunkel. »Noch ein Wort, und ich ohrfeige Sie.«
»Sie mich? Ein Deutscher einen Russen? Fängt die Germanenhoheit wieder an?« Er bückte sich blitzschnell, riß einen dicken Knüppel vom Boden und streckte ihn vor. Von den Trümmern schrie Nadeshna auf, und die Susskaja rief:
»Igor! Sie Idiot! Legen Sie den Ast hin!«
»Auch das noch!« sagte Morotzkij und griff sich an den Kopf. »Schlimmer als die Ratten. Wir haben sechshundert oder tausend Werst Neuland vor uns, und sie prügeln sich.«
Andreas starrte den vor Zorn bebenden Putkin an. Es gab kein Zurück mehr ... jetzt wurde entschieden, wessen Wort in der Gruppe galt. Ein Schritt nur rückwärts ... und Putkin würde, mit Morotzkijs Worten, das gnadenlose Leittier des Rudels werden.
»Was nun?« brüllte Putkin mit geschwellter Brust.
Andreas bückte sich langsam und nahm ebenfalls einen dicken Ast vom Boden. Er wog ihn in der Hand, sah dann wieder Putkin an und erschrak. Die Augenhöhlen des Mannes begannen rot zu werden. Es war, als sickere Blut durch die Haut. Nackte Vernichtung lag in dem Blick, das blanke Töten, an dem jedes weitere Wort verbrannte.
»So ist das also?« sagte Putkin mit schrecklicher Dumpfheit. »Komm her, du Weiberheld, komm her!«
»Die Knüppel weg!« schrie die Susskaja und lief mit Nadeshna hinzu. Aber es war vorauszusehen, daß sie zu spät kamen. Morotzkij stand wie erstarrt.
»Sie sind ein Tier!« sagte Andreas leise. »Ein gefährliches, reißendes Tier ... jetzt sieht man es.«
»Nur heran!« Putkin wippte mit dem dicken Knüppel. In seiner breiten Brust rumorte die Mordlust, der Atem brodelte durch die Lungen. »So wahr es mir in den Fingern juckt, ich schlage dir den Schädel ein! Nur heran!«
Sie duckten sich gleichzeitig und hielten sich mit den Blicken fest. Der erste Schlag, das wußte jeder von ihnen, war der wichtigste.

Wenn zwei Bären sich gegenüberstehen, um für die Herrschaft in ihrem Revier aufeinander loszugehen, dann ist ihr mienenloses Gesicht noch starrer, noch kälter, noch rätselhafter als sonst. Nur die Augen

bekommen einen kalten Glanz und jene Starrheit, die Erbarmungslosigkeit bedeutet.
Nicht anders war es bei Putkin. Er musterte Andreas, wartete auf ein Zucken des Gegners, auf jenen unbedachten Angriff, dessen Richtung sich vorher immer im Blick spiegelt. Das ist ein alter, aber nie versagender Trick: Blick deinem Gegner nicht auf die Fäuste, sondern in die Augen . . . dort entscheidet sich alles!
Es war Morotzkij, ausgerechnet das dürre, mit Haut überzogene Gerippe, das dem sinnlosen Spiel ein Ende bereitete. Er warf von der Seite, gut gezielt, dem lauernden Putkin sein Tagebuch ins Gesicht und nutzte die sekundenlange Verwirrung, um ihn mit einem mächtigen Tritt in den Hintern nach vorn zu schleudern. Putkin, darauf nicht vorbereitet, stolperte, fiel nach vorn, stützte sich mit den Armen ab und blieb schnaufend auf den Knien liegen.
Jetzt waren auch Nadeshna und die Susskaja heran, rissen Andreas zurück und stellten sich wie eine kleine, armselige Mauer vor ihn. Putkin brüllte, sprang auf und zitterte vor Wut.
»Nicht Makar Lukanowitsch ist verrückt, sondern Sie!« sagte Jekaterina Alexandrowna. Ihre feste dunkle Stimme hatte eine verblüffende Wirkung. Putkin ließ den dicken Knüppel fallen und wischte sich mit beiden Händen über das verzerrte Gesicht. »Wollen wir uns zerfleischen, noch bevor wir die ersten Schritte aus diesem Wald getan haben? Igor Fillipowitsch, wir werden in den nächsten Wochen noch viel Gelegenheit haben, uns gegenseitig bis in die tiefste Seele zu hassen. Sparen Sie sich Ihre Kräfte dafür auf!«
»Sie haben recht, Katja. Wie recht Sie haben!« Putkin schüttelte den Kopf. »Aber ich kann es nicht ändern, auch wenn ich es wollte. Es sitzt zu tief da drinnen.« Er klopfte mit den dicken Fäusten gegen seine muskelgespannte Brust. »Wenn ich jemanden beten sehe, wenn ich vor einem Altar stehe, ja, wenn ich nur einen Kirchturm sehe oder eine Glocke läuten höre . . . mir zerreißt es das Gehirn! Ihr müßt das wissen, Genossen.« Er blickte mit seinen blutunterlaufenen Augen um sich, und plötzlich spürten sie alle, daß sie Mitleid mit Putkin empfanden. »Auch ich hatte eine Mutter, auch wenn ich nicht dauernd wie Makar danach schreie. Als sie nach dem Großen Vaterländischen Krieg allein zu Hause blieb, als sie wartete und wartete, ob Väterchen wieder zurückkommen würde, und er kam nicht, lag irgendwo in der Erde, wer weiß wo, in Polen, in Deutschland, er blieb einfach weg . . . da wurde sie – verdammt noch mal – wie Nadeshna. Sie begann zu beten, kniete in den Kirchen, kannte nichts als Gott, die Popen, Kerzen und fromme Gesänge, bis man sie mir eines Abends nach Hause brachte, total verrückt, mit Engeln sprechend und Tichon

– das war mein Vater – zärtlich zuflüsternd, als läge er neben ihr im Bett. Nach vier Wochen starb sie, an einer Hirnentzündung, sagte der Arzt.« Putkin riß sein Hemd vor der Brust auf, als beenge ihn selbst dieser dreckige, zerfetzte Stoff. »So ist das, Freunde. Und ich bitte, ich flehe Nadeshna Iwanowna an, nie mehr in meiner Gegenwart zu beten oder Altäre zu bauen –«
Man respektierte seinen Wunsch, denn man hatte jetzt auch anderes zu tun. Wie Lastesel schleppten sie alles, was man gebrauchen konnte, aus den verstreuten Trümmern in die Mitte des Windbruchs und häuften es dort auf. Kisten und Kartons, Werkzeuge und Eisenstangen, Bleche und die vier dicken Gummiräder des Flugzeuges, die noch an den unversehrten Achsen hingen. Putkin untersuchte die Überreste der Kanzel, fluchte gotterbärmlich, als er den Funkapparat unbrauchbar vorfand, aber dann kam er mit zwei Taschen zurück und setzte sich neben den noch immer festgebundenen Benerian. Der Pilot hatte sein kindisches Greinen aufgegeben . . . er sah mit abwesenden Augen um sich, rief ab und zu, wie der Kuckuck in einer Kuckucksuhr: »Rajetschka! Rajetschka!«, aber darum kümmerte sich schon keiner mehr. Man hatte sich schnell daran gewöhnt und wurde nur unruhig, wenn Benerian zu lange Pausen zwischen seine Mutterrufe einlegte.
»Er war ein stilles Säuferchen, unser Hauptmann und Held«, sagte Putkin und öffnete die Taschen. »Seht einmal her . . . unter dem Sitz versteckte er den besten Wein von ganz Rußland. Hier –« er hob einige Flaschen heraus und hielt sie in die Sonne – »Der schwarze Muskat ›Massandra‹. Wer kennt ihn? Keiner? Ungebildetes Volk. Ein Krimwein, granatrot, mit einem leichten Aroma nach Schokolade. Und hier – der herrliche rosa ›Jushnobereshnyi‹. Der duftet, sage ich, der schmeckt wie eine Teerose von Kasanlyk. Und hier: Zinandali, Gurshaani, Aleatiko . . . Makar Lukanowitsch, du warst ein Kenner!« Er hielt Benerians hin und her pendelnden Kopf fest und hob das Gesicht zu sich hoch. Benerian glotzte ihn an. Er erkannte seine Welt nicht mehr. »Warum können Sie ihm nicht helfen, Katja«, fragte Putkin heiser. »Warum studiert man so lange Medizin, wenn man nachher wie ein Bettnässer hilflos vor dem nassen Bett steht?«
»Das menschliche Gehirn wird das einzige Wunder sein, das dem Menschen noch bleibt«, sagte die Susskaja langsam. »Wenn Makar den Verstand verloren hat, muß er ihn sich selbst wieder suchen.«
Putkin ließ Benerians Kopf los . . . er pendelte weiter hin und her. »Ich wußte gar nicht, daß Sie so voller Sarkasmus stecken, Katja«, sagte er.
»Sie wissen gar nichts über mich, Igor Fillipowitsch.«
»Das stimmt. Warum nicht? Was verbergen Sie? Haben Sie auch, wie

der Professor, einen umgebracht? Nicht mit dem Küchenmesserchen, sondern mit Pillchen und Spritzen?«
»Das steht mir noch bevor.« Die Susskaja sah Putkin ruhig an. Ihre schwarzen Augen waren das Herrlichste, was je aus einem Gesicht herausgeleuchtet hatte. »Sie sollten vorsichtiger sein, Putkin.«
»Oho! Ist das eine Drohung?« Seine Stimme wurde unsicher. Man hörte es deutlich.
»Eine Feststellung, Igor Fillipowitsch. Sie werden verrückt, wenn Sie beten hören oder Altäre sehen . . . ich hasse Spitzel des KGB. Ich wäre bereit, alles zu tun, um Männer wie Sie zu vernichten.«
»Das ist eine klare Sprache«, Putkin blickte sich um. Die anderen umstanden ihn und starrten ihn düster an. Sogar der lange Morotzkij machte keine Ausnahme, obwohl er als frei herumlaufender unbekannter Mörder keinen Grund dazu hatte. »Alle gegen mich! Alle gegen einen! Und dabei sollte es jetzt heißen: Einer für alle, alle für einen! Freunde, ich versichere: Ich bin kein Spitzel gewesen. Ich hatte nur diesen einen blöden Auftrag, den Deutschen Andreas Herr nicht aus den Augen zu lassen. Ist das ein Verbrechen, he? Zur Sicherheit unseres Vaterlandes war es! Sind wir nicht alle Russen? Lieben wir nicht unsere Heimat? Na, Freunde?«
»Ich werde Sie in ein paar Wochen an diese Liebe erinnern, Putkin«, sagte die Susskaja und wandte sich ab. »Dieser Wald verlangt mehr Liebe, als ein Mensch geben kann –«
Es schien so, als habe die Susskaja wieder einmal recht.
In den Trümmern fand man endlich eine genauere Karte, aber natürlich nicht die Flugroute. Man konnte sie nur ahnen, wenn man den geraden Strich von Suchana bis Irkutsk zog. »In Sibirien gibt es keine Luftstraßen«, sagte Morotzkij und legte seinen Zeigefinger auf einen Punkt der Karte. »Unten und am Himmel ist Platz genug. Nehmen wir an, Makar ist den geraden Weg geflogen, dann sitzen wir jetzt hier. Genau hier. Nördlich des Wiljuj, südlich des Olenek, irgendwo in der Nähe des Quellgebietes des Tjunjan oder der Tjuna. Es kann auch bei der Lindja sein . . . jedenfalls hier. Das bedeutet . . .«
Morotzkij schwieg. Er sah Nadeshna an . . . als Lehrerin verstand sie etwas von Geographie. Sie wußte, was er sagen wollte. Putkin sprach es aus.
»Ein menschenleeres Gebiet. Einsamer als wir konnte man gar nicht abstürzen.«
»Um uns liegen Tausende Quadratkilometer unbewohnten Landes. Ja!« Morotzkij legte die Karte auf den Waldboden. »Wenn wir auf Menschen treffen, dann nur auf Jäger und Geologen oder nomadisierende Jakuten.«

»Das reicht doch«, sagte Andreas hoffnungsvoll.
»Wenn wir sie treffen. In spätestens zwei Wochen setzt der Winter ein. Die Herbstjagd ist vorbei, für die Winterjagd ist es zu früh. Wir leben in einem luftleeren Raum. Wir können nur eins, Freunde: Laufen! Laufen und laufen! Und wenn nicht mehr aufrecht, auf allen vieren! Es gibt nur ein Ziel: so nahe wie möglich an menschliche Siedlungen heranzukommen!«
»Sag ich es nicht?« rief Putkin triumphierend. »Davon rede ich seit zwanzig Stunden. Aber nein, erst muß das ein Professor sagen!«
»Und wo finden wir Menschen?« fragte Katja Alexandrowna.
»Im Süden.« Es war Nadeshna, die es sagte. Sie wies mit ihren zarten Fingerchen auf die Karte und fuhr mit ihnen das zerknitterte Papier hinunter. »Nur nach Süden. Dort wird das Land dichter besiedelt, auch die Taiga. Glaubt es mir, ich habe doch Erdkundeunterricht gegeben.«
»Natürlich!« schrie Putkin. Immer, wenn Nadeshna etwas sagte oder tat, fuhr er aus der Haut. »Vor allem, auf welchem Weg Bibeln nach Rußland kommen.«
»Putkin«, sagte die Susskaja warnend.
»Ich schweige, schöne Dame, ich schweige. Also nach Süden! Von mir aus. Stimmen wir ab: Wer will nach Süden?«
Sie hoben alle die Hand ... hatte man eine andere Wahl? Was Nadeshna sagte, leuchtete jedem ein: Im Süden lagen die Siedlungen. Der Mensch sucht Wärme.
»Einstimmig«, stellte Putkin fest. »Und nun an die Arbeit. Wir werden ins Schnaufen kommen: Hügelland, Schluchten, Sumpfgebiete ... Auf nach Süden!«
Das war ein Ruf, der von jetzt an in ihren Herzen blieb. Eigentlich gab es nichts anderes mehr. Nach Süden!
Sie ahnten nicht, daß kaum 100 Werst östlich von ihnen eine Pelzjägerstation lag, die Faktorei Jakutarsska. Vier Tage Fußmarsch durch die noch trockene, flammende, hitzeflimmernde Taiga, über einen Boden, der noch staubte und fest war. Vier Tage nur, bei denen man den Wettlauf mit dem Winter gewann ... denn fiel der erste Schnee und fegte der erste eisige Wind durch die Baumkronen, war das Jahr für sie alle zu Ende. Dann wurden sie ein Teil der weißen Unendlichkeit und würden nur noch um das nackte Überleben kämpfen müssen.
Aber wer konnte das ahnen? Auf der Karte stand nichts von der Faktorei Jakutarsska. Warum auch? Wo käme man hin, jede Pelzjägerstation einzuzeichnen? Und wen interessiert das schon?
Eine Stunde später – Putkin ordnete die Proviantvorräte und starrte

nachdenklich auf die vier dicken Gummiräder des Flugzeuges mit den daranhängenden Achsen – kam Professor Morotzkij von einem kurzen Ausflug in die Umgebung zurück. Er wollte Tiere beobachten und daraus erkennen, ob Wasser in der Nähe war. Gab es hier zum Beispiel Biber oder Bisamratten, gab es hier auch Wasser.

»Der Winter ist näher, als wir denken«, sagte er und machte sich einige Notizen in sein Tagebuch. Er saß neben Benerian auf dem Baumstamm. Benerian schlief endlich, ermattet von seinen Rajetschka-Rufen. »Ich habe einen Hasen gesehen.«

Putkin schnaufte durch die Nase. »Der hat Ihnen berichtet, daß er bereits den Schnupfen hat, ha?«

»Nein, aber er war weiß. Er hatte schon die Schneefarbe. Begreifen Sie nun, Igor Fillipowitsch?«

Putkin nagte an der Unterlippe. Nadeshna und die Susskaja ordneten das gefundene Werkzeug: ein Beil, eine Axt, ein paar Zangen und Schraubenschlüssel, einen Blechkasten mit Nägeln und Schrauben, einen Drillbohrer, zwei Hämmer ohne Stiel, zwei kurze Handsägen . . . wertvolle Dinge in der Taiga. Von den entfernteren Trümmern kam jetzt Andreas zurück. Er schwenkte etwas über dem Kopf und sah sehr fröhlich aus.

»Ein Geschenk des Himmels!« rief er schon von weitem. »Ich habe ein Gewehr gefunden! Seien wir ehrlich . . . ein halbes Gewehr. Der Kolben ist abgeschlagen, aber Lauf und Schloß sind funktionstüchtig.«

»Einen Kolben kann man schnitzen!« schrie Putkin und klatschte in die Hände. »Und Patronen?«

»Die finde ich noch.« Er wollte das Gewehr Putkin geben, aber die Susskaja war schneller und riß es ihm aus der Hand. Putkin knurrte gefährlich und spreizte die Finger.

»Was soll denn das nun wieder, Katja Alexandrowna?« fragte er mühsam beherrscht.

»Das Gewehr behalte ich, Igor Fillipowitsch.« Sie drückte es gegen ihre volle Brust, und einen Gedankenblitz lang beneidete Putkin das verdreckte Metall. »In Ihrer Hand wäre es eine Waffe gegen uns. Es würde Sie unangreifbar machen. Ihre Gedanken stehen viel zu deutlich in Ihren Augen.«

»Und wer wird damit das Wild schießen, he?« fragte Putkin und knirschte mit den Zähnen. »Morotzkij? Der fällt vom Rückschlag um. Nadeshna? Die hält den Lauf verkehrt rum, das dumme Luder. Andrej? Er ist keine Gefahr, was? Das blonde Bärchen, haha!«

»Ich werde schießen!« Die Susskaja legte beide Hände über das Gewehr, als sei es ein Kind, das an ihrer Brust trinkt. »Ich kann schie-

ßen, Putkin. Wie ein sibirischer Scharfschütze. Auf fünfzig Meter treffe ich Ihr linkes Ohrläppchen. Wenn Sie's probieren wollen, Igor Fillipowitsch . . .«
»Ist das ein Zipfelchen Ihres Geheimnisses, Katja?« fragte Putkin stockend.
»Nehmen Sie das, wie Sie's wollen . . .« Sie wandte sich ab und ging zu Nadeshna zurück. Andreas blickte ihr betroffen nach. Putkin rieb sich die kräftige Nase und stemmte die Beine in den Waldboden.
»Das ist das herrlichste Luder, das je von der Sonne beschienen wurde«, sagte er. »Glauben Sie es mir, Andrej . . . in dieser Frau stekken Himmel und Hölle wie eineiige Zwillinge.« Er zeigte auf das abgerissene Fahrgestell des Flugzeuges. »Das da beschäftigt mich pausenlos.«
»Die Räder?«
»Ja. Vier schöne, kräftige, profilierte Gummiräder an zwei intakten Achsen. Auch ein Geschenk des Himmels.«
»Putkin! Machen Sie einen Bogen um Gott –«
»Ein Geschenk der Hölle, von mir aus!« schrie Putkin. »Aus vier Rädern und zwei Achsen kann man einen herrlichen Wagen bauen. Wir haben Bleche, Bretter, Nägel, Schrauben, Werkzeuge. Wir sollten einen schönen Wagen bauen, mit dem wir so viel mitnehmen können, daß jeder sibirische Winter uns am Arsch lecken kann! Na? Sie sind doch Ingenieur! Konstruieren Sie einen Wagen.«
»Ich bin für Bergbau zuständig.«
»Und ich bohre. Zum Teufel, bekommen wir keinen Karren zusammen? Wieviel Zeit brauchen wir dafür?«
»In zwei Tagen müßte er rollen können.«
»Haben wir zwei Tage Zeit, Professor?« brüllte Putkin über den Platz.
Morotzkij, der ächzend mit einem Messer die Bezüge der Flugzeugsitze abtrennte, damit Nadeshna daraus Decken für den Winter nähen konnte, hob die knochigen Schultern.
»Genau betrachtet, haben wir keine Minute Zeit.«
»So kann nur ein Professor antworten«, sagte Putkin böse. »Andrej, wir fangen sofort mit unserem Karren an. Die Bodenplatte aus Flugzeugblech, die Seiten aus Holz. Dann kann man zur Not Nägel hineinklopfen und noch was dranhängen. Einverstanden?«
»Natürlich.« Andreas ging zu den dicken Gummirädern und trat dagegen. »Und wo kriegen Sie die Pferde her, die das bewegen?«
»Die Pferde sind wir!« Putkin lachte rauh. »Unsere Vorväter haben ganze Schiffe an den Schultern die Ströme hinaufgezogen . . . sollen wir da vor einem kleinen Karren kapitulieren?«

Sie bauten genau drei Tage an dem Fuhrwerk, dafür wurde es aber auch ein schönes Gebilde. Stabil, mit viel Laderaum und – als sich Andreas in die Deichsel stellte – auch im Verhältnis zum Gewicht gut zu bewegen.
»Taufen wir es«, sagte Morotzkij in einer elegischen Anwandlung. »Putkin, opfern Sie dafür eine Flasche Ihres rosenaromatischen Weines. Der Karren hat's verdient.«
Sie waren alle in einer freudigen, fast ausgelassenen Stimmung. Drei Tage hatten sie gemeinsam geschuftet und an dem Wagen gebaut, es hatte keinen Streit gegeben, auch nicht zwischen Nadeshna und Putkin, selbst, wenn sie Hand zu Hand arbeiteten. Es war eine Harmonie zwischen ihnen, die schon rätselhaft zu werden begann. Und auch jetzt lief Putkin davon, holte aus den Segeltuchtaschen den besten Krimwein und schwenkte die Flasche beim Laufen über dem Kopf.
In diesem Augenblick war auch vergessen, daß man an den Abenden, am Feuer, wo man nasses Holz brannte, getränkt mit dem schmierigen Kühlwasser des Motors, und tatsächlich die Mücken damit in erträglichen Grenzen hielt, voll Enttäuschung geflucht hatte. Kein Suchflugzeug hatte sich hören lassen, obwohl doch jetzt deutlich war, daß etwas passiert sein mußte mit den sechs Menschen in der Antonow-Maschine. Aber nein, nichts regte sich in der Luft. Die Taiga rauschte im Wind, die Blätter wehten gegen den blauen Himmel, die Tiere, vor allem Füchse, Hermeline und Marder, huschten ohne Scheu über den Windbruch.
»Eine Gesellschaft, zu faul zum Scheißen!« hatte Putkin in seiner groben Art gesagt. »Aber wenn ich hier herauskomme . . . ich gehe in die Amtsstuben, das sage ich euch, Genossen, spucke den Beamten ins Gesicht und pinkele ihnen über die Akten! Und eine Beschwerde werde ich loslassen, eine Beschwerde bis Moskau! Die sollen sich wundern!«
Am dritten Tag meinte Morotzkij, Motorenlärm zu hören, aber er hörte immer etwas, was die anderen nicht hörten – daran hatte man sich auch gewöhnt. Man lauschte ein paar Sekunden und hämmerte, bohrte und klopfte dann weiter an dem Wagen. Und doch hatte Morotzkij recht. Seit drei Tagen suchte man sie, mit Hubschraubern von Wiljuisk aus, und was der Wind herüberwehte, war tatsächlich Motorenlärm und nicht das Knurren eines unterdrückten Furzes, wie Putkin ärgerlich zu Morotzkij sagte. Nur suchte man weit entfernt von ihnen, auf der Linie, die Benerian hätte fliegen müssen. Daß er abgekommen war vom Weg – wer wußte das?
»Wie nennen wir den Wagen?« fragte Andreas jetzt.

»Nadjesda, Nadjesda ist das russische Wort für Hoffnung«, sagte Nadeshna Iwanowna.
»Nicht Jesus Christus?« brüllte Putkin.
In diesem Augenblick nahm man ihm das nicht übel, nein, man lachte sogar darüber. Irgendwie waren sie alle in diesen drei Tagen anders geworden, hatten sich gewandelt und waren einander ähnlicher geworden. Vor ihnen lagen 600 oder 1000 Werst unbekannte Taiga, vor ihnen lag – wenn sie keine Jäger trafen – möglicherweise ein Winter von sieben Monaten, wenn er hart wurde, auch neun Monaten. Es war alles möglich in der Taiga, und der Mensch mußte sich allem klaglos beugen.
»Nadjesda!« rief Putkin und warf die Flasche gegen den Karren. Sie zerbrach, und der rosa Muskateller floß an dem Kistenbrett herunter und tropfte in den Waldboden. Plötzlich waren sie alle still und sehr ernst . . . es sah aus, als blute der Wagen und ihr Weg beginne mit einer Spur aus Blut . . .
»Es ist knapp drei Uhr –« sagte Andreas. Man hatte im Armaturenbrett eine noch unversehrte, nicht elektrisch, sondern auf Federwerk laufende Uhr gefunden – ein Rätsel, wieso sie dort eingebaut war – und hatte sie herausmontiert. Morotzkij trug sie an einem Strick um den Hals wie ein großes Medaillon und pflegte sie mit Hingabe. »Sollen wir noch losziehen?«
»Natürlich!« Putkin spuckte in die Hände. »Beladen und nach Süden! Jeder Meter ist ein Stück Freiheit. Freunde, ich gestehe, daß ich glücklich bin.«
Sie beluden den Karren mit den ausgewählten Dingen, vor allem den Konserven, Werkzeugen, Decken, zwei Zeltplanen und einigen Flugzeugblechen, aus denen man später – wie Andreas erklärte – allerlei Dinge formen konnte, vor allem ein Ofenrohr. Ganz oben, auf zwei umgeklappten Flugzeugsitzen, legte man den unverändert verrückten Benerian und band ihn fest, damit er nicht wegrutschte.
»Fertig!« sagte die Susskaja. Sie blickte sich zu den Flugzeugtrümmern und dem Aschenhaufen des Lagerfeuers um. »Wer zum Abschied weinen will, soll's jetzt tun.«
»Ich brauche meine Körperfeuchtigkeit zum Schmieren der Muskeln«, sagte Putkin. Er spannte sich in die breiten Zugschlaufen, die sie aus den Sitzgurten genäht hatten, und winkte Andreas und Morotzkij zu. »Los, ihr Zugochsen, ins Geschirr! Die Dämchen drükken hinten. Blut und Schweiß . . . daraus ist Rußland erbaut worden, und damit laufen wir jetzt unserem Leben nach –«
Andreas und Morotzkij warfen die anderen Schlaufen um ihre Schultern, Nadeshna und Jekaterina Alexandrowna stemmten sich gegen

die Rückwand des Wagens. Obenauf begann Benerian wieder sein schauriges »Rajetschka! Rajetschka!« zu brüllen, als wolle er damit Tempo und Rhythmus angeben wie früher die Sklavenantreiber auf den Galeeren.
»Ziehet an!« rief Putkin. »Zie-het aaan ...«
Der alte Ruf der Flußschlepper. Ins Mark dringend und dort sich einbrennend.
»Ziiie-het aaan –«
Putkin, Andreas und Morotzkij legten sich in die breiten Leinenschlaufen. Sie stemmten die Beine in den Boden, ihre Oberkörper schwebten fast waagerecht im Geschirr. Irgendwo in dem Wagen knirschte es laut, es konnte aber auch Benerian sein, der begonnen hatte, mit den Zähnen zu klappern wie eine kastilische Tänzerin mit ihren Kastagnetten.
Der Karren bewegte sich, die dicken Gummireifen drehten sich, der mörderische Zug ließ nach. Man konnte aufrechter gehen und ziehen. Von hinten hörten sie Nadeshnas Stimme.
»Mein Gott, wir kommen weg!«
Putkin nickte Andreas zu, der neben ihm über den Waldboden stampfte. »Jetzt gönne ich ihr ihren Gott«, sagte er rauh. »Genau betrachtet braucht jeder Mensch jemanden, bei dem er sich abladen kann. Da ist Gott immer noch am geduldigsten. Hoijo! Wir kommen gut voran!«
Sie zogen und schoben den massigen Karren schnell über den Windbruch und tauchten in die hier noch ziemlich lichte Taiga ein. Der Wald nahm sie auf wie Mutter und Geliebte ... oder wie ein Moloch, der sie langsam und genußvoll verschluckte. Es kommt darauf an, ob man das Leben romantisch oder realistisch sieht ...

Sie keuchten eine Stunde durch den Wald, eine ganze schreckliche Stunde, die alle Kraft aus ihnen herauspumpte, als sei jedes Bein ein Pumpenschwengel und jeder Schritt ein Pumpenschlag.
Der Karren war ein Meisterwerk, aber die Taiga war, das zeigte sich jetzt schon nach dieser Stunde, bei aller herbstlich-flammenden Schönheit eine Mißgeburt der Natur. Ihr Boden war wellig ... mal ging es hinab, das war leicht, dann ging's wieder hinauf, da japste man sich die Lunge aus dem Hals. Vor allem Morotzkij begann zu pfeifen wie eine Rohrdommel und übertönte sogar den unruhigen, festgeschnallten Benerian oben auf dem Wagen.
»Das ist natürlich«, sagte Putkin ächzend mit bitterem Humor. »Man überlege: Soviel Luft braust über die blanken Rippen, da müssen sie klingen wie ein Xylophon. Semjon Pawlowitsch, können Sie die

Weise von der ›Jungfrau und der Frosch‹ pfeifen? Als Kind war's mein Lieblingslied ...«

Nach einer Stunde war man zunächst am Ende. Andreas schlug eine Rast vor, da, wo man gerade stand. Putkin schrie: »Leinen locker!« und dehnte sich, Andreas richtete sich knirschend aus der Zughaltung auf und spürte, wie sein Rückgrat knackte, Morotzkij ließ sich einfach fallen und blieb wie tot liegen. Von hinten kamen Katja und Nadeshna, auch sie nur noch ein Bündel Schweiß und aufgeweichtes Fleisch.

»Das ist langsamer Mord«, keuchte die Susskaja. »Putkin, Ihre Idee ist Mist. Wie sehen wir nach einer Stunde aus ... und was liegt vor uns? Dieser Karren bringt uns um.«

»Es ist alles nur eine Frage der Gewöhnung«, sagte Putkin. Er lehnte sich gegen den Wagen und trank aus einer Konservenbüchse, die ihm Nadeshna hinhielt, drei Schlucke Karottenwasser. »So hat Jermak Sibirien erobert.«

»Reden Sie keinen Blödsinn, Putkin!« schrie die Susskaja. Ihre dunkle Stimme war vor Zorn heller und klang wie geschlagenes Metall. »Wir sind nicht Jermak, leben nicht 1581 und haben auch keine achthundert Mann neben uns! Wieviel Meter sind wir gelaufen mit dem Hundekarren?«

»Meine Dame, Ihr Ton wird vulgär.« Putkin grinste müde. Auch er war am Ende, aber er war zu stolz, es zuzugeben. Auch er sehnte sich nach einem Lager und beneidete Morotzkij, der sich einfach auf dem Boden hinstreckte wie ein wundgelaufener Hund. Selbst Andreas hatte sich gesetzt und sein Gesicht auf die angezogenen Knie gestützt. Seine Schultern zitterten; die Nerven revoltierten. »Gut. Machen wir für heute Schluß. Schlagen wir das Lager auf. Hier?«

»Hier auf der Stelle! Ich gehe keinen Schritt mehr weiter«, sagte die Susskaja.

Nadeshna Iwanowna war unterdessen über die Deichsel auf den Karren geklettert und gab dem lallenden Benerian etwas zu trinken. Putkin starrte sie fassungslos an.

»Sie ist nicht müde!« sagte er und zeigte auf die Lehrerin Abramowa. »Kann man das begreifen? Knöchelchen wie ein unterernährtes Hühnchen, aber zäh wie Elchleder. Oder schwebt sie? Katja, Sie müßten es gesehen haben. Ist sie etwa ein Engelchen?«

»Was muß noch kommen, ehe Sie Ihre Schnauze halten?« antwortete die Susskaja. »Hier ist ein guter Platz. Man kann die Planen an die Bäume binden. Es gibt sogar genug große Steine, um ein eingedämmtes Feuer zu machen. Nadeshna wird uns eine Borschtsch kochen. Wir haben Rote Rüben in den Konserven und opfern eine Fleischdose. Wir haben es alle verdient.«

»Schon fängt die Verschwendung an.« Putkin hob die breiten Schultern. »Aber bitte, meine Dame, wie Sie befehlen! Wenn wir an den Nägeln kauen müssen, sorgen Sie für Fleisch. Sie haben das Gewehr.« Er starrte Andreas an und kratzte sich beidhändig über die behaarte, schweißtropfende Brust. »Das haben wir ja ganz vergessen, Andrej. Wie ist's mit den Patronen? Haben Sie welche gefunden?«
»Eine Pappschachtel mit hundert Stück.«
»Das ist ein Schatz. Katja Alexandrowna, Sie wissen, was das bedeutet? Jeder Schuß muß sein Ziel treffen! Hundert Schuß für sieben Monate! Nadeshna! Wenn der erste Schnee fällt, dürfen Sie noch einmal beten, daß uns kein Wolfsrudel in den Weg läuft.«
Sie schlugen das Lager auf, sammelten große Steine und bauten eine funkensichere Feuerstelle, denn das trockene Unterholz würde wie Zunder brennen, hoben dann den armen Benerian vom Wagen und legten ihn mit seinen gefesselten Händen unter die aufgespannte Zeltplane. Morotzkij, der die erste halbe Stunde nicht zu gebrauchen war, nicht einmal zum Steinesammeln, öffnete die Konserven mit Zange und Meißel und trug sie zu Nadeshna, die an einem Eisenstab den Kochtopf aufhing, den Andreas vor zwei Tagen aus einem durchgeschnittenen Ölkanister gehämmert hatte. Den Ölfilm hatte man ausgeglüht, aber man war sich darüber im klaren, daß in den nächsten Tagen jedes Essen noch einen widerlichen Ölgeschmack haben würde.
Als Morotzkij zum Wagen zurückkam, blieb er plötzlich auf halbem Wege stehen und starrte in den Wald. Putkin stieß Andreas an und winkte der Susskaja zu.
»Hören Sie wieder Flugzeuge, Semjon Pawlowitsch?« rief er. »Welch ein musikalischer Mensch! Erst pfeift er auf den Rippen, jetzt donnert er mit dem Magen.«
»Wir werden beobachtet –« sagte Morotzkij ruhig. »Bewegen Sie sich alle ohne Hast . . . noch weiß er nicht, wer wir sind und was wir wollen . . .«
»Wer?« brüllte Putkin.
»Ruhe!« Morotzkijs Stimme klang so scharf, daß Putkin vor Erstaunen den Mund aufriß. »Rechts von mir, hinter dem Multebeerenbusch . . . der Herr der Taiga –«
»Sein Hirn ist weggeschwitzt«, sagte Putkin rauh.
Jekaterina Iwanowna sah es nun auch. Sie rührte sich nicht und blieb steif dort stehen, wo sie gerade arbeitete. Sie suchte vom Wagen die Decken zusammen. »Igor Fillipowitsch –« sagte sie leise. »Von mir aus gehen Sie weiter und vertrauen auf Ihre große Schnauze. Hinter dem Busch steht ein Bär.«

»Ein Mordsknabe –« sagte Morotzkij bewundernd, wie nur ein Tierpsychologe so etwas aussprechen kann. »Ein Prachtkerl. Ein kluges Jüngelchen. Guckt durch ein Loch in den Zweigen und beobachtet uns. Wenn Benerian jetzt bloß nicht sein fürchterliches ›Rajetschka‹ brüllt! Das kann ihn erschrecken.«
»Vielleicht hat Katja Alexandrowna etwas Baldrian zur Beruhigung im Koffer?« schnaubte Putkin. Auch er hatte jetzt den Bären entdeckt. Er stand hoch aufgerichtet hinter dem dichten Beerenstrauch und starrte mit seinen kalten kleinen Augen auf die ihm fremden Menschen. Daß er auf den Hinterbeinen stand, gefiel Putkin gar nicht. Er war zwar kein Tierpsychologe, aber er wußte, daß Bären sich gern hoch aufrichten, wenn sie angreifen wollen. Das ist zwar dumm von ihnen, man kann sie in die Brust treffen, aber sie glauben, es sehe furchterregender aus.
»Was raten Sie, Semjon Pawlowitsch?« fragte Putkin mit vorsichtig gedämpfter Stimme. »Sie sind hier der Fachmann. Greift der Kerl an?«
»Nein. Nur wenn er gereizt wird.«
»Wer will ihn denn reizen? Wo fängt das Reizen bei ihm überhaupt an?«
»Fragen Sie ihn mal, Putkin. Vielleicht ist's schon der Klang Ihrer widerlichen Stimme, der ihn tobsüchtig macht. Verstehen könnte man das –«
»Daß Gelehrte immer Witze machen müssen, über die keiner lacht.« Putkin rührte sich nicht. »Verdammt, sollen wir hier festwachsen? Wie lange hält ein Bär so eine Musterung durch?« Er schielte zu der Susskaja. Sie ging langsam, Schritt für Schritt, zu der erstarrten Nadeshna hinüber. Sie hockte dem Bären am nächsten. Als sie bei ihr war, fielen sie sich stumm in die Arme und umklammerten sich. »Wenn wir jetzt ein funktionstüchtiges Gewehr hätten –« knirschte er, »gäbe es morgen Bärenschinken am Spieß! Meine nächste Arbeit ist, einen Kolben zu schnitzen.«
Der Bär war zufrieden. Er tauchte hinter dem Multebeerenbusch weg, es raschelte kurz, ein paar trockene Zweige knackten . . . dann verlor sich jedes Geräusch im samtenen, summenden Wind.
»Wir sind ihm sympathisch –« sagte Morotzkij. »Trotzdem sollten wir zur Nachtwache übergehen. Jeder von uns zwei Stunden. Bären sind die neugierigsten Geschöpfe der Welt. Sie übertreffen sogar die Frauen.«
»Danke.« Die Susskaja lachte dunkel auf. »Semjon Pawlowitsch, Sie haben es faustdick hinter den Ohren. Von uns hätte keiner den Bären gesehen.«

Als das Feuer brannte, fühlten sie sich alle merkwürdigerweise sicherer. Die vereinfachte Borschtschsuppe, die Nadeshna gekocht hatte, schmeckte so köstlich wie nichts auf der Welt, unvergleichbar mit allen Genüssen. Selbst Benerian aß ein paar Löffel . . . Katja fütterte ihn wie einen Säugling und redete ihm gut zu. Er schluckte, strahlte sie an und nannte sie zärtlich »Mütterchen«.
Dann brach die Nacht herein, nachdem die Sonne noch einmal die Taiga wie mit Gold übergoß, die Bäume aufflammen ließ und alle Herrlichkeit der Natur bis in den Himmel glänzte. Der Wind erhob sich zu einem lauten Summen, Scharen von Vögeln stiegen dem sterbenden Licht entgegen . . . und plötzlich war die Dunkelheit da, als habe eine Riesenhand ein Tuch über die Welt gedeckt.
»Ich übernehme die erste Wache«, sagte Putkin, als die anderen sich in die zusammengeflickten Decken rollten. »Aber wenn Ihr Freund kommt, Semjon Pawlowitsch, wecke ich Sie. Ich beherrsche die Bärensprache nicht.«
»Er ist nicht kleinzukriegen«, sagte die Susskaja leise. Sie lag neben Andreas. Hinter ihr atmete bereits Morotzkij in tiefen Zügen und schlief fest. »Wenn Putkin einmal stirbt, muß man sein Maul extra totschlagen.«
Andreas nickte, zog die Decke über sein Gesicht und schlief ein. Er spürte noch, wie die Hand der Susskaja sanft und zögernd über seinen verhüllten Kopf strich . . .

Andreas hatte die dritte Wache. Jekaterina Alexandrowna weckte ihn durch leises Schütteln. Er schrak hoch, faßte schlaftrunken um sich und griff in etwas Weiches, Warmes, Angenehmes. Ganz erwacht, sah er, daß er Katjas rechte Brust umfaßt hatte und zog schnell die Hand zurück. Sie war nicht beleidigt, hatte ihn nicht daran gehindert und sagte auch jetzt nichts. Das Feuer glimmte nur noch zwischen den aufgehäuften Steinen. Es war eine merkwürdig warme und helle Nacht für diese Jahreszeit, als atme die Erde noch einmal die ganze eingesogene Sommerhitze aus, bevor sie sich völlig dem endlos langen Frost ergab.
Alles schlief. Putkin schnarchte mit krachenden Tönen und offenem Mund, Morotzkijs pfeifender Atem mischte sich dazwischen, Nadeshna schlief zusammengerollt wie ein kleines, milchsattes Kätzchen, und selbst der irre Benerian war still und lag auf dem Rücken, die gefesselten Hände auf dem Bauch.
»Sie schlafen unruhig, Andrej«, sagte die Susskaja leise. Ihre dunkle Stimme in dieser hellen, warmen Nacht war noch mehr ein Streicheln als sonst. Es war eine Stimme, die unter die Haut ging . . . jedes Haar

am Körper sträubte sich, als lade es sich mit Elektrizität auf. »Träumen Sie?«
»Nein . . .« Er hielt ihre Decke auf. »Legen Sie sich schlafen, Katja Alexandrowna.«
»Ich bin nicht müde. Wie kann man müde sein in einer solchen Nacht. Die Erde bricht auf und atmet.« Sie beugte sich zu Andreas vor, und ihre Bluse klaffte auf und ließ ihre schönen, runden, festen Brüste sehen. »Warum träumen Sie nicht, Andrej?«
»Ich träume nie. Ich weiß nicht, warum.«
»Haben Sie keine Wünsche? Man träumt von Wünschen oder von erfüllten Wünschen. Selbst jeder Alptraum ist ein Spiegel von Wünschen. Alles auf der Welt ist Wunsch . . .«
Sie legte sich zurück auf ihre Decke, schlug sie aber nicht um sich, sondern breitete die Arme aus und berührte mit den Fingerspitzen ihrer linken Hand den Männerschenkel neben sich.
»Schlafen Sie, Katja –« sagte Andreas heiser. »Der nächste Tag wird eine einzige Schinderei werden.«
»Sie haben Hunger –« sagte die Susskaja und legte ihre Hand auf Andreas' Hüfte. Es klang, als spiele ein Cello mit samtbezogenen Saiten.
»Ich habe keinen Hunger, Jekaterina Alexandrowna. Ich habe viel von der Suppe gegessen . . .«
»Sie haben Hunger auf eine Frau, Sie Narr. Warum gestehen Sie es nicht?«
»Man sollte jetzt nicht darüber sprechen, Katja.«
»Warum nicht?«
»Nicht jetzt. Es liegt soviel vor uns.«
»Es liegt noch mehr in uns. Andrej, ich habe Ihre Blicke gesehen. Sie haben mit den Augen meine Brüste geküßt, meinen Leib, meine Hüften, meine Beine und immer wieder mein Gesicht und meine Brüste. Ein Mann liebt mit den Augen, zuerst mit den Augen, dann mit den Händen, zuletzt mit dem Körper. Und jetzt laufen Sie davon, Andrej?«
»Es wäre alles sinnlos, Katja.«
»Liebe ist nie sinnlos. Sie sagen, Sie haben keinen Hunger, aber das ist eine Lüge. Ich habe auch Hunger, und es ist der Hunger auf einen Mann.«
»Katja –« sagte er gepreßt. Er spürte, wie seine Haut, dort, wo ihre Hand lag, zu verbrennen begann. Sie lachte leise, und es war jener Ton, den die Frau aus dem Paradies herübergerettet hat.
»Sie sind entsetzt, Andrej? Warum?« Die Susskaja schob sich an seine Seite und legte ihren Kopf in seinen Schoß. Ihr Gesicht, dieses herrli-

che Gesicht, in dem sich zwei Welten trafen, lag wie eine Scheibe aus Porzellan vor ihm. »Erinnerst du dich? Vor dem Flugzeug, in Suchana, sahen wir uns zum erstenmal an. Dann blicktest du weg und tatest gleichgültig. Aber ich war schon in dir. Ich steckte in dir wie ein feuriger Dorn. Sag nicht nein! Ich weiß es . . .«
»Ja . . .« sagte Andreas heiser. »Ja, Katja, so ist es.«
Er umfaßte ihr Gesicht mit beiden Händen, beugte sich zu ihr hinunter und küßte sie. Die Wärme ihrer Lippen und die Wärme ihres Leibes waren rätselhaft wie diese helle, warme, vielleicht letzte Herbstnacht, ein aufbrausender Brand von Leben, hinter dem dann die leblose Asche steht.
»Wie ich dich liebe –« sagte die Susskaja und schwamm mit ihrer Stimme davon. »Mein Gott, wie ich dich liebe, Andrejuscha . . . Ich bete Sibirien an für diese Liebe –«
Sie lagen umschlungen vor dem verglimmenden Feuer, wälzten sich über den Waldboden, verglühten ineinander und merkten nicht, daß Nadeshna Iwanowna aufgewacht war. Sie saß, schmal und zerbrechlich, ein Flaum von einem Menschen, neben dem bestialisch schnarchenden Putkin, umklammerte mit beiden Händen einen schweren Hammer und war bereit, mit ihm den herrlichen Schädel von Katja Alexandrowna einzuschlagen.

3

Es war Makar Lukanowitsch Benerian, der arme Irre, der Nadeshna daran hinderte, zur Mörderin zu werden. Plötzlich, ohne Ankündigung, ohne das bisherige Greinen oder Stammeln, schnellte sein Körper hoch, so wie sich ein Lachs aus den Strudeln der Flüsse schleudert, fiel zurück auf den Waldboden, und Benerian sagte mit einer schrecklich klaren und wohltönenden Stimme: »Kommandant, ich melde: drei Deutsche abgeschossen!«

Katja und Andreas fuhren auseinander, lagen schwer atmend nebeneinander, schwimmend im eigenen Schweiß und im Schweiß des anderen. Ihre nackten Körper zitterten und waren wie Öfen, die von der unhemmbaren Glut auseinandergesprengt worden waren und nun die Hitze über das Land verstreuten.

Jekaterina Alexandrowna wälzte sich auf den Bauch und stützte den Kopf in beide Hände. Sie starrte zu Benerian, der unter der Zeltplane hockte, mit ruckartigen Kopfbewegungen um sich blickte und an den Fesseln zerrte.

»Was war das?« fragte Andreas. Sein Atem zerhackte die Worte. Das war Wahnsinn, durchfuhr es ihn. Mein Gott, welch ein lodernder, herrlicher, himmlischer, zerstörender, alles verbrennender Wahnsinn! Er lag auf dem Rücken mit gespreizten Gliedern wie ein aufgespannter Schmetterling. Die riesigen Bäume, in deren nachtschwarze Kronen er blickte, tanzten vor seinen Augen, verloren die bizarren Formen, verschwammen wie Spiegelbilder auf einer Wasserfläche, in die plötzlich jemand einen Stein wirft. Er hörte Katjas Stimme, aber er verstand kein Wort . . . sein Hirn war verglüht, alles an ihm war zerstört. Er wunderte sich nur, daß sein Herz so rasend klopfte und jeder Schlag wie ein Faustschlag in die Kehle war.

Die Susskaja beugte sich über ihn. Ihr schweißnasses langes Haar fiel über sein Gesicht wie ein Vorhang. »Makar Lukanowitsch macht schon Fortschritte, habe ich gesagt.« Ihre Stimme war ein einziges Streicheln und Küssen.

Andreas schloß die Augen und genoß diesen Ton. Rußland ist voller Wunder, dachte er. Das habe ich einmal gelesen und darüber gelacht. Dann bin ich in dieses Land gekommen mit der Kaltschnäuzigkeit des

kapitalistischen Herrenmenschen. Ein Mensch vom anderen Stern. Was ist jetzt aus mir geworden? Ich habe mich dagegen gesträubt, Bewunderung zu zeigen. Warum eigentlich? Weil mein Vater in diesem Land 1944 vermißt wurde? Weil irgendwo noch die verdammte Sucht der Deutschen sitzt, Lehrmeister aller Welt zu sein? Freundlich sein, unverbindlich reden, Hände schütteln, ab und zu ein lobendes Wort, aber immer deutlich werden lassen, daß man alles besser kann, daß man überlegen ist, daß jeder Kilometer weiter nach Osten ein Jahr der Rückständigkeit bedeutet – und wieviel Kilometer liegt Sibirien von der Ruhr entfernt, na, man rechne die Jahrhunderte aus, die da zusammenkommen – war das auch bei ihm so gewesen? Wie verbrannt war das jetzt alles. Wenn Rußland nur eine leere Scheibe gewesen wäre . . . Jekaterina Alexandrowna bedeutete alle Wunder, die eine Welt erschaffen konnte.
»Hörst du mich?« fragte sie. Sein kindlich-seliges Gesicht unter dem blonden Haargestrüpp begann zu lächeln. »Andrej . . . mein Liebling . . .« Sie küßte ihn und schüttelte ihn gleichzeitig.
»Makar hat sein Säuglingsstadium verlassen und ist beim Krieg gelandet . . .«
»Er ist doch noch viel zu jung. Er war doch gar nicht im Krieg«, sagte Andreas. Er hielt Katjas Kopf fest und zog ihn auf seine schwer atmende Brust. Neben ihnen versteckte Nadeshna den schweren Hammer unter ihrer Decke und biß sich in die geballte linke Faust.
»Ihr seid ein gemeines Volk!« sagte sie heiser. »Ein geiles, fürchterliches, schamloses, verdammtes Volk!«
Die Susskaja löste sich aus den Händen von Andreas und setzte sich. Sie schämte sich ihrer üppigen Nacktheit nicht, sondern kämmte mit gespreizten Fingern ihre Haare über die Schultern. Auf der anderen Seite unterbrach Putkin sein zersägendes Schnarchen, aber nur, um so tief Luft zu holen, als wolle er den halben Himmel einsaugen. Morotzkij pfiff noch immer im Schlaf, als habe er einen Finken verschluckt, der verzweifelt nach einem Ausweg suchte.
»Wie lange sind Sie schon wach?« fragte Katja. Nadeshna Iwanowna warf sich auf den Rücken und wandte den Kopf zur anderen Seite.
»Lange genug. Ihr seid wie Tiere. Wie Tiere! Ihr beschnüffelt euch und fallt übereinander her. Zum Ekeln –«
»Haben Sie nie geliebt?« fragte die Susskaja.
»Nicht auf einem Waldboden unter anderen Menschen.«
»Sollen wir uns jede Nacht eine Hütte bauen, nur weil Sie's unter einem Dach als anständig empfinden?«
»Ich sage es ja . . . wie die Tiere!« Nadeshnas Körper zog sich zusammen. Sie drückte das Gesicht in ihre Decke und biß in den rauhen

Stoff. Liebe, dachte sie, Liebe! Wer hat mich schon geliebt, wen habe ich geliebt? Ein Student in Perm, mein Schulleiter in Tomsk, dann ein Geologe in Tschajanda . . . aber da verteilte ich schon heimlich Bibeln. Drei Männer, welch eine armselige Bilanz. Warum laufen sie mir nicht nach wie den anderen Weibern? Habe ich keine Brüste, keine Schenkel, keine schönen, schlanken Beine, keine Lippen, die sich beim Küssen öffnen? Bin ich häßlich wie ein verrosteter Eisentopf? Friert man, wenn man mich anfaßt? Warum? Warum? Soll ich mit hochgeschlagenem Rock herumlaufen und jeden anrufen: Hier, guck doch hin, du Affe! Nimm mich! Ich bin bereit! Nadeshna Iwanowna Abramowa ist ein Weib! Guck's dir an, du blinder Esel. Sie begann leise zu weinen, tastete nach dem Hammer neben sich und wünschte sich den Mut, sich mit ihm selbst den Schädel einzuschlagen.
Benerian hob den Kopf. In der hellen Nacht war sein Gesicht ein geisterhafter Fleck. »Kommandant!« brüllte er. »Kommandant, ich melde: drei Abschüsse!«
Das weckte auch Putkin. Er fuhr hoch, stierte um sich und schrie sofort zurück. Sein Reaktionsvermögen war enorm. »Dreimal in die Hose geschissen, hast du! Katja, wo stecken Sie? Sie sind Ärztin. Kümmern Sie sich um Ihren Patienten. Sonst mache ich das und betäube ihn mit einem Faustschlag.« Dann sah er die Susskaja, nackt und schamlos neben dem ebenfalls nackten Andreas hockend, und wischte sich mit beiden Händen über das Gesicht. »Ach, so ist das?!« sagte er gedehnt. »Wir leben in einer Karnickelkolonie . . .«
Die Susskaja antwortete nicht. Sie stand auf, zog sich an und ging hinüber zu Benerian. Putkin hatte ihr wortlos zugesehen, wie sie Stück um Stück über ihren herrlichen Körper streifte, und das war aufregender, als wenn sie sich ausgezogen hätte. Er schnaufte durch die Nase und beugte sich zu Andreas hinüber. Der hatte sich in seine Decke gewickelt und rauchte eine von Katjas Papyrossi. Sie hatte zwei Packungen von ihnen in ihrem kleinen Arztkoffer gehabt . . . zwei Goldklumpen, wie Putkin sie nannte.
»Gönnen Sie mir drei Züge?« fragte er jetzt.
»Bitte.« Andreas reichte die Zigarette hinüber. Putkin machte drei tiefe Lungenzüge und stieß den Rauch wie eine alte Dampflokomotive von sich. Dann gab er die Papyrossa an Andreas zurück.
»Danke, Andrej. Das ändert nichts dran, daß Sie für mich ein unsympathischer Mensch sind.«
»Warum eigentlich, Igor Fillipowitsch?« fragte Andreas und rauchte mit bebenden Fingern weiter. Das Erlebnis mit Katja war nicht so schnell aus seinem Körper zu vertreiben. »Was habe ich Ihnen getan?«

»Sie haben bei der herrlichen Katja gelegen! Den Platz hatte ich mir ausgerechnet.«
»Als Ingenieur müßten Sie logischer rechnen können, Putkin.«
»Ich habe den Fehler, auch noch ein Ideologe zu sein. Eine kommunistische Ärztin legt sich zu keinem Kapitalisten aus dem Westen ins Bett! Aber die Susskaja tut's! Zum Teufel, Andrej, was ist das für eine Frau?«
»Ein Wunder, Igor, ein reines Wunder! Und eben nichts als nur eine Frau.«
»Ich hätte es ahnen müssen. Habe ich Sie nicht lange genug beobachtet? Es ist fürchterlich mit Ihnen. Die Weiber verlieren bei Ihnen den Verstand, als liefen Sie dauernd mit offener Hose herum. Andrej – hätten Sie Nadeshna, das Betschwesterchen genommen – meinen Segen dazu. Ich hätte neben Ihnen gestanden und Halleluja gesungen. Aber Katja Alexandrowna? Daran zerbrechen Sie, mein Bester! Die bringt einen Felsen zum Schmelzen, wenn sie die Beine um ihn legt. Denken Sie an meine Worte, Andrej. Vor uns liegt die Hölle. Da braucht man nicht noch einen Brand von innen –«
Mit der Nachtruhe war es vorbei. Benerian mußte beruhigt werden. Seine Aufwärtsentwicklung zum Kriegsflieger, die sich keiner erklären konnte, weil niemand wußte, daß sein Vater ein damals bekannter Jagdflieger gewesen war, der Hauptmann Wladlen Kyrillowitsch Benerian, der dann über Berlin abgeschossen wurde, war nicht mehr mit einigen Pillen zu stoppen, sondern verlangte nach einer massiven Betäubung.
»Womit?« sagte die Susskaja und wühlte in ihrem kleinen Arztkoffer. »Ich habe nichts . . .«
»Was haben Sie überhaupt da drin?« schrie Putkin. »Potenzpillen?«
»Ein Blutdruckmeßgerät, ein Stethoskop, eine Wickeltasche mit einem allgemein-chirurgischen Besteck, einige Medikamente gegen Grippe, Fieber und Darmverstimmung . . .«
»Wie schön!« krähte Putkin und schlug sich auf die Schenkel. »Scheißen ist also erlaubt . . .«
Er war eben ein grober Mensch, was soll man dagegen tun? Die Susskaja beachtete ihn nicht weiter, beugte sich wieder über Benerian und sprach auf ihn ein. Morotzkij war durch Putkins Gebrüll ebenfalls erwacht und saß lang und dürr neben Nadeshna. Sie hatte die Hände zwischen ihre Schenkel geklemmt. Ihre schönen, schmalen, blaßroten Lippen zuckten wie im Krampf.
»Beim Morgengrauen geht's weiter –« sagte Putkin. »Und wenn wir auf unsere Zungen treten . . . wir müssen aus dem Wald heraus, bevor es Winter wird.«

»Das ist doch eine dämliche Illusion«, sagte Morotzkij ruhig.
»Wir müssen Menschen erreichen, wollte ich damit sagen!« rief Putkin. »Menschen! Haben Sie schon mal in der Taiga überwintert, Semjon Pawlowitsch?«
»Nein.«
»Aber ich. Nicht allein, natürlich nicht . . . mit einer Gruppe von Geologen und anderen Ingenieuren. Wir waren neunundvierzig Mann. Kerle wie Bäume, sage ich. Und trotzdem . . . nach vier Monaten Gefangenschaft im Schnee waren wir soweit, uns gegenseitig mit den bloßen Händen umzubringen. Dieses Land ist herrlich, Freunde, es gibt kein schöneres Land auf der Welt als Sibirien . . . aber es frißt den Menschen auf.« Putkin beugte sich vor, blies kräftig in die glimmende Asche, bis sich ein kleines Flämmchen zeigte, und legte dann Holz nach. Es prasselte sofort auf, so trocken war es. »Angenommen, wir treffen auf Menschen –« sagte er. Seine Stimme war verändert, weicher. Sie merkten es alle und sahen ihn verblüfft an. »Angenommen, wir überwintern bei ihnen . . . wollen wir wieder zurück in das, was man Zivilisation nennt?«
»Natürlich«, sagte Morotzkij. »Ich habe einen Forschungsauftrag.«
»Die Verhaltensweise der Nagetiere. Semjon Pawlowitsch, wie kann ein Professor so blöd sein? Wir alle hier –« Putkin machte eine weite Armbewegung – »haben jenseits dieses Waldes nur Dreck zu erwarten. Sie, Morotzkij, haben einen ungesühnten Mord gestanden. Sie, Nadeshna, sind eine Aspirantin fürs Straflager mit Ihren Bibeln und Priestern! Andrej, Ihnen kreide ich an, daß Sie am Olenek Fotos von Militäranlagen gemacht haben. Oha! Ich weiß alles! Und Sie, Jekaterina Alexandrowna, was Sie betrifft, da ist noch Dunkel um Ihre Person, aber in der schwärzesten Nacht kann man Licht machen. Freunde, was wollen wir noch draußen?«
»Nur wir fünf kennen uns jetzt«, sagte Morotzkij. »Und wir werden auseinandergehen und uns nie wiedertreffen . . .«
»Irrtum! Ich werde jeden von Ihnen melden . . .«
»Man sollte Sie doch töten, Putkin«, sagte Andreas ruhig. »Nicht meinetwegen – ich habe mich in Ihrem Land anständig benommen. Aber die anderen . . .«
»Ich bin ein Gerechtigkeitsfanatiker –«
»Sie sind ein Idiot, Igor!« sagte die Susskaja. »Was wollen Sie eigentlich? Mit Ihrem fürchterlichen Karren nach Süden ziehen oder uns zwingen, in der Taiga zu bleiben?«
»Das eben sollten wir überlegen, hochverehrte Dame.« Putkin warf noch ein paar Knüppel ins Feuer. Der fahl heraufdämmernde Morgen, ein bleiches Licht, das den Himmel unergründlich und fast feindlich

werden ließ, brachte einen kalten, unhörbaren Wind mit. Vorbote des Winters. Jeder spürte ihn auf der Haut, jeder zog den Kopf in die Schultern, aber niemand sprach darüber. Morotzkij schien recht zu haben: Der Winter war näher, als man sich ausgerechnet oder befürchtet hatte.

»Was gibt es da zu überlegen?« sagte die Susskaja hart. »Natürlich brechen wir aus diesem Wald aus. Was für Gedanken, Igor Fillipowitsch! Oder wollen Sie ein neues Sibiriengeschlecht gründen?«

»Ich? Womit? Mit der Hand?« Putkin lachte rauh. »Sie haben doch damit schon begonnen, Katja Alexandrowna! Es sei denn, die schöne Nadeshna ...«

»Ich würde Sie im Schlaf umbringen –« sagte Nadeshna, »Ihnen die Kehle durchschneiden.«

»Also ziehen wir weiter! Gut so!« Er legte sich wieder auf den Rücken. Noch zwei Stunden konnte man sich ausruhen, dann begann die Schinderei von neuem: durch den Wald, eingespannt in die Gurte vor dem Wagen, Meter um Meter nach Süden, im Herzen das stumme Gebet: Gott, laß uns auf Menschen treffen! Gott, laß uns der Freiheit näher sein, als wir ahnen. Gott, führe uns hinaus aus diesem alles verschlingenden Wald –

Aber Gott hörte sie nicht.

Mit jedem Schritt, den sie sich weiterschleppten, entfernten sie sich mehr von den Menschen.

Denn sie merkten alle eines nicht: Die Richtung war falsch. Sie glaubten, auf geradem Wege nach Süden zu ziehen, und sowohl Putkin als auch Andreas benutzten die ausgebaute Flugzeuguhr, die um Morotzkijs Hals baumelte, als Kompaß, aber sie verliefen sich trotzdem. Sie krochen nicht nach Süden durch die Taiga, sondern bewegten sich wie eine Spirale in immer größeren Kreisen. Es wäre eine Aufgabe für einen Mathematiker gewesen, auszurechnen, wann sie auf diese Art zur nächsten menschlichen Siedlung kommen mußten. 360000 Quadratkilometer, und darin immer rund herum. Reichen da zehn Jahre ...?

Am nächsten Morgen, nachdem sie eine Platte Preßtee in heißem Gemüsewasser aufgelöst und muffige Kekse gegessen hatten, spannten sie sich wieder vor den Karren. Benerian schnallten sie oben drauf wieder fest – er hatte jetzt zu singen begonnen. Keine Melodie, sondern nur Töne, willkürlich aneinandergereiht, eine schreckliche, nervtötende Litanei, von der Putkin sagte: »Wenn ich das drei Tage höre, können wir uns brüderlich die Hand drücken, Morotzkij. Dann bin ich auch ein Mörder.«

Morotzkij spuckte den Karren an, bevor er die Leinenschlaufe um

seine Schulter streifte. Andreas sah Putkin an, er wartete auf das Kommando: »Ziiieee-het aaan . . .«
»Halten Sie durch?« fragte Putkin gehässig. »Weiber höhlen nicht nur Lenden, sondern den ganzen Körper aus.«
»Solange Sie gehen, bin ich an Ihrer Seite, Sie behaarter Muskel«, sagte Andreas. »Mich kriegen Sie nicht klein!«
»Abwarten, mein deutsches Großmaul«, schnaufte Putkin. »Abwarten! Und jetzt – Ziiieeehet aaan –«
Der neue Tag begann mit Feindschaft. Der Wind wurde stärker und kälter, die Blätter wirbelten durch den Himmel, es gab keine Sonne mehr, sondern nur ein fahles, gelbes Licht, als weine die Sonne hinter einem Schleier. Die Taiga erhob ihre mächtige Stimme . . . das war ein dumpfes Brausen und Knacken, ein urweltliches Gesinge auf Millionen sich biegender Hölzer, ein den Himmel eroberndes Rauschen aus einem unendlichen Meer grüner Wipfel.
»Eine Woche noch!« keuchte Putkin. »Verdammt, eine Woche noch! Das genügt! Brüderchen Winter, gönne uns noch eine Woche! Ich rieche Menschen . . . Nur eine kleine Woche noch, Brüderchen Winter . . .«
Und sie wankten mit ihrem Karren im Kreis herum und merkten es nicht.

Zehn Tage lang quälten sie sich durch den Wald.
Sie bespuckten den schweren Karren, traten gegen seine geradezu aufreizend unzerstörbaren Gummiräder, hieben mit den Fäusten auf ihn ein, als sei es ein Wesen, das man vernichten müßte – aber sie schleppten ihn weiter mit sich herum, zogen und drückten, lagen in der Nacht um ihn herum, ausgepumpt, so leer wie ein ausgelaufenes Faß, mit stechenden, zitternden Muskeln und einer würgenden Übelkeit. Ihre Erschöpfung war nicht mehr meßbar, und wenn sie sich am Abend anblickten, starrten sich Gespenster an, hohläugig, erdfarben. Gestalten aus zerfließendem Lehm.
Am nächsten Morgen aber standen sie wieder vor dem Karren, betrachteten ihre wunden Hände und Schultern und blickten hinauf in den fahlen, immer kälter werdenden Himmel.
»Weiter!« knirschte Putkin dann. »Freunde, weiter! Irgendwo sind Menschen. Holzfäller, Geologen, Fischer an einem Fluß, Jäger, Flößer . . . die Taiga ist nicht leer, glaubt es mir. Sie ist lebendiger als ein verlauster Kopf. Wir treffen auf Menschen!«
Diese Hoffnung hielt sie aufrecht, diese verrückte Hoffnung, hier irgendwo in der völligen Einsamkeit auf eine Siedlung zu treffen, auf ein Lager herumziehender Jakuten, die ihre Rentierherde durch den

Wald trieben, oder auf ein paar Blockhäuser, in der eine Gruppe Jäger hauste, bis der Stapel der Felle so groß geworden war, daß es sich lohnte, zu den staatlichen Ankaufstationen zu ziehen.
Bis auf die erste Nacht ihrer wahnsinnigen Liebe gaben Katja und Andreas der lauernden Nadeshna keinen Anlaß mehr, Mordgedanken zu nähren und eigene unerfüllte Sehnsüchte in die Decke zu beißen. Sie lagen nachts nebeneinander, eng unter einer gemeinsamen Decke, spürten selig die Wärme des anderen und die glatte, vibrierende Haut . . . aber sie lagen ganz still, streichelten sich bloß und waren zu erschöpft, um sich zu lieben. Es blieb keine Kraft mehr für die Leidenschaft . . . die Taiga und der Karren zerbrachen alles.
Am achten Tag hörten sie zum erstenmal Wölfe. Das Geheul fuhr ihnen in die Knochen, und Putkin sagte ernst: »Einen Tag Pause! Ich muß endlich den Gewehrkolben schnitzen. Wir werden schießen müssen . . .«
»Ein Tag ist verlorene Zeit.« Morotzkij, der an der Wagenwand lehnte, jetzt nur noch ein Gerippe mit einer Lederhaut, vor der eingefallenen Brust die dicke Flugzeuguhr an einem Strick, ein geradezu schauerlicher Anblick, als sei er der leibhaftige Tod, der mit der Stundenuhr herumläuft und jedem zeigt: Genosse, du hast nur noch einige Zeigerumdrehungen zu leben, Morotzkij also wies jetzt mit ausgestrecktem, bebendem Arm in den gleichförmig grauen Himmel. »Es schneit bald.«
»Erst kommt der Regen«, keuchte Putkin.
»Noch schlimmer. Dann versinken wir im Schlamm mit unserem verfluchten Wagen.«
»Recht hat er.« Andreas winkte. Er schwitzte nicht mehr . . . woher auch? Sie hatten noch kein Wasser entdeckt und lebten nur von dem Saft in den Konservenbüchsen und einigen Schlucken Wein. Jekaterina Alexandrowna teilte das alles genau ein: jeder sieben Schluck am Tag. Wovon soll man da schwitzen? Vielleicht schwitze ich eines Tages Blut, dachte Andreas. Das ist die letzte Feuchtigkeit in meinem Körper. Irgendwann wird uns allen die Haut platzen, und wir bluten aus. Wird das eine Wonne sein! Er blickte wie irr um sich und sah Putkin, wie er irgendein Blatt fraß, das noch grün und daher voll Saft war. Er zermalmte es zwischen den Zähnen wie ein Pferd. »Ich habe einmal einen Regen erlebt. In Suchana! Unvorstellbar, wie das Land dann aussieht. Wir müssen weiter.«
Er spuckte auf die Rückseite der inzwischen zerrissenen und total verdreckten Karte, klebte sie an die Holzwand des Wagens und starrte sie an. Die Karte zu halten, war er nicht mehr fähig. Man konnte nichts mehr sehen, so zitterten seine Hände.

»Hier ist doch ein Fluß!« sagte er und stieß die Faust auf das bunte topographische Bild. »Hier! Verdammt noch mal!«

»Aber wissen Sie, wo wir hier gestrandet sind?« fragte Putkin.

»Hier ist überall Wasser eingezeichnet. Überall. Wir leben mitten im Wasser – aber haben wir bis jetzt nur eine Pfütze gesehen? Etwas stimmt hier nicht.«

»Ein kluges Kerlchen.« Putkin riß die Karte vom Wagen und zerknüllte sie. Dann warf er die Papierkugel in die Luft und trat danach, als sei sie ein Fußball. Nadeshna lief hinter ihr her, holte sie zurück, faltete sie auseinander und strich die Karte wieder glatt. »In einem solchen Sommer wie diesem trocknen die Wasserläufe aus. Nur die großen Flüsse bleiben. Nach der Schneeschmelze, oha, da wachsen Ihnen hier Schwimmhäute zwischen den Zehen.« Er hob den Kopf und schnupperte wie ein wildes Tier. »Aber es ist Wasser in der Nähe. Sie haben recht. Acht Tage geradeaus sind wir gekrochen . . . da *muß* Wasser kommen!«

Aber auch am zehnten Tag trafen sie auf keinen Bach. Sie waren wieder im Kreis gezogen und wanderten jetzt nach Osten, statt nach Süden. Eine Orientierung zur Sonne war nicht mehr möglich, denn es gab keine Sonne mehr, sondern nur noch einen milchigen Himmel, in den die sterbende Taiga mit einer unbegreiflichen Schönheit hineinbrannte. Es gab keinen Raum und keine Zeit mehr, nur Tag und Nacht, denn auch Morotzkijs Uhr war am neunten Tag stehengeblieben, nachdem er aus seiner Zugschlinge weggerutscht und auf die Erde gefallen war. Beinahe hätte man ihn überrollt, denn es ging einen leichten Abhang hinunter, und der Wagen drückte sie alle vorwärts. Sie mußten schneller laufen, als sie noch Kraft in ihren Beinen hatten. Unten in der Senke verlor Morotzkij zum erstenmal die Nerven.

»Erschlagt mich doch!« schrie er. Seine bisher geradezu vornehme Stimme war schrill und weiberhaft hysterisch. »Los! Haut mir den Schädel ein! Ich kann nicht mehr! Ich kann nicht mehr! Belastet euch nicht mit etwas so Sinnlosem wie mich.«

Die Susskaja brachte Semjon Pawlowitsch mit ein paar Schlucken Muskatellerwein wieder auf die Beine. Später stand Morotzkij hinter dem schrecklichen Wagen und weinte.

Am zehnten Tag nun schrie Morotzkij plötzlich auf und zeigte in den Himmel. Sie schwankten durch ein Tal, der Wald war lichter geworden, Marder, Hermeline und Iltisse huschten vor ihnen her, als seien es winzige Hunde, die sie begleiteten. Kräftige, schöne Silberfüchse schnürten ohne Scheu über ihren Weg und blieben sogar stehen, um die seltsamen Wesen zu betrachten.

»Wasser!« schrie Morotzkij. »Wasser!«

Der Schrei ließ sie alle zusammenzucken. Von hinten kamen Katja und Nadeshna gerannt, sogar Benerian, der in den letzten Tagen fast wortlos auf seinem umgeklappten Flugzeugsessel mitreiste, schien das zu begreifen und kreischte: »Wasser! Hehehe, Wasser ...«
»Wo?« rief die Susskaja. »Semjon Pawlowitsch, wo?«
»Er zeigt in den Himmel!« Putkin röchelte vor Erschöpfung. »Sollen wir ihn neben Benerian auf den Wagen schnallen, Katja Alexandrowna? Er ist soweit.«
»Ihr Blinden«, brüllte Morotzkij. »Da, seht sie doch! Hört sie doch! Kraniche! Und wilde Schwäne! Da ...«
Über die Wipfel der Lärchen und Kiefern flatterten ein paar schemenhafte Gebilde. Erschöpfung und Schweiß vor den Augen trübten jedes Bild ... aber sie sahen wenigstens die Umrisse großer Vögel. Den Flügelschlag hörten sie nicht, denn in ihrem Kopf hämmerte und summte das kochende Blut. Seit Tagen gab es keinen anderen Laut mehr.
»Wilde Schwäne!« stammelte Morotzkij und umklammerte seinen Schädel. »Da ist Wasser! Wasser! Viel Wasser! Ein Fluß –«
»Aber wo? Links, rechts oder vor uns?« Andreas beobachtete den kleinen Schwarm. Er zog einen großen Kreis und flatterte nach links davon. Aber das bedeutete nichts, denn die Schwäne kamen wieder, als wollten sie die Richtung verwischen und strichen nach rechts ab. Putkin fluchte gottserbärmlich. Keiner von ihnen kannte einen anderen Menschen, der so fluchen konnte wie er.
»Wer ist für rechts?« fragte er.
Alle hoben die Hand. Es war ja gleichgültig, in welcher Richtung man zusammenbrach. Die Schwäne waren vom grauen Himmel verschwunden, dafür hoppelte ein fast weißfelliger Hase durch den Wald.
»Der Winter!« sagte Morotzkij fast mit Ehrfurcht. »Leute, der Winter fängt an zu leben. Morgen, übermorgen wird es schneien.«
»Ich bringe ihn um!« knirschte Putkin und spannte sich wieder in die Zugschlinge. »Wer kann dieses Prophetengestammel noch ertragen?«
Sie schwenkten nach rechts ab und zogen nun wieder, ohne es zu wissen, nach Süden. Aber den Fluß fanden sie nicht. Die Schwäne und Kraniche verließen sie, und es wurde kälter und kälter, fast mit jeder Stunde. Der Wald starb. Die Birken wurden kahl. Wie schreckliche Gerippe stachen sie jetzt schon in den grauen, sonnenlosen Himmel.
»Kein Regen dieses Jahr?« keuchte Putkin. »Hitze und dann gleich Schnee? Welch eine Verrücktheit. Und wir müssen mitten drin sein ...«

Am Nachmittag des zehnten Tages stand plötzlich ein Rentierhirsch vor ihnen. Ein kapitaler Bursche war's, mit einem kräftigen Körper und einem mächtigen, ausladenden Geweih. Nur war es verkrüppelt . . . die linke wuchs in die rechte Stange hinein – es sah erstaunlich aus, wie ein zusammengeflochtener Drahtverhau. Putkin fluchte wieder und schrie: »Wer hat mich daran gehindert, den Gewehrkolben zu schnitzen? Jetzt hätten wir einen Braten in der Pfanne! Sie waren es, Katja Alexandrowna! Nun fangen Sie ihn auch! Los! Strecken Sie das Händchen aus. Er ist ein Hirsch, der schnuppert eine Weiberhand . . .«

»Ein Einzelgänger!« Morotzkij stützte sich auf Andreas. »Ein Krüppel. Aus der Herde gestoßen . . .«

»Wie wir!« Putkin winkte. »Komm her, Genosse! Laß dich auffressen!«

»Das beweist, daß Sie ein Rindvieh sind, Igor Fillipowitsch.« Morotzkij streckte die Hand aus und schnalzte mit den Fingern. »Einen Knüppel! Schnell! Einen Knüppel! Sie werden's nicht glauben . . . aber Ihr Genosse kommt gleich. Ein Einzelgänger ist gefährlich wie ein Tollwütiger. Passen Sie auf . . .«

Der riesige Rentierhirsch beäugte sie. Seine großen, braunen, schönen Augen glänzten, und es war ein Blick, der Erstaunen und Sanftheit ausstrahlte. Aber das täuschte. Man erkannte es, als er den Kopf senkte und sein schrecklich verwachsenes, wie mit Eisenspitzen besetztes Geweih vorstreckte. Dann stemmte er die schlanken, sehnigen Beine in den Waldboden und forkelte große Löcher in den Boden, daß die Erdfetzen fast bis zu Putkin flogen, der zwei Schritte vom Wagen entfernt stand.

»Tatsächlich ein Irrer«, sagte Putkin. »Er will angreifen! Nadeshna, beten Sie jetzt keinen Psalm, sondern reichen Sie mir ein Eisenrohr. Schnell! Ha! Der Bursche kommt! Er kommt wirklich!«

Der Hirsch setzte sich in Bewegung. Zunächst langsam, dann schneller werdend, griff er die Menschen an, den Kopf gesenkt, bereit, mit dem Geweih alles aus dem Weg zu räumen. Der trockene Boden staubte unter seinen trappelnden Läufen, das Geäse war weit aufgerissen, und ein tiefer, grollender, feindlicher, mutiger Ton quoll aus ihm heraus.

»Einen Knüppel!« kreischte Morotzkij. »Putkin, zurück! Er rennt Sie um! Hinter den Karren!«

Putkin zögerte. Er sah den Hirsch heranbrausen und das Gewirr der spitzen Geweihstangen immer näher kommen. Trafen sie voll seinen Körper, würde er aufgespießt werden wie von dreißig Lanzen. Da warf er sich herum, rannte davon und flüchtete hinter den Wagen, wo

schon die anderen standen und von Nadeshna mit Stangen und Knüppeln versorgt wurden. Sie kroch auf dem Karren herum und wühlte alles heraus, was man zum Zuschlagen gebrauchen konnte. Zuletzt war es die kurzstielige Axt . . die Susskaja fing sie auf und umklammerte sie mit beiden Händen.
»Das ist das erste Mal, daß ich davonlaufe!« brüllte Putkin. »Noch keiner, der mich angriff, hat meinen Arsch gesehen!« Er riß die Eisenstange, die Nadeshna ihm reichte, an sich und flitzte wieder um den Wagen herum. Die anderen folgten ihm.
Der Renhirsch hatte mit aller Kraft den Wagen gerammt. Die Erschütterung war so stark, daß selbst der verrückte Benerian es merkte, den Kopf hob und schrie: »Kommandant, ich melde: drei Abschüsse!«
»Schießen!« Putkin schwang die Stange über seinen Kopf. »Jetzt schießen können! Ich schwöre, niemand hält mich mehr davon ab, den Kolben zu schnitzen!«
Er sprang auf den Hirsch zu, der zurückgeprallt war, die Menschen wieder musterte und zu einem neuen Angriff ansetzte.
»Hoiho!« brüllte Putkin und schlug mit dem Eisenrohr gegen den Schädel des Rentiers. Das Rohr prallte von dem Geweih ab, als habe es auf Stahl geschlagen. »Und noch mal! Und noch mal!«
Er hieb mit blinder Wut drauflos, aber der starke Hirsch röhrte nur dumpf, schleuderte den Kopf herum und traf damit Morotzkij, der hinterlistig von der Seite kommen wollte. Der Stoß warf den Dürren wie ein kräftiger Faustschlag zur Erde, aber nicht das setzte ihn außer Gefecht, sondern die Flugzeuguhr. Sie klatschte Morotzkij gegen die Stirn und betäubte ihn. Nadeshna schrie auf, packte ihn unter die Arme und schleifte ihn von dem rasenden Hirsch weg.
Putkins Augenhöhlen röteten sich wieder wie damals, als er Andreas mit dem Knüppel bedrohte. Er stierte um sich, sah Morotzkij als Opfer seiner um den Hals hängenden Uhr und knirschte mit den Zähnen. Unterdessen hatte Andreas mehrmals auf den Hirsch eingeprügelt, aber es war, als trommele man harmlos gegen ein Gebilde aus Stein. Das schöne, große Tier machte ein paar tänzelnde Schritte zur Seite, musterte wieder die Menschen und rannte dann zum dritten Angriff los. Andreas spreizte die Beine, um festeren Halt zu haben. Hinter sich hörte er Jekaterina Alexandrowna etwas rufen, aber er verstand sie nicht. Dafür schrie Putkin um so lauter, und der verrückte Benerian auf dem Karren greinte wieder sein fürchterliches: »Kommandant, ich melde: drei Abschüsse!«
Es war ein ungleicher Kampf: fünf Menschen gegen ein Tier. Aber das Tier war stärker als diese ausgelaugten, zitternden, atemlosen,

von der Taiga angefressenen Gestalten. Staub und Erde, Laub und Zweige aufwirbelnd zu einer nebeligen Wolke schleuderte der Hirsch den starken Putkin auf den Boden, senkte dann das stolze Haupt und wollte ihn mit den Spitzen seines Geweihs durchbohren. Putkin kugelte sich weg, trat um sich, von der Seite hieb Andreas auf den goldbraunen Rücken des Ren, aber seine Schläge federten zurück, als träfen sie auf Gummi.

»Er vernichtet uns!« jammerte Nadeshna. Sie saß unter dem Karren, hielt den ohnmächtigen Morotzkij in den Armen und streichelte sein verdrecktes, bleiches Gesicht. »Herrgott, er vernichtet uns –«

Das alles war schneller geschehen als erzählt, nur Sekunden waren es, aber sie dehnten sich wie vom Löffel tropfender Sirup. So sah auch keiner in diesem Wirrwarr aus Leibern, Erde, Staub und Geschrei, daß die Susskaja ruhig, als wolle sie jemanden begrüßen, an den tobenden Hirsch herantrat. Aber statt der Hand hob sie die Axt und fixierte genau eine Stelle hinter dem dicken muskulösen Hals. Mit zusammengepreßten Lippen und angehaltenem Atem ließ sie dann die Axt heruntersausen, als der Hirsch so gut stand, daß sie seinen Nacken treffen konnte. Er war gespannt, zu neuem Zustoßen gebeugt, und der stachelige Verhau des Geweihes zuckte gegen den herumrollenden Putkin. Es war ein merkwürdiger Ton, als die Schneide der Axt in die Nackenmuskeln drang. Mit einem Gebrüll, daß das Blut gefror, schleuderte der Hirsch den Kopf empor, starrte fast ungläubig Katja Alexandrowna an, als wollte er sagen: Was ist das? Ein Weib tötet mich? Mich, einen Hirsch, tötet ein Weib? . . . dann knickte er in den Vorderläufen ein, Blut quoll aus der Nackenwunde, sein verkrüppeltes Geweih fetzte den Boden auf, grub mit drei, vier gewaltigen Schlägen ein Loch in die Erde, und dahinein legte er seinen mächtigen, schönen Kopf, fiel auf die Seite, streckte sich zuckend und ergab sich seinem verlorenen Schicksal.

Putkin war aufgesprungen, riß die Axt aus dem Nacken des Tieres und hieb noch viermal zu. Er trennte fast den Kopf vom Rumpf und schlug noch zu, als der Hirsch längst verendet war. Erst als Katja dem rasenden Putkin undamenhaft in den Hintern trat und ihm die Axt aus den Händen riß, beruhigte er sich, fiel neben dem toten Tier auf die Knie und drückte beide Hände auf sein tobendes Herz.

»Er hat mich zum Feigling gemacht . . .« keuchte er. »Er hat es geschafft. Katja, wo wäre ich jetzt ohne Sie? Als ich auf der Erde lag und er kam über mich . . . ich schwöre Ihnen, ich war bereit, vor Angst in die Hosen zu scheißen. So etwas von Tier, so etwas –«

Er fiel neben dem Hirsch auf die Erde, legte seinen Kopf auf das dampfende Fell und riß den Mund auf wie ein erstickender Fisch. Andreas

stand noch immer mit gespreizten Beinen und schwang seinen armseligen Holzknüppel.
»Welch ein Schlag, Katjenka«, sagte er. Sein Atem rasselte, als bestände seine Lunge aus Tausenden Bleikugeln. Er starrte in ihr verdrecktes Gesicht, und die Wildheit dieses Kopfes war so ungeheuerlich, daß ihm der Atem stockte. »Ich habe Angst vor dir.« Eine Schwäche, wie am Rande einer Ohnmacht, durchzog ihn. Der Knüppel fiel aus seinen Händen. »Katjuschka, ich habe Angst vor dir –«

Dieser Abend wurde ein Fest, anders konnte man es nicht nennen. Putkin hatte den Renhirsch ausgeweidet und aus der Decke geschlagen, Nadeshna schnitt das Fleisch in handliche Portionen und briet an einem Spieß einen großen Brocken für das Abendessen, die Susskaja schabte die Innenseite des Fells mit einem Messer sauber und überlegte, wie man es gerben könne ohne Salz, Alaun oder Gerbsäuren aus Eichen- und Weidenrinden. Morotzkij hatte eine leichte Gehirnerschütterung behalten und nach seinem Erwachen mit feierlicher Wut die nutzlose Riesenuhr an einem Baum zerschmettert. Andreas schnitzte einen Gewehrkolben . . . er hatte dazu den dicken knochigen Wurzelstock einer Zeder herausgehauen und bearbeitete ihn nun mit Beil und Säge, Messer und einer Stahlfeile.
Mit der Nacht wurden auch wieder die Stimmen der Taiga laut. Der Wind schlief ein, nur die Kälte blieb. Der graue Himmel wurde schwarz, die fast leergefegten Lärchen griffen mit ihren Ästen wie Totenfinger in das Dunkel, und deutlich wehte jetzt das jaulende Heulen zu ihnen hin, mal lauter, mal entfernter, wie Wellen, die träge an ein Ufer lecken.
»Wölfe –« sagte Morotzkij. Er lag auf einem Kissen mit seinem durchgerüttelten Kopf, und Nadeshna sorgte rührend für ihn. Putkin unterließ eine giftige Bemerkung, was bewies, wie erschöpft auch er war, denn daß Nadeshna sich gerade das Gerippe Morotzkij zum Abfluß ihrer verdrängten Liebe auserwählte, hätte noch vor drei Tagen Anlaß zu schweinischen Bemerkungen gegeben. So aber half Putkin jetzt der Susskaja beim Abschaben des Fells und begutachtete den Gewehrkolben, den Andreas einpaßte.
»Einen Schönheitspreis bekommt er nicht«, sagte er und drückte das Gewehr in die Schulter. »Aber jetzt kann man damit schießen.« Er hielt die Waffe der Susskaja hin. »Hier! Mir mißtrauen Sie ja, Katja Alexandrowna. Ich mag ein grober Klotz sein, aber ein Schuft bin ich nicht. Sie haben mir das Leben gerettet, nehmen wir's an, obwohl ich eine Sekunde später selbst wieder auf den Beinen gewesen wäre. Ich schulde Ihnen also eine gute Tat.«

»Halten Sie das Maul . . . das ist genug«, sagte die Susskaja grob. Sie nahm Putkin das Gewehr ab und warf es wieder Andreas zu. »Er wird es tragen.«
»Im Bett und auf der Heide, da hab' ich meine Freude . . .« sang Putkin rauh und lachte brüllend. »Von mir aus, schöne Dame. Streiten wir uns nicht. Wir haben einen Sieg zu feiern. Ich spendiere zwei Flaschen von Makars flüssigem Schatz. Nadeshna, Himmelstöchterchen, was macht der Braten?«
Es wurde ein wahres Fest. Alle aßen, bis sie glaubten, der Bauch platzte ihnen und die letzten Bissen müßten oben wieder aus der Kehle quellen. Der Wein benebelte sie und machte die Glieder wie taub. Putkin lag rülpsend neben dem lodernden Feuer, ärgerte die betrunken kichernde Nadeshna mit seinen unanständigen Reden und warnte sie vor Morotzkij, an dessen spitzen Knochen sie sich die Haut aufstoßen würde.
Es war Jekaterina Alexandrowna, die plötzlich den Kopf hob und die flache Hand ausstreckte. Sie hielt sie in die Luft, wartete ein paar Sekunden und zog sie dann zurück. Drei winzige weiße Kristalle zerschmolzen auf ihrer Haut.
»Schnee –« sagte sie leise. »Es fällt Schnee. Schnee! Ihr betrunkene Bande . . . Schnee –«
Putkin schüttelte sich wie ein nasser Hund und richtete sich auf. Mit vom Alkohol glänzenden Augen starrte er in den schwarzen Himmel. Noch waren es vereinzelte Flocken, die da lautlos herunterfielen, aber jetzt sah auch er sie gegen den Feuerschein. Sie schwebten wie Federchen herab und zergingen, noch bevor sie die Erde berührten.
»Der Winter –« sagte Morotzkij. »Ich habe es gesagt. Aber Sie haben mich einen Stiefelpisser genannt, Igor Fillipowitsch. Wir haben den Wettlauf verloren! Kein Mensch weit und breit, kein Fluß, kein Wasser, in drei Tagen sind wir Eisklötze. Sibirien hat uns besiegt.«
Der Himmel pflichtete ihm bei. Es begann stärker zu schneien, die Flocken kamen nicht mehr einzeln, sie verdichteten sich und tanzten wie ein Schleier aus der unergründlichen Schwärze über ihnen. Gleichzeitig nahm die Kälte zu . . . sie merkten es trotz des großen Feuers. In ihren Rücken nagte bereits der Winter.
»Spannen wir die Zeltplane auf«, sagte Andreas. »Wir werden morgen sehen, wie es weitergeht.«
»Morgen ist die Welt weiß«, sagte Morotzkij. »Von jetzt ab wird es schneien, schneien, schneien.«
»Das wissen wir auch, Herr Professor!« schrie Putkin. »Ich habe vier sibirische Winter hinter mir! Und Sie? Vielleicht einen, ha? Richten wir uns ein.«

Betrunken, wie sie waren, spannten sie die Zeltplane aus, trugen den apathischen Benerian darunter, rollten sich in ihre Decken und mummten sich völlig zu, daß sie aussahen wie sechs große, handgestopfte Würste. Putkin zog sogar noch das rohe Rentierfell über sich, denn er war der einzige außer dem irren Benerian, der allein schlief. Katja und Andreas krochen eng zueinander, und Nadeshna holte sich den sichtlich verwirrten Morotzkij in ihre Decke. Sie begründete es damit, daß der beste Schutz gegen Kälte die animalische Wärme sei. Er, als Professor, müsse das doch wissen. Semjon Pawlowitsch bestätigte das, zog Nadeshna nahe zu sich und legte seine Hände auf ihre kleinen, aber wohlgeformten Brüste. Das war der Augenblick, wo man erstaunt hören konnte, daß Nadeshna Iwanowna schnurren konnte wie eine zufriedene Katze.
Und es schneite. Erst zögernd, dann in dicken, fetten Flocken. Der schwarze Himmel schien sich zu öffnen, als sei er ein Sack, den man aufgeschlitzt hatte. Es schneite mit einer lautlosen Gnadenlosigkeit, mit einer solchen Masse weißer Tödlichkeit, wie es nur in Sibirien möglich ist.
Die Taiga erstickte bereits in dieser ersten Nacht im Schnee. Die Bäume entlaubten sich völlig, die Lärchen wurden aufrecht stehende Gerippe, die Kiefern und Fichten bogen ihre Zweige, schwer unter der weißen Last, zur Erde.
Und die Kälte kam . . . jener stille Frost, der sich in alles hineinbohrt und dort sitzen bleibt wie eine zweite Seele.

Am Morgen wachten Putkin und Andreas fast gleichzeitig auf. Sie krochen aus ihrer Deckenwurst, Andreas vorsichtig und langsam, um Katja nicht zu wecken, und trafen sich bei dem erloschenen Feuer. Putkin stank nach Alkohol, als habe er in Schnaps gebadet, dehnte sich, daß die Glieder knackten, und spuckte in den Schnee. Der Wald schien erstarrt. Der Tag war kein Tag mehr, sondern eine graue, lichtlose Masse, ein Klumpen Teig aus weißem Quark. Putkin warf sich die rohe Rentierhaut um die Schulter und pustete in seine Hände. Sein Atem wurde sofort zu einer nebeligen Wolke, die träge davontrieb und dann zerfloß.
»Sagen Sie bloß nicht, Sie wollen mit unserem Mistkarren weiterziehen!« sagte Andreas. Er fror, seine Decke hatte er um Katja gewikkelt.
»Was sonst, he? Wollen Sie hier hocken bleiben?« Putkin stampfte unter der Zeltplane hervor und tappte zum Wagen. Der war fast eingeschneit, ein stiller Wind hatte in der Nacht den Schnee an der Seite hochgetrieben. »Wir werden ihn nur leichter machen. Zuviel Plunder

schleppen wir herum. Nur das Nötigste, Andrej! Zum Teufel, was haben Sie?«
Andreas war stehengeblieben und starrte auf eine Stelle hinter dem Wagen. Putkin, der mit beiden Händen den Schnee vom Karren schaufelte, wusch sich kurz mit der kalten Masse das Gesicht.
»Wieder ein Bärchen, he?«
»Waren Sie in der Nacht draußen, Igor Fillipowitsch?« fragte Andreas.
»Ich? Wie käme ich dazu? Ich habe geschlafen wie ein gestopfter Sack.«
»Dann hatten wir Besuch, Putkin!« Andreas' Stimme vibrierte vor Erregung. »Ein Mensch war hier! Begreifen Sie das? Ein Mensch! Ein fremder Mensch! Kommen Sie her . . . kommen Sie her! Hier sind Spuren im Schnee. Spuren von einem Stiefel . . . Ein Mensch, Putkin, ein Mensch! Wir sind gerettet . . .«
Er schrie plötzlich so laut, daß Putkin zusammenzuckte und die Rentierhaut fallen ließ, rannte zurück zum Lager und weckte die anderen mit seinem Geschrei. Sie stoben hoch aus ihren Decken und stierten ihn schlaftrunken an.
»Ein Mensch! Ein Mensch! Ein Mensch! Wir sind gerettet! Gerettet!«
Er fiel der Susskaja in die Arme, küßte ihr Gesicht ab und stieß sie ebenso wild wieder von sich und rief:
»Wo ist die Axt, Katjuschka? Ein Mensch! Die Axt her! Ich schlage den Wagen zusammen! Ich will ihn zertrümmern! Ich will dieses Biest von Wagen ermorden! Gib mir die Axt . . .«
Sie mußten ihn zu dritt festhalten. Wie Glocken hingen Katja, Nadeshna und Morotzkij an ihm, und er schüttelte sie und versuchte, sie mit sich fortzuschleifen. Vom Wagen kam Putkin zurück. Sein Gesicht mit dem wild wuchernden Bart war verzerrt vor Wut.
»Jawohl, ein Mensch!« dröhnte er und ballte die Fäuste. »Aber was für ein Mensch? Er war hier und hat uns einfach liegen lassen! Läßt uns im Schnee liegen und schleicht sich wieder davon! Ist das noch ein Mensch?«
»Wer's auch war . . . wir wissen jetzt: Wir sind nicht mehr allein in der Taiga«, sagte die Susskaja. »Igor Fillipowitsch, das ist, als wenn die Sonne auf ein vereistes Herz scheint –«

4

Aber die Sonne schien nicht mehr.
Es schneite unentwegt lautlos, mit dicken Flocken. Ein weißer dichter Vorhang fiel aus dem Himmel und umhüllte das ganze Land. Die Bäume wurden zu bizarren weißen Riesen, die drohend und doch von einer seltsamen Schönheit in die graue, auseinanderbrechende Unendlichkeit ragten. Kaum ein Windhauch unterbrach dieses alles zudeckende Schneien, und Putkin sagte mit bitterem Humor: »Welch ein Glück, daß uns kein Sturm gegen die Bäume bläst! Ein verrücktes Jahr, Freunde. Erst dieser heiße Sommer, daß die Erde aufreißt wie ein Bratapfel, dann plötzlich Winter ohne einen Strahl Regen, und jetzt gibt es noch nicht einmal Wind. Wer hat das schon erlebt? Früher, in normalen Jahren, mußte man sich hier draußen an die Stämme binden, so blies es aus allen Richtungen.«
Nach vier Stunden war der Wagen bis über die Räder eingeschneit. Es war auszurechnen, wann das ganze Gefährt nur noch ein großer, weißer Hügel sein würde. Morotzkij, der seine Gehirnerschütterung pflegte und sich von Nadeshna füttern ließ wie ein aus dem Nest gefallenes Vögelchen, zeigte kauend auf das im Schneeschleier wie schwerelos wirkende Ungeheuer.
»Sagen Sie bloß noch, Igor Fillipowitsch, Sie wollen den Saukarren weiter durch den Wald ziehen. Ich mache nicht mehr mit. Ich bin Professor für Verhaltensforschung, aber kein Lastochse.«
»Ich werde für Sie Ersatz suchen«, knurrte Putkin. Er starrte in den Wald, und jeder wußte, was er dachte. »Ich fange mir diesen Menschen, der hier herumschleicht, und spanne ihn an die Deichsel! Bei Gott, das tue ich!«
»Putkin, Sie haben eben Gott gesagt!« rief Andreas.
»Ich weiß, zum Satan! Ich bin ein Meister der Anpassung . . . und da's bei Ihnen besser klingt, nun, sage ich eben Gott!« Er reckte sich. Sie saßen unter den Zeltplanen, die sie von Baum zu Baum gezogen und daran festgebunden hatten, ein armseliges Leinendach, das sich von der Schneelast bereits durchbog. Ab und zu standen Andreas oder die Susskaja auf, hieben mit Faustschlägen unter die Plane und schleuderten den Schnee auf den Boden. Der verblödete Makar Lukano-

witsch Benerian hatte es aufgegeben, seine Abschußmeldungen hinauszubrüllen. Putkin hatte ihm viermal die Faust ans Kinn gesetzt, brutal, aber wirksam, und der Ärmste merkte es sich erstaunlicherweise: Immer, wenn er etwas brüllen wollte, starrte er vorher Putkin ängstlich an, biß sich dann in seine gefesselten Hände und schwieg oder stöhnte leise vor sich hin.
»Ein braves Büblein!« knirschte Putkin dann und fuhr sich mit bebenden Händen durch das Gestrüpp seines Haares und seines Bartes. »Aber was soll aus ihm werden? Ich frage es ganz klar. Wir müssen weiter –«
»Putkin, sagen Sie bloß nicht, daß wir Makar einfach zurücklassen sollen«, warnte die Susskaja. »Ich kann Ihre verdammten Gedanken an Ihren Augen ablesen.«
»Machen Sie einen Vorschlag, meine kluge Jekaterina Alexandrowna.« Putkin hielt die Hände über das glimmende Feuer. Es war eine traurige Wärme . . . ein paar Feldsteine, die von den Flammen durchglüht waren und nun die Hitze wieder ausstrahlten. Ein großes Feuer konnte man wegen der niedrigen Zeltplane nicht entfachen, außerdem mußte man jetzt mit dem Holz sparen, so verrückt es klingt, wenn Tausende Kilometer Wald um einen herum sind. Aber war noch am Tage vorher das Holz so staubtrocken, daß jedes große Feuer einen Waldbrand verursacht hätte, so genügten die wenigen Stunden Schnee, um das gleiche Holz so naß werden zu lassen, daß es nur mit Mühe brannte. Es saugte die plötzliche Feuchtigkeit wie ein Schwamm auf, trank sich voll bis zum Zerplatzen, eine Unlogik der Natur, denn wenn der große Frost kam, der sich in alles hineinfraß, würden die Bäume platzen, mit lautem Knallen, als würden sie Kanonen gebären.
Drei Stunden lang hatten Andreas und Putkin deshalb Holz geschlagen, in handliche Scheite zerhackt und um das Feuer gestapelt, damit es trocken blieb. Aber trockenes Holz brennt schnell weg, und es war auszurechnen, wann man auf das nasse Holz zurückgreifen mußte. Dann hieß es beißenden Rauch schlucken, nicht so widerlich, wie damals das bepißte Holz, aber jetzt gab es auch keine Mückenschwärme mehr. Mit der ersten Kälte waren sie wie weggezaubert . . . die Luft war herrlich rein und sauber, von einer trockenen Kühle, die sogar die Lunge leerfegte. Man hatte das Gefühl, als stießen die Poren allen eingesammelten Sommerstaub ab und die Kälte sei wie eine Salbe, die den Körper zu konservieren begann.
»Wir nehmen Makar selbstverständlich mit!« sagte Morotzkij jetzt. Putkin nickte grimmig. »Natürlich! Humanität, gestützt von den Muskeln! Tragen *Sie* ihn?«

»Wir alle tragen ihn!«
»Und dazu noch unser Gepäck?«
»Welches Gepäck?«
»Wollen Sie mit den Händen in den Taschen durch die Taiga spazierengehen, he? Warum muß gerade ich das Unglück haben, mit lauter Idioten ausgesetzt zu sein? Wir werden alles, was wir brauchen können, auf dem Rücken mitschleppen! Gut, dann hängen Sie sich Makar unters Kinn, Semjon Pawlowitsch!«
»Wir tragen ihn in einer Decke zwischen uns«, sagte Andreas. »Das geht ganz gut.«
Putkin antwortete darauf nicht. Er war seltsam unruhig, starrte immer wieder in den Wald, in dieses aus riesigen weißen Klumpen gebaute Gebilde, das erst wieder seine Form annehmen würde, wenn der Wind den überflüssigen Schnee von den Zweigen wehte und die Bäume wieder zu Bäumen wurden.
»Kommen Sie, Andreas«, sagte er und sprang plötzlich auf. Es schien später Nachmittag zu sein. Man hatte ja keine Uhr, und eine Sonne gab es nicht mehr, nur einen grauen, fast milchigen Himmel, aus dem die Flocken immerfort rieselten. »Suchen wir den gemeinen Menschen, der uns hier dem Schicksal überlassen will. Ich spüre ihn. Er ist in der Nähe. Kennen Sie das Gefühl, Andrej? Nein? Sie sind ein viel zu degenerierter Mensch, ein typisches westliches Gewächs. Wir Männer aus Sibirien haben zehn statt fünf Sinne. Verdammt, ich rieche den Kerl! Er hockt hier in der Nähe herum und beäugt uns wie ein Fuchs. Nehmen Sie das Gewehr und kommen Sie. Wir können einen Mann mehr gebrauchen, und wenn wir ihn mit Arschtritten vor uns hertreiben müßten. Morotzkij ist zu schwach, um Makar zu tragen, und wollen Sie Ihre zauberhafte Katja langsam zerbrechen lassen?«
Andreas klemmte das Gewehr mit dem geschnitzten Kolben unter die Achsel und folgte langsam Putkin, der sichernd wie ein Wild in den Wald hineinging. Benerian nahm diese günstige Lage wahr und brüllte irr: »Rajetschka, Mütterchen, wo ist mein Schlitten? Es schneit, es schneit, es schneit, es schneit . . .« Er brüllte das »es schneit« ununterbrochen, mit einem fast ekstatischen Ton. Putkin blieb stehen und blickte sich nach Andreas um.
»Hören Sie sich das an!« knirschte er mit verzogenen Lippen. »Ich wette, das hält auch Jekaterina Alexandrowna nicht aus. Sie wird ihm so unters Kinn schlagen wie ich.« Makars Gebrüll hörte abrupt auf, wie abgeschnitten. Putkin lachte rauh und stieß Andreas vor die Brust. »Sag ich's nicht? Jetzt hat er seinen Hieb weg. Ein tolles Weibchen, Ihre Katja, Andrej. Nur ihr Geheimnis bohrt in mir. Warum

ist sie in Sibirien? Was hat sie verbrochen? Oder ist sie wirklich ein so großer kommunistischer Idealist, daß sie sich freiwillig an den Rand der Welt meldete? Dann ist es um so verwerflicher, sich mit Ihnen unter eine Decke zu legen und zu huren.«
»Wir lieben uns, Igor Fillipowitsch«, sagte Andreas Herr ruhig. »Falls Sie überhaupt wissen, was Liebe ist . . .«
»Liebe? Ob ich weiß, was Liebe ist?« Putkin lehnte sich an einen Baumstamm. Über ihm hingen die schneeschweren Zweige wie ein weitgeschwungenes, architektonisch geradezu gewagtes Dach. »Für euch alle bin ich ein unbehauener Klotz, was? Ein gepreßtes Stück Mist!«
»So ähnlich, Putkin. Sie benehmen sich jedenfalls entsprechend.«
»Mein Leben hat mich dazu gemacht, Andrej. Ich habe zweimal so heiß geliebt, daß ich glaubte, ich schmelze auseinander. Nur zweimal, jawohl. Das andere . . . Bewegungen des Unterkörpers, weiter nichts. Aber diese zweimal . . . die brannten mir das Herz aus. Da entdeckte ich, was es heißt: Ein Mensch hat eine Seele. Und bei beiden trat man auf dieser offenen Seele herum, als wolle man sich die Stiefel daran abputzen. Malika hieß die eine . . . ein blondes Püppchen, Vermessungsingenieurin, ein goldener Schmetterling, ein menschlich gewordener Sonnenstrahl. Himmel und Hölle, wie liebte ich sie. Dann kam ein Oberingenieur ins Lager, ein Studierter, wissen Sie, so einer wie Sie, den Kopf immer im Nacken, die Nase so hoch, daß man Angst haben mußte, ihm regnet's in die Nasenlöcher. Der schnippte mit den Fingern, tat einige gelehrte Sprüche, und Malika hüpfte zu ihm ins Bett. Joi, habe ich getobt! Aber was half's? Man versetzte mich sofort . . . der kleine Mann wird immer in den Hintern getreten . . . gab mir eine eigene Bohrkolonne, beförderte mich, schmierte mir Honig ums brüllende Maul – aber ich war weg von Malika, und dem stolzen gelehrten Hahn konnte ich auch nicht mehr den Hals umdrehen.« Putkin wischte sich über das Gesicht und rieb die dicken Schneeflokken weg, die in seinem Haargestrüpp kleben blieben. »Haben Sie noch eine Susskaja-Papyrossa?«
»Noch drei. Die letzten.«
»Teilen Sie eine mit mir, Andrej?«
»Natürlich.«
Andreas steckte sich die Zigarette an, machte drei Züge und gab sie an Putkin weiter. Der inhalierte mit schnaufendem Grunzen und sah Andreas dankbar wie ein beschenktes Kind an. »Nummer zwei hieß Pelageja. Ein merkwürdiger Mädchenname, nicht wahr? Pelageja. Und so sah sie auch aus: wie ein fremder Stern! Haare wie schwarzer Lack, eng um den schmalen Kopf gelegt. Ein Körper wie Jekaterina

Alexandrowna . . . füllig, mit Brüsten, auf denen ein Wodkaglas ohne zu wackeln stehen konnte. Eine Wonne, so etwas in den Armen zu halten. Andrej, ich wurde zwischen diesen Brüsten verrückt! Sie müßten das verstehen, gerade Sie! Drei Monate lagen wir im gleichen Bett, es war Himmel und Hölle in einem.« Putkin sog wieder wie ein Erstickender an der Zigarette, als sei sie ein Röhrchen mit reinem Sauerstoff. »Nein! Kein Oberingenieur kam dazwischen, keines der gelehrten Schafe. Pelageja erstickte! So einfach ist das. Sie erstickte. Sie aß einen Sterlet – Sie kennen diesen Fisch? – eine Gräte klemmte sich quer in die Luftröhre, und bis man einen Arzt im Lager hatte – der nächste Arzt wohnte in einer Siedlung, zweihundert Werst entfernt –, war Pelageja längst blau und erstickt. Ich sage Ihnen: Ich habe mit dem Taschenmesser ihre Kehle aufgeschnitten. Ja, das habe ich getan. Eine kleine Gräte, verdammt, man wird doch an eine kleine Gräte herankommen, dachte ich! Wenn nicht von innen, dann von außen. Nur Luft muß sie haben. Luft! Mach ein Loch, schrie ich mich an. Igor, mach ihr ein Loch in den Hals, damit sie atmen kann . . . Zu spät, Andrej. Als sie dann dalag, blau, leblos, mit dem Loch in der Kehle, mußten sie mich mit fünf Mann festhalten, damit ich mir den Kopf nicht an der Wand einrannte.« Putkin gab nach zwei langen Zügen die Zigarette an Andreas zurück. »So war das mit der zweiten großen Liebe . . . und da fragen Sie Idiot mich, ob ich weiß, was wirkliche Liebe ist –«
Er drehte sich plötzlich um. Irgendein Gefühl saß ihm im Nacken. Er riß Andreas das Gewehr aus dem Arm und legte es an.
»Sind Sie verrückt, Putkin?« schrie Andreas und erstarrte. »Geben Sie die Waffe her.«
»Stoj!« brüllte Putkin im gleichen Augenblick. »Stoj, du Hundesohn! Stoj!«
Andreas wagte einen verzweifelten Sprung. Putkin stand seitlich von ihm und zielte in den Wald. Aber bevor er gegen ihn prallte, drückte Putkin schon ab, der Schuß zerriß die weiße Stille, und irgendwo hinter den Bäumen antwortete ein leiser Aufschrei. Zusammen stürzten Putkin und Andreas in den Schnee und wälzten sich umeinander.
»Sie entmannter Esel!« keuchte Putkin und stützte sich auf die Hände. »Dahinten liegt er! Kam herangeschlichen wie ein Füchslein! Sie haben natürlich wieder nichts gesehen! Lassen Sie mich los, Sie ausgeblasenes Faß!«
Putkin schüttelte Andreas ab und erhob sich. Aus dem Wald, hinter dem Schleier aus Schneeflocken, drang das leise Wimmern eines Mannes zu ihnen herüber. Putkin lud das Gewehr wieder durch und

hielt es schußbereit vor der Brust. Er war hinter einen Baum gesprungen und lugte um den Stamm herum.
»Bleiben Sie liegen, Sie schielender Affe!« rief er Andreas zu, der sich aus dem zerwühlten Schnee schälte. »Den Kopf runter! Wenn er auch eine Waffe hat, kommt es jetzt darauf an, wer am besten trifft.« Er kniete sich hinter den Baum und schob das Gewehr vor. Das Wimmern gegenüber zerflatterte, dafür hustete jemand, als käme ihm die Lunge aus dem Schlund heraus.
»Sie haben ihm einen Lungenschuß verpaßt –« sagte Andreas und blieb im tiefen Schnee liegen. Er lag wie in einer tiefen Mulde aus weißen Gänsedaunen. Putkin schüttelte den struppigen Kopf.
»Unmöglich. Ich habe auf das rechte Bein gezielt. Keiner hat eine Lunge in den Kniekehlen . . .« Er schoß noch einmal, jetzt hoch in den milchigen Himmel, und brüllte hinterher. »Komm heraus, du Halunke! Aus dem Versteck, los! Die Hände über den Kopf. Und wenn du nicht mehr gehen kannst, dann krieche! Dawai! Kommst du wohl her?!«
Er schoß zum drittenmal, wieder in die Luft. Gegenüber bewegte sich ein Schneehaufen und schwankte durch die Bäume. Es war ein dürrer Mensch mit großen, dunklen Augen, einem stoppeligen Gesicht und einer Nase, die schief unter den Augen saß, als sei sie vor einiger Zeit zertrümmert worden und dann wieder so zusammengewachsen, wie's ihr gerade gefiel. Der Mensch trug eine Fofaika, jene gesteppte Wattejacke, wie man sie im Winter in Sibirien überall antrifft, und gute, elchlederne Hosen, aus einem einzigen riesigen Fell geschnitten, handgenäht mit dicken Stichen. Die Füße steckten in dicken, aus Leder und gedrehtem Bast geflochtenen halbhohen Schuhen, die mit Lederriemen festgebunden waren und über deren Rand dicke Fußlappen herunterhingen.
Putkin hatte gut getroffen. Aus dem linken (nicht dem rechten) Bein rieselte Blut über das Elchleder, aber der Knochen schien nicht verletzt zu sein. Der Mann ging noch, konnte sich jedoch nur mühsam auf das Bein stützen und hinkte vor Schmerzen.
»Stehenbleiben!« knurrte Putkin. Gegen den Fremden wirkte er wie ein Koloß, zwei Köpfe größer und doppelt so breit. Andreas hatte sich erhoben und tastete den Angeschossenen schnell ab. Er hatte keine Waffen bei sich, nur ein zweischneidiges Messer, das im Gürtel steckte. Putkin senkte das Gewehr und stützte sich auf den Lauf. Der Mann starrte ihn an mit jener flatternden Angst in den Augen, die jede Vernunft erwürgt.
»Du wolltest stehlen, nicht wahr?« sagte Putkin böse. »Abwarten, bis es dunkel ist, und dann wegnehmen, was uns am Leben erhält.« Er

packte den Mann, befühlte seine Armmuskeln und schnaubte durch die Nase. »Ein Schwächling! Der gleiche dünnblütige Kretin wie Morotzkij. Warum muß immer ich so ein Unglück haben?« Der Mann schwankte, das angeschossene Bein begann heftig zu zucken. Die Nerven meldeten sich. Der Mann verdrehte die Augen und knirschte mit den Zähnen. Dann überwand er alle Scheu, der Schmerz war stärker als alles andere, und er stützte sich schwer auf Putkin.
»Weiß ich, wer ihr seid?« stöhnte er. »Woher soll ich das wissen? Gut denn, ihr habt mich erwischt. Liefert mich ab . . .«
»Wo?« fragte Putkin ehrlich verblüfft.
»Bei der Miliz, wo sonst?« Der Mann schwankte bedrohlich. Das Blut floß stärker aus der Wunde und rann jetzt als breiter Bach über die Elchlederhose in den linken Flechtstiefel. »Wenn ihr vom Suchtrupp seid . . .«
»Sehen wir so aus, du Idiot? Mit zwei Frauen?«
Der Mann antwortete nicht mehr. Er fiel plötzlich in sich zusammen, als sei er völlig entknocht. Andreas fing ihn gerade noch auf, ehe er in den Schnee rollen konnte. Putkin und er hielten ihn hoch und sahen sich an.
»Die armen Hunde treffen sich immer«, sagte Putkin. »Man braucht nur zu den Abfallhaufen zu gehen. Los, legen Sie mir den Kerl auf die Schulter.«
Sie hoben den Ohnmächtigen auf Putkins breite Schulter und stapften dann durch den weichen Schnee zurück zum Lager.
Dort hatte man sich wie zur Verteidigung eingerichtet. Die Schüsse konnte sich keiner erklären . . . Fleisch brauchte man ja nicht, man hatte jetzt schöne, große, gefrorene Stücke des erschlagenen Renhirsches an Bindfäden rund um den Wagen hängen und brauchte sich keine Sorgen mehr zu machen, wie man soviel Fleisch haltbar machte. Hier half ihnen die sonst so grausame Natur Sibiriens: Sie wurde zum größten Eisschrank der Welt. In wenigen Tagen würden die Temperaturen auf zehn oder zwanzig oder gar dreißig Grad unter den Nullpunkt fallen . . . da blieb alles frisch, da verdarb nichts mehr. Nur das menschliche Herz wurde zu einem Kloß aus Angst.
Das Lager unter den ausgespannten Zeltplanen war geräumt. Morotzkij, Nadeshna und die Susskaja lagen hinter dem fürchterlichen Karren, die Axt, Eisenrohre und Hämmer in den Händen, um sich gegen das Unbekannte mit aller Verzweiflung zu wehren. Benerian, den Irren, hatten sie an das linke Hinterrad gebunden . . . er saß da im Schnee, lachte in den grauenden Abend und rief Putkin entgegen:
»Brüderchen, die Trommel gerührt! Zum Angriff! Urrääăh!«

»Wir haben ihn!« rief Putkin schon von weitem. »Katja, jetzt können Sie ärztlich tätig werden und beweisen, wie tüchtig Sie sind! Ich habe ihn ins Bein geschossen. Aber was wir da gefangen haben, ist kein Bär, sondern eine armselige Ratte.«
Sie legten den Mann unter die Planen ans Feuer und zogen ihm die Lederhose aus. Sogar Nadeshna half mit, obgleich es kein heiliger Anblick ist, wenn man einem Mann die Hose auszieht, vor allem, wenn er darunter nichts mehr trägt.
»Ein schmächtiges Kerlchen«, sagte Putkin denn auch. »Nadeshna Iwanowna, Sie sollten daraus keine vergleichenden Schlüsse ziehen . . .«
»Sie bleiben ein großes Schwein«, sagte Nadeshna ruhig. »Sie können mich nicht mehr aufregen, Igor Fillipowitsch.«
Die Wunde sah harmlos aus, aber so klein der Einschuß war, ein Löchlein nur, aus dem Blut floß, konnte er in ein paar Stunden zur Hölle werden, denn es gab keinen Ausschuß. Die Kugel steckte im Schenkel. Die Susskaja schob eine Decke unter den nackten Unterkörper des Mannes und holte aus dem Wagen ihre geheimnisvolle Arzttasche. Putkin wartete auf das Aufklappen der Tasche wie ein Kind unterm Weihnachtsbaum auf die Enthüllung der Geschenke.
»Mußten Sie schießen?« fragte die Susskaja. Sie steckte die Hände in den sauberen Schnee, wusch sie darin, hielt sie dann über die Glut des Feuers und bewegte ihre langen, kräftigen und doch zart wirkenden Finger, als spiele sie auf einem Klavier aus Luft.
»Mit einem Schmetterlingsnetz hätte ich ihn nicht bekommen«, knurrte Putkin. Er kniete sich neben den Ohnmächtigen und sah die Susskaja fragend an. Auch die anderen knieten im Kreis um den Fremden und warteten. Was da vor ihnen lag, war ein ausgezehrter Körper mit einer fast ledernen Haut.
Die Susskaja öffnete die Tasche, holte das in ein Segeltuch eingerollte chirurgische Besteck heraus und eine runde Chromdose mit Watte. Ihr folgten eine Streubüchse mit Penicillinpuder und einige kleine Verbandspäckchen. Ohne zu fragen oder zu zögern, ergriff Nadeshna das verletzte Bein und hielt es fest, wenn es, dem Schmerzreflex folgend, herumzucken wollte. Putkin starrte sie entgeistert an.
»Engelchen, Sie wollen die Kugel doch nicht herausbeten?« fragte er gepreßt.
»Gehen Sie weg, wenn Sie keine Operation sehen können«, sagte die Susskaja grob. »Ich habe etwas dagegen, wenn man auf meine Patienten spuckt.«
»Sehe ich so aus?« schrie Putkin.
»Ja. Ich habe es beim Militär erlebt. Bullen wie Sie fielen mir vor dem

Tisch zusammen, wenn sie nur die Typhusspritze sahen.« Sie schraubte eine braune Flasche auf, tauchte einen Wattebausch an einer Pinzette hinein, desinfizierte damit die Wundränder – es war Jod – und reichte die Pinzette an Andreas weiter, der sie weglegte. Dann nahm sie ein Skalpell und schnitt ohne Zögern quer über den Einschuß und erweiterte ihn. Das Fleisch klaffte auseinander, Blut strömte heraus. Putkin schluckte laut, aber er blieb knien und starrte auf die Hände der Susskaja. Die hatte eine lange Pinzette genommen und tauchte jetzt mit ihr in die Tiefe der Wunde, suchte und schien die Kugel gefunden zu haben. Aber die Pinzettenbacken glitten immer wieder von dem Metall ab . . . das Projektil ließ sich nicht greifen.
Der Ohnmächtige stöhnte, das Bein zuckte wild. Nadeshna setzte sich auf den Unterschenkel, um es still zu halten, und Andreas und Morotzkij hielten den Oberkörper des Mannes fest.
»Ich habe sie!« sagte die Susskaja endlich. Sie steckte das Skalpell in die Wunde, als sei es ein Schuhlöffel, an dem nun die Kugel nach oben gleiten sollte. Und siehe da . . . sie tauchte auf, zwischen der Pinzette, durch den Blutmantel metallisch schimmernd. Katja warf sie auf die Decke, nickte Nadeshna zu, und diese preßte mit beiden Händen die Wunde zusammen, bis die Susskaja die gebogene Nadel aus einem sterilen Behälter genommen und den Faden eingezogen hatte. Mit drei Stichen war die Wunde verschlossen, Penicillinpuder wurde darüber gestreut und dann das Bein verbunden.
»So primitiv habe ich noch nie operiert«, sagte die Susskaja. Sie schwitzte etwas, Andreas trocknete ihr die Schweißperlen vom Gesicht und küßte sie hinterher auf die Augen.
»Es war phantastisch«, knurrte Putkin. »Einfach phantastisch. Jekaterina Alexandrowna, ich muß Ihnen etwas gestehen: Ich habe bezweifelt, daß Sie Ärztin sind. Da kann jeder kommen, habe ich gedacht, und sagen: Ich bin Arzt. Wer will das Gegenteil beweisen? Aber jetzt weiß ich, daß Sie eine phantastische Ärztin sind.« Er stand auf und schämte sich sichtbar, daß seine rauhe Schale einen Augenblick ganz weich geworden war. »Um so mehr bleibt Ihr Geheimnis, wie Sie in diese mistige Ecke von Sibirien kommen. Sie erzählen es uns noch einmal . . . wir haben jetzt alle viel Zeit . . .«
Es dauerte nicht lange, bis der Verletzte aufwachte. Er schlug die Augen auf, erkannte sofort die Frauen und die anderen Männer und schien in sich zusammenzukriechen. Dann schielte er an sich hinunter, sah, daß er unten nackt und sein angeschossenes Bein verbunden war, und versuchte ein mattes Lächeln.
»Ich habe Sie operiert«, sagte die Susskaja. Sie hielt ihm die Kugel vor die Augen. »Das war sie. Das Leben geht weiter.«

»Danke, Schwesterchen«, sagte der Mann leise.
Vom Wagen kam Andreas zurück. Er hatte eine von Benerians Weinflaschen geköpft und gab dem Verwundeten davon zu trinken. Putkin wollte protestieren, aber als er die Susskaja ansah, schwieg er. Ihr Blick war die Hölle ... man tat gut daran, sie nicht aufzustoßen.
Am Abend saßen sie alle um das lodernde Feuer, brieten ein Stück Rentierlende und aßen dazu eine Büchse Bohnen, wahrlich ein Festmahl. Um sie herum war das große winterliche Schweigen der Taiga, die weiße Stille, als habe der Schnee jeden Laut erstickt. Noch schwieg der Wind, aber der Himmel war so tief, daß man begriff, was es heißt, der Himmel falle einem auf den Kopf. Es schneite auch nicht mehr, nicht weil die Unendlichkeit über ihnen sich restlos entleert hatte, sondern weil die Kälte heranzog, diese böse, alles zerfressende, alles durchdringende, unaufhaltsame Kälte. Der warme Rauch des Feuers, der sich unter den Zeltplanen sammelte, zog darunter weg ins Freie und verwandelte sich dort zu einer weißen, dichten Dunstwolke, die der Frost zerhackte. Man wunderte sich, daß es nicht laut dabei knackte.
»Ich heiße Tichon Antonowitsch Priwalzew«, sagte der Verwundete. »Ein Name, der nichts sagt, nicht wahr? Warum auch? Ich bin ein Sträfling. Lager V/1492 ... eine Hölle, zwanzig Werst südlich von Nischni Popowka. Ich habe fünf Jahre in Nischni Popowka gelebt, fünf Jahre wie ein vergessener Mensch. Wißt ihr, was das heißt? Eine Laus ist ein Kapitalist dagegen! Eine Wanze ein König aus dem Märchenreich. Fünf Jahre ein Toter unter Toten! Da gelang es mir, beim Straßenbau auszureißen. Wohin? In die Taiga, dachte ich mir. Wo Wölfe, Bären, Hermeline und Füchse leben, kann auch ein Mensch leben. Man muß nur eines tun: keinem Menschen mehr begegnen. Ja, und so lebe ich nun. Ein einsamer, aber zufriedener Wolf. Der Wald ernährt mich ... und ab und zu besuche ich die Holzfällerlager oder die Jagdzelte der Jakuten und ergänze meine Ausrüstung ...«
»Wie vornehm er sich ausdrückt!« schrie Putkin. »Er bestiehlt alle Welt, das ist es! Wie lange läufst du frei herum, he?«
»Drei Jahre.« Priwalzew wischte sich die Lippen, der Rentierbraten war ein Genuß. Nadeshna hatte ihn mit der Brühe von Salzgurken gewürzt. Überhaupt Nadeshna! Seitdem sie bei Morotzkij unter der Decke lag und die magere Wärme des dürren Semjon Pawlowitsch aufsaugte wie eine Spinne das Blut ihrer Opfer, hatte sie sich verändert, betete nicht mehr abends und morgens bei Sonnenaufgang, sondern entpuppte sich als ein brauchbares Weibchen für tausenderlei Handreichungen.
»Trotzdem sie eine Lehrerin ist«, mistete Putkin sie an. »Alle Ach-

tung – sie wächst, je mehr der arme Morotzkij abnimmt. Nannte man früher so etwas nicht Vampir?«

»Und wie soll's weitergehen?« fragte Putkin jetzt. Priwalzew hob die Schultern.

»Ich bleibe in der Taiga. Wißt ihr, wie man entsprungene Häftlinge behandelt, wenn man sie wieder eingefangen hat? Ein Pferd mit durchgetrennten Beinsehnen ist noch ein Springwunder gegen das, was von uns übrigbleibt.«

»Du hast keine Familie?« fragte Morotzkij.

»Eine Frau und drei Kinderchen, o ja. In Schiganowa. Wer kennt Schiganowa? In der Ukraine liegt es, fast auf einem anderen Stern, so weit –« Er starrte ins Feuer und war nahe daran, zu weinen. Sein eingefallenes Gesicht zuckte mehrmals. »Sie haben mir nie geschrieben, Frauchen und Kinderchen, das heißt, ich habe nie einen Brief oder eine Karte bekommen. Und was ich geschrieben habe . . . wer weiß, ob es nicht im Lagerofen verfeuert wurde? Wer fragt denn danach? Für Schiganowa bin ich tot, und so soll's auch bleiben. Was ist ein einzelner Mensch in Rußland, Freunde? Dieses Land, und darin ein einzelner Mensch! Was will denn der?«

»Jetzt sind wir sieben Menschen, Tichon Antonowitsch«, sagte Andreas.

»Neun!« unterbrach ihn Putkin. »Katja und ich zählen doppelt.«

»Gut, neun. Das ist wie zwei geballte Fäuste, Tichon. Mit denen müßten wir uns durch die Taiga boxen können. Wir nehmen dich mit.«

»Und dann?«

»Es gibt immer Möglichkeiten.«

»Wo ist überhaupt deine Hütte?« fragte Putkin. »Los, führ uns zu deiner Hütte . . . dort wird es wärmer sein als unter diesem Planendach.«

»Ich habe keine Hütte«, sagte Priwalzew gleichgültig.

»Wie er lügt! Ist drei Jahre in der Taiga und hat keine Hütte.« Putkin packte ihn am Kragen und schüttelte ihn. »Erzähl das einem, der sich mit Schlamm wäscht! Die Hütte, Kerl! Mach das Maul auf!«

»Ich schlafe in Höhlen oder unter Flechtdächern, glaubt es mir.« Priwalzew ließ sich schütteln und sank dann in sich zusammen, als Putkin ihn losließ. »Im Sommer ziehe ich umher, im Winter grabe ich mich ein wie der Bär. Ich bin ein Stück der Taiga geworden. Glaubt es mir . . .«

Sie glaubten es ihm, nur Putkin nicht. Er rollte sich auf die Seite und stieß Andreas an, als sie später alle um das Feuer lagen und schliefen. Putkin sah verwegen aus in seinem Rentierfell, das er um sich geschlungen hatte.

»Lassen Sie mal Katjas Brüste los, Andrej«, flüsterte er und schob den dicken Kopf näher. »Dieser Priwalzew ist der größte Gauner außer mir. Natürlich hat er eine Hütte, hier irgendwo, und wo die Hütte steht, gibt es auch Wasser. Wo Wasser ist, leben auch Tiere, und im Wasser wimmelt es von Fischen. Oh, diese sibirischen Flüsse! Man kann die Fische fast mit Schaufeln herausholen, so dicht sind die Schwärme. Das alles hat der Gauner für sich allein, und er verrät es nicht. Aber wir bekommen es heraus, Andrej. Ob es Katja paßt oder nicht, und ärztliches Ethos hin und her . . . morgen früh hänge ich Tichon Antonowitsch so lange an einen Baum, bis er wie ein Vögelchen zwitschert. Diese Hütte ist unsere Rettung, Andrej. Dort überwintern wir. Ha, was ist eine Hütte wert in der Taiga! Eine warme Hütte, mit einem gemauerten Ofen drin, auf den man sich legen kann und sich wohlig ausstreckt, wenn draußen der Eiswind heult und der Schnee an den Blockwänden sich auftürmt. Wir brauchen diese Hütte, Andrej. Verdammt, ich bin bereit, Tichon für diese Hütte umzubringen! Wir sind sechs, er ist allein. Sagt er's nicht selbst? Was ist ein einzelner Mensch wert . . .«

»Wir werden ihn friedlich überzeugen, Igor Fillipowitsch«, sagte Andrej leise. Er wollte Katja nicht wecken. Sie lag warm und nackt, mit all ihrer üppigen festen Schönheit, in seinen Armen und schlief so selig wie ein sattes Kind. »Sie wissen doch, ich hasse Gewalt.«

»Sie kennen Sibirien nicht, Sie humanitärer Esel.« Putkin wälzte sich in seinem Rentierfell zurück. »Dieses Land muß man erobern, nicht erbetteln –«

Am Morgen erlebten sie, wozu ein Mensch fähig ist, der sich von der menschlichen Gesellschaft losgesagt hat.

Tichon Antonowitsch Priwalzew war verschwunden. Trotz seiner Beinwunde hatte er sich in der Nacht – es muß gegen Morgen gewesen sein, als Putkin endlich einschlief – davongeschlichen. Und er hatte einige Konserven, das Beil und vier gute Stricke mitgenommen, dazu eine Decke und Morotzkijs Hose. Ausgerechnet von Morotzkij, der jetzt verwirrt neben Nadeshna unter der gemeinsamen Decke saß und unten bloß war.

Putkin sprang gräßlich fluchend auf und gebrauchte Worte, die selbst Susskaja zum Staunen brachte. »Wer hatte wieder recht?« brüllte Putkin. »Wer? Na? Aber nein, nein . . . da ist eine Ärztin, die schläft auf dem Eid des Hippokrates und vergißt, daß wir es hier mit Mördern zu tun haben, und da liegt ein deutscher Idealist herum und träumt zwischen zwei Brüsten vom Paradies, während um ihn herum die Hölle los ist! Und ihr da« – er starrte Nadeshna und Morotzkij an –

»kein Wort über euch! Jeder Furz wäre zu schade! Wie stehen wir nun da? Allein, beklaut, ohne eine Hütte, ohne Orientierung, ohne Hoffnung ... und alles hatten wir hier am Feuer sitzen. Unser Leben hieß Priwalzew! Jetzt heißt Priwalzew unser Tod!«
So ging es eine Viertelstunde lang weiter, und man ließ ihn toben, denn im Grunde hatte er wirklich recht. Man hatte sich dämlich benommen, jeder sah das ein und jeder fühlte sich irgendwie schuldig. Andreas, der aus den Decken gekrochen war und die Umgebung abgesucht hatte, kam bedrückt unter die Zeltplanen zurück. Der blöde Benerian war der einzige, der fröhlich war: Er sang Kinderabzählreime und kreischte dazwischen wie ein Papagei.
»Keine Spuren –« sagte Andreas. »Es hat in der Nacht wieder geschneit. Draußen liegt eine glatte Decke, wie weißer Lack. Wir werden nie die Richtung herausfinden, in die Priwalzew weggelaufen ist.«
»Haben Sie anderes erwartet, Andrej?« Putkin raufte sich die verwilderten Haare. »Dämlichkeit muß leiden, das ist das Gute an der Sache. Auf die Beine, Ihr Idioten! Wir stellen unsere Traglasten zusammen! Und dann weiter nach Süden!«
Es blieb Morotzkij keine Wahl – er mußte in Priwalzews zurückgelassene, durchschossene und blutverschmierte Elchlederhose steigen. Das Blut war so fest gefroren, daß Nadeshna das Hosenbein mehrmals wie ein Brett brechen mußte, ehe Morotzkij hineinsteigen konnte. Er sah traurig aus, wie er da wartete, um den nackten Unterkörper die Decke gewickelt, und Nadeshna mit der steifen Hose kämpfte. Nachher war er ganz zufrieden. Die Hose paßte um Bund und Gesäß, nur die Beine waren etwas zu kurz, vor allem aber war sie haltbarer als seine alte Stoffhose.
»Eine typische Handlung –« sagte Morotzkij. »Man kann es psychologisch erklären. Drei Jahre in Elchleder, und da sieht man plötzlich eine richtige Hose! Ein Gruß aus der verschwundenen Welt, ein Teil der entflohenen Vergangenheit, jetzt fast ein Heiligtum, eine Reliquie, die man heimholt zum Altar der Erinnerung –«
»Hören Sie auf mit Ihrem Blödsinn von Verhaltensforschung!« schrie Putkin ihn an. »Nach einer Stunde werden Sie merken, wie Ihnen das Leder den Hintern wund reibt. Dann werden Sie Ihrer Hosenreliquie nachweinen. Los, an den Karren! Jeder von uns kann dreißig Pfund schleppen. Auch Sie, Nadeshna, mit Gottes Hilfe! Ich lade mir fünfzig auf.«
»Wann werden Sie aufhören, den Bullen zu spielen?« sagte Katja Alexandrowna. Sie legte die Decken zusammen und rollte sie dann zu engen Würsten, als habe sie sogar eine militärische Ausbildung gehabt und wüßte, wie man ein Sturmgepäck zurechtmacht.

»Wenn ich an Stelle von Andrej mit Ihnen unter der Decke liege, Katja«, rief Putkin und dehnte seinen breiten Brustkorb. »Sie sind das Weib, das sogar mich in die Knie zwingt!«

Sie packten drei Stunden. Es war schwer, zu entscheiden, was man mitnehmen sollte und was man zurücklassen konnte, was man später nötig brauchen würde, oder was nur unnötiger Ballast war. Wenn es um die Verpflegung und die Werkzeuge ging, war man sich einig, aber sollte man, um nur einiges zu nennen, auch Eisenstangen und Blechteile des Flugzeuges mitnehmen. Und da waren die wunderbaren Gummiräder, die zurückzulassen eine wahre Schande war.

»Ein Vorschlag zur Güte«, sagte Andreas, als man sich anschrie und sich gegenseitig der Idiotie bezichtigte. »Ich konstruiere aus den Rädern und den Seitenteilen des Karrens einen flachen Handwagen, auf dem wir dann Benerian transportieren. Es ist völlig unmöglich, dreißig Pfund auf dem Rücken zu schleppen und dann noch zwischen uns einen Mann in einer Decke.«

»Ein kluger Gedanke in einer tauben Nuß«, rief Putkin. »So machen wir es: einen Handwagen, der auch als Schlitten fährt. Mir hätte es das Herz gesprengt, die Räder zurückzulassen . . .«

So vergingen noch einmal zwei Tage, bis man den flachen Handwagen zusammengehämmert hatte, eigentlich nur ein breites Brett mit vier Rädern, die aber so hoch angebracht waren, daß neben ihnen Kufen aus gebogenen Eisenrohren zuerst über den verschneiten Boden glitten. Durch eine einfache Umsteckvorrichtung konnte man – wenn nötig – die Räder tiefer stellen und die Kufen ausschalten. Putkin umkreiste nach vollbrachter Arbeit den flachen, schlittenähnlichen Handwagen und klopfte Andreas auf die Schulter.

»Zwei Ingenieure, Andrej . . . da muß selbst Sibirien kapitulieren. Das hier ist das Land der großen Ideen. Verdammt, wir zeigen, daß wir stärker sind als die Taiga!«

Am Morgen des vierten Tages nach der Rast zogen sie wieder los, jeder seine verschnürten dreißig Pfund Gepäck auf dem Rücken, hinter Andrej und Putkin der Schlitten mit dem singenden verblödeten Benerian. Der Frost war nun voll eingefallen. Das Thermometer, wenn man eines gehabt hätte, mußte jetzt auf mindestens 35 Grad minus stehen. Auch der Wind war gekommen . . . noch nicht in voller Härte, sondern nur wie eine Hand, die leichte Backenschläge verteilt. Aber der Schnee wirbelte schon hoch, auf den Lichtungen entstanden kreiselnde weiße Nebel, aus den Bäumen fielen ganze Lawinen klatschend zur Erde. Der Wald sah wieder aus wie ein Wald: Riesenstämme, kahl und gerippig, in den fahlen Himmel greifend, als wollten sie sich in ihm festklammern.

»Wo ist Süden?« fragte die Susskaja, als Putkin das Kommando gab und die Hand hob.
Putkin fuhr zusammen wie unter einem Schlag. Was er nie aussprechen wollte, das Aas von Weib sagte es so leicht dahin.
»Wissen Sie's?« brüllte er zurück.
»Nein.«
»Ich auch nicht, schöne Dame! Süden ist da, wohin wir ziehen, und wenn's Norden ist! Spielt das noch eine Rolle? Jetzt kommt es nur noch darauf an, uns zu bewegen. Und wenn Gott es will – Nadeshna, das geht Sie an – wenn der alte Mann dort oben wenigstens Sie liebt, läßt er uns an einen Fluß kommen. Dort bauen wir dann unsere Hütte, so wahr ich einen Hintern habe!«
So zogen sie los, wieder in den großen Kreis hinein, in diesen Teufelskreis, der sie nicht losließ. Sie blickten noch einmal zu dem zurückgelassenen Karren zurück, zu diesem Trümmerhaufen ohne Räder – dann stapften sie weiter durch den kniehohen Schnee, umgaukelt von dem kindischen Gesang des irren Benerian.

5

Genau an diesem Tag wurde in Irkutsk in Zusammenarbeit verschiedener Dienststellen und des Militärs die endgültige Erklärung formuliert, die bekanntgab, daß irgendwo auf dem Flug von Suchana nach Irkutsk die Maschine Nr. 14 mit Flugkapitän Makar Lukanowitsch Benerian und fünf Passagieren an Bord verschollen sei. Absturzursache sei unbekannt. Absturzstelle nicht auffindbar, trotz intensiver Suche.
Jetzt, da der Winter gekommen war, schien eine weitere Suche überhaupt sinnlos geworden.
Der Baikalsee begann bereits an mehreren Stellen zuzufrieren. Ein Zeichen, daß es einen harten Winter geben würde. Auf den Dörfern verklebte man die Fenster mit Zeitungspapier, in den Städten erkundigte man sich unter der Hand, ob die Kohleversorgung gesichert sei.
»Teilen wir die Namen der Opfer mit«, sagte General Serikow, der die Leitung der Suche übernommen hatte und die Armee im Raume Irkutsk befehligte. »Es kann keine Überlebenden geben. Wir hätten sie entdeckt, und sie hätten Zeichen gegeben. Nehmen wir an, sie wären zu verletzt gewesen, um sich bemerkbar zu machen . . .«
Er trat ans Fenster und starrte hinaus in den wirbelnden Schnee. Hier, in Irkutsk, hatte der Wintersturm seine volle Stärke erreicht und rüttelte heulend an den Dächern.
»Was ist dann jetzt noch von ihnen übrig?« Seine Stimme wurde leise und fast sanft. »Bei diesem Wetter . . . Krendelew, geben Sie die Namen heraus als Helden der Eroberung von Sibirien . . .«
»Sofort, Genosse General.« Der Adjutant, ein junger Oberleutnant, wartete noch unschlüssig. Serikow drehte sich erstaunt vom Fenster weg.
»Eine Unklarheit, Krendelew?«
»Der Deutsche. Auch als Held der Eroberung Sibiriens?«
»Ja.« Der General nickte mehrmals. »Auch er. Er arbeitete bei uns für Sibirien. An einer Geste ist noch kein Staat gestorben –«
Krendelew grüßte und verließ das überheizte Zimmer. Serikow drehte sich wieder zum Fenster und drückte die Stirn an die kalte Scheibe.

»Katja Alexandrowna –«, dachte er und fühlte, wie sein Herz schmerzte, als säße eine Stahlnadel in ihm. »Katjuschka! Ich werde Sibirien verfluchen, solange ich eine Stimme habe. Haben sich jemals zwei Menschen so lieben können wie wir ...?«
Er starrte in den wirbelnden Schnee und schloß dann die Augen.
Auch Generäle können weinen ...

6

Sie zogen neun Tage durch die Taiga, und es war leichter, als sie es sich vorgestellt hatten.
Die dreißig Pfund auf dem Rücken, die täglich weniger wurden, weil man ja essen mußte, spürte man nur an den ersten zwei Tagen. Dann hatte sich der Körper an die Last gewöhnt, so merkwürdig es klingt, und wenn man abends das Gepäck abschnallte, kam man sich leer vor und so leicht, daß man die ersten Schritte ganz vorsichtig setzte, weil man glaubte, man könne davonschweben.
Dafür gab Benerian zur Sorge Anlaß. Sein zerstörtes Gehirn hatte sich nicht verschlechtert, er blieb auf dem Stadium eines Kleinkindes stehen – aber seit drei Tagen hustete er, spuckte ungeniert durch die Gegend und bekam einen roten Kopf. Katja diagnostizierte eine stramme Erkältung, was bei der trockenen Kälte fast ein Wunder war, und sagte ernst: »Er wird eine Pneumonie bekommen . . .«
»Wozu sind Sie Ärztin, Katja?« knirschte Putkin und rieb Benerian das glühende Gesicht mit Schnee ab.
»Ich kann ihm eine Lungenentzündung nicht durch den Mund ausblasen. Können Sie Öl bohren ohne Bohrer?«
»Ein kluges Dämchen.« Putkin befahl eine kurze Rast. Sie waren gerade durch eine Senke gezogen, die Morotzkij kritisch betrachtet hatte. Außerdem waren vier Schneegänse über sie hinweggeflattert, ehe Putkin das Gewehr vom Schlitten reißen und schießen konnte.
»Wir kommen an einen Fluß –« hatte Morotzkij gesagt. »Irgendwo ist Wasser.«
Und Putkin hatte zurückgebrüllt: »Noch ein Wort von diesem Gerippe und ich muß festgebunden werden, um ihn nicht zu kastrieren! Wasser! Seit vierzehn Tagen heult er uns von Wasser vor! Hier ist Wald, Wald, Wald!«
Man ruhte sich aus und sah zu, wie die Susskaja zu einem verzweifelten Mittel griff, um Benerians Pneumonie zu ersticken. Sie löste einen Eßlöffel voll Penicillinpuder in Schneewasser auf, bis es einen dünnen Brei gab, und flößte dieses widerliche Zeug Benerian ein. Er schluckte es geduldig, so wie man ein Kind mit Haferschleim füttert.
»Hilft das?« fragte Putkin nachdenklich.

»Ich weiß nicht. Ich habe Puder noch nie so appliziert . . .«
»Nadeshna, beten!« rief Putkin. »Wenn jemand Wunder gebrauchen kann, sind wir es jetzt!«
Das letzte Wort war noch nicht verklungen, als alle Köpfe auffuhren. Von weit her, oder von nah, man konnte es nicht sagen, kam ein Klang zu ihnen. Ein fremder, unerklärlicher Klang, von dem man nur wußte, daß er nicht in die Taiga gehörte, nicht in diese einsame, stille Schneewelt, nicht zu diesen scheintoten Baumriesen. Ein Klang, der Erinnerungen wachrief, obwohl man nicht sagen konnte, welche Erinnerungen. Aber sie waren da, lagen plötzlich auf den Herzen und suchten nach einem Namen.
Nadeshna war es, die es ausrief. Sie warf die Arme empor und schrie hell auf, so hell, daß selbst Putkin zusammenzuckte.
»Eine Glocke!« schrie sie. »Das ist eine Glocke! Hört, hört doch . . . eine kleine, helle Glocke . . . Bim – bim – bim – bim . . . eine Glocke –!«
Putkin starrte sie aus vorquellenden Augen an. Es war, als wolle er Nadeshna erwürgen. Aber es war nicht zu leugnen: Er hörte es auch!
»Das ist Wahnsinn –« sagte er dumpf. »Wir sind alle wahnsinnig. In der Taiga eine Glocke! Wir *müssen* verrückt sein . . .«

Es gibt wenige Situationen, bei denen man im wahrsten Sinne des Wortes den Atem anhält. Man sagt das so daher . . . er hielt den Atem an . . . aber in Wahrheit atmet man weiter, denn Luft ist Leben, und leben will man um jeden Preis. Hier aber hielten tatsächlich fünf Menschen, erschöpft, durchfroren, mit vereisten Haaren und frostgeröteten Gesichtern den Atem an und lauschten. Nur der verrückte Benerian machte Lärm, aber auch er hatte die Glocke gehört und lallte mit verzerrtem Mund: »Bim-bum . . . bim-bum –«, bis Putkin ihm wortlos aufs Maul schlug. Da schwieg er beleidigt, stierte Putkin böse an und zog an seinen Fingern, daß die Gelenke knackten.
Die Glocke schepperte weiter. Blechern, vom Wind getragen, ein Klang, als wenn eine Menge leerer Konservenbüchsen aneinandergeschlagen würden, und doch ein Tönen, das eine geradezu ergreifende Feierlichkeit enthielt.
»Es *ist* eine Glocke –« sagte Andreas leise. »Putkin, und wenn Sie Ihren Kopf spalten: Nadeshna Iwanowna hat recht.«
»Wo eine Kirche ist, ist auch ein Dorf . . .« stotterte Putkin. »Freunde, ein Dorf! Wir sind durch! Wir haben es geschafft! Wir haben unser Leben wieder eingeholt! Ein Dorf!« Plötzlich brüllte er, umarmte die verwirrte Nadeshna, drückte sie an sich, küßte sie schmatzend über das ganze, schmale, engelsgleiche Gesicht, machte dann die Runde

und küßte jeden ab, sogar den verblödeten Benerian, der darauf laut: »Gut, gut, Rajetschka, Mütterchen« rief.
»Wo kommt der Klang her?« sagte Putkin nach seinem Freudenausbruch, der eine völlig andere Seite seines Wesens bloßgelegt hatte. »Still! Schnauft doch nicht wie Nilpferde! Ruhe! Da ... woher kommt es?«
Sie lauschten wieder, aber der Wind, der sich ständig drehte, der den Schnee kreiseln ließ und in den hohen Kiefern und Fichten rauschte, machte jede Orientierung unmöglich.
»Von dort«, sagte Morotzkij und zeigte nach rechts. »Ganz klar, von dort. Da kamen auch die Schneegänse her. Wer hat wieder die richtige Nase? Ich! Hier muß Wasser sein, habe ich gesagt, aber Igor Fillipowitsch benahm sich wieder wie ein Stier vor dem Schlachthof.«
»Der Mensch ist geboren, sich zu irren.« Putkin drehte den schweren Schädel wie ein witterndes Wild. »Geradeaus –« sagte er dann. »Geradeaus ist es.«
»Links!« warf die Susskaja ein.
»Man sollte sich die Haare ausreißen!« schrie Putkin. »Nachher behauptet Nadeshna, es läute bei ihr unter dem Hemd. Aber bitte, bitte, ich will nicht immer der Schuldige sein. Folgen wir dem Professor. Also nach rechts!«
Die Glocke – oder was immer es sein mochte – läutete weiter, als sie mit weiten Schritten nach rechts abbogen und die breite Senke entlangliefen. Der Boden fiel kaum merklich ab, der Wald wurde lichter, es gab mehr Fichten als Kiefern, und das alles regte Morotzkij an, zu sagen: »Wir gehen durch ein ehemaliges Flußbett. Irgendwann hat der Fluß seinen Lauf geändert ... aber das hier *war* ein Fluß! Wir sind auf dem richtigen Weg.«
Der scheppernde Glockenklang wurde deutlicher. Putkin, der vorauslief, stampfte durch den Schnee und trat eine Spur für Andreas und Katja, die jetzt den Schlitten mit dem schlafenden Benerian zogen. Und dann sahen sie den Fluß: an den Ufern bereits mit einer Eisdecke verschlossen, aber in der Mitte noch mit silbrigem Wasser. Ein wunderbares Strömen, ein Anblick, bei dem Putkin sich ans Herz griff und dumpf röhrte wie ein Hirsch.
»Wasser! Wasser! Morotzkij, ich habe Sie hundertmal einen Idioten genannt. Die Hälfte davon nehme ich jetzt zurück! Wasser!«
Sie blieben stehen wie vor einer Wunderwelt, die hinter einer aufgestoßenen Tür sichtbar wird. Schneegänse und große, weißschwarze, möwenähnliche Vögel mit roten Schnäbeln schaukelten auf den Wellen, stießen mit den Köpfen nach unten und pickten die Fische aus dem Fluß, als seien es herumliegende Weizenkörner. Ein Teil des Fluß-

ufers war gerodet. Man sah ganz deutlich, daß hier Menschenhand gewirkt hatte, denn die Stümpfe ragten noch aus dem Schnee, und es gibt keinen Sturm, der Bäume so gleichmäßig und glatt abdreht. Außerdem hingen, an langen Stangen aufgespannt, einige geschabte Rentierfelle zum Trocknen im Wind, und die Holzbank unter einer breitausladenden Fichte war auch nicht von selbst gewachsen.
Nadeshna war an Putkin vorbeigerannt und aus dem Wald getreten. Sie blieb plötzlich mit einem Ruck stehen, schlug das Kreuz und kniete im Schnee nieder. Dann senkte sie den Kopf auf die gefalteten Hände und schien inbrünstig zu beten.
Putkin atmete laut und röchelnd. »Sie hat ihr Ventil –« sagte er rauh. »Was habe ich, um mich zu freuen? Ich möchte jedem in den Hintern treten, das ist so meine Art.«
Sie folgten alle, nebeneinander gehend, der Spur Nadeshnas und sahen dann auch links am Flußufer, in einer sanften Krümmung, woher der Glockenklang kam.
Eine winzige Kirche aus rohbehauenen Stämmen stand da, mehr ein Blockhaus mit einem rührend krummen, kleinen Türmchen auf dem Dach und einem ebenso schiefen Doppelkreuz, das gelb bemalt war und Gold vortäuschen sollte. Neben der Kirche, angebaut wie ein Stall, erstreckte sich ein niedriges Wohnhaus mit einem Garten drumherum, eingezäunt wie alle russischen Gärten mit einem Knüppelzaun. Die Fensterläden waren ebenfalls bemalt, die Simse mit ungelenken Schnitzereien verziert, das mit gehobelten Brettern gedeckte Dach gegen den wütenden Sturm mit dicken Flußsteinen beschwert. Aus dem gemauerten Kamin zog eine dünne weiße Rauchfahne in den frostigen Himmel. Die mitgerissene Hitze flimmerte in der Luft, ehe sie kurz danach von der Kälte zerstört wurde.
Die Glocke schepperte noch immer. Sie hing in einem Hohlraum des schiefen Türmchens und war aus einem alten Benzinfaß gebastelt worden. Jemand, den man noch nicht sehen konnte, zog unten in der Kirche an einem dicken Seil, unermüdlich, in einem gleichbleibenden Rhythmus, den man mitzählen konnte . . . eins-zwei . . . eins-zwei . . . bim-bim . . . bim-bim . . .
»Kein Dorf –« sagte Morotzkij mit belegter Stimme.
»Aber ein Mensch –« sagte Andreas.
Der blöde Benerian richtete sich im Schlitten auf und lachte gellend. »Glöcklein, Glöcklein in der Nacht, Christus ist heut' aufgewacht . . .« schrie er danach. Putkin zuckte wieder zusammen und ballte die riesigen Fäuste. »Mir das!« sagte er dumpf. »So etwas muß ich erleben! Ich krieche unter bei einem Einsiedler, bei einem religiösen Vollidioten. Ausgerechnet ich muß in der Taiga auf so etwas sto-

ßen. Nadeshna, Schluß mit dem Beten! Ich weiß, Sie glauben an ein Wunder. Vielleicht ist's einer von Ihren Priestern, die Sie nach Rußland geschmuggelt haben. Passen Sie auf . . . er begrüßt uns mit einer Ihrer heimlichen Bibeln in der Hand.«
Er trat in den Schnee, als wolle er Fußball spielen und stapfte dann allen voraus zum Flußufer. Die Schneegänse flatterten auf, die unbekannten Möwenvögel mit den hellroten Schnäbeln verwandelten sich zu einer dichten, kreischenden Wolke, die ruckartig über den Fluß hin und her schwenkte.
Die Glocke schwieg abrupt. Es war plötzlich so still ohne diesen scheppernden Ton, daß sich alle wie nackt vorkamen und die Kälte auf der Haut spürten. Sie rannten zum Fluß hinunter, Benerian auf seinem Schlitten kreischte, weil ihm die schnelle Fahrt Angst einflößte, und Putkin, in seinem umgehängten Rentierfell wie der sibirische Waldgeist Ljeschi aussehend, wirbelte unter seinen Schuhen den Schnee auf, als sei er ein Schneepflug.
Sie hatten die kleine Blockkirche gerade erreicht, als die Tür aufsprang und ein Wesen heraustrat, das nur auf den zweiten oder dritten Blick als Mensch erkennbar war. Die ganze Gestalt war in einem Pelzanzug verborgen, der aus weißen, braunen, schwarzen und rötlichen Fellstreifen bestand, aus Fuchs-, Wolfs-, Hunde- und Rentierfellen, alles zusammengefügt zu groben Ornamenten, so wie die Tungusen und Jakuten ihre Winterkleidung herstellen. Darüber trug der Mensch eine Docha, einen Überpelz aus langhaarigem Schafsfell, was seiner Gestalt noch mehr an Breite und Höhe verlieh. Die dicken Stiefel waren an den Beinkleidern festgenäht, die Sohlen bestanden aus dem Klauenfell eines Rentieres, was den Vorteil hatte, daß man mit ihnen auch bei Glatteis nicht ausrutschen konnte, denn die wirbelartig nach allen Richtungen gewachsenen Haare waren wie eine Bürste, die sich in das Eis schabt. Auf dem Kopf trug der Mensch außer einer Mütze aus Bärenfell auch noch eine Kapuze aus Hundepelz, und nur der lange, weiße Bart, der aus dem Berg von Tierhaaren heraushing, zeigte die Richtung, wo dieser Mann sein Kinn haben mochte. Erst, als sie nahe vor ihm standen, erkannten sie auch seine Augen . . . große, gütige, grüngraue Augen unter einem Gestrüpp von dicken Brauen. Aber gerade diese Augen waren es, die sie stumm werden ließen und ihr gemeinsames »Gott grüße dich, Väterchen!« in der Kehle erstickte.
Die Augen blickten über sie hinweg zum Fluß. Sie sahen das silbern glitzernde Wasser, die Schwärme der Gänse und Vögel, den verschneiten, erstarrten Wald und den milchigen, von einer verhangenen Sonne durchhellten Himmel.

»Christus lebt!« sagte plötzlich die Stimme. Sie kam aus diesem Pelzberg wie aus einer weiten, tiefen Höhle . . . dunkel, volltönend, nachhallend. Eine Stimme, die in einen eindrang wie der mächtige Ton einer Orgel.

»Christus lebt! Hört seine Stimme und lobet den Herren zur Mittagszeit, denn Er schenkt uns den Tag, und Er schenkt uns die Nacht, und den gedeckten Tisch verdanken wir Seiner Gnade . . .«

»Es ist also zwölf Uhr –« sagte Putkin nüchtern, während Nadeshna wieder die Hände faltete und verzückt den haarigen Riesen anstarrte. »Wo sind wir hier? Wie heißt der Fluß? Wo ist die nächste Siedlung? Zum Teufel, ja, Christus lebt! Aber wir frieren! Sieh uns an, Väterchen Glockenzieher!«

»Lasset uns beten –« sagte der Pelzberg. »Brüder in Gott, danket dem gnädigen Herrn –«

Er hob segnend seine Arme, legte die Hände auf Nadeshnas Haare, die sofort auf die Knie fiel und zu schluchzen begann. Morotzkij kaute verlegen an der Unterlippe, Andreas legte seinen Arm um Katjas Schulter und zog sie an sich.

Diese Augen, dachte er. Diese fernen Augen. Himmel noch mal, dieser Mensch ist verrückt wie der arme Benerian. Wir haben wirklich nichts gewonnen, gar nichts. Wir sind von der rettenden Zivilisation so weit entfernt wie eh und je.

Putkin wollte etwas sagen, winkte dann ab und stapfte hinüber zu der flachen Blockhütte. Er stieß die Tür auf, warf sein Rentierfell ab und reckte sich. »Hierher!« brüllte er. »Der Alte hat einen Ofen, der platzt fast vor Wärme. Hierher! Welche Wonne! Wer hat etwas dagegen, daß ich mich ausziehe? Auf den Ofen lege ich mich und heize meine Knochen auf. Wer beten will . . . bitte, keiner hindert ihn . . .«

Er verschwand in der Hütte und warf hinter sich die Bohlentür zu.

Der Mann in dem Pelzgewirr drehte sich um und ging wieder in die Kirche hinein. Als er die Tür aufstieß, sah man kurz den Altar: selbstgemalte Ikonen, eine ganze Wand voll, die mit glattgestrichenem Stanniolpapier beklebt war. Darüber zwei Petroleumlampen, umhüllt mit rotem Papier. Sie hingen an gedrehten Lederschnüren. Vor einer Christusikone auf einem besonderen Altar aus dicken Flußsteinen leuchtete das Ewige Licht in einer Lampade aus geschnitzten Rentierknochen, ebenfalls umwickelt mit rotem Papier. Ein Ölflämmchen, das einen ranzigen Geruch verbreitete.

»Gehen wir«, sagte die Susskaja leise, nachdem die Kirchentür zugeklappt war. Sie hob Nadeshna aus dem Schnee auf und legte den Arm um ihre zuckende Schulter. »Es gibt keinen Grund, schwach zu werden. Warten wir in dem Haus auf dieses sanfte Ungeheuer.«

Aus dem Kirchenraum drang Gesang, tief, dröhnend, schön. Die Gänse- und Vogelschwärme hatten sich wieder auf dem Fluß niedergelassen und tauchten nach den Fischen. Am anderen Ufer bewegte sich ein fast runder brauner Klotz, wälzte sich ins Wasser und patschte darin herum. Ein Bär.
»Das Paradies –« sagte Andreas leise. »Das Paradies in Sibirien . . .«
»Ein Paradies bis heute, Andrej.« Die Susskaja schob Nadeshna vor sich her. »Jetzt sind wir da . . . eine Handvoll Verdammter . . .«

Putkin lag tatsächlich schon auf dem heißen Ofen, oben auf der breiten gemauerten Steinplatte, als sie ins Haus kamen. Er lag nackt und völlig ohne Scham da, winkte mit den Beinen und lachte dröhnend, kratzte dann seine behaarte Brust und wälzte sich wohlig auf der Decke aus weichem geschorenem Rentierfell junger Kälber.
»Ist das ein Genuß!« rief er und klopfte seine muskelbepackten Schenkel. »Andrej, ich schwöre Ihnen . . . das ist besser, als auf eine Frau zu kriechen. Jetzt erst merke ich, daß ich bis zu den Knochen durchgefroren war. In mir knackt es wie im Frühjahr das Eis, wenn es auseinanderspringt beim ersten warmen Wind. Nadeshna, Täubchen, zieh dich aus und kriech zu mir. Alles taut bei mir auf, alles, hoiho!«
Er lachte wieder dröhnend, überhörte, daß Morotzkij beleidigt: »Sie Erzferkel!« sagte, und drehte sich auf den Bauch. Andreas, Katja, Nadeshna und Morotzkij warfen ihre steifgefrorenen Decken ab . . . sie begannen in der Hitze des Raumes zu schmelzen und zu dampfen. Sie setzten sich alle, plötzlich zu Tode erschöpft, auf die lange Bank an der Wand und hielten Benerian fest, der nicht sitzen wollte, sondern immer nach vorn kippte und dauernd »hoppla-hei . . . hoppla-hei!« lallte. Schließlich ließ man ihn auf den Boden gleiten, wo er liegen blieb und glücklich mit den Absätzen auf die Dielen hämmerte.
»Welch ein Block von Mann!« sagte Putkin oben auf dem Ofen. »Und so etwas wird Einsiedler und Mönch! Eine Schande gegenüber allen Werktätigen!«
»Sie werden wenig Freude an ihm haben, Igor Fillipowitsch«, sagte die Susskaja. Sie zog ohne Zögern ihre Bluse und ihren Rock aus und lehnte sich, nur mit der dünnen Unterwäsche bekleidet, die ihren üppigen Körper kaum verhüllte, gegen den weißgekalkten hohen Ofen. Putkin schob den Kopf über den Rand der oberen Plattform und stierte auf ihre festen Brüste.
»Wieso meinen Sie, schöne Dame?«
»Unser Taiga-Pope ist bereits im Himmel –«
»Man wird ihn schnell auf die Erde zurückholen. Warten Sie es ab,

Katja Alexandrowna. Wenn er sich ausgebetet und ausgesungen hat, werde ich mit ihm sprechen, wie's sich gehört. Und wenn ich an seinem Bart ziehen müßte wie an einem Brunnenseil.«
»Sie rühren ihn nicht an, Putkin!« sagte Nadeshna laut. »Wehe, wenn Sie ihn anrühren! Er ist ein heiliger Mann . . .«
»Eher ein heiliger Idiot.« Die Susskaja drehte sich herum und preßte ihre Vorderseite gegen den heißen Ofen. Auch sie spürte, wie die Wärme sie bis ins Mark durchdrang und für den erschöpften Körper wie neues Blut war. »Das einzige, was ihn von Makar Lukanowitsch unterscheidet, ist, daß er gehen kann und sich nicht selbst zerfleischen will. Habt ihr diese Augen gesehen? Genau gesehen? Ich weiß nicht einmal, ob er uns bemerkt hat . . . es war, als habe er uns nur gespürt oder gerochen . . .«
»O wie gemein, wie gemein!« schrie Nadeshna. Ihr Gesicht glühte. Morotzkij kam ihr zu Hilfe und zog sie an sich, als müsse er sie vor einem Mörder beschützen. »Ihr besteht alle nur aus Gemeinheit! Nur weil er an Gott glaubt, ist er für euch irr! Aber daß es ein Wunder ist, daß wir ihn mitten in der Taiga gefunden haben, das merkt ihr alle nicht –«
»Es mußte so kommen! Teufel auch, mir juckt es in den Händen.« Putkin kletterte, nackt wie er war, von der Ofenplattform und setzte sich ungeniert neben Katja Alexandrowna auf die rund um den Ofen befestigte, schmale Holzbank. Er musterte anerkennend das Gesäß der Susskaja, die schönen Schenkel und die schlanken und doch kräftigen Beine. »Bevor der Himmelsclown zurückkommt von seinem Benzinfaßglöckchen, sollten wir beraten, wie es weitergeht. Bleiben wir . . . oder versorgen wir uns hier mit Winterkleidung und ziehen weiter. Ein Fluß ist ein guter Weg, fast so gut wie eine Straße.«
»Es kommt nur darauf an, wohin er fließt: nach Norden oder nach Süden . . .« sagte Andreas.
»Sibiriens Flüsse fließen nach Norden.« Morotzkij begann nun auch, sich auszuziehen. Das Eis an seiner Kleidung schmolz, und die Nässe drang durch ihn bis unter die Haut. Sogar die Elchlederhose des geflohenen Sträflings hatte sich vollgesogen. »Das ist sogar ein Kinderlied: Großer schöner Strom, der du zum Nordmeer ziehst –«
»Wir wissen es!« brüllte Putkin. »Natürlich ziehen wir den Fluß hinauf . . . da haben wir endlich die Richtung nach Süden. Meine Frage: Überwintern wir hier?«
»Ich bin dafür –« sagte Morotzkij.
»Ich auch.« Nadeshna Iwanowna hob die Hand.
»Natürlich. Sie bekommen Ihr Bett unter der Ikonastase. Und Sie, Andrej?«

»Hier haben wir ein Dach über dem Kopf. Sagten Sie nicht, Igor, daß in Sibirien ein Dach das wichtigste ist?«
»Und Sie, Katja Alexandrowna?«
Die Susskaja löste sich von dem heißen Ofen und machte Morotzkij und Nadeshna Platz, die sich nun gegen die warmen Steine drückten. Sie setzte sich gegenüber auf die Bank an der »schönen Ecke«, jener Zimmerecke, wo früher in allen russischen Häusern das Ewige Licht vor einem Heiligenbild brannte und Strohblumen von der ewigen Sehnsucht des Menschen nach Schönheit kündeten. Auch hier gab es das Ewige Licht . . . eine Tranlampe mit stinkendem Öl vor einer kleinen Ikone. Es war Öl, das der Einsiedler aus dem Fett gefangener Fische selbst herstellte.
»Halten Sie es sieben Monate bei einem Popen aus, Igor Fillipowitsch?« fragte sie. Putkin zog das Kinn an.
»Ich werde ihn einfach übersehen.«
»Aber er wird sich hören lassen. Jeden Tag viermal das Glöckchen, jeden Tag mehrmals Gebete . . . und wenn Weihnachten kommt oder die Osternacht . . . Putkin, ich weiß, Sie kennen das auch. Ihre Mutter hat Sie als Kind mitgenommen. Für jeden gläubigen Russen ist Ostern wie eine eigene Auferstehung.«
»Vielleicht bringe ich ihn um«, sagte Putkin finster. »Sicherlich bringe ich ihn um, wenn er immer vor mir steht und mich segnen will. Dann ist Ruhe. Nadeshna Iwanowna kann den Popen spielen und die Glöckchen läuten, das ertrage ich noch, wenn ich als Gegenleistung bei ihr meinen Klöppel gebrauchen kann . . .«
»Man sollte Sie im Schlaf erschlagen«, sagte Morotzkij mit großer Überzeugung. »Wirklich, das sollte man. Ihnen den mistigen Schädel spalten.«
Bevor es zu neuen Streitereien kam, flog die Tür auf, und der Pelzberg schob sich ins Zimmer. Er warf seine Docha ab, zog die Mütze vom Schädel und löste die Lederschnüre, mit denen er das durchgehende Fellkleid zusammenhielt. Dann stieg er aus der Haarmasse, und wie aus einer Puppe ein Schmetterling entschlüpft, so schälte sich aus den Pelzen ein Mann in einem grobleinenen, grauen Anzug.
»Wahrhaftig ein Mensch!« sagte Putkin und stand auf.
»Gottes Haus ist aller Haus!« sagte der Einsiedler. Er betrachtete den bulligen nackten Putkin und sah dann die anderen der Reihe nach an. Putkin begann, dumpf zu knurren wie ein angeketteter Hund. »Willkommen bei Gott!«
»Wer sind Sie?« fragte Putkin laut.
»Ich heiße Kyrill Jegorowitsch Kirsta, mein Sohn . . .«
»So kann nur ein Priester heißen, das stimmt!« Putkin schien zu mer-

ken, daß seine Nacktheit unangebracht war, griff nach einem Fetzen Stoff und hielt ihn sich vor den Bauch. »Wo ist das nächste Dorf?«
»Es gibt kein Dorf, mein Sohn.«
»Die nächsten Menschen?«
»Hier gibt es keine Menschen.«
»Ein Jägerlager? Fischer oder Flößer? Jakutische Nomaden . . .«
»Es gibt hier nichts außer Gott –«
»Das ist mir zuwenig.« Putkin blickte hilfesuchend um sich. Kyrill Jegorowitsch ging zu einem selbstgezimmerten Schrank, holte ein Holzbrett mit Wurst und Brot heraus, stellte es auf den Tisch, fischte dann ein Messer aus einer Truhe und hieb es mit der Spitze in die dicke Tischplatte. »Esset und trinket, spricht der Herr, und gedenket meiner in eurer Sattheit, der ich für euch litt am Kreuz und mich labte an einem Essigschwamm . . .« sagte er und fügte hinzu: »Ich koche euch einen Tee aus getrockneten Multebeeren –«
Es wurde ein merkwürdiger Tag und ein noch merkwürdigerer stiller Abend. Sie saßen alle um den groben Tisch, aßen die selbstgemachte Wurst aus Rentierfleisch und Gänseleber, tranken den herben Beerentee, kauten das harte, graue Brot aus gequetschtem Wildweizen und waren sich einig, daß der Pope Kirsta in den langen Jahren der selbstgewählten Einsamkeit den realen Verstand eingebüßt hatte und hauptsächlich nur noch das sprechen konnte, was er täglich mehrmals aus der Bibel las.
Eines war jetzt klargeworden: Der Fluß hatte keinen Namen. Kyrill nannte ihn »Das Blut der Ewigkeit«, was Putkin unnötig aufregte. Menschen gab es im Umkreis von einigen hundert Werst nicht, zumindest hatten sich in den letzten 45 Jahren keine anderen Lebewesen als Bären, Füchse, Biber, Marder, Hermeline, Luchse, Elche, Otter und eine Menge Fluggetier hierher verirrt. Kyrill lebte mit ihnen in einer natürlichen Gemeinschaft: Er fütterte und liebte sie, sprach mit ihnen und war ihnen ein Freund . . . und er tötete sie, aß sie auf und nähte aus ihren Häuten seine Kleidung, wenn es nötig war.
»45 Jahre allein in dieser Wildnis –« sagte die Susskaja am Abend, als sie alle auf dicken Wolfs- und Bärenfellen auf dem Boden vor dem Ofen lagen. Nur Putkin machte sich wieder auf der Plattform breit, ungeachtet der von allen kritisch betrachteten Tatsache, daß Kyrill Jegorowitsch auch nach oben kletterte und sich neben den nackten Putkin klemmte. »Ein Wunder, daß er noch wie ein Mensch sprechen kann.«
»Das Gebet hält ihn fest«, erklärte Nadeshna leise.
»Aber verrückt ist er doch«, sagte Morotzkij heiser. »Nichts gegen heilige Männer . . . darin war Rußland immer führend. Aber was

Kyrill hier vollbringt, ist eine glatte Wahnsinnstat. Wem nützt er damit? Gott in die Einsamkeit tragen, ist keine Kunst. Ihn unter tausend müden, zerschundenen Arbeitern predigen, das ist eine Aufgabe. Flucht in die Anonymität ist immer billig. Ich kann es beurteilen, ich flüchte ja selbst –«

»So wie ich die Lage sehe, ziehen wir in einer Woche weiter.« Andreas lag auf dem Rücken. Katjas zärtliche Hände streichelten über seinen Leib, aber es war kein aufreizendes, prickelndes Gefühl, das sie erzeugten, sondern eine wohlige Süße, die schwer war wie goldener Krimwein. Er spürte die völlige Einheit mit Katja und begriff, was es heißt, ausgefüllt mit Glück zu sein.

»Putkin und Kyrill zusammen auf dem Ofen ... das kann nicht gut gehen.«

Es ging auch nicht gut.

In der Nacht weckte sie alle ein dumpfer Aufschrei. Putkin sprang von der Ofenplattform und legte sich zwischen die Susskaja und Morotzkij. Im Zimmer war es von den hitzespeichernden Flußsteinen so warm, daß sie alle ohne Decken auf den Fellen lagen. Draußen rumorte der Eissturm, knarrte in den Dachbrettern, schlug gegen die Fensterläden und trieb den Schnee gegen die Bohlentür. Der Fluß fror weiter zu. Es war ein verzweifelter, aussichtsloser Kampf des Wassers gegen seine Erstarrung.

»Es geht schon los!« knurrte Putkin. »Ich liege da friedlich auf dem Ofen und will schlafen, und was geschieht? Schiebt sich der Pope an mich und flüstert mir ins Ohr, wie man einer Jungfrau unanständige Anträge macht. Und was sagt er, der Kyrill Jegorowitsch? ›Mein Sohn, ich erkenne dich im Dunkeln: Du hast verlernt zu beten. Komm, laß uns zusammen den Herrn loben.‹ Und was antworte ich, na? ›Halt die Fresse, Väterchen! Ich habe zwei Fäuste, wozu brauche ich Gott?‹ Und Kyrill, nicht faul, fragt: ›Wer hat dir die Fäuste gegeben?‹ Darauf ich: ›Ich bin so geboren. Frag meine Mutter!‹ Und was antwortet er, der Kretin? ›Alles Leben kommt von Gott, also auch deine Fäuste. Bete, mein Söhnchen.‹ – Was soll man gegen eine solche Argumentation machen? Gestattet, daß ich bei euch schlafe.«

Es war eine kurze Nacht.

Irgendwann, aber bestimmt noch vor dem Morgengrauen, sprang Kyrill Jegorowitsch von seinem Ofen und begann laut und schön mit seinem dröhnenden Baß zu singen. Er zog sich an und wandelte hinaus in die windheulende Nacht, um sich zu seiner Kirche durchzukämpfen und die Glocke zu läuten. »Kasteiet euch, um die Seligkeit des Himmels zu begreifen!« sang er dazu. »Nur der erwirbt das Glück, der leiden kann –«

»Ich erschlage ihn!« sagte Putkin feierlich, als alle verstört auf der Erde saßen und nicht mehr einschlafen konnten. »Freunde, das ist ein Versprechen. Gut, ich will das Glöckchen ertragen, die Kirche, die Gebete, die Gesänge, das Ewige Licht, alles, alles . . . aber in der Nacht muß man mir meinen Schlaf lassen. Ohne Schlaf wird selbst ein Engel zum Satan. Wenn Kyrill zurückkommt, zertrümmere ich ihm die Hirnschale. Genossen, hindert mich bloß nicht daran . . .«
Putkin tat es nicht . . . wie zu erwarten war. Er brüllte den Uralten nur an, nannte ihn einen Idioten im Quadrat, einen durchlöcherten Eisentopf, einen entmannten Esel und handelte sich damit nur einen feierlichen Segen ein. Darüber mußte Andreas so lachen, daß ihm die Tränen über die Wangen liefen, und die Stimmung war an diesem Morgen besser als am Abend vorher.
An diesem Tag gingen Kyrill und Putkin fischen. Der Fluß ohne Namen war bis auf einen schmalen Streifen zugefroren. Das Eis war schon so dick, daß es einen Mann tragen konnte, und wo es zu dünn war, an den Rändern zur Wasserrinne, schoben Kyrill und Putkin Bretter über das Eis, legten sich darauf und starrten in das klare Wasser. Sie sahen die großen Fische, fleischige Burschen, mit grünschillernden Schuppen und dicken Köpfen. Sie glotzten die Menschen an, und als Kyrill mit einer Art Dreizack zustach und einen von ihnen herausholte, kümmerten sie sich gar nicht darum, sondern schwammen unbekümmert hin und her.
»Hier ist alles idiotisch, sogar die Fische«, sagte Putkin später. »Aber Kyrill ist ein blitzschneller Knabe. Liegt da wie Neptun und flupp – hat er einen Fisch in den Zinken. Ein Jammer, daß er Priester ist. Man könnte einen brauchbaren Menschen aus ihm machen.«
Sie blieben acht Tage bei Kyrill Jegorowitsch Kirsta, dem in 45 Jahren Einsamkeit wunderlich gewordenen Taiga-Mönch. Dann wußten sie, daß wirklich kein anderer Mensch hierher kommen würde, nie und nimmer, selbst jagende Jakuten nicht. »Vielleicht wird auch dieses Gebiet eines Tages von Geologen erforscht«, sagte Morotzkij. »Bestimmt kommt es einmal an die Reihe. Sibirien ist eine Jahrhundertaufgabe. Aber soviel Zeit haben wir nicht. Ich schlage vor, wir ziehen den Fluß hinauf.«
»Und Makar Lukanowitsch?« fragte Nadeshna.
Sie sahen alle auf Benerian, der kindisch mit ein paar Holzscheiten spielte und sie aufeinanderschichtete, um sie dann quiekend wieder umzustoßen.
»Hauptmann der Luftwaffe Benerian –« sagte Putkin heiser. »Warum spricht denn niemand aus, was wir alle denken?«
»Wir lassen ihn bei Kyrill zurück«, sagte die Susskaja. Ihre klare

Stimme, die so etwas aussprach, wirkte in den Ohren der anderen wie das metallische Zuschlagen eines Fallbeils. »Das wollten Sie doch hören, Igor Fillipowitsch? Ja, wir lassen ihn zurück. Bei Kyrill ist er in den besten Händen. Wenn jemand überlebt, wird es Benerian sein. Bei uns ist es ein Glücksspiel.«

»Zwei Idioten allein in der Taiga . . . Ich behaupte, man hat sich die Eroberung Sibiriens anders vorgestellt.«

»Für sie ist hier das Paradies. Ein Fluß, ein Wald, ein Himmel und ein Gott, der sie ernährt. Was brauchen sie mehr?«

»Warum sollen wir uns da durch den Schnee quälen?« Putkin hieb die Fäuste zusammen. »Das Paradies! Brauchen wir denn mehr? Wollen wir nicht hierbleiben? Alle?«

»Wie alt sind Sie, Putkin?« fragte die Susskaja.

»Zweiunddreißig.«

»So wie Sie aussehen, werden Sie hundert. Das sind noch 68 Jahre Taiga –«

»Wir ziehen weiter!« Putkin raufte sich die Haare. »Katja Alexandrowna, Sie sind ein Biest! Sobald sich der Sturm gelegt hat, gehen wir los.«

»Und bis dahin?« fragte Morotzkij.

»Flechten wir uns Schneeschuhe, Professor. Jakutische Schneeschuhe. Ich werde mich im Schuppen umsehen . . . dort scheint der Pope eine ganze Werkstatt zu haben. Vielleicht können wir sogar Skier herstellen. Sehen Sie sich die Bretter an . . .« Er klopfte gegen den Tisch und den Schrank. »Alles gehobelt. Der Alte muß also einen Hobel haben. Woher aber, wenn er seit 45 Jahren keinen Menschen mehr gesehen hat? Na, ist das eine Frage? Hier stinkt etwas aus den Ritzen, Genossen! Oder läßt Gott Hobel regnen? Nadeshna, Sie müssen das wissen . . .«

»Putkin beginnt zu denken«, sagte Morotzkij. »Und erstaunlich . . . er denkt richtig. Fragen wir mal Kyrill gezielt nach diesem Wunderhobel.«

»Zwecklos.« Katja Alexandrowna winkte ab. »Er wird in fromme Sprüche ausweichen. Ich kann es nicht erklären, aber ich fühle, daß diese Einsamkeit nicht vollkommen ist.«

»Sie denken, irgendwo in der Nähe ist doch eine Siedlung?«

»Ja.«

»Ich auch.« Putkin rieb sich die breiten Hände. »Jekaterina Alexandrowna, zum erstenmal kommen wir uns näher. Ein Feiertag –«

Sie irrten beide. Die Einsamkeit war vollkommen.

7

In diesen Tagen wurden die Hubschrauber der Flugbasis Irkutsk wieder in Alarm versetzt und stiegen wie ein Hornissenschwarm in den grauen Schneehimmel. Sogar General Serikow und sein Adjutant, Oberleutnant Krendelew, flogen hinaus in die schweigende, im Schnee gestorbene Taiga und suchten mit Ferngläsern den grenzenlosen Wald ab.

Ein Pilot der Jagdfliegerstaffel, der sich verflogen hatte, bügelte seinen militärischen Fehler damit aus, daß er meldete: »Ich habe das Wrack eines Flugzeuges gesehen. Es liegt auf einem Windbruch, abseits der Flugstraße von Suchana nach Wiljuisk.«

General Serikow verlor zum erstenmal seine gerühmte Ruhe und Väterlichkeit. Er brüllte herum, gab einen Alarm, als greife der Chinese an, scheuchte die Verwaltungsbeamten aus ihrer winterlichen Ruhe und nannte alle, die ihm in den Weg kamen, blinde Maulwürfe, womit er vor allem die Flieger der Luftaufklärung meinte, die das unauffindbare Verschwinden des Flugzeuges Nummer 14 zu Protokoll gegeben hatten.

Bei pfeifendem Schneesturm landete Serikow auf dem Windbruch, wurde von dem Sturm umgeworfen und kroch auf allen vieren zu den Trümmern. Oberleutnant Krendelew starrte entgeistert seinen General an, ehe er ihm nachsprang, ebenfalls durch eine Windbö in den Schnee geschleudert wurde und dann, von den Flocken gepeitscht, seinem Kommandeur nachrannte.

In dem zerbrochenen Leib des Flugzeuges lag der Schnee nur kniehoch. Serikow saß in einem der schief in den Halterungen hängenden Sitze und hielt mit beiden Händen seinen Kopf umklammert.

»Keiner hat überlebt . . .« sagte Krendelew leise. Serikow fuhr hoch, als habe man ihn gestochen.

»Woher wissen Sie das?« schrie er. Die Qual in seiner Stimme hörte selbst der sonst so gefühlsarme Krendelew heraus.

»Wo . . . wo sind die Leichen, Genosse General?«

»Wir suchen sie! Wenn sie alle umgekommen wären, lägen die Körper herum. Was sehen Sie mich an wie ein durstiges Kamel, Krendelew? Jawohl, ich weiß, was Sie denken. Wölfe, Luchse, Leoparden . . .

aber ich glaube es nicht. Ich will es nicht glauben! Lassen Sie jedes Trümmerstück freilegen. Jedes!«
Krendelew kroch aus dem zerborstenen Rumpf und kämpfte sich durch den Schneesturm zu den Hubschraubern zurück. Es war Wahnsinn, jetzt mit der Arbeit anzufangen, aber wenn ein General befiehlt, soll man nicht denken. Und Serikow war seltsamerweise in einem Zustand, wo Denken eine absolute Gefahr bedeutete.
Während sich draußen zehn Soldaten fluchend über die Trümmer verteilten, kroch Serikow durch den Rumpf des Flugzeuges und suchte. Er fand eine Umhängetasche aus braunem Saffianleder, eine ihm bekannte Tasche, denn er hatte sie selbst in Alma Ata gekauft und Jekaterina Alexandrowna geschenkt. Sie enthielt nicht viel. Einen französischen Lippenstift, ein Parfümflacon, einen Handspiegel und den letzten Brief, den Serikow nach Suchana geschrieben hatte. Der letzte Satz – Ich liebe dich, Katjuschka – war rot unterstrichen, rot mit dem glänzenden Fett des Lippenstiftes. Und mit Lippenstift hatte die Susskaja danebengeschrieben: Dreh die Zeit nicht zurück, Waska!
Serikow starrte auf die wenigen Worte, ehe er begriff, daß dies hier ein Abschied war, von dem er nichts geahnt hatte. Sechs Worte, wie mit Blut geschrieben. Das Ende einer Liebe, von der er geglaubt hatte, er könne sie mit ins Grab nehmen.
Jekaterina Alexandrowna war von Suchana nach Irkutsk geflogen, um ihm das zu sagen. Sie war nie angekommen, würde auch nie ankommen, und so blieb die volle Erinnerung zurück an eine Liebe, die so grenzenlos gewesen war wie die Taiga, die sie nun begrub.
Serikow steckte den Brief in seine Brusttasche, hängte sich Katjas Tasche über die Schulter und kroch aus den Trümmern. Draußen wühlten die Soldaten in den Schneehaufen und suchten die Leichen. Oberleutnant Krendelew rannte seinem General entgegen und meldete etwas Merkwürdiges: Die Flugzeugräder fehlten! Sie waren nirgends zu finden. Leichen können in Raubtiermägen verschwinden, aber keine Flugzeugräder!
»Vieles ist merkwürdig –« sagte Serikow. Er wirkte wie abwesend, wie hypnotisiert. »Alles ist merkwürdig, Krendelew! Lassen Sie weitersuchen –«
Er kletterte in seinen Hubschrauber, schloß die Kanzel, legte den Kopf auf die Nackenstütze und schloß die Augen.
Katjuschka, warum dieser Abschied? Warum so plötzlich, so spontan, mit Lippenstift auf den Rand meines Briefes gemalt? Was war in Suchana geschehen? In Suchana, diesem elenden Drecknest am Olenek, nördlich des Polarkreises? Wie kann eine so große Liebe ausgerechnet in Suchana sterben? Wer soll das begreifen, Katjanka?

Ein Sack voll Fragen . . . es war für Serikow undenkbar, daß es in Katjas Leben einen anderen Mann geben könnte als ihn, den General Waska Janisowitsch Serikow.
Krendelew brach die Suche aus eigenem Ermessen ab, als der Schneesturm so heftig wurde, daß die Soldaten Mühe hatten, sich selbst auszugraben. Den General konnte er nicht fragen . . . Serikow saß in seinem verschneiten und zugewehten Hubschrauber und wirkte wie eine Mumie. Er blickte nur kurz hoch, als sich Krendelew in die Glaskanzel schwang. Hinter ihm pfiff der Sturm hinein und ohrfeigte den General.
»Es ist sinnlos!« keuchte Krendelew. »Es gibt keine Überlebenden, keine Spuren, keine Leichen. Es ist sinnlos, Genosse General.«
»Vieles ist sinnlos. Sie haben recht.« Serikows Blick wanderte zurück zu den wirbelnden, tobenden Schneeflocken. »Wir werden der Sache nachgehen, wenn sich das Wetter normalisiert hat.«
Sie kamen erst gegen Abend aus dem Windbruch weg. Der Pilot des Generals wartete so lange, bis sich der Sturm etwas beruhigt hatte und das Aufsteigen keine lebensgefährliche Artistik mehr war. Die anderen Hubschrauber folgten ihm. Als sie wieder landeten, in Wiljuisk, war es Nacht. Eine eisige, stille Nacht, in der der Atem gefror, daß man ihn fast in Stücken vom Mund brechen konnte.
»Funkverbindung mit Suchana!« sagte Serikow, kaum daß er im Warmen saß. »Das Hospital will ich sprechen. Lassen Sie den Chefarzt aus dem Bett holen, wenn er schon drin liegt. Nehmen Sie keine Ausreden an, Krendelew . . . ich verlange den Chefarzt!«
Es dauerte zehn Minuten, dann war die Sprechfunkverbindung mit Suchana hergestellt. Auch der Chefarzt war verfügbar. Serikow hörte seine Stimme verzerrt und quäkend im Lautsprecher.
»Lew Diogenowitsch, ich muß Sie etwas fragen –« sagte Serikow in das Mikrophon. »Und ich verlange von Ihnen als Freund eine ehrliche Antwort: Was war mit Katja Alexandrowna los?«
»Nichts, Waska Janisowitsch.«
»Sie lügen, mein Freund. Sie lügen bestialisch. Warum hat sie ihren Posten bei Ihnen aufgegeben, von heute auf morgen? Warum flog sie mit diesem Flugzeug nach Wiljuisk und wollte weiter nach Irkutsk? Sagen Sie mir den Grund, warum Katja plötzlich Suchana verlassen hat!«
»Es gibt keinen Grund.«
»Lew Diogenowitsch, halten Sie mich für einen speichelnden Trottel? Katja muß Ihnen gegenüber doch einen Entlassungsgrund angegeben haben. Oder laufen bei Ihnen die Ärzte weg, wann sie wollen?«
In Suchana war Stille. Serikow spürte förmlich auf seiner Haut, wie

der Chefarzt nach Worten suchte. Dann quäkte wieder die Stimme aus dem Lautsprecher.
»Es tut mir leid, Waska Janisowitsch ... Es war ein Mann –«
»Ein – Mann –?« Serikow umklammerte mit beiden Händen das Funkgerät. »Was für ein Mann?«
»Ein Bergbau-Ingenieur. Katja lernte ihn hier im Hospital kennen, als man ihm vorführte, wie modern ein sibirisches Hospital eingerichtet ist, trotzdem es nördlich des Polarkreises liegt. Da denkt man immer, dort oben hört die Welt auf. Wir beweisen: Bei uns fängt sie neu an!«
»Keine Propagandasprüche, Lew, bitte nicht.« Serikow drückte die Stirn gegen die Bespannung des Lautsprechers. Er spürte, wie er zitterte. Katjuschka und ein anderer Mann. Mit ihm fliegt sie weg, verläßt ihren Posten, verrät ihre Pflicht. Was ist das für ein Mann? »Den Namen –« sagte Serikow rauh. »Lew, nennen Sie mir den Namen dieses Mannes ...«
»Andreas Herr, hieß er.«
»Andreas Herr? Wieso?«
»Ein Gast aus Deutschland, Waska Janisowitsch.« Die ferne Stimme wurde leiser, fast bedrückt. »Man kann so etwas nicht verhindern, Waska. Man kann alles in eine rote Fahne wickeln, nur das Herz nicht –«
Serikow schaltete ab. Er starrte auf das Funkgerät, und der Name Andreas Herr brannte in ihm wie damals der deutsche Granatsplitter in seinem Rücken. In einem Erdloch bei Roslawl ... er wäre fast ein Krüppel geworden.
Serikow erhob sich. Er wirkte müde und alt.
»Warum haben wir 1945 nicht alle Deutschen umgebracht!« sagte er halblaut. »Alle, alle Deutschen!«
Dann stieß er das Funkgerät vom Tisch, zertrat es und verließ als Greis den Raum. In ihm war es kalt und tot wie draußen die Taiga.

8

Keiner soll sagen, Putkin sei nichts anderes als ein grober Klotz oder ein Sack, vollgestopft mit unflätigen und obszönen Redensarten. Er bewies das, als er seinen Widersacher Kyrill Jegorowitsch aus dem Fluß zog und nicht einfach ersaufen ließ, was die einfachste Art gewesen wäre, sich Ruhe vor ihm zu verschaffen.
Kirsta hatte sich nämlich vorgenommen, Putkin zu bekehren und verfolgte dieses Ziel mit dem heiligen Eifer aller Missionare. Nur fehlte Kyrill die Praxis und deshalb die gebotene Vorsicht, denn Putkin war, einmal mit Gott konfrontiert, gefährlicher als ein neuseeländischer Kannibale.
Fünf Tage trommelte Kyrill auf Putkin herum, hängte sich an seinen Rockschoß und ging singend und betend hinter ihm her, weckte ihn nachts, auch wenn er zwischen Andreas und Morotzkij lag, und forderte ihn auf, Gott zu erkennen, bis Putkin brüllend den ersten Knüppel ergriff und nicht Kyrill verprügelte, sondern die »schöne Ecke« zertrümmerte. Er wurde dafür von Nadeshna in blinder Rachsucht angespuckt, was zwar einer Lehrerin unwürdig war, aber bei Putkin waren gesellschaftliche Formen nicht angebracht.
Bis dann die Sache passierte, daß der »heilige Kyrill«, wie Putkin den Taiga-Mönch nannte, bei dem Versuch, einen dicken Hecht aus dem Fluß zu ziehen, selbst in die eisigen Wellen stürzte und sofort unterging. Die Strömung war stark, riß Kyrill mit sich fort und drückte ihn unter die feste Platte des Eises.
Putkin und Andreas, die dabei waren, aus einem Brett einen Ski zu hobeln, sahen nur noch, wie der Pelzberg ins Wasser kippte und versank. Es war, als habe man einen Fleck von dem Weiß des Eises wegradiert.
»Unser Väterchen . . .« sagte Andreas entsetzt. Er war wie gelähmt. Anders Putkin. Er ließ den Hobel fallen, stieß sich ab, wie ein Schnelläufer aus einem Startloch schießt, und rannte zum Ufer, daß der Schnee hoch hinter ihm aufwirbelte.
»Bleiben Sie zurück, Putkin!« schrie Andreas ihm nach. »Sie können doch nicht ohne Brett an den Eisrand! Bei Ihrem Gewicht! Warten Sie doch! Ich bringe ein Brett –«

Aber Putkin rannte weiter, sprang vom Ufer auf das Eis und schlitterte über die glatte Fläche auf die schmale Rinne zu, durch die der Fluß, vom Frost noch nicht besiegt, gurgelnd und strudelnd dahinschoß.

Es hat sich nichts daran geändert: Eines Mannes Wert mißt man an seinem Mut. Das ist eine fatale Sache, denn der reine Intellektuelle kommt dabei schlecht weg, aber – sehen wir die Sache einmal ganz klar – was nutzt es, wenn man tausend Seiten voll wohlklingender Worte über das Ertrinken schreiben kann, aber selbst nicht den Mut hat, sich ins gurgelnde Eiswasser zu stürzen und den armen, ersaufenden Menschen zu retten?
Putkin war solch ein Mann . . . er riß sich beim Schlittern über den zugefrorenen Teil des Flusses bereits die Kleider vom Leib, atmete tief ein, als könne er damit auch Wärme in sich hineinblasen, streckte die Arme vor und sprang in das rauschende Wasser. Die Kälte war so mächtig, daß sie schon wie Hitze wirkte, das Herz begann zu zucken, und in den Kopfadern hämmerte das Blut. Aber Putkin überwand diesen Schock sehr schnell, tauchte unter die Eisdecke und sah den massigen Pelzklumpen Kyrill träge unter dem Eis davontreiben.
Später weiß man nie, wie alles sich aneinanderreihte, es gibt da ein Loch im Gedächtnis bei Taten, in denen natürliche Reflexe eine große Rolle spielen und der Verstand zum Statisten wird. Jedenfalls tauchte Putkin recht schnell wieder auf, zog den Popen hinter sich her wie einen riesigen Fellsack, schob ihn auf die Eisdecke und kletterte hinterher, starrte den mit zwei Brettern heranrutschenden Andreas aus roten weltfernen Augen an und rannte dann zum Haus zurück. Von dort kamen ihm Morotzkij und die Susskaja entgegen. Sie stolperten durch den tiefen Schnee, und im Vorbeirennen schrie ihm Katja Alexandrowna zu: »Reib dich mit Schnee ab! Nicht auf den Ofen, Igor! Bloß nicht auf den Ofen!« Dann rutschten auch sie über die Eisdecke des Flusses und halfen Andreas, den mit Wasser vollgesogenen und in diesem Frost schnell erstarrenden Kyrill an Land zu ziehen.
Als sie wieder ins Haus kamen, den Popen hinter sich herschleppend, rieb Nadeshna gerade den laut mit den Zähnen klappernden Putkin ab, frottierte ihn mit rauhen Decken, bis seine Haut rot glänzte und man glaubte, das Blut quelle nun durch die Poren.
»Schnell, die Pelze weg!« rief die Susskaja. Sie warfen den besinnungslosen Kyrill auf die Dielen, rissen ihm die nasse Fellkleidung vom Körper, und Morotzkij brachte zwei Eimer voll Schnee und kippte sie über den erstarrenden Popen aus. Dann begannen sie alle an ihm zu reiben, bis ihnen der Schweiß in Strömen über Gesicht und Körper floß, aber es war nicht vergebens. Kyrill zeigte neues Leben,

seine Haut rötete sich ebenfalls, die eisige Kälte floh aus seinem Fleisch.
»Einen Kerl wie Kyrill weckt man anders!« sagte Putkin, als Kirsta trotz aller Mühe noch in seiner Ohnmacht blieb. »Weg da!« Er beugte sich herunter, hielt mit einer Hand die Decke fest, die Nadeshna über ihn geworfen hatte, und begann langsam, fast genußvoll, aber nicht mit voller Kraft, den Popen zu ohrfeigen.
Nach genau zehn Schlägen öffnete Kyrill die Augen, starrte Putkin an und sagte mit einer provozierend klaren Stimme: »Geheiligt sei der Herr und Lob und Dank Seiner Güte . . .«
»Es ist zum Kotzen!« brüllte Putkin, verabreichte Kyrill noch eine Ohrfeige, dieses Mal mit voller Kraft, und zog sich grollend zurück. »Warum habe ich ihn nicht ersaufen lassen?«
Später lagen sie beide oben auf dem Ofen, zwei nackte haarige Riesen, und erholten sich von dem Kampf ums Leben. Nadeshna hatte ihnen einen Tee gekocht aus getrockneten Blättern der Minze und einen Holunderbeerwein, den Kyrill jedes Jahr selbst kelterte. Es war eine greuliche Mischung, sie schmeckte vor allem Putkin wie zum Erbrechen, aber es war ein Tee, der jeden Ansatz einer Erkältung oder Lungenentzündung aus ihnen hinaustrieb.
»Ihr müßt schwitzen, als wäret ihr eine Quelle«, sagte die Susskaja, als Putkin sich weigerte, noch zwei Tassen des Gesöffs zu trinken. »Igor Fillipowitsch, seien Sie kein böses Kind! Soll der verdammte Fluß Sie ins Grab bringen?«
So lagen die beiden Fleischberge nun auf dem Ofen, schwitzten um die Wette und schielten sich gegenseitig an.
»Christus sei Dank –« sagte Kyrill fromm. Putkin richtete sich auf und schlug sich auf die dicken, schweißnassen Schenkel.
»Weiß jemand, ob ich Christus heiße?« bellte er. »Hat einer von euch Christus am Fluß gesehen? Ist Er getaucht?«
Dann fiel er wieder zurück auf die Plattform und schwitzte weiter.
So ein russischer Bauernofen – das muß man wissen – ist eine schöne Sache. In einer Ecke steht er, meistens gemauert, breit und tief und so hoch, daß zwischen Zimmerdecke und glatt geputztem, ebenem Ofendach genug Platz bleibt, sich dort häuslich einzurichten. Kommt der Winter, zieht die Familie zum Schlafen um . . . dann liegt alles, was im Haus wohnt, oben auf dem Ofen, warm und wohlig. Und wenn draußen der Schneesturm heult, das Haus bis zum Dachsims zugeweht wird und nur noch der Schornstein aus dem Schnee ragt, kann man sich räkeln und seine Knochen durchwärmen lassen. Ein schrecklicher sibirischer Winter? Nicht, wenn man auf einem Ofen liegt. Hier oben ist der schönste Platz der Welt.

Am Abend waren sich Kyrill und Putkin zum erstenmal einig. Sie behaupteten gemeinsam, genug geschwitzt zu haben, kletterten vom Ofen, und Kyrill Jegorowitsch kramte aus einer Truhe eine große Flasche hervor, entkorkte sie und schnupperte daran. Ein scharfer, unverkennbarer Duft zog durch die heiße Stube. Putkin trommelte mit den dicken Fingern auf die Tischplatte.
»Was ist es?« fragte er ganz unnötig. Man roch es genau.
»Branntwein!« sagte Kyrill stolz. »Kronsbeerenschnaps, selbst gebrannt. Ein Höllenwässerchen! Aber wir leben ja, um die Hölle zu vertilgen.« Er setzte sich, wischte über den Flaschenhals, hob die Flasche an die Lippen und tat einen tiefen Schluck. Als er sie wieder absetzte, rülpste er zufrieden und steckte den Korken wieder auf. Putkin starrte ihn verwirrt an.
»He, was soll das?« fragte er. »Wie behandelst du deine Gäste? Laß die Flasche herumgehen, Pope!«
Kyrill Jegorowitsch blickte über Putkin hinweg gegen die Wand, wo wieder die reparierte Ikone mit dem Ewigen Licht hing. »Nur der vernichtet die Hölle, der stark ist im Gebet«, sagte er feierlich. Dann blickte er die Susskaja an und entkorkte die Flasche. Der Duft, der ihr entflog, war herrlich und streichelte Putkins zuckende Nase. »Töchterchen, kannst du beten?«
»Ja, Väterchen«, sagte Katja Alexandrowna.
»Dann nimm ein Schlückchen.«
Die Susskaja trank. Kyrill sah Andreas an. »Und du, mein Sohn?«
»Ich auch.«
»Dann nimm ein Schlückchen.«
So ging es weiter, über Morotzkij zu Nadeshna, die ebenfalls die Flasche an die Lippen setzte und nicht einmal hustete, als der scharfe Schnaps durch ihre Kehle rann. Sieh an, dachte Putkin innerlich knirschend, sieh an! Schleppt heimlich Priester ein, verteilt Bibeln, unterhöhlt unseren schönen Staat . . . aber saufen kann sie wie ein Fuhrknecht! Sogar der blöde Benerian bekam einen Schluck . . . er nuckelte an der Flasche wie ein Säugling an einem Schnuller.
»Das war's«, sagte Kyrill feierlich und nahm die Flasche wieder an sich. Putkins Augen wurden weit und drangen fast aus den Höhlen.
»Und ich?« fragte er rauh.
»Kannst du beten, mein Söhnchen?«
»Gebt mir ein Beil her, dann schlage ich ihm ein Kreuz über den Schädel!« schrie Putkin. »Kyrill Jegorowitsch, treib es nicht zu weit mit mir!«
Der Pope stellte die offene Flasche vor sich auf den Tisch, so nahe an Putkins Kinn, daß der würzige Branntweingeruch den direkten Weg

durch die Nase zum Gehirn nehmen konnte. Es war eine Gemeinheit, das muß man sagen, eine wahre Quälerei, ein glatter Sadismus ... aber wer konnte etwas dagegen tun? Kyrills Fäuste lagen neben der Flasche, und sie waren ebenso groß wie die Fäuste von Putkin. Wenn sie aufeinanderprallten, würde es ein völlig offener Kampf werden.
»Nur wer beten kann –« sagte Kyrill ruhig.
Putkin starrte hilflos um sich. Die anderen lächelten ihn an, waren vollgestopft mit Schadenfreude und lauerten auf das Ende dieser Kraftprobe wie auf den Ausgang eines Hahnenkampfes.
Der Duft des Schnapses durchzog Putkin wie eine warme Wolke.
»Kyrill –« sagte er heiser. »Kyrill Jegorowitsch, ich kannte einen Mörder im Lager von Magadan, der hatte in einem anderen Lager seinen Bettnachbarn im Schlaf erwürgt, weil ihm ein Hosenknopf fehlte. Nur ein Hosenknopf! Verstehen wir uns, Pope?«
»Alles Leben liegt in Gottes Hand«, sagte Kyrill fromm. »Wer beten kann ... Töchterchen!« Er sah die Susskaja an. »Noch ein Schlückchen?«
Putkin wollte zugreifen, aber Kyrills Faust war schneller und krachte auf Putkins Unterarm. Es gab einen häßlichen, knirschenden Laut, und die Susskaja dachte: Jetzt hat er ihm Elle und Speiche gebrochen. Man muß eingreifen, sonst bringen sie sich tatsächlich gegenseitig um.
Aber Putkin blieb friedlich. Er klapperte nur schaurig mit den Zähnen, seine Augenhöhlen röteten sich wieder, er sah gefährlicher aus als ein sich duckender, fauchender Tiger, und dann fragte er mit tonloser Stimme, denn soviel Wut im Leib brennt alles weg:
»Was heißt beten?«
Kyrill Jegorowitsch schielte über den Flaschenhals zu ihm hinüber.
»Du willst tatsächlich?«
»Ja!« brüllte Putkin auf.
»Das genügt.« Er schob die Flasche ganz zu Putkin hin. »Trink, mein Söhnchen. Es ist genug, wenn du spürst, daß man an Gott nicht vorübergehen kann ...«
Putkin nahm fürchterliche Rache für diese fatale Niederlage: Er soff die ganze Flasche aus. Ohne abzusetzen, durch die Nase schnaubend wie ein Nilpferd, mit einem Kehlkopf, der bei jedem Schluck auf und nieder hüpfte wie der Ansaugkolben einer Pumpe.
Niemand hielt ihn auf, denn dann wäre es wirklich zu einem Mord gekommen. Erst als Putkin die Flasche wieder absetzte, mit halbirrem Blick um sich stierte und die Flasche dann an die Wand warf, wo sie zerplatzte wie eine Handgranate, atmeten alle auf, sogar Kyrill Jegorowitsch.

»Welch eine Bande!« sagte Putkin heiser. »Aber ich notiere es mir. Hier, das ist mein Notizbuch, das nichts vergißt.« Er klopfte mit den Fäusten gegen seinen struppigen Kopf. »Ich stunde euch nur die Zahlungen. Einmal kommt der Tag, wo ihr vor euren Rechnungen heulen werdet –«
Er kletterte wieder auf die Ofenplattform, schlief sofort ein und begann röchelnd zu schnarchen.
»Warum haben Sie das getan, Väterchen?« fragte die Susskaja ernst. »Er hat Ihnen das Leben gerettet.«
»Aber er hat gestern in der Kirche das Bild des heiligen Stephanus angespuckt«, antwortete Kyrill und erhob sich würdevoll. »Jetzt sind wir quitt. Auge um Auge, Zahn um Zahn, heißt es in der Bibel. Schlaft gut.«
Er kletterte auch auf den Ofen, legte sich neben Putkin, deckte diesen sogar mit einem Leinentuch zu und fiel nach wenigen Minuten in Putkins Schnarchen ein. Man hätte sie für Vater und Sohn halten können ...

Nach vierzehn Tagen war man soweit, den Weg nach Süden wieder anzutreten.
Andreas und Putkin hatten für alle Skier hergestellt, Morotzkij hatte unter Anleitung von Kyrill das Flechten von tungusischen Schneeschuhen erlernt, und Nadeshna bewies mit viel Talent, daß eine Lehrerin auch eine vorzügliche Köchin sein kann. Sie briet die besten Blinis, die Putkin je gegessen hatte, kochte aus Eiern, Kohl, Fleischstückchen und saurem Rahm einen Rosolnik, daß sich Putkin an diesem Tag überfraß und Magenschmerzen bekam, und konnte Pasteten aus Hasenfleisch herstellen, bei denen Kyrill sich zurückhalten mußte, damit er sie nicht segnete.
Katja Alexandrowna ging auf die Jagd.
Es zeigte sich, daß sie nicht übertrieben hatte: Sie traf mit jedem Schuß, sie verschenkte keine Munition. Als sie einmal einen Schneehasen und kurz darauf einen Wolf erschoß, obgleich beide mit Hakensprüngen flüchteten, sagte Putkin zu ihr:
»Katja, mich hat noch keine Frau in die Knie gezwungen, aber Ihnen könnte ich aus der Hand fressen wie ein Hündchen. Wer sind Sie wirklich? Wir sind jetzt allein, und was wir reden, bleibt in dieser Brust wie in einem meterdicken Tresor. Sagen Sie was, Katja Alexandrowna.«
»Ich habe nichts zu sagen, Igor Fillipowitsch«, antwortete die Susskaja. Es klang so verteufelt ehrlich, daß Putkin es fast glauben wollte.

»Andrej! Lieben Sie Andrej wirklich?«
»Gibt es einen Tag ohne Sonne?«
»Warum lieben Sie ihn?«
»Wer kann so etwas erklären? Finden Sie Worte für das Wunder, warum aus einem staubfeinen Korn eine herrliche, große, leuchtende Blume wird . . .?«
»Aber als Sie in Suchana ins Flugzeug stiegen, kannten Sie Andrej noch gar nicht.«
»Ich hatte ihn einmal gesehen und in einer Gruppe gesprochen. Das war alles, ja. Bei einer Führung durch unser Hospital.«
»Zum Teufel, und das genügte Ihnen?« Putkin kratzte sich die Nase. »Sie sind ihm nachgelaufen, was? Sie haben sich in den Kopf gesetzt: Den kriege ich! Komme, was wolle . . . ich erobere ihn mir!«
»Genauso war es. Ich konnte nicht anders denken.«
»Aber Andrej hätte in zwei Monaten wieder nach Deutschland gemußt. Seine Beratertätigkeit endete am 1. Dezember. Was dann? Wollten Sie Rußland mit ihm verlassen?«
»Ja, Putkin.«
»Ihr Vaterland tauschen Sie ein gegen einen Mann? Katja Alexandrowna, ich bin entsetzt!«
»Warum?« Die Susskaja zog das Magazin aus dem Gewehr und füllte es mit neuen Patronen auf. »Alle Menschen sind gleich . . . hat man uns das nicht gelehrt, Igor? Die Menschheit ist eine einzige Internationale, heißt es nicht so? Wir alle sind Brüder und Schwestern . . . singen wir das nicht immerzu? Nur die Liebe soll national sein? Welche schiefe Logik! Wenn ich Andrej liebe, praktiziere ich einen lebendigen Kommunismus. Das müßten gerade Sie verstehen, Igor Fillipowitsch. Aber die meisten denken wie Sie und *wollen* nicht verstehen. Deshalb breche ich aus. Das ist mein ganzes Geheimnis, was Ihnen so zu schaffen macht.«
»Ich werde mit Andrej darüber reden«, sagte Putkin ernst. Die Susskaja klemmte das Gewehr unter die Achsel, und sie hielt es dabei so, daß der Lauf in Putkins Magen drückte. Er machte sich steif, seine Augen bekamen einen hohlen Ausdruck, aber er rührte sich nicht vom Fleck.
»In der Taiga wird es ein Problem, einen Bauchschuß zu versorgen«, sagte sie ruhig, und diese Ruhe war für Putkin noch drohender und fürchterlicher als der Druck des Gewehrlaufes in seinem Magen. »Auch für mich, Igor Fillipowitsch, obgleich ich gern Bauchchirurgie betrieben habe . . .«
»Sie würden niemals auf mich schießen, Katja –« sagte Putkin heiser.

»Jederzeit, wenn Sie Andrej anrühren oder sich zwischen uns schieben.«
»Und wenn wir aus der Taiga herauskommen. Glauben Sie, ich würde dann schweigen?«
»Ja.«
»Sind Sie sich so sicher, schöne Dame?«
»Wir haben einen ganzen Winter Zeit, uns aneinander abzuschleifen«, sagte die Susskaja. »Wenn wir aus diesem Wald herauskommen, werden wir uns ähnlich sein wie Kieselsteine.«
Sie zog den Gewehrlauf aus Putkins Magen zurück, warf die Waffe über die Schulter, packte das Seil, an dem der Wolf und der Schneehase hingen, und ging mit kräftigen Schritten davon, die Beute hinter sich her durch den tiefen Schnee ziehend.
Putkin sah ihr nach, schlug die Fäuste zusammen und sagte mit geradezu heiliger Feierlichkeit:
»Beim Satan, ist das ein Weib!«

Auch dieser Tag ging nicht ohne ein folgenschweres Ereignis zu Ende.
Es war Morotzkij, der dafür sorgte. Er ging hinaus, um sich den Wolf anzusehen, den die Susskaja geschossen und in den Holzschuppen gelegt hatte. »Vielleicht reicht der Pelz für den Rücken einer Jacke«, sagte er. »Der Winter wird besonders kalt werden, das sage ich immer wieder.«
»Es ist ein kleiner Wolf.« Die Susskaja schlürfte den abendlichen Tee. Kyrill war wieder in der Kirche und verrichtete seinen Abendgottesdienst. Nadeshna half ihm beim Weihrauchschwenken (es waren getrocknete Schellbeerenblätter, die man abbrannte) und hielt eine der großen, selbstgezogenen Bienenwachskerzen. Putkin und Andreas rieben Wachs in die Laufflächen der neuen Skier und nagelten Lederschnüre auf die Oberseite, mit denen man die Skier später an die Stiefel binden wollte.
Sie schraken zusammen, als Morotzkij schon nach wenigen Sekunden wieder ins Zimmer stürzte und sich mit dem für ihn typischen pfeifenden Atem an die Wand lehnte.
»Man soll es nicht für möglich halten«, keuchte Morotzkij. »Ihnen, Katja Alexandrowna, mache ich keinen Vorwurf, Sie kümmern sich als Ärztin vornehmlich um den Menschen. Aber er da, dieser Muskelprotz, dieser hohlköpfige Taigaläufer, hätte es sehen müssen! Ja, Putkin, Sie meine ich! Sie leerer Eisentopf!«
»Sind Sie verrückt geworden, Semjon Pawlowitsch?« fragte Putkin verblüfft.

»Bei soviel Dummheit, wen wundert's?« Morotzkijs Arm zeigte zum Fenster. Dahinter lag der Holzschuppen. »Ein Wolf, ja? Ein Wölfchen? Nein. Was da liegt, was Sie erschossen haben, Katja, ist ein Hund! Ein verwilderter Hund! Ein ganz normaler, streunender, wildernder Hund. Wissen Sie, was das bedeutet?«
»Menschen –« sagte die Susskaja leise. »Himmel noch mal – Menschen! Kyrill hat keinen Hund. Hier gibt es Menschen, die Hunde haben und denen einer davongelaufen ist . . .«
»Jetzt hält mich nichts mehr!« schrie Putkin. »Vielleicht sind wir näher am Ziel, als wir denken!« Draußen begann wieder die armselige, aus einem Benzinfaß gehämmerte Glocke zu läuten. Scheppernd, blechern, mißtönend, aber wo steht geschrieben, daß man Gott nur mit schöner Stimme ansingen darf? Nadeshna schwenkte jetzt den ebenfalls aus Blech gefertigten Weihrauchkessel, und Kyrill sang dröhnend einen Psalm, während er gleichzeitig am Glockenseil zog.
Die Einsamkeit der Taiga wurde lebendig.
Ein Tag war wieder vorbei . . . und Sibirien hatte einen nicht besiegt.
»Wann können wir losziehen?« fragte Putkin. Die Unruhe in ihm war ungeheuer.
»Von mir aus morgen schon –« sagte Andreas.
»Professor?«
»Jederzeit.«
»Katja Alexandrowna?«
»Sie haben Andrej doch schon gefragt.«
»Ach ja . . . ein gemeinsames Herz, ein gemeinsames Hirn . . .«
»Sie sagen es, Putkin.«
»Also morgen! Machen wir uns ans Packen.« Er blickte auf den seit Tagen immer stiller werdenden Benerian. Keiner konnte sich erklären, was in ihm vorging. Man wußte nur, daß er bei Kyrill zurückbleiben mußte. »Makar Lukanowitsch«, sagte Putkin stockend, »ich verspreche Ihnen, daß wir Sie hier wegholen, sobald wir wieder bei den Menschen sind.«
Und Benerian antwortete mit völlig klarer Stimme: »Reden Sie nicht soviel, Igor Fillipowitsch –«
Das war an diesem Abend die größte Sensation. Sie schlug ein wie eine Bombe.

9

General Serikow gab keine Ruhe, obgleich er ahnte, daß er sich bei seinen Untergebenen und noch mehr bei seinen Vorgesetzten im Stab schon damit lächerlich machte. Er befahl die große Flächensuche, das heißt, er ließ ganze Geschwader aufsteigen und Waldgebiete abfliegen, in denen nach den bisherigen Erfahrungen nie ein Mensch überleben konnte.

Wie skeptisch man »Serikows Suchwahn« – so nannte man es bereits – betrachtete, bewies der heimliche Gegenbefehl der einzelnen Geschwaderkommandeure, die ihre Flugzeuge zwar aufsteigen, aber dann wieder landen ließen. Sechs Menschen blieben in der Taiga . . . das ist eine echte Tragik. Aber was kosten die Tausende Liter von Flugbenzin, die man für diese Suche verbraucht, der Verschleiß an Material bei dieser mörderischen Kälte.

So wurde Serikow betrogen und belogen, wenn abends die Meldungen auf seinem Schreibtisch lagen, jede mit dem gleichen Wortlaut: Bei Einbruch der Dunkelheit Suche abgebrochen, kein Erfolg. Dann zerknüllte Serikow die Papiere, formte daraus kleine Kugeln und warf sie gegen das Foto von Jekaterina Alexandrowna Susskaja, das in einem Silberrahmen auf dem Tisch stand. Ihre großen braunen Augen sahen ihn fragend an.

Begreifst du nicht, Waska Janisowitsch? Ich bin weggegangen. Für immer. Einfach weggegangen wegen eines Deutschen. Unsere Liebe? Vergiß sie, Waska. Du hast es leichter als jeder andere Mann. Du hast eine schöne Uniform mit breiten Schulterstücken und Goldstickerei. In diese Uniform kannst du dich zurückziehen, und für alle Welt siehst du wie ein Held aus. Wer kann das schon?

Serikow wartete. Er hatte beim örtlichen KGB einen Bericht über den deutschen Bergbauingenieur Andreas Herr angefordert, aber die Kollegen vom Geheimdienst wußten nicht viel über ihn. Nun wartete er auf einen Bericht aus Moskau. Moskau mußte diesen Andreas Herr kennen. Man läßt keinen Fremden monatelang ins Land, ohne ihn vorher genau durchleuchtet zu haben. Vor allem ein Bild wollte Serikow haben, ein Foto, ein ganz deutliches. Er wollte sehen, wer ihm Katja Alexandrowna weggenommen hatte. Er wollte wissen, wie ein

Mann aussieht, der einen sowjetischen General aus dem Herzen einer Frau wie der Susskaja vertreiben kann.
Oberleutnant Krendelew hatte zwar ein Foto besorgt, aber das war nur eine Gruppenaufnahme, ein Zufallsbild, fotografiert am Tage der Hospitalbesichtigung von einer jakutischen Schwester, die schnell um eine Säule herum die Gäste angeblitzt hatte. Auf diesem Bild sah Serikow nur einen blonden Kopf, verschwommen und halb verdeckt vom Direktor der Klinik. Über den blonden Kopf hatte Krendelew einen Pfeil gemalt, mit Rotstift. Da ist er!
Serikow hatte das Bild in der Faust zerknüllt wie die täglichen Meldungen, aber das Kügelchen nicht gegen Katjas Bild geschleudert, sondern in den Papierkorb. Nicht einmal diese Berührung gönnte er ihm. Aber wenn das Bild aus Moskau eintraf, würde sich das ändern. Serikow hatte sich vorgenommen, beide Fotos – das von Katja und das von Andreas – nebeneinander auf eine Schießscheibe draußen auf dem Armeeschießstand zu kleben und dann beide mit Schüssen aus dem Präzisionsgewehr der sibirischen Scharfschützen zu durchlöchern.
Eine billige Rache, gewiß, aber Serikow glaubte, danach ruhiger zu werden.
»Es steht jetzt fest, daß die fehlenden Flugzeugräder von nomadisierenden Jakuten mitgenommen wurden«, meldete Krendelew eines Tages. Serikow blickte kaum hoch.
»Hat man sie gefunden?«
»Nein. Aber es gibt keine andere logische Erklärung.«
»Logik!« Serikow winkte ab. »Vermeiden Sie in Zukunft dieses Wort in meiner Nähe! Das Leben eines Menschen ist ein Sack voll Unklarheiten . . .«
In Irkutsk machte dieser Satz schnell die Runde, und man begann, Serikow zu bedauern. Man wußte keine Erklärung, aber es war offensichtlich, daß der General gemütskrank wurde.
Und auch das meldete man nach Moskau . . .

10

Es war fast wie bei ihrer Ankunft: Kyrill Jegorowitsch läutete zum Abschied die Glocke.

Benerian saß vor dem Haus auf einer freigefegten Bank, dick in einen Wolfspelzmantel vermummt, und winkte mit beiden Händen zum Abschied. Er begriff nicht, daß man ihn hier zurückließ, vielleicht für den Rest seines Lebens. Seine geistige Verwirrung hatte sich in den vergangenen Tagen wieder etwas abgebaut, er stand jetzt nicht mehr auf der Stufe eines Säuglings, sondern war bis zum Kleinkind hinaufgeklettert. Deshalb war er auch freundlich gegen jeden, hörte aufmerksam zu, was man ihm sagte, aber ob er es begriff, war nicht festzustellen. Nur manchmal brach der alte Benerian durch, ganz kurz, für Sekunden, wie das Aufblitzen einer Detonation. Dann starrte er um sich, packte einmal sogar die Susskaja mit hartem Griff an den Arm und sagte: »Wer kann mir sagen, wo ich hier bin? Ich bin Hauptmann der Luftflotte, Makar Lukanowitsch Benerian. Wer sind Sie?«

Aber bevor man ihm eine Antwort geben konnte, sank das Feuer des klaren Denkens wieder in sich zusammen, und Benerian fuhr fort, dümmlich vor sich hin zu grinsen.

Am Waldrand, dort, wo der Fluß sich in den ansteigenden Hang gesägt hatte, blieben Putkin, Andreas, Katja, Nadeshna und Morotzkij noch einmal stehen und blickten zurück auf die kleine Blockkirche, die Hütte, den Stall, den eingezäunten Garten und die aufgespannten Felle. Das Glöckchen aus Benzinfaßblech schepperte wie verrückt . . . es war nicht zu überhören, daß Kyrill sein ganzes Herz an das Glokkenseil hängte. Einen Abschied hatte es nicht gegeben, nicht die üblichen Brüderküsse, die Umarmungen, die Glückwünsche und was man so alles unternimmt, wenn Menschen sich in Frieden trennen. Kyrill war in die Kirche gelaufen und hatte sich dort verbarrikadiert. Er hatte Angst vor diesem Abschied, aber was er selbst nicht aussprechen wollte, sagte er jetzt mit seiner Glocke.

»Eine Erlösung –« sagte Putkin heiser. »Ich werde das schreckliche Ding nicht mehr hören. Jeden Tag viermal das Gebimmel . . . das zersägt den dicksten Nerv.«

Aber auch er blieb stehen und blickte zurück, auf die Skistöcke gestützt, den größten und schwersten Sack mit den Werkzeugen auf dem Rücken, die geflochtenen tungusischen Schneeschuhe an einem Strick um den Hals wie zwei riesige Amulette. Andreas und Katja trugen die Verpflegung, Nadeshna den »Hausrat«, zwei Töpfe, eine Pfanne, den Arztkoffer der Susskaja, die von Kyrill geschnitzten Holzbestecke und den Spieß zum Braten über dem offenen Feuer. Morotzkij hatte sich die »Schlafzimmer« aufgeladen: Fünf Decken und für jeden ein Paar dicke Fellstiefel aus Bärenpelz. Kyrill hatte sie mitten in das Zimmer gestellt, als Abschiedsgeschenk, ehe er in seine Kirche flüchtete. Die Zeltplanen waren gleichmäßig auf alle verteilt. Man hatte eine Stunde darüber diskutiert, ob man nicht doch den Schlitten mitschleppen sollte, aber da der Weg am Flußufer entlang bergauf führte, ahnte man, daß es eine mörderische Quälerei werden würde, den Schlitten über alle Steigungen hinaufzudrücken oder hinter sich herzuziehen.
»Was ich brauche, packe ich mir auf«, sagte Putkin endlich. »Und auch Sie, Andrej, können noch etwas aufladen. Verhungern werden wir nicht. Der Wald lebt, uns rennen die Tiere fast in den Mund – und verdursten, das wäre absurd bei einer Welt voll gefrorenen Wassers. Aber Werkzeuge, Andrej, die regnet es nicht vom Himmel, und die kann man nicht schießen oder in Fallen fangen. Wir werden vielleicht einmal für jeden Nagel dankbar sein.«
Man packte also noch schnell um, nahm alles mit, was zur Arbeit brauchbar war, und Putkin klaute dem alten Kyrill eine der Äxte, die man in dem Schuppen gesehen hatte. »45 Jahre lang will er allein gewesen sein!« sagte Putkin. »Aber eine Werkstatt hat er wie ein Dorfschmied! Fischt man so etwas aus dem Fluß, he? Ein alter Gauner ist unser heiliger Mann!«
»Können wir uns endlich losreißen?« fragte Putkin jetzt. »Nadeshna, noch ein Gebetchen?«
Morotzkij legte den Arm um Nadeshna und drehte sie um zum Wald. »Komm –« sagte er mit einer Zärtlichkeit, die plötzlich allen ins Herz drang, sogar Putkin. »Komm, mein Täubchen . . . im Süden ist es wärmer –«
Es war eine dumme Rede, aber jeder verstand sie. Im Süden! Dort lag das Leben. Am Ende dieses Flusses, irgendwo, hörte die Taiga auf. Was dann geschehen würde, wußte niemand. Es lag eigentlich alles in Putkins Hand: Der heimliche Mörder und Verhaltensforscher Professor Morotzkij, die angesehene Lehrerin Nadeshna Iwanowna Abramowa, die heimlich eingeschmuggelte Bibeln verteilte und Priester in allen möglichen Verkleidungen und Berufen in die Dörfer

schleuste, die Ärztin Jekaterina Alexandrowna Susskaja, die Arbeit und Vaterland verriet wegen eines Mannes, und der Deutsche Andreas Herr, der in diesen Strudel von Schicksalen hineingerissen wurde und mitschwimmen mußte.
»Verdammt!« schrie Putkin und knirschte mit seinen breiten Skiern durch den Schnee. »Ist hier denn keiner, der die verfluchte Glocke zum Schweigen bringt? Ich kann's nicht mehr hören!«
Er begann zu singen, blähte dabei die Brust auf und orgelte die Töne aus sich heraus, aber er übertönte das Scheppern der armseligen Glocke nicht. Erst als sie tief im Wald über den Schnee glitten, neben sich, wie in einer Schlucht, das jetzt zugefrorene Eisband des Flusses, wurde der Glockenton von der Stille der Taiga aufgesogen, wie alles hier in der Unendlichkeit von Himmel und Wald seinen Klang verlor und nur eines übrigblieb: Das weiße, erstarrte, herzergreifende Schweigen Sibiriens.

Es wurde ein höllischer Marsch.
Zehn Tage zogen sie am Fluß entlang, und jeder Tag verdoppelte die Qual. Immer ging es bergauf, nicht steil, sondern sanft und stetig, und das war es, was so zermürbte. Die Lasten auf den Rücken krümmten die Körper nach vorn, die Lungen keuchten, Morotzkij begann wieder, schauerlich beim Atmen zu pfeifen, und hustete in den letzten drei Tagen fast bei jedem Schritt, blieb zurück, lehnte sich an die vereisten dicken Stämme und rollte mit den Augen.
»Semjon Pawlowitsch wird sich die Lunge auskotzen«, sagte Putkin am neunten Tag. »Ich kann ihm nicht helfen.«
»Ihr Tempo ist gemein, Igor Fillipowitsch.« Auch Andreas hatte Mühe, an Putkins Seite zu bleiben. Meistens liefen sie ein paar Meter voraus und brachen durch den hohen Schnee die Spur, auf der die anderen leichter dahingleiten konnten. »Morotzkij ist krank, das wissen Sie. Sein Körper ist geschwächt.«
»Langsamer als bisher geht's nicht.« Putkin wartete wieder, bis Morotzkij nachgekommen war. Er schwankte auf seinen Skiern wie ein Betrunkener. »Merken Sie nicht, wie's immer kälter wird? Wir müssen Kilometer fressen, Andrej! Was glauben Sie, was von uns übrigbleibt, wenn wir in die Zeit der Stürme hineingeraten? Hier oben gibt es menschliche Siedlungen, ich glaube jetzt fest daran. Woher käme sonst der wildernde Hund?«
Die Nächte reichten kaum aus, sich von der Erschöpfung des Tages zu erholen. Meistens suchten sie sich einen windgeschützten Hang, wo sie dann ihre Zeltplanen von Baum zu Baum spannten, den Schnee wegschaufelten, und da man überall unter dem Schnee Steine fand,

konnte man sich jeden Abend einen kleinen Ofen bauen und das Holz verbrennen, das Nadeshna als zum »Hausrat« gehörend auf dem Rükken mitschleppte. Armlange Scheite, die jeden Abend erneuert wurden. Das hatte Andreas übernommen. Er schlug mit der von Kyrill gestohlenen Axt dicke Äste ab, spaltete sie und legte sie zum Trocknen rund um den Ofen. Am Morgen waren sie dann trocken genug, daß man mit ihnen das nächste Abendfeuer entfachen konnte.
Wölfe hörten sie nur von ganz fern . . . es war das langgezogene, klagende Heulen, das sich selbst dem Mutigsten schwer aufs Herz legt. Dafür scheuchten sie Hermeline und Marder in Massen auf, Schneehasen hoppelten vor ihnen her, und einmal überquerten sie die Fährte eines Luchses. Das sagte Morotzkij, als er die Abdrücke im Schnee untersuchte, und er mußte es ja wissen als Tierforscher.
Es waren stille, eisige und merkwürdig helle Nächte. Putkin schnarchte immer als erster, die Beine zum Feuer, den Kopf tief in den Wolfspelz gedrückt. »Die Beine sind das wichtigste«, sagte er und schlug vor, daß sich alle mit den Füßen zum Feuer schlafen legten. »Da darf nichts erfrieren. Leute, wir brauchen kein Hirn. Wir leben jetzt nur noch mit den Beinen. Denkt daran!«
In einer dieser Nächte wachte Andreas auf, weil er Katja nicht mehr neben sich spürte. Er hatte sich so an ihre Wärme und ihre glatte Haut gewöhnt, daß ihn jede Veränderung sofort weckte.
Katja Alexandrowna saß nahe an dem glimmenden Feuer, Kyrills Fellschuhe an den Füßen, eingewickelt in den langen Mantel aus Fuchspelz. Sie blickte in den gerippeähnlichen Wald und zuckte zusammen, als Andreas sie ansprach.
»Warum schläfst du nicht, Katjuschka?« fragte er.
Sie zog den Pelz dichter über den Kopf und lächelte ihn an. Es war ein wehmütiges Lächeln, so ganz anders als die blutvolle Kraft, die sonst am Tag von der Susskaja ausstrahlte.
»Du bist auch wach, Andruscha . . .«
»Weil du nicht mehr neben mir liegst. Die Einsamkeit ist furchtbar, wenn du nicht da bist.«
»Sie werden mich einsperren, wenn wir aus der Taiga herauskommen . . .«
»Wer wird dich einsperren?«
»Sie werden mich in ein Straflager verbannen. Nach Magadan oder Workuta – das wäre noch eine Auszeichnung. Das sind große, gut geführte Lager. Aber es gibt andere Straflager. Einsame vergessene Flecken auf der Karte Rußlands. Punkte, über die man sich schämt, als habe jemand Pflaumenkerne über eine weiße Weste gespuckt. Deshalb spricht man darüber nicht, es gibt sie nicht, diese Flecken, die

aus Menschen ohne Hoffnung, ohne Zukunft, ohne Gnade bestehen. Dahin wird man mich bringen.«
»Warum denn?« Andreas schälte sich aus seinen Decken.
»Weil ich dich liebe, Andrej –« Sie drückte Andreas an sich, als er zu ihr hinkroch, öffnete ihren Pelz und schlang ihn dann wieder um ihn. Sein Kopf lag auf ihren Brüsten, und sie sprach über ihn hinweg, als erzähle sie für ein Kind ein Märchen.
Es war ein schreckliches Märchen.
»Wenn ich Glück habe, findet sich ein Psychiater, der mich für verrückt erklärt«, sagte sie. »Stell dir das vor, Andrej: Die Chirurgin Susskaja läuft aus ihrem Hospital davon, verrät damit ihr Vaterland, sabotiert die ärztliche Versorgung der Werktätigen, rennt einfach hinein ins Blaue, und das auch noch mit einem Deutschen, mit einem Kapitalisten, mit einem Parasiten aus einer verabscheuungswürdigen Gesellschaftsform! Es kann nicht anders sein ... Jekaterina Alexandrowna muß den Verstand verloren haben!«
»Und es ist keiner da, der sagt: Genossen, versteht ihr nichts von Liebe?«
»Nein! Niemand! Nicht bei mir ...«
Sie dachte an Waska Janisowitsch Serikow, der jetzt in Irkutsk in seinem einfachen Holzbett lag, eine Zigarette rauchte, vielleicht zweihundert Gramm Wodka trank und nicht verstehen konnte, daß eine Frau wie Katja Alexandrowna sich selbst in die Luft sprengte.
»Dann muß man es ihnen zuschreien, Katjuschka!« sagte Andreas aufbegehrend.
»Wer will das tun? Du? Mein tapferer Liebling ... sie setzen dich in das nächste Flugzeug und fliegen dich über die Grenze, und wenn du dich wehrst, werfen sie dich über den Zaun wie einen faulen Apfel.« Sie begann, seinen Kopf zu streicheln, nicht zärtlich wie bisher, sondern hart, mit zitternden Fingern, plötzlich von der Angst vor der Zukunft überwältigt. »Daran denke ich, Andrej. Je weiter wir aus dem Wald herauskommen, um so näher sind wir dem Ende.«
»Man wird uns nie auseinanderreißen können, Katja.«
»Sie werden es können, Andrej.«
»Dann werde ich die Weltöffentlichkeit alarmieren. Zeitungen, Rundfunk, Fernsehen ...«
»Und was werden wir dann sein? Eine Tagessensation ... und morgen schon vergessen. Soll sich die Welt aufregen wegen zweier Menschen? Bekommen Ideologien einen Riß, weil sich ein Mann und eine Frau lieben? Andrej, wir sind ein lächerliches Nichts. Zwei Krümel, die man vom Tisch fegt, damit er wieder für das große Staatsessen sauber ist.«

»Und daran hast du nicht gedacht, als du meinetwegen Suchana verlassen hast?«
»Nein. Ich habe nur an dich gedacht. Ich habe nur dich gesehen. Ich habe mit klarem Sinn die Verrücktheit der Liebe in mir entdeckt. Bis zu diesem Tage wußte ich nicht, was es heißt, eine Frau zu sein. Ich war Ärztin, ich schnitt Leiber auf und nähte sie wieder zusammen, ich hielt Reden, stimmte in verschiedenen Komitees ab, wurde Mitglied der Partei, erhielt zwei Auszeichnungen, erfüllte meine biologischen Pflichten in einigen Betten. Aber dann sah ich dich, und ich wußte plötzlich, daß alles Leben bisher nur ein Schattentheater meiner wirklichen Persönlichkeit gewesen war. Und dann bin ich dir nachgelaufen . . . ohne zu denken . . .« Sie umklammerte seinen Kopf und atmete tief auf. »Mein Gott, warum reden wir soviel darüber? Andruscha, wir müssen von einem Tag zum anderen Tag leben, und wir müssen uns sagen: Jeder Tag ist ein neues Leben. Immer wieder ein neues Leben, immer wieder eine neue Liebe. Nur so halten wir es aus, Andrej, nur so –«
Später lagen sie eng umschlungen neben dem Feuer, ihre Herzen hämmerten gegeneinander, und jeder dachte diesen fürchterlichen Satz, aber keiner wagte es, ihn auch auszusprechen: Gott im Himmel, laß die Taiga so unendlich sein wie unsere Liebe. Laß uns nicht wieder hinaus –
Neben ihnen röhrte Putkin im Schlaf, Morotzkij pfiff beim Atmen wie eine angstvolle Haselmaus, und Nadeshna Iwanowna seufzte im Traum, weil sie ihre Beine um die knochigen Hüften von Semjon Pawlowitsch geschlungen hatte.
In dieser Nacht fiel das Thermometer auf 37 Grad Frost . . .

11

Am sechzehnten Tag wurde Semjon Pawlowitsch Morotzkij wahnsinnig.
Das kam nicht plötzlich. Seit zwei Tagen kündigte sich die Katastrophe an, ohne daß jemand etwas dagegen tun konnte. Selbst die Susskaja war machtlos mit dem armseligen Inhalt ihrer Arzttasche, denn was nützt ein gut gepflegtes chirurgisches Besteck, wenn jemand den Verstand verliert? Man kann ihm doch nicht einfach den Kopf abschneiden!
Morotzkij veränderte sich erschreckend, als das bisher glatte Land mit dem Wald schroffer wurde, als man Höhen erklettern und Senken durchqueren mußte und der verdammte Fluß sich durch eine wahre Wildnis hindurchfraß, in der es sogar nackte, glatte Felsen gab, mächtige Steinbrocken mitten im Fluß, die das Wasser teilten, und Ufer voll Geröll und zernagten Hängen. Für Morotzkij bedeutete das, daß er um jeden Schritt kämpfen mußte, daß Meter um Meter das Gepäck auf seinem Rücken, diese fünf Decken und eine Zeltplane samt Schnüren und Stöcken, zu einem Berg anwuchs, den er wegschleppen sollte . . . irgendwohin, in diese weiße Unendlichkeit hinein, in der es keinen Anfang und kein Ende gab. Sein Atem war wie eine Sirene. Eigentlich bestand dieser Mensch nur noch aus seinem pfeifenden Atem, der aus einem Mund entwich, der weit aufgerissen war und diesen totenkopfähnlichen Schädel völlig beherrschte.
Fünfmal setzte Katja Alexandrowna durch, daß man eine Sonderrast einlegte, und jedesmal behandelte sie Morotzkij mit einer lächerlichen Multivitamintablette, von denen sie eine Schachtel in der Arzttasche hatte.
Morotzkij schluckte sie geduldig, sagte höflich: »Meinen Dank, Katja Alexandrowna, meinen Dank . . .«, ließ seinen Atem weiterpfeifen und fauchte seine geliebte Nadeshna an, weil sie zu weinen begann und unbedingt ein Feuer entfachen und etwas von Kyrill Jegorowitschs Kronsbeerentee kochen wollte.
So begann es also: Morotzkij schrie Nadeshna an, raffte sich dann wieder auf und schwankte den anderen nach, trat am fünfzehnten Tag gegen die Felsen, die am Flußufer den Weg erschwerten, boxte gegen

herunterhängende Äste und heulte einmal, völlig ohne Grund, schaurig auf.
Jetzt, am sechzehnten Tag, zerbrach etwas in ihm.
Er schleuderte seinen Gepäcksack vom Rücken, riß sich die Fellmütze vom Kopf, warf den Wolfspelzmantel ab, entledigte sich mit zwei Tritten seiner Skier und rannte mit ausgebreiteten Armen auf das Eis des Flusses.
»Schluß! Schluß! Schluß!« schrie er dabei. »Macht doch ein Ende mit mir!«
Putkin und Andreas, die wieder vorausgelaufen waren, fuhren herum. Die Susskaja lag im Schnee, weil Morotzkij sie zur Seite gestoßen hatte, und Nadeshna Iwanownas Stimme überschlug sich, als sie rief:
»Semjuscha! Bleib! Bleib!«
»Zurück!« brüllte auch Putkin. »Teufel auch, kann man sich nicht einfacher umbringen?!«
Morotzkij erreichte den schmalen freien Wasserstreifen nicht. Er glitt auf dem Eis aus, rutschte ein Stück mit herumfuchtelnden Armen und Beinen, sah aus wie ein großer, dürrer Käfer, der nicht mehr auf die Beine kommt und nun auf seinem Rücken verenden muß . . . dann erst hörte man den markerschütternden Schrei, der nichts Menschliches mehr an sich hatte.
»Jetzt hat er sich die Knochen gebrochen –« sagte Putkin heiser und lehnte sich wie erschöpft gegen Andreas. »O Himmel, er hat sich die Knochen gebrochen –«

Morotzkij lag auf dem Eis in einer seltsam verkrümmten Haltung, wie eine aus den Gelenken gedrehte, abgenutzte, farblos gewordene Kinderpuppe. Nach seinem tierischen Aufschrei war er jetzt völlig still und stierte blicklos in den Schneehimmel, diesen grenzenlosen Himmel, der aus einer Milchglasscheibe zu bestehen schien, hinter der die Sonne glänzte. Er rührte sich auch nicht, als Putkin ihn als erster erreichte und neben ihm seinen schweren Sack mit den Materialien und dem Werkzeug abwarf.
»Sie Vollidiot«, schrie Putkin. »Will sich das Leben nehmen, das Professorchen! Wie denn, frage ich, wie denn? In den Fluß fallen? Der ist zugefroren, daß man ihn nur noch mit Bomben aufkriegt! Erfrieren? Welche Phantasielosigkeit! Jeder Strick ist besser als sich vereisen zu lassen!«
Nun waren auch Andreas und die Susskaja heran, während Nadeshna oben an der Uferböschung kniete, laut weinend und zusammengebrochen vor Entsetzen und totaler Erschöpfung.

»Ich wage nicht, ihn anzurühren –« sagte Putkin unsicher, als die Susskaja sich über Morotzkij beugte. »Katja Alexandrowna, wie er daliegt – kann man sich wirklich alle Knochen auf einmal brechen?«
»Er hat sich zweimal überschlagen.« Andreas packte Morotzkij an der Schulter und wollte ihn auf den Rücken drehen. Ein tiefes Stöhnen war die Reaktion. Die Susskaja tastete vorsichtig die Beine ab und drückte und zog mal dort, mal da, und immer brach aus Morotzkijs Brust nichts anderes als dieses dumpfe, gurgelnde Stöhnen. Auch sein Blick veränderte sich nicht . . . es waren Augen wie aus Glas, von keinem Gefühl durchleuchtet.
»Beide Beine –« sagte Jekaterina Alexandrowna und richtete sich auf. »Beide Beine . . .«
»Gebrochen?« Putkin wischte die Eiskristalle aus seinem Bart, die sich beim Atmen gebildet hatten.
»Ja. Mehrmals. Er muß Knochen haben, so morsch wie ein ausgetrockneter Baum. Es ist ein Wunder, wie dieses Gerüst den dreißig Pfund schweren Sack getragen hat.« Sie blickte Putkin fordernd an. »Soll er hier liegenbleiben?«
»Was sonst?« knurrte Putkin.
»Igor Fillipowitsch, wir hätten Sie auch erfrieren lassen können, als Sie Kyrill Jegorowitsch aus dem Wasser holten.«
»Das war etwas anderes. Da hatten wir ein Haus, einen herrlichen warmen Ofen, und ich bin nicht aus Idiotie in den Fluß gesprungen.« Putkin bemühte sich, Morotzkij nicht anzusehen. Oben an der Böschung sammelte Nadeshna jetzt Morotzkijs weggeworfene Kleidung ein und rutschte den Abhang hinunter auf das Eis. »Wie stellen Sie sich das vor, Katja? Benerian war schon eine Last, aber er konnte, wenn es darauf ankam, wenigstens laufen. Sollen wir Semjon Pawlowitsch tausend Werst auf dem Rücken mitschleppen?«
»Wollen Sie ihn auf dem Fluß verrecken lassen?« schrie die Susskaja zurück. Ihr schönes, vom Geheimnis Asiens und Europas klarer Nüchternheit geprägtes Gesicht, wurde rot vor Zorn. Nadeshna warf sich neben Morotzkij auf das Eis, umklammerte ihn, zog seinen Kopf an ihre Brust und streichelte ihn. »Mein Liebling«, wimmerte sie dabei. »Mein armer Liebling. Hörst du mich? Ich bin bei dir. Naduschka ist da. Mein Liebling . . .«
»Sie würden zwei Menschen töten, Putkin«, sagte Andreas hart.
»Das ist eine gute Rechnung. Wir drei schaffen es, aus der Taiga herauszukommen.«
»Und ausgerechnet Sie halten Vorträge über Kommunismus! Über Kameradschaft. Über Brüderlichkeit!« Die Susskaja riß Nadeshna die Fellkleidung Morotzkijs aus den Händen, schob sie zwischen den ver-

krümmten Körper und das Eis und deckte den Rest über den fast nackten Leib. »Sie elender Schwätzer!« sagte sie dabei. »Sie widerliches Großmaul! Sie Phrasenposaune! Los, ziehen Sie weiter! Nehmen Sie Ihr Bündel und dann ab! Der Teufel, den Sie als einzigen anerkennen neben Marx und Lenin, soll Sie dahin führen, wohin Sie gehören! Fort mit Ihnen, Putkin!«
»Allein?« fragte Putkin und knirschte mit den Zähnen. Sein breites, wildes Gesicht unter dem Bartgestrüpp verzerrte sich häßlich.
»Natürlich allein! Wir bleiben bei Semjon Pawlowitsch.«
»Hier? Auf dem Fluß? So kalt ist es doch noch nicht, daß alle Gehirne einfrieren?« brüllte Putkin.
»Wir werden Morotzkij ans Ufer tragen, unser Zelt aufbauen und abwarten. Komm, Andrej . . . faß ihn vorsichtig unter den Schultern. Ich hebe ihn an den Beinen.« Die Susskaja stieß mit dem Ellenbogen Putkin zur Seite. Es war ein heftiger Stoß genau in die Magengrube, und Putkin grunzte laut wie ein hungriger Bär. »Zur Seite, sag ich! Nadeshna, leg beide Hände unter Knie und Oberschenkel. Ganz vorsichtig. Und wenn Semjon brüllen sollte . . . hör es nicht. Nimm die Hände nicht weg!«
Sie hoben Morotzkij ganz vorsichtig vom Eis, und es zeigte sich, daß selbst morsche Knochen schwer sein können, denn als sie ihn hoch hatten, war er schwerer, als alle vermutet hatten. Er hing in der Mitte durch, Katja hatte alle Mühe, die gebrochenen Beine abzustützen, Nadeshna schob ihre Arme unter die Oberschenkel, und auf Andreas lastete das gesamte Gewicht.
Putkin atmete schwer und stieß die Atemwolken von sich wie eine Dampfmaschine. Er rang mit sich, war zutiefst beleidigt von Katjas Worten, aber als er sah, wie sich die drei abmühten, das zerbrochene Gerippe wegzuschleppen, sagte er einige unanständige Worte über gefühlsduselige Weiber und Männer, die nur unter Weiberröcken leben können, faßte dann Nadeshna an den Schultern, zog die Widerstrebende weg und griff selbst zu. Seine breiten Hände waren wie eine Trage . . . Morotzkij lag auf ihnen bequem und schmerzfrei. So erreichten sie wieder das Ufer. Nadeshna breitete eine Decke über den trockenen Schnee, und vorsichtig ließen sie Morotzkij nieder zur Erde.
»Danke –« sagte die Susskaja, als Morotzkij so gut gebettet war, wie es im Augenblick möglich war. »Lassen Sie sich nicht aufhalten von vereisten Gehirnen. Gute Wanderschaft, Igor Fillipowitsch.«
»Wie soll es weitergehen?« fragte Putkin und schluckte den neuen Angriff.
»Andrej wird Knüppel schlagen, aus denen wir Schienen machen. Ich

werde die Brüche so gut einrenken, wie ich kann ... dabei kann mir nur mein Tastgefühl helfen. Sagen Sie bloß nicht, Putkin: Wozu sind Sie Arzt! Wir leben noch nicht in einer Zeit, in der jeder Arzt ein tragbares Röntgengerät in der Tasche mit sich führt.«
»Ich schneide die Schienen«, sagte Putkin. »Wie lang und wie viele?«
»Sie verschleudern ein paar wertvolle Stunden, Putkin. Marschieren Sie endlich los!« Die Susskaja holte aus ihrem Tragesack ihren Arztkoffer, Andrej grub die Axt aus Putkins Gepäck.
Putkin wandte sich ab. Er riß Andreas die Axt aus der Hand und wies auf die weggeworfenen Packsäcke. »Schlagen Sie das Zelt auf. Mit der Axt kann ich besser umgehen als Sie. Es ist eine alte Weisheit: Verrückten soll man nicht widersprechen.«
Nach einer Stunde hatten sie das kleine Notlager eingerichtet. Das Zelt stand, unter einem Leinwandsegel lag Morotzkij auf drei Wolfspelzen und wartete auf die ärztliche Kunst der Susskaja. Sein Anfall war vorüber – er erkannte seine Umwelt wieder, ergriff Nadeshnas Hände und hielt sie fest umklammert.
»Warum laßt ihr mich nicht sterben?« stotterte er. »Warum hindert ihr mich daran? Es wäre doch alles so einfach gewesen ...«
Er fror, daß seine Zähne klapperten. Weil er bis zu den Hüften entblößt dalag, breitete Nadeshna eine Decke über ihn, kroch darunter und wärmte ihn mit ihrem Körper. Putkin war zurückgekommen, dicke und dünne Äste zu einem Bündel verschnürt, legte das Holz um das armselige Feuer, das Andrej entfacht hatte und ließ die Knüppel auftauen. Dann spaltete er sie, schabte die Rinde ab und drehte sie über den Flammen, um den Frost aus dem Inneren des Holzes zu vertreiben und es zu durchwärmen.
»Kann man's so gebrauchen, Katja Alexandrowna?« fragte er zahm. »Ich habe es erwärmt. Wenn Sie wollen, schnitze ich sogar ›Mit Gottes Hilfe‹ hinein.«
»Wichtiger ist, wie wir Semjon Pawlowitsch betäuben.« Die Susskaja hatte eine Decke in Streifen geschnitten und rollte sie als Verbände zusammen.
»Der Schmerz wird ihn umwerfen, Katja.«
»Aber vorher wird er brüllen, daß der Schnee von den Bäumen fällt.«
Putkin ging hinüber zu Morotzkij. Er verkniff sich eine Bemerkung über Nadeshna als Wärmflasche, hockte sich neben Morotzkijs Kopf und zeigte ihm einen kurzen, aber daumendicken Ast.
»Gleich geht's los, Semjon Pawlowitsch«, sagte er. Nadeshna starrte ihn an ... der väterliche Ton seiner Stimme verwirrte sie. »Gebrochene Knochen einzurichten, das ist eine gemeine Sache. Ich könnte Ihnen auf die Nuß schlagen, aber dann hätten Sie zusätzlich einen

Schädelbruch, und Katja Alexandrowna, dieses wahre Teufelchen, bringt mich noch heute um. Stecken Sie sich den Knüppel zwischen die Zähne. Beißen Sie darauf, wenn Sie brüllen müssen. Es klingt verrückt – aber es hilft. Wir mußten einmal – oben bei Wjerchnje Kolymsk war es – einem Bohrarbeiter die zerquetschte Hand amputieren. Ein Feldscher und ich. Bis zum Lagerarzt war's zu weit, da hätte er die schönste Blutvergiftung gehabt . . . also einen Ast ins Maul und losgeschnitten. Der Kerl hat drei Scheite aufgefressen, aber nicht gebrüllt. Können Sie das auch, Professor?«

»Ich will's versuchen, Igor Fillipowitsch.« Morotzkijs Augen trübten sich vor Angst ein. Nadeshna begann, sein knochiges Gesicht zu streicheln, und flüsterte ihm zärtliche Worte ins Ohr. Es war nicht sicher, ob er sie überhaupt verstand oder nur noch an die kommenden Schmerzen dachte.

Die Susskaja kam unter das ausgespannte Zeltdach, mit entblößten Armen und geröteter Haut. Sie hatte die Hände und Arme über dem Feuer erwärmt und bewegte jetzt die Finger, als spiele sie auf einem Klavier, das in der Luft hing. Morotzkij starrte ihr entgegen, als sei er verurteilt worden, von ihr geschlachtet zu werden.

»Muß das sein?« fragte er heiser.

»Wollen Sie lernen, auf den Händen zu gehen, Semjon Pawlowitsch?«

»Opfern Sie einen Schuß für mich, Katja.«

»So einen Blödsinn müssen Sie gerade einem Arzt sagen!«

»Ich werde nie wieder laufen können. Warum sprechen Sie es nicht ehrlich aus? Ich bleibe ein Krüppel.« Er legte den Arm um Nadeshna, die noch näher an ihn herankroch. »Ihre Arbeit ist eigentlich Dummheit, Katja. Sie bringen mich nur wieder auf die Beine, um mir die Möglichkeit zu geben, auf andere Art Schluß zu machen. Das nächste Mal hänge ich mich auf.«

»Bei Ihrem Pech wird der Strick reißen«, sagte Putkin roh.

»Oder ich stürze mich von einem Baum.«

»Dazu müßten Sie ihn erst erklettern. Mit diesen Knochen schaffen Sie das nie.« Putkin hielt das Aststück hin. »Für Sie wird's immer schwerer, Schluß zu machen. Los, nehmen Sie das Holz zwischen die Zähne!« Er drückte Morotzkij den Ast in den Mund und schlug die Decke zurück. Nadeshna rutschte nach oben und umfaßte Morotzkijs Kopf. Seine Augen stierten sie an, und alle Qual eines Menschen lag in diesem Blick. Vom Feuer kam Andreas. Er brachte die angewärmten Schienen und die Deckenstreifen.

»Haltet ihn fest –« sagte die Susskaja mit dunkler Stimme. »Andrej, du die Arme. Igor, Sie sorgen dafür, daß der ganze Körper still liegt.«

»Er wird daliegen wie ein kalter Pfannkuchen.« Putkin legte sich über Morotzkij mit seinem ganzen gewaltigen Gewicht, und es wäre wirklich etwas Unerklärliches gewesen, hätte Morotzkij sich darunter noch rühren können. »Stell dir vor«, sagte Putkin grinsend, »ein Klasseweib läge auf dir, Professorchen. So eine blonde, stämmige Kuh aus der Schwarzen Erde.«

»Das ist unmöglich, wenn ich Sie ansehe, Igor –« stammelte Morotzkij. »Mein Gott, wann fängt sie an . . .«

»Sofort . . .«

Morotzkij wollte noch eine Antwort geben, aber ein Schmerz, der wie ein Blitz durch seinen Körper zuckte, verschlug ihm die Stimme. Er biß auf das Holzstück, seine Zähne gruben sich knackend hinein, der fürchterliche Schrei, der hinauswollte aus diesem gepeinigten Körper, dieser Schrei zerschellte an dem kleinen Stück Ast, das wie ein Riegel den Ausgang verschloß.

Der zweite Schmerz, der dritte . . . und dann nur noch Schmerz, höllisches Feuer in allen Adern, die Schwelle des Erträglichen zertrümmernd, Schmerzen, die kein Nerv mehr aufnehmen konnte . . . Morotzkij bäumte sich auf, er schaffte es, Putkins gewaltigen Körper mit einem wilden Ruck hochzuschleudern und Nadeshnas Hände, die seinen Kopf umklammerten, beiseite zu reißen.

»Ah!« schrie er dumpf, das zerbissene Holz noch immer zwischen den Zähnen. Speichel, durchsetzt mit Blut und Holzsplittern, floß aus seinen Mundwinkeln, die Augen quollen aus den Höhlen . . . »Ah! Ah!« Und die Susskaja hörte man keuchen, sie arbeitete gegen die Zeit, gegen diese alles zerstörenden Schmerzen, sie tastete die Brüche ab, zog und bog, streckte und fügte zusammen, nur auf ihre Finger kam es jetzt an, auf dieses Tastgefühl, auf dieses Wissen, daß die verdammten zerbrochenen Knochen jetzt wieder aufeinander saßen, Bruchstelle auf Bruchstelle, und die Beine wieder gerade wurden. Dann mußte sich neuer Kallus bilden, diese segensreiche Brücke zwischen den Frakturspalten, die den Knochen wieder zu einer massiven Einheit machte.

Andreas reichte die Schienen an, wischte Katja den strömenden Schweiß vom Gesicht, half ihr, das rechte Bein auf der Schiene zu umwickeln, legte dicke Äste um das Bein wie einen Knüppeldamm und warf sich dann wieder auf Morotzkij, um die um sich schlagenden Arme festzuhalten.

»Das erste Bein ist fertig«, keuchte er.

Putkin nickte. »Eine Seite ist repariert!« schrie er Morotzkij in das verzerrte, schweißnasse Gesicht. Er zog den zerbissenen Ast aus den Zähnen, und sofort stieß Morotzkij einen gellenden Schrei aus. Er riß

den Mund weit auf, aber ehe er zum nächsten Schrei ansetzen konnte, lag bereits der neue Knüppel zwischen den Zähnen. Er hieb mit aller Wucht die Kiefern zusammen und biß sich wieder in dem Holz fest.
Das zweite Bein. Es knackte deutlich, als die Susskaja die Bruchenden auseinanderzog und dann wieder einrichtete. Selbst Putkin fuhr es kalt über den Rücken, er legte den massigen Kopf auf Morotzkijs Brust und hätte ihm nicht übelgenommen, wenn er den Himmel herabgebrüllt hätte.
Aber Morotzkij schwieg. Er lag ganz ruhig, und als Putkin verwundert den Kopf hob, blickte er in verdrehte Augen und ein entspanntes Gesicht. Nur die Nasenflügel zitterten unter dem Atem, ein Beweis, daß Morotzkij lebte.
Putkin drehte seinen Kopf zurück. Er sah die Susskaja mit der Schiene beschäftigt. Sie war vor der Brust entblößt, als habe jemand sie vergewaltigt und ihr die Kleidung aufgerissen. Sie dampfte in der kalten Luft . . . um sie herum schwebte ein Nebel gefrierenden Schweißes.
Putkin löste sich von Morotzkij, hockte sich auf den Wolfspelz und wischte sich mit beiden Händen über das behaarte Gesicht.
»Haben Sie keine Angst, Andrej?« fragte er keuchend.
»Vor wem?«
»Vor dieser Frau! Vor diesem Höllenweib! Wie es die Knochen krachen läßt. Ich könnte mir denken, daß sie einem das Rückgrat zerbricht, wenn man im Bett nicht so will wie sie.« Er schneuzte sich, indem er ein Nasenloch zuhielt und durch das andere den Schleim hinausblies. »Ich würde mir darüber Gedanken machen, Andrej.«
Am Abend hatten sie das Lager so weit ausgebaut, daß man es hier für einige Tage aushalten konnte. Wie Roboter hatten Putkin und Andreas stundenlang geschuftet, ohne eine Pause, nur ab und zu unterbrochen durch ein paar Züge an Zigaretten, die sie aus Zeitungen und dem vom Popen Kyrill angebauten Tabak drehten. Sie hatten einen Haufen Holz geschlagen.
Überhaupt der Tabak und die Zeitungen! Der Tabak stank bestialisch, und selbst Putkin hatte Mühe, die ersten Zigaretten von Kyrill zu verdauen. »Als wenn man gekörnte Pisse raucht«, schrie er den Popen damals an, der zufrieden an seiner geschnitzten Pfeife saugte. »Baut einen Tabak an, von dem die Därme zerfressen werden.«
»Dann rauch ihn nicht, mein Söhnchen«, hatte der fromme Kyrill Jegorowitsch geantwortet. »Danke Gott, daß er überhaupt in meinem sibirischen Gärtchen Tabak wachsen läßt. Schon das ist ein Wunder.«
Und Morotzkij, der immer und überall sein professorales Wissen herauskehren mußte, bestätigte es ihm. Er behauptete, das sei der einzige Tabak, der in dieser nördlichen Lage gedeihe.

Schließlich gewöhnte man sich an den beißenden Gestank des Qualmes, am vierten Tag rauchte man den Tabak, als sei er beste orientalische Ware. Dafür begann der Kampf um die Zeitungen. Putkin, wer sonst, hatte sie in dem Verschlag entdeckt, in dem Kyrill seine Vorräte lagerte. Ein kleiner Stapel, keiner wußte, warum der Pope sie aufhob, sie nützten hier nichts, was macht man mit einer Zeitung in der Taiga, vor allem, wenn man den Tabak aus einem Pfeifchen raucht?
Aber Kyrill brüllte los, als Putkin mit drei Ausgaben der »Prawda« unter dem Arm erschien, als habe er ein Diamantenlager geplündert.
»Alles vernichtet er, alles!« schrie Kyrill. »Dieser Mensch ist eine Strafe des Himmels!«
»1926 –« sagte Putkin und faltete die Zeitungen auseinander. »Seht euch das an! Von 1926! Daraus drehe ich mir jetzt ein Zigarettchen. Eine historische Papyrossa! Da trug mein Mütterchen noch Zöpfe und verteilte Flugblätter der Partei unter die Dorfgenossen. Mein Vater lernte Traktorist und trug am 1. Mai die rote Fahne. 1926 . . . Kyrill Jegorowitsch, wie sah Rußland damals aus? Wie konnte damals, in den Jahren des bitteren Aufbaus, ein Mensch wie du Priester werden? Eine nationale Schande! Hat Muskeln wie ein Ochse, und benutzt sie zum Beten! Man sollte dich anspucken!«
»Die Zeitung her!« schrie Kyrill wieder. Und wie so oft in diesen Tagen standen sie sich wieder gegenüber, bereit, aufeinander einzuschlagen, und doch wissend, daß keiner gewinnen würde.
»Gut, ich schneide dir die Ränder ab –« sagte Kyrill endlich. »Die Ränder sind breit genug und unbeschmutztes Papier. Lasse mir den Text . . .«
Darauf einigte man sich. Kyrill schnitt mit einem spitzen Messer die Ränder von den Zeitungen, und Putkin steckte die Streifen ein. Jetzt aber zeigte sich, daß er den Alten doch bestohlen hatte. Er zog aus seiner Fellhose eine zusammengefaltete ganze Zeitung und wedelte mit ihr vor Andreas' Augen.
»Eine mehr oder weniger merkt er nicht«, lachte er breit. »Und ich habe die doppelte Freude . . . eine gute Papyrossa und eine Lektüre, wenn mir eure Gesichter zum Kotzen werden. Man muß sich bilden, Andrej. Wissen Sie, was 1926 los war?«
»Bei uns war Hindenburg Reichspräsident und Stresemann führte seine Locarno-Politik durch. Deutschland kam in den Völkerbund . . .«
»Bravo, Andrej! Und in Rußland?« Putkin starrte in den trüben Himmel und sog an seiner dicken Zigarette. »Lenin war tot, Stalin sein Nachfolger. Man kaute an der Theorie des ersten Fünfjahresplanes. Ein Mistjahr, Andrej. Rußland hungerte sich die Seele aus dem Leib,

nichts klappte richtig, die bolschewistische Idee ging nur langsam in die Gehirne.« Er hob die Zigarette hoch und betrachtete sie lange. »Und das rauchen wir jetzt. Das Jahr 1926! Welch ein Gefühl, Andrej –«

Am Abend hatte man gegen den Schnee und den leisen Wind eine Art Zaun aus Holz und Zweigen gebaut und das Zelt sowie die aufgespannte Plane damit abgeschirmt. Man merkte es sofort . . . die Wärme des Feuers blieb hängen und verflog nicht mehr in der Weite der Taiga. Es wurde fast gemütlich, wenn man zwischen der Holzwand und dem Feuer saß, draußen die Gerippe der Bäume sah, die eisbedeckten Stämme, den Schnee und den zugefrorenen Fluß. Morotzkij schlief, völlig erschöpft von den heruntergeschluckten oder ins Holz gebissenen Schmerzen, Nadeshna kochte wieder und braute aus den mitgeschleppten Dingen eine Wundermahlzeit, wie die mit Gemüse gefüllten Blinis, deren Duft aus der bruzzelnden Pfanne für Putkin fast einen erotischen Reiz bekamen.

Und noch etwas brachte Putkin heran. Mit Andrej hatte er einen dikken Baum umgehackt, eine mörderische Arbeit, denn bis man das Beil ein paar Zentimeter in den gefrorenen Stamm getrieben hatte, verging fast eine Stunde. Dann, als kapituliere der Baum resignierend, ging es schneller . . . er schrie mit einer fast menschlichen Stimme, als er endlich umfiel. Das dickste Stück dieses Stammes, zwei Meter lang, sägten sie ab und hieben der Länge nach eine flache Höhlung, als wollten sie so wahnsinnig sein, jetzt mit dem Bau eines Einbaumes zu beginnen.

»Was soll das?« fragte Andrej. Er spürte seinen Rücken schon nicht mehr, kniete verkrümmt im Schnee und hatte Angst, sich aufzurichten. Mein Rückgrat wird durchbrechen, dachte er. Dieser Putkin ist kein Mensch mehr, er ist eine alles verändernde, alles in sich hineinfressende Maschine.

»Ein Ofen, Genosse Deutschland«, sagte Putkin und hieb weiter auf den Stamm ein.

»Dieser Baum?«

»Ein sibirischer Ofen. Von tungusischen Jägern habe ich das gelernt.«

Sie trugen den Stamm zum Lager, legten ihn neben das Feuer, und Putkin begann, die Aushöhlung mit massiver Glut aufzufüllen, legte Zweige darüber und freute sich wie ein Kind, als der ganze Stamm in seiner Rinne aufflammte.

»In zwei Tagen ist er durchgeglüht«, sagte er und rieb sich die Hände. »Dann können wir uns an ihm wärmen wie auf einer Ofenbank.«

»Wir sollten eine Hütte bauen, Igor Fillipowitsch«, sagte die Susskaja.

Sie betrachtete Putkins sibirischen Naturofen mit Skepsis. »Das hier ist kein vorübergehender Aufenthalt.«
»Was nennen Sie nicht vorübergehend, Katja Alexandrowna?«
»Morotzkijs Beine werden drei Monate brauchen, bis sie wieder fest sind.«
»Unmöglich!«
»Wenn die Kallusbildung gering ist, noch länger.«
»Hier können wir keine drei Monate bleiben, Katja«, sagte Putkin ernst. »Ein paar Tage, ja. Das ist kein Platz für eine lange Dauer. Der große Frost steht noch aus. Und wenn ein starker Wind kommt – Nadeshnas Gott möge das verhüten –, bläst er uns auf den Fluß! Wir müssen weiter . . .«
Sie sahen einander an, und da jeder wußte, was der andere dachte, sagten sie nacheinander nur: »Nein!«
»Wer bleibt bei Morotzkij?« fragte Putkin heiser.
»Alle, bis auf Sie«, antwortete Andreas.
»Sie bringen sich damit selbst um!«
»Ist das Ihr Problem, Igor Fillipowitsch?«
»Ich hasse Dummheit. Und das hier ist schon Blödsinn.«
»Es hindert Sie keiner, wegzugehen.« Andreas zeigte hinüber in den abendlichen Wald. »Bitte, die Taiga steht zu Ihrer Verfügung. Wir werden zusammenstellen, was Sie mitnehmen, und Ihnen dann viel Glück wünschen.«
»Man sollte eure Köpfe gegeneinanderschlagen, damit die Dummheit herausfließt«, sagte Putkin, ging um seinen sibirischen Ofen herum, setzte sich auf die andere Seite und begann, sich eine neue Zigarette zu drehen.

12

An diesem Tag wurde in Irkutsk offiziell die Suche nach den vermißten Passagieren eingestellt.
Noch einmal hatte es General Serikow durchgesetzt, daß man die Flugzeugtrümmer durchwühlte und alles aus dem Schnee freischaufelte, als grabe man nach kostbaren Altertümern. Er fand noch einiges, was Jekaterina Alexandrowna gehörte, und er fand auch die Aktentasche des Deutschen Andreas Herr. Sie war mit technischen Papieren gefüllt, Tabellen, Zeichnungen, Fotos von Bergwerksmaschinen, Förderbändern, Abräumhobeln, Berichte und Stenogramm-Protokolle über die Besprechungen mit den sowjetischen Grubendirektoren. Serikow warf alles weg und behielt nur ein Foto, das ein Straßenfotograf in einer Stadt – vermutlich Moskau – aufgenommen hatte. Es zeigte eine alte russische Kirche – war es das Kloster Jagorsk? – und davor einen kräftigen blonden Mann mit fröhlichen, jungenhaften Augen. Er lachte in die Kamera. Ein Bild voller Freude und Lebenslust.
»Das bist du . . .« sagte Serikow und betrachtete das Foto lange. »Du hast erreicht, daß Katja wegläuft. Wie hast du das erreicht? Mit deiner Jugend? Mit deinem Lachen? Mit deiner verdammten Siegessicherheit? Mit deinem verfluchten deutschen: ›Da bin ich, der Größte!‹? War es so, Katjuschka?«
Er spürte wieder das Brennen in seinen Kriegsnarben, und die Erinnerung an den damaligen Haß kam zurück. Er hatte geglaubt, das alles überwunden zu haben – die deutschen Jagdflugzeuge, die sich wie Riesenhornissen auf die zurückflutenden Kolonnen stürzten und in deren Kugelhagel auch sein Vater liegenblieb. Oder die Beschießung von Minsk. Nichts Erschütterndes verglichen mit dem, was der Krieg später noch an Zerstörung brachte . . . aber schon diese eine Granate war zuviel, die seine Mutter und seine einzige Schwester auf der Straße erreichte. Was man später beerdigte, waren nur einige gesammelte Fleischfetzen. Er hatte sich ehrlich bemüht, zu vergessen, daß die Deutschen seine ganze Familie ausgelöscht hatten. Die Serikows standen nicht allein, Millionen war es so ergangen, auch in Deutschland, wo später in einer einzigen Nacht mehr Menschen unter den

Phosphorbomben verbrannten, als Panzerschlachten an der Front Verluste bei den Soldaten hinterließen. Der Krieg, auch wenn man ihn den Großen Vaterländischen nannte, war eine Erinnerung, auf die kein Volk stolz sein konnte, und er hatte Jahre gebraucht, dieser General Serikow, um das einzusehen. Jetzt aber brach der Haß wieder in ihm auf, und das Wort Deutsch wirkte wie ein Angriffssignal.
Serikow machte seinen Plan wahr: Er fuhr hinaus auf den Militärschießplatz, schnauzte die Wachen an, erreichte, was ausdrücklich verboten war, nämlich, daß niemand, auch ein General nicht, ohne Aufsicht schießen darf, spannte Katjas und Andreas Herrs Fotos in den Zielkartenrahmen und lud seine schwere Armeepistole.
Dann zielte und schoß er ... ruhig, mit der linken Hand die rechte abstützend, über Kimme und Korn genau die Köpfe im Schußfeld, krümmte langsam den Finger, preßte die Lippen zusammen, zog durch und fing den Rückschlag auf, wie er es gelernt und in 33 Jahren geübt hatte, zielte und schoß noch einmal, ein drittes und ein viertes Mal, schoß das ganze Magazin leer, mit der gleichen eisigen Ruhe wie beim ersten Schuß.
Erst dann drückte er den Hebel, die Schießscheibe fuhr heran, und er nahm die Fotos aus dem Rahmen.
Er war zufrieden. Jeder Schuß in den Kopf. Von Katjas Augen waren nur Löcher übriggeblieben. Andreas Herr erkannte man nicht mehr ... er war ein Mensch ohne Gesicht.
Serikow steckte die Fotos ein, verließ den Schießplatz, fuhr zurück in seine Dienststelle und steckte die zerschossenen Bilder in einen silbernen Rahmen. So fand ihn Krendelew, sein Adjutant ... betrunken, mit dem Kopf auf der Schreibtischplatte, die Hände um den Bilderrahmen gelegt.
Haß ist der Wein des Teufels, sagen die Tataren.
General Serikow wurde noch an diesem Tag in ein Krankenhaus gebracht und in einen Heilschlaf versenkt.

13

Es war warm am Feuer, und der leise, gemeine Wind war auch eingeschlafen.
Putkins sibirischer Ofen funktionierte noch nicht . . . die Glut fraß sich zwar weiter durch den Stamm, es qualmte fröhlich aus den Abzügen, die Putkin gebohrt hatte, aber der Stamm strömte noch keine Wärme aus. Man spürte sie nur, wenn man sich mit dem Rücken dagegen lehnte.
Genau das tat Putkin, als mitten in der Nacht Katja und Andreas aus dem Zelt krochen, weil sie Putkin vermißten. Nadeshna schlief natürlich bei Morotzkij. Unter Fuchs- und Wolfspelzen, wie eine dicke haarige Kugel, lagen sie, und trotzdem klapperte Morotzkij im Schlaf mit den Zähnen. Seine Nerven konnten die Schmerzen nicht vergessen und rebellierten noch.
»Warum kommen Sie nicht ins Zelt, Igor Fillipowitsch? Solange Sie noch bei uns sind, ist das auch Ihr Haus«, sagte Andreas.
»Zu freundlich.« Putkin drehte knurrend den dicken Schädel. Daß er fror, konnte man nicht sagen, es schien im Gegenteil, als koche er wie ein kurz vorm Platzen stehender Dampfkessel. In seinem Mundwinkel hing eine dicke Wurst, eine überdimensionale Papyrossa, aus der er den beißenden Rauch paffte und mit einem Geräusch von sich stieß, als fluche er jedem Atemzug hinterher. »Sind Sie fertig?«
»Was soll das heißen?«
»Bin ich eine taube Nuß? Alle Tiere sind schon geflüchtet, so laut ist Ihre Heckerei. Ein Eber ist dagegen ein flüsternder Kavalier. Ha!« Er drehte sich wieder um und beschäftigte sich mit der Zeitung. Prawda von 1926. Die Wahrheit. Was sie 1926 an Wahrheiten verbreitet hatte, schien Putkin sichtbar zu erregen.
»Ich platze!« sagte er laut.
»Vom Zuhören?« fragte die Susskaja giftig.
»Kommen Sie her!« Putkin winkte mit der Zeitung. Er saß am Feuer, und das gab genug Licht, um sie ohne Mühe lesen zu können. »Ich möchte zurück zu Kyrill Jegorowitsch und ihm den Schädel einschlagen.«
»Schmeckt die Prawda nicht?« fragte Andreas. »Ich habe mir sagen

lassen, die Istwestija solle besser schmecken . . . würziger, nicht so sehr nach Zellulose.«
»Ihre dämlichen Witze sind alt, Andrej. Kommen Sie her, Sie auch, Katja Alexandrowna. Unser heiliges Väterchen Kyrill ist ein ganz großer Gauner, hab' ich's nicht gleich bei seinem Anblick gesagt?! 45 Jahre Einsiedler gegen Gott . . . alles Schwindel. Ich kann es Ihnen beweisen . . .«
»Mit der Wahrheit von 1926 –« sagte Andreas fröhlich.
»Jawohl, mit ihr!« schrie Putkin. »Warum hat der Alte so getobt, als ich das harmlose Blättchen fand? Warum wohl? Er raucht doch eine Pfeife, und den Hintern läßt er im Wind trocknen. Nein! Hier steht es. Unter ›Meldungen aus dem Komitee zur Bekämpfung der Konterrevolution‹.«
»Noch 1926?« fragte Andreas.
»Eine große Idee braucht eben Zeit, ehe sie überall begriffen wird. Kann ich endlich vorlesen?«
»Fangen Sie an, Igor Fillipowitsch«, sagte die Susskaja. Sie hüllte sich und Andreas in eine Decke und lehnte sich gegen den warmen Baumstamm. Putkin faltete die Zeitung so, daß der Artikel oben stand, hustete kräftig, sog wieder an seiner dicken Papyrossa und blies den Rauch von sich, durch Mund und Nasenlöcher.
»Wie dem Komitee aus Rostow gemeldet wurde, ist dort von einem ehemaligen Kosaken der gesuchte Kyrill Jegorowitsch Kirsta gesehen worden.« Putkin machte eine bedeutende Pause und ein noch bedeutenderes Gesicht. Dann las er weiter, als die Susskaja nur mit den Schultern zuckte. »Kirsta war bis 1919 Rittmeister der Donez-Kosaken und kämpfte zusammen mit General Anton Antonowitsch Denikin gegen die bolschewistischen Befreier. Während Denikin die Flucht gelang, tauchte Kirsta in unserem Land unter und hielt sich verborgen. Der Armee und den Organen der GPU gelang es bis heute nicht, die Landesverräter aufzuspüren, die Kirsta versteckten. Kyrill Jegorowitsch, 27 Jahre alt, der Verwandte in Rostow haben soll, ist weiter auf der Flucht. Es ist nur noch eine Frage kurzer Zeit, bis auch dieser letzte Verräter am Sozialismus und Mörder unserer tapferen, für die Idee des Bolschewismus gefallenen Brüder gefaßt sein wird.«
Putkin ließ die Zeitung sinken. Die Zigarette in seinem Mundwinkel bebte gefährlich. Funken rieselten über seinen Pelz. Es stank plötzlich nach verbrannten Haaren.
»Das verschlägt euch die Sprache, nicht wahr?« sagte er und legte die Prawda von 1926 weg. »So einer ist unser heiliges Väterchen, das viermal am Tag die Glocke in der Taiga läutet! Kosakenrittmeister der Weißen! Einer von Denikins Bluthunden . . .«

»Vor 45 Jahren, Putkin –« sagte Andreas begütigend.
»Das löschen keine Jahre aus!«
»Danach müßte er heute 72 Jahre sein«, sagte die Susskaja. »Man sollte nicht mehr darüber sprechen.«
»Welch eine Auffassung.« Putkin spuckte den Rest der dicken Zigarette ins Feuer. Dann steckte er die Zeitung wieder ein und sah Andreas und Katja sinnend an. »Was habe ich alles vor, wenn wir aus dem Wald herauskommen! Morotzkij des Mordes anzeigen, Nadeshna wegen Bibel- und Priesterschmuggel ins Gefängnis bringen, Katja Alexandrowna, das große Rätsel, wird sich dann von selbst lösen, und Sie, Andrej, bekommen einen Spionageprozeß, von dem man sprechen wird! Und jetzt auch noch ein Priester, der der gesuchte Rittmeister Kirsta ist! Wenn das nicht Kraftpillen genug sind, diesen Mistwald zu besiegen! Was meinen Sie, Katja?«
»Ich meine«, sagte die Susskaja ruhig, »daß Sie ein Schwätzer sind, Igor Fillipowitsch.«
»Sie werden es sehen!«
»Ein Kerl, der so etwas wirklich im Sinne hat, spricht nicht darüber. Aber Sie päppeln sich damit hoch wie ein impotenter Greis an einem geilen Bild.«
»Die Sprache einer Dame, fürwahr«, sagte Putkin. »Messen Sie mich nicht nach Ihren psychologischen Lehrbüchern. Ich bin Putkin! Das heißt übersetzt: Dieser Mensch fürchtet die Hölle nicht. Grinsen Sie nur dämlich, Andrej, Sie deutscher Hammel! In Karaganda vergeht Ihnen das.«
»Alle Beweise sind mit dem Flugzeug zerstört.«
»Ich habe meine Augen und meine Zunge . . .«
»Wir werden uns bemühen, daß Sie beides vermissen«, sagte die Susskaja ruhig. »Sie haben wenig zu bieten, Igor Fillipowitsch.«
Sie schälte sich aus der Decke, ging langsam zum Zelt, verschwand darin und trat nach wenigen Augenblicken wieder heraus. In den Händen hielt sie das Gewehr, und der Zeigefinger lag im Bogen des Abzuges.
»Stehen Sie auf, Putkin!« sagte sie scharf.
Andreas sprang hoch, wollte etwas sagen, aber Katjas Augen waren wieder von einer gefährlichen Kälte. Putkin starrte sie mit offenem Mund an und blieb sitzen.
»Stehen Sie auf!« sagte die Susskaja noch einmal.
»Wenn Sie auf einen Menschen schießen können, singe ich: ›Ehre sei Gott in der Höh‹!«
Die Susskaja drückte ab. Der Schuß hallte in der schweigenden Nacht wider, unter dem Zeltdach zuckte Nadeshna empor und begann zu

kreischen. Morotzkij, unbeweglich in den Schienen, die ihm bis zu den Hüften reichten, gefesselt, hob den Kopf und blickte mit fiebernden Augen zum Feuer.

Dort hatte sich Putkin jetzt erhoben. Der Schuß war neben ihm in den Baumstamm, seinen sibirischen Ofen, gedrungen, kaum einen Zentimeter von seiner Schulter entfernt.

»Was wollen Sie von mir, Katja Alexandrowna?« fragte er stockend.

»Schnallen Sie Ihre Skier an und rennen Sie los . . .«

»Jetzt? In der Nacht?«

»Sofort! Und Sie nehmen nichts mit, nur das, was Sie am Leibe tragen.«

»Katja Alexandrowna, das ist Mord!« sagte Putkin unsicher. »Was bin ich mit bloßen Händen in der Taiga?«

»Sie sind Putkin, der Mensch, der die Hölle nicht fürchtet. Haben Sie's nicht eben selbst gesagt? Ich zögere nicht, noch einmal zu schießen und dieses Mal in Ihr linkes Bein, wenn Sie nicht sofort Ihre Skier anschnallen . . .« Sie legte wieder an und zielte auf Putkins linken Oberschenkel. »Ich schwöre Ihnen: Sie operiere ich nicht hinterher . . .«

»Wenn ich durchkomme«, sagte Putkin heiser. Seine Worte rollten wie in Schleim verpackt aus seinem Mund. »Wenn ich durchkomme, Katja Alexandrowna, das schwöre ich Ihnen auch, erzähle ich keinem, wen ich zurückgelassen habe. Aber ich rüste mich aus und kehre zurück, und dann können Sie mir Ihre Brüste und Ihren Leib anbieten für Ihr Leben . . . ich werde Sie zertrümmern, Sie Satan!« Er wandte sich zu Andrej und nickte ihm zu. Nadeshna rannte zum Feuer, in ein Fell gewickelt, aussehend wie ein Füchslein, das während des Entbalgens flüchten konnte.

»Schieß ihn nieder!« schrie sie schrill. »Katja, schieß ihn nieder! Er ist kein Mensch . . . er ist ein Monstrum, ein Monstrum, ein Monstrum . . .«

»Amen!« sagte Putkin. Er tappte zu den Skiern, suchte seine heraus, schnallte sie an den dicken Fellstiefeln fest, riß zwei Äste aus der Schutzwand, um sie als Skistöcke zu gebrauchen und glitt dann zurück zum Feuer. »Sie geben mir nichts mit?«

»Nichts.«

Putkin zögerte. Das Gewehr machte alle seine Bewegungen mit und blieb immer in der Höhe seines Oberschenkels. Da seufzte er, schüttelte den Kopf, als könne er die Welt nicht mehr verstehen, klopfte mit den improvisierten Skistöcken gegen seinen sibirischen Ofen, sagte: »Paßt auf, daß er schön weiterglüht«, und begann dann den einsamen Marsch in die vom Schnee begrabene Taiga.

Er ging langsam, so, als warte er darauf, daß man ihn noch zurückrief . . . aber keine Stimme erhob sich. Sie standen alle hinter der Schutzwand und sahen ihm nach, wie er im Wald untertauchte.
Dann war nur noch das immer leiser werdende Knirschen der Skier zu hören, das Reiben der Bretter über den verharschten Schnee und das Tack-tack-tack der Knüppel, mit denen sich Putkin weiterstieß und jeden Schritt unterstützte. Als auch dieser Laut verflog, blieb eine lastende Stille zurück.
»Ich hole ihn zurück«, sagte Andreas leise.
»Er wird uns alle an den Galgen bringen.« Die Susskaja senkte das Gewehr. »Er ist einer von jenen Menschen, die nur zerstören müssen. Die geboren sind, um andere zu vernichten. Er kann gar nicht anders, es ist sein Charakter.«
»Er hat Kyrill das Leben gerettet.«
»Das würde ihn nicht hindern, ihn jetzt, nach diesem Zeitungsartikel, ebenso grandios zu töten.«
»Ich hasse ihn!« stammelte Nadeshna. »Ich hasse ihn!« Dann rannte sie weg, warf sich neben Morotzkij auf die Felle und weinte laut.
Den Rest der Nacht verbrachten sie draußen, um sofort hören zu können, wenn Putkin heimlich zurückkam. Aber er kam nicht. Als der Morgen graute und das trübe Tageslicht wieder durch den Milchglashimmel fiel, war ihnen bewußt, daß sie Putkin auf die schrecklichste Weise vernichtet hatten, mit der man einen Menschen in der Taiga vernichten kann.

Sie blieben drei Tage in dem provisorischen Lager und warteten ab, wie Morotzkij reagierte. Bekam er Fieber, war es sinnlos, eine Hütte zu bauen. Dann war es nur eine Frage von Stunden, bis seine Kräfte so aufgezehrt waren, daß sein Herz versagte. Nadeshna pflegte ihn rührend, rieb sein Totenkopfgesicht mit Schnee ab, fütterte ihn mit heißen, fettigen Suppen, wusch ihn, wenn er seine Notdurft unter sich gemacht hatte – wie sollte es auch anders gehen? – und sprach ihm Mut zu, wenn er klar bei Verstand war.
Putkins sibirischer Ofen begann, sich zu bewähren. Der Stamm glühte durch, die Glut fraß sich weiter in die Tiefe, das Holz begann, Wärme auszustrahlen und unterstützte das Feuer. Zweimal schoß Andreas einen Schneehasen, was keine Kunst war, denn ohne Kenntnis, welches Raubtier der Mensch ist, waren die Hasen so neugierig, daß man sie fast mit den Händen greifen konnte. Man briet sie an dem eisernen Stecken, es roch köstlich durch den Wald, und wenn die Sorge um Morotzkij nicht gewesen wäre, hätte man sagen können: Es begann, ein schönes Leben zu werden.

Der Druck war weg, das war es. Die ständige Drohung, die von Putkin ausging. Die Gefahr, die einem im Nacken saß: Ist er ein Mensch oder ein Untier? Welche Seite seines zwiespältigen Charakters ist heute an der Reihe? Peinigt oder hilft er uns? Und dann der Gedanke: Liefert er uns wirklich den Behörden aus? Kann ein Mensch, mit dem man soviel Gemeinsames durchlitt, am Ende dieses Weges sagen: Greift sie euch! Ein Haufen schwarzer Sünde sind sie, nur ihre Gesichter sind weiß! Kann das ein Mensch? War Putkin wirklich so?
Eine Frage, von der man erlöst war. Man spürte es, man lachte sogar über nichtige Dinge, wenn Morotzkij schlief und man auch ihn eine Weile vergessen konnte. Der Winter war zahm, ein starker Wind blieb aus, es hatte sogar den Schein, als würde es wärmer, denn am dritten Tag schneite es wieder. Die gleichen dicken Flocken wie immer, flauschiges gefrorenes Wasser, ein Wunder der Natur.
Sie waren so glücklich und sorglos, daß sie bis in den späten Morgen hinein schliefen, und als sie am vierten Tag aufwachten, saß Putkin im Lager, lehnte sich an seinen sibirischen Ofen und konstruierte aus Ästen eine Art Flechtschlitten. Das war eine lautlose Arbeit, keiner hatte sie im Zelt gehört . . . Andreas, Katja und Nadeshna krochen ins Freie und starrten Putkin entsetzt an.
»Ein Morgen zum Hüpfen«, sagte Putkin und strahlte über sein breites, von Haaren zugewachsenes Gesicht. »Der Tee ist fertig. Kriecht hervor, meine Lieben.« Er winkte der Susskaja zu und streckte plötzlich die Hand aus, als wolle er etwas auffangen. »Schießen Sie nicht gleich wieder, Katja Alexandrowna! Ich muß Ihnen etwas Gutes erzählen. Zehn Werst weiter, geschätzt, verschwindet der Fluß, das heißt, er kommt da aus einem Felsen. Dann steigt das Land weiter an, bildet eine Kuppe, fällt zur anderen Seite steil ab, und was sage ich Ihnen: Aus dem gleichen Berg kommt ein anderer Fluß, und der fließt nach Süden! Zwanzig Werst von hier! Und ein Tal ist da, ein Tal mit Felsen und Auswaschungen, und ein breites Ufer. Ha, habe ich mir gesagt. Das mußt du ihnen mitteilen. Das ist etwas für sie. Das ist das beste Winterlager, das ich jemals in der Taiga gefunden habe.«
»Zwanzig Werst hin und zwanzig zurück. Und das haben Sie in diesen drei Tagen geschafft, Putkin?« fragte Andreas zweifelnd.
»Ich bin losgestürmt wie der Stier in einer spanischen Arena. Das mußt du ihnen sofort sagen, habe ich mir in die Beine gerufen. Sofort! So ein Winterlager! Wir können uns eine Hütte bauen aus festen Felswänden. Nur ein Dach von Wand zu Wand, so einfach ist das.«
Es war rührend, wie er die Susskaja angrinste, dabei nach Andrej schielte, Nadeshna zuwinkte und gleichzeitig auf der Hut und sprungbereit war, falls plötzlich doch das Gewehr auftauchen sollte.

»Und Morotzkij?« fragte die Susskaja. Ihre Stimme war weicher, als Andreas es jetzt erwartet hatte.
»Als wenn man ihn vergessen könnte!« Putkin klopfte auf seine angefangene Flechtarbeit. »Das war mein erster Gedanke, schöne Dame Arzt. Hier kann er gesund werden, dachte ich. Hier brauchen wir der Zeit nicht davonzulaufen. Und wie kommt Semjon Pawlowitsch dahin, na? Wie überwindet er mit zwei gebrochenen Beinen zwanzig elende Werst? Igor Fillipowitsch wird ihn auf einem weichen jakutischen Schlitten hinziehen, bergauf, bergab . . . und der Teufel soll mich holen, wenn mir das nicht gelingt. Was sagen Sie dazu, Katja Alexandrowna?«
Er sah sie an, mit einem kindlichen, treuen Blick, ein Berg von Mensch, vollgestopft mit Gemeinheit, überfließend von Biestigkeit, aber in diesen Augenblicken wie ein großes Kind, das in zähem Kampf einen Sack Murmeln gewonnen hat. Als er dann noch begann, seinen sibirischen Ofen zu beklopfen und lobend sagte: »Er brennt, wie Väterchen es vorhergesagt hat. Stellt euch vor, er brennt und glimmt in unserer Hütte am Fluß . . .«, ergab sich die Susskaja in das, was man landläufig Schicksal nennt.
»Wo ist der Tee, Igor Fillipowitsch?« fragte sie.
»Im Kesselchen!« Putkin sprang auf, rannte um das Feuer herum, schwenkte den kleinen eisernen Kessel, und der ganze riesige gemeine Mensch war eine einzige Freude. »Reicht eure Becher her!« rief er. »Halten wir uns nicht mit Reden auf, der Tag ist kurz!«
Vier Stunden später trug er Morotzkij wie seinen gelähmten Sohn aus dem Zelt und legte ihn vorsichtig auf den mit Pelzen bedeckten jakutischen Flechtschlitten. Nadeshna umarmte Putkin und verabreichte ihm einen Kuß auf die dicke Nase.
Das Lager war abgerissen, die Säcke verpackt und auf die Rücken geschnallt. Nadeshna, die am leichtesten zu tragen hatte, sollte vorauslaufen.
»Und jetzt . . . weiter . . . weiter!« rief Putkin und zog langsam den Schlitten mit dem verschnürten und in Pelze gewickelten Morotzkij an. »Genossen, ich könnte singen! Wer hält mich davon ab?«
Und er begann zu singen, grölend, gemein, ordinär, Lieder von Huren und dem »Weibchen, das Männer nach den Hengsten mißt« und weiter solche schweinischen Gesänge. Aber sie kamen dabei gut voran, lachten sogar über Putkins gebrüllte Zoten und merkten, daß es das richtige war. Die Lieder fuhren in die Beine und trieben sie vorwärts.
So zogen sie einem Paradies entgegen, das von dem Augenblick an, wo es diese fünf Menschen betraten, zu einer Hölle wurde.

14

Zwei Tage, von morgens um die Dämmerung herum bis zu den abendlichen Schatten ... das ist eine Zeitspanne, über die man nicht sonderlich redet, die man herunterarbeitet, überall auf der Welt, und wenn auch in diesen Stunden sich Katastrophen ereignen, Kriege ausbrechen, Millionengewinne eingesackt werden, Politiker kommen und gehen, Menschen geboren werden und Menschen sterben ... der große Topf des Alltags, in dem wir alle gar gekocht werden, verdampft alles, und die dicke Menschensuppe bleibt zurück ...
Zwei Tage aber können für ein paar wenige zur Ewigkeit werden. O Himmel, was sind zwei Tage in der tief verschneiten, eisigen Taiga – Morotzkij durchlitt sie wie zweihunderttausend Jahre Fegefeuer, an das er zwar nicht glaubte, das er sich aber so und nicht anders vorzustellen bereit war.
Auch wenn Putkin vorsichtig den flachen Flechtschlitten zog, und obgleich Nadeshna immer wieder hinten anpackte und Morotzkijs Beine vom Boden abhob, so daß er nur mit dem Rücken und dem Kopf über den Schnee glitt, es ließ sich nicht vermeiden, daß der Schlitten über Steine und dicke Äste hinweghüpfte, die unter der weißen Decke lagen. Dann brüllte Morotzkij schauerlich auf, ballte die Fäuste, biß hinein, bis ihm das Blut übers Kinn rann und seine Augen aus den Höhlen quollen. Dieser Schmerz war nur ein Zucken, er ließ nach, aber was nach dem Aufbrüllen kam, war viel schlimmer: der Husten. Dieser fürchterliche Husten, der Morotzkijs Körper zusammenzog und krümmte und der bis in die gebrochenen Beine fuhr, sie durchrüttelte und so zu einem immerwährenden unerträglichen Schmerz führte.
»Er wird wahnsinnig –« sagte Putkin, als sie mitten im Wald ein notdürftiges Lager aufschlugen. Sie waren bald auf dem Kamm der Höhe ... dahinter, das versprach Putkin, würde die Quälerei ein Ende haben. Dann mußte man Morotzkij festhalten, damit er nicht in einer Schußfahrt auf dem neuen Fluß landete oder an den Felsen des Flußtales zerschellte.
»Er muß wahnsinnig werden«, sagte Putkin wieder, während er in die Flämmchen blies, um das Feuer anzufachen. Nadeshna war bei

Morotzkij und wusch ihm das Eis vom Gesicht, Andreas baute das Zelt auf und stampfte den Schnee fest. »Ich habe einmal erlebt, wie ein tungusischer Jäger, der in eine Fuchsfalle geraten war, sich selbst mit seinem Jagdmesser den Fuß abschnitt, um von den Schmerzen loszukommen. Katja Alexandrowna, haben Sie wirklich nichts für den armen Kerl?«
Die Susskaja schüttelte langsam den Kopf. »Sie wissen, was ich bei mir habe, Igor Fillipowitsch.«
»Das ist sträflicher Leichtsinn, Katja! Da ist einer Arzt, schleppt eine Arzttasche mit sich herum, und was ist in Wirklichkeit drin? Ein paar Zangen, Pinzetten und Skalpelle, dämliche Hausmittelchen, einige Verbandspäckchen und Zigaretten! Das kann man eigentlich schon Sabotage nennen!«
»Sie haben recht, Igor Fillipowitsch. Aber Sie wissen auch nicht, mit welchen Absichten ich Suchana verlassen habe.«
»Natürlich nicht. Sie spielen hier das große Rätsel.«
»Ich *wollte* nichts mitnehmen, was der Republik gehört.«
»Und was Sie doch mitgenommen haben?«
»Ist mein Eigentum. Habe ich privat gekauft. Alles.«
»Aha!« Putkin hatte das Holz zum Brennen gebracht. Die Flammen prasselten. Nadeshna kam mit dem Kesselchen, um Schnee aufzutauen und Tee aufzubrühen. Andreas mühte sich noch mit dem Zelt ab, seine Hammerschläge, mit denen er die verzinkten Heringe in den vereisten Boden trieb, hallten laut durch den schweigenden Wald und kamen als ganz ferne, leise Echos wieder.
»Sie gehören also auch zu denen«, sagte Putkin, »die immer unzufrieden sind? Die zum Ausland schielen und leise sagen: Da müßte man hin! Da habe ich alle Möglichkeiten! Da ist wirkliche Freiheit! Sie gehören zu jenen Russen, die ihr Rußland nicht im Herzen, sondern wie ein Medaillon um den Hals tragen, damit man es abnehmen kann, wenn man ein schöneres Schmuckstück sieht! Vielleicht den Goldklumpen Amerika? Den Brillanten Frankreich? Die Perle Westdeutschland? Katja, dementieren Sie das, oder Sie enttäuschen mich maßlos. Wissen Sie, wie wir Bauern zu solchen Menschen sagten? Er benutzt sein Mütterchen als Scheißhaus. Genauso ist's!«
»Ich wollte nicht in Suchana verschimmeln, Putkin.«
»Überall ist Rußland, und überall braucht man unsere Hände und unsere Intelligenz.«
»Parteirede Nr. 2. Ich kenne das.« Die Susskaja nahm Nadeshna den Kessel mit dem Schnee aus den Händen und hängte ihn an den eisernen Stab, den Putkin in zwei kräftige Astgabeln, die er in den Schnee gerammt hatte, hineinlegte. Da Morotzkij wie ein Kind: »Nadeshna,

mein Liebling, wo bist du? Wo bist du?« rief, rannte sie sofort zu ihm zurück.
»Ihnen macht so etwas nichts aus –« sagte Katja. Putkin schüttelte den mächtigen Schädel.
»Ich bin einer von denen, die sich in ihrer Haut sauwohl fühlen.«
»Und ich bin eine Frau.«
»Man kann's nicht übersehen, schöne Dame.« Putkin warf einen Blick auf Katjas volle Brüste und das herrlich wilde Gesicht mit den leicht geschlitzten, schwarzbraunen Augen. »Selbst ein Blinder spürt das, wenn er in Ihre Nähe kommt. Aber was soll's?«
»Ich habe Sehnsüchte, begreifen Sie das nicht?«
»Betten gibt es überall.«
»Putkin, Sie sind nichts als ein Haufen Muskeln und Knochen. Ein primitiver Klumpen Leben . . .«
»Wenn Sie mich so sehen, Katja Alexandrowna . . . ich kann's nicht ändern.« Putkin schüttelte den Kessel, der Schnee schmolz schnell, sank zusammen und wurde zu fadem Wasser. »Aber dieser primitive Klumpen liebt Rußland! Ich ließe mich zerreißen für dieses Rußland, in Stücke reißen, bei vollem Verstand. Katja . . . was für eine herrliche Heimat haben wir! Vom Eismeer bis zum Japanischen Meer, von der Ostsee bis zum Schwarzen Meer . . . der halbe Himmel dieser Erde gehört uns! Das ist ein Land, wo man tatsächlich gläubig werden könnte . . . wenn Gott nicht so ein lahmer Hund wäre. Und da singen Sie mir ein Liedchen von weiblichen Sehnsüchten? Katja, jede Laus an mir ist wichtiger – sie ist eine echte russische Laus, die russisches Blut saugt . . .«
Das Zelt stand nun, Andreas und Nadeshna schoben den wieder aufjammernden Morotzkij unter die Plane. Die Susskaja holte aus dem Sack ein Stück gebratenes Rentierfleisch, steinhart gefroren, ein Geschenk von Kyrill Jegorowitsch, dem Popen, der ein flüchtiger zaristischer Rittmeister war. Die Schneehasen, die man auf dem Marsch geschossen hatte, hingen wie bizarre rote Bretter an dem Rucksack, den Andreas getragen hatte.
»Wo wollten Sie hin?« fragte Putkin plötzlich die Susskaja.
»In die Turkmenische Republik. In Aschchabad habe ich Bekannte . . . sie hätten mich über die persische Grenze gebracht.« Die Susskaja hatte auf diese Frage gewartet. Sie antwortete deshalb so, als erzähle sie eine gleichgültige Geschichte. Putkin blies durch die Nase wie ein Walroß.
»Und dann?«
»Von Persien nach Deutschland ist kein Problem, Putkin.«
»Also er da.« Putkin zeigte mit dem Daumen auf Andreas, der gerade

aus dem Zelt kroch. Dann nahm er das Fleisch aus Katjas Händen und hielt es über das Feuer.
»Ja, mein lieber Igor Fillipowitsch.«
»Und Sie glühen nicht aus vor Scham?«
»Nein. Wenn Sie jemals geliebt haben, Igor Fillipowitsch, könnten Sie so etwas Dummes nicht fragen.«
»Ein Deutscher! Zum Teufel, gibt es nicht genug Russen?«
»Liebt man einen Menschen oder seinen Paß?«
»Das ist eine typische dämliche Weiberantwort.« Putkin drehte den Fleischklumpen, damit er auftaute, bevor er ihn zum Braten herrichtete. Man konnte es sich leisten, luxuriös zu leben: Kyrill Jegorowitsch hatte ihnen Salz, getrockneten Salbei, geraspelte Zwiebeln und andere getrocknete Gewürze mitgegeben, die vor allem Nadeshna kannte. Mit blankem Erstaunen beobachtete Putkin, wie sich die zierliche Lehrerin mit dem Puppengesicht wandelte, je länger sie in der Taiga herumirrten. Das machte nicht nur die Liebe zu Morotzkij, sondern mit jedem Tag in dieser verschneiten Unendlichkeit von Wald wurde Nadeshna Iwanowna Abramowa ein Quentchen härter, um ein Eckchen kantiger, um einen Atemzug mutiger. Das stand ihr gut . . . das Engelsreine blieb an ihr, wenn sie jetzt zupackte, war es ein fester Griff. Auch betete sie nicht mehr bei jeder Gelegenheit, was vor allem Putkin beruhigte. Sie fühlte sich sogar so stark, Putkin gegen das Schienbein zu treten, als er einmal zu ihr sagte: »Meine liebe Bibelschleuder, was haben Sie eigentlich an Semjon Pawlowitsch? Er eignet sich besser zum Kleiderhaken als zum Bettwärmer. Jeder Finger von mir tut Ihnen mehr Dienst als er im ganzen.«
»Sie tritt wie ein wilder Esel«, stöhnte Putkin später, als er sein Schienbein kühlte. »Es ist enorm, wie sie sich entwickelt.«
Auch jetzt war er wieder aus dem seelischen Gleichgewicht geworfen, nicht durch einen Tritt, sondern durch die Feststellung der Susskaja, er habe noch nie richtig geliebt. Habe ich das? dachte er bedrückt. Diese beiden Weiber damals, dieses Glück, das nachher nur noch Abfall war? Natürlich habe ich sie geliebt, aber verdammt noch mal, es waren Russinnen, und ich habe nie daran gedacht, Rußland zu verlassen. Ist ein einzelner Körper so wichtig, daß man seine geliebte Heimat verrät?
»Ein Mensch ist nicht nur Körper, Putkin –« sagte Katja.
Putkin zuckte zusammen. »Sie werden mir unheimlich, Jekaterina. Ich habe nicht laut gedacht . . .«
»Aber Sie sprechen, wie fast alle Männer, mit den Augen. Sie haben mich gemustert, wie ein Pferdekäufer eine Stute. Es war nicht schwer, zu erraten, was Sie denken.«

Das Fleisch war so weit aufgetaut, daß Putkin es auf einen Stecken spießen und in die zur Seite gekehrte, glühende Asche legen konnte. Sofort zog ein herrlicher Duft durch die Nacht, es bruzzelte wie in einer Pfanne, und es war erstaunlich, wie Einsamkeit, Kälte und Trostlosigkeit vergehen, wenn man gebratenes Fleisch riecht.

Nadeshna kam herüber, in den Händen das Säckchen mit den Gewürzen. Das Schneewasser kochte, in wenigen Minuten würde es einen herrlichen Tee geben.

Putkin streckte sich auf seinem dicken Wolfspelz aus und legte neues Holz in die Flammen. »Sie werden nie nach Persien kommen –« sagte er dann.

»Das weiß ich jetzt auch.«

»Entdeckt man uns in der Taiga und holt uns heraus . . . was geschieht dann mit Ihnen? Na? Sprechen wir bloß nicht darüber.« Er winkte ab. »Gelingt es uns, aus eigener Kraft herauszukommen, was dann? Es ist fast unmöglich, daß Sie mit Andrej auf normalem Weg bis nach Aschchabad kommen zu Ihren Bekannten. Schöne Bekannte, das muß ich schon sagen. Helfen bei einer Republikflucht! Was wird also mit Ihnen und Andrej, Jekaterina? Das ewig flüchtende Liebespaar? Zwei Wölfe, die in einer Höhle hausen? Verbrecher, die unter falschem Namen leben und unser Volk schädigen? Was wird?«

»Ich weiß es nicht, Igor Fillipowitsch.« Die Susskaja rührte in dem Tee. Nadeshna hatte die getrockneten Blätter in das sprudelnde Wasser geworfen und rieb jetzt das noch saftige Fleisch mit den Gewürzen ein. Man hatte keine Geheimnisse mehr voreinander . . . jeder sprach zu jedem, was immer er wollte; man hörte hin, oder man hörte weg, ganz wie's beliebte. Man war jetzt wie eine kleine Herde, in der jeder seinen Platz hat und so lebt, wie die Natur es erfordert. Dazu gehört auch das Lieben . . . Nadeshna biß nicht mehr in die Decken, wenn Andreas und Katja unter ihren Fellen dampften – sie kroch zu dem knöchernen Morotzkij und wärmte ihn mit ihrer glatten, weißhäutigen, verträumt-zärtlichen Jugend.

»Ich weiß es nicht!« wiederholte Putkin dumpf. »Katja, das klingt so hilflos. Sie sind doch aber nie hilflos, Sie haben immer etwas in der Pfanne.«

»Dieses Mal hungere ich.« Die Susskaja blickte Putkin lange an. Er hielt ihren Blick aus, bis er spürte, daß es ihm unter den Schädelhaaren heiß wurde. »Helfen Sie mir –« sagte sie endlich.

»Ich?«

»Ja.«

»Ausgerechnet ich? Wie denn, Katja Alexandrowna?«

»Auch das weiß ich nicht. Aber Sie haben die Kraft, es zu tun.«

»Wollten Sie mich nicht umbringen? Allein und ohne Werkzeug in die Taiga jagen?«
»Das werde ich immer tun, wenn Sie Andrej angreifen!«
»Und von mir erwarten Sie Hilfe, Katja? Ist das nicht eine Verrücktheit?«
»Vielleicht.« Sie erhob sich vom Feuer und klopfte den nassen Schnee aus ihrem Pelz. »Es ist nur merkwürdig, daß ich weiß, daß Sie uns helfen werden.«
»Sie denken krumm, Katja, völlig krumm.« Putkin starrte zu ihr hinauf. Ihr Lächeln war so rätselhaft und zwingend, daß er sich in diesem Augenblick wie ein Kind vor ihr vorkam. »Ich bin ein Patriot, der solche Dinge nicht duldet.«
»Ein Patriot!« Die Susskaja lachte leise ihr dunkles Lachen. »Sie haben nach dem Absturz drei Stunden wie tot dagelegen, Igor Fillipowitsch. In diesen drei Stunden durchwühlte ich die Trümmer nach etwas Eßbarem. Dabei fand ich Ihre Kartentasche. Sie wissen doch ... Sie hatten eine Kartentasche über der Schulter hängen. *Unter* den allgemeinen geologischen Karten war auch eine von Ihnen gezeichnete kleine Karte ...«
»Hören Sie auf, Katja Alexandrowna –« sagte Putkin unsicher.
»Eine Privatkarte, Putkin. Eine Geheimkarte mit einem nur Ihnen bekannten, von Ihnen entdeckten Goldvorkommen. Eine eigene Goldmine in Rußland, Sie Patriot? Ein Kapitalist von Rußlands Erde? Muß ein patriotischer Geologe so einen Fund nicht sofort melden?«
»Ich habe es gleich gewußt, gleich, als ich Sie am Flugzeug sah, Katja Alexandrowna: Sie sind ein Satan!« Putkin legte sich quer zum Feuer. Die Flammen zuckten über sein bärtiges Gesicht. »Gut! Es war so! Das reinigt die Luft. Jetzt kennen wir uns alle bis auf die Knochen. Keiner ist besser als der andere, und keiner ist schlechter. Welch eine Gesellschaft, ha!« Er richtete sich auf und breitete die Arme aus. Sein riesiger Schädel schien zu zerspringen. »Kommt an meine Brust!« brüllte er. »Kommt heran ... ihr Verdammten der Taiga!«
Vom Zelt näherte sich Andrej. »Ist er verrückt geworden?« rief er Katja zu.
»Er wird endlich ein Mensch –« sagte Nadeshna laut. »Endlich ein Mensch. Man sollte beten –«
Mit einem dumpfen Laut klatschte Putkin seine Hände gegen die Ohren und zog den Kopf in seinen Wolfspelz zurück.

Der zweite Tag – von der Morgendämmerung bis zu den Abendschatten – war eine noch größere Qual für Morotzkij. Daran änderte auch nichts, daß Nadeshna ihm mehrmals Tee einflößte ... man mußte dazu den höllischen Marsch den Hügel hinauf unterbrechen, schnell ein Feuer machen und das Kesselchen darüber halten. Nadeshna trug den verbeulten Topf jetzt immer wie eine Kuhglocke vor dem Hals, um ihn gleich zur Hand zu haben, wenn Morotzkij: »O Hölle! O Hölle!« schrie und nur ein Schluck heißen Tees ihn von seinem Schmerz erlöste. Das war merkwürdig, gegen alle medizinische Erfahrung, wie die Susskaja sagte, aber es war so: Morotzkij wurde ruhiger, wenn er mit verzerrtem Mund ein paarmal das heiße Gesöff in sich hineingeschüttet hatte. Es waren Teeblätter, die der Pope mitgegeben hatte ... eine Spezialmischung von Kyrill Jegorowitsch, die er im Sommer zwischen zwei Eisenplatten zu kleinen Tafeln preßte. Fünf solcher schwarzen Tafeln hatte er mitgegeben, und Putkin hatte noch gesagt: »Davon saufe ich keinen Tropfen. Weiß man, was der Pope da hineingezaubert hat? Man kann in der Taiga anders sterben als durch Pfaffengift.«

Nachdenklich beobachtete die Susskaja, wie Morotzkij so gierig wie ein durstender Hund den Tee schlürfte und zufrieden auf seinen flachen Flechtschlitten zurücksank. Dann ging es weiter, diesen teuflischen, langgezogenen Hügel hinauf, mitten durch den Wald, der Spur nach, die Putkin bereits auf dem Rückweg von dem neuentdeckten Paradies getreten hatte.

»Noch einen Tag –« rief Putkin und zog an einem Strick den Schlitten hinter sich her wie ein Kind eine Holzeisenbahn. Er stapfte durch den verharschten Schnee, seine breiten geflochtenen Schneeschuhe hinterließen Spuren wie die eines urweltlichen Riesen. »Bindet Morotzkij das Maul zu! Was hilft das Schreien? Er muß es ertragen ...«

»Ich denke an Kyrills Tee –« sagte Katja, als sie neben Andreas den Hang hinaufstakten. Ab und zu hoben sie den tungusischen Schlitten an und trugen Morotzkij über das Felsgeröll, das jetzt begann. »Ich habe noch nie erlebt, daß Teetrinken allein die Schmerzen dämpft.«

Bei einer neuerlichen kurzen Rast, weil Morotzkij wieder sein fürchterliches: »Hölle! O Hölle! Helft mir doch!« schrie und Nadeshna wieder ihren Schnelltee aufbrühte, brach Katja eine kleine Ecke der Teeplatte ab und steckte sie wie einen Bonbon in den Mund. Sie kaute darauf, durchfeuchtete ihn mit Speichel, es schmeckte wie Gallensaft, ungeheuer bitter und ätzend, sie hatte das Gefühl, ihr Gaumen werde gegerbt und die Schleimhäute würden zu Leder. Dann schluckte sie den schwarzen Saft samt den Teeblättern hinunter und trank einen kleinen Schluck heißen Schneewassers hinterher.

»Abscheulich!« sagte sie zu Andreas. »Als ob Kyrill getrockneten Mist daruntergemischt hätte.«

»Spuck es aus, Katjuschka ...«

»Es ist schon hinunter.« Sie lächelte verzerrt. »Jetzt müßte ich einen Wodka haben.«
Nach zehn Minuten spürte die Susskaja, wie eine deutliche Veränderung mit ihr begann. Die Beine wurden leicht, und nicht nur die Beine ... der ganze Körper verlor scheinbar an Gewicht, sie spürte bei den schweren Schritten durch den Schnee den vereisten Boden nicht mehr, es war, als schwebe sie über der Erde. Jede Berührung löste kein Gefühl mehr aus. Sie schlug mit der flachen Hand gegen den Schlitten ... nichts. Sie zwickte sich kräftig in den Arm ... kein Schmerz! Sie stieß mit dem linken Bein gegen einen Baumstamm ... es war, als treffe sie ihn durch dicke Watte.
»Halt!« rief sie. Selbst ihre Stimme schien in ihren Ohren wie nach innen gerufen, aber sie mußte laut wie eh und je sein, denn Putkin zuckte herum, blieb stehen und stierte sie an.
Die Susskaja ließ den Rucksack und die Skistöcke fallen und zog die dicken Fellhandschuhe aus. Darauf streifte sie den linken Ärmel der Pelzjacke hoch und kniff sich noch einmal in den nackten Arm. Wohl blieb ein deutlicher Abdruck der Nägel zurück, die Haut rötete sich sofort – aber sie spürte keinen Schmerz.
»Das ist phantastisch ...« stotterte sie dabei. »Das ist unglaublich.«
Sie riß Putkin, als er nahe genug heran war, das Messer aus dem breiten Gürtel und schüttelte den Kopf, als Putkin sofort zur Abwehr überging und den Knüppel, den er als Skistock benutzte, vorstreckte.
»Was ist denn nun schon wieder?« schrie er. »Sie launisches Luder! Mal streicheln, mal töten, ganz wie's im Gehirn zuckt!«
»Halten Sie den Mund, Igor Fillipowitsch«, sagte die Susskaja. Ihre Stimme war für sie selbst nicht zu hören ... aber sie brüllte offenbar, denn alle starrten sie entgeistert an. »Erleben Sie ein Wunder mit! Sehen Sie her ...«
Sie schnitt sich in den Unterarm. Sofort quoll Blut heraus, Andreas riß ihr das Messer aus der Hand, packte ihren Arm und legte seine Hand auf die Wunde. Aber sie entriß ihm den Arm mit einem wilden Ruck und hielt Putkin die blutende Wunde hin.
»Sie hat den Verstand verloren«, stammelte Putkin. »Andrej, das ist Ihre Frau. Tun Sie doch etwas!«
»Ich spüre keine Schmerzen«, sagte Katja laut und ruhig. »Ich habe nicht das geringste Gefühl gehabt, als ich einschnitt. Es war, als wäre es ein völlig fremder Körper. Ich sehe die Wunde und das Blut, aber ich spüre nichts. Begreifen Sie endlich, Putkin?«
»Nein ...« Putkin brach sich verwirrt die kleinen Eiszapfen aus seinem Bart, die durch den frierenden Atem entstanden. »Ich begreife nur, daß Sie sich selbst verstümmeln ...«

»Der kleine Schnitt heilt schnell.« Sie wandte sich zu Andreas und Nadeshna, die bleich neben ihr standen. »Keine Schmerzen! Seid ihr alle Idioten? Ich habe eine kleine Ecke von Vater Kyrills Teeplatte gegessen . . . und das ist die Wirkung! Kyrill Jegorowitsch hat einen Tee gemischt, der die Schmerzen nimmt.« Sie schlug plötzlich mit dem verletzten Arm gegen Putkin, und das mußte sein, als wenn man gegen einen Felsen hämmert. »Nichts! Gar nichts! Als Tee aufgebrüht, in der Verdünnung, wirkt er besänftigend . . . als konzentrierter Saft ist er ein Analgeticum Semedium.«
»Warum können Mediziner nie vernünftig sprechen?« brummte Putkin.
»Ein Schmerzmittel, Sie Hohlkopf! Wir haben ein schmerzbekämpfendes Mittel! Das Wichtigste, was uns fehlt zum Überleben . . . Wir brauchen keine Schmerzen mehr zu haben!«
»Dieser dämliche Tee?«
»Ja, dieser dämliche Tee! Kyrill Jegorowitsch wußte genau, warum er uns fünf ganze Preßtafeln geschenkt hat.«
»Ein wirklich heiliger Mann –« sagte Nadeshna.
Putkin schnaufte laut. »Warum hat er kein Wort darüber gesagt?«
»Vielleicht aus Angst, daß Sie das Rezept aus ihm herausprügeln.«
»Bestimmt hätte ich das getan. Er war ein Bulle, dieser Pfaffe, aber auch Bullen kann man auf den Rücken legen. Ich hätte es vielleicht geschafft.«
Andreas hatte die Arzttasche geöffnet und begann nun, Katjas Unterarm zu verbinden. Morotzkij auf seinem Flechtschlitten hatte alles mitangehört, und wie nicht anders zu erwarten, begannen zuerst seine Augen, dann seine Lippen zu betteln.
»Ein Stückchen Preßtee, Katja Alexandrowna«, stotterte er. »Bitte, bitte . . . die Schmerzen sind nicht mehr zu ertragen.«
»Nur einen Aufguß, Semjon Pawlowitsch. Wie bisher.« Die Susskaja sah Nadeshna fordernd an. Bei ihr befanden sich die fünf schwarzen Teeplatten, sie trug sie in dem Verpflegungssack auf dem Rücken. »Nadeshna, geben Sie die Platten heraus.«
»Nein!« Das war eine mutige Antwort. Nadeshna ballte die Fäuste, mehr hatte sie nicht, um sich zu wehren. Das Gewehr trug Andreas auf dem Rücken, die Beile und die Axt schleppte seit einem Tag wieder Putkin, die Messer hingen an den Gürteln der anderen.
Nadeshna machte zwei Schritte zurück . . . ein kleines Tier, in die Enge getrieben, wo aus nackter Angst seltsamer Heldenmut wird. »Ihr müßt mich töten, um an den Tee zu kommen!« keuchte sie. »Kommt, tötet mich . . .«
»Als ob das ein Problem wäre!« schrie Putkin. »Ich lege zwei Finger

um ihren Schädel und zerquetsche ihn wie ein Ei. Ohne Mühe. Man kann sogar dabei singen.«
»Seien Sie keine Närrin, Nadeshna«, sagte die Susskaja ruhig. »Keiner weiß, wie lange wir in der Taiga bleiben müssen. Wir sind fünf Menschen, und das sind fünf Körper, die irgendwann einmal unter ihren Schmerzen alles Menschliche verlieren. Dafür brauchen wir die Platten. Nadeshna . . . Jetzt und hier gibt es nichts Wertvolleres mehr. Und wenn wir eines Tages alles verlieren sollten . . . diese fünf Preßteeplatten sind der eroberte Himmel!« Sie streckte die Hand aus. »Geben Sie sie her . . .«
»Und Sie allein bestimmen darüber, wer und wann einen Tee oder ein Stückchen zum Kauen bekommt?«
»Ich bin Ärztin . . . Sie sollten Vertrauen haben, Nadeshna.«
»Wer traut hier noch wem?« schrie die kleine zarte Person mit dem Engelsgesicht. »Wollen Sie jetzt der Herr über Leben und Tod sein, Katja Alexandrowna?«
»Wenn Ihnen der Gedanke so unangenehm ist, vertrauen Sie die Platten Andrej an . . .«
»Einem deutschen Spion? Nie!« heulte Putkin auf.
»Ich bin kein Spion, Sie Narr!« schrie Andreas zurück. »Ich war nie einer. Was Sie da angeblich über mich gesammelt haben, ist Lüge! Ich bin als Gast in Ihr Land gekommen und wollte es auch so verlassen. Alles, was ich gesehen habe, wurde mir von Ihren Funktionären gezeigt. Ich bin in Ihr Land geschickt worden, um eine Kooperation im Bergbau zu prüfen.«
»Warum brüllen wir uns an, he?« Putkin riß die Pelzmütze von seinem gewaltigen Schädel. »Kaum wissen wir, daß wir keine Schmerzen mehr zu haben brauchen, und schon zerfleischen wir uns. Nadeshna, gib den verdammten Tee dem Deutschen!«
Die kleine Lehrerin stand noch immer geduckt, wie eine kampfbereite Maus vor einem Katzenrudel.
»Nur, wenn Semjon Pawlowitsch jetzt ein Stückchen zum Lutschen bekommt. Nur dann! Sonst müßt ihr mich töten, um an die Platten . . .«
»Halt das Maul!« schrie Putkin. »Keiner will dich töten! Natürlich bekommt Semjon Pawlowitsch einen Krümel. Ist es so, Katja Alexandrowna?«
»Ausnahmsweise . . .«
»Ausnahmsweise. Du hörst es, schwarzes Schwänchen! Heraus mit dem Tee!«
Nach einer Viertelstunde stapften sie weiter den Hang hinauf. Andreas trug jetzt die fünf schwarzen Teeplatten in seinem Rucksack

und war damit zum wertvollsten Mitglied der Gruppe geworden. Morotzkij lag auf seinem Flechtschlitten, schrie nicht mehr »Hölle! O Hölle!«, wenn er über Steine rumpelte, sondern er lag da mit einem verzückten Lächeln, kaute mit mahlenden Backenknochen auf dem bitteren Tee herum, schluckte den ätzenden Saft und genoß die Seligkeit, nach Tagen keinen Schmerz mehr in seinen zertrümmerten Beinen zu spüren.
So erreichten sie schneller den Hügelkamm, standen dann oben im lichteren Wald und sahen hinunter ins Tal.
Der Fluß. Die Felsenschlucht, wie ein kleiner Cañon vom Fluß herausgesägt. Hinter der Felsbarriere das breitere Tal, in dem der befreite Fluß schon ein Strom wurde . . . ein glitzerndes Band aus Eis mit sanft ansteigenden Ufern. Und Wald . . . Wald, soweit das Auge reichte. Die Taiga in ihrer großartigen Schweigsamkeit, ein Meer aus Bäumen, ein unendlicher Ozean aus Ästen, der hineinfloß in die Unendlichkeit des Himmels.
»Ich liebe Sibirien –« sagte Putkin fast feierlich. »Und ich sage es jedem, auch wenn man mich für verrückt hält –«

15

Nach acht Tagen wurde General Serikow im Militärkrankenhaus von Irkutsk aus seinem Heilschlaf geweckt.
Er lag in einem Einzelzimmer – immerhin war er General –, hatte ein gutes Bett, eine Schwester kümmerte sich um ihn (was er jetzt erst erkannte), zwei Ärzte, davon ein Psychiater, betreuten ihn . . . man tat wirklich alles, um den rätselhaften Zustand des hohen Patienten zu ergründen. Man hatte ihn sogar unter Hypnose gesetzt und ausgefragt . . . eine kleine Pleite war's geworden, denn Serikow sagte wie eine beschädigte Grammophonplatte: »Ich liebe sie. Sie muß sterben. Ich liebe sie. Sie muß sterben.«
Wer sterben sollte, eben das wußte man nicht. Es war kein Name aus Serikow herauszubekommen. Zwar hatte Krendelew, der Adjutant, vom plötzlichen Nervenzusammenbruch seines Chefs tief erschüttert, die zerschossenen Fotos abgeliefert, aber man konnte mit ihnen nichts anfangen. Die Gesichter waren unkenntlich geworden, durchlöchert. Nur bei einem Foto war ersichtlich, daß es sich um eine Frau handelte, denn unter dem zerfetzten Kopf sah man noch den Ansatz einer schönen, vollen Brust. Das zweite Foto war ein völliges Rätsel. Nur noch Löcher, ein paar Fetzen.
»Das muß ein Mann sein«, sagte der Chefarzt. »Vielleicht kann das Labor des KGB etwas herausholen. Da sitzen Spezialisten.«
Nun, am fünften Tag, war aus Moskau eine Kommission herangeflogen. Ein General Lagutin vom Armee-Oberkommando und ein kleiner, dicker Oberst vom KGB, der sich Bubnow nannte. Die Ärzte schworen, daß es ein falscher Name sei. Sie betrachteten den schlafenden Serikow lange und nickten dann den Ärzten zu.
»Wecken Sie ihn auf, Genossen.«
Nun saß Serikow im Bett, hatte eine kräftige Bouillon mit gequirltem Ei gegessen und stocherte lustlos in einem Teller voll Fleisch-Blinis herum. Es roch verführerisch, aber er verspürte keinen Appetit. Die Ärzte hatten sich diskret zurückgezogen. Wenn Abgesandte aus Moskau kommen, soll man als Nichtbetroffener Augen und Ohren abwenden.
»Wir haben die Fotos im Labor zu rekonstruieren versucht«, sagte der

kleine, dicke Bubnow und faltete eine Mappe auseinander. »Die Frau haben wir nicht mehr identifizieren können, aber der Mann . . .« Der Oberst lächelte breit. »Ein Stück des Revers blieb übrig, und an diesem Revers steckte eine kleine Nadel mit einem Klubabzeichen: Tennisclub Grün-Weiß von Essen-Steele. Sie sind verblüfft? Mein lieber Serikow, wir haben eine vorzügliche Kartei in Moskau. Frage: Wer ist in Rußland Mitglied des Tennisclubs Grün-Weiß in Essen-Steele? Lächerlich, was? Also war's ein Ausländer! Ein Deutscher. Welcher Deutsche aus dem Gebiet Essen war in letzter Zeit in Rußland? Eine einfache Frage – wir haben unsere Einreiselisten. Vier Namen standen da . . . drei schalteten aus, sie hielten sich in Moskau, Leningrad und Wolgograd auf. Nur einer war jenseits des Ural, ein Bergbauingenieur Andreas Herr. Von uns eingeladen, um Vorschläge für neue Abräummethoden zu erarbeiten. Gospodin Herr stürzte über der Taiga mit einem Flugzeug ab . . . er ist seitdem verschollen. Man rechnet damit, daß er tot ist. Die Suche nach dem Flugzeug haben Sie geleitet. Frage, Genosse General: Warum zerschießen Sie diesem Andreas Herr den Kopf? Warum ermorden Sie ihn posthum?«
Serikow schwieg. Er aß mit großer Willensanstrengung seine Blinis und schluckte die Bissen hinunter wie Blei. General Lagutin setzte sich neben ihn auf die Bettkante.
»Warum antworten Sie nicht?« fragte er sanft.
»Ich habe nichts zu sagen, Genossen«, antwortete Serikow ruhig.
»Ist es Gospodin Herr?«
»Ich kenne diesen Andreas Herr gar nicht.«
»Aber Sie kennen die Frau, die Sie ebenfalls symbolisch ermordet haben.« Der kleine dicke Bubnow legte Katjas zerstörtes Foto auf die Bettdecke. Serikow zog schaudernd die Schultern hoch, aber dann aß er tapfer weiter. »Trauen Sie uns bitte zu, daß wir logisch denken können. Andreas Herr und diese fremde Frau – eine Russin, nicht wahr? – begannen eine Liebschaft miteinander. Diese fremde Frau war aber auch Ihrem Herzen nah, Genosse General . . . Bei hundert Fällen, wo Männer Frauen umbringen, sind 95 Morde aus Eifersucht geschehen. Serikow . . . wer ist diese Frau?«
»Ich möchte schlafen.« Serikow rutschte in die Kissen. General Lagutin trug das Tablett mit den halbgegessenen Blinis zu dem kleinen Tisch an der Wand.
»Sie können schlafen, bis Ihre Nerven wieder dick wie Drahtseile sind.« Oberst Bubnow wedelte mit der zerschossenen Fotografie. »Wir haben uns erkundigt. Genosse Serikow war immer ein untadeliger Mensch. Keine Weibergeschichten. Und trotzdem gab es diese Frau! Wie haben Sie sie getarnt? Wer ist sie?«

»Sie gebrauchen eine falsche Zeit, Oberst.« Serikow schloß die Augen. Er sah jetzt aus wie eine Leiche. Lagutin machte sorgenvoll einige Zeichen, aber der kleine dicke Bubnow schüttelte energisch den Kopf. Wo gibt es so etwas, daß jemand während einer Aussprache mit dem KGB einschlafen will? »Nicht *ist* . . .« sagte Serikow müde. ». . . *war* ist korrekt.«
»Sie haben die Dame wirklich erschossen?« rief Lagutin entsetzt. Bubnow sah den General strafend an. Leidenschaften während eines Verhörs sind die Bremsklötze der Gedanken.
»Aber nein, Genosse.« Serikow faltete die Hände über der Bettdecke. Jetzt fehlte nur noch die Blume zwischen den Fingern, und der Tote war komplett. Bubnow ließ sich durch solche Betrachtungen nicht beeindrucken.
»Was nein?« fragte er sofort, zuhackend wie ein Geier.
»Die Dame gibt es nicht mehr.«
»Für Sie . . . oder auch als lebendes Wesen?«
»Wäre das nicht eine schöne Aufgabe für das KGB, dem nachzuforschen?«
»Hören Sie mal zu, Serikow, ehe Sie vollends einschlafen«, mischte sich nun General Lagutin ein. »Was da auch geschehen ist – über diesen Andreas Herr werden wir auch noch an die Identität der Dame kommen! Ihnen sollte eines klar sein: Gospodin Herr war Gast. Ein gern gesehener, geladener Gast. Eine Art Demonstration der neuen Politik: Die Öffnung nach Westen –«
»Weil uns der Chinese im Genick sitzt«, sagte Serikow und lächelte mild.
»Wenn sich dieser Andreas Herr in eine Russin verliebt hatte und sie vielleicht heiraten wollte . . . wir hätten in diesem ganz speziellen Fall, entgegen unseren Usancen, einer Heirat zugestimmt, eben zu dem Zweck, diese ost-westliche Liebe propagandistisch auszuwerten. Bei den bekannten Übertreibungen der westlichen Presse wäre daraus ›Das Liebespaar des Jahres‹ geworden . . . eine Publicity für die neue Politik, die uns nur eine Unterschrift gekostet hätte. Aber welche Breitenwirkung! Das zur politischen Seite Ihres Privatkrieges gegen Gospodin Herr. Verstehen wir uns, Serikow?«
»Vollkommen.« Serikow drehte den Kopf zur Seite.
»Und was dieser Schwachkopf von Putkin in seinen Meldungen abgegeben hat, ist vollendeter Blödsinn –« sagte Bubnow und klappte die Mappe zu. »Ein Wichtigmacher. Ein Brüllochse, weiter nichts. Das Schicksal war ihm gnädig und hat ihn mit abstürzen lassen. Andreas Herr hat nie, zu keiner Minute, eine westliche Spionagetätigkeit ausgeübt. Was er fotografierte, geschah unter unseren Augen.«

»Auch in der Raketenbasis von Jejorssk?«
»Auch das! Er hatte einen unbrauchbar gemachten Film in der Kamera . . . zu Hause hätte er's beim Entwickeln gemerkt. Ein Paradefall des Wohlwollens, General Serikow . . . nur Sie haben versagt.«
Der kleine dicke Bubnow erhob sich. »Schlafen Sie weiter, Genosse. Es ist das Beste, was man Ihnen wünschen kann . . .«
Serikow rührte sich nicht. Er hörte nur das Zuklappen der Tür und wußte, daß er jetzt wieder allein war. Er wartete, aber kein Arzt kam zu ihm, nicht mehr die nette, lustige Krankenschwester mit den gekräuselten lackschwarzen Haaren . . . niemand kam mehr, um sich um Serikow zu kümmern.
Er war eine Null geworden. – Ein Nichts.

16

Sie hatten den vereisten Fluß erreicht, das schmale Felsental, in Millionen Jahren von dem sprudelnden Wasser ausgesägt. Glatt geschliffene Steinmauern, ausgewaschene Höhlen, schmale Spalten, als könne der Fluß eine Axt schwingen und in die Berge hacken.
Andreas blickte sich um und schüttelte den Kopf. Putkin, der am Ufer stand, beobachtete ihn mißbilligend.
»Was gefällt dem deutschen Herrchen nicht?« rief er. »Ein Fluß, ein Wald und massive Felsen, was wollen Sie noch mehr? Hier überwintern wir . . . und wenn die ersten Bären herauskommen und die Fische aus dem Fluß holen, wissen wir, daß es Zeit ist, weiterzuziehen.« Er warf seinen Fellsack in den Schnee und setzte sich darauf. »Ich bleibe.«
»Putkin, Sie sind Ingenieur wie ich.« Andreas sah den Fluß hinauf, dort, wo er mächtig aus dem Berg kam, als spucke die Natur ihn aus. Jetzt war das alles eine Eisdecke, unter der es rumorte. Aber wenn die Eismauer brach und der Fluß sich wieder frei bewegen konnte, mußte er wie ein breiter Wasserfall herunterkommen, sich in das Felsental zwängen lassen, um erst ein paar hundert Meter südlich in seiner ganzen majestätischen Breite dahinfließen zu können . . . träge und doch kraftvoll, einer der sibirischen Flüsse, die wie Adern diesem mächtigen Leib das unsterbliche Leben gaben. »Fällt Ihnen nichts auf?«
»Nein.«
»Auch wenn Sie nur nach Öl bohren, können Sie unmöglich geologisch ein völliger Idiot sein! Sehen Sie sich diese Felsbarriere an. Seit Millionen Jahren kämpft der Fluß dagegen an. Jedes Jahr siegt er ein bißchen mehr, bricht Ecken ab, gräbt neue Löcher, unterhöhlt, läßt einstürzen, verbreitet die Furchen, bohrt in den Höhlen . . . und wenn die Schneeschmelze kommt, wird der Fluß um das Doppelte mindestens ansteigen und sich tosend durch diesen Engpaß stürzen. Da hinten, da hat er endlich Platz, da atmet er auf. Aber hier? Und wir sitzen dann dort in den Felsen und ersaufen wie altersschwache Ratten.«
»Andrej hat recht«, sagte die Susskaja. Sie küßte Andreas in den Nakken. »Geben Sie es zu, Igor Fillipowitsch.«

»Er hat immer recht, weil er die Teetafeln trägt!« brüllte Putkin. »Sie Kindskopf!«

»Aber bitte, bitte . . . ziehen wir weiter! Hinunter ins weite Tal. Je breiter das Land, um so kräftiger weht uns der Wind an. Aber der Deutsche muß es ja wissen! Der studierte Herr Ingenieur! Ich beuge mich dem Blödsinn, aber wer mich später für das Wegfliegen der Zelte verantwortlich macht, wenn die Stürme kommen, dem trete ich die Gedärme aus dem Leib.«

Er warf seinen Sack auf den Rücken und stapfte am Fluß entlang abwärts.

Andreas spannte sich vor den Flechtschlitten und zog Morotzkij weiter. Es war eine leichte Arbeit, der Boden war glatt, vor allem direkt am Fluß, und wenn es Steine gab, dann waren sie so groß, daß man sie umgehen konnte. Zudem schlief Morotzkij. Zum erstenmal schlief er richtig, ohne hochzufahren und »Hölle! O Hölle!« zu brüllen. Der konzentrierte Teesaft hatte ihn anscheinend betäubt. Er spürte keine Schmerzen mehr, und ein schmerzloser Mensch liegt wie in den Falten von Gottes Mantel.

Am Abend erreichten sie endlich das weite Tal. Der Wald rückte wieder bis an den Fluß vor . . . nur ein Streifen von etwa zwanzig Metern blieb zwischen Wasser und Bäumen. Ein sanft sich senkendes Ufergelände, von dem Putkin lauthals behauptete, unter dem Schnee liege Sand. Noch einmal blickte Andreas kritisch zurück, war mit dem »Sicherheitsabstand« zu der Felsenröhre einverstanden und stach seine Skistöcke in den Schnee.

»Hier! Putkin . . . hier!«

»Lob und Preis sei dem Kolumbus von Sibirien!« sagte Putkin und warf seine Lasten ab. Er hatte zwei Säcke getragen, weil Nadeshna nur noch schwankend, mit weit offenem Mund, ihnen hatte folgen können. Nachdem Putkin ihr den Verpflegungssack abgenommen hatte, war es besser gegangen. Es war unheimlich, welche Kraft dieser Kerl besaß. Wie allen mußte die Müdigkeit auch ihm bis in die Knochen gedrungen sein, aber keiner sah es ihm an. »Ich muß Ihnen widerwillig recht geben, Andrej: Das ist ein schöner Platz. Wenn es Sommer ist, muß es sich hier leben lassen wie an der Riviera von Sotschi.«

Sie setzten sich erschöpft auf die Säcke, sahen über den zugefrorenen Fluß, zurück zu dem Felsental und dem Hügel, an dem sie bald zerbrochen wären, und erkannten erst jetzt, was sie hinter sich gebracht hatten.

»Es ist unglaublich, was ein Mensch leisten kann«, sagte Nadeshna. Ihre helle Stimme vibrierte stark. »Aber jetzt ist es zu Ende. Ich werde in den Schnee fallen und schlafen . . .«

Es war nur so dahergesagt . . . Nadeshna tat es nicht. Der heranziehende Abend ließ es nicht zu, sich endlich auszustrecken. Putkin und Andreas schlugen die Zelte auf . . . nicht am Ufer, sondern im Wald, zwischen den Stämmen, in sicherer Entfernung vor einem Hochwasser, das man im Frühjahr erwartete.
Im Frühjahr . . . welch ein Gedankensprung! Der Winter hatte gerade begonnen, die Monate, die noch kommen würden, bargen genug Überraschungen.
Katja und Nadeshna bauten die Feuerstelle. Steine lagen genug herum, gutes, glattes Urgestein, das nicht in der Hitze zerplatzte. Sie schichteten sie zu einem runden Herd, füllten den Hohlraum mit Holz und bliesen dann Kopf an Kopf in die noch schwachen Flammen.
»Unsere Freude sollte uns nicht verleiten, planlos zu leben«, sagte Putkin später. Sie saßen um das hochflammende Feuer, aßen ein Stück von einem der Schneehasen, köstlich gewürzt mit Nadeshnas Kräutern, und tranken dazu heißes Wasser. Andreas hatte sich geweigert, Tee zu opfern, und Putkin wiederum hatte es abgelehnt, die Flasche Schnaps, die ihm Kyrill Jegorowitsch geschenkt hatte, anzubrechen. Erst zum Richtfest, hatte er gesagt. Es ist doch klar, meinte er, daß man jetzt ein festes Haus baue.
»Was tun wir zuerst?« fragte er. Morotzkij schlief noch immer, lag jetzt im Zelt und war mit Fellen gut zugedeckt. »Ich will nichts sagen, sonst heißt es wieder, ich habe die Schnauze vorn. Aber bedenkt, Freunde: Wir werden hier, an dieser Stelle, fünf Monate bleiben! Das ist eine Zeit! Da muß man überlegen, was alles geschehen kann mit uns, und darauf vorbereitet sein. Was also ist zu tun?«
»Wir bauen eine Hütte«, sagte Andreas. »Eine richtige, feste Blockhütte.«
»Mit einem großen, warmen Ofen aus Flußgestein«, sagte Nadeshna, als zähle sie ihre Wünsche für Weihnachten auf.
»Mit Bettgestellen und drei Kammern . . . für jede Familie eine. Putkin gilt allein als Familie«, sagte die Susskaja.
»Ein gutes Wort.« Putkin biß in den Hasenschlegel, riß das heiße, dampfende Fleisch vom Knochen, schlang es hinunter, schmatzte, wischte sich das Fett aus dem Bart und trank glucksend ein paar Schlucke des erhitzten Schneewassers. Es schmeckte nicht ganz so fad . . . Nadeshna hatte ein Gewürz hineingestreut, das einen säuerlichen Geschmack ergab. »Ein Haus! Ein starkes Haus! Andrej, seien Sie ehrlich: Wartet in Deutschland jemand auf Sie?«
»Meine Firma –«
»Keine lauwarme Antwort, Schurke.« Putkin stieß ihn mit dem halb abgenagten Hasenknochen an. »Ein Weib, meine ich.«

»Nein.«
»Lüge! Ein Kerl wie Sie, der unter jeden Weiberrock guckt, hat in der Heimat eine leere Matratze? Pfui Teufel, wie er lügt!«
»Es wartet niemand auf mich.« Andreas legte den Arm um Katjas Schulter. Sie kam ihm entgegen, drückte sich an ihn und schmiegte den Kopf an seine Schulter. Putkin betrachtete es mit einem innerlichen Knurren. »Wirklich niemand. Vielleicht, weil ich zuviel Frauen kenne . . .«
»Würden Sie in Rußland bleiben, Andrej?«
»Man würde es nicht zulassen.«
»Wissen Sie, was Katja Alexandrowna mit Ihnen vorhat? Quer durch Rußland in die Turkmenische Republik und dann nach Persien –«
»Sie sind ein ekelhafter Schwätzer, Igor Fillipowitsch!« sagte die Susskaja hart. »Und ein Hohlkopf dazu. Sie glauben wirklich alles, was man Ihnen sagt.«
In der Nacht – die anderen schliefen längst, und Putkins gewaltiges Schnarchen drang volltönend aus dem Zelt – saßen Katja und Andreas noch am Feuer, gegen die beiden Materialsäcke gelehnt, und streichelten ihre aufgetauten, jetzt von der Hitze der Flammen geröteten Gesichter, küßten sich oder sahen sich bloß stumm an, weil es keiner Worte bedurfte. Diese Augen, dachte Andreas. Diese Lippen! Diese Fingerspitzen, die wie glühende Punkte über mich gleiten. Ich werde nichts vergessen können, nichts mehr . . . an dieser Frau werde ich zugrunde gehen.
»Könntest du wirklich in Rußland bleiben?« fragte sie plötzlich. Er fuhr unter ihren Worten zusammen, als habe sie ihn geschlagen. Ihr Kopf lag jetzt in seinem Schoß, die Haare flossen über seine Schenkel, es war heiß vom Feuer her, sein um die Schulter gelegter und ausgebreiteter Fellmantel hielt die Wärme fest wie eine aufgespannte Wand, und Katja hatte ihre Pelzjacke geöffnet, seine Hände über ihre Brüste geschoben, und er spürte das Schlagen ihres Herzens, ein starker Schlag, voll von herrlichem Leben.
»Nur, wenn du bei mir bist, Katjuschka . . .«
»Ich bin bei dir, Andruscha . . .«
»Immer?«
»Bis zum letzten Atemzug.«
»Dann ist es gleichgültig, wo wir leben . . .«
»Auch in der Taiga?«
»Auch da.«
»Sollen wir hierbleiben, Andrej? Hier an diesem Fluß? In dem Haus, das wir bauen werden?«
»Und Putkin? Nadeshna und Morotzkij?«

»Sie können weiterziehen, wenn sie Lust dazu haben. Unsere Welt ist klein geworden, Andrej. Nur noch du und ich . . . aber es wird eine herrliche Welt sein. Wollen wir in der Taiga bleiben?«
Er nickte und suchte nach einem Wort, aber er fand es nicht. Er blickte von Katjas seligem Gesicht weg in die Dunkelheit. Das Eis des Flusses glitzerte im fahlen Licht eines verschleierten Mondes, die Gerippe der Bäume stachen in die Finsternis hinein, das Gurgeln des gefangenen Flusses klang zu ihnen wie das verzweifelte Atmen eines Erstickenden.
»Ja –« sagte er. »Wir wollen es versuchen –«
»Es wird unser Land sein.« Sie zog seinen Kopf zu sich hinunter und drückte ihn an ihre Brüste. »So weit du blicken kannst: Unser Land! Und keiner wird uns stören –«
Er roch ihren Körper, zerteilte alles, was auf ihm lag, mit den Händen und vergrub sein Gesicht in das volle, duftende Fleisch ihrer Brüste. So saß er eine ganze Zeitlang, betäubt von dem, was er gehört und geantwortet hatte und noch mehr betäubt von der Vorstellung, ein ganzes Leben lang in der Taiga, unter Bäumen und an einem Fluß verbringen zu müssen.
»Ich liebe dich, Andrej –« sagte die Susskaja. »Mein Gott, ein Mensch kann nur einmal so lieben . . .«
Das war es, was ihn besiegte. Es löschte alles in ihm aus, was einmal Andreas Herr gewesen war. Er war nur noch Andrej, der Verdammte, und da war nur noch Katjuschka . . .

17

Schon am nächsten Tag begannen sie mit dem Bau des Hauses. Andreas hatte auf ein Stück Sackleinwand den Grundriß gezeichnet und hielt den Plan Putkin unter die Augen, als dieser seinen morgendlichen Tee – das heiße Wasser mit den säuerlichen Kräutern – getrunken hatte.

»Diese deutsche Gründlichkeit!« sagte Putkin und schob Andreas' Hand weg. »Sie bekommen es fertig und machen auch noch eine statische Berechnung. Ein Blockhaus ist das selbstverständlichste Ding von der Welt: Ein Steinkranz als Fundament, darauf die Ringbalken, und schon geht's in die Höhe. Stamm auf Stamm in Kerbe, damit es schön dicht wird. Dann die Ritzen ausgestopft mit Moos oder was man gerade hat, sehen Sie da Probleme?«

»Ja.« Andreas betrachtete seine Zeichnung. »Beim Dach und bei den Bodendielen. Ihre Fäuste mögen wie Dampfhämmer sein, aber hobeln können sie nicht.«

»Es ist alles nur eine Zeitfrage, Andrej.« Putkin schmatzte an seinem Fladen herum, den Nadeshna in der Pfanne aus Weizenmehl, Wasser und Honig gebacken hatte. »Wir haben eine Axt und zwei Beile, zwei Feilen und drei Schraubenzieher. Das genügt.«

»Es wird eine Sauarbeit, Putkin.«

»Wozu haben wir den Fluß und seine Steine? Wir werden uns einen Hobel aus Steinen machen. Oder wollen Sie das Haus bei einem Schönheitswettbewerb melden? Die Stämme spalten wir, und dann geht's los mit dem Schaben, bis sie halbwegs glatt sind.« Er putzte die Hände an seinem dicken Fellmantel ab und begann, sich aus Kyrills fürchterlichem Tabak und einem Stück der letzten Seite der Prawda eine Zigarette zu drehen. »Sie auch, Andrej?«

»Bitte, aber keine solche Riesenwurst wie Ihre Papyrossa.«

Sie steckten die Zigaretten am Feuer an, husteten die ersten vier Züge, bis sie sich an den beißenden Qualm gewöhnt hatten, und warteten auf die Frauen. Sie waren noch im Zelt bei Morotzkij. Die Susskaja erneuerte den Verband und legte bessere Schienen an. Man hörte Morotzkijs Stöhnen bis zum Lagerfeuer und Nadeshnas zärtliche Worte, die ihn beruhigen sollten. Für den Fall, daß die Schmerzen zu

unerträglich wurden, hatte Andreas ein ganz kleines Stückchen des Wundertees geopfert.
»Was haben Sie die ganze Nacht gemacht?« fragte Putkin plötzlich.
»Geschlafen . . .«
»Der Bursche lügt schamloser als ein Kalmücke furzt«, sagte Putkin böse. »In der Nacht bin ich einmal aufgewacht . . . da waren Sie und Katja nicht im Zelt. Ist Ihnen das nicht zu kalt draußen im Schnee? Sie können's wohl überall, was? Selbst ein Schneehasen-Rammler würde sich's überlegen, das auf gefrorenem Boden zu machen.«
»Katja und ich haben über die Zukunft gesprochen, Putkin.«
»So kann man's auch nennen. Diskussion auf Nut und Feder –«
»Wer soviel und dämlich darüber spricht wie Sie, muß impotent sein. Können Sie sich keine andere nächtliche Unterhaltung vorstellen?«
»Mit Jekaterina Alexandrowna? Nein!« Putkin putzte mit einem Lappen seinen Bart ab. Aus dem Zelt klang Wimmern und Nadeshnas beruhigende Stimme. »Andrej, reizen Sie mich nicht. Impotent! Ein Putkin! Wenn es mir einfällt und ich kümmere mich um unsere Betschwester, dann sollen Sie mal die Jubelchöre hören, die sie singt!« Er beugte sich vor, hielt die Hände über das Feuer und drehte sie. »Teilen wir die Arbeit ein. Nach Plan arbeiten – ich meine damit nicht Ihre dumme Zeichnung, sondern den Arbeitsablauf – ist auch in der Taiga notwendig. Also, was wollen Sie: Verpflegung schießen oder Bäume fällen?«
»Ich fälle mit Ihnen die Bäume, und Katja schießt, wenn sie etwas findet.«
»Einverstanden.« Putkin erhob sich. Es war ein trüber Tag, der Himmel hing bis in die Spitzen der Bäume. Der Wind schlief noch, es würde sicherlich bald wieder schneien. »Da Sie ja alles besser wissen: Wo soll das Haus stehen?«
»Am Waldrand, ein paar Meter von der Böschung entfernt. Wenn im Frühjahr Schnee und Eis weg sind, bauen wir in den Hang eine schöne breite Treppe.«
»Mit breitem Geländer und Marmorstatuen drauf wie in Zarskoje Selo –«
»Vielleicht. Sie können ja einige Tiere ausstopfen, Putkin. Wir werden viel Zeit haben.«
»Glauben Sie? In einer Woche sind Sie krumm wie ein rheumatischer Hund, Andrej. Sie wissen nicht, was es heißt, vereiste Bäume zu fällen. Sie haben als Grubeningenieur Ihre Stützstempel immer sauber zugeschnitten geliefert bekommen. Hier müssen wir alles allein machen.«
Es wurde ein schwerer Tag.

Katja gelang es, einen Hasen und gegen Mittag sogar ein kleines Rentier zu schießen. An einem Strick schleifte sie es hinter sich her und rief schon von weitem:
»Hier steht eine ganze Herde! Ich habe das Kleine geschossen, weil es lahmte. Gibt es eigentlich so etwas wie ein Winterlager wilder Rentiere?«
»Eigentlich nicht. Rentiere sind Nomaden.« Putkin begutachtete das geschossene Tier. Er schwitzte gewaltig von der Arbeit an den vereisten Bäumen, aber den Pelz auszuziehen wäre jetzt tödlich gewesen. So dampfte er, wie aus einem Waschkessel gezogen, und Andrej lehnte schwer atmend an einem Baum, dessen Stamm sie bis zur Mitte durchgehackt hatten. Sechs Bäume lagen schon gefällt im Schnee, wahre Riesen, an denen Andrej zaghaft emporgeblickt hatte, als Putkin sie mit einem Axthieb zeichnete: Das sind sie! »Wenn die Herde hier steht«, sagte Putkin, »dann ist das hier ein guter Platz. Ein Tier merkt das sofort ... wir Menschen sind in dieser Beziehung die dümmsten Geschöpfe. Lassen wir uns überraschen.«
Am Nachmittag gab Andreas auf. Er konnte das Beil nicht mehr halten, es rutschte ihm einfach aus den Fingern, so fest er sie auch zusammenpreßte. Putkin nickte und schulterte die Axt.
»Brechen wir ab, Andrej. Sie haben sich gut geschlagen. Nach dem zweiten Baum dachte ich: Jetzt wirft er sich daneben. Aber nein ... wir haben noch neun Bäume umgelegt. Sie sind ein zäher Kerl. Das Training bei den Weibern muß doch einen Sinn haben.«
Im Lager hatten Katja und Nadeshna gut gearbeitet. Das Ren war ausgeweidet und zerteilt und schon zu eisenharten Stücken gefroren. Das Fell hatten sie an Pflöcken und in den Schnee gesteckten langen Aststangen aufgespannt, geschabt und ließen es nun vom Frost konservieren. Aber das war es nicht, was Andreas und Putkin zum Staunen brachte. Schon von weitem hörten sie rhythmisches Hämmern, so, als wenn jemand Blech bearbeitete. Dann sahen sie die Susskaja unten am Fluß sitzen, vor sich einen der dicken, rundgeschliffenen, zentnerschweren Steine, und auf diesem Stein bearbeitete sie das Stück Leichtmetall, das Putkin stur, wie er war, mitgeschleppt hatte. Zuletzt hatte Morotzkij darauf gelegen, es diente als glatte Unterlage zwischen Flechtschlitten und Pelzdecken.
Putkin schüttelte den Kopf. Was Katja da fabrizierte, sah rund aus ... mit Hammerschlägen trieb sie die Leichtmetallplatte zu einer Art Rohr.
»Was soll denn das?« fragte Putkin.
»Wenn Sie Phantasie hätten, könnten Sie erkennen, daß es ein Ofenrohr wird.«

»Aha! Wo Weiber sind, beginnt der Luxus! Wozu brauchen wir ein Ofenrohr?«
»Wie lange dauert der Hausbau, Putkin?«
»Einige Wochen –« sagte Putkin vorsichtig.
»Und solange leben wir in einem kalten Zelt? Warum? Nadeshna und ich bauen einen Steinofen, und den Rauch leiten wir mit diesem Rohr durch ein Loch im Zelt ins Freie. Ist das keine gute Idee?«
Putkin sah Andrej entgeistert an. »Haben Sie daran gedacht, Andrej?«
»Nein. Und dabei wäre es das Nächstliegende gewesen.«
»Ich nehme einen Teil meiner Philosophie zurück –« sagte Putkin, tätschelte das halbfertige Ofenrohr und dann Katjas erhitztes Gesicht. »Es ist doch ein gewisser Nutzen, daß es Weiber gibt . . .«
Sie ließen die Susskaja bei ihrem Steinamboß und stapften zum Lager. Dort war Nadeshna mit dem Abendessen beschäftigt, während Morotzkij neben dem Feuer lag, von Katja so steif geschient, daß er sogar protestiert hatte und sich zu der Frage hinreißen ließ: »Wie, Dr. Susskaja, soll ich mit diesem Holzpanzer Nadeshna lieben? Erklären Sie mir das?« Und Katja hatte geantwortet: »Überlassen Sie das Nadeshna. Ich traue ihr genug Phantasie zu, dieses Problem zu lösen.«
»Sie haben mir immer noch nicht erklärt«, sagte Putkin, während sie müde durch den Schnee stapften, »was Sie mit Katja Alexandrowna über Ihre Zukunft besprochen haben.«
»Das ist schnell gesagt, Putkin: Wir wollen hierbleiben.«
Putkin blieb stehen, als wäre er gegen eine unsichtbare Wand gelaufen.
»Hier? In der Taiga?«
»Ja.«
»An diesem Fluß? Auf diesem Platz hier?«
»Er ist ideal, Putkin. Weit weg von den Menschen, wie es sich für ein Paradies gehört. Wir werden Rentiere einfangen und abrichten . . . und im Sommer wird es keine Höllenwanderung sein, wieder den Hügel dort zu überklettern und Väterchen Kyrill zu besuchen. Wenn er 45 Jahre hier glücklich war, warum können wir das nicht auch?«
»Haben Sie das den anderen schon gesagt?«
»Nein. Im Frühjahr kann jeder machen, was er will.« Andrej blickte hinüber zu Katja. Ihr Hämmern hallte laut durch die Stille. »Sie schlagen sich selbstverständlich durch, Igor Fillipowitsch, nicht wahr?«
»Natürlich! Was soll ich hier?«
»Und wenn Sie draußen sind, kassieren Sie einige tausend Rubel

Kopfgeld für uns. Es kommt allerhand zusammen: Der gesuchte Kosakenrittmeister Kyrill Jegorowitsch Kirsta, der Mörder Morotzkij, die Bibel- und Priesterschmugglerin Nadeshna Abramowa, die flüchtige Ärztin Susskaja . . . da klingelt es in der Handfläche.«

»Trauen Sie mir das zu?« fragte Putkin dumpf.

»Ja.«

»Diese dämliche Ansicht der Deutschen, wir Russen seien alle Untiere! Das hängt fest, was? Das läßt sich nie korrigieren! Das ist euer historisches Marschgepäck! Wann lernt man endlich begreifen, daß auch hinter der Oder Menschen leben? Welch ein Schwachsinn: Rubel für eine Anzeige. Man wird mich brüderlich küssen, mir eine Belobigung aussprechen, mich vielleicht zum Oberingenieur befördern, es kann auch sein, daß ich einen Vortrag anhören muß über die Pflichten eines Sowjetbürgers und seinen ständigen Kampf gegen reversible Kräfte . . . Andrej, warum halten Sie mich für ein Ungeheuer?!«

»Weil Sie undurchschaubar sind. Mal sind Sie ein Berg aus Gemeinheit, mal ein Klumpen reiner Kindlichkeit. Dann wieder sind Sie gefährlich wie eine geschärfte Sprengladung, und plötzlich traut man ihnen zu, daß Sie weiße Mäuse streicheln.«

»Bin ich so?« Putkin sah Andreas staunend an. Die Augen in diesem von Haaren überwucherten Gesicht waren von einem tiefen Blau. Verblüfft sah Andreas das zum erstenmal. Ein so klares Blau, daß er unwillkürlich zum Himmel blickte, ob es nicht eine Spiegelung sein könnte. Aber der Himmel war grau und trübe und voll von Schnee. Warum er nicht platzte, war ein Rätsel. »Das hat mir noch keiner gesagt.«

»Sie hatten alle Angst.«

»Und Sie haben keine Angst, Andrej?«

»Nein.«

»Aha! Aha! Warum nicht?«

»Ich bin glücklich, Putkin. Und es ist ein verdammt hart erobertes Glück . . . und es werden Monate kommen, in denen Katja und ich um dieses Glück kämpfen müssen. Ein ständiger Kampf gegen diese gewaltige Natur: Gegen den Wald, den Fluß, den Himmel, die Tiere . . . gegen die Krankheiten, die uns befallen werden, und gegen die eigene Schwäche, doch noch aufzugeben. Wenn man das alles durchsteht, Putkin, aus Liebe durchsteht, wo bleibt da noch Platz für die Angst vor einem Monstrum wie Sie?«

»Andrej, Sie sind wirklich ein glücklicher Mensch.« Putkins Augen kamen näher. Ehe sich Andreas wehren konnte, fühlte er sich gepackt, an die breite Pelzbrust gezogen und spürte Putkins dicke Lippen auf seinen Wangen. Links, rechts, links . . . drei Bruderküsse, die schon mehr drei Schläge waren, so intensiv und kräftig demonstrierte Putkin seine Zärtlichkeit. »Sie haben Katja Alexandrowna –« sagte er nach diesen gewaltigen Küssen. »Wenn ich Nadeshna, die Betschwester, wäre, würde ich sagen: Danken Sie Gott –«

Vom Feuer zog der würzige Duft des Hasenbratens herüber. Katja hämmerte noch immer an ihrem Ofenrohr. Der graue Himmel schwärzte sich von innen heraus. Es wurde Abend, und es würde in dieser Nacht wieder schneien. Der Himmel konnte die Last unmöglich länger halten.

»Ich trete auf meinen Magen –« sagte Putkin. »Haben Sie jemals einen köstlicheren Duft eingesogen? Nadeshnas Hasenbraten, mit Thymian eingerieben. Ha, ich könnte sie aus Dankbarkeit notzüchtigen!« Er hielt Andreas fest, der weitergehen wollte, und zog ihn zurück. »Andrej, noch kein Wort zu den anderen. Laß es erst Frühling werden.«

Andreas nickte. Wann ist Frühling? dachte er. In fünf oder sechs Monaten. Wie sehen wir dann aus –

18

Das Haus wuchs schneller empor, als man berechnet hatte. Putkin und Andreas schufteten wie Maschinen, bei denen der Maschinist nicht mehr weiß, wie man sie abstellen kann. Die Bäume krachten zur Erde, riesige Berge Astwerk türmten sich rund um das Zelt, und Nadeshna bemühte sich wirklich, daraus Reisigbündel zu machen, sie zu trocknen und für Wochen Brennmaterial zu schichten. Sogar der eingeschiente Morotzkij half mit. Er schnitt, auf dem Rücken liegend und die Äste über sich ziehend, mit einem Messer, das Putkin an einem Stein scharf geschliffen hatte, lange Zweige ab und schichtete sie neben sich.

Die Schmerzen hatten nachgelassen, die Knochen begannen, wieder zusammenzuwachsen. »Sie sind ein medizinisches Rätsel«, sagte die Susskaja einmal zu Morotzkij. »Ihre Knochen sind morsch wie bei einer Mumie, aber wenn sie gebrochen sind, produzieren sie genug Kallus, um sich wieder zu festigen. Das ist Unlogik in Ihrem Körper, Semjon Pawlowitsch. Wenn das so weitergeht, können Sie in sechs Wochen wieder stehen.«

Das Ofenrohr war ein Gebilde eigener Art geworden. Da sie weder löten noch nieten konnten, hatte Andreas ein paar Nägel geopfert und damit notdürftig die übereinandergebogenen Blechenden zusammengehalten. Bei einer Probe aber zeigte es sich, daß die ganze »Naht« entlang der Rauch entwich und damit der Sinn eines Rauchabzuges nicht erreicht war.

»Weint nicht, Kinderchen«, sagte Putkin, als man um das der Länge nach qualmende Rohr hockte und überlegte. Er stellte einen Brei aus Erde und Gras her – wozu man erst einen Flecken Erde freischaufeln mußte – und schmierte damit die Naht des Rohres zu.

»Man muß es ab und zu erneuern«, sagte er dann. »Aber wir haben jetzt Zeit, uns etwas Geniales einfallen zu lassen.«

Der Ofen in dem Zelt, ein schöner, dicker Steinkranz mit flachen, breiten Steinen als Ofenplatte, erwies sich als ein wahrer Segen. Der Rauch zog tatsächlich durch das Rohr ab, es verbreitete sich eine herrliche Wärme, man konnte ohne die Pelze leben, ja, man zog sich bis aufs Hemd aus und genoß es, in einer überheizten Luft zu leben, während draußen die Bäume unter dem Frost aufbrachen und Stämme sich spalteten, als sei der Blitz in sie gefahren. Als zum erstenmal Feuer im Zelt brannte, standen sie alle draußen vor dem Ofenrohr, und als die erste Rauchwolke hervorquoll und weißgrau in die kalte Luft schwebte wie ein abgerissener langer Bart, umarmten sie sich alle, lachten wie die Kinder und gaben Morotzkij zur Feier dieses Tages ein Stückchen Preßtee zum Kauen.

An diesem Abend lag Putkin nackt im Zelt und badete sich in der Wärme. Er lag da ohne Scham, ein Muskelberg, säuerlich nach Schweiß stinkend, behaart wie ein Riesenaffe, streckte alle viere von sich, grunzte tief und zufrieden und ließ erst von dieser wahren Orgie der Zufriedenheit ab, als Andreas sagte:

»Igor Fillipowitsch, mit Ihrem Hintern verhindern Sie, daß Nadeshna eine Suppe kocht.«

Und Putkin antwortete: »Man soll mich steinigen oder enthäuten, wenn ich Nadeshna hindern sollte, mir etwas zu essen zu machen!«

Diese schöne Eintracht dauerte drei Tage ... dann war man wieder soweit, sich die Köpfe einzuschlagen. Putkin lauerte Nadeshna hinter dem Zelt auf, wo sie den Topf mit Sand auskratzte und dann mit Schneewasser nachspülte, griff ihr wortlos in die Bluse, dann mit der zweiten Hand unter den Rock, hob mit diesem Spezialgriff die vor Schreck Erstarrte hoch und schnaufte: »Hoiho! Es reiten die Kosaken nicht nur dem Pferd im Nacken –«

Weiter kam er nicht. Nadeshna, die noch den Topf in der Hand hielt, schlug zu, es schepperte laut, der zweite Schlag traf Putkins Stirn mit der Kante und riß eine Platzwunde auf. Bevor sie zum drittenmal zuschlagen konnte, ließ Putkin sie in den Schnee fallen und trat nach ihr wie nach einem streunenden Hund. Nadeshna schrie auf, wurde von dem Tritt weggeschleudert, blieb neben den aufgestapelten Reisigbündeln liegen und krümmte sich im Schnee. Ihre Beine zuckten und wirbelten weiße Wolken auf.

Aus dem Zelt krochen Katja und Andreas. Sie sahen zunächst nur Putkin, dem das Blut über das Gesicht strömte. So eine Platzwunde am Kopf blutet gewaltig und verbreitet weit mehr Schrecken, als es nötig ist. Erst dann sahen sie Nadeshna, ein kleines, verkrümmtes, zuckendes Bündel, das den Schnee aufwühlte.

»Das Untier!« sagte Andreas und kam langsam auf Putkin zu. »Vorgestern ein Kind, gestern ein Freund, heute eine Bestie! Die vielen Gesichter des Igor Fillipowitsch. Wäre es nicht am besten, nur noch eins zu haben ... ein ruhiges, friedliches, totes Gesicht?«

»Bleib stehen, Andrej!« schrie die Susskaja hinter ihm. Dann rannte sie an ihm vorbei, stieß im Vorbeilaufen Putkin mit beiden Fäusten

gegen die Brust, daß es dröhnte wie auf einer Kesselpauke, erreichte Nadeshna und drehte sie auf den Rücken.
»Ja, bleib stehen, Andrejuscha!« schnaufte Putkin. »Du verdammter, speichelnder Zwerg! Bist du ihr Vorhängeschloß? Ich habe sie angefaßt, jawohl! Nacht für Nacht höre und sehe ich euch, wie ihr wie die Katzen aufeinanderhängt ... und wer kümmert sich um mich? Bin ich kein Mann, he? Soviel Bäume kann ich gar nicht fällen, um lahm in den Lenden zu werden. Aber keiner hat Mitleid, keiner denkt daran ... und jeden Abend das gleiche. Nadeshnas zuckender Hintern, Katjas pendelnde Brüste ... und ich liege dazwischen und kaue an meinem Bart herum! Ist das eine gerechte Verteilung? Ist das ein echtes Kollektiv? Eine Hölle ist das! Wundert euch nicht, wenn ich euch eines Tages erschlage, um die Weiber allein zu haben!«
Die Susskaja hatte Nadeshna aufgehoben. Schwankend kamen sie jetzt zum Zelt. Katja stützte die wimmernde Abramowa und trug sie fast über den Schnee.
»Er hat sie getreten –« sagte Katja, als sie an Andreas vorbeiging. »Dieses Vieh hat sie in den Leib getreten ...«
»Was nun?« sagte Putkin. Er schüttelte die gespreizten Hände und stand da wie ein Koloß. »Gehen wir aufeinander los, Andrej? Komm her, mein Brüderchen. Es wäre eine gute Lösung ... du bist der einzige, der mir im Wege steht. Morotzkij ... ihn knacke ich wie einen Floh. Aber du hast Kraft, ich hab's an den Bäumen gesehen, du bist ein gefährlicher Bursche, mein Hengstchen ... Kennst du die Geschichte von den beiden Bären, die sich so lange um ein Weibchen rauften, bis ihnen vor Altersschwäche die Zähne ausfielen? Soll's so bei uns werden?«
»Was bist du bloß für ein Mensch, Igor?« sagte Andreas leise.
»Jetzt bin ich ein Mann, dem die Hose zu eng ist. Wie willst du das abstellen, du Klugscheißer?«
Sie standen sich gegenüber wie damals vor den Flugzeugtrümmern, nur war alles jetzt viel ernster und auswegloser. Damals regierten nur der Jähzorn und die Wut auf alles, was Kirche heißt ... an diesem Mittag aber machte sich eine Urkraft frei, die mit nichts mehr zu besänftigen war.
Putkin sah schrecklich aus. Aus seiner Platzwunde an der Stirn rann noch immer das Blut, lief über sein behaartes Gesicht und gefror in seinem Bart zu roten Eiszapfen.
»Soll ich mich aufs Eis werfen und den Fluß lieben?« schrie Putkin.
»Vielleicht hilft es, Igor Fillipowitsch ...« sagte Andreas heiser vor Entsetzen. Was wird nun kommen, dachte er. Werden wir uns umbringen? Ich habe keine Angst mehr, habe ich einmal zu Putkin ge-

sagt. Das war ein großes Wort. Natürlich habe ich jetzt Angst. Nicht um mich, ich war nie ein feiger Mensch ... aber welch eine Hölle hinterlasse ich Katja, wenn Putkin mich jetzt tötet ...
Im Zelteingang erschien wieder die Susskaja. Sie hielt das Gewehr vor sich und zielte auf Putkins Brust.
»Tiefer, mein Täubchen, tiefer!« schrie Putkin. »Schieß ihn weg, damit es Ruhe gibt!« Er griff in die Tasche, holte die alte »Prawda« heraus, riß von der letzten Seite einen Fetzen ab und klebte ihn sich auf die Platzwunde. Dann ging er langsam auf Katja zu, mit hängenden Armen, gesenktem Kopf und den Händen in den Taschen seines Pelzmantels. »Warum schießt du nicht?« sagte er dabei. »So schieß doch, mein wildes Schwänchen! Ich werde es immer wieder tun, immer wieder. Ist das kein Grund für einen Mord?«
Er ging tatsächlich weiter, als die Susskaja den Finger am Abzug krümmte und nur ein winziger Ruck ihn noch vom Tod trennte. Das war so erschütternd, wie ein Mann kraftvoll in seine eigene Hinrichtung hineingeht, daß Katja das Gewehr absetzte und mit einem Blick zu Andreas hilflos die Schultern hob.
»Keiner kann mir helfen –« sagte Putkin und blieb stehen. »Kein Weib und keine Kugel. Was soll ich tun? Warum weiß denn keiner eine Antwort ...«

In der Nacht versuchte der bis zur Hüfte in Holz eingeschalte Morotzkij, sich Zentimeter um Zentimeter an den schnarchenden Putkin heranzuschieben. Nadeshna lag mit leise röchelndem Atem neben dem Ofen. Putkins Tritt hatte keine inneren Verletzungen hinterlassen, die Susskaja hatte sie genau untersucht und immer wieder die Schleimhäute nachgesehen, ob sie blaßrosa würden, was auf eine innere Blutung hindeutete. Aber nichts geschah ... der Schmerz wurde mit ein paar Krümeln von Kyrills Tee betäubt, nur der Schock blieb zurück und der Haß.
Leise, mit zusammengebissenen Zähnen, rutschte Morotzkij auf Putkin zu. Es war der Weg einer Schnecke von Moskau bis Leningrad, so kam es Morotzkij vor. Jeder Zentimeter, den er mit seinen steifen, eingeschienten Beinen überwand, verdoppelte seinen Entschluß, bis er neben seinem lahmen Leib auch noch einen Berg aus Rache und Mordbereitschaft mit sich vorwärts schleppte.
Da er die Hände brauchte, um sich abzustoßen und weiterzuschieben, hatte er das Messer zwischen die Zähne geklemmt und biß darauf, als wolle er eine Rille in die Klinge pressen. Ein paarmal hob er den Kopf und starrte durch die Dunkelheit des Zeltes. Putkin war nicht zu verfehlen ... sein weißer Kopfverband schimmerte durch die Finsternis.

Drei Handbreit tiefer, dachte Morotzkij. Da ist die Kehle, eine gute Stelle. Das Herz kann man verfehlen, aber die Kehle, da ist er garantiert zu töten. Ein Stich und ein schneller Schnitt mit der von ihm selbst so herrlich geschärften Klinge. Das wird auch ein Putkin nicht überleben. Und dann ist Ruhe um uns, endlich Ruhe.
Er rutschte weiter, stieß an einen Körper und sagte sich, daß es Katja Alexandrowna sein müsse. Um an Putkin heranzukommen, mußte man um sie herum kriechen, sie lag quer vor Putkin wie ein Wall, ein Hindernis, das mit seinen geschienten Beinen nicht zu übersteigen, sondern nur zu umgehen war.
Morotzkij starrte durch die Dunkelheit auf den weißen Kopfverband. Welch ein neuer Weg, dachte er. Unendlich wie von Moskau zum Kap Deschnew. Aber er ist zu überwinden, die Nacht ist noch lang, und Zentimeter reiht sich an Zentimeter, und jeder Zentimeter ist ein Tropfen Haß mehr.
Um Katja Alexandrowna herum . . . und dann hinein in diesen dicken, widerlichen, ewig brüllenden Hals!
Morotzkij schaffte es nicht. An Katjas Füßen gab er auf. Seine Beine besiegten ihn, die Schmerzen in seinen Knochen zerschlugen seinen Mut. Er preßte das Gesicht auf den mit Fellen belegten Zeltboden, krallte die Hände in die Pelze und weinte lautlos in sich hinein.
Andreas, der zuerst erwachte, fand ihn am Morgen, nur eine Armlänge von Putkin entfernt, in einem ohnmächtigen Schlaf. Das Messer lag noch unter Morotzkijs Kopf.

Nach sieben Wochen stand das Haus.
Es war kein Tag der Freude . . . man stand um das etwas schiefe Bauwerk herum und wußte, daß dieses Haus, diese stabile, massige Blockhütte mit dem merkwürdigen Dach, das aus Rundstämmen, buckeligen Brettern, dazwischengezogenen Zeltplanen und großen flachen Steinen bestand, die Hälfte ihrer Kräfte gekostet hatte. Ob die andere Hälfte ausreichte, ein Leben in der Taiga zu führen, wußte man nicht.
Putkin hatte sein Versprechen gehalten: Er hatte die einzige, wie ein Heiligtum gehütete Flasche Schnaps von Väterchen Kyrill geöffnet und ließ sie kreisen. Auch Morotzkij stand vor dem Haus . . . seit einer Woche konnte er auf Krücken stehen, die natürlich Putkin geschnitzt hatte. Noch hielten Schienen seine Beine steif, aber wenn er vorsichtig auftrat, die Krücken etwas lockerte, hatte er das Gefühl, sich selbst wieder tragen zu können. Vor allem aber konnte er jetzt mitarbeiten. Er schwang sich auf seinen Krücken hin und her, flocht Matten aus aufgetauten, biegsam gemachten und angewärmten

Zweigen, nahm Fische aus und hatte eine ganz raffinierte Tierfalle konstruiert.
Überhaupt Fische!
Wenn die Flüsse in Sibirien zugefroren sind, heißt das nicht, daß nun die Fische wie in einem Paradies leben. Die Jagd geht weiter, denn so ein dicker Fisch aus einem sibirischen Strom hat alles, was ein Mensch im Winter braucht: Fett und Eiweiß. Und so schlägt man Löcher in die Eisdecke, legt sich daneben, hängt einen Faden mit dem Köder hinein oder wartet still und unbeweglich wie eine Katze vor dem Mauseloch, bis unten im klaren Wasser ein schöner, gutmütiger und sich sicher wähnender Fisch vorbeischwimmt. Dann stößt man blitzschnell mit einer Art Dreizack zu und hebt den zappelnden Kerl auf das Eis. Aber gelernt muß das sein! Man muß zustoßen können wie ein fallender Habicht, man muß genau zielen und den Fisch sofort durchbohren, sonst macht er eine schnelle Bewegung und taucht in die Tiefe.
Putkin entwickelte darin keine Meisterschaft, er war nicht schnell genug. Hier war ihm Andreas überlegen, der mit jedem Stich etwas aus dem Eisloch holte und mühelos das Mittagessen zusammenbrachte. Putkin beschränkte sich auf seine Schnüre, aber er tat es mit System. Im Laufe der Wochen hatten sie beide zehn Löcher in die Eisdecke gehackt . . . zwei große für Andreas' Dreizack, den er sich selbst aus einem Eisenrohr gehämmert hatte, und acht kleinere, in denen Tag für Tag Putkins Schnüre hingen mit kleinen Rentierstückchen als Köder.
Sieben Wochen Kampf mit dem Holz . . . er war nun gewonnen. Das Haus stand, hatte wirklich drei kleine Zimmer, eine Tür, die an Lederriemen hing, einen Ofen, der – wie Morotzkij gelehrt sagte – in seiner urbanen Kraft das Schönste sei, was er je an Ofen gesehen habe; es gab eine Eckbank, einen Tisch und Nägel in den Balken, an denen man endlich seine Kleider aufhängen konnte. Draußen waren sieben Rentierfelle aufgespannt, neun Schneehasenbälge pendelten im Wind, in der Vorratskammer, einem Iglu aus festgeklopftem Schnee, lagen Fleisch und Fisch, vom Frost konserviert. Der Winter war nicht mehr der tödliche Gegner, er war wieder zu einer Jahreszeit geworden, deren Ende man abwarten konnte.
»Nun ist das Haus begossen«, sagte Putkin, nachdem die Schnapsflasche halb geleert war. Morotzkij, der nie ein großer Trinker gewesen war, zeigte schon glasige Augen und grinste blöd. »Wer betritt es zuerst?«
»Sie, Igor Fillipowitsch«, sagte die Susskaja. »Sie haben den Wald besiegt.«

»Aber ich bin ein Junggeselle, schöne Dame. Zuviel Ehre für mich, so ein schönes Nest in Besitz zu nehmen. Andrej, Sie haben noch vieles vor, wie man weiß . . . gehen Sie zuerst.« Putkin hob die Flasche hoch und hielt sie gegen das fahle Tageslicht. »Ich erlaube mir als Gegenleistung, den Rest zu saufen.«
Andreas blickte Katja an. Sieben Wochen Arbeit hatten auch sein Gesicht geprägt. Sieben Wochen Kampf gegen diese gefrorenen Stämme hatten ihn verändert. Er sah jetzt aus wie ein kleinerer Bruder Putkins, ging wie dieser, hatte die gleichen, vom Baumharz gegerbten, schwarzbraunen schwieligen Hände und dachte oft schon wie Putkin nur an das unmittelbar Gegenwärtige.
»Bleibt es dabei?« fragte er leise.
Die Susskaja nickte. Ihr Lächeln hatte nichts von dem unwiderstehlichen Zauber verloren, aber es war fraulicher geworden.
»Es bleibt dabei, Andrejuscha.«
»Unser Haus?«
»Bis an unser Ende –«
Sie faßten sich an der Hand und gingen auf die Tür zu, die weit offen stand. Der Ofen brannte noch nicht, aber seine Brennkammer war mit trockenem Holz gefüllt und wartete auf das Feuer. Hinter ihnen begann Nadeshna zu singen, natürlich ein frommes Lied, und Putkin brüllte seltsamerweise nicht dazwischen und übertönte sie nicht mit schweinischen Versen. Auch Morotzkij sang, und das klang schauerlich, denn er hatte eine zwar laute Stimme, aber sie klang, als wenn man zwei Feilen aneinanderreibt.
An der Tür blieb Andreas stehen, hob Katja mit einem Schwung auf seine Arme und trug sie ins Haus hinein. Vor dem Ofen setzte er sie wieder ab, sie umarmten und küßten sich und fuhren erst auseinander, als Putkin mit wirklichem Zartgefühl Andreas das Knie in den Hintern stieß.
»Das Feuer, du romantischer Idiot!« knurrte er. Er hielt ein flammendes Holzscheit in der Hand und drückte es Katja in die zitternden Finger. »Das ist Ihre Arbeit, Katja Alexandrowna. Ein Ofen, der nie ausgeht, ist ewiges Leben. Man sagt das so, auch wenn es Quatsch ist.«
Er wandte sich ab und ging hinaus. Er schämte sich seiner Weichheit und Rührung, stapfte hinunter zu seinen Eislöchern und kontrollierte die Fischschnüre. Erst als aus dem Kamin der dichte Rauch quoll, Katja in der Tür erschien und ihm zuwinkte, warf er die gefangenen Fische über die Schulter und kam zurück.
Und noch etwas geschah an diesem Tag: Nadeshna hängte ein Gemälde auf.
Man sei darüber nicht so verwundert . . . Holzkohle hatte man genug,

wenn das Feuer verglommen war, und ein Stück Leinwand konnte man sich aus einem Sack schneiden, der nach dem Einsatz der Werkzeuge im Wald leer geworden war. So hatte Nadeshna mit einer schönen Kohlezeichnung begonnen, ohne daß es die anderen – außer Morotzkij natürlich – merkten. Jetzt aber, zum Einzug in das neue Haus, heftete sie ihr Werk an die Wand neben der Eckbank, und Morotzkij reichte ihr die Nägel zu, die sie einschlug.

Es war ein schönes Bild, ohne Zweifel. Nadeshna Iwanowna Abramowa war ein begabtes Mädchen, das zeigte sich jetzt. Wäre sie nicht Lehrerin geworden, hätte sie eine Zukunft als Malerin gehabt. Nur hatte das Bild – in dieser Umgebung vor allem – einen Fehler: Es zeigte das falsche Motiv.

Nadeshna hatte eine Madonna gemalt. Eine von Blumen umgebene, lächelnde, sanfte, sehr irdische und doch dem Himmel nahe Madonna.

Schweigend sahen die anderen zu, wie sie das Bild an die Wand heftete. Dann schielten sie alle wie auf ein Kommando zu Putkin. Betrachtete er es als persönliche Provokation, oder begriff er, daß in diesem Bild die ganze Sehnsucht einer in der Taiga gefangenen Seele steckte? Stürzte er sich auf das Bild, riß es von der Wand und zerstampfte es unter seinen klobigen Stiefeln? Oder tat er nur eins, was für Nadeshna noch schlimmer war: Trat er heran und bespuckte die Madonna?

Putkin zog das Kinn an und stierte auf das Bild. Morotzkij legte schützend den Arm um Nadeshna. Katja und Andreas suchten in Putkins Gesicht jenes verräterische Zucken, das immer einem Ausbruch vorauslief.

Aber nichts geschah. Putkin betrachtete das Bild, wiegte den Kopf hin und her und sagte dann ruhig: »Nadeshna, wo haben Sie das gesehen? Die Madonna hat links eine größere Brust als rechts!«

Sie hielten alle den Atem an, aber dann platzte das Lachen aus ihnen heraus wie eine Explosion. Sie bogen sich vor Lachen, die fürchterliche Spannung nicht nur dieser Stunde, sondern aller Wochen entlud sich in diesem brüllenden Gelächter. Es war fast schon hysterisch und an der Grenze des Irrsinns.

Aber es war nicht daran zu deuteln, es stimmte, was Putkin sagte: Nadeshnas Madonna hatte links eine größere Brust.

19

Zufälle sind es meistens, die unser Leben bestimmen.
Das hört niemand gern, denn jeder will irgendwie und irgendwann sein Leben selbst geformt haben, aber wenn man's genau überlegt, waren es doch immer die nicht eingeplanten Dinge, die einen weitertrugen oder festhielten, in eine andere Richtung wiesen oder zur Umkehr zwangen. Genau betrachtet ist das Leben eines Menschen eine Anhäufung gelebter Zufälle. Zarte Gemüter nennen Zufälle poetisch Schicksal, religiöse bezeichnen so etwas als Gottes Fügung . . . was Igor Fillipowitsch Putkin an diesem Nachmittag auf dem Eis des noch unbekannten Flusses erlebte, konnte weder Schicksal sein, denn so hinterlistig ist das Schicksal nicht, und schon gar nicht Gottes Fügung, denn so gemein ist kein Gott. Es war eben nur ein Zufall – aber was für einer!
Es begann mit der nüchternen Überlegung, daß die Fische nun langsam wußten, was die Löcher im Eis zu bedeuten hatten, und deshalb einen anderen Weg unter der Frostdecke nahmen. Putkins Schnüre blieben immer öfter unberührt, und Andreas lag oft eine Stunde bäuchlings auf dem Eis, starrte ins Wasser und sah nichts, was er stechen konnte.
»Schlagen wir neue Löcher«, sagte Putkin. »Keiner soll sagen, Fische seien dumm. Sie haben uns durchschaut. Wir verlegen jetzt die Plätze mehr zum Ufer. Ich schwöre bei meiner Sehnsucht nach Weibern: Dort müssen ein paar fette Burschen stehen!«
Am Nachmittag begann Putkin mit dem Aufschlagen der Eisdecke, während Andreas Holz hackte und die Scheite an der Hauswand aufschichtete. Morotzkij schwebte in sieben Seligkeiten . . . Katja Alexandrowna hatte ihm von einem Jagdausflug eine dicke Krähe mitgebracht. Nicht geschossen, sondern lebend. Ein Prachtexemplar von Krähe, das sich das linke Bein gebrochen hatte und Morotzkij sofort zur Begrüßung in den Finger hackte.
»Eine Krähe, die sich das Bein bricht . . . genau das paßt zu Ihnen, Professor«, hatte Putkin gesagt. »Fragen Sie sie mal, wie dämlich man als Krähe sein muß, damit so etwas passiert.«
Genau das tat Morotzkij. Er schiente das Bein, band sie mit dem ande-

ren Bein fest und begann, sich in der Lautmalerei der Krähensprache mit ihr zu unterhalten. Das klang absurd, Putkin sagte voraus, daß er das schwarze Biest bald erwürgen würde, bellte die Krähe an wie ein riesiger Hund und erreichte dabei, daß das Tier jedesmal herzerweichend kreischte, wenn es Putkins ansichtig wurde.
Das Krachen der Schläge hallte hell durch die stille Landschaft, als Putkin begann, in Ufernähe sein viertes Loch in die Eisdecke zu schlagen. Es war keine große Arbeit, das Eis brach schnell ein, und unter dem Eis war kein Wasser, sondern Ufersand. Es mußte eine Sandbank sein, die in den Fluß hineinragte und die gerade überspült worden war, als der Frost einsetzte. Fluchend warf Putkin die Axt weg, bückte sich, griff in den Sand und riß ein großes, gefrorenes Stück los. »Sand!« brüllte er zu Andreas hinüber, der gerade neue Scheite stapelte. »Habe ich es nicht gesagt? Sand! Hier werden wir im Sommer liegen wie die Pensionäre am Schwarzen Meer!«
Er spielte mit dem Sandklumpen, als wäre er ein Ball, warf ihn hoch in die Luft, fing ihn wieder auf und hauchte ihn dann mit seinem dampfenden Atem an, um ihn aufzutauen. Das schien zu gelingen, goldgelbe Körner rannen durch seine Finger, aber plötzlich stutzte Putkin, ballte die Faust um den Rest Sand und blickte über den Fluß.
»Das ist nicht wahr«, sagte er leise. Und dann lauter und immer lauter werdend, bis es zu seinem typischen Gebrüll wurde: »Das ist nicht wahr! Andrej! Andrej! Das ist nicht wahr! Andrej!«
Er rannte zur Hütte zurück, die geschlossene Faust vorgestreckt; die Susskaja stürzte aus dem Haus, Nadeshna folgte ihr, komischerweise das Gewehr in den Händen, dann erschien sogar Morotzkij, an einer Krücke humpelnd, in der anderen Hand ein langes Messer. Andreas griff sein Beil fester. Ging es wieder los? War der andere Putkin, das Monster, wieder erwacht?
Putkin rannte wie um sein Leben, die geschlossene Faust noch immer vorgestreckt, hielt dann vor den anderen an und öffnete die Hand.
»Was ist das?« schrie er. »Andrej, was ist das? Sag es laut, ganz laut, mein Brüderchen . . .«
»Sand.« Die Susskaja starrte den wie irren Putkin an. »Sand . . .«
»Seid ihr denn alle blind?« Es war fast ein Heulen, das aus Putkin herausbrach. »Sand! Sand! Was für ein Sand? Habt ihr denn keine Augen?«
Andreas ergriff Putkins Hand, holte sie zu sich heran und zerteilte die jetzt trockenen Körner. Dann stutzte auch er und beugte sich tiefer über Putkins Hand.
»Na?« brüllte Putkin außer sich. »Sag es, Andrej, sag es. Sprich es aus! Was ist das?«

»Gold . . .« sagte Andreas gepreßt. »Mein Gott . . . goldhaltiger Sand . . .«
»Jawohl, Gold!« Putkin warf die Hand empor und ließ den Sand über seinen Kopf regnen. Er blieb in seinen Haaren hängen und rieselte in seinen Bart. Gelber Sand, in dem es ab und zu matt leuchtete. »Wir leben auf einer goldenen Erde!« schrie Putkin. »Wir haben unser Haus auf Gold gebaut. Halleluja in der Höhe!«
Er umarmte die Susskaja und Andreas und küßte sie ab, umarmte Nadeshna und Morotzkij und küßte sie gleichfalls unter lautem Schmatzen und vollführte dann einen Tanz durch den Schnee wie ein Ungeheuer aus der Urzeit. – Gold – Gold – Gold –

Putkins irre Begeisterung war berechtigt, wie sich schnell herausstellte. Zwei Stunden lang schlugen sie das Eis vom Uferrand weg, sogar Morotzkij beteiligte sich daran, obwohl er keuchte wie ein lahmer Esel und auf seinem verkürzten Bein herumhumpelte, als vollführe er einen zuckenden Tanz. Die Susskaja sammelte den Sand in einem großen Rentierfell, er war gefroren, mußte mit der Axt abgehackt werden, und Nadeshna taute ihn im Kochtopf über dem Herdfeuer auf.
»Na?« schrie Putkin in Abständen von wenigen Minuten immer wieder. »Na? Ist es Gold? Bringt es her, liebe Freunde, zeigt es mir, laßt es durch meine Finger rinnen . . . hier liegen Millionen Rubel, wir brauchen sie nur aufzuheben! Das ist jungfräuliches Land, zwischen den Schenkeln noch voller Geheimnisse. Andrej, dieser verfluchte Fluß hat goldene Ufer –«
Schwitzend, aus allen Poren dampfend, saßen sie dann vor der Hütte und suchten die kleinen Goldkörner zusammen, die Nadeshna aus ihrer Sandsuppe herausseihte. Sie ließ alles durch ihr grobgewebtes Unterhemd laufen, und was zurückblieb, waren neben Kieseln und Sandglimmer eine Menge gelber Körnchen.
»Das alles gehört dem sowjetischen Staat –« sagte Morotzkij geradezu provozierend. »Das ist Ihnen doch klar, Igor Fillipowitsch?«
Putkin trat unter den leeren Kochtopf, schloß die Faust um die Goldkörner und hielt sie dem grinsenden Morotzkij unter die Nase.
»Wo ist der Staat?« sagte Putkin laut. »Hier, meine Faust . . . das ist ein Staat!«
»Bis heute gab es keinen besseren Kommunisten als Sie, Putkin. Und plötzlich ist das anders, nur, weil Sie ein paar gelbe Körner in der Hand halten? Was soll man davon denken? Ist die ideologische Decke so kurz, daß immer etwas hervorguckt, wenn man sich damit zudeckt? Mal der Kopf, mal die Füße?«

»Andrej, sagen Sie dem Idioten, er soll das Maul halten!« sagte Putkin böse. »Wenn ich ihn selbst anspreche, muß ich ihn anspucken. Aber ich bin ein gut erzogener Mensch. Ein Mörder sollte nicht so in die eigene Tasche spucken.«

»Seien wir uns darüber doch im klaren, Igor Fillipowitsch«, sagte nun auch die Susskaja. Ihr schönes, wildes Gesicht war von der Eishackerei gerötet, die Haare hingen in lockigen Strähnen über ihre Augen. Ihre großen Brüste hoben sich beim Atmen, als fingen sie die Luft ein und drückten sie in den Körper hinein. »Sie werden viel Gold finden, vielleicht einen solchen Haufen, daß Sie sich damit ein Kissen und eine Matratze füllen können. Aber was nutzt es Ihnen, he? Wo leben wir denn? Um uns sind Tausende von Werst Einsamkeit. Sie können Ihr Gold nur ansehen, in ihm wühlen, es in die Sonne tragen und glänzen lassen, vielleicht wird es Ihr Privatgott und Sie beten es an . . . aber damit ist schon alles an Möglichkeiten erschöpft. Nicht einmal fressen können Sie das Gold . . .«

»Der Fluß –« sagte Putkin dumpf. Er öffnete die Faust, die Goldkörner leuchteten, sauber ausgewaschen und in Nadeshnas Kochtopf blank gekocht, im trüben Schneelicht. »Der Fluß fließt nach Süden. Irgendwo mündet er in einen größeren Fluß, und an diesem Fluß leben Menschen. Jekaterina Alexandrowna, wir sind doch nicht auf einem anderen Stern ausgesetzt worden. Wir leben doch inmitten der Welt.«

»Sie sagen es, Igor Fillipowitsch.« Katja nahm ein paar Goldkörner und ließ sie auf ihrer Handfläche auf und ab springen. »Und Semjon Pawlowitsch bekommt recht: Sie müssen den Reichtum abgeben. Er ist Volkseigentum.«

»Bin ich ein Idiot?« schrie Putkin.

»Ich erinnere mich« – sagte die Susskaja –, »daß ein Genosse Putkin die Absicht hatte, sofort nach Erreichen der nächsten Siedlung eine Anzeige loszulassen, daß die Lehrerin Abramowa Bibeln und Priester nach Rußland schmuggelt, ein Professor Morotzkij gestanden hat, ein heimlicher Mörder zu sein, der Deutsche Andreas Herr der Spionage verdächtig ist und . . .«

»Sie sind ein nachtragendes Aas, Katja!« sagte Putkin unsicher. »Sehen wir es doch logisch: Wir alle sind Genossen. Wir sind verdammt, in der Taiga zu überleben. Wir werden das erreichen mit Händen und Zähnen, wir werden uns durch den Winter beißen, verdammt noch mal! Und wenn wir hier viel, viel Gold finden, werden wir an diesem Fluß bleiben und soviel aus der Erde holen, wie sie hergibt. Was sind zwei oder drei Jahre, Freunde? Hängt ihr so an der Zeit? Wenn wir eines Tages auf einem Floß den Fluß hinabtreiben, sind wir

alle Millionäre! Andrej, sag auch etwas! Du bist Bergbauingenieur. Liegt hier Gold genug, um die Taiga zu ertragen?«
»Es müßte genug hier liegen«, antwortete Andreas. »Hier hat der Fluß in Jahrtausenden Gold abgelagert. Ihr müßt das besser wissen als ich, ihr seid Russen. Der Traum aller Eroberer Sibiriens war das Gold der Taiga. Wir haben solch ein sagenhaftes Goldfeld gefunden.«
»Und da diskutiert man noch über Volkseigentum?« rief Putkin. »Katja Alexandrowna, können Sie in Ihrem Gehirn etwas auslöschen? Das, was ich einmal gesagt habe?« Er hielt ihr seine riesige Hand hin, auf der die Goldkörner wie auf einem Tablett lagen. Sein vom Bart überwuchertes, schwitzendes, jetzt in der Kälte langsam wieder sich mit kleinen Eiszapfen überziehendes Gesicht war von einer fast kindlichen Treuherzigkeit. Es war der zweite Putkin, der gutmütige Bär, der Koloß mit dem Butterherzen ... undenkbar, daß sich diese sanft blickenden Augen wieder in böse funkelnde, Gemeinheit ausspeiende, vom Jähzorn gerötete Augen verwandeln konnten. »Jetzt haben wir alle ein Ziel: Gold! Katja ... haben Sie bisher gewußt, wofür Sie leben?«
»Fragen Sie nicht so dämlich, Igor Fillipowitsch«, sagte sie grob und wandte den Kopf zur Seite.
Habe ich es gewußt, dachte sie. Die Liebe zu Waska Janisowitsch Serikow, dem General, der sich von ihr die Narben küssen ließ, die ihm die Deutschen zugefügt hatten? Oder die Nächte mit anderen Männern, meistens Arztkollegen, flüchtige Liebesräusche, mehr biologische Notwendigkeit als eine Angelegenheit der Seele ... hatte es sich gelohnt? Die Arbeit in den Krankenhäusern, die Vorträge in den Akademien, die politische Agitation auf Versammlungen, die winzige Zweizimmerwohnung, die schon eine große Belohnung war, denn sie durfte sie allein bewohnen, zwei Zimmer ganz allein für sich, mit einem Bad, einem Elektrobadeofen, einem Radio und in der Küche sogar mit einem Mixgerät. »Sie Kapitalist«, hatte einmal ein Besucher scherzhaft zu ihr gesagt. Aber sie war zusammengezuckt wie unter einem Peitschenhieb. Hatte es sich gelohnt, zu leben?
Sie hatte nie darüber nachgedacht, aber jetzt gab sie sich eine klare Antwort: Ja, es hatte sich gelohnt ... und wenn es nur deswegen war, einmal in diesem Leben Andrej zu begegnen. Für jeden Menschen spart das Schicksal Überraschungen und Belohnungen auf ... daran glaubte sie jetzt und war nun zufrieden.
Putkin wandte sich an Morotzkij. Der dürre Bursche, trotz Nadeshnas liebevoller Pflege aus dem Stadium des lebenden Totenkopfes nie herauskommend, hatte sein zerfleddertes Tagebuch auf den Knien liegen und rechnete. Der Bleistift war so weit abgeschrieben, daß er den win-

zigen Stummel nur noch mühsam festhalten konnte. Seit Wochen war er sparsam mit seinen Eintragungen, um den Bleistift, das einzige, womit er schreiben konnte, so lange wie möglich auszunützen. Er hatte es schon mit Holzkohlestückchen versucht, aber die Schrift verschmierte zu leicht und wurde so dick, daß ein Blatt Papier schnell voll war. Jetzt aber opferte er ein paar Millimeter Bleistift, um auszurechnen, was sie erwartete.

»Legen wir zugrunde –« sagte er, als Putkin ihn mit dem Ellenbogen anstieß – »daß ein Gramm Feingold 4 Rubel kostet ...«

»Mehr, Semjon Pawlowitsch, mehr! Für 4 Rubel scheißt nicht einmal der Teufel.«

»Vier Rubel Staatspreis, und zwar pro Gramm. Bei einem Kilogramm sind das 4000 Rubel. Bei zehn Kilogramm ...«

»Ich bin kein Analphabet!« schrie Putkin. »Worauf wollen Sie hinaus?«

»Um aus uns allen Millionäre zu machen, müßten wir ein paar Zentner Feingold aus dem Sand holen.«

»Der Fluß stinkt vor Gold!«

»Und Sie müßten es erst absetzen, Igor Fillipowitsch.« Morotzkij stellte seine Rechnung ein. »Was – das frage ich – geschieht wohl, wenn wir jeder mit einem Sack voll reinen Goldes auf dem Rücken irgendwo erscheinen und ausrufen: Herbei, Genossen, herbei! Haltet Rubelchen bereit. Jeder bekommt für 4 Rubel ein Gramm Gold! Kauft keinen Salat, keine Kartoffeln, keine Äpfel, keine Gurken ... kauft Gold! Was geschieht wohl dann?«

»Er hat nicht nur ein verkürztes Bein, er hat auch ein geschrumpftes Hirn«, sagte Putkin wegwerfend. »Andrej, erklär es ihm. Wie wechselt man Gold ein?«

»Auf einer Bank.«

»Aha!«

»Aber die Bank gehört dem sowjetischen Staat und wird sofort die Miliz rufen, wenn wir Goldklumpen auf die Theke legen.«

»Ich schlage vor –« sagte Morotzkij mit einer Gehässigkeit, für die ihn Putkin hätte erschlagen können – »daß wir, wenn wir genug gewaschen haben, uns statt eines Schneemannes einen Goldmann bauen und dreimal täglich drumherum tanzen wie die Kinder Israels um das Goldene Kalb. Dann hat's noch einen Sinn ... Gymnastik festigt die Lungen und Muskeln.«

»Andrej, entferne diesen verrosteten Eisentopf aus meiner Nähe!« knurrte Putkin böse. »Ich durchlöchere ihn sonst und nehme ihn als Sieb für die Goldwäscherei. Natürlich müssen wir das Gold außerhalb der Sowjetunion einwechseln.«

»Sie wollen Ihr Vaterland verraten, Igor Fillipowitsch?« fragte die Susskaja genüßlich. »Warum haben Sie eigentlich als Ölbohrer noch keine eigenen Ölfelder?«
»Kann man Öl in der Hosentasche wegtragen?« Putkin legte die Goldkörner neben sich auf ein Brett. »Wir haben Zeit genug, uns alles zu überlegen. Fünf trainierte Gehirne . . . und uns sollte nichts einfallen? Wir sollten vor Scham umfallen, Genossen . . .«
»Lassen Sie in Zukunft dieses Wort weg, Putkin!« sagte Katja streng. »Es beleidigt die Idee, wenn Sie es aussprechen. Wir sind Kumpane, weiter nichts. Wir sind dabei, unser Vaterland zu betrügen, es auszubeuten, den Fortschritt zu sabotieren und den Nutzen in die eigene Tasche zu stecken . . .«
Entgeistert starrte Putkin die Susskaja an. »Sie redet wie ein Politruk! He, Katja Alexandrowna, ist das Ihr Geheimnis? Sind Sie eine große politische Nummer? Hat man Sie, außer Leiber zu flicken, auch noch zur ideologischen Schulung nach Suchana geschickt? Und dann sahen Sie Andrej, und Lenin rutschte tief in die Hose, was? Gestehen Sie es.«
»Sie bleiben ein grober Klotz«, sagte die Susskaja. »Aber es beruhigt mich, daß Sie sich selbst spalten werden. Das Gold, Putkin, ist die Axt, die Sie auseinanderschlägt –«
Später, am Nachmittag, als Nadeshna einen Schneehasen briet, den die Susskaja oberhalb des Lagers bei den Felsen geschossen hatte, und Morotzkij interessiert Schneegänse beobachtete, die schreiend über dem vereisten Fluß hin und her flogen, standen Putkin und Andreas an den aufgeschlagenen Uferstellen und rauchten zusammen eine der Zigaretten aus Kyrills höllischem Tabak und einem Fetzen »Prawda«. Der Qualm gerbte die Schleimhäute, aber er hatte auch eine verblüffende Wirkung: Er machte das Hirn frei, als räuchere er es aus.
»Ich werde das Gold industriell abbauen«, sagte Putkin. »Andrej, wir zwei sind keine Dummköpfe. Wir werden eine Waschmaschine konstruieren, getrieben mit Wasserkraft, eine Reihe Schüttelrinnen, in denen der Sand sortiert wird . . . aber die Hauptarbeit bleibt uns und unseren Händen. Wir haben keine Siebe, und Nadeshnas Unterhemd ist jetzt schon morsch. Wir müssen uns etwas einfallen lassen, mein Freund. Im Frühjahr, nach der Schneeschmelze, müssen wir uns diesen Fluß erobert haben.«
»Du redest, als sei es sicher, daß wir alle hierbleiben«, sagte Andreas. Er gab die dicke, stinkende Zigarette an Putkin zurück und rollte den Rauch noch einmal durch die Mundhöhle, ehe er ihn ausstieß. »Wer geht weg, wenn er auf Gold schläft?«

»Katja und ich. Wir wollen zusammenleben.«
»Ist die Taiga nicht ein Platz, dem Himmel am nächsten? Ihr wolltet doch hierbleiben, sogar ganz allein!«
»Wir wollen nach Deutschland. Ich habe geglaubt, ich könnte die Taiga ertragen. Ich glaube es nicht mehr. Nur ein Russe kann sich in diese grenzenlose Einsamkeit verlieben. Für mich wird die Taiga ein Gefängnis mit grünen Gitterstäben.«
»Du stehst vor Millionen, Andrej!« rief Putkin und saugte an der Zigarette wie ein Säugling an seinem Schnuller. »Scharr mit der Stiefelspitze, und schon hast du hundert Rubel an der Sohle! Was willst du in Deutschland? Katja Alexandrowna wird am Operationstisch stehen, und wenn sie abends nach Hause kommt, stinkt sie nach Lysol, und was wird sie dir erzählen zwischen Schinkenbrot und Bier, na? Heute habe ich eine Lunge herausgenommen, Andruscha, eine total verjauchte Lunge, sage ich dir. Die hat gestunken, daß der II. Assistent in die Knie ging. . . . Und du? Was erzählst du? Ich habe heute einen Streb abstützen lassen, neunte Sohle, ganz schön heiß da unten. Und wie wir die Stempel einhauen, beginnt die Lampe zu flakkern und Gas bricht ein. Da sind wir gelaufen bis zum Wetterschacht. – Andrej, ist das ein Leben? Wollt ihr so die Jahre wegschmeißen?«
Putkin dehnte sich, und es sah aus, als könne er sich um das Doppelte aufblasen. »Aber hier, die Taiga. Sieh sie dir an, Brüderchen! Eine Geliebte, die du zu jeder Zeit besitzen kannst. Und sie gibt, gibt und gibt, sie ist unerschöpflich. Sie verlangt nur eins: Kraft! Andrej, sind wir nicht zwei kräftige Burschen?«
»Wie lange noch, Igor Fillipowitsch?«
»Solange wir aufrecht stehen können.«
»*Eine* Blinddarmentzündung, *eine* Lungenentzündung, *eine* lächerliche Krankheit, die außerhalb dieses Waldes mit ein paar Tabletten zu kurieren wäre, degradiert uns zu einem Häufchen Dreck.« Er trat nahe an den Fluß. Die Löcher, in denen sie fischten, sahen wie aufgebrochene Geschwüre auf einer weißen Haut aus. »Wenn wir in der Nähe von Menschen wären . . . wenn wir im Notfall die Möglichkeit hätten . . .«
»Hier andere Menschen! Bei diesem Gold? Das wäre eine Beschäftigung für einen Massenmörder, und er käme dabei ins Schwitzen. Andrej –« Putkin warf die Zigarette auf den vereisten Fluß. »Überlegt es euch. Ich bleibe hier, und ich krümme nicht mehr eine Fingerkuppe, um euch zu helfen, hier wegzukommen. Versucht es allein.«
In der Nacht lagen Katja und Andreas auf dem warmen Ofen und hörten den Wind um das Haus singen. Der Schnee trieb über den Fluß und häufte sich an der Hauswand empor. Nebenan träumte Morotzkij

an Nadeshnas Seite, rief unverständliche Worte und wurde erst ruhig, als Nadeshna ihm den Traum wegküßte. Putkin schnarchte wie immer mit weit offenem Mund. Er lag auf einem Berg von Fellmänteln vor dem Ofen auf der Erde, ein Koloß aus Muskeln und Knochen, neben sich – wie ein Kind sein Lieblingsspielzeug mit ins Bett nimmt – eine Tonschale, gefüllt mit den glitzernden Goldkörnern.
»Im Frühjahr ziehen wir weiter –« sagte Andreas und streichelte Katjas Brüste. Ihr nackter Leib war etwas angewinkelt, und ihr rechtes Bein hatte sich über Andreas' Hüfte geschoben.
»Vielleicht –« sagte sie. »Vielleicht, Andruscha. Der Frühling ist noch so weit. Der Winter hat ja noch gar nicht richtig begonnen.«
Die Taiga bog sich unter dem Wind. Die gefrorenen Stämme ächzten, als seien es Tausende von Geschlagenen, die unter Peitschenhieben durch den Schnee zogen. Das Holzhaus knarrte; durch einige Fugen, die man vergessen hatte, mit Gras und Moos auszustopfen, trieb der pulverfeine Schnee ins Innere, als blase jemand Mehl in die Räume. Aber das Haus hielt stand. Es war ein gutes, massives Haus aus dicken Rundstämmen. Und auch das Dach hielt stand, obgleich auch hier dünne Schneefäden hindurchrieselten und auf dem Boden kleine Haufen bildeten, die in der Wärme schnell zu Pfützen schmolzen.
»Putkin will eine Goldwaschmaschine bauen«, sagte Andreas und kämmte mit gespreizten Händen Katjas lange, schwarze Haare aus ihrem Gesicht. »Mit Wasserkraft.«
»Zuzutrauen ist ihm alles.« Sie legte die Hände flach gegen seine Brust, und die Wärme ihrer Finger, die rätselhafte Elektrizität in ihren Fingerspitzen sprang auf ihn über. »Willst du ihm dabei helfen?«
»Ich weiß nicht.« Andreas starrte gegen die nahe Decke. Über ihm heulte der Wind. Es war wunderbar, jetzt auf dem warmen Ofen zu liegen und Katja zu spüren. »Ich habe schon eine Idee –« sagte er schläfrig.

Vier Tage mußte man im Haus bleiben, solange tobte draußen der Sturm. Putkin versuchte zwar, hinauszugehen, aber er kam schnell wieder zurück, mit Schnee überzogen und einem vereisten Gesicht, fluchte mit Ausdrücken, die keiner niederschreiben kann, und wärmte sich am Ofen wieder auf.
Vier Tage zusammen auf engstem Raum, um den Ofen hockend und gezwungen, sich immer anzusehen . . . wer hält das aus? Vor allem Nadeshna fiel Putkin auf die Nerven: Sie hatte ihr Talent für Schnitzen entdeckt, nachdem die Malerei mit der Maria und ihren ungleichen Brüsten einen vorläufigen Höhepunkt erreicht hatte. Jetzt saß sie am Ofen, hatte ein Stück Holz zwischen die Knie geklemmt und

schnitzte daran herum. Der Form nach mußte es einmal eine menschliche Gestalt werden.
»Was wird das, mein Täubchen?« fragte Putkin noch zahm am zweiten Tag der Gefangenschaft. »Sitzt da mit einem Stück Holz zwischen den Beinen. Nana . . . läßt sich für diesen Ort nichts Besseres finden?«
Das war schon ein Angriff, aber da man Putkin jetzt gut genug kannte, überhörte man es.
»Josef –« sagte Nadeshna gleichgültig und säbelte weiter an dem Holzklotz.
»Was bitte?« Putkin beugte sich vor. Sein struppiger Bart schien sich zu sträuben wie das Nackenfell eines wütenden Wolfes.
»Der heilige Josef.« Nadeshna hielt das Holz hoch. Tatsächlich, man konnte schon die Form erkennen: ein Mann, der sich auf einen Hirtenstab stützt.
»Nadeshna, geben Sie keine Antwort mehr«, sagte Katja ahnungsvoll.
»Der heilige Josef!« brüllte Putkin. »Und den klemmt sie sich zwischen die Beine! Semjon Pawlowitsch, lassen Sie sich vom heiligen Josef betrügen?«
Morotzkij wollte etwas sagen, aber Nadeshna kam ihm zuvor. »Wir haben keinen Kalender geführt«, sagte sie. »Aber ich habe nachgerechnet, daß wir über dem Hausbau vergessen haben, daß Weihnachten gewesen ist. Ich will es nachholen . . . ich schnitze eine Krippe, und wir werden um sie herumsitzen, uns beschenken und uns allen Frieden wünschen. Igor Fillipowitsch, haben Sie etwas gegen den Frieden?«
Das war eine Frage, auf die Putkin schlecht mit einem unflätigen Gebrüll antworten konnte. Er schnaufte, lehnte sich zurück an die dicken, warmen Flußsteine, aus denen man den mächtigen Ofen gebaut hatte, und streckte die gewaltigen Beine von sich.
»Als wir uns kennenlernten, damals, auf der verdammten Lichtung, in die wir hineingefallen waren, hat jeder von uns sein Leben erzählt«, sagte er nach einer Weile Stille. Es war eine Ruhe, die sich auflud mit Spannung. »Setzen wir das fort, Freunde. Draußen wird es noch lange toben, ich kenne das. Ich habe einmal in einem Erdloch zehn Tage aushalten müssen, weil der Sturm mich sonst wie ein welkes Blatt übers Land getrieben hätte. Wir haben jetzt Zeit, uns weiter zu entblößen. Morotzkij, Professorchen mit blutigen Händen, der Tiere beobachtet, wie sie sich begatten: Wie stellen Sie sich Ihr Leben weiter vor?«
»Ich werde Nadeshna heiraten.« Morotzkij legte den Arm um die

Schulter der zierlichen Lehrerin Abramowa. »Ich werde ein bürgerliches Leben führen. Ich habe keine blutigen Hände, wie Sie meinen, Igor Fillipowitsch. Ich habe meine Frau getötet in einem Rausch von Enttäuschung und tiefster seelischer Qual. Ich habe meine Frau geliebt. Nadeshna weiß, wie ich darunter gelitten habe, bis sie in mir einen neuen Lebensmut erweckte.«
»Aber nicht mit der Bibel«, sagte Putkin gehässig. »Nun ist plötzlich aber alles anders. Sie werden aus der Taiga zurückkommen mit einem Sack voll Gold auf dem Rücken. Nadeshna, Josefschnitzerchen, werden Sie das schöne Gold der Kirche stiften?«
»Ja, sie wird es«, sagte die Susskaja an Nadeshnas Stelle. »Und wenn sie's nicht tut, ist es auch nur menschlich. Was wollen Sie provozieren, Putkin?«
»Ich will die verdammte Heuchelei von euch herunterreißen. Das ist es!« Er wälzte sich auf die Beine, trat gegen den Holzklotz, er flog Nadeshna aus den Fingern und prallte gegen die Wand. »Ihr alle versteckt euch hinter Masken! Potemkinsche Dörfer auf zwei Beinen. Der einzige, der sich hier frei bewegt, bin ich. Und ich sage euch: Wenn wir alle in ein paar Monaten vor unseren Goldhaufen sitzen, werden wir wie Tiere sein, die alle Tricks anwenden, um ihre Beute in Sicherheit zu bringen.«
Er ging in den kälteren Nebenraum, drehte sich eine der höllischen Zigaretten und begann, mit getrocknetem Gras die Ritzen auszustopfen, durch die noch der Schnee wehte.
Andreas, der ihm ein paar Minuten später folgte, blieb unter der Tür stehen, sah ihm eine Weile zu, kam dann näher und beteiligte sich an dem Verstopfen der Ritzen.
»Igor Fillipowitsch, ich warne dich ...« sagte er leise.
»Wovor?« knurrte Putkin und raschelte mit den Händen in dem Haufen von getrocknetem Gras.
»Ich habe deinen Blick gesehen, mit dem du Nadeshna betrachtet hast. Laß sie in Ruhe! Rühr sie ja nicht an ...«
»Ich werde sie eines Tages niederwalzen. Was hat sie an Morotzkij, das frage ich dich? Ein Gerippe, an dem man sich blaue Flecken stößt. Hast du ihn nackt gesehen, Andrej? Man muß schon mit einer Lupe an ihn herangehen, um zu sehen, wo er ein Mann ist. Und so etwas hat ein Recht, Nadeshna unter der Decke zu haben? Das ist gegen die Natur!«
»Sie liebt ihn, Igor ...«
»Sie liebt ihn nur, um mich damit dauernd zu provozieren.«
»Das bildest du dir ein. Sie hat Angst vor dir ...«
»Und die Josefschnitzerei, he? Das Marienbild mit der schiefen Brust?

Kommt es aus dem Herzen? Tritte sind es, Andrej, Tritte in meinen Hintern. Stiche mit der ganzen List weiblicher Satanerie. Es macht ihr einen höllischen Spaß, mich mit dem Himmel zu ärgern. Warum wohl? Weil sie an mich denkt, wenn Morotzkij sie wie eine vertrocknete Fledermaus beflattert. Das ist es!«

Andreas sah Putkin lange an. Der wich seinem forschenden Blick aus, griff in den Grashaufen und stopfte weiter die Ritzen. Aber er drückte die Büschel in Stellen, wo es gar nicht mehr nötig war.

Mein Gott, dachte Andreas, das durfte nicht auch noch hinzukommen. Zum Leben in der Taiga verbannt, mit Gold geködert . . . und nun noch dies.

»Igor Fillipowitsch –« sagte er gedehnt – »du verdammter Narr! Seit wann liebst du Nadeshna?«

»Halt das Maul!« schrie Putkin und warf Andreas einen Haufen Gras an den Kopf. »Sag kein Wort mehr. Ich bin in der Stimmung, den Teufel zu erwürgen!«

Er hieb mit beiden Fäusten gegen die dicke Wand aus Rundstämmen, und es klang, als schlage jemand auf eine riesige Pauke. Draußen heulte der Sturm dazu, und wenn man das Keuchen Putkins hinzunahm, war das ein Konzert von elementarer Wucht.

In dieser Nacht schlief Andreas neben Morotzkij und Nadeshna auf der Erde. Katja hatte das Gewehr mit auf den Ofen genommen und ließ es in ihrer Armbeuge liegen. Putkin verstand diese neue Verteilung genau, legte sich auf die Seite neben den Ofen und schielte zu Andreas hinüber, der sich wie ein Wall zwischen ihn und Nadeshna geschoben hatte.

»Es ist schon vorgekommen –« sagte Putkin später, als das ruhige Atmen bewies, daß Semjon Pawlowitsch und Nadeshna schliefen – »daß man ganze Völker ausrottete, um an eine Frau zu kommen. Denken Sie an Cleopatra . . .«

»Aber Sie sind weder Cäsar noch Marc Anton, Igor Fillipowitsch«, antwortete die Susskaja vom Ofen herab. »Sie sind nichts als ein unbeherrschter Mensch.«

»Das ist genug.« Putkin wälzte sich auf die Seite. »Ich rieche Frauen. Verflucht, dieser Geruch bringt mich um den Verstand. Ich werde mir eine eigene Hütte bauen. Wer kann das aushalten . . . zwei nackte Weiber im Zimmer, man hört sie, man sieht sie, man riecht sie . . . und hat unter sich nur die Dielen! Das ist die Hölle, Katja Alexandrowna. Wenn Sie das nicht einsehen, haben Sie kein Herz.«

Er hieb wieder mit der Faust gegen die Hauswand, seufzte tief und schwieg dann.

Keiner wußte, wann er endlich einschlief.

20

Am fünften Tag konnten sie endlich das Haus verlassen.
Draußen war es so still, als habe der Sturm alles getötet, als habe er alles weggefegt und die Erde wäre wieder kahl und leer wie zu Urbeginn. Aber die Taiga stand noch. Die riesigen Bäume stachen in den blauen Himmel, es schien sogar die Sonne, die Schneeberge glitzerten, wie mit Diamantstaub eingepudert, das Eis des Flusses leuchtete bläulichweiß, als wäre es aus Glas. Die Kälte traf sie wie ein Schlag, als sie nach langem Drücken endlich die Haustür aufstoßen konnten und durch einen Spalt hinausschlüpften, ein klirrender, von der Sonne vergoldeter Frost, der sich sofort in ihre Gesichter fraß und die Haut erstarren ließ.
»Welch ein Tag!« sagte Putkin und dehnte sich. »Das ist Sibirien, Freunde! Die Majestät der Kälte! Ich habe Lust, auf den Fluß zu gehen, ein Loch zu schlagen und die Fische heranzulocken. Andrej, nimm die Axt . . .«
»Bleibt stehen –« sagte Morotzkij plötzlich leise. »Rührt euch nicht! Putkin, dämpfen Sie die Stimme . . .« Er war ein Stück vorausgehumpelt und hatte hinter das Haus geblickt. Nun kam er zurück, Schritt für Schritt mit dem Rücken zur Tür, als käme es darauf an, sich zu bewegen, ohne eine Bewegung zu zeigen.
»Er sieht wieder irgendein Vieh«, sagte Putkin gedämpft. »Katja, holen Sie das Gewehr. Was ist's denn, Semjon Pawlowitsch?«
»Ihr werdet es nicht glauben.« Morotzkij hatte die Tür erreicht und war damit anscheinend aus dem Blickfeld seiner Entdeckung. »Neben dem Haus steht eine Elchkuh.«
»Was steht da?«
»Eine Elchkuh.« Morotzkijs knöchernes Gesicht glänzte wie mit Öl eingerieben. »Das ist eine Sensation! Nicht nur, daß es hier kaum Elche gibt . . . ein Elch sucht die Nähe von Menschen! Wer hat das schon gehört? Der Sturm muß sie weggetrieben haben. Putkin, bleiben Sie stehen! Die Elchkuh lehnt an der Hauswand –«
»Ein kluges Tier! Elchkeule in saurer Sahne . . . das ist ein Genuß.« Putkin streckte die Hand nach hinten aus. »Das Gewehr, Katja Alexandrowna.«

»Sie werden die Elchkuh nicht schießen! Ich werde sie einfangen.«
»Wollen Sie sie melken, Morotzkij?«
»Ich werde sie ans Haus gewöhnen und dressieren. Wer holt das Seil? Andrej, helfen Sie mir? So ein Elch ist ungeheuer stark. Er würde mich mitreißen. Aber zu zweit schaffen wir es.«
Während Nadeshna ins Haus schlüpfte und das lange Seil holte, ging Morotzkij wieder schrittweise vor und lugte um die Hausecke. Die Elchkuh stand noch immer da ... sie war jetzt von der Hauswand weggetreten und sah Morotzkij mit ihren großen braunen Augen neugierig an. Aber sie flüchtete nicht ... sie senkte nur den Kopf, blies mit den dicken Nüstern in den Schnee und scharrte mit dem rechten Vorderlauf.
Andreas hatte das Seil genommen, eine Schlinge geknüpft und tastete sich lautlos an Morotzkijs Seite. »Können Sie ein Lasso werfen?« fragte er leise. »Wenn der erste Wurf danebengeht, sehen Sie nur noch eine Schneewolke.«
»Können Sie es?« flüsterte Morotzkij zurück. »Welch ein Exemplar. Eine versprengte Kuh. Warum steht sie hier? Es gibt nichts Mißtrauischeres als einen Elch. Los, werfen Sie das Lasso! Mir zittern die Hände –«
Andreas hob den Arm. Die Elchkuh starrte ihn an, der schöne große Kopf zuckte hoch. Ein paar Schwünge, die Schlinge flog und legte sich um den Hals des Tieres, bevor es begriffen hatte, daß das Unbekannte vor ihm Gefahr bedeutete. Die Schlinge zog sich zu, und Andreas stürzte, mitgerissen von der Kraft des sich herumwerfenden Elches. Sein Gesicht schabte über die verharschte, gefrorene Schneedecke, aber er hielt das Seil fest, wurde mitgeschleift und hinterließ eine Spur, durchsetzt mit roten Flecken.
»Festhalten!« kreischte Morotzkij. »Festhalten! Helft doch, helft doch!«
Er erwischte noch Andreas' Beine, hielt sich daran fest, wurde ebenfalls mitgerissen und rutschte brüllend durch den Schnee.
Um das Haus rannten Putkin und Katja Alexandrowna. »Man soll es nicht für möglich halten!« schrie Putkin. »Zwei Männer, und gehen vor einer Elchkuh zu Boden! Aber wen wundert es, wenn man alle Kraft bei den Weibern läßt?«
»Reden Sie keinen Blödsinn, sondern halten Sie sie auf!« schrie Katja zurück. Sie war auf dem glatten Schnee ausgeglitten und sprang nun wieder auf. Putkin rannte hinter der Elchkuh her, bekam Morotzkij zu fassen und stemmte sich in den Schnee.
»Nicht loslassen!« schrie er. »Semjon Pawlowitsch, beißen Sie sich in Andrej fest. Nur ein fester Ruck ... jetzt ...«

Andreas hatte das Gefühl, seine Arme würden ausgerissen, als die Elchkuh mit verzweifelter Kraft sich noch einmal gegen die Schlinge warf. Das war ihr Ende . . . die Schlinge zog sich zu, würgte ihr die Luft ab, sie begann zu zittern, knickte in den Vorderläufen ein und fiel dann seitlich in den Schnee. Mit ein paar Sprüngen war Putkin bei ihr, band ihr die Läufe zusammen und sah sich erst dann nach Andreas und Morotzkij um. Sie lagen hintereinander im Schnee, mit dem Gesicht nach unten, wie Erschossene. Die Susskaja hatte gerade Andreas erreicht und drehte ihn jetzt auf den Rücken.
Sein Gesicht war blutverschmiert, wie über ein Reibeisen gezogen. Morotzkij versuchte, aufzustehen, aber sein linkes Bein wollte nicht. So blieb er liegen und rief nur Nadeshna zu, die durch den tiefen Schnee hüpfte wie ein Hase.
»Wir haben sie! Wir haben sie.« Und als sie neben ihm im Schnee kniete, warf er die knochigen Arme um ihren Hals und zog sie zu sich herab. »Sie wird uns aus dem Wald hinausführen, Nadeshna«, flüsterte er und küßte das Ohr, in das er hineinsprach. »Verrat es den anderen nicht. Ich werde sie so abrichten, daß sie uns im Sommer zurück zu den Menschen führt –«

Die Bestandsaufnahme nach diesem sibirischen Cowboyakt war deprimierend.
Andreas' Gesicht war zerschabt, und die Susskaja schmierte den letzten Rest Vaselinesalbe darauf, den sie noch in ihrer Arzttasche hatte.
Morotzkijs linkes Bein war verstaucht, und er ertrug es mit Freuden, weil es nicht wieder gebrochen war, was eigentlich hätte der Fall sein müssen.
»Seine Heilkraft ist unheimlich –« sagte Putkin, nachdem er Katja geholfen hatte, einen elastischen Verband anzulegen. »Kein Saft in den Knochen, aber sie wachsen zusammen, wie mit Mörtel verschmiert. Haben Sie als Arzt dafür eine Erklärung?«
»Nein.«
Nadeshna brühte für die Verletzten eine Tasse von Kyrills schmerzstillendem Plattentee, sie schliefen danach wie betäubt, und Putkin kümmerte sich um die Elchkuh, die er – nur er konnte das mit seiner ungeheuren Kraft – hinter das Haus schleifte und mit einer der alten Zeltplanen zudeckte.
»Jetzt hat jeder sein Spielzeug –« sagte Putkin am Abend, als er mit den beiden Frauen am Ofen saß. »Semjon Pawlowitsch seine dämliche Elchkuh, Nadeshna ihre Schnitzerei, ich meine Goldwäscherei, Andrej seine Pläne für die Waschanlage. Was haben Sie, Katja Alexandrowna? Nur Andrejs Männlichkeit?«

»Vielleicht genügt das, Igor Fillipowitsch . . .?«
Es genügte wirklich.
Zwei Wochen später – Andreas' Gesicht verschorfte sich, aber er sah noch immer aus, als habe man seinen Kopf wie eine geriebene Kartoffel behandelt – hatte Putkin so viel Gold aus dem Flußufersand gewaschen, daß Morotzkij ihm zu den ersten 1000 Rubeln gratulierte. Andreas besuchte Putkin, der neben dem Goldwaschen auch noch seine kleine eigene Hütte baute, abwechselnd Holz fällte, in drei neuen Löchern auf dem Fluß Fische fing und im Umkreis von zwei Werst Fallen aufbaute, um Pelze zu gewinnen, aber dabei Munition zu sparen.
»Morgen helfe ich mit«, sagte Andreas und setzte sich auf einen großen Flußstein, den Putkin ausgegraben hatte und den er seinen »Sessel« nannte. »Sollen wir einen Vertrag machen, oder genügt es, uns die Hand zu geben?«
»Worüber einen Vertrag?« fragte Putkin vorsichtig.
»Über das Gold. Wir schürfen gemeinsam, und wir teilen gemeinsam.« Er hielt seine Hand hin. »Bleibt es dabei?«
»Ist Putkin ein Lump, he? Wenn wir Verdammten nicht zusammenhalten, wo ist dann noch Ordnung in der Welt?« Er schlug in Andreas' Hand ein, aber dann hielt er sie fest. »Wer wollte denn im Frühjahr abwandern, wenn ich mich erinnere?« fragte Putkin. »Nach Deutschland fahren und leben wie ein Hosenwetzer?«
»Es hat sich etwas geändert.« Andreas setzte sich wieder, seine Hand noch immer in der Tatze Putkins. »Wir bleiben in der Taiga. Wir müssen für eine Zeitlang umdenken . . .«
»Das Gold, Andrej, hat dich endlich erreicht, was?« lachte Putkin.
»Nein, Igor Fillipowitsch.« Andreas blickte hinüber zu seinem Haus. Die Susskaja saß draußen in der kalten Sonne, dick in ihren Pelz vermummt, und schabte das Fell eines Schneehasen sauber. »Sie hat es mir vorhin gesagt . . . wir bekommen ein Kind, Putkin. Wir bekommen ein Kind –«

21

Erst beim gemeinsamen Fischen in den neugeschlagenen Eislöchern äußerte sich Putkin über das plötzliche Kinderkriegen der Susskaja. Er lag, unter sich ein dickes Bärenfell, auf dem Eis, beobachtete die großen Fische, die in geradezu blöder Zahmheit herumschwammen, und wartete, bis einer anbiß. Drei Meter neben ihm lag Andreas auf einem Rentierfell und stierte in das blauweiße Wasser, das unter der Eisdecke kräftig dahinströmte. Das Wasser war so klar, daß er den Grund sehen konnte, einen sandigen Boden, durchsetzt mit Kieseln. Putkin schien recht zu behalten: dieser Fluß hatte das Gold von Jahrtausenden angesammelt, man brauchte es nur aufzuheben. Eines der Wunder Sibiriens, von denen er gelesen und die er immer als Propaganda angesehen hatte, als die Idealisierung eines Landes, das Märchen nötig hatte, um es zu lieben.
»Wie kann man so blöd sein, Andrej –« sagte Putkin plötzlich. Er hatte einen großen zappelnden Fisch mit dem Kopf auf die Eisdecke geschmettert und dadurch getötet.
»Ich wußte, daß dich das nicht in Ruhe läßt«, antwortete Andreas.
»Kann es das, he?« Putkin richtete sich auf den Knien auf. Sein Bart, das ganze bärtige, von Haaren überwucherte Gesicht war eine Landschaft aus Eiszapfen. Jeder Schweißtropfen gefror sofort, jeder lange Atemzug setzte sich als Reif nieder. »Ein Kind! Jetzt! Was willst du mit einem Kind?«
»Es ist nicht mehr zu ändern, Igor Fillipowitsch.«
»Hätte ich das geahnt, ich hätte dich amputiert, Freundchen. Was soll ein Kind, wenn wir Gold waschen? Und wenn die Geburt Schwierigkeiten macht? Wie alt ist Katja Alexandrowna? Nicht mehr die Jüngste. Ein reifes Frauchen ist sie.«
»Sie wird einunddreißig . . .«
»Und dann das erste Kind. Sie wird Mühe haben, Andrej. Ein Weibsbild, das geboren ist, Kinder zu kriegen, mit einem Becken, in dem ein ganzes Haus voll Kinder Platz hat, Brüste, die eine ganze Generation ernähren könnten . . . aber doch kritisch, mein Freund, sehr kritisch. Hat sie dir auch erzählt, daß sie eine große Sportlerin ist? Noch in Suchana? Leichtathletik, Geräteturnen, schwang sich über den

Barren wie eine Olympiaturnerin . . . das sind genau die Frauen, die beim Kinderkriegen Schwierigkeiten machen. Muskeln, die sich verkrampfen, die nichts durchlassen . . .« Putkin beugte sich wieder über das Loch in der Eisdecke, nahm seine Schnur und lauerte auf einen neuen dicken Fisch. »Was willst du machen, wenn sich das Kind im Becken festklemmt? Es mit dem Messer rausholen?«

»Daran wollen wir nicht denken, Igor Fillipowitsch.« Andreas blickte hinüber zu Katja. Sie spannte das Schneehasenfell zwischen vier Stangen, damit der Frost es trocknete. Im Frühjahr würde man dann versuchen, aus Rinden eine Lohe zu kochen, um die Häute haltbar zu machen. »Noch haben wir sieben Monate Zeit.«

»Ist das eine Lösung der Probleme? Warten und hoffen? Und nachher dasitzen und die Sonne anheulen: Hilf mir, o hilf mir, mein Gott . . .«

»Dumm reden war schon immer deine Stärke –« sagte Andreas böse. Putkin verzichtete darauf, noch einen fetten Fisch aus dem Fluß zu holen, richtete sich wieder auf und setzte sich auf sein dickes Bärenfell. Er sah jetzt selbst wie ein Bär aus mit seinem zotteligen Mantel, der breiten Pelzmütze und dem Gesicht, das vor lauter Haaren und Eiszapfen nicht mehr zu erkennen war.

»In der Taiga muß man sich selbst helfen, sonst frißt einen dieses herrliche Land.«

»Ich kann zu dem Kind nicht sagen: Los, marsch, verwandele dich wieder in ein Ei!« sagte Andreas laut.

»Aber man kann verhindern, daß es eines Tages in diese Mistwelt rutscht.«

»Putkin –« rief Andreas warnend.

»Mach es weg, Andrej –« sagte Putkin ungerührt.

»Mit den bloßen Händen?«

»Das muß durchdacht werden, Freundchen.« Putkin schlitzte den toten Fisch auf, nahm ihn aus und warf die Innereien zurück in das Eisloch. Es war eine ungewollte schreckliche Demonstration dessen, was er dachte, und Andreas zog schaudernd die Schultern nach vorn. »Katja Alexandrowna wird es nie zulassen, das weiß ich. Obwohl sie Ärztin ist und weiß, was passieren kann. Jetzt wird der Mutterinstinkt stärker sein als die Vernunft. Wir müssen sie überlisten.«

»Sag kein Wort mehr, Igor Fillipowitsch!« rief Andreas und preßte die Hände gegen die Ohren. »Du bist ein Satan!«

»Sie könnte stürzen. Ja, das wäre etwas! Warten wir ab, bis sie dicken Leibes ist, dann wird sie unglücklich fallen, und alles ist vorbei. Ich habe das einmal in Tobolsk erlebt, bei einer Frau, die hatte neun Kinder, und der Mann, ein Kerl, der sich schon auf der Treppe aufknöpfte,

ließ nicht ab. Was tat die Frau? Sie fiel dreimal hintereinander die Treppe hinunter, es war glatt, keiner konnte ihr das übelnehmen, das Eis hing im Treppenhaus in Zapfen, und die Stufen waren wie eine Schlittenbahn. Also, sie kugelte hinunter, und schon war das Problem gelöst. Ich wohnte damals nebenan und half ihr, aufzustehen. Zweimal geschah nichts, beim drittenmal dann klappte es. ›Sie Rindvieh!‹ habe ich damals geschrien. ›Genossin, warum wickeln Sie nichts um die Schuhe, damit Sie nicht rutschen?‹ Und sie lachte, während sie blutete, und flüsterte mir zu: ›Igorenka, Sie Idiot, was verstehen Sie schon von Frauen?‹« Putkin zog einen Faden durch das Fischmaul und hängte ihn sich über die Schulter. »Man könnte Katja etwa im Frühjahr das Flußufer hinunterrollen lassen . . .«
»Ich bringe dich um, Igor, wenn du sie hinunterstößt!« schrie Andreas und sprang auf. »Ich freue mich auf mein erstes Kind.«
»Er freut sich!« Putkin beugte sich wieder über das Loch im Eis. Ein neuer Fisch zappelte an seiner Schnur. »Katja wird bei der Geburt sterben, das sage ich dir.«
Verwirrt ging Andreas zum Haus zurück. Morotzkij stand in einem Gatter, das er mit Nadeshnas Hilfe gebaut hatte, ein hoher Zaun aus Knüppelholz, und beschäftigte sich mit der Elchkuh. Sie war in den Tagen ihrer Gefangenschaft zutraulicher geworden, aber auf die Lokkungen Morotzkijs fiel sie nicht herein, so sehr und so vorzüglich er auch die Laute eines lockenden Elchhirsches nachahmte. Er streckte die Hand vor, und bis zu den Fingerspitzen schnüffelte die Elchkuh, strich mit den weichen, dicken Nüstern über seine Hand, aber dann war der menschliche Geruch für sie doch zu penetrant, sie stakte rückwärts weg und drückte sich gegenüber an den Zaun.
»Na komm . . .« lockte Morotzkij. »Na komm . . . rouh . . . rouh . . . na komm . . .«
Nadeshna hockte außerhalb des Geheges im Schnee und bewunderte ihren Geliebten. Ihr Engelsgesicht war in diesen Wochen etwas kantiger, aber noch schöner geworden, von einer reifen Zufriedenheit erfüllt.
Katja kam von dem aufgespannten Fell zurück, in ihrem schwarzen Haar glitzerten die Eiskristalle.
»Wieder Streit mit Putkin?« fragte sie, als sie Andreas mit verkniffenem Gesicht herankommen sah.
»Ich mache mir Sorgen, Katjenka.« Er umarmte sie, und als sie im Haus waren, die Mäntel abgeworfen hatten und die Hitze, die der mächtige Steinofen verströmte, ihre mit Reif überzogenen Gesichter auftaute, küßten sie sich und setzten sich auf die Bank vor den heißen Flußsteinen. »Das Kind . . .«

»Es wird groß und stark werden, Andrejuscha.«
»Zuerst muß es geboren werden.«
»Ich habe Hunderte Geburten geleitet«, sagte Katja Alexandrowna. »Da soll ich bei der eigenen versagen?«
»Wenn es soweit ist, kannst du dir nicht mehr selbst helfen.«
»Ich werde dir sagen, was du tun mußt. Und Nadeshna ist da und Semjon Pawlowitsch. Er hat Tieren bei der Geburt geholfen . . . der Mensch ist nur eine andere Ausgabe davon. Hast du Angst?«
»Ja«, sagte Andreas ehrlich. »Putkin hat eine Menge Möglichkeiten aufgezählt.«
»Wenn er nicht reden kann, würde er zerplatzen«, sagte die Susskaja und lachte dunkel. »Immer weiß er alles besser. Ich werde mein Kind bekommen wie jede Burjätenfrau in der Taiga.«
»Aber du bist weder eine Burjätin noch eine Jakutin.«
»Bin ich anatomisch anders als sie? Andrej, rede keinen Unsinn.«
Sie küßte ihn wieder, kümmerte sich dann um den Herd und rührte in dem Kochkessel. Es gab heute eine Suppe aus Fisch und Büchsengemüse, mit gebräuntem Hasenfett verfeinert.
Später, als Andreas und Morotzkij im Wald waren und Holzstangen schlugen, ging die Susskaja hinüber zu Putkin, der eine große Holzfalle konstruierte, mit der er Hermeline und Nerze fangen wollte.
»Es ist mein Kind –« sagte sie mit einer Härte, die Putkin die Gefährlichkeit dieser Unterredung bewies. »Was kümmerst du dich darum?«
»Gut! Gut! Streiten wir uns nicht darüber.« Putkin bohrte mit der Messerspitze Löcher für die Fallklappen. »Wenn du an dem Kind verreckst – es ist dein Tod. Aber sind wir nicht eine Gemeinschaft? Ein Kollektiv, das die Hölle erobern will? Ist nicht jeder auf den anderen angewiesen? Braucht man nicht jede Hand in diesem Wald? Und was wird wirklich? Der eine hält sich eine Elchkuh und benimmt sich wie ein stammelnder Idiot, macht rouh-rouh und verdreht die Augen, die andere schleppt sich eines Tages mit einem dicken Bauch herum, der dritte wird blaß bis auf die Knochen, wenn er an die Geburt denkt, und ist zu keiner vernünftigen Arbeit mehr fähig, die vierte betet, schnitzt heilige Josefs und Jesuskinder und baut Krippen auf . . . Katja Alexandrowna, soll man da nicht aus der Haut fahren? Da im Fluß liegen Millionen Rubel, draußen wartet auf uns ein herrliches Leben; wir sind Menschen, die vom Schicksal geküßt wurden, auch wenn es uns in die Verbannung gestoßen hat . . . und was macht ihr? Ihr zeugt Kinder! Ihr spuckt eurer Zukunft ins Gesicht!«
»Ein Kind, Igor Fillipowitsch, ist durch keine Million zu ersetzen.« Die Susskaja lehnte sich gegen die Hauswand. »Ein Kind von

Andrej . . . ich könnte Gott danken, wenn ich an Gott glauben würde.«
»Geh zurück zu Vater Kyrill und laß dich taufen!« knurrte Putkin.
»Du bist ein Eisenklotz, weiter nichts, Igor Fillipowitsch.«
Putkin warf die halbfertige Falle in den Schnee und stützte die Arme auf die gespreizten Knie. »Ich erinnere mich –« sagte er – »daß jemand den Plan hatte, Rußland zu verlassen und nach Deutschland zu gehen . . .«
»Es bleibt unser Ziel.«
»Das heißt Flucht aus Rußland, Katja Alexandrowna.«
»So wird es kommen.«
»Mit einem Säugling, du hirnlose Wachtel?« Putkin schnaufte durch die Nase. »Heimlich in Güterwagen zur Grenze, nachts über Gebirge ins fremde Land . . .«
»Wenn es sein muß, werde ich mir das Kind auf den Rücken schnallen oder in einem Beutel vor der Brust tragen. Du ahnst nicht, wozu ich fähig bin . . .«
»Wer dich genau ansieht, weiß es, Katja Alexandrowna. Man muß Angst haben vor dir . . .«
Die Susskaja blickte hinüber zum Wald. Morotzkij und Andreas stapften durch den hohen Schnee zurück, schwer beladen mit Stangen. Sie schleppten auch noch ein junges Ren mit, erwürgt in einer der bestialischen Schlingen, die Putkin gelegt hatte.
»Laß Andrej in Ruhe«, sagte sie hart. »Wir werden auch das Kind überstehen.«
Sie lief davon, Andreas entgegen, um ihm beim Tragen des jungen Rens zu unterstützen. Putkin starrte ihr nach und wetzte die Messerklinge am Innenleder seines Wolfsmantels. »Sie wird über die Böschung fallen«, sagte er zu sich. »Sie überblickt die Wirklichkeit nicht mehr. Sie ist nur noch ein Weib . . . das ist ein gefährliches Ding in unserer Lage.«

22

Erinnern wir uns noch an Waska Janisowitsch Serikow, den General in Irkutsk? Er war in einen Heilschlaf versenkt worden, nachdem er die Fotos von Katja Alexandrowna und Andreas Herr zerschossen hatte, man hatte ihn durch einen Kollegen vom KGB verhört, ihm den Marsch geblasen und dann wieder in Schlaf versetzt, damit sich seine angegriffenen Nerven erholen konnten.
Wer die Dame war, deren Gesicht er so zerfetzt hatte, wußte man noch immer nicht; man hatte große Mühe aufgewandt, sein Privatleben zu durchleuchten, aber Serikow hatte anscheinend kein Privatleben gehabt. Er war der vollendete Uniformträger, Vater und Sohn des Militärs, der geborene Held, der selbst im Schlaf noch stramm im Bett liegt und sich befiehlt: »Genosse, einschlafen! Um sechs Uhr wach werden!«
Waska Janisowitsch Serikow blieb ein Rätsel. Und da man Rätsel nicht löst, indem man sie weglegt, wurde er aus seinem Heilschlaf wieder geweckt und aus der Klinik entlassen. Allerdings kam er vorerst nicht in sein Kommando zurück, man bewilligte ihm einen Urlaub und bot ihm an, diesen am Schwarzen Meer in einem der Volkserholungsheime zu verbringen. Für hohe Offiziere hielt man dazu eine ehemalige zaristische Villa bereit, wo sie von Ordonnanzen bedient wurden, nicht anders als in einem kapitalistischen Land. Nur die Bezeichnung war volkstümlicher.
Serikow lehnte die Erholung ab. Er blieb auf seinem Zimmer in der Kommandantur, das offiziell seine Wohnung war, ein spartanischer Raum mit Schrank, Tisch, Stuhl und Feldbett. Das Klosett teilte er mit drei anderen Offizieren, das Bad mit zehn Kollegen.
Wer ahnte schon, daß Serikow in Irkutsk, in der Bratstnaskaja Nummer 9, eine kleine Zweizimmerwohnung besaß, ausgestattet mit usbekischen Möbeln und Teppichen aus Samarkand und Aschchabad. Der Mieter hieß auch nicht Serikow, sondern Anatol Nikolajewitsch Sibujanow, von Beruf Beauftragter für den Handel mit Landesprodukten, was so gewaltig und ehrfürchtig klang, daß niemand fragte, zumal dieser Sibujanow beim Mieten der Wohnung ein Schriftstück vorlegte, das ihn auch als Lieferant der Armee auswies. Unterzeichnet

mit General Serikow. Und den kannte jeder dem Namen nach in Irkutsk.
In dieser kleinen Wohnung, ein Liebesnest wie aus einem usbekischen Märchen, hatten sich die Susskaja und Waska Janisowitsch getroffen. Monatelang . . . Nächte, in denen der Himmel herunterfiel und ihre Unterlage wurde, auf der ihre glühenden Körper sich wälzten. Es waren Monate, in denen die Truppen, die Serikow unterstanden, einen so gütigen und väterlichen General erlebten wie nie zuvor. Er sprach mit dem kleinsten Rekruten, hörte sich seine billigen Sorgen an und genoß es sichtlich, als seine Offiziere ihm zutrugen, daß seine Soldaten ihn »Väterchen Waska« getauft hatten. Damals war Serikow wie verzaubert; er spürte nicht mehr die dicken roten Narben, die ihm die Deutschen hinterlassen hatten, er nannte sich den glücklichsten Menschen der Welt und träumte von jenem Tag, an dem er mit großen Ehren aus der Armee verabschiedet werden würde, um sich dann ganz Katja Alexandrowna zu widmen.
Was er nicht verstand, war die Heimlichkeit ihrer Liebe, auf der Katja merkwürdigerweise bestand. Sprach er von Heirat, küßte sie das Wort von seinen Lippen weg, und fragte er geradeheraus, warum man sich verstecken mußte, antwortete sie ebenso offen: »Weil ich es so will!« Das war zwar keine Erklärung, aber um Katja nicht zu erzürnen, schwieg Serikow und spielte den wichtigen Mann Sibujanow weiter.
Das alles war jetzt eine wehmütige Erinnerung. Serikow hütete sich, die Wohnung in der Bratstnaskaja Nummer 9 wieder zu betreten. Er ahnte, daß man ihn beobachtete und jeden Schritt außerhalb der Kasernen überwachte. So leistete er sich nur einige Opernbesuche, spielte mit dem Kommandeur der Luftflotte Mittelsibiriens ein paarmal Schach oder ging am Ufer der Angara spazieren, saß auf der Bank in der kalten Sonne, eingemummt in einen dicken Fuchspelz, und sah den Schlittschuhläufern auf dem Eis des Flusses zu. Ein harmloser Nichtstuer, der sich darauf vorbereitete, ein Staatspensionär zu werden.
Aber ungesehen von den Augen, die ihn verfolgten, bereitete Serikow eine ganz große Sache vor. Die Schachabende beim Kommandeur der Luftflotte verbrachte er nicht nur aus Freundschaft und der Spielleidenschaft, die Serikow mit Millionen Russen teilte, sobald sie ein Schachbrett sahen . . . heimlich schaffte er Kanister mit Flugbenzin zur Seite und versteckte sie in einem Schuppen, in dem allerlei Gerümpel herumlag, wertlose, ausgebaute, zerbrochene Maschinenteile, die verrosteten. Auch inspizierte er die Flugzeuge und fand großen Gefallen an einem kleinen, wendigen Aufklärungsflugzeug, wie es auch die Geologen und Forscher benutzten: eine leicht gebaute,

zweisitzige Maschine mit breiten Schneekufen statt Rädern, die überall auf dem verschneiten Land landen konnte, wo etwas ebener Boden war.

Sechs Wochen spielte General Serikow Schach und sammelte Benzin und Verpflegung, Werkzeuge und eine Winterzeltausrüstung, Waffen und Munition, bis er nach seiner Ansicht einen langen Winter in der Einsamkeit überleben konnte.

Dann – in der siebten Woche, in der seine Beobachter an die KGB-Zentrale meldeten, der General sei ein harmloser Mensch, der die erzwungene Ruhe gut auszunutzen verstehe – kam der Tag, an dem Serikow alle seine Freunde verblüffte.

Wie immer fuhr er zum Schachspiel, schwenkte aber auf dem Flugplatz gleich hinüber zu den Hangars, lud seinen Moskwitschwagen mit dem gesammelten Material voll, schleppte alles in das kleine Flugzeug und schnauzte den Monteur an, der entgeistert diesem Tun zusah.

»Sie sehen aus, als hätten Sie die Hose voll!« brüllte Serikow. »Wo ist der Schlüssel?«

»Er steckt, Genosse General«, stammelte der Monteur. Er hatte die Maschine gerade überprüft, weil in einer Stunde eine Patrouille damit aufsteigen sollte, um die Radarstellungen in der Taiga abzufliegen.

»Das Tor auf!« Serikow kletterte auf den Pilotensitz. Seine Flugausbildung war lange her . . . in den ersten Kriegstagen hatte jemand die Idee gehabt, den Oberleutnant Serikow zur Luftflotte abzustellen und aus ihm einen Piloten zu machen. Das hatte fehlgeschlagen. Serikow erwies sich als typischer Erdenmensch . . . war er in der Luft, wurde ihm speiübel, er verlor die Orientierung, Schwindel packte ihn, und jeder Blick nach unten auf die zusammengeschrumpfte Erde regte ihn an, hinunterzuspringen. Nach drei Monaten schickte man ihn zur Infanterie zurück. Aus ihm einen Flieger zu machen, war unmöglich. Aber die Grundbedingungen des Fliegens hatte man ihm bereits beigebracht. Er wußte, was ein Höhensteuer war, ein Seitensteuer und wie man ein Flugzeug in der Waagerechten hält; er hatte gelernt, wie man startet und wie man landet.

In der Zwischenzeit hatte sich vieles geändert in den Flugzeugen, aber im System war alles gleich geblieben. So fand sich Serikow auch sofort zurecht, als er auf dem Pilotensitz saß und den Motor anließ. Der Propeller drehte sich träge, der Motor verbreitete einen Höllenkrach in der Halle.

Serikow winkte energisch zum Tor. Der Monteur hielt seine Mütze fest, lief davon, drückte die Schiebetür auf und beruhigte sein Gewissen damit, daß ein General immer recht hat mit dem, was er tut.

Langsam rumpelte Serikow auf den Kufen ins Freie, freute sich, als er den festgestampften Schnee unter sich hatte, und verzichtete darauf, erst hinüber zur Startbahn zu gleiten. Ein so kleines Flugzeug hat keinen langen Startweg, er gab Vollgas, der Motor heulte auf, die Maschine raste über den Anfahrtsweg, hob sich auf und stieß steil in den sonnigen Winterhimmel.
»Genosse General ...« stammelte der Monteur.
So war noch keiner gestartet. Er drückte seine Mütze ins Gesicht, warf sich herum und rannte zum nächsten Telefon. Der wachhabende Offizier, der sich meldete, hatte große Mühe, das Gestammel am anderen Ende zu verstehen.
»Was?« brüllte er dann. »General Serikow ist davongeflogen? Mit der Pe 56? Sie kommen sofort herüber! Ich warne Sie! Wenn Sie mich anhauchen und Sie stinken nach Wodka, schicke ich Sie ins Außenkommando Holzlager! Herkommen!«
Es war nicht zu leugnen ... General Serikow war wirklich in der Luft, und ehe man das in seiner vollen Auswirkung begriffen hatte, befand sich Serikow bereits auf nördlichem Kurs und überflog das Berjsew-Gebirge. Zur Lena, dachte er. Und dann hinauf in die Einsamkeit nördlich des Wiljuj. Es wird eine lange Suche werden, ein Flug ohne Wiederkehr. Das Leben lohnt sich nicht mehr ohne Katja Alexandrowna. Sagt mir einen schöneren Tod als den, bei der Suche nach ihr unterzugehen ...
In Irkutsk stiegen zwei Staffeln Jagdflugzeuge auf, blitzschnelle MIG-Jäger, um den anscheinend nun völlig irre gewordenen General Serikow vom Himmel zu holen. Vom KGB lief sogar der Befehl ein, ihn einfach abzuschießen, wenn er der Aufforderung, zu landen, nicht folgen würde. General Lagutin sagte es ganz klar: »Dieser Skandal muß unter uns bleiben, Genossen. Waska Janisowitsch ist nervenkrank, das wissen wir jetzt. Ein Unglück in der Luft hilft uns allen. Lassen wir ihn verunglücken ...«
Aber Serikow war nicht mehr zu finden. Nach einer halben Stunde Flug war er so listig, mitten im Wald zu landen, auf einem Stück Wiese, das jetzt ein schönes, weiches Schneefeld war, über das die Kufen glitten wie auf Watte. Er ließ das Flugzeug ausrollen, steuerte es an den Waldrand, sprang aus dem winzigen Cockpit, nahm die Axt, hieb eine Menge Tannenzweige ab und deckte damit die kleine Maschine zu. Wer sie jetzt noch aus der Luft sehen wollte, mußte nicht mehr mit menschlichen Augen sehen.
Und so ging es weiter nach Norden ... immer in Sprüngen von einigen hundert Werst, immer wieder Verstecke unter Tannenzweigen, die Nächte im Wald an einem kleinen Lagerfeuer, nur so lange flam-

mend, daß er Wasser für den Tee kochen und eine Dose Fleisch aufwärmen konnte, dann das unruhige Schlafen in einem wattierten Schlafsack auf dem Flugzeugsitz, den Kopf in einen Pelz gewickelt, von Katja träumend, die irgendwo dort oben in der einsamsten Taiga lebte, gefangen zwischen Millionen Baumstämmen, zum Tier degradiert, das Moose aß und rohes Fleisch.
Für Serikow war es sicher, daß Katja noch lebte.
Er hatte in den langen, einsamen Wochen seines Nichtstuns immer wieder vor seinem geistigen Auge die Situation wiederholt, die man nach der Entdeckung des Flugzeugwracks vorgefunden hatte: Ein zerplatztes Flugzeug, aber keine Toten. Abmontierte Räder, keinerlei Werkzeug, leere Kartons, in denen früher Konserven verpackt gewesen waren. Das sah ganz danach aus, daß Überlebende sich auf den Weg gemacht hatten, die Taiga bis zur nächsten Siedlung zu durchziehen. Die Version der anderen Offiziere, hier hätten Jakuten alles mitgenommen, was sie gebrauchen konnten, und die Toten irgendwo verscharrt, um alle Spuren zu verwischen, nahm er wortlos hin, um seine eigenen Gedanken nicht zu verraten.
Fliegen wir zunächst zum Ausgangspunkt zurück, dachte Serikow, als er am fünften Tag den Wiljuj überflog und in der unendlichen Weite des Waldes die vereiste Marcha in der Sonne leuchten sah, ein bläuliches Band inmitten eines erstarrten Grüns. Sie werden nach Süden gezogen sein, sie haben sicherlich eine Karte bei sich . . . ich werde so dicht über die Bäume fliegen, daß ich ihr Winken nicht übersehen kann.
In Irkutsk traf aus Moskau wieder General Lagutin ein. Das Offizierskorps war vollständig versammelt, man hatte sogar die Urlauber und die Kranken herangeholt. Auch der kleine, dicke Teufel, der Oberst Bubnow, war mitgekommen, setzte sich einfach hinter den Tisch, der dem Kommandeur gehörte, musterte die Offiziere, als seien es Zuchtbullen, und sagte:
»Genossen, man kann nicht verstehen, wie man eine so langsame Maschine mit einem so schlechten Piloten wie dem General Serikow nicht finden kann. Es ist beschämend, wie unfähig man geworden ist! Der Frieden weicht alles auf, das ist eine Wahrheit, obgleich sie von einem Zaren stammt. Wie war es überhaupt möglich, daß Waska Janisowitsch so eingehende Vorbereitungen treffen konnte?«
»Er kam immer zum Schachspielen«, sagte der Luftflottenchef bedrückt. »Ein guter Spieler, ein blendender Taktiker, ein Genie am Brett.«
»Das hat er bewiesen –« sagte Bubnow sarkastisch. »Er macht uns alle zu Hampelmännern! Gut. Sie haben gesucht, Genossen. In allen vier

Winden, und nichts gefunden. Überlegen wir einmal: Was ging in Serikow vor? Er durchlöcherte das Bild einer Frau. Wer war diese Frau? Wir haben daran gedacht, die Personen zu überprüfen, die damals mit dem Flugzeug verschollen sind. Der Deutsche Andreas Herr ... er war das zweite Bild, das Serikow zerschoß. Weil er ein Deutscher war, sagte er. Gibt es eine Verbindung zu der unbekannten Frau?« Bubnow blätterte in einem Schnellhefter. »Da war die Lehrerin Nadeshna Iwanowna Abramowa an Bord. Eine gute Kommunistin, bester Leumund, im Beruf fleißig, ein Mädchen ohne Vorleben, keine Liebschaften ... streichen wir sie sofort. Dann Katharina Alexandrowna Susskaja. Ärztin. Chirurgin. Schulungsleiterin der Sektion III Suchana. Klinikerin, genial begabt, vorgesehen, einmal in die Akademie berufen zu werden. Eine Frau ohne Tadel. Liebschaften mit einigen Arztkollegen ... bleibt das aus bei solch einem Weib?« Der kleine, dicke Bubnow lächelte mokant. »Nirgendwo also eine Verbindung zu General Serikow oder zu Andreas Herr. Eine zufällig zusammengekommene Gesellschaft, die auch zusammen untergeht. Hier ist also die Frau nicht zu suchen, die Serikow symbolisch tötete. Wo aber ist sie? Wer ist sie? Wissen wir das, kennen wir auch die Flugrichtung, die Waska Janisowitsch genommen hat.« Bubnow blickte hoch, sein Blick war kalt, diese grauen Augen durchdrangen einen wie ein Röntgenstrahl. »Wer hat Beobachtungen gemacht, Genossen? Die kleinste Merkwürdigkeit ist jetzt wichtig. Das unwichtigste Detail. Strengen Sie sich an, Genossen. Das hier ist ein Fall, der an unsere Ehre geht. Wo hat es das schon gegeben, daß ein sowjetischer General ein Flugzeug stiehlt und damit verschwindet?«
Man erinnerte sich an diesem Tag an vieles, was Serikow gesagt und getan hatte ... aber alles war so normal, daß Bubnow nach vier Stunden resigniert aufseufzte. Auch General Lagutin starrte ins Leere und spürte in sich eine träge Müdigkeit.
»Er muß ein Engel gewesen sein, dieser Waska Janisowitsch!« sagte Bubnow und rieb über seine feuchte Glatze. »Ein wahrer Ausbund an Moral und Sitte ... das ist im höchsten Maße verdächtig. So vollkommen ist kein Mensch. Welch ein glänzender Schauspieler muß er gewesen sein ...«

General Serikow hatte unterdessen die Absturzstelle erreicht und landete. Der Schnee war hoch über die Trümmer geweht und hatte alles in eine gewellte Landschaft verwandelt. Serikow hielt sich nicht damit auf, noch einmal das Wrack auszugraben. Er übernachtete in seinem gesteppten Schlafsack und versuchte am Morgen, sich in die verzweifelte Lage der Abgestürzten zu versetzen.

Es gab bei logischem Denken – und Katja dachte immer logisch – nur eine Richtung, in die sie gezogen sein mußten: Hinüber zum Tjunjan und den Fluß entlang bis Assykol am Wiljuj.
Serikow studierte die Karte . . . es war im Winter ein höllischer Weg. Hier gab es nichts als Wald, ein hügeliges Land, überwuchert von Bäumen und verfilzten Büschen.
»Ich werde dich finden, Katja Alexandrowna –« sagte Serikow, faltete die Karte zusammen und trat das Lagerfeuer aus. »Wenn du lebst, werde ich dich finden . . .«
Wie konnte er wissen, daß sie damals in großen Kreisen herumgezogen waren und jetzt weiter im Norden hausten, an einem Fluß, den sie nicht kannten und der Tjung hieß? Ein Fluß voll Gold, sich in vielen Windungen in die Hügel einsägend, vorbeifließend an der einsamen Faktorei Jakuttorg, bei der die jakutischen Jäger ihre Felle ablieferten und eintauschten gegen Waffen, Munition, Petroleum, Kerzen, Salz und Wodka.
Ein Fluß, der geradewegs in die Freiheit führte . . . aber das wußten die da oben am goldenen Ufer auch nicht.

23

Putkin nahm das Thema Kind nicht mehr in seine Reden auf. Dafür beschäftigte er sich intensiv mit Nadeshna und ihrer Schnitzkunst. Der Josef war fertig und wurde von Morotzkij mit flüssigem Baumharz bemalt, das Jesuskind lag in der Krippe, ein Schaf blickte dümmlich in die Gegend, und jetzt war eine Figur an der Reihe, die Putkin mit Mißtrauen entstehen sah.
»Der König Balthasar –« sagte Nadeshna. »Wenn Sie nicht Hände wie eine Dampframme hätten, Igor Fillipowitsch, könnte ich Ihnen zeigen, wie man den Melchior schnitzt.«
»Sie bringt mich um den Verstand –« sagte Putkin am Abend hinter dem Haus zu Andreas. Sie holten Holz für die Nacht. »Es wird Zeit, daß meine eigene Hütte fertig wird. Ich muß ausziehen, sonst schände ich sie vor Morotzkij und dem beharzten Josef . . .« Er streckte das dicke Bein aus und hielt Andreas damit fest, als er an Putkin vorbeigehen wollte. »Brüderchen, du hast einmal gesagt, ich sei in die Betschwester verliebt –«
»Das ist die Wahrheit, Igor Fillipowitsch. Leugne es nicht.«
»Wer leugnet es denn, he?« Putkin lehnte sich gegen die Hüttenwand und drückte die Holzkloben an seine breite Brust. »Aber wird es besser, wenn man es ausspricht? Jede Nacht geht es los . . . bei euch oben auf dem Ofen, bei Morotzkij neben mir auf dem Boden. Jeder Hase hat mehr Schamgefühl, jeder Rammler treibt die Häsin in eine Ackerfurche. Nur ihr liegt schamlos herum, als sei ich ein Eunuche. Das geht nicht gut, Andrej!«
Es waren immer die gleichen Reden, man hatte sich daran gewöhnt. Anschließend tobte sich Putkin dann immer aus, hackte Löcher in die Eisdecke des Flusses, fällte Bäume, entastete sie, kerbte sie ein und setzte den Bau seiner Hütte fort, die – wenn sie fertig war – einer Festung gleichen würde.
»Mein Kreml«, sagte Putkin einmal, als er den anderen im Schnee sein Haus aufzeichnete. »Ein Millionär kann sich das leisten! Freunde, wir werden nicht ewig unentdeckt bleiben. Auch hierher kommen einmal jakutische Jäger . . . und was dann? Sie sehen das Gold, und schon beginnt der Krieg! Die Hölle beginnt, wo mehr als zwei Menschen zusammen sind . . .«

»Ein wahres Wort, Igor Fillipowitsch«, sagte die Susskaja und sah ihn dabei mit einem Blick an, daß er knurrte, sich erhob, den Grundriß seines Hauses im Schnee zertrat und sich zum Fluß absetzte.
Das Haus wuchs von Tag zu Tag. Putkin verwendete jede freie Minute daran, und das hatte seinen Grund nicht allein darin, daß er weg wollte aus der gemeinsamen Hütte, in der man sich paarte, als gehöre das zum Nachtisch, wie er einmal brüllte.
Ein anderer Grund war Morotzkij. Es entstand so etwas wie ein Wettrennen, denn Putkin hatte mit Morotzkij gewettet, daß er sein Haus schneller gebaut haben werde, als dieser die Elchkuh zum Reittier dressieren könne.
»Die Wette gilt!« hatte Morotzkij gesagt. »Sie verlieren sie, Igor Fillipowitsch. Maruta frißt mir schon aus der Hand . . .«
»Er nennt das Vieh Maruta!« schrie Putkin und warf die Arme in die Luft. »Maruta! Als ob es ein zierliches Mädchen wäre!« Aber von da an begann er, im Wald zu wüten, hackte Bäume um mit einer Wut, die an einen Urmenschen erinnerte, benutzte die Essenspausen dazu, Morotzkij bei der Arbeit mit der Elchkuh zuzusehen und beobachtete, wie das große Tier fröhlich mit den langen Lauschern wackelte, wenn Morotzkij in das Knüppelgehege trat.
»Es ist unheimlich –« sagte Putkin einmal zu Andreas. »Ob Nadeshna oder die Elchkuh, die Weiber ergeben sich diesem Gerippe Semjon Pawlowitsch. Was ist das bloß, Andrej? Jeder, der ihn ansieht, würde für ihn sammeln, damit er mehr zu essen kriegt, und wer ihn sogar nackt sieht, ist versucht, ihn tröstend an sich zu ziehen und zu sagen: ›Auch das Winzige hat Berechtigung auf der Welt!‹ – Aber nein. Morotzkij kriegt die Weiber hin! Sieh dir die dämliche Kuh an! Wie sie schnaubt und ihm die fürchterlichen Hände leckt. Nur weil er rouh-rouh ruft –«
»Er hat's studiert«, lachte Andreas. »Beeile dich mit deinem Haus, Igor Fillipowitsch . . . sonst kommt Morotzkij eines Tages zu dir an die Baustelle geritten. Du hast nicht mehr viel Zeit. Semjon Pawlowitsch und Nadeshna konstruieren bereits aus Fellen einen Sattel . . .«
In den folgenden Tagen geschah Merkwürdiges.
Während Nadeshna und Morotzkij in seliger Umarmung schliefen und oben auf dem Ofen Andreas und die Susskaja, nackt wie immer, als die Hausherren die schwere Wärme durch ihre Glieder strömen ließen, schien Putkin von einem krankhaften Harndrang befallen zu sein.
Er verließ mehrmals in den Nächten das Haus, kehrte aber schnell wieder und rollte sich wieder an der Wand in sein Fell. Am nächsten

Morgen hatte Morotzkij dann Mühe, seine Maruta zu beruhigen. Sie flüchtete vor ihm, blähte die Nüstern und benahm sich so, als sei sie gerade eingefangen worden. Am vierten Tag senkte sie sogar den Kopf und ging in Angriffsstellung.
Morotzkij verstand das nicht, setzte sich außerhalb des Geheges auf einen Stein und beobachtete die Elchkuh. Sie trabte unruhig hin und her, und wenn er die Hand hob und rouh-rouh rief, brach sie aus und flüchtete wieder.
»Tierpsychologisch ist das rätselhaft –« sagte Morotzkij zu den anderen. »Maruta ist in eine Phase der Angstpsychose gekommen. Aber warum? Keiner tut ihr etwas, das Fressen ist wie früher, unser Geruch hat sich nicht verändert, die gleichen Stimmen sprechen sie an ... ihre Verhaltensweise kann man nur durch einen Schock verursacht haben. Aber woher bloß? Woher?«
Am sechsten Tag fand die Susskaja die Antwort auf Morotzkijs verzweifelte Frage. Ein Zufall war's, wie ja die Zufälle meistens das Leben würziger machen, gleich Pfefferkörnern in einer Wurst. Wieder erhob sich Putkin mitten in der Nacht, warf seinen Pelz um und schlurfte leise hinaus. Katja lag wach neben dem tief atmenden Andreas, es war eine stille Stunde, ganz allein für sie, in der sie an das Kind dachte, das in ihr wuchs, und an die Jahre, die kommen würden. Jahre in der Taiga, von denen Andrej nichts ahnte, denn dieses Kind war eine Wurzel in Rußlands Boden, die niemand mehr herausreißen konnte, auch Andrej nicht mit seinem Traum von einem Leben in Deutschland.
Was ist Deutschland, dachte sie. Ist es anders als Rußland? Fließen dort Milch und Honig von den Dächern und sind die Straßen mit Broten gepflastert? Was braucht der Mensch, um glücklich zu sein? Ein Dach, einen Ofen, ein Stück Land, eine Handvoll Saat, den Glauben an die eigene Kraft und den Mantel der Liebe. Wie kann er da noch hungern und frieren? Und braucht man Deutschland dazu, um so glücklich zu sein?
Sie schob den Kopf über den Ofenrand und sah Putkin nach, der auf Zehenspitzen, wie ein Tanzbär, davonschlich. Es war jetzt das dritte Mal, daß er verschwand, und für die Susskaja begann Putkin ein medizinischer Fall zu werden. Man soll mit einer Blasenentzündung nicht umgehen wie mit einem Schnupfen.
Sie glitt vom Ofen, warf ihren Pelzmantel über, schlüpfte in die Fellstiefel und ging Putkin nach. Draußen schlug ihr der Frost entgegen, und sie wollte schon rufen, daß es Irrsinn sei, bei dieser Kälte zu urinieren, als sie Putkin schnellen Schrittes zum Gehege stampfen sah. Er schob das Gatter auf, betrat das kleine Viereck, die Elchkuh

schnaubte, stieß einige dumpfe Laute aus und flüchtete im Kreis. Aber Putkin war ihr gewachsen, rannte ihr nach und trat ihr ein paarmal kräftig in die Weichen. Es klatschte laut, als wenn man auf einen Sack schlägt, dann verließ Putkin wieder das Gehege, schloß das Gatter und kam zufrieden zum Haus zurück.
Dort prallte er gegen die Susskaja, die an der Tür stand und ihn stumm ansah.
»Hoho!« sagte Putkin und wollte sich an ihr vorbei ins Haus drängen. »Ist es schon so weit, Katja Alexandrowna, daß Sie die Männer beim Pinkeln beschleichen? Ihr Interesse ehrt mich . . .«
»Bleiben Sie stehen, Sie Schwein!« sagte die Susskaja kalt. »Morotzkij verliert den Glauben an die Tiere, weil er sie nicht mehr versteht . . . und Sie schleichen nachts herum und mißhandeln Maruta und machen Morotzkijs Arbeit zunichte. Welch ein Lump sind Sie doch, Putkin!«
»Das ist ein legitimes Mittel, Katja. Wir stehen in einem Zweikampf, bei dem alle Tricks erlaubt sind. Warum liegt Semjon Pawlowitsch auf Nadeshna, statt mein Haus in dieser Zeit zu vernichten?«
»Weil er zu anständig ist. Sie aber sind ein Dreck!«
»Werden Sie es Morotzkij sagen, Katja Alexandrowna?«
»Natürlich.«
»Wie Sie wollen!« Putkin schob die Susskaja von der Tür. »Morotzkij wird mit Messern nach mir werfen, ich werde ihm deshalb den Schädel zerdrücken, es wird ein lustiges Treiben werden, bei dem wir uns alle gegenseitig vernichten. Katja, Sie sind ein humorloser Mensch. Ich habe Semjon Pawlowitsch nur einen Streich spielen wollen . . .«
Die Susskaja schwieg über die Begegnung, aber sie wachte zwei Nächte lang und lauerte auf Putkin. Er verlor plötzlich seinen Harndrang und blieb im Haus. Aber Putkins Vorsprung im Hausbau gegenüber Morotzkijs Elchkuhdressur war nicht mehr aufzuholen . . . Igor Fillipowitschs »Kreml« wuchs zu einem klobigen Gebäude heran, und nach sieben Tagen fehlte nur noch das Dach.
Was allerdings dann geschah, war ein neuer Beweis von Putkins eigenem Humor.
An diesem Morgen war niemand mehr am Fluß als Nadeshna und Putkin. Morotzkij wagte ein großes Experiment: er ging mit Maruta spazieren, führte sie an einer Art Halfter hinter sich her und hinkte in den Wald hinein. Es war klar, daß Morotzkij verlieren würde, wenn die Elchkuh sich losreißen würde, die Weite und die Freiheit witternd. Sie blickten ihm alle nach, schweigend, um Maruta nicht zu erschrekken, und bewunderten Morotzkij, der mit seinem röhrenden rouhrouh der Elchkuh voraushumpelte wie ein Clown.

Dann machten sich Andreas und die Susskaja auf den Weg, um die Fallen abzugehen und die Beute einzusammeln. Mit Putkins großer Klappfalle hatten sie schon zwei Füchse gefangen, dick im Fell, große Burschen, die verzweifelt um sich bissen, ehe Katja sie erschoß. Sie tat das ruhig, mit gespreizten Beinen dastehend, wie ein alter jakutischer Jäger, mitleidlos . . . und Andreas starrte sie an und erkannte sie in diesen Momenten nicht mehr.
Nun waren also Putkin und Nadeshna allein, Putkin hämmerte in seinem Haus herum, und Nadeshna briet einen Hasenrücken, gespickt mit Rentierspeck. Es roch bis zu Putkin hinüber, und es war ein Duft, der ihn an Geborgenheit erinnerte, an Zufriedenheit, an eine Frau, die für ihn da war.
»Nadeshna!« rief er und winkte aus dem breiten Loch in der Hauswand, wo einmal die Tür eingesetzt werden sollte. »Das ist ein Haus! Sieh es dir an, solange noch der Himmel hineinblickt. Ist erst ein Dach drauf, kommt nur ein Weib rein, das seinen Rock hochhält –«
Er lachte dröhnend, winkte mit beiden Armen, und Nadeshna ging zu ihm hinüber, das Wunderwerk zu betrachten.
Putkin empfing sie mit einer tiefen Verbeugung, gab die Tür frei und ließ Nadeshna an sich vorbeigehen. Kaum hatte sie ihm den Rücken zugedreht, packte er sie von hinten, preßte seine Hände um ihre Brüste, zerriß dabei ihr Kleid und drückte seine Knie zwischen ihre Beine.
Nadeshna wollte schreien, aber Putkin klatschte ihr die linke Hand auf den Mund, und obgleich sie sofort hineinbiß und Blut herausspritzte, ließ er sie nicht los, warf sie mit dem Gesicht in den Schnee, riß ihr den Rock hoch und zerfetzte ihre Unterwäsche.
»Mein Kätzchen!« schrie er dabei. »Beiß, beiß, mein Pantherchen! Wie lange haben wir darauf gewartet, nicht wahr? Warum lügst du so, mein Krällchen? Schnitzt den heiligen Josef, ein Schäfchen und den Balthasar, klemmt sie sich zwischen die Beine, und woran denkt sie, ha? Bin ich blind? Kann ich deine Augen nicht lesen? Ich höre dein Gehirn, wenn du bei Semjon Pawlowitsch liegst, und es schreit Igor – Igor . . . Warum verstecken wir uns? Diese Heuchelei, diese verdammte Heuchelei. Betet und bekreuzigt sich und guckt mir auf die Hose! Mein Kätzchen, verdammtes . . .«
Sie rollten in den Schnee, Nadeshna biß noch einmal zu, erwischte Putkins dicke Nase und hieb die spitzen Zähne hinein. Er jaulte auf wie ein angeschossener Wolf, zerriß völlig ihr Kleid, packte ihren schmalen nackten Körper wie ein gebleichtes Stück Holz und warf ihn dreimal in den Schnee, bis er ausgestreckt liegenblieb, von Putkins Blut besprüht, und sich ergab.

Nach drei Stunden kamen sie zum Fluß zurück.
Zuerst tauchte Morotzkij auf . . . man hörte ihn schon von weitem. Sein ständiges »rouh-rouh«, dieser kehlige Ruf der Elchhirsche flog ihm voraus.
Igor Fillipowitsch Putkin hatte sich in seinem halbfertigen Blockhaus verschanzt. Er hatte dicke Steine gesammelt, einige gewaltige Knüppel bereitgelegt und war somit gerüstet, sein Leben so gut wie möglich zu verteidigen. Daß sie alle gemeinsam über ihn herfallen und ihn totschlagen würden, war ihm klar . . . es war nur eine Frage der Zeit, daß die Meute der Rachsüchtigen die Oberhand über ihn gewann.
Nadeshna hatte er nach zwei Stunden Liebe gnädig entlassen. Sie hatte sich nach der ersten Überwältigung nicht mehr gewehrt. Sie weinte nur in den zerstampften und blutbefleckten Schnee, und später, als Putkin sie umdrehte und auf ihr lag wie ein Felsblock, den ein Erdbeben durchrüttelt, tropfte sein Blut aus der aufgebissenen Nase über ihr Gesicht. Sie schloß die Augen und ertrug stumm und fast demütig die Leidenschaft dieses Bären. Aber dann erlebte Putkin fast ein Wunder. Als er schon fürchtete, Nadeshna sei unter ihm gestorben, grub sie plötzlich ihre langen Fingernägel in seinen Nacken und seinen Rücken, bewegte sich unter ihm wie eine Schlange auf einem heißen Felsen, schrie ihn an mit Ausdrücken, die eine so gebildete Frau wie die Abramowa eigentlich nicht kennen durfte, nannte ihn Hurenbock und Stutenstößel, Schwarzschwanz und Wassersack, und das alles aus einem so schönen Mund, von so roten, fein geschwungenen Lippen, die bisher nur Gebete gesprochen hatten. Putkin war so überrascht, daß er von da an nicht mehr der Sieger, sondern der Besiegte war, und Nadeshna verfuhr mit ihm wie mit einem jugendlichen Liebhaber, der verwirrt die Kraft seines Körpers erkennt.
Jetzt saß Nadeshna in der Hütte und versuchte, ihre zerrissenen Kleider zu nähen. Das war nicht einfach . . . man hatte nur die Fäden zur Verfügung, die man aus anderen Stellen der Kleidung herauszog, und als Nadel dienten einige stabile Gräten, in die Morotzkij – praktisch wie immer – die Nadelöhre gebohrt hatte. Es war eine Quälerei, damit zu nähen, aber wo es nichts gibt, muß selbst der Teufel vom eigenen Schwanz leben.
Putkin schob den dicken Kopf über die Wand aus groben Stämmen und beobachtete Morotzkij und die zahme Elchkuh Maruta, die von ihrem Spaziergang zurückkamen. Morotzkij allein war keine Gefahr. Andreas und die Susskaja hatten das Gewehr und die Messer mit; es gab jetzt nur eine Axt im Haus, und die hatte Putkin sich geholt. Griffbereit lag sie neben ihm, in seinen gewaltigen Händen eine Waffe, die man erst einmal überwinden mußte. Morotzkij allein

konnte das nicht, er konnte nur vor Wut brüllen, wenn Nadeshna ihm alles erzählt hatte.
»Das ist eine Festung!« sagte Putkin zu sich selbst und spürte plötzlich, daß es die Angst war, die ihn zu Selbstgesprächen führte. »Dieses Haus ist ein Kreml. Kommt her und erobert es!« Er legte das Kinn auf die obere Balkenschicht, in jeder Hand einen großen Stein, und sah Morotzkij zu, der vergnügt mit seiner Maruta aus dem Wald kam.
»Igor Fillipowitsch!« rief er, als er Putkins struppigen Kopf über der Hauswand sah. »Ich habe gewonnen! Maruta geht herum wie ein Hündchen. Sehen Sie sich das an!« Er hinkte voraus, ließ plötzlich den Lederriemen los, mit dem er Maruta geführt hatte, und die Elchkuh trottete ihm nach, selbst als Morotzkij sein lockendes »rouh-rouh« einstellte. Die Dressur war vollkommen.
»Ein Geschöpf ohne Hirn . . . wie alle Weiber!« schrie Putkin zu ihm hinüber. »Gut, Sie haben die Wette gewonnen, Semjon Pawlowitsch! Stecken Sie sich Ihren Stolz an die Mütze wie eine Feder!«
In zehn Minuten wird er herumrennen und die Sonne anheulen, dachte Putkin und stützte das Kinn wieder auf die Holzstämme. Jetzt bringt er Maruta erst in das Gehege, dann wird er nach seiner Nadeshenka schreien, aber sie wird nicht aus dem Haus kommen, wie sollte sie auch, das zierliche, blonde, engelsgleiche, raffinierte geile Aas, und er wird hineingehen, sofort erkennen, was los gewesen ist – wozu ist er Verhaltensforscher – und dann wieder heraushinken und zu mir herüberbrüllen. Von da ab wird die Belagerung losgehen . . .
Putkin wurde es heiß. Er schob die dicke Wolfspelzmütze in den Nakken und schluckte den Speichel laut hinunter, der sich in seinem Mund ansammelte.
Wird die Susskaja schießen? dachte er. Natürlich wird sie . . . sie ist eine Höllengeburt. Wenn jemand gnadenlos ist, dann ist es Jekaterina Alexandrowna. So eine kann Lagerärztin sein, in Workuta, Karaganda oder Magadan, die personifizierte Todesnachricht, die jeden Morgen die sich krank Meldenden mit der Peitsche aus dem Lazarett treiben läßt und »arbeitsfähig« sagt. Mit ruhiger Stimme und einem Lächeln auf den vollen Lippen, hingegeben dem Genuß, mit einem Wort das Grauen herbeizurufen. So eine ist sie, wahrhaftig . . . Ist das ihr großes Geheimnis? Ärztin in einem Straflager?
Putkin wischte sich über das vereiste Gesicht. Daß man daran noch nicht gedacht hat, sagte er sich. Sie schleppt die Schuld von Tausenden »Toter Seelen« mit sich herum, und sie wird nicht zögern, auch einen Putkin zu erledigen, breitbeinig im Schnee stehend, zielend wie auf einem Schießstand. Und sie kann schießen, das hatte sie oft genug bewiesen.

Morotzkij hatte seine Maruta in das Knüppelgehege geführt, gab ihr jetzt einen Kuß auf die dicken Nüstern und humpelte mit seinem verkürzten Bein hinüber zu Andrejs Hütte. Wie erwartet rief er: »Nadeshna! Nadeshenka! Mein Liebling! Komm heraus, sieh dir das an . . . Maruta ist zahm wie ein Hirtenhund!«

Die Tür blieb zu. Morotzkij nahm die Fellmütze von seinem schmalen, dürren Kopf und blickte hinüber zu Putkin. Die kalte, aber ungemein strahlende und durch den Schnee blendende Sonne umrandete Morotzkijs Haupt wie mit einem glitzernden Rahmen.

»Wo ist sie?« rief er.

»Im Haus!« rief Putkin zurück. »Gehen Sie hinein, Semjon Pawlowitsch. Aber übereilen Sie nichts . . .«

Das war eine rätselhafte Bemerkung. Morotzkij zuckte mit den Schultern, schüttelte den Schnee von seinen Stiefeln und betrat das Blockhaus.

Jetzt, dachte Putkin. Zählen wir ganz langsam bis zwanzig . . . dann muß Morotzkij brüllend wieder in der Tür erscheinen.

Er legte die Steine auf die Balken, griff nach der Axt und atmete tief ein. Sein Körper glühte von innen. Schweiß rann an ihm herunter, als wäre er in heiße Tücher gewickelt.

Eins – zwei – drei –

Bei zehn sah er Andreas und die Susskaja zurückkommen. Sie hatten einen Weißfuchs und drei Schneehühner bei sich; Andrej trug sie aufgereiht an einer Schnur über dem Rücken. Die Susskaja hatte das Gewehr in der Armbeuge liegen und ging voraus, mit kräftigen Schritten, den Pelzmantel offen, die langen schwarzen Haare quollen unter der Fellmütze über die Schultern . . . ein Weib, um das sich Gott und der Satan bekriegen konnten.

Putkin hörte mit dem Zählen auf und betrachtete die Susskaja wie ein Delinquent, dem sich sein Henker vorstellt. Vielleicht kann man noch verhandeln, dachte Putkin. Ich habe es immer und immer wieder gesagt: Man kann einen Mann wie mich nicht zwischen zwei Paare legen, die jede Nacht herumdonnern, als gelte es, eine Felswand zu durchbrechen. Mindestens eins der Weiber hat eine menschliche Verpflichtung, den Einsamen vorm Verrücktwerden zu bewahren. Das könnte man ihnen sagen, das wäre eine Diskussionsgrundlage, das fällt in das Gebiet des praktischen Sozialismus.

»Deine Fallen sind gut, Igor!« rief Andreas zu Putkin hinüber. »Der Fuchs saß drin. Ein Prachtkerl! Wir werden das Fell unter uns verlosen –«

»Ich schenke es Katja!« schrie Putkin zurück. »Eine schöne Mütze gibt's!«

Er blickte hinüber zum Haus. Warum kommt Morotzkij nicht heraus? Was erzählt Nadeshna denn alles, daß es so lange dauert? Oder hat ihn der Schlag getroffen, als er's hörte? Ist umgefallen, das Gerippenmännchen, und liegt jetzt da auf dem Boden, und das blonde Schwänchen reibt ihm die Brust und kriegt das Herz nicht mehr in Gang?
»Wo ist Semjon Pawlowitsch?« rief die Susskaja. Sie bot Putkin ein strahlendes Gesicht, so herrlich schön in seiner geröteten Wildheit, daß es ihm kalt über den Rücken lief.
»Im Haus! Er hat Maruta herumgeführt wie einen Blindenhund.« Putkin umklammerte die Axt. Sie nutzte wenig, wenn Katja gleich schießen würde, aber erst mußte sie herankommen, in das halbfertige Haus hinein, denn er hatte vor, sich hinter die dicken Stämme zu verkriechen. Es würde sich dann zeigen, ob man über alles diskutieren konnte oder sich zusammenschießen ließ.
Er sah, wie Andreas und die Susskaja ins Haus traten und wartete mit angehaltenem Atem. Jetzt mußten sie Morotzkij sehen, wenn er wirklich leblos auf der Erde lag, und jetzt mußte Nadeshna ihnen entgegenschreien: »Putkin ist das größte Schwein, das Rußlands Sonne beschienen hat.« Dann würde die Tür wieder auffliegen, und die schwerste Stunde für sie alle hatte begonnen.
Aber es geschah nichts. Die Tür blieb zu, die Ruhe legte sich über Putkin mit der Unheimlichkeit einer nicht sichtbaren würgenden Hand. Er begriff das nicht, dachte an eine besondere Taktik und nagte an der Unterlippe. Um seine aufgebissene Nase hatte er einen Fetzen Stoff gebunden, damit der Frost nicht in die Wunde kam und seine ganze Nase auffraß. Die Minuten rannen davon, es blieb still im Haus . . . dafür quoll dichter Rauch aus dem Kamin und trug den Geruch von gebratenem Fleisch in die stille, sonnendurchglitzerte Kälte.
Sie wollen mich mürbe machen, dachte Putkin und lehnte sich an die Hauswand. So gemein und feige sind sie also . . . auf die Nacht warten, nicht auf die kommende, auf irgendeine Nacht, in der ich schlafen werde, denn einmal falle auch ich um, man kann nicht immer wachsam sein . . . und dann werden sie auf leisen Sohlen kommen und mich abschlachten. Ganz ohne Mühe, ein kleines Kind könnte das tun. Sie haben ja Zeit, natürlich haben sie Zeit! Sie machen es mit der alten russischen Weisheit: Die Uhr regelt alles.
Er schnaufte vor Wut, biß in seine Handschuhe und wartete weiter.
Eine Stunde später erschien Andreas in der Tür. Putkin straffte sich. Jetzt kommt das Todesurteil! Und wie er dasteht, dieser Andrej . . . barhäuptig, in Hemdsärmeln, in der Kälte seine Zimmerwärme ausdampfend . . . eine widerliche Art zu töten.
»Igor Fillipowitsch!« rief Andreas zu dem halbfertigen Blockhaus

hinüber. »Hör auf mit arbeiten! In zehn Minuten serviert Nadeshna einen Braten . . .«
Putkin antwortete nicht. Wer fällt darauf herein, du Idiot, dachte er bloß. Mich herauslocken, was? Mich aus der sicheren Deckung holen? Kommt her, ihr Mörder! Holt euch euer Opfer! Mir das duftende Fleisch unter die Nase halten und dann das Gewehr abdrücken! Bin ich ein Blödel? Wer hat die dämliche Idee gehabt, einen Putkin auf so primitive Weise überrumpeln zu wollen?!
Andreas ging zurück ins Haus. Jetzt beratschlagen sie wieder, dachte Putkin. Und die Susskaja steht mit dem Gewehr bereit und lauert auf mich wie auf einen streunenden Wolf. Er hieb mit den Fäusten gegen die Holzwand, heulte dann in seine dicken Handschuhe hinein und wartete weiter. Die Angst hatte ihn jetzt voll erobert, er litt eine Qual, die unsagbar war. Er starb bereits in kleinen Stücken, und das war ein Gefühl, das selbst einen Berg wie Putkin aushöhlte.
Als nächster humpelte Morotzkij vor die Tür. Auch er in Hemd und Hose, in der Kälte von Dampf umgeben.
»Der Braten wird kalt!« rief er fast fröhlich.
»Legt mein Stück auf einen heißen Stein!« brüllte Putkin zurück.
»Dann wird es zäh wie eine Schuhsohle.«
»Auch Schuhsohlen sind knapp.«
Ihr Hohlköpfe, dachte Putkin. Wird ein Trick besser, wenn man ihn wiederholt? So harmlos könnt ihr gar nicht dreinblicken, um mich aus meinem Haus zu locken. Zurück, Semjon Pawlowitsch, sonst bekommst du's an der Lunge!
Morotzkij humpelte ins Haus zurück, dafür erschien wieder eine Viertelstunde später die Susskaja. Unbewaffnet, mit offener Bluse . . . sogar auf diese Entfernung erkannte er ihre strotzenden Brüste und dachte: Das Kind wird eine Mörderin zur Mutter haben. Was geht jetzt in Katja Alexandrowna vor? Was denkt sie? Ha, wie sie dasteht mit ihren kräftigen Beinen und dem Rock, der beginnt, sich über dem Leib zu spannen. Ihre Schenkel drücken sich durch den Stoff, das schwarze Haar weht im eisigen Wind . . . in keinem Märchen ist der Todesengel so schön wie die Susskaja.
»Schluß mit der Arbeit!« rief sie. »Man kann's übertreiben, Igor Fillipowitsch.«
»Ich habe keinen Hunger!« brüllte er. Seine Stimme klang heiser vor Angst. »Ich halte es hier noch aus!«
Dann legte er die Stirn auf die gefrorenen Stämme und begann heftig zu zittern. Diese Freundlichkeit, schrie es in ihm. Diese teuflische Freundlichkeit! In Bratenduft getauchte Einladung zum Sterben. Wie höllisch ist dieses Weib, wie höllisch! Er spürte wieder dieses stück-

weise Sterben in sich und drückte die Hände gegen seinen Mund, um die gurgelnden Laute aus seiner Brust zu ersticken.
Am Abend – Putkin saß in seinem halbfertigen Haus und starrte auf die in der Dunkelheit verschwimmende Blockhütte – kam plötzlich Nadeshna heraus und ging auf ihn zu. Er riß die Axt an sich und blickte ihr mit hochgezogenen Schultern entgegen.
Sie allein, dachte er. Wie will sie's wohl machen? Hat sie das Gewehr unter dem Mantel? Mutig, mutig, mein blondes Kätzchen ... hat dir Katja Alexandrowna in den vergangenen Stunden das Schießen beigebracht? Eigentlich ist es ganz einfach: Anlegen, das Kinn fest auf den Kolben pressen, zielen, mir mitten zwischen die Augen, den Finger dort krümmen, wo der stählerne Haken ist. Schuß! Auch wenn du hinterher vom Rückstoß umfällst ... du hast's geschafft, Nadeshna. Nur sag mir vorher noch eins: Was war das für eine Stunde, in der du mir den Nacken und Rücken zerkratzt hast und mich einen Hurenbock nanntest und keine Ruhe gegeben hast, bis ich zu dir sagte: Luderchen, verdammtes, jedes Fahrzeug, selbst der krüppligste Bauernwagen, hat eine Bremse. Zieh sie an, mein goldenes Teufelchen ... Was war das für eine Stunde, he?
Nadeshna blieb im Eingang der halbfertigen, großen Hütte stehen und blickte Putkin lange und wortlos an. Ihre blauen Augen tasteten ihn ab.
»Was ist?« knurrte er.
»Der Braten ist so schön geworden, Igor ...«
»Erstickt daran!« Putkin schnaufte tief auf. »Was ist? Worauf wartest du? Warum kommst du allein?«
»Die anderen essen.«
»Sie essen wirklich?« Putkin spürte das Hämmern seines Herzens bis unter die Kopfhaut. »Sie sitzen da und fressen, reißen mit den Zähnen das Fleisch von den Knochen, schmatzen und kauen, und du gehst hinaus und sie wissen es und essen weiter ... Die Hölle ist ein Abstellplatz armseliger Lumpen gegen euch!«
»Komm –« sagte Nadeshna und streckte Putkin die Hand hin. »Du hast doch Hunger, Igor ...«
Er starrte auf ihre Hand und konnte dabei nicht verhindern, daß ein wildes Zucken über sein Gesicht lief. »So also töten Engel ...« sagte er ganz leise.
»Wer tötet?«
»Nicht so«, sagte Putkin dumpf. »Nicht auf diese widerliche Art. Kommt her und bringt mich standesgemäß um. Verdammt, habt den Mut, mich Auge in Auge zu töten. Aber nicht mit einem Braten in der Hand, das Maul von Fett triefend ... nicht so ... Ich bin vielleicht

ein ungeheurer Schuft ... aber bei allem: Das habe ich nicht verdient!«

»Du hast Angst, Igor?«

Er sah Nadeshna an; ihr kindliches Gesicht mit den großen Augen unter den blonden Haaren, ihr schmaler Körper und die schlanken Beine wirkten so zerbrechlich, daß er nicht verstand, wie sie seine Kraft hatte überstehen können. Und noch weniger begriff er, daß dieses zierliche, wie gläserne Geschöpf ihn um den Atem und seine männliche Ausdauer gebracht hatte.

»Ja –« sagte er langsam. »Verdammt ja – ich habe Angst. Macht endlich ein Ende.«

»Warum? Wir wollen nur mit dir essen, Igor.«

Putkin beugte sich vor. Jetzt hat sie ihr Ziel, dachte er. Meine Stirn liegt frei. Aber sie muß erst den Mantel aufreißen und anlegen. Sie ist zu weit für mich entfernt. Aufspringen und sie überwältigen, dazu reicht's nicht mehr.

Nadeshnas Hand war ihm noch immer entgegengestreckt, und das war etwas, was ihn verwirrte. »Ihr Heuchler –« sagte er heiser. »Ihr ekelhaften Heuchler!«

»Warum sollen sie heucheln?« Nadeshna kam unbefangen näher, Putkin hielt wieder den Atem an. Jetzt trat sie in seine Sprungnähe, jetzt konnte er sie erreichen – wenn sie nun unter den Mantel griff, hatte sie verloren. Er spannte jeden Muskel in sich und wartete, den Blick fest auf ihr Gesicht geheftet. Ihre Augen werden sie verraten, dachte er. Jede Tat wird erst mit den Augen signalisiert.

Aber Nadeshnas Augen blieben groß und klar.

»Komm –« sagte sie.

»Was hast du den anderen erzählt?« Putkin rang an diesen Worten, als habe er keine Zunge mehr. Der Schweiß brannte in seiner Nasenwunde. Nadeshnas Biß.

»Nichts –«

»Du hast ihnen nichts erzählt?«

»Nein.«

»Sie sollen mich nicht töten?«

»Brauche ich sie dazu?« Sie stand vor ihm, winzig fast gegen das riesige Pelzbündel Putkin. »Igor Fillipowitsch, ich werde es allein tun, wenn die Zeit dafür gekommen ist. Willst du jetzt meinen Braten essen?«

Putkin nickte, warf die Axt weg und trottete Nadeshna voraus zur Hütte. Sie hat ihnen nichts gesagt, dachte er dabei und schwankte wie ein Betrunkener. Sie haben keine Ahnung. Warum hat sie nichts gesagt, warum? Ist es möglich, daß sie mich liebt? Mein Gott – ver-

dammt ja, ich nenne deinen Namen – gibt es so etwas? Nadeshna Iwanowna liebt einen Putkin?
Er trat ins Haus, die heiße Luft schlug ihm entgegen und der köstliche Duft des gebratenen Fleisches. Er warf seinen Pelz ab, setzte sich an den Tisch und streckte die dicken Beine aus. Die anderen starrten auf seine Nase, von der der Lappen abfiel . . . sie war mächtig geschwollen, und die Bißwunde glänzte bläulich.
»Nageln Sie neuerdings mit der Nase?« fragte Morotzkij witzig.
Und als sie alle lachten, lachte Putkin mit, schielte hinüber zu Nadeshna, griff sich das größte Stück Fleisch und biß hinein, daß ihm der Bratensaft durch den Bart rann.

24

Die Suche nach General Serikow gestaltete sich zu einer Groteske. Wie eine dicke, kahlköpfige Spinne hockte Oberst Bubnow im Hauptquartier von Irkutsk, und selbst General Lagutin, der provisorisch Serikows Befehlsbereich übernommen hatte, wagte es nicht, unnötig in das überheizte Zimmer zu treten und den häßlichen Giftzwerg anzusprechen. Manchmal aber war das nötig, nämlich immer dann, wenn die Suchflieger zurückkamen und man schon an ihren Gesichtern ablesen konnte, was sie mitbrachten: Nichts!

»Wir sind enttäuscht«, sagte Bubnow dann mit seiner teuflisch ruhigen Stimme. »Wir sind sehr enttäuscht!«

Wir . . . das bedeutete: Das KGB! Und wenn das KGB enttäuscht ist, bedeutet das wiederum, daß Moskaus Auge sehr kritisch auf die Garnison Irkutsk blickt. Die Folge würde sein: Verschärfte Inspektionen, Kontrollen aller Offiziere, Beförderungssperren, Einsetzen neuer und schärferer politischer Schulungsleiter, kurzum ein Dienst, der nicht mehr die Freude machte wie bisher.

Aber auch Bubnows Enttäuschung half nicht weiter . . . General Serikow blieb in der Weite der Taiga verschwunden. Die Radarstationen verzeichneten kein unbekanntes Flugobjekt, weil Serikow so niedrig über die Waldgipfel huschte, daß ihn kein Radar erfassen konnte. An der Absturzstelle der Maschine aus Suchana zu suchen, kam keinem in den Sinn. Es wäre auch zu unlogisch gewesen. Was wollte Serikow im Norden? In der eisigen, tief verschneiten Einsamkeit?

Bubnow faßte in einigen Leitsätzen zusammen: »Versetzen wir uns in die Lage von Waska Janisowitsch. Er ist nervenleidend, man hat ihn hier behandelt, er geht in eine wohlverdiente Pension, mit allen Ehren, schließlich war er ein Held, Genossen, das wollen wir anerkennen. Aber er fühlt sich unverstanden, seine Nerven diktieren ihm Dinge außerhalb der Vernunft. Wer auf Fotos schießt, nur weil sie einen Deutschen zeigen . . . man kann einen kranken Menschen nicht verurteilen, man muß ihn behandeln. Aber welcher Nervenkranke sieht das ein? Also flüchtet er. Wohin? Dort, wo er meint, in die Freiheit zu kommen. Das ist nur der Süden. Das sind China, Afghanistan und der Iran. Für die beiden letzteren reicht aber das Benzin nicht . . .

und nach China? Genossen, ich traue dem General Serikow trotz seiner schwachen Nerven eine solche Geschmacklosigkeit nicht zu. Er muß also zwischenlanden, sich Flugbenzin verschaffen oder irgendwo im Lande bleiben und sich verstecken. Und das sind alles Möglichkeiten, die wir im Griff haben müßten.« Bubnow hob die Stimme, und die versammelten Offiziere zuckten zusammen. »Haben wir sie im Griff? Genossen, keiner von uns dürfte mehr den Blick vom Boden erheben, so sollten wir uns schämen –«

Serikow hielt unterdessen an der Absturzstelle vier Tage aus, um seine Spur völlig zu verwischen. Neuer Schneefall deckte die breiten Kufenrillen der Landung zu, und die Zeit, je länger sie wurde für die Suchstaffeln, saugte auch Serikow auf. Das war es, was Bubnow befürchtete ... mit jedem Tag entfernte sich Serikow mehr, selbst wenn er nebenan in einem Keller gehockt hätte.

Tagsüber saß Serikow im dichten Wald an einem kleinen Feuer und las in alten Zeitungen, in die er seine Lebensmittel gewickelt hatte. Der schwache Rauch und der weißliche Dunst, der zurückblieb, wenn die Wärme mit dem Frost zusammenprallte, blieben unter den hohen Bäumen hängen und drangen nicht bis in den freien Himmel. Nachts schlief er in der Flugzeugkanzel, eingemummt in dicke Fellmäntel, über das Gesicht eine Pelzmütze gestülpt. Und immer wieder studierte Serikow die Karten und strich mit dem Zeigefinger über die Gebiete, in denen Jekaterina Alexandrowna verschwunden sein mußte ... das waren die Augenblicke, in denen Serikows Herz schwer von Liebe und Haß wurde und seine Seele in die schwere Armeepistole rutschte, die an seiner Seite am Gürtel hing.

Am fünften Tag, in der Frühe, bei fahler Dämmerung, wärmte er den Motor des kleinen Flugzeuges mit einigen niedrigen Feuern und mit über heißen Steinen erhitzten Decken an, ließ ihn dann ein paar Minuten laufen und startete, als der schneeschwere Himmel sich grau färbte und der Tag damit begann.

Er flog wieder dicht über den Wipfeln der Bäume zunächst nach Norden, zog dann eine Schleife und flog nach Osten. Eingeschnitten in die Taiga wie ein Band, das zwei Teile zusammenhält, sah er später den Tjunjan, bläulich leuchtend mit seiner Eisdecke. Er folgte dem Fluß nach Norden bis zum Wiljujskij-Gebirge, drehte dort ab, nannte sich einen Narren, der nur Benzin verschenkt, und flog zurück nach Süden, über ein rauhes, felsiges, mit Urwald bedecktes Land, in dem jedes menschliche Leben unmöglich war. Erst als das Land sich wieder senkte und ein neuer Fluß aus gespalteten Felsen hervorkam – es war der Tjung, wie Serikow auf der Karte feststellte –, wurde die Taiga

wieder lichter, aber die völlige Einsamkeit erfaßte Serikow selbst hoch oben in seinem Flugzeug.
Welch ein Land, dachte er. Kann der Mensch es jemals Meter um Meter erobern? Das ist es, was Rußland unbesiegbar und unsterblich macht: Die Weite, in der der Mensch sich verläuft. Welche Geheimnisse liegen dort unten, welche unbekannten Schätze, welche Möglichkeiten, mit ihnen die ganze Welt zu verändern!
Wer Sibirien sieht, lernt in Jahrhunderten denken.
Serikow drehte noch weiter nach Süden ab, flog den Tjung entlang und achtete nicht weiter auf das Land unter sich.
Das war ein Fehler, denn nur durch einen Zufall entdeckte er eine winzige, weiße Wolke, die träge über die Baumwipfel schwebte, eine Wolke, die nicht hierher gehörte, wo alles stumm und unbeweglich war, eisig und starr, im Schnee erstickt.
Serikow, mit dem kleinen Flugzeug jetzt vertraut, wagte einen engen Bogen, zog die Maschine tiefer und flog den Tjung entlang wie auf einer Straße.
Und da war ein Blockhaus, aus dessen Kamin jetzt kein Rauch mehr quoll, ein halbfertiges Haus ohne Dach, ein Gatter mit einem Elch, Stangen mit aufgespannten Fellen, und er sah auch die Fischlöcher, die jemand in die Eisdecke geschlagen hatte, und die an Land gezogenen, primitiven Reusen.
Vor dem Felsental zog Serikow das Flugzeug wieder hoch, wendete, kam zurück und setzte auf dem Eis des Tjung zur Landung an. Es war ein wahnsinniges Unternehmen, mit Schneekufen auf einem vereisten Fluß zu landen, aber Serikow gelang es leidlich, die Maschine rutschte, nachdem sie aufgesetzt hatte, über das Eis wie ein Schlitten, drehte sich ein paarmal um sich selbst wie ein Riesenweib, das Pirouetten tanzt, schleuderte dann gegen die Uferböschung und blieb dort endlich stehen. Eine Kufe zersplitterte an den Steinen, und Serikow duckte sich in seiner gläsernen Kanzel aus Angst, die Splitter könnten, wie bei einer detonierenden Granate, ihn noch im letzten Augenblick treffen.
Hier sind Menschen, dachte er jetzt erst, als die Stille so stark war, daß er sein Herz wie ein Hammerwerk hörte. Menschen! Hier! Das ist doch gar nicht möglich! Wovon leben sie? Was trieb sie an, hier zu siedeln? Katja und die anderen Vermißten können es nicht sein ... sie hätten sich kein Haus gebaut, hängen keine Felle zum Trocknen auf, schlagen nicht Löcher zum Fischen ins Eis. Sie wären nach Süden gezogen, 400 Werst den Fluß hinunter liegt die Faktorei Jakuttorg ... das hier werden Jäger sein, Jakuten, die Hermeline, Nerze und Füchse schießen. Aber wenn das Glück weiter anhält, werden sie mir viel-

leicht sagen können, ob sie einer Gruppe Menschen aus dieser vollkommenen Einsamkeit herausgeholfen haben.
Serikow schob die Glaskanzel auf, steckte die Armeepistole in die äußere Tasche seines Pelzmantels und kletterte aus dem Flugzeug. Er tappte vorsichtig über das Flußeis, erklomm die Uferböschung und blickte hinüber zu dem Blockhaus, das jetzt so leblos schien wie der erstarrte Wald. Aus dem gemauerten Kamin quoll kein Rauch mehr, aber unter dem Dach hingen an langen Schnüren dicke Stücke steinhart gefrorenen Fleisches.
Serikow wartete. Er stand hinter dem Leitwerk seines Flugzeuges, das über die Uferböschung hinausragte. Die Feindlichkeit dieser Stille verwirrte ihn. Ein Sibirier ist ein freundlicher Mensch. Trifft er auf einen anderen Menschen, so ist das in dieser Einsamkeit wie ein Fest. Hier aber breitete man nicht die Arme aus . . . man lag einander gegenüber wie im Feindesland.
Er war kein Feigling, dieser Serikow. Er war es nie gewesen. Das machte seine Veränderungen auch unbegreiflich, gab Bubnow und Lagutin und allen anderen Offizieren, selbst dem getreuen Krendelew unlösbare Rätsel auf. Wer dachte schon daran, daß die Liebe zu einer Frau wie Jekaterina Alexandrowna Susskaja einen Mann bis zum Wahnsinn treiben kann?
Langsam setzte sich Serikow in Bewegung, kam aus der Deckung des Leitwerkes hervor und ging am Ufer entlang auf das Blockhaus zu.

Putkin hämmerte an seinem »Kreml« herum und kerbte mit der Axt einige Baumstämme ein, als das kleine Flugzeug plötzlich zum erstenmal über den Felsen erschien und den Fluß überquerte. Er hatte das Motorengeräusch bei seinen Axthieben nicht gehört, Andreas war wieder im Wald und ging die Fallen ab, in der Hütte hämmerte Morotzkij aus einem Blechstück, das sie damals mitgeschleppt hatten, eine neue Bratpfanne für Nadeshna, da die alte durchgebrannt war und das wertvolle Fett ins Feuer tropfte. So überhörten sie auch dort das Flugzeug.
Putkin ließ die Axt fallen, rannte das Ufer entlang, stürzte ins Haus und brüllte schon beim Türaufreißen: »Das Feuer aus! Das Feuer aus! Ein Flugzeug ist über uns!«
Er stieß Nadeshna zur Seite, riß der Susskaja ein dickes Renfell, in das sie gerade mit einem Schraubenzieher Löcher stanzte, durch die man später Schnüre zog, und fertig war ein Mantel, aus der Hand, warf es über die Glut und erstickte sie. Es stank bestialisch. Putkin drückte mit seinen gewaltigen Händen das Feuer zusammen, ohne Rücksicht, daß seine Handflächen heiß wurden wie eine Herdplatte.

»Ein Flugzeug . . .« rief Morotzkij, sprang auf und warf die halbfertige Pfanne auf den Boden. »Das ist ja wunderbar! Das ist unsere Rettung! Man hat uns gefunden! Man hat uns endlich gefunden! Nadeshenka, deine Gebete sind erhört worden.«
»Wenn sie das gebetet hat, sollte man ihr das Gehirn aus dem Schädel pusten!« brüllte Putkin. »Wir sitzen auf Gold! Auf Gold!«
»Behalten Sie Ihre Millionen Rubel, Igor Fillipowitsch!« schrie Morotzkij hysterisch zurück. »Ich will aus dem Wald heraus! Ich will nicht in dieser verdammten Taiga verrecken!«
Er sprang, so gut es ihm sein verkürztes Bein erlaubte, zur Tür, aber dort prallte er gegen die Susskaja, die ihm den Weg versperrte wie ein großer Klotz. Morotzkij starrte sie ungläubig an und spreizte die Hände.
»Ein Flugzeug, Katja Alexandrowna –« kreischte er. »Da draußen kreist ein Flugzeug! Hören Sie es? Es ist Schluß mit dieser Hölle hier! Schluß mit einem Leben neben diesem Putkin! Lassen Sie mich hinaus!«
»Nein, Semjon Pawlowitsch«, sagte die Susskaja ruhig. »Wir melden uns nicht.«
»Hat das Gold auch Sie verrückt gemacht? Gut, wenn Sie wollen, bleiben Sie und Andrej und Putkin hier. Nadeshna und ich aber wollen hier nicht krepieren!«
»Sie will wieder Bibeln und Priester verteilen, ha?« schrie Putkin vom Herd. Er hatte das Feuer erstickt, seine Hände waren rot wie gesotten. Er hielt sie von sich und schüttelte sie. »Soll man es denen sagen, die da oben herumschweben? Laß sie herunterkommen, laß sie nur kommen. Ich werde ihnen entgegengehen und zurufen: Genossen, da drinnen ist die Lehrerin Abramowa, die systematisch gegen den sowjetischen Staat sabotiert, und da drinnen ist ein Professor, der seine Frau . . .«
»Nichts wirst du sagen, Igor Fillipowitsch –« sagte Nadeshna sanft. Sie blickte Putkin an, und ihre blauen Augen hieben ihn um wie eine Axt einen Baum. Er lehnte sich gegen den heißen Ofen und wischte sich mit dem Unterarm über das Gesicht. »Du kannst mich doch nicht töten –«
Er starrte sie an, holte tief Luft und wußte, daß er es wirklich nicht konnte. Die Liebe hing so schwer an seinem Herzen, daß er sich umdrehen mußte, um nicht nach Morotzkij zu greifen und ihn einfach an die Wand zu werfen. Das lebende Gerippe wäre dann zerplatzt, aber gleichzeitig hätte er auch Nadeshna für immer verloren.
Die Susskaja war zur Tür gegangen und spähte durch einen Spalt hinaus. Dann zog sie die Tür wieder zu, griff nach dem Gewehr, das an

der Wand lehnte, lud es durch und drehte sich zu den anderen herum.
»Es landet«, sagte sie dunkel. »Es ist ein Militärflugzeug. Eine kleine Kuriermaschine mit Kufen. Es ist vorbei, Freunde . . .«
»Es fängt erst an!« Putkin stieß sich vom Ofen ab und streckte beide Hände aus. »Katja, gib mir das Gewehr.«
»Ich habe bewiesen, daß ich schießen kann«, antwortete die Susskaja plötzlich tonlos.
»Auf Tiere! Aber auf Menschen? Das ist etwas anderes, Katja Alexandrowna. Da ist einer wie du und ich . . . und der wirft dann plötzlich die Arme hoch, und Blut spritzt aus seinem Körper. Vielleicht sieht er dich noch einmal an, und diesen Blick vergißt du nie. Gib das Gewehr her!«
»Kannst du es, Igor?« Die Susskaja drückte das Gewehr an ihre Brust.
»Ja. Für mich ist es Notwehr.«
»Und ich töte für Andrej.«
Draußen erstarb das Motorengeräusch. Das Flugzeug sauste über das Eis des Flusses, kreiselte und prallte krachend gegen die Böschung. Etwas zerbrach mit einem kreischenden Ton.
»Metall!« sagte Putkin. »So schreit Metall auf, wenn es bricht. Kein guter Flieger, Freunde. Wieviel mögen es sein?«
»Zwei, höchstens drei, mehr faßt die Kanzel nicht.«
»Sie kennen sich gut aus in militärischem Gerät, was? Erstaunlich, Katja Alexandrowna, sehr erstaunlich!« Putkin griff plötzlich zu, entriß der Susskaja das Gewehr und verbarg es hinter seinem Rücken. Man mußte diesen Berg von Mensch jetzt schon zertrümmern, um wieder an die Waffe zu kommen. Morotzkij schrie erneut mit sich überschlagender Stimme unverständliche Worte, benahm sich wie ein Epileptiker, zuckte mit dem ganzen Körper und wollte sich tatsächlich auf Putkin stürzen.
Nadeshna hielt ihn fest. Und jetzt geschah etwas, was niemand verstand: Sie riß Morotzkij zurück, ohrfeigte ihn rechts und links und trieb ihn zu der Bank am Tisch zurück. Es war ein seltsames Bild, wie die schmale, zierliche Person auf den langen, dürren Morotzkij einschlug, die Schläge klatschten an seine eingefallenen Backen, und er hinkte nach rückwärts davon, sank schließlich auf die Bank, umfaßte seinen Kopf mit beiden Händen und starrte wie von allem Leben verlassen mit leeren Augen in die Gegend.
Putkin hatte die Tür wieder einen Spalt geöffnet und blickte hinaus.
»Es ist nur einer –« sagte er fast mit Bedauern. »Nur einer in einem Pelzmantel, aber darunter trägt er Uniform. Freunde, er hat sich ver-

flogen, das ist es. Er hat sich verirrt wie wir. Ein Leidensgenosse. Bedauerlich, daß er eine Uniform trägt . . . er muß erschossen werden.«

»Er sucht unsere Hilfe«, sagte die Susskaja und spähte neben Putkin ins Freie. Der Flieger stand hinter dem Leitwerk seines Flugzeuges und beobachtete das Haus. Sein Gesicht war nicht zu erkennen, die Pelzmütze hatte er tief in die Stirn gezogen und den Mantelkragen hochgeschlagen. »Igor Fillipowitsch, wie lange sind Sie schon in Sibirien?«

»Ich weiß, ich weiß, schöne Dame!« Putkin schnaufte erregt. »In Sibirien sind alle Menschen Brüder und Schwestern. Aber es geht auch anders herum: Wer seinen Bruder verrät, dem wird der Kopf eingefroren. Was da gelandet ist, wird so ein Fall . . .«

»Können Sie hellsehen, Igor?«

»Ich sehe eine Uniform, Katja Alexandrowna. Müssen wir uns darüber unterhalten, was in unserer Lage einer bedeutet, der eine Uniform trägt?«

»Er ist wehrlos. Sein Flugzeug ist zerbrochen.«

»Eine Kufe. Ich habe genug einbeinige Männer tanzen sehen.« Putkin schob den Lauf des Gewehres durch die Türritze. »Ich werde ihn treffen, wenn er breit und unverfehlbar vor mir steht. Nur ein Schuß, Katja Alexandrowna . . . es gibt Probleme, die man nur mit Überwindung aller Moral lösen kann. Denken Sie an Ihre Chirurgie . . . wie oft haben Sie menschliche Körper aufgeschnitten und Gliedmaßen abgetrennt, weil es nötig war und weil Sie damit ein Leben retten konnten. Hier geht es um fünf Leben, Katja Alexandrowna . . . und die diese Leben gefährdende Krankheit kommt da auf uns zu. Habe ich recht?«

»Sie haben für jede Gemeinheit einen Lorbeerkranz, Putkin«, sagte die Susskaja dumpf. »Man sollte vorher mit dem Mann sprechen.«

»Das macht das Töten schwerer. Wenn ich seine Stimme höre, wird er ein Mensch – bis jetzt ist er für mich nur ein Ding, das mich bedroht.«

»Ich werde mit ihm sprechen!«

»Katja!«

Putkin gelang es nicht mehr, die Susskaja festzuhalten. Er griff ins Leere, als sie plötzlich die Tür aufstieß und an ihm vorbeischlüpfte.

»Diese Ärzte!« brüllte Putkin und stampfte vor das Haus. »Wenn sie einen Menschen sehen, juckt es ihnen in den Fingern, ihn abzutasten!«

Er baute sich in der Tür auf, legte das Gewehr an und zielte auf den Mann, der langsam und ohne sichtbare Furcht auf das Haus zukam.

Serikow blieb ruckartig stehen, als die Tür des Blockhauses aufflog und eine Gestalt in einem dicken Pelz herausstürzte. Er griff in die Manteltasche, umklammerte den Griff der Pistole und schob mit dem Daumen den Sicherungsflügel zurück. Im gleichen Augenblick aber erkannte er, daß über dem Pelzkragen schwarze Haare wehten, und er wußte, daß dies nur Katja Alexandrowna sein konnte. Sein Herz blähte sich auf und nahm den ganzen Brustkorb ein, machte das Atmen schwer und lähmte die Beine.
Ich habe sie gefunden . . . ist so etwas möglich? durchfuhr es ihn. In der riesigen Taiga finde ich sie an einem kleinen Fluß! Katjuschka, meine Liebe . . .
Er setzte sich wieder in Bewegung, rannte dann mit ausgreifenden Schritten durch den knirschenden, verharschten Schnee, breitete beim Laufen die Arme weit auseinander und schrie plötzlich, als habe seine gefangene Seele jetzt alle Dämme gebrochen:
»Katja! Katjenka! Katja –«
Und während er rannte und schrie und die Arme ausbreitete, dachte er gleichzeitig: Wo ist ihr Geliebter? Wo steckt dieser Deutsche? Lauert er dort drüben im Haus? Zum Tode habe ich sie verurteilt, beide, Katja und ihn, erschossen sind sie schon, standrechtlich, auf dem Schießplatz von Irkutsk . . . in Abwesenheit . . . muß ich jetzt die Vollstreckung nachholen?
»Katja! Katja!«
Und er rannte, sein Mantel wehte hinter ihm her, und die Uniform leuchtete in den kalten Tag, die Reihe der Ordensbänder, die goldenen Knöpfe des Generals.
Putkins Lippen waren schmal geworden. Hinter ihm standen jetzt Nadeshna und Morotzkij in der Tür, und auch sie schienen zu begreifen, welche Tragödie sich jetzt in dieser Einsamkeit vollendete.
»Ihr Geheimnis –« sagte Putkin heiser. »Das ist ihr Geheimnis! Sie war die Geliebte eines Generals und trat ihn in den Hintern, als sie Andrej sah. Sie tötete die Seele eines Russen, um einen Deutschen zu lieben. Das wird man ihr nie verzeihen . . .«
Die Susskaja blieb stehen, gleich nach dem ersten Aufschrei Serikows. Sie strich sich mit beiden Händen das Haar aus dem Gesicht und rührte sich nicht, als Serikow wie ein Riesenvogel mit ausgebreiteten Flügeln auf sie zustürzte. So sah es nämlich aus . . . ein Adler stürzt sich auf seine Beute.
»Bleib stehen!« sagte die Susskaja laut, als Serikow vier Schritte von ihr entfernt war. »Bleib stehen!«
Serikow ließ die Arme sinken und blieb stehen. Er riß die Pelzmütze von seinem Schädel und warf sie seitlich in den Schnee.

»Katjuschka, ich habe dich endlich gefunden ...« sagte er schwer atmend. »Sie haben mich in eine Klinik gesperrt, in einen Heilschlaf versenkt, sie haben mich für verrückt erklärt, in Pension geschickt, sie haben mich zerstört ... aber ich wußte, daß du noch lebst. Ich wußte, daß ich dich wiedersehe! Nie hat ein Mensch an etwas fester geglaubt als ich an diese Stunde. So hat man noch nie Gott angerufen wie ich das Schicksal! Katja –«

»Warum bist du gekommen, Waska Janisowitsch?« fragte die Susskaja. Ihre dunkle Stimme schwang wieder wie eine Glocke ... es war die Stimme, mit deren Klang in der Seele Serikow jeden Abend einschlief. »O Gott, warum?«

»Nur du weißt, wie ich dich liebe ...«

»Mein letzter Brief ...«

»Ich habe ihn verbrannt und die Asche in den sibirischen Wind gestreut ...«

»Es gibt kein Zurück mehr, Waska Janisowitsch. Mein Gott, was hast du getan! Konnten wir nicht auseinandergehen, als hätte uns ein Nebel getrennt?«

»Nein!« Serikow steckte die rechte Hand in die Manteltasche und umklammerte die Pistole. »Erinnere dich an die Nacht, als die Sternschnuppe vom Himmel fiel. Es war im Sommer, wir standen am Fenster und rangen nach Luft, wir waren wie betäubt von unserer Liebe ...«

»... und du hast gesagt: Wie dieser Stern in der Einsamkeit verglüht, gehe auch ich unter ohne dich ...«

»Ich bin untergegangen, Katjenka.«

Er zog die Hand aus der Manteltasche. Die schwere Pistole blinkte in der kalten Sonne, aber er hob sie nicht, sondern sah Katja in die schwarzen Augen, in denen weder Angst noch Erstaunen lagen, sondern nur maßloses, unüberwindliches Mitleid.

»Wohin hast du mich gebracht ...« sagte er leise. »Um unter einem Deutschen zu liegen, zerstörst du einen sowjetischen General. Katja Alexandrowna Susskaja ... ich trage heute zum letzten Mal meine Uniform –«

Er wollte noch einmal die Arme ausbreiten und von seiner Liebe sprechen, aber Putkin drüben am Haus verstand es falsch. Er sah die Pistole, die Hand hob sich, hinter ihm piepste Nadeshna entsetzt auf, und Morotzkijs Gebiß knirschte schauerlich ... da zog er den Finger durch, der Schuß hallte durch die gefrorene Stille und pflanzte sich als Echo fort, als hüpfe er über die Wipfel der Taiga.

Serikow warf die Arme hoch, fiel in die Knie und sank nach vorn in den Schnee. Wie eine Statue stand die Susskaja vor ihm, und Putkin wollte sie schon anrufen, aus Angst, sie sei stehend gestorben und von einer Sekunde zur anderen erstarrt – man war an Unmögliches ja gewöhnt –, da sank auch sie ganz langsam in sich zusammen, warf sich über Serikow, nahm seinen Kopf zwischen beide Hände und küßte ihn.

»Jetzt müßte Andrej kommen!« sagte Putkin so blechern, als blase er in ein Rohr. »Wenn er jetzt kommt . . . Nadeshna, bete, daß er noch weit weg ist . . .«

Er war nicht weit weg. Er stand am Waldrand hinter einem dicken Baum, und niemand sah ihn dort. Vor seinen Füßen lag ein großer, grauer Wolf, den er in einer Grubenfalle gefunden und mit einem Knüppel totgeschlagen hatte.

25

Um allen Mutmaßungen vorzugreifen: General Waska Janisowitsch Serikow war nicht tot. Putkin hatte ihm zwar in die Brust geschossen, aber in der Erregung in die falsche Seite.

»Natürlich weiß ich, daß das Herz nicht rechts liegt, auch nicht bei einem sowjetischen General«, schrie er, als Morotzkij ihm mit satanischer Schadenfreude und einem Ast die menschliche Anatomie in den festgetretenen Schnee zeichnete. »Aber Sie haben mit den Zähnen geklappert wie eine spanische Tänzerin mit ihren Kastagnetten, und Nadeshna hat gepiepst wie eine Haselmaus. Wie kann man da einen klaren Kopf behalten, he?«

Das aber war schon Stunden später . . . was vorher geschehen war, lag noch wie eine schwere Müdigkeit vor ihnen, so als seien sie wieder zehn Stunden auf ihren Flechtschuhen durch die Taiga gelaufen.

Die Susskaja hatte mit schnellen Griffen die Uniform aufgerissen, nachdem sie die Küsserei beendet hatte, zerfetzte Serikows Unterhemd und drückte den Stoffballen auf die Wunde. Es sickerte nur wenig Blut hervor, dafür bildeten sich vor Serikows Lippen schaumige Blasen.

Er war bei voller Besinnung, starrte Katja Alexandrowna aus klaren Augen an, aber sobald er etwas sagen wollte, quoll der rote Schaum aus seinem Mund.

»Lieg ganz still, Washenka«, sagte sie leise. »Rühr dich nicht. Sprich kein Wort. Du wirst es überleben . . . ich verspreche dir, daß du es überlebst . . .« Dann zuckte ihr Kopf herum, die schwarzen Haare wehten über ihr wie ein aufgerissenes, verbranntes Gesicht, und sie schrie zum Haus hinüber mit einer Stimme, bei der es sogar Putkin kalt über den Rücken lief: »Komm her, Igor Fillipowitsch! Komm her, du Mörder! Trag ihn ins Haus, du Teufel!«

Sie nahm wieder Serikows Kopf in beide Hände, wischte mit dem Handrücken den blutigen Schaum von seinen Lippen und zog den Fellmantel dichter um seinen Körper.

Hinter dem Baum hervor trat Andreas ins Freie. Den großen, grauen Wolf schleifte er an einem Seil hinter sich durch den Schnee. Er ging langsam, als müsse er eine ungeheure Last hinter sich herziehen, und

ließ den Blick nicht von der Susskaja, die sich wieder um die Schußwunde kümmerte.
»Da ist er!« sagte Putkin dumpf. »Dein Gott, Nadeshna, ist ein perverser Bursche. Konnte er Andrej nicht eine Stunde länger im Wald lassen? Aber nein . . . er läßt ihn kommen! Was soll man jetzt tun? Soll ich Andrej auch erschießen? Ein Aufwaschen wär's: Die Liquidierung von Katjas Liebhabern – und Ruhe ist auf der Welt!«
»Putkin«, schrie die Susskaja wieder. »Komm her, du Lump! Nadeshna . . . Semjon Pawlowitsch . . . hilft mir denn keiner?«
»Einen Namen hast du vergessen . . .« sagte Andrej hinter ihr. »Aber ich bin da.«
Sie warf den Kopf herum, starrte zu ihm hinauf, und ihr verzerrtes Gesicht war die nackteste Qual, die er je gesehen hatte.
»Hilf mir . . .« sagte sie leise. »Bitte . . .«
»Wer ist das?« fragte Andreas und rührte sich nicht.
»Der General . . .«
»Ich sehe, daß er ein General ist«, unterbrach er sie grob. »Was ist er für dich? Du umarmst ihn, du küßt ihn, du zitterst um sein Leben . . .«
»Er muß ins Haus!« schrie die Susskaja. »Zu Erklärungen haben wir ein ganzes Leben lang Zeit . . . aber er hat nur noch einen Hauch von Leben! Hilf mir tragen . . .«
»Wer ist er?« fragte Andreas wieder und rührte sich nicht.
»Ich werde ihn doch erschießen müssen –« sagte Putkin am Haus. »Die Probleme werden unüberblickbar. Man kann sie nur so lösen . . .«
»Nur immer töten, töten, töten«, sagte Morotzkij heiser. Er putzte seine beschlagene Brille mit einem Hemdzipfel. »Etwas anderes fällt Ihnen nicht ein?«
»Dann machen Sie doch einen Vorschlag, Semjon Pawlowitsch. Mit ›rouh-rouh‹ ist hier nichts mehr getan. Und wie sich Beutelratten bei der Paarung benehmen, ist jetzt völlig blödsinnig. Los, einen Rat, Sie Sprüchescheißer! Töten gehört zum Urtrieb des Menschen . . . und wir leben hier wie am Uranfang der Menschheit.«
»Siehst du nicht, daß er einen Lungenschuß hat?« sagte die Susskaja und ließ Serikows Kopf auf den Pelz sinken. Er starrte nun Andreas an, mit wachen Augen. Die Schmerzen hatten sich noch nicht geballt, es war zu ertragen, daß ein Loch in seiner Brust war, die Kugel in der Lunge stak, plattgedrückt, nachdem sie eine Rippe zersplittert hatte, aber darum doppelt so grausam, denn welch ein Loch reißt eine plattgedrückte Kugel in eine Lunge!
Das ist er, dachte Serikow seltsam klar. Das muß er sein. Der Deutsche

Andreas Herr. In Abwesenheit von mir erschossen auf dem Schießplatz von Irkutsk. Nun bin ich hier, um aus einem Symbol eine Tat zu machen. Katja Alexandrowna, habe ich noch Zeit genug, einmal die Pistole zu heben und abzudrücken?

Seine Hände begannen, über den Mantel und den Schnee zu tasten und zu suchen. Sie muß hier sein, dachte er. Ich hatte sie in der Hand, als ich zusammensank. Katja, hilf mir, sie zu finden . . .

»Lieg ruhig, Washenka –« sagte die Susskaja wieder. »Ganz ruhig. Wenn keiner uns helfen will . . . ich schleppe dich auch allein ins Haus. Aber es wird weh tun . . . beiß die Zähne zusammen, hörst du, beiß die Zunge ab, wenn's sein muß, aber bleib ein Held –«

»Waska also heißt er«, sagte Andreas ungerührt. »Und weiter? Heißt er auch Liebling, mein Bärchen, mein starker Wolf, mein aufgebrochener Himmel, mein Leben, mein alles, meine Sonne, du Gott in meinen Armen . . .?«

Es waren die Worte, die Katja ihm ins Ohr schrie, wenn sie im Glück davonschwammen und ihre Körper in der Leidenschaft dampften. Worte, die nie ausreichten, das unsagbare Glück zu benennen.

Die Susskaja antwortete nicht. Sie stand auf, packte Serikow an den Stiefeln und begann, ihn über den verharschten Schnee zu ziehen. Sein Pelzmantel wirkte dabei wie ein Schlitten . . . es war leichter, als sie geglaubt hatte. Serikow, der jetzt den Schmerz in seiner Brust spürte, begann mit den Zähnen zu knirschen.

Sie schleifte ihn fünf Meter weit, und Andreas ging neben ihr her. In gleicher Höhe wie der General zog er seinen großen grauen Wolf durch den Schnee. Das Gebiß mit den starken, spitzen Reißzähnen bleckte in der kalten Sonne, und die Schnauze war genauso blutverkrustet wie der Mund Serikows, über dem noch immer die blutigen Blasen sich aufblähten.

»Nimm den Wolf und überlaß ihn mir«, sagte Andreas und hielt Katja an. Sie schüttelte seine Hand ab, mit einer so wilden Bewegung, daß es fast wie ein Wegschlagen war.

»Ich brauche keine Hilfe mehr!« schrie sie hart. »Ich schaffe es allein.«

»Bis zum Haus ist er tot.«

»Wäre das nicht ein Grund, eine Wolfskeule zu braten? Feiert diesen Sieg, ihr Kreaturen!«

»Katja.« Er riß ihr die Arme weg, als sie wieder nach Serikows Stiefeln griff. Sie schlug um sich, traf Andreas voll ins Gesicht und hieb ihm die Pelzmütze vom Schädel.

»Wer hindert mich jetzt noch, zu schießen, he?« stöhnte Putkin in der Tür. »Sie zerfleischen sich ja selbst . . . ich erlöse sie nur.«

»Faß mich nicht an!« sagte die Susskaja dunkel. »Andrej, ich warne dich. Faß mich nie mehr an! Du hast den großen Augenblick, ein Mensch zu sein und mir zu vertrauen, verspielt. Geh aus dem Weg!«
Sie bückte sich wieder, griff nach Serikows Beinen und zog sie hoch. Waska Janisowitsch stöhnte laut, schloß die Augen, kniff die Lippen zusammen, aber der Blutschaum drang aus seinen Mundwinkeln und rann über seinen Hals.
Mit einem Ruck riß Andreas die Susskaja zurück. Sie wollte mit den Fäusten auf ihn losgehen, aber er packte sie, schleuderte sie von sich weg in den Schnee, doch wie eine tollwütige Katze schnellte sie wieder hoch, warf sich auf ihn und hieb auf ihn ein mit einer Kraft, die ihn überraschte.
»Man kann das nicht länger mit ansehen«, sagte Putkin schwer atmend. Er gab sein Gewehr Morotzkij, rannte hinüber zu den miteinander Ringenden, packte die Susskaja um die Taille, hob sie hoch wie ein Paket, sie schrie, trat um sich, ihre Arme hämmerten wie Dreschflegel, aber wer kann damit einen Riesen wie Putkin einschüchtern. Über seinem Kopf, mit hochgestreckten Armen, trug er die Susskaja zum Haus, als wäre sie ein leichtes Püppchen . . . es war die Demonstration einer Kraft, die Morotzkij nicht erklären konnte und die in Nadeshnas Augen kleine, goldene Punkte erzeugte.
»Mein Täubchen –« sagte Putkin, als er Katja Alexandrowna am Haus absetzte und gegen die Wand drückte. »Verhalte dich still! Andrej bringt den General ins Haus – aber du wirst es schwer haben, eine gute Erklärung abzugeben. Überleg's dir gut . . . jetzt ist es nicht mehr möglich, die geheimnisvolle schöne Dame zu spielen.«
Andreas hatte sich gebückt und trug jetzt Serikow auf seinen Armen zur Hütte. Noch war der General bei Besinnung, und es mochten die schrecklichsten und entwürdigendsten Minuten seines Lebens sein, von diesem Deutschen, der seine schöne, geordnete Welt zerstört hatte, wie ein Kind getragen zu werden.
»Du –« sagte Serikow mühsam. Das Wort blähte sich im Blut, aber es war zu verstehen. »Du –«
»Was wollen Sie sagen, General?« fragte Andreas. Drüben am Haus schob Putkin die Susskaja ins Innere, Nadeshna rannte ihnen nach, Morotzkij blieb draußen mit dem Gewehr – er sah mit der Waffe einfach lächerlich aus, sie paßte nicht zu ihm, und er hielt sie auch so, als wolle er gerade einen Knüppel über den Knien zerbrechen.
»Du Hund!« sagte Serikow mühsam. In seiner Brust pfiff und rasselte der Atem. Das Gesicht verfärbte sich bläulich. »O . . . du . . . Hund . . .«

26

Sie hatten Serikow gewaschen und nackt auf den rohen Holztisch gelegt. Mit Mühe hatte die Susskaja ihn dazu gebracht, daß er ein Stück von Kyrills Preßtee kaute, dieses geheimnisvolle Wundermittel, das die Schmerzen betäubte. Es schien auch jetzt zu wirken . . . Serikow wurde ruhiger, seine Augen blickten wieder klarer, er verlor nicht das Bewußtsein und nahm wieder Anteil an seiner Umwelt.
»Ob das nun ein Segen ist . . .« sagte Putkin roh. »Jetzt hört er sich selbst pfeifen und weiß, wie's um seine Lunge bestellt ist.«
»Halt das Maul, Igor Fillipowitsch!« Katja Alexandrowna drehte ihre schlanken, aber kräftigen Hände in dem Kessel mit heißem Wasser, den Nadeshna vom Herd gebracht hatte. Es war die einzige Möglichkeit, sich zu desinfizieren. Neben Serikows Kopf lag das Stecktuch mit dem chirurgischen Besteck, ein paar lächerliche Zangen und Pinzetten, auswechselbare Skalpellmesser, Klemmen, Scheren und sogar ein Raspatorium, was völlig sinnlos war.
»Warum soll ich die Schnauze halten?« bellte Putkin und trat an den Tisch. Er beugte sich über Serikow und sah ihm in die weit offenen Augen. »Ich habe auf Sie geschossen, General! Und wenn Sie krepieren, kommt's auf mein Konto. Es belastet mich aber nicht.«
»Du willst ihn wirklich operieren?« fragte Andreas leise. Er stand hinter Katja und zerriß das Hemd von Morotzkij, um daraus Binden zu drehen.
»Nein«, antwortete die Susskaja kurz.
»Aber warum dann –«
»Er soll das Gefühl haben, daß ich ihm helfe. Verstehst du das nicht? Er soll mit dem Gefühl sterben, daß ich sein Leben gerettet habe. Wie kann er schöner sterben . . .«
»Und es gibt keine Möglichkeit?«
»Nein. Soll ich ihm die Brust aufschneiden und die Kugel herausholen? Aus der freigelegten Lunge? Ohne Überdruck? Weißt du, was ein Pneumothorax ist? Ein offener Pneumothorax?«
»Ich bin nicht blind, Katja.«
»Ich kann die Wunde schließen, das ist alles. Vielleicht wird er nach innen verbluten, vielleicht wird er eine Sepsis bekommen . . . wenn

er zu husten beginnt, wird es schneller gehen. Er wird sich die zerstörte Lunge herauswürgen . . .« Sie sah ihn groß und forschend an. »Freut dich das?«
»Nein, Katja. Ich bedauere ihn nur, wenn er länger am Leben bleibt, als es nötig ist . . . Wie lange wird er sterben?«
»Es kann schnell gehen . . . aber es kann auch Tage dauern.«
»Laß es schnell gehen, Katjuschka.«
»Soll ich ihn umbringen? Als Arzt!«
»Was kannst du als Arzt noch tun, Katja?«
»Ihm das Sterben erleichtern, ohne ihn zu ermorden. Verstehst du das, Andrej?« Sie zog die Hände aus dem heißen Wasser, sie waren krebsrot und begannen zu schwellen. »Ich werde das Loch in seiner Brust nähen, damit die Luftdruckunterschiede aufhören.«
»Und er hat keine Chance?«
»Es wäre ein Wunder, Andrej.«
Andreas blickte hinüber zu dem Tisch und dem langausgestreckten nackten Serikow. Putkin sprach mit ihm. Er erklärte ihm gerade ungerührt, warum er Uniformen haßte und Offiziere im besonderen.
»Haben wir uns nicht schon an Wunder gewöhnt, Katjenka?« fragte Andreas. Sie schüttelte den Kopf. Nadeshna hatte ihr die langen schwarzen Haare hochgebunden und den dicken Knoten mit einem Bindfaden umwickelt. Es sah erschütternd lächerlich und doch schön aus.
»Waska Janisowitschs rechte Lunge ist völlig zerstört . . .«
Sie ging zu Serikow, beugte sich über ihn, streichelte über sein bläuliches Gesicht und trat gleichzeitig zu Putkin, der nicht zur Seite rücken wollte, mit aller Wucht gegen das Schienbein.
Putkin grunzte, spuckte auf den Boden und trottete zum Ofen. Dort ließ er sich auf die Bank fallen, streckte die dicken Beine von sich und gönnte sich den Genuß, laut zu furzen. »Mein Protest!« sagte er dabei. »Ich habe dem General erklärt, daß ich auf alles Militärische scheiße.«
»Es sind alles Kreaturen, Washenka –« sagte die Susskaja mit einer Zärtlichkeit, die Andreas weh tat. Nur das Wissen, daß Katja mit letzter Kraft eine Liebe vorspielte, um Serikow das Ende zu erleichtern, besänftigte seine seelische Unruhe. »Hör sie nicht an und vergiß, was sie zu dir gesagt haben. Ich werde dich operieren, ich werde dich retten. Du weißt, ich bin eine gute Ärztin. Erinnerst du dich noch, wie du gesagt hast: Von dir ließe ich mir den Kopf abschneiden . . . ich weiß, du nähst ihn mir richtig und vielleicht noch besser an . . . Weißt du das noch, Washenka?«
Serikow nickte. Seine Augen, diese verflucht klaren und voll Leben

steckenden Augen, streichelten die Susskaja. Sprechen konnte er nicht mehr . . . seine Mundhöhle hatte sich mit Blutschaum gefüllt, aber er zeigte seine Angst nicht, daran zu ersticken.
»Wenn die Wunde genäht ist, kannst du auch wieder sprechen«, sagte sie. »Ich sauge dir den Mund leer von diesem Blut. Hast du Schmerzen?«
Serikow schüttelte den Kopf. Er spürte wirklich nichts, nur dieser ständige Druck in der Brust und die Lichtverschiebungen vor seinen Augen störten ihn. Die Helligkeit im Zimmer wechselte ständig . . . von strahlendem Licht zu fader Dämmerung.
Der Tod faßte Serikow an, aber er wußte es nicht.
»Soll ich helfen?« fragte Andreas vom Herd her.
»Nein.«
»Ich kann die Instrumente anreichen . . .«
»Ein Loch vernähen kann ich allein . . .«
Sie beugte sich wieder über Serikow, riß mit einem Ruck das Stoffknäuel weg, das bisher die Wunde notdürftig verschlossen hatte, und setzte schnell zwei Klammern, bevor sich die Lunge durch den Luftdruckunterschied weiter aufblähte. Die einsetzende Blutung stand auch, aber das war nur optisch . . . jeder wußte, daß dem Blut nur der Weg nach außen verschlossen worden war und alles jetzt in den Brustraum sickerte. Stumm standen die anderen an den Wänden herum und beobachteten die Susskaja, wie sie die Fäden in die Nadeln zog. Fäden aus einem Schal, den Nadeshna bisher um ihren Hals geschlungen hatte. Einen Schal aus Kunstseide, gemustert mit einem persischen Motiv. Nur Putkin hatte kein Gefühl für diese Stunde, in der ein Mensch mit der Liebe betrogen wurde und deshalb glücklich starb . . . er rumorte auf der Ofenbank herum, kratzte sich die breite, behaarte Brust, schnaufte böse, als die anderen ihn strafend ansahen, und sagte schließlich:
»Warum soll man leise sein wie ein Dieb? Operieren ist genau so eine Arbeit wie nach Öl zu bohren. Hat man jemals gehört, daß man beim Bohren auf Socken um den Bohrturm schleichen muß?«
»Fertig –« sagte die Susskaja, als sie die Wunde vernäht hatte. Serikow hatte sie die ganze Zeit über angesehen. Das wechselnde Licht störte ihn nicht mehr . . . kam die Dämmerung, so schwebte Katja wie ein Engel über ihm . . . strahlte die Helle, war sie wie von einem Sonnenkranz umflossen. Immer war sie herrlich, war die Erfüllung aller Träume, die Hoffnung auf das Leben.
Dann wurde Serikow müde, die Augen fielen ihm zu, sein Mund klaffte auf, der Blutschaum hatte freien Lauf. Katja Alexandrowna trocknete den Gaumenraum mit einem Teil der Binden aus, die

Andreas gewickelt hatte. Für ein Verbinden der vernähten Wunde brauchte man sie nicht mehr . . . als er die Binden hinhielt, schüttelte sie langsam den Kopf.
»Lassen wir ihn auf dem Tisch?« fragte Morotzkij.
»Ich kann nie wieder von ihm essen, wenn ein Mensch darauf gestorben ist«, stotterte Nadeshna. Sie war bleich und zitterte am ganzen Körper.
»Welch ein dämliches Luder!« rief Putkin. »Sie kann nicht mehr davon essen! Weißt du, in wie vielen Betten du schon gelegen hast, in die irgendeiner seinen letzten Schiß getan hat? Was sie glotzt! Semjon Pawlowitsch, halt sie fest, sie fällt gleich um! Welch ein Seelchen! Verteilt Bibeln bei den Bauern und weiß nicht, daß in Betten Menschen sterben! Ein Beweis mehr von der Unzulänglichkeit dieser reaktionären Religion.«
»Er bleibt auf dem Tisch!« sagte die Susskaja so laut, daß Putkins Redeschwall sofort verstummte. Und dann leiser: »Er schläft jetzt . . . und er wird nicht wieder aufwachen . . .«
»Darf ich beten?« fragte Nadeshna zaghaft.
Sie wandte sich dabei zu Katja Alexandrowna, aber aus den Augenwinkeln schielte sie zu Putkin hinüber.
Igor Fillipowitsch grunzte laut. Man weiß ja nun, daß er kein feiner Mensch war, aber war es nötig, jetzt wieder einen kräftigen Wind streichen zu lassen und hinterher genußvoll »Amen!« zu sagen? Nadeshna zuckte zusammen, ging hinüber zu dem schlafenden Serikow und faltete die Hände.
»Auch das war Gottes Wille, Menschen mit dem Gemüt von Säuen zu machen –« sagte sie laut. »Man muß es ertragen.«
»Bravo!« rief die Susskaja. Putkin antwortete nichts. Er zog sich aus, was er immer tat, wenn er schlafen wollte, legte sich auf seinen Fellmantel neben den Ofen und drehte sich auf die Seite. Sein dicker, nackter Hintern wölbte sich mächtig in das trübe Licht, das vom offenen Feuer her den Raum erhellte. Man hatte keine Kerzen mehr, die von Väterchen Kyrill mitgegebenen echten Bienenwachsstangen waren verbraucht . . . das flammende Holz war die einzige Lichtquelle. Putkin und Andreas hatten zwar sehr harzhaltige Äste aus dem Wald mitgebracht, um sie als Fackeln abzubrennen, aber bald gab man das auf. Es stank und qualmte fürchterlich, man mußte mehrmals lüften, und was der Ofen an Hitze ausgestrahlt hatte, wurde dann von der hereinflutenden eisigen Kälte wieder aufgesaugt.
Nadeshna verrichtete ihre Gebete und legte sich zu Morotzkij, der das Nachtlager bereitet hatte. Vorher hatte er noch Maruta, seine Elchkuh, besucht, sich mit ihr unterhalten, was »rouh-rouh« in verschie-

denen Tonarten und Höhen bedeutete, hatte sie gefüttert und gestreichelt und ihr in die großen Lauscher gesagt: »Du wirst uns zurück zu den Menschen bringen, mein Liebling, nicht wahr? Du kennst den Weg aus diesem mistigen Wald. Nächste Woche werden wir dich an einen Sattel gewöhnen. Du wirst meines Wissens die erste Elchkuh sein, die einen Sattel tragen wird. Brave Maruta, braves Tierchen. Rouh-rouh . . .«

Dann schliefen sie alle, auf ihre Plätze verteilt, wie seit Wochen. Oben auf dem Ofen lagen nackt Andreas und Katja Alexandrowna, und es war wirklich nur ein Zufall, daß in dieser Nacht Jekaterina vorne lag und Andrej hinten an der Hüttenwand.

Der einzige, der nicht schlief, war General Serikow. Er lag bewegungslos auf dem Tisch, auf dem er sterben sollte, der Schmerz war erträglich, er atmete so wenig und so flach wie möglich, um die Blutblasen nicht wieder in den Mund zu bekommen, und er wußte, daß Katja Alexandrowna ihn zum zweitenmal belogen hatte. Er war nicht gerettet, er würde nicht überleben . . . er war in den Augen der anderen schon tot.

Nur weil Putkin einen gewaltigen Schnarchton ausstieß, fuhr die Susskaja aus dem Schlaf empor und beugte sich über den Ofenrand. Sie hatte einen Schuh ergriffen, holte schon aus und wollte ihn auf Putkin schleudern, als ihr Blick hinüber auf den Tisch in der »schönen« Ecke fiel. Ihr erhobener Arm erstarrte wie plötzlich versteinert.

Serikow war vom Tisch gerutscht. Er stand, nach vorn gekrümmt, die linke Hand gegen die Wunde gepreßt, und lehnte sich gegen die Plattenkante. Er sah erbärmlich aus in seiner Nacktheit, und der Feuerschein, der vom Herd herüberleuchtete und diese nackte Gestalt umflackerte, verstärkte noch das Schauerliche der Erscheinung. Was aber Serikow zu einem gefährlichen Gegner machte, war die schwere Armeepistole, die er in der rechten Hand hielt. Keiner hatte daran gedacht, sie wegzustecken . . . sie hatte neben Serikows Pelz auf der Bank gelegen, geradezu lockend griffbereit, und stundenlang hatte Serikow sie angestarrt, bis er die Kraft fand, diese letzte Kraft des Hasses, sich vom Tisch rutschen zu lassen und sie an sich zu nehmen.

Jetzt sammelte er erneut Kraft, um die paar Schritte zu tun, die ihn vom Ofen trennten. Dort oben lagen Katja und Andrej in schamloser Nacktheit, lagen vor seinen Augen, als hätte es ihn nie gegeben . . . eine Russin mit einem Deutschen, zwei Menschen, die einen sowjetischen General vernichtet hatten und nicht wert waren, zu leben.

Seine Brust war schwer wie ein Mehlsack und zog ihn nach vorn. Das ist das Blut, dachte er. Das viele geronnene Blut. Klumpen von Blut.

Und es hört nicht auf zu fließen, es rinnt und rinnt . . . ich löse mich nach innen auf. Aber dieses bißchen Kraft habe ich noch, die Pistole zu heben und zweimal abzudrücken. Diese Kraft habe ich noch!
Er schwankte vorwärts, nach vorn gekrümmt, und jeder Schritt war das Wegstemmen von Zentnerlasten. Wie habe ich Jekaterina Alexandrowna geliebt, dachte er. Ein Mann, der in diesen Armen gelegen hat, kann das nie vergessen. Er stand vor dem Ofen und hob langsam, unendlich mühsam, den Kopf.
Die Augen der Susskaja waren nahe vor ihm, große, schwarze Höhlen, in denen der Widerschein des Herdfeuers flackerte. Dann erkannte er ihr Gesicht, dieses aus Europa und Asien gemischte Traumbild, in dem die Wildheit des Sturmes und die traurige Weite der Steppe verewigt waren.
»Katjenka . . .« sagte Serikow mit schwerer Zunge. Das Wort blähte sich in einer Blutblase auf und zerplatzte vor seinen Lippen. »Kat –«
Wortlos, mit weiten Augen, die ganze Kraft von Verzweiflung und Ausweglosigkeit hineinlegend, schlug die Susskaja mit dem Schuh zu. Sie traf Serikows Hirnschale, der Absatz krachte auf den Knochen, Serikow schwankte, die Pistole polterte zu Boden, und er wollte mit beiden Händen an seinen Schädel greifen. Aber zum zweitenmal und noch einmal schlug die Susskaja zu, die Kopfhaut platzte auf, ein Blutstrom rann über Serikows Gesicht, aus seinem Mund brach ein Röcheln . . . dann fiel er um und klatschte auf den nackten Putkin.
Mit einem Fluch zuckte Putkin hoch. »Ha!« brüllte er noch im Halbschlaf. Er griff um sich, fühlte nacktes Fleisch und brüllte wieder. »Wer ist die Hure?«
Auf dem Ofen kniete die Susskaja und drückte den blutigen Schuh gegen ihre Brust. Andreas hatte sie von hinten gepackt und zurückgerissen. Neben dem Ofen krochen Nadeshna und Morotzkij zur Wand und sprangen dort auf.
Putkin schleuderte Serikow von sich weg, gab ihm einen Tritt und war dann so schnell auf den Beinen, als habe er Federn unter den Sohlen.
»Er wollte mich töten!« schrie er. »Seht euch das an! Er wollte . . .«
Erst dann sah er, daß er einen Toten weggetreten hatte und daß sein Körper mit dem Blut des Generals bespritzt war. Er starrte wild um sich, spreizte die Hände und benahm sich wie ein Hund, der das Wasser aus seinem Fell schüttelt.
»Ich habe ihn erschlagen wie eine Ratte –« sagte die Susskaja tonlos. »Mit einem Schuh erschlagen . . . wie eine Ratte . . .«
Morotzkij kam aus seiner Ecke gehumpelt, bückte sich und hob die schwere Armeepistole auf. Er hielt sie hoch, und jeder verstand, was das bedeutete.

»Sie haben sich nur verteidigt, Jekaterina Alexandrowna –« sagte er dabei. »Keiner wird Ihnen einen Vorwurf machen, selbst Ihre eigene Seele nicht. Sie haben sich nur verteidigt . . .«
»Mit einem Schuh . . . den Kopf zertrümmert . . .« Die Susskaja ließ den Schuh fallen, drehte sich herum und preßte ihr Gesicht laut weinend an Andreas' Brust.
Sie standen alle herum, blickten auf den verkrümmt daliegenden Serikow, und die Stille, nur durchbrochen vom Knistern des Feuers und dem Weinen der Susskaja, lag drückend auf ihnen.
»Soll er als Denkmal herumliegen?« sagte Putkin plötzlich. Manchmal konnte man fast dankbar sein für seine viehische Grobheit. »Lassen Sie die Heulerei, Katja Alexandrowna. Endlich gehören Sie in unseren Kreis: Sie haben einen Menschen umgebracht. Berechtigt, wie Semjon Pawlowitsch schon sagte, und eine Erklärung, warum ein General Ihnen nachfliegt, steht noch aus . . . Sie sollten also das schöne Maul schließen und Ihrem Liebhaber – oder was er auch war – ein gutes Grab gönnen. Andrej, laß sie los! Steigen Sie vom Ofen, Katja . . . wir brauchen einen Arzt, der amtlich den Tod feststellt.«
»Er ist tot!« schrie die Susskaja und klammerte sich an Andrejs Körper. »Ich kann ihn nicht mehr ansehen . . . ich kann es nicht . . . Tragt ihn weg . . . weg . . . weg . . .«
Sie heulte auf wie ein geprügelter Hund, verkroch sich auf dem Ofen an die Wand und preßte die Hände gegen ihre Ohren.
»Sie wird wie alle Weiber hysterisch«, sagte Putkin zufrieden. »Das macht sie sympathisch. Das beruhigt mich. Sie ist nicht anders als andere. Welche Angst hatte ich, daß sie so eine Art Wunder sei –«
Er hob Serikows schlaffen Körper vom Boden, trug ihn wieder zum Tisch und klatschte ihn auf die Platte wie ein großes Stück Schlachtfleisch. Nadeshna schauderte zusammen, Morotzkij – kenne sich einer aus in dem Gemüt eines Verhaltensforschers! – holte die Generalsuniform und einen Eimer mit warmem Wasser vom Herd. Wortlos begann er, das Blut von Serikow abzuwaschen. Katja drückte sich noch immer auf dem Ofen an die Wand und weinte laut. Andreas saß am Rand, ließ die Beine herabhängen und starrte auf den Toten.
»Er wäscht Leichen, als sei er in einem Leichenkeller zur Welt gekommen«, sagte Putkin anerkennend. »Semjon Pawlowitsch, das ist heute eine gute Nacht. Wir kommen uns alle näher.« Er zog Serikow die Generalshosen an und knöpfte peinlich genau den Bund und den Schlitz zu. »Er muß verdammt leise gewesen sein. Sonst wachen Sie doch von jedem Furz auf.«
»Ich war wach«, sagte Morotzkij gleichgültig und hob den Oberkörper Serikows hoch, damit Putkin die Uniform überstreifen konnte.

»Sie waren –«
»Ich habe alles gesehen. Wie er sich aufrichtete, vom Tisch glitt, die Pistole in die Hand nahm . . .«
»Und Sie haben geschwiegen, Sie feiger Ochse?«
»Ich hatte das Gewehr in der Hand.« Morotzkij knöpfte die Uniformjacke zu. »Ich hätte ihm in den Rücken geschossen, wenn er die Pistole erhoben hätte.«
»Haben Sie überhaupt schon mit einem Gewehr geschossen?«
»Ja.« Morotzkij legte Serikow zurück auf den Tisch. Er sah in seiner Uniform feierlich und unnahbar aus. Ein sowjetischer General . . . mit drei Reihen Ordensspangen auf der Brust . . . ein Held der Nation . . . erschlagen mit einem Weiberschuh – Man kann, wie Putkin und Morotzkij, das Militär hassen . . . in ihrer russischen Seele blieb ein Tropfen Säure zurück: Das hat er nicht verdient. »Ich bin ein paar Augenblicke zu spät gekommen, Igor Fillipowitsch. Leider. Er hätte wie ein Mann sterben können –«
Man war sich schnell einig: Der General sollte ein schönes Grab bekommen.
»Es gebührt ihm«, sagte sogar Putkin. »Wer bereit ist, für Katja Alexandrowna sein Leben herzugeben, könnte sogar mein Freund sein. Wenn er bloß keine Uniform getragen hätte . . . Ich bin ein durch und durch allergischer Mensch, wenn ich Uniformtuch sehe.«
Auch die Susskaja hatte sich endlich beruhigt. Sie war vom Ofen heruntergekommen, hatte ihren nackten Körper in die Felldecke gewikkelt und hockte nun auf der Bank hinter dem Tisch, auf dem Serikow aufgebahrt war . . . schön anzuschauen, wahrhaftig, denn die Pelzmütze bedeckte seine zertrümmerte Hirnschale, und auf den Einschuß im Uniformrock hatte Nadeshna die holzgeschnitzte Maria ihrer Krippe gelegt. Sogar Putkin hatte nichts dagegen, nicht, weil sein Herz plötzlich aufgeweicht war, sondern weil solch ein heiliges Drecksding – wie er es nannte – weniger im Haus war, wenn Serikow es mit ins Grab nahm.
»Wie begraben wir ihn?« fragte Andreas plötzlich. »Wir bekommen mit unseren Werkzeugen kein Loch in die gefrorene Erde. Putkin, wie tief ist hier der Boden gefroren?«
»Er ist immer gefroren, nur im Sommer taut eine Schicht auf. Der Frost geht metertief.« Putkin setzte sich auf den Tischrand und schob Serikows Beine zur Seite, weil sie ihm im Weg waren. »Freunde, Andrej hat recht. Wir bekommen das Generalchen nicht unter die Erde. Um ihm ein anständiges Grab zu machen, müßten wir mit Dynamit diesen Boden aufsprengen. Haben wir Dynamit? Was also tun? Macht Vorschläge, Genossen!«

Es war Morotzkij, der einen ganz vernünftigen Gedanken hatte. »Wir können ihn im Fluß begraben«, sagte er. »Haben wir nicht Fischlöcher im Eis? Erweitern wir sie und schieben den General unter die Eisdecke . . .«
»Nie und nimmer!« sagte die Susskaja laut. »Das lasse ich nicht zu. Erst erschießen, dann erschlagen, jetzt noch ersäufen . . . das ist zuviel.«
»Er spürt's doch nicht mehr, mein Seelchen!« rief Putkin und tätschelte Serikow die Wange. Es war wieder einer jener Momente, wo man Putkin mit Wonne hätte erschlagen können. »Selbst Admirale werden so begraben . . .«
»Er war ein General!« sagte die Susskaja hart. »Er bekommt sein Grab in der russischen Erde.«
»Dann leg dich drauf mit deinem heißen Leib und tau sie auf!« schrie Putkin. »Und wenn wir zehn Tage lang ein Feuer auf einem Fleck brennen lassen – wie tief kommt man dann wohl, he? Ich weiß es, ich habe in der Taiga nach Öl gebohrt, ich kenne diesen gottverfluchten Boden! Nach einer Handbreit ist's zu Ende.« Er sah den toten Serikow an und hob die breiten Schultern. »Genosse General, wir können Sie leider wegen technischer Schwierigkeiten erst nach der Schneeschmelze begraben . . .«
»Und bis dahin?«
»Der Fluß –«
»Nein!« schrie die Susskaja. »Kein Wort mehr von dem Fluß!«
»Dann frieren wir ihn ein.« Putkin richtete sich auf. »Warum soll ein General nicht auch so konserviert werden wie unsere Fleischvorräte?« Er verbeugte sich vor der Susskaja, die ihn haßerfüllt anstarrte. »Erlauben Sie, schöne Dame, daß ich den General hinaustrage? Wie heißt er überhaupt . . . stirbt dahin, ohne sich vorzustellen. Ein unhöflicher Mensch.«
»Waska Janisowitsch Serikow, aus Irkutsk.«
»Waska Janisowitsch!« Putkin legte die Hand an die Stirn. »Der Sergeant Putkin erlaubt sich, Sie zur ewigen Ruhe zu bringen.«
»Gebt mir die Pistole«, sagte die Susskaja dumpf. »Ich halte es nicht mehr aus . . .«
»Gehen Sie endlich!« schrie auch Morotzkij mit seiner hellen Stimme. »Sie perverses Schwein, Sie . . .«
Putkin faßte Serikow unter, bettete ihn auf seine starken Arme und trug ihn hinaus. Andreas hielt die Tür offen, und als Putkin verschwunden war und die Tür wieder zufiel, lehnte die Susskaja den Kopf gegen die Hüttenwand und warf beide Hände vor ihr Gesicht. So saß sie eine ganze Weile, während alle schwiegen, bis sie spürte,

daß jemand sie unentwegt ansah. Sie ließ die Hände fallen und blickte in Andreas' Augen. Er saß auf der Tischkante und rauchte eine selbstgedrehte Zigarette.
»Warum fragst du nichts?« sagte sie leise.
Er ließ den beizenden Rauch durch seine Nase fließen und schüttelte den Kopf.
»Was sollte man da noch fragen?«
»Ich habe Waska deinetwegen verlassen, Andruscha.«
Morotzkij winkte hinüber zu Nadeshna. Sie verstand, warf den Pelz um sich, und sie verließen so leise das Haus, als schlichen sie sich von einem Kranken weg.
»Du hast ihn geliebt?« fragte Andreas.
»Nicht so wie dich. Bevor du kamst, wußte ich nicht, was Liebe ist. Ich nannte es nur Liebe, wie ein Kind den Mond bewundert, weil es nicht weiß, daß er seinen Glanz von der Sonne bekommt. Als ich dich sah, wurde Waska nur noch ein Name . . .«
»Und jetzt?«
»Habe ich ihn nicht getötet, um dich zu retten?«
Ihr Kopf sank nach vorn. Andreas fing ihn auf, küßte ihre geschlossenen Augen, hob sie dann hoch und trug sie hinüber zur Ofenbank. Dort legte er sie nieder, küßte ihren nackten Körper, legte seinen Kopf auf ihre Brüste, und so warteten sie schweigend, bis zuerst Morotzkij und Nadeshna und später auch Putkin zurückkamen.
»Er hat einen schönen Platz –« sagte er und schüttelte die Eiszapfen aus seinem Bart. »Mit Blick über den Fluß und zu den Felsen. Katja Alexandrowna, sei zufrieden: Er hat Rußland vor sich liegen –«

Putkin war ein Saustück von Mensch . . . das zeigte sich in den nächsten Tagen wieder.
Niemand fragte, wo er Serikow hingetragen hatte, nicht einmal Andreas. Niemand sprach auch mehr von Waska Janisowitsch, nur Morotzkij sagte einmal: »Ein Gutes hatte es doch. Wir haben jetzt auch noch eine Pistole und zweihundert Schuß Munition.«
Andreas und Putkin besichtigten das Flugzeug und trafen dabei auf eine große Überraschung. Es war völlig intakt, nur die rechte Kufe und das dazugehörende Eisenrohrgestänge waren an der Uferböschung zerbrochen.
»Sieh mich nicht von der Seite an, Andrej!« sagte Putkin und begann, sich eine Zigarette zu drehen. Man hatte jetzt Papier genug . . . im Flugzeug lagen ein Stapel Zeitungen, sogar ein Buch, Gorkis »Die Mutter« und andere Erzählungen. Eine große Blechdose besten Tabaks hatte Serikow ebenfalls mit auf die Reise genommen, dazu die

köstlichsten Konserven, Dauerwürste, Fettbüchsen, Platten schwarzen Tees, Dosen mit gemahlenem Kaffee, vier Flaschen Wodka ... ein Flugzeug aus dem Schlaraffenland.
»Wie sie da draußen leben!« brummte Putkin, nachdem man diese Schätze aus der Kanzel getragen und am Ufer geordnet hatte. »Es ist, als wenn der Satan einem das schönste Weib ins Bett legt, aber wenn man dranwill, ist sie unten zugewachsen. Andrej, lassen wir uns nicht verführen durch diese Dinge aus unserer Erinnerung.«
Er köpfte eine Wodkaflasche, nahm einen tiefen Schluck, rülpste vor Wohlbehagen und zeigte mit der Flasche wieder auf das Flugzeug. »Ich weiß, was du denkst! Die Maschine ist flugfähig. Zwei Ingenieure wie wir ... was ist da eine zerbrochene Kufe und ein Gestänge? Das flicken wir ohne ein Stück Werkzeug, wenn's sein muß. Aber wir haben Werkzeug ... Serikow hat einen ganzen Werkzeugkasten mitgebracht. Und du denkst weiter, Söhnchen: Wenn wir alles geflickt haben, brauchen wir nur den Propeller anzuwerfen und hui, geht's hinauf in die Wolken und hinaus in die Freiheit. Sag es ehrlich, Andrej: Du hast daran gedacht!«
»Ja, Igor Fillipowitsch.«
»Kannst du ein Flugzeug bedienen?«
»Ich war Segelflieger.«
»Das ist etwas anderes.« Putkin klopfte gegen die Glaskanzel. »Aber ich kann fliegen. Nicht eine Iljuschin ... aber solch ein Ding da. Ich habe Material und Verpflegung herangebracht, wenn wir in der Taiga trocken saßen. Einen Hubschrauber und ein Sportflugzeug besaß unser Lager, und ich konnte beide bedienen. Wir könnten also weg ... ich am Steuer, die Weiber hinten, Morotzkij und dich binden wir rechts und links draußen an der Kanzel an. Du könntest es überleben, Morotzkij, das Gerippe, nicht ... aber wir wären draußen! Nur –« er blickte über den Fluß, die in das Eis geschlagenen Löcher, die aufgerissene Uferböschung, die fertige Hütte und seinen noch ungedeckten »Kreml«. »Das Gold, mein Söhnchen! Das Gold! Millionen Rubel! Sollen wir es liegen lassen? Andrej, wir haben das Glück zur Geliebten: Wir werden Gold schürfen, bis wir jeder ein reicher Mann sind ... und wir haben ein Flugzeug, es auch wegzubringen!«
»Gold und wir alle? Das trägt die Maschine nicht.«
»Das Gold ist da.« Putkin kratzte mit den Stiefeln über die Erde. »Aber weiß man, wer später von den Menschen noch da sein wird?«
Das war eine Drohung, und Andreas beschloß, es Katja sofort zu sagen und auch Morotzkij und Nadeshna zu warnen.
In den nächsten Tagen baute Putkin sein Haus weiter. Er konnte es sich leisten, das Dach mit Brettern zu decken, denn im Werkzeugka-

sten des Flugzeuges lag auch ein Hobel, über den man sich sehr wunderte, denn an einem modernen Flugzeug gibt es nichts zu hobeln. Ein paarmal strich Putkin um die Maschine herum und beobachtete mit großem Mißtrauen, wie Andreas in der Kanzel saß und die Instrumente studierte.
»Ich weiß, du bist kein Idiot –« sagte er einmal. »Aber du wärst der dümmste Mensch auf der Welt, wenn du versuchen würdest, den Motor anzulassen. Von heute ab schlafe ich in der Kanzel!«
Das alles aber war es nicht, was Putkin in Andreas' Augen zu einem Saukerl machte ... es war eine Entdeckung, die er zufällig machte.
Niemand – das hatte man sich vorgenommen – fragte mehr nach Serikow. Wo Putkin ihn hingebracht hatte, wollte keiner wissen. Er mußte ihn weit weggetragen haben, denn weder Morotzkij, der mit seiner Elchkuh Maruta und Nadeshna weite Spaziergänge machte und viel Mühe darauf verwandte, Maruta zunächst den Druck eines Sattels anzugewöhnen, noch Andreas und die Susskaja, die ihre Fallen kontrollierten und auf Jagd gingen, entdeckten den toten General. Bis zu jenem Vormittag, an dem Andreas wieder aus der Flugzeugkanzel kletterte, in der er das »Fliegen« geübt hatte und sich nun bald zutraute, mit den Instrumenten zurechtzukommen. Putkin war nicht da ... er war über den Fluß in den Wald gegangen, um besonderes Holz zu holen. Bis jetzt hatte noch keiner von ihnen den zugefrorenen Fluß überquert ... bis zur Mitte, wo sie Fischlöcher geschlagen hatten, war der weiteste Vorstoß gewesen. Der hochragende Wald auf der anderen Seite reizte sie nicht ... er war tot, vereist, feindlich wie der Wald, an dem sie ihre Hütten gebaut hatten.
Aber nun kam Putkin zurück, ein Stück Stamm über den Schultern, und Andreas bemerkte verblüfft, wie er den Schritt wechselte, einen Militärmarsch hinlegte, den Kopf ruckartig zur Seite riß und stramm grüßte. Dann trottete Putkin nach ein paar Schritten weiter, überquerte das Eis des Flusses und warf den Stamm vor seinem »Kreml« in den Schnee. »Das ist ein Holz!« rief er zu Andreas hinüber. »Besser als Stahl. Das hänge ich über die Tür, und jeder, der in mein Haus kommt, kriegt es in den Nacken.«
Er grölte sein gewaltiges Lachen, packte die Axt und hieb auf dem Stamm herum, daß die Späne herumsurrten wie Granatsplitter.
Andreas ahnte etwas Schreckliches. Als Putkin im Inneren seines Hauses herumhämmerte, überquerte Andreas den Fluß und betrat zum erstenmal das andere Ufer. Es war flach, der Wald wuchs fast bis an den Fluß. Hier mußte seichtes Wasser stehen, weil die Strömung, aus dem Felsenspalt hervorschießend, nur die gegenüberliegende Bucht traf und sich in das Land fraß.

Langsam ging Andreas den Spuren nach, die Putkin im tiefen Schnee hinterlassen hatte. Der Wald trat in einem sanften Bogen zurück – vielleicht war hier nach dem Wegtauen des Frostes ein Sumpfgelände? – und ließ ein freies Stück Erde wie eine Halbinsel in sich hineinragen.

Und hier stand Waska Janisowitsch Serikow. Er lehnte, steif gefroren, an einem dicken Baum, aufrecht, eine Säule aus Eis, von den Klammern des Frostes festgehalten. Seine Generalsuniform war mit vereistem Schnee überstäubt, aber die breiten Schulterstücke leuchteten noch unter dem Reif hervor, das bleiche Gesicht blickte fast stolz über Fluß und Wald . . . aber das war es nicht, was Andreas einen Schauer über den Rücken jagte. Putkin hatte Serikow, bevor er ihn hier aufstellte und einfrieren ließ, die rechte Hand hoch an die Pelzmütze gehalten . . . so war sie erstarrt, und so stand der General Serikow grüßend in der Taiga, hoch aufgerichtet, und jedesmal, wenn Putkin an ihm vorbeiging, fiel er in einen Parademarsch und grüßte zurück.

»Warum hat man bloß die Hemmungen«, sagte Andreas nachher zu Putkin. Sie standen sich in dem halbfertigen Haus gegenüber und belauerten sich wie zwei japanische Ringer. »Warum hält mich irgendein dummes Gefühl ab, dich umzubringen? Du bist kein Mensch mehr, Putkin, und auch jedes Tier hat mehr Herz als du. Ich werde Serikow morgen im Schnee verscharren . . .«

»Du rührst ihn nicht an, Söhnchen –« antwortete Putkin mit schwerer Stimme. »Andrej, rühr ihn nicht an. Er ist mein Denkmal. Wie er so dasteht, erinnert er mich jeden Tag daran, was wir zu erwarten haben, wenn wir aus dem Wald herauskommen. Bin ich an ihm vorbeimarschiert, dann bin ich immer glücklich, in der Taiga zu leben. Kannst du das verstehen, Hohlkopf?«

Es war schwer, Putkin zuzustimmen . . . aber er verstand ihn. Wortlos verließ Andreas das Haus und ging hinüber zu seiner Hütte. Morotzkij führte Nadeshna und Katja gerade vor, wie sich Maruta an den geflochtenen Sattel gewöhnt hatte. Er platzte fast vor Stolz.

Ich muß verhindern, daß Katja über den Fluß geht, dachte Andreas und blieb in einiger Entfernung stehen. Das Lachen der Susskaja, dieses dunkle, herrliche Lachen kam ihm entgegen. Sie darf es nie sehen, dachte er weiter. Diesmal wird sie Putkin erschießen, und keiner kann sie daran hindern, wie man den Sturm nicht daran hindern kann, die Blumen zu köpfen . . .

27

Drei Wochen lang war es nicht möglich, daß jemand die Nase aus der Hütte steckte, geschweige, daß jemand Lust gehabt hätte, über den Fluß zum anderen Ufer zu gehen.
Der Teufel schien in den Himmel gefahren zu sein und brachte nun die Natur völlig durcheinander. In der Nacht begann es ohne jedes Anzeichen. Plötzlich traf ein Windstoß das Haus, daß es in allen Fugen knirschte, das Dach klapperte, und dann war nur noch ein Heulen da, ein schauerliches Gekreische, als zögen tausend streitende Weiber sich gegenseitig an den Haaren durch die Taiga. Schnee fiel in ungeheuren Massen auf den Wald, zerbrach die stolzen Bäume, amputierte Äste, türmte sich zu Mauern an den Stämmen empor und drang trotz aller Moosausstopferei durch die Balkenritzen in das Haus hinein.
Putkin, Andreas und Morotzkij hatten alle Hände voll zu tun, diese Ritzen auszufüllen, während Nadeshna und die Susskaja die Pfützen wegwischten, die sich sofort bildeten, wenn der eingedrungene Schnee in dem überhitzten Raum schmolz. Außerdem lief das Wasser von den Wänden, als seien sie berieselt . . . die Feuchtigkeit, die der Sturm mit ungeheurer Wucht hineindrückte, war nicht mehr zu besiegen.
»Lassen wir's verdampfen«, sagte Putkin, der für alles seine dummen Bemerkungen bereithielt. »Dann haben wir ein Dampfbad, können nackt herumsitzen, schwitzen uns die unheiligen Gedanken aus den Poren und singen fromme Lieder.«
»Er will sich nur wieder zeigen, der haarige Hengst!« sagte Morotzkij. »Muskeln sind nicht alles, Igor Fillipowitsch.«
Die Luft lud sich langsam wieder auf mit Hochspannung. Drei Wochen zusammen mit Putkin, gefangen in einem Raum, beraubt aller Möglichkeit, auch nur für eine Stunde seinem Anblick und seiner stets redenden Schnauze zu entrinnen, das zehrte an den Nerven. Nicht nur Morotzkij litt darunter, selbst Andreas, für den Putkin eine seltsame Sympathie entwickelt hatte und den er »mein Söhnchen« oder »lieber kleiner Idiot« nannte, sah mit Schrecken den Tag kommen, an dem man sich mit Wonne gegenseitig die Schädel einschlug.

Draußen tobte der Sturm, brach der Himmel auf und schüttete Schneeberge über das Land, nur das Eis des Flusses war immer blankgefegt; hier spielte der Wind Schlittschuhlaufen und vertrieb alles, was auf die bläulich leuchtende Decke herabrieselte.
Am meisten von allen klagte Morotzkij, saß am Fenster, das man mit einem Fell vernagelt hatte, rannte dann wieder unruhig hin und her und rang die knochigen Hände.
»Maruta –« jammerte er. »Wie wird es Maruta gehen? Steht da schutzlos in ihrem Pferch, und der Sturm wirft sie vielleicht zu Boden, sie bricht sich ein Bein oder gar den Hals. Und wie sie hungert, wie sie hungert . . .«
»Sie ist fett gefüttert wie eine Sau!« brüllte Putkin. »Maruta! Maruta! Zum Teufel, warum muß ich mit Menschen leben, denen man das Hirn ausgeblasen hat? Eine Elchkuh ist kein Verhaltensforscher . . . die friert sich keinen Schwanz ab!«
»Sie hat ein zartes Gemüt!« schrie Morotzkij zurück.
»Was hat sie?« fragte Putkin dumpf. »Wiederholen Sie das langsam, Semjon Pawlowitsch. Eine Elchkuh hat ein zartes Gemüt?«
»Maruta ist ein sehr sensibles Tier. Klug, gelehrig, aber ungeheuer empfindsam. Ihr Instinkt ist mit einigen primitiven Denkvorgängen gepaart . . . aber das ist es ja, was sie von anderen Elchen abhebt. Hätte sie sich sonst so schnell uns angeschlossen? Wäre sie sonst – von der Herde abgesprengt – zu uns, den Menschen, gekommen?«
»Das nennt er ein Wunder, was, der Hohlkopf?« rief Putkin. »Das Vieh hat noch nie einen Menschen gesehen, das ist es! Lebt hier wie im Paradies und denkt, wir seien auch solche lieben Gotteskinder. Aber wer uns einmal gesehen hat, der verzichtet auf weitere Bekanntschaft. Was Sie Intelligenz nennen, Morotzkij, ist Ahnungslosigkeit.«
»Igor Fillipowitsch hat recht«, mischte sich die Susskaja ein. Sie saß am Tisch und putzte ihr chirurgisches Besteck, nachdem sie es in einem Kessel mit sprudelndem Wasser ausgekocht hatte. Sie tat das jede Woche, wie ein Soldat sein Gewehr putzt, legte dann alle Instrumente nebeneinander, blickte stumm über das Blitzen und Glitzern, das die verchromten Scheren, Pinzetten, Klemmen und Haken ausstrahlten, und war wie versunken in Gedanken. Dachte sie an das Krankenhaus, an den Operationssaal, an die Zimmer mit den Patienten, an diese weiße, saubere Welt, aus der sie weggelaufen war, um Andrej zu lieben?
Putkin, der sie bei einer solchen Gedankenreise einmal unterbrach, erlebte verblüfft und machtlos, wie die Susskaja explodieren konnte. Er fragte ganz höflich: »Jekaterina Alexandrowna, so in Gedanken?

Erinnern sich wohl an den Tag, an dem Sie einen lieben Genossen entmannt haben?« Und sie sprang auf, wie vom Stuhl abgeschossen, hieb ihm die Faust auf die Nase, die gerade von Nadeshnas Biß geheilt war, und setzte sich dann wieder, als sei nichts geschehen.
Von da an unterbrach Putkin nicht mehr Katjas stille Instrumentenstunde, wie er sie brummend nannte und Andreas ins Ohr flüsterte. »Es wird ein schweres Leben werden«, sagte er leise. »Sie bleibt eine Ärztin, auch wenn sie Kohl ziehen müßte. Ich wette, wenn sie einen Braten aufschneidet, bindet sie sich ein Mundtuch um. Paß auf, daß sie eines Tages nicht bei dir mit einer Pinzette etwas anhebt . . .«
»Wieso hat er recht?« bellte Morotzkij jetzt.
»Wer Putkin einmal gesehen hat, muß vor den Menschen flüchten.«
»Das ändert nichts daran, daß Maruta sich von mir verraten fühlen muß. Hört euch diesen Sturm an! Und sie steht allein im Pferch –«
»Er bringt mich um den Verstand!« stöhnte Putkin, als Morotzkijs Klagegesang nicht abriß. Es war in der zweiten Woche, Morotzkij saß wie ein Häuflein Asche auf der Bank, und es fehlte nicht viel, da hätte er zu weinen begonnen. »Maruta ist in der Taiga geboren, Sie Rindvieh! Sie kennt nichts anderes. Nur Sie, mit Ihrer Verhaltensforschung, machen ein Püppchen aus ihr!«
»In der Taiga kann sie sich verkriechen!« brüllte Morotzkij zurück. »Sie kann sich unterstellen –«
»Jawohl! Die sozialistische Regierung hat ja auch überall Wärmehallen in der Taiga aufgestellt!« schrie Putkin. »Wie ist das eigentlich, Nadeshna? Wenn Semjon Pawlowitsch auf Ihnen liegt, brummelt er dann Ihren Namen, oder nennt er Sie auch Maruta?«
Nadeshna, die am Herd stand und kochte – und sie kochte fabelhaft, von Tag zu Tag besser, erfand neue Arten, Fleisch zu würzen, und zauberte aus den Verpflegungsbüchsen von General Serikow wahre Wunder an Eßbarem –, blickte Putkin an mit einem jener Blicke, wie sie nur Frauen zu werfen verstehen und die einem Mann ins Herz fahren wie ein Blitz.
»Und wenn er Maruta sagen würde«, antwortete sie, »wäre es noch immer zärtlicher als der kleinste Finger von Ihnen, Igor Fillipowitsch.«
»Mit Fingern halte ich mich auch nicht auf«, sagte Putkin und starrte in die Ecke. Nadeshnas Blick rumorte unter seiner Hirnschale. Dieser verfluchte Schneesturm warf ihn mit dem Bau seiner Hütte zurück, und damit auch mit der Hoffnung, Nadeshna unter seinem eigenen Dach zu empfangen, während Morotzkij seine dämliche Elchkuh dressierte.
Es wurde so schlimm mit Semjon Pawlowitsch, daß Putkin kurz nach

dem Mittagessen, in dem Morotzkij traurig herumstocherte, als habe Nadeshna Sägemehl gekocht, aufsprang, seinen dicken Wolfspelz überwarf, die hohe Fellmütze auf den Schädel stülpte und zur Tür stapfte.

»Wohin?« fragte die Susskaja.

»An die Luft. Morotzkij stinkt vor Wehleidigkeit. Ich ertrage das nicht länger.«

Er stieß die Tür auf, aber sie bewegte sich nur ein paar Zentimeter, dann stemmte sich der Schnee dagegen, ein Berg von Schnee, der sofort vom Wind in das Zimmer getrieben wurde.

»Seien Sie nicht kindisch, Igor Fillipowitsch!« rief die Susskaja. »Die Natur ist stärker als Sie. Es gibt wirklich etwas, was auch Sie bezwingt.«

Das hätte sie nicht sagen dürfen. Putkin stieß einen bärenhaften Laut aus, warf sich gegen die Tür, drückte sie wirklich mit seinen ungeheuren Kräften so weit auf, daß er sich hinauszwängen konnte, und trat sie dann von außen wieder zu. Man hörte ihn noch im Schnee fuhrwerken, und Andreas sagte: »Er kriegt es fertig und boxt sich buchstäblich durch den Schneeberg.«

»Sie sollten ihm nachlaufen, Andrej«, ließ sich Nadeshna vernehmen.

»Warum?« Die Susskaja schüttelte den Kopf. »Igor Fillipowitsch kennt sich am besten. Er braucht die Abkühlung dringend.«

»Wo will er denn hin bei diesem Sturm?«

»Vielleicht läuft er dreimal ums Haus und brüllt sich aus.« Morotzkij schaufelte den hereingewehten Schnee in eine Schüssel und brachte ihn zum Herd. So feindlich die Taiga war . . . verdursten ließ sie einen nicht. Wenn man ein Feuer hat, hatte man auch Kipjatok – heißes Wasser. Man glaubt es nicht, was man mit heißem Wasser alles anstellen kann, es ist ein wahres Lebenselexier, wenn man nichts anderes hat. »Koch ihm einen Tee, Nadeshenka. Wir werden Igor Fillipowitsch auftauen müssen.«

Es dauerte nicht lange – aber das will nichts heißen, denn man hatte hier in der Eingeschlossenheit den Zeitbegriff verloren, und eine Stunde war wie ein halber Tag oder ein halber Tag wie eine Stunde, es kam ganz auf die Laune des einzelnen an – vermischte sich das Heulen des Sturmes draußen vor der Tür wieder mit dem typischen Rumoren eines Menschen, wie es Putkin war.

»Er kommt«, sagte die Susskaja. »Er wird ein Eiszapfen sein, der Dickkopf.«

»Der Tee ist fertig!« rief Nadeshna vom Herd. »Ein Schuß Wodka ist auch drin.«

Die Tür flog wieder auf. Zunächst wehte ein Vorhang von Schnee ins Haus, die eindringende Kälte bildete sofort einen Nebel, als sie gegen die Hitze prallte, die Gewalt des Windes machte sich Platz, stürmte in den Raum und überfiel alle mit einem eisigen Schlag. Dann tauchte aus dem Nebel ein Kopf auf . . . nicht der von Putkin, sondern ein dikker, eisbehangener Schädel mit Glotzaugen, langen Nüstern, ebenso langen Ohren, Eisfäden hingen wie Lametta an dem dicken Hals, und von hinten erschien jetzt Putkin, ein Riese aus Schnee und Haaren, drückte und hieb mit der Faust auf das Hinterteil dieses Wesens und brüllte: »Vorwärts! Vorwärts! Du dämliches Vieh . . . rouh-rouh-rouh –«

»Maruta –« stammelte Morotzkij. Er breitete die Arme aus, als laufe ihm eine Geliebte entgegen. »Er hat Maruta geholt –«

Die Tür krachte zu, Putkin verriegelte sie, gab Maruta noch einen Tritt in den Hintern und lehnte sich dann erschöpft an die Wand.

»Da haben Sie Ihre fette Sau, Semjon Pawlowitsch!« sagte er schweratmend. »Ein Seelchen nennt er das Aas! Ein sensibles Lämmchen! Nicht aus dem Pferch wollte es, hat sich gewehrt und ging auf mich los, um mich zu beißen. Aber ha, mich beißen! Ich habe ihr eine Ohrfeige gegeben, und da wurde sie kusch. So geht man mit den Weibern um!«

»Igor Fillipowitsch, das vergesse ich Ihnen nie«, stammelte Morotzkij. »Sie haben Maruta gerettet. Wie soll man sich in Ihrer Seele auskennen?«

Er umarmte die Elchkuh, drückte den dicken vereisten Kopf, der jetzt auftaute, an sich, streichelte den gewaltigen Körper, an dem das Wasser herabrann, als habe Maruta einen Strom durchschwommen, und küßte sie sogar auf die geblähten Nüstern. Die Elchkuh hielt still, stand wie ein Denkmal mitten im Zimmer, unbeweglich, anscheinend überwältigt von der Wärme und der Gegenwart so vieler Wesen, die ihr zu fressen gaben und sie gleichzeitig ohrfeigten. Nur die Ohren spielten nach vorn und nach hinten, und die Glotzaugen betrachteten abweisend Andreas, die Susskaja, Nadeshna und vor allem Putkin. Lediglich Morotzkij duldete sie . . . er war wie ein Verblödeter, sprang um sie herum, wischte sie mit einem aufgetrennten Sack ab, putzte ihr das Gesicht, klaubte die Eiszapfen aus ihrem Fell und tätschelte ihr immer wieder den Hals.

»Es ist anzunehmen –« sagte Putkin, schälte sich aus dem steifgefrorenen Pelzmantel, stellte ihn an die Wand und ließ ihn dort langsam auftauen – »daß Semjon Pawlowitsch heute nacht mit Maruta schläft. In diesem Falle, Nadeshna Iwanowna, empfehle ich mich Ihnen als potenter Ersatz.«

Und Nadeshna lachte laut, brachte ihm einen großen Becher Tee, und schon auf Entfernung roch Putkin den Wodka darin. Als er den Becher nahm, griff er auch – ganz zufällig natürlich – nach Nadeshnas Hand und hielt sie fest. Ein Griff wie eine stählerne Klammer, aus der man sich nicht befreien konnte. Aber Nadeshna hatte auch gar nicht die Absicht, sich loszureißen.
»Eine Portion Lebenswässerchen –« sagte Putkin mit einer Stimme, deren Zärtlichkeit so greifbar war, daß die Susskaja die Brauen hochzog. »Hat die schöne Dame Jekaterina es erlaubt und freigegeben?«
»Über die Küche regiert Nadeshna allein«, sagte die Susskaja. »Der Wodka ist eine Sonderzuteilung aus der eisernen Reserve.«
»Ich bedanke mich.« Putkin ließ Nadeshnas Hand los, nahm einen vorsichtigen Schluck des herrlich duftenden, glühheißen Tees, rollte ihn im Gaumen herum und schluckte ihn erst dann hinunter mit einer sichtbaren Wonne. »Ich kann nicht antworten mit einem Gebet, aber ich sage: Es würde selbst einen taubstummen Bock wieder zum Mekkern bringen.«
Später hockte er auf der Ofenbank, ließ sich aufwärmen, trank den Wodka-Tee mit lautem Schmatzen – Eßmanieren konnte man von Putkin nicht erwarten – und sah Morotzkij zu, der noch immer mit seiner Elchkuh beschäftigt war. Er rieb sie, jetzt wo sie aufgetaut war, ab, sprach mit ihr in einer röhrenden, für menschliche Ohren ziemlich dämlich klingenden Lautsprache, und Maruta, dieses gewaltige Tier in der Taiga, schien ihn zu verstehen, legte ihre Scheu ab, blies Morotzkij mit halb geöffneter Schnauze an und wackelte fröhlich mit den Ohren.
»Ich werde sie in das kleine Nebenzimmer stecken«, sagte Morotzkij und trank auch ein paar Schlucke von Nadeshnas starkem Teegebräu. Er hustete, starrte Nadeshna entgeistert an, trank weiter und bekam einen roten Kopf. Kurz danach schwitzte er, seine Augen bekamen einen hellen Glanz und sein Schritt wurde unsicherer. Der heiße Wodka begann, in seinem Hirn zu kreiseln. »Wer hat etwas dagegen, frage ich?«
»Keiner!« rief Putkin. »Aber viel bewegen kann sie sich dort nicht. Und kalt ist es auch.«
»Wir werden die Türen offen lassen.«
»Auch ein so goldiges Schätzchen wie Maruta muß pissen und scheißen!« rief Putkin. »Wohin damit? Sollen wir in einer Kloake schlafen?«
»Ich werde alles wegwischen«, sagte Morotzkij glücklich. Er schwankte um die Elchkuh herum, küßte sie wieder auf die Nüstern und kraulte sie zwischen den Augen. »Was heißt hier stinken? Seit

Sie im Hause sind, Igor Fillipowitsch, haben wir uns an Gestank gewöhnt . . .«
»Man soll nie Gutes tun –« knurrte Putkin, aber es klang nicht böse. Morotzkij war betrunken, lehnte an seiner Elchkuh und sang ihr rouh-rouh in die wackelnden Ohren. »Nadeshna, diese ganze christliche Nächstenliebe ist ein Mist. Was handelt man sich dafür ein? Einen Hagel von Ohrfeigen. Wie sinnvoll ist da der Kommunismus. Sein Zeichen ist die gehobene geballte Faust . . . das ist etwas Reales, das versteht jeder, da weiß jeder, woran er ist. Kraft und Energie, Mut und Unbeugsamkeit, das ist es, womit man eine schlappe Welt wieder auf die Beine stellen kann.«
Putkin wartete auf ein Echo, aber sie waren alle zu müde, um mit ihm zu diskutieren. Der Wodka in dem Tee – oder war's ein bißchen Tee im heißen Wodka – hatte sie träge und ziemlich albern gemacht. Sie fütterten Maruta mit dem Moos, das sie zum Ausstopfen der Wandritzen gesammelt hatten, lachten über jeden Satz, den irgendeiner von ihnen sprach, wie über einen zotigen Witz, und Morotzkij wurde zu einem Clown, tanzte um seine Elchkuh herum und sang dabei Studentenlieder, die zu der Zeit, als er die Universität besuchte, verboten gewesen waren. Schließlich fiel er einfach um, legte sich auf die Eckbank und schlief ein. Putkin führte die etwas verstört blickende Maruta ins Nebenzimmer, hatte Mühe, die Tür zu schließen, und sagte dann: »So ab und zu einen Wodka, das hebt die Psyche. Sie sollten in kritischen Situationen immer ein paar Schlucke verteilen, Katja Alexandrowna. Sie als Ärztin müssen doch wissen, wie wichtig ein Stimulans ist.«
»Ich bin erschüttert, daß Sie es überhaupt aussprechen können«, antwortete die Susskaja. Sie lag schon auf dem Ofen, nackt wie stets, und ordnete das Lager für Andreas. Nebenan keilte Maruta aus, bumste gegen die Wände und die Tür und hatte das Bedürfnis, sich aus der Enge zu befreien. Es schien so, als habe sie sich draußen in der Freiheit wohler gefühlt, trotz Schneesturm, Vereisung und durchdringendem Frost.
»Das wird eine schöne Nacht«, brummte Putkin. »Semjon Pawlowitschs Seelchen wird das ganze Haus demolieren.«
Er rollte sich wieder in seinen getrockneten Pelz und tat so, als sei er sofort eingeschlafen. Aber er blieb wach, sah hinüber zu Nadeshna, die allein unter ihrem Fell lag und darauf verzichtete, den betrunkenen Morotzkij zu sich zu holen. Es war seit Wochen das erste Mal, daß sie allein schlief. Sie trug nur ihr Unterhemd, am Hals bogenförmig ausgeschnitten, und wenn sie sich hinsetzte, um noch einen Kloben in den Ofen zu schieben, leuchtete das Feuer über den Ansatz ih-

rer weißen, kleinen, aber festen Brüste und über ihren Hals, der sich biegen konnte wie der eines Schwans.
Putkin starrte sie unentwegt an. Sein Herz war schwer. Nur drei Meter lagen zwischen ihm und Nadeshna, aber oben auf dem Ofen lag die Susskaja, und sie sah und hörte alles, dieses schwarze, schöne Aas. Er seufzte, hob den Kopf, und Nadeshnas Blick prallte mit dem seinen zusammen. Es war wie eine Explosion, die zurücksprang in ihre Seelen.
Wenn das so weitergeht, dachte Putkin grimmig, wird Morotzkij kein langes Leben haben. Das sind mörderische Gedanken, zum Teufel ja, aber kann einen diese Frau nicht um den Verstand bringen? Malt Marien mit schiefen Brüsten, schnitzt Krippenfiguren, betet jeden Morgen: Dank dir, Gott, daß die Sonne wieder scheint ... aber im Leib hat sie den Satan und behängt ihn mit Priestergewändern! Wie kann ein Mann da vernünftig bleiben?
Sie sahen sich lange wortlos an, und es war eine Vereinigung, die sie beide in sich spürten. Das Haus! Das Haus muß fertig werden! Putkins Kreml! Dann wird sich vieles ändern. Vielleicht wird man sich mit Nadeshna hinter den dicken Stämmen verschanzen müssen, bis sich die anderen daran gewöhnt haben, daß das starke Leben immer das schwache Leben besiegt. So ist's immer gewesen, in der Natur gibt es keine anderen Gesetze ... und wo gibt es mehr Natur als hier in der Taiga?
»Wir steuern auf eine Tragödie zu«, flüsterte oben auf dem Ofen die Susskaja, kaum hörbar, in Andreas' Ohr. Es klang nach unten, als wisperte sie im Schlaf. Sie hatte sich vom Ofenrand weggerollt, über den sie, von den Schatten geschützt, Putkin und Nadeshna beobachtet hatte. Als Frau, die für ihre Liebe ihr ganzes bisheriges Leben aufgegeben hatte, erkannte sie sofort, was sich da vor ihren Augen vorbereitete. Sie wußte ja nicht, was bereits in Putkins halbfertigem Haus geschehen war, und es war auch nicht mehr nötig, das zu wissen. »Putkin hat sie erobert ...«
»Wen?« fragte Andreas schläfrig zurück. Sie hielt ihm den Mund zu und biß ihm ins Ohr.
»Leise. Leise! Nadeshna –«
»Putkin und Nadeshna? Blödsinn ...«
»Es mußte so kommen, ich habe immer darauf gewartet. Nadeshna ist ein kleines sanftes Biest –«
»Dann geschieht's ihr recht.«
»Nicht sie bedauere ich ... Putkin! Igor Fillipowitsch wird sich zu einem Tanzbären an ihrer Leine degradieren lassen. Er ist genau der Mann, der vor einer Frau auf die Knie fällt –«

Sie drückte sich an Andreas, legte die Arme um seine Hüften und schob ein Bein über seine Lenden. »Ich liebe dich, Andruscha . . .« sagte sie dunkel.
»Ich weiß.« Er nickte im Halbschlaf. »Ich weiß. Der Wodka war wunderbar –«
Durch den dunklen Raum pfiff und röchelte Morotzkijs asthmatisches Schnarchen.
Viel später, und dieses Mal schlief sogar die Susskaja, kroch Putkin wie ein Lurch lautlos die drei Meter über die Dielenbretter zu Nadeshna. Er mußte sie vorsichtig umarmen und ihr den Mund zuhalten, als sie laut und ungehemmt seufzen wollte –

Plötzlich war der Sturm vorbei.
Niemand hatte es bemerkt . . . in der Nacht hörte das Heulen auf, das Dach klapperte nicht mehr, es war alles so lautlos, als habe der Schnee nun wirklich die Welt erstickt. Es war nach drei Wochen, an einem Freitag, wie Morotzkij sagte, denn er führte Kalender, indem er an einem Balken die Tage abstrich. Ob es wirklich Freitag war, sei dahingestellt . . . Morotzkij hatte einfach mit einem Montag begonnen, indem er sagte: »Heute ist Montag!« Von da ab galt seine Zeitrechnung. Man hatte hier eine eigene Welt erschaffen, also konnte man sich auch einen eigenen Kalender halten.
An diesem Freitag wachten sie fast gleichzeitig auf, weil Maruta nebenan einen Höllenspektakel aufführte, laut brüllte und gegen die Wände donnerte. Sie hatte als erste bemerkt, daß der Sturm vorbei war und mit ihm ihre Gefangenschaft in dieser warmen hölzernen Höhle.
»Stille«, sagte Nadeshna. Sie saßen alle auf ihren Schlafplätzen und lauschten. »Vollkommene Stille . . . die Welt ist untergegangen.«
Sie schlief wieder bei Morotzkij . . . eine heimliche Nacht mit Putkin, wie diese vom heißen Wodka berauschte, war nicht wiedergekommen. Aber Nadeshna hatte sich verändert, nur merkte es Morotzkij nicht. Er war mit Tieren vertrauter als mit der Seele einer Frau. Er fühlte Nadeshnas Körper unter seinen knochigen Händen, ihm genügte die Wärme ihres zarten, glatten Leibes . . . daß ihre Küsse flüchtiger wurden, ihr Seufzen gequälter, ihre Mitarbeit in der Liebe völlig aufhörte und sie nur noch ein Stück Fleisch war, das er abtastete, das merkte er nicht. Maruta, die Elchkuh, umsorgte er dafür um so mehr. Er brachte ihren Kot jeden Tag weg, auch wenn er jedesmal gegen die Faust des Sturmes ankämpfen mußte, er wischte den Urin vom Boden und wusch den aufgetrennten Sack, den er als Scheuerlappen brauchte, im Schnee aus. Er saß stundenlang bei

Maruta, erzählte ihr aus seinem Leben und »verkindischte« immer mehr, wie Putkin es nannte.
»Es ist vorbei«, sagte Putkin jetzt. »Freunde, wir haben es überstanden. Wetten, daß draußen die Sonne scheint? Die schönste Sonne, als habe nicht drei Wochen lang der Teufel gewütet?«
Er zog sich an, warf den Pelz über und drückte die Tür auf. Wenn auch ein neuer Schneeberg den Ausgang versperrte . . . das helle Licht des Tages flutete in das Haus, eine goldene Helligkeit, die wie Medizin wirkte. Alle sprangen auf, rannten zur Tür und sahen hinaus.
Ein Himmel, leuchtend blau wie ein geschliffener Aquamarin, wölbte sich über die in Schnee und Eis gestorbene Landschaft. Die Eisdecke des Flusses strahlte so blendend, daß sie alle die Augen zusammenkniffen und die Hände vor das Gesicht legten.
Putkin sog tief die reine kalte Luft ein. Sein mächtiger Brustkorb wölbte sich. Als er ausatmete, quoll eine dichte weiße Wolke aus seinem Mund.
»Welch ein Leben!« sagte er dann. »Begreift ihr nun, wie schön die Welt ist?«
Ihr erster Weg war zu dem Flugzeug.
Wie eine bizarre Plastik stand es da, unter Schnee und Eis fast unkenntlich. Andreas ging um die Maschine herum und schüttelte den Kopf.
»Wir werden sie nie mehr zum Fliegen bekommen, Igor Fillipowitsch. Das hat sie nicht ausgehalten«, sagte er.
»Beleidigen Sie nicht die Qualität sowjetischer Arbeit!« entgegnete Putkin steif. »Natürlich fliegt sie wieder. Lassen Sie erst mal Frühling werden. Wenn die erste Knospe aufbricht, dreht sich auch der Propeller.« Er lehnte sich an den unversehrten Rohrrahmen der linken Kufe und zeigte auf den Motor. »Aber er muß früher laufen, Andrej. Ich brauche ihn als Antriebskraft. Glauben Sie, ich hätte in den vergangenen Wochen nur herumgelegen und gefressen? Ich habe Pläne entwickelt und Konstruktionen erdacht. Plan eins: Wir benutzen den Drehkopf, der den Propeller rotieren läßt, als Triebwerk für einen Treibriemen. Der Treibriemen wiederum wird eine Art Schaufelbagger antreiben, mit dem wir die Uferböschung auskoffern. Damit haben wir einen Arbeitsgang gespart. Das Durchsieben des Sandes und Gerölls müssen wir leider noch von Hand machen. Was halten Sie davon?«
»Ein guter Gedanke . . . solange wir Benzin genug haben. Was Serikow mitgebracht hat, hält vielleicht für hundert Flugstunden.«
»Auf der Erde verbrauchen wir weniger, Andrej.«
»Gut. Dann zweihundert. Und dann? Dann steht das Förderband still,

wir haben vielleicht ein Säckchen voll Gold . . . aber die Chance, unseren Reichtum mit dem Flugzeug wegzubringen, ist dahin. Auch sowjetische Flugmotoren laufen nur mit Benzin.«
»Die letzte Bemerkung hättest du dir sparen können.« Putkin blickte über den Fluß. Der Rückweg über das Wasser war eine Möglichkeit. Ein starkes Floß – und dann hinab mit der Strömung. Irgendwo mündete er in einen größeren Strom, und irgendwo war auch eine menschliche Siedlung. Sibirien ist nicht so einsam, wie man denkt. Zwei Lebensadern gibt es: die großen Ströme und die Eisenbahnlinien.
Aber auch das hatte seine Probleme. Nanu, wird jeder denken, was kommt da aus dem Norden herangeschwommen? Ein Floß mit Männlein und Weiblein! Kommen so einfach daher aus der Wildnis, als sei's normal, auf einem Holzbrett durch die Taiga zu reiten! Da wird es viele Fragen geben, und da es überall kritische Gemüter gibt, wird man sagen: »Hört her, Genossen! Wer seid ihr? Eure Ausweise bitte. Ihr seid Russen, keine Jakuten oder Burjäten. Wie kommt ihr in die Taiga? Wo habt ihr überwintert? Was habt ihr vor allem in den Säckchen aus Fellen? Ha, sie sind schwer. Transportiert ihr Steine aus der Taiga, kleine Idioten? Laß uns einmal in die Säckchen sehen, Genossen! Nana, wer wird denn Geheimnisse haben in einem sozialistischen Land? Ist's etwa Gold, he? Sind's Diamanten?«
Dann wird man grob werden müssen, vielleicht sogar die Köpfe gegeneinanderschlagen oder sonst etwas . . . auf jeden Fall wird es einen großen Wirbel geben, und das Gold wird konfisziert werden. Das kann man sich nicht leisten, wenn man als Millionär aus dieser einsamen Welt herauskommen will . . .
»Plan Nummer eins ist gestrichen«, sagte Putkin und spuckte gegen das Flugzeug. »Wir brauchen das Flugzeug, um uns abzusetzen. Aber vergessen wir nicht, Andrej: Es trägt nur drei Personen einschließlich Gepäck. Zwei Menschen sind zuviel in unserer Gruppe.«
»Morotzkij und Nadeshna werden im Frühjahr versuchen, allein wegzukommen . . .«
»Nadeshna wird bei mir bleiben!« sagte Putkin dumpf.
»Dann sind wir vier . . .«
»Einer zuviel!«
Sie starrten sich an und waren sich plötzlich über die Grausamkeit dieser Rechnung im klaren. Einer mußte vernichtet werden . . . Putkin, Andreas, Nadeshna oder Katja Alexandrowna.
»Du bist verrückt, Igor Fillipowitsch«, sagte Andreas leise. »Mein Gott, du bist verrückt.« Er wischte sich über das Gesicht, auf dem sich wieder dicker Reif gebildet hatte. Die blanke Sonne war nur Licht . . .

auf der Erde zerbarst alles im Frost. Man sah es an den kleinen Uferstellen, die der Sturm vom Schnee freigefegt hatte . . . dort riß die Erde auf, und jeder Riß war begleitet von einem leisen knallenden Knirschen. Der Boden schrie . . . Sibiriens Erde weinte.

»Katja erwartet ein Kind, das weißt du . . .«

»Jeder Mensch wird von den Problemen erwürgt, die er sich selbst an den Hals hängt.« Putkin griff in die Tasche seines Mantels, holte Serikows Tabaksbeutel hervor und drehte sich eine Zigarette. »Ich habe angeboten, dir einen Knoten reinzumachen.«

»Es wird eine Möglichkeit geben, daß wir alle herauskommen«, sagte Andreas, aber es klang nicht sehr überzeugend. »Wir wollen uns nicht auf die Zahl drei festlegen.«

»Bist du ein Ingenieur? Hast du rechnen gelernt, he? Du weißt genau wie ich, wo die Grenze der Tragkraft dieser kleinen Maschine liegt. Das ändert sich nicht, indem man wartet.«

»Das Flugzeug, Putkin, ist eine neue Variante unseres Wegkommens. Weiter nichts. Hast du jemals damit gerechnet, daß wir ein Flugzeug haben könnten? Wir hatten andere Pläne.«

»Wir hatten gar keine Pläne, kleiner Idiot.«

»Eben!«

»Aber nun ist es da, das Flugzeug. Vom Himmel gefallen. Ob es euer Gott oder mein Satan geschickt hat, das wird sich herausstellen, wenn es eingesetzt wird.«

»Ist das eine Drohung, Igor Fillipowitsch?« fragte Andreas heiser.

»Nimm es, wie du es hörst.«

Putkin steckte die Zigarette an, machte drei tiefe Züge, hielt sie Andreas hin und stapfte dann zurück zu seinem Haus, das jetzt ein mächtiger Schneeberg war.

Andreas rauchte hastig weiter. Man wird diesen Menschen nie verstehen, dachte er. Er sagt einen Mord voraus und bietet seinem Opfer eine Zigarette an. Oder will er Katja umbringen und das Kind? Irgend etwas wird er tun, wenn er seine Million Rubel in Goldkörnchen aus dem Fluß gewaschen hat. Da gibt es nur eine Chance – ihm zuvorzukommen. Im Frühling oder im Sommer wagen, nachts mit dem Flugzeug zu starten.

Im Sommer.

Wer dachte jetzt schon an den Sommer?

Nach Morotzkijs Kalender mußte es Mitte Februar sein. Vielleicht auch Ende Februar. Bis Mai blieb der Schnee liegen, krallte sich der Frost in Bäume und Boden fest. Bis Mai . . . und im Juli mußte Katjas Kind zur Welt kommen.

Andreas rauchte so erregt weiter, daß er sich die Finger verbrannte

nach einem langen Zug, der die Zigarette wie Schnee auf der Ofenplatte wegschmelzen ließ. Er schüttelte die Hand und steckte den verbrannten Finger in den Mund.
Das Kind.
Auf dem Tisch vor der Eckbank würde es geboren werden. Nadeshna würde heißes Wasser bringen, Putkin große Reden loslassen und Morotzkij die Geburtshilfe übernehmen. Davon hat er als Verhaltensforscher Ahnung . . . er hatte schon bei Hunderten Tieren die Geburten unterstützt, er würde es auch bei Katja können. Für ihn, Andrej, blieb nichts übrig, als Katjas Hand zu halten.
»Putkin will zwei von uns umbringen, wenn es nötig ist«, sagte er am Abend zu der Susskaja. »Das Flugzeug trägt nur drei Personen . . .«
»Ich weiß.« Sie lächelte und kämmte sich ihr langes, schwarzes Haar durch. Sie hatte es gewaschen, und nun flog es um ihren Kopf wie gesponnene Seide. »Er rechnet zuviel, Andruscha. Sollen wir uns jetzt schon Gedanken darüber machen? Wieso denkt Igor Fillipowitsch, daß er im Sommer mit dem Flugzeug davonkommen kann?«
»Es steht ja draußen am Fluß.«
»Und wie will er im Sommer mit den Schneekufen starten?« sagte sie fast heiter. »Ihr seid mir die rechten Ingenieure, Andrej, mein Liebling, die große Stunde, der letzte Kampf, hat noch nicht begonnen. Warum schon darüber reden? Ich weiß, wie verwundbar Putkin ist.«
»Er wird zur Bestie werden, wenn er Nadeshna ganz für sich hat.«
»Sicherlich. Aber Bestien schießt man ab.«
»Das sagst du so leicht daher . . .«
»Wir werden ein Kind haben, Andrenka. Ein schönes kräftiges Kind. Ich fühle, wie es von Tag zu Tag wächst. Unser herrliches Kind.« Sie legte den Kamm weg, nahm die Haare nach hinten und band sie mit einem Strick im Nacken zusammen.
»Glaubst du nicht« – sagte sie zärtlich – »daß ich für mein Kind einen Putkin töten könnte? Du kannst es auch, Andruscha . . . Du kannst die halbe Welt zerstören, wenn du dein Kind auf den Armen wiegst . . . Was ist ein Putkin gegen unser Kind?«

28

Man kann sich auch an Einsamkeit gewöhnen, so unglaublich das ist. Die Tage gingen herum, als tickten die Uhren schneller oder die Erde hätte begonnen, einen rasenden Lauf um die Sonne zu unternehmen. Morotzkij hatte geweissagt: Wir werden in dieser Verlorenheit wahnsinnig werden . . . das Gegenteil war der Fall. Die Zeit war zu kurz für all das, was man an einem Tag erledigen wollte, solange diese herrliche kalte Sonne schien, der Himmel azurblau leuchtete und der Fluß gefroren war, belebt mit einer solchen Fülle freßgieriger Fische, daß Putkin und Andreas ihre Angelschnüre gar nicht so schnell wieder präparieren konnten, wie sie anbissen.
So gab es ein abwechslungsreiches, fettes Essen . . . mal Braten und Gulasch aus Schneehasen oder Hühnern, mal Bratfisch oder gekochten Lachs, daß einem das Fett aus den Mundwinkeln tropfte. Nadeshna kochte mit einer Hingabe, wie sie überhaupt alles, was sie einmal übernommen hatte, mit einem übersteigerten Idealismus tat . . . früher ihre Schule und die heimliche Verteilung von Bibeln, jetzt das Braten und Brutzeln und ihre geradezu verrückte und selbstzerstörerische Liebe zu Putkin.
Igor Fillipowitsch baute an seinem Haus, als wolle er ein Wettrennen gewinnen. Das Dach wurde gedeckt, wobei ihm Andreas half, alles lief jetzt von der Hand wie in einer richtigen Schreinerei, nachdem die Werkzeugkiste im Flugzeug ihnen Hobel, einen Bohrer und mehrere Hammer beschert hatte. »In zehn Tagen ziehe ich ein!« sagte Putkin an einem Nachmittag, als sie das letzte Dachbrett gedeckt hatten. Sie saßen oben auf dem vorderen Tragbalken und schauten über den Fluß.
»Wie weit ist Semjon Pawlowitsch mit seiner idiotischen Maruta?«
»Er hat sie gestern zum erstenmal geritten.« Andreas lachte. »Sie sprang herum wie ein Ziegenbock, aber Morotzkij blieb oben, das ist wie ein Wunder.«
»Er wird sich mit einigen seiner spitzen Knochen in sie eingegraben haben.« Putkin griff in die Tasche und holte eine kleine Blechflasche hervor. Als er sie öffnete, roch es nach Wodka. »Nichts Katja sagen«, brummte er .»Nadeshna hat ihn mir heimlich gegeben . . .«
»Was ist mit dir und Nadeshna?«

»Was soll sein? Wir hassen uns wie zwei räudige Hunde.«
»Keine dummen Reden, Igor. Wir sind nicht blind.«
Putkin trank einen langen Schluck und hielt dann Andreas die Blechflasche hin. »Sauf und halt's Maul –« sagte er dabei.
»Ich habe dich bisher nie als einen Feigling gesehen, Putkin. Aber jetzt läufst du weg wie ein Klatschmaul, hinter dem die Beleidigten her sind mit Stöcken und Steinen.«
»Sieh an, sieh an, wie er schon russisch denken kann.« Putkin riß Andreas die Flasche aus der Hand und trank sie leer. Sein dicker Kehlkopf zuckte auf und ab wie eine Pumpe. »Was sagt Katja Alexandrowna?«
»Nichts«, log Andreas. »Sie hört nur noch nach innen ... unser Kind ...«
Putkin sah Andreas groß an. Es ist der andere Putkin, dachte Andreas. Der Riese mit dem Buttergemüt. Das Kind in einem Mammutkörper. Jetzt hat er Augen wie ein Schaf, dem man eine Handvoll Blumen hinhält.
»Ich will's dir sagen, Söhnchen –« sagte Putkin plötzlich. »Ja, ich liebe Nadeshna.«
»Und Morotzkij?«
»Warten wir's ab.«
»Und sie?«
»Ein herrliches Teufelchen im Körper eines Engels. Sie liebt mich auch. Glotz mich nicht an wie ein toter Hering ... ist es so unmöglich, daß mich ein Weib lieben kann?«
»Das ist es nicht, Igor Fillipowitsch.« Andreas nahm die leere Blechflasche, setzte sie an die Lippen und ergatterte so noch ein paar Tropfen Wodka. »Aber wie soll es weitergehen?«
»Wenn ich Millionär bin, werde ich Nadeshna heiraten. Was sonst?«
»Ganz offiziell?«
»Ganz offiziell.«
»Vor einem Standesbeamen?«
»Meinst du vor einem Hufschmied, du Idiot?«
»Und die Kirche?«
»Was für eine Kirche?« Putkins Blick verfinsterte sich.
»Nadeshna wird auf einer kirchlichen Hochzeit bestehen. Mit Brautkleid und Schleier, in Weiß. Und der Pope wird beten, und ein Kirchenchor wird singen, und du mußt dich niederknien und wirst gesegnet mit dem Kreuz.«
Putkin starrte über den Fluß. Sein von Haaren überwuchertes Gesicht zeigte keine Regung. »Na und?« sagte er endlich.
»Igor Fillipowitsch!«

»Igor Fillipowitsch! Igor Fillipowitsch! Was soll's? Ich knie hin, und der Pope soll das Kreuz über mich schwingen.«
»Ohne getauft zu sein?«
»Was bist du doch für ein einfältiger Mensch –« sagte Putkin ruhig. »Wozu ist Nadeshna Lehrerin, he? Kann sie mir keinen Religionsunterricht geben? Bin ich dümmer als ihre Schulkinder? Es ist unergiebig, mit dir zu diskutieren.«
Er kletterte vom Dach und ließ einen lachenden Andreas zurück. Knurrend zog er sich in sein großes, noch nicht eingerichtetes Haus zurück, lehnte sich an den kalten, gewaltigen Ofen aus Flußsteinen und kaute an der Unterlippe.
Nadeshna in Weiß, mit einem langen Schleier . . . und die Glocken läuteten, und der Chor sang, und der Pope empfing sie an der Kirchentür mit erhobenen Händen.
Welch ein Tag!
Der Millionär Igor Fillipowitsch Putkin heiratet –
Das war der eine Putkin. Der andere kam am nächsten Tag zum Vorschein. Dieser giftige Zwillingsbruder seiner Seele.
Putkin tappte mit fellumwickelten Stiefeln über das glatte Eis des Flusses und sah nach seinem Denkmal General Serikow.
Der Sturm hatte Serikow nicht umgeweht, dazu stand er zu vereist und wie mit dem Stamm, an dem er lehnte, verwachsen – aber das Schneetreiben hatte ihm arg zugesetzt, nur sein Kopf ragte stolz aus einer Schneewehe heraus. Darunter türmte sich eine weiße Pyramide.
Putkin legte in einer Arbeit von drei Stunden den General frei, klopfte die Uniform ab, brach die Eiszapfen weg, säuberte ihn gründlich, bis er wieder mit glänzender Uniform in der kalten Sonne stand, die rechte Hand an die Mütze gedrückt.
»Nie vergessen!« sagte Putkin zu dem schrecklichen Standbild. »Ich bin ein Kommunist, und du warst ein Kommunist. Aber uns trennt vieles. Ich hatte einen Vater, General, jeder anständige Mensch hat einen Vater. Und ich habe ihn geliebt, verehrt, er war mein Vorbild, ein Parteigenosse, von 1925 an! Er zog in den Großen Vaterländischen Krieg, und als er ausrückte mit seinem Bataillon, lief ich neben ihm her und schwenkte rote Fähnchen. Wie stolz waren wir, General! Aber dann hatte mein Vater das Unglück, in deutsche Kriegsgefangenschaft zu geraten, und als er 1945 zurückkam, war er sehr still, sah sich alles an in unserem Dorf, fuhr in die Stadt, sah sich dort um und kam noch stiller zurück. Und dann sagte er zu den anderen im Dorf: ›Genossen, wir haben ein ganz falsches Bild vom Westen. Ich habe drei Jahre in Deutschland gelebt, im Ruhrgebiet, in einem Berg-

werk bei Rheinhausen. Ich habe viel gesehen ... der Kommunismus ist eine schöne Sache, nur glaube ich, wir denken zu sehr um die Ecke.‹ Vier Tage später holten sie ihn ab. NKWD-Männer mit ihren grünen Schirmmützen. Du kennst sie ja, General. Und es gab gar keinen Prozeß ... irgendeiner sagte zu meinem Vater: ›Du Defätist! 25 Jahre Straflager!‹ Und mein Vater kam weg, keiner weiß, wohin, keiner hat mehr von ihm gehört, er ist einfach verschwunden. Ausgelöscht. Ich frage dich nun, General: Kannst du verstehen, daß mir beim Anblick einer Uniform das Blut unter den Haaren brodelt? Auch wenn ich später in der Roten Armee Sergeant wurde ... als ich die Uniform endlich ausziehen durfte, habe ich sie erst bepißt und dann auf der Kammer wieder abgegeben. So ist das, General.«
Er ging ein paar Schritte zurück, marschierte dann an dem toten Serikow vorbei, grüßte stramm und trottete zurück über den Fluß in sein großes, dunkles Haus.
Nach zehn Tagen, wie versprochen, hatte Putkin seinen »Kreml« eingerichtet. Die Einweihung konnte stattfinden. Nadeshna hatte schon zwei Tage vorher gebacken und gebraten, die Susskaja wollte eine Felldecke schenken, Morotzkij schmückte seine Elchkuh Maruta wie einen Pfingstochsen mit Bändern und selbstgedrehten Papierblumen ... es sollte ein wirkliches Fest werden, weil niemand ahnte, was die Fertigstellung des Hauses für Nadeshna und Putkin bedeutete. Nur Andreas wußte es, aber er schwieg, sogar gegenüber Katja.
Es war am Vorabend des großen Tages, als Putkin die Gelegenheit wahrnahm, daß Morotzkij wieder mit seiner Maruta Reitübungen veranstaltete. Er zog Nadeshna, die in der Nähe herumstrich wie eine Katze, die Baldrian riecht, mit einem Ruck ins Haus und preßte sie an sich. Sein Atem rasselte in der Brust, die Sehnsucht sprengte ihn fast auseinander. Er schloß seine mächtigen Hände um Nadeshnas Blondkopf und hob ihr schmales Gesicht zu sich empor.
»Sag es ihm –« stammelte er mit schwerer Zunge. »Nadjenka, sag es ihm ... Er muß es endlich wissen.«
»Was soll er wissen?« fragte die Abramowa.
»Daß wir uns lieben, zum Teufel! Daß wir zusammenbleiben werden! Daß ich dich heiraten werde ... o Himmel, ja, vor einem Popen sogar.«
»Werden wir das?« sagte Nadeshna. Und plötzlich lachte sie, lachte Putkin in das riesige, bärtige Gesicht und entwand sich seinen Händen. »Werden wir das?« lachte sie schallend. »Heiraten? Du willst mich heiraten? Wirklich?«
»Ja, wirklich«, sagte Putkin in erbarmungswürdiger Naivität. »Mit weißem Kleid und Schleier ...«

Dann schwieg er. Nadeshna lachte noch immer, sie bog sich zurück und stemmte die Hände in die Hüften, wie ein Marktweib. Und lachte, lachte, lachte. Ein fürchterliches, schönes, engelsgleiches, satanisches Weibchen.
Da begriff auch Putkin endlich, warum sie so lachte. Er kniff die Augen zu, lehnte sich an den Ofen, in dem schon das Holz geschichtet war, damit es Nadeshna anzünden sollte, diese heilige Handlung: Das ist mein Ofen, mein Haus . . . und er spürte, daß irgend etwas in ihm zerriß, zu bluten begann und in ihm anstieg, heiß und erstikkend.
Nicht wahnsinnig werden, dachte er krampfhaft und stützte sich am Ofen ab. Igor Fillipowitsch, nicht wahnsinnig werden. Bring sie nicht um, das lachende Luder, bring sie jetzt nicht um . . . Igor Fillipowitsch, halte dich fest . . .

Es dauerte einige Zeit, bis Putkin die innere Ruhe gefunden hatte, mit Nadeshna wieder zu reden. Ihr Lachen hatte plötzlich geendet, als er zugriff und ihr mit seinen beiden riesigen Händen den Hals zudrückte . . . nur ganz leicht, so, wie man ein lahmes Vögelchen im Winter zwischen den Fingern wärmt, aber wenn Putkins Zartheit mit anderer Menschen Vorsicht verglichen werden soll, dann war dieser Griff bedenklich nahe an einem Totschlag. Nadeshna taumelte gegen die Wand, atmete schwer und tastete mit zitternden Fingern ihren Hals ab.
»Du lebst!« knurrte Putkin. »Frag deinen Gott, warum du noch lebst. Wert bist du es nicht. Kriecht des Nachts zu mir auf den Pelz, heiß bis zum Bersten, und jetzt lacht sie . . . lacht mich aus! Für wen habe ich das Haus gebaut, he? Mit wem will ich die Millionen Rubel teilen, die ich aus dem Fluß hole? O du Teufelsaas!«
Die Stimme stockte ihm, Galle stieg wieder in ihm hoch, und er mußte wieder an sich halten, um sie nicht doch noch mit einem einzigen Schlag gegen die Wand zu werfen.
Nadeshna schwieg. Und das war klug. Ein Wort nur von ihr, in dieser Minute gesprochen, hätte ihr Ende bedeutet. Sie schien es zu spüren, ihr Instinkt ließ sie schweigen. Nur ihre großen, das schmale Gesicht beherrschenden Augen starrten Putkin an. Sie rührte sich auch nicht, stand an der rohen Blockhauswand, hatte die Hände um ihren Hals gelegt, und die Welt war plötzlich so leer, als habe der große Sturm sie saubergefegt und diese zwei Menschen vergessen.
»Geh –« sagte Putkin heiser. Er wischte sich über das bartüberwucherte Gesicht. Wie soll das weitergehen, dachte er dabei. Es kann so ja nicht weitergehen. Ich liebe sie, und ich muß mit ansehen, wie sie

mit dem Gerippe Morotzkij ins Bett geht und mich schamlos auslacht. Was war denn das alles in den vergangenen Wochen? Kann man einen Menschen so hassen, daß man versucht, ihn durch Liebe verrückt zu machen? Nadeshna, ich hätte sogar in einer deiner verfluchten Bibeln gelesen, wenn du mir eine gegeben hättest. Ich hätte ...
»Geh!« sagte er wieder. Seine Stimme grollte tief. »Ich bin kein Mörder ... aber du hast das Zeug, einen aus mir zu machen ...«
Er gab die Tür frei, nickte nach draußen, und Nadeshna rannte an ihm vorbei aus dem Haus. Erst draußen in der klirrenden Kälte und dem leuchtenden Schnee zerbrach ihre Beherrschung ... sie schrie so laut auf, als habe Putkin ihr einen Teil aus dem Körper gerissen, warf die Arme hoch und hetzte hinüber zu Andreas' Hütte. Dort fiel sie kraftlos in sich zusammen, noch bevor sie die Tür erreicht hatte, und Andreas schleifte sie, unter die Achseln packend, ins Haus.
Wenig später erschien die Susskaja bei Putkin. Sie hatte das Gewehr schußbereit in den Händen und blieb in der Tür stehen. Putkin saß auf der breiten Ofenbank, die Arme zwischen den gespreizten Beinen hängend, stierte vor sich hin und kaute wie abwesend auf einem Stück Holz herum.
»Schießen Sie, Katja Alexandrowna –« sagte er mit einer Ruhe, die bei ihm erschreckend wirkte. »Sie tun ein gutes Werk damit. Ich will nicht mehr –«
»Was haben Sie mit Nadeshna gemacht, Igor Fillipowitsch?« Die Stimme der Susskaja war kalt wie der stählerne Lauf ihres Gewehres, den sie auf Putkin richtete.
»Nichts. Das ist es ja. Ich hätte sie zerreißen sollen.«
»Sie ist ohnmächtig. Andrej mußte sie hineintragen. Jetzt liegt sie da, hat einen Schreikrampf hinter sich, ihre Nerven vibrieren wie Bandura-Saiten, ich habe ihr Kyrills Wundertee geben müssen, aber sie beruhigt sich nicht. Selbst in der Ohnmacht klappert sie noch mit den Zähnen. Heute abend wird sie hohes Fieber haben. Und das alles von nichts? Putkin, was haben Sie mit Nadeshna gemacht?«
»Ich schwöre Ihnen, Katja Alexandrowna ...« Putkin hob den Kopf. Diese Augen, diese traurigen Kinderaugen! Die Susskaja senkte das Gewehr. »Nadeshna strich hier herum, ich holte sie rein, zeigte ihr das Haus ... hier, den zum Anheizen hergerichteten Ofen, das Bett, die ›schöne Ecke‹ ... sie hätte ihre Maria da aufhängen können, ihren geschnitzten heiligen Josef und die Könige und das Jesuskind und alles, alles, was sie wollte ... Katja, ich habe dieses Haus doch für sie gebaut ...«
»Ich weiß es, Igor Fillipowitsch.«
»Und ich sage zu ihr: ›Ich will dich heiraten, gesteh es endlich dem

Semjon Pawlowitsch . . .‹, und was tut sie? Sie lacht mich aus. Lacht, daß mir die Ohren dröhnen, daß mein Herz zersplittert, daß meine Knochen aufweichen. Sie lacht, Katja Alexandrowna . . . noch nie habe ich einen Menschen so grausam lachen hören!« Er nickte mehrmals und senkte wieder den Kopf. »Und so sitze ich nun da. Ein ausgelachter Idiot. Ein verprügelter Narr. Und Sie werden auch lachen, wenn ich Ihnen sage, wie sehr ich Nadeshna liebe . . .«
»Ich lache nicht, Igor Fillipowitsch.«
»Gut. Dann bedauern Sie mich. Das ist fast noch schlimmer. Mitleid mit einer Vase, die für eine Rose geschaffen ist, aber in die man jetzt hineingeschissen hat. Mehr bin ich nicht mehr, Katja Alexandrowna. Ein leeres Gefäß. Machen Sie ein Ende: Zerschießen Sie dieses unnütze Möbel!«
»Haben Sie wirklich geglaubt, Nadeshna zu besitzen?« fragte die Susskaja. Sie betrachtete den völlig zerbrochenen Putkin und begriff, wie groß dieser Schlag gewesen sein mußte, daß er einen Mann wie Putkin so demoralisierte. Was niemand geschafft hätte, kein Eissturm, kein Frost, keine Wanderung durch die Taiga, niemals ein Mann oder die Anstrengungen und Entbehrungen bei den Ölbohrungen in Sibirien . . . ein zarter, blonder Engel, ein weißhäutiges Körperchen wie Nadeshna hieb Putkin von den Füßen.
»Ja –« sagte Putkin langsam. Selbst seine Zunge schien wie gelähmt. »Wenn sie nachts über mich kroch –«
»Nadeshna?« fragte die Susskaja baß erstaunt.
»Wer sonst? Ihr habt es alle nicht gemerkt, ihr habt geschlafen wie die Biber. Vierzehnmal war sie bei mir. Oh, ich habe jede Zahl vor mich hergebetet . . . neun . . . zehn . . . elf . . . Ich habe damit die Stämme bearbeitet: Morgen ist es zwölfmal! Morgen ist es zwölfmal! – Es hat dem Haus gutgetan, es ist ein großes, schönes Haus geworden. So schnell ist es emporgewachsen. Morgen ist es dreizehn! Dreizehn. Dreizehn! Das war meine ganze Kraft!« Er rutschte zur Seite und zeigte auf den gewaltigen Ofen aus Flußsteinen. Es waren ausgesuchte Brocken aus Gneis und Basalt. »Blicken Sie genau hin, Katja Alexandrowna. Die größten, schönsten Steine haben Kerben. Hier: Zwei Kerben. Dort: Vier Kerben. Für jede Nacht mit Nadeshna einen Gedenkstein in unserem Ofen. Ein Kalender der Liebe. Aber war es Liebe? Sie steht da und lacht mich aus! Schöne Frau, ich habe keine Kraft mehr –«
»Wir sprechen noch darüber, Putkin«, sagte die Susskaja. Sie zögerte, aber dann trat sie nahe an ihn heran und fuhr ihm mit der Hand durch die krausen, struppigen, dreckigen Haare.
Er zuckte zusammen, warf den Kopf in den Nacken, schlug ihre Hand

weg, ergriff sie dann wieder und drückte sie an seine wulstigen Lippen. Plötzlich wurde der Handrücken naß, und durch das Herz der Susskaja brannte sich eine Flamme.
Putkin weinte. Das war unbegreiflich, aber dennoch Tatsache. Er behielt Katjas Hand an seinen Lippen, seine Tränen tropften über ihren Handrücken, die breiten, bärenähnlichen Schultern zuckten, kein Laut kam aus ihm heraus, er weinte still und einsam über diese Frauenhand, die ihn gestreichelt hatte und die ihn verstand.
»Morgen ist alles vorbei, Igor Fillipowitsch –« sagte die Susskaja leise und voller mütterlicher Sanftheit. »Wir weihen das Haus ein . . .«
»Ich sprenge es mit mir in die Luft, Katjenka . . .« stammelte Putkin über ihrer Hand. Er war völlig am Ende, ein Mensch ohne Lebenswillen.
»Dazu fehlt Ihnen das Dynamit.«
»Ich stecke es an. Ich übergieße es mit Serikows Benzin.«
»Und sich selbst auch.«
»Ja.«
»Sie haben keine Anlagen, ein buddhistischer Mönch zu werden, Igor Fillipowitsch. Seien Sie doch kein Idiot! Sie geben einer Frau wegen auf?«
»Es gibt nichts auf der Welt, was ich mehr liebe als Nadeshna. Ich habe nie richtig geliebt, Katja Alexandrowna. Immer dachte ich: Die ist es! Und was war sie? Ein Flittchen, eine Hure. Nur auf meinen gesparten Lohn aus. Ich habe nur Weiber gehabt, die für einen nötig waren wie ein neues Hemd oder eine neue Hose. Aber Liebe? Ich kam mir vor wie schwerelos, wenn Nadeshna in meiner Nähe war. Ich hätte mich wie ein Vogel in die Luft heben können. Kennen Sie das Gefühl, Katja?«
»Ich kenne es, Igorenka. Es ist ein wunderbares Gefühl.«
»Und da kommt sie und lacht mich aus!« Er ließ Katjas Hand los, stieß sie von sich und drehte sich zu seinem gewaltigen Ofen. »Es gibt nur zwei Möglichkeiten, Katja Alexandrowna: Ich töte Morotzkij und Nadeshna . . . oder ich töte mich! Was ist Ihnen lieber?«
»Mir ist am liebsten, daß wir morgen das große Festessen in Ihrem Haus einnehmen, Putkin.«
»Betrachten Sie es als Leichenschmaus für die eine oder die andere Möglichkeit.«
»Nein!« Die Susskaja setzte sich neben Putkin. Sie sah, wie sich die Muskeln in seinem Rücken strafften, wie er sich wie ein Raubtier zum Sprunge vorbereitete.
»Stehen Sie auf, Katja –« sagte er dumpf. »Und gehen Sie hinaus!«
»Ich will Ihr Ehrenwort, daß Sie keine Dummheiten machen.«

»Das können Sie haben. Mord an Nadeshna und Morotzkij ist keine Dummheit.«
»Wo ist Ihr Stolz geblieben, Igor Fillipowitsch? Sie wollen an einer Frau zugrunde gehen?«
»Ja. Was soll ich mit den Millionen, die ich aus dem Fluß holen werde? Ich werde mir Weiber kaufen können, unzählige, eine immer schöner als die andere, willige Weiber, die den stinkenden Putkin ablecken, weil er sich mit Gold eingepudert hat. Ist das das Glück, Katja? Hier in der Taiga war ich ein Nichts wie ihr alle, und dieses Nichts wurde von Nadeshna in vierzehn Nächten besucht. Kann man sich da nicht einbilden, das sei endlich die Liebe? Aber nein . . . sie lacht mich aus!«
Er sprang auf, packte Katja, bevor sie zurückweichen konnte, mit seinen riesigen Händen vorn am Pelz, hob sie empor, als wäre sie ein Püppchen, und trug sie vor die Tür. Dort ließ er sie in den Schnee fallen und warf das Gewehr hinterher, das ihr aus den Händen geglitten war.
»Sie sind Chirurgin, Katja Alexandrowna«, sagte er. »Ihr Ausflug in die Psychologie ist mißlungen. Bleiben Sie beim Messer. Schneiden Sie alles im Leben weg, was unnütz und nur Ballast ist.« Er schnaufte, preßte mit einem Daumen das linke Nasenloch zu und rotzte mit dem rechten in den Schnee, dicht neben Katjas Kopf. Es war, als befreie er sich damit vom letzten Überrest seiner zurückgehaltenen Tränen: der alte Putkin war wieder da. »Ihr Mitgefühl kotzt mich an, schöne Dame!«
Damit drehte er sich um und stampfte in seinen »Kreml« zurück.
Andrej bemühte sich noch immer um Nadeshna, als die Susskaja zurückkehrte. Morotzkij ritt noch mit Maruta durch den lichten Wald am Ufer des Flusses, unterhielt sich mit ihr in verschiedenen Tonhöhen und rouh-rouh und war selbst verblüfft über das hohe Maß an Dressur, das ihm bei Maruta gelungen war. Er konnte sich nicht erinnern, jemals gelesen zu haben, daß ein Mensch auf einer wild eingefangenen Elchkuh mit Sattel und einer Art Trense geritten war.
»Sie ist wach –« sagte Andreas, als Katja ihren Pelz abwarf und das Gewehr auf den Tisch legte. »Aber sie sieht mich an, als erkenne sie mich nicht mehr.«
Nadeshna lag auf der Ofenbank, die Bluse aufgeknöpft, ein in warmes Wasser getauchtes Tuch auf der Stirn. Ihre kleinen, aber festen, straffen Brüste waren entblößt, es roch stark nach Alkohol, Andreas hatte ihren Oberkörper mit verdünntem Wodka eingerieben. Er schien Erfolg gehabt zu haben. Sie lag ganz ruhig da, mit einem weißen, porzellanähnlichen Gesicht, sehr zerbrechlich und sehr schön, eingebettet in ihre goldenen Haare.

»Steh auf!« sagte die Susskaja laut und grob.
Nadeshna bewegte den Kopf etwas zur Seite. Ihre großen blauen Augen flehten die Susskaja an.
»Laß diesen Engelsblick!« sagte Katja. Sie griff nach dem Lappen auf Nadeshnas Stirn und schleuderte ihn gegen die Wand. »Soll ich dich auch hochwerfen?«
»Katjenka –« stotterte Andreas betroffen. »Sie ist doch nicht ansprechbar.«
»Und wie gut man sie ansprechen kann! Du wirst es gleich begreifen. – Los! Steh auf!« Sie packte Nadeshna an den Schultern und riß sie hoch. Nadeshna saß jetzt, ihre Brüste wippten aus dem Blusenspalt, das Porzellangesicht war unbeweglich und wie durchsichtig. Ein blutleeres Antlitz, weiß bis in die Tiefe hinein.
»Du kannst gehen –« sagte die Susskaja kalt. »Und du weißt, was ich jetzt weiß! Es gibt keine Flucht mehr in das Gebet, mein spitzschnabeliges Täubchen, kein Verstecken hinter dem getretenen Seelchen, kein Verkriechen in die vom Himmel geschützte Höhle der Reinheit! Steh auf, sag ich!«
Das Kommando kam so zwingend und hart, daß Nadeshna zusammenzuckte und aufstand. Fassungslos starrte Andreas zu Katja hinauf. Er wollte etwas fragen, aber die Susskaja zeigte bereits zur »schönen Ecke«.
»Dorthin –«
»Katja Alexandrowna –« stammelte Nadeshna. Ihre Stimme war so kindlich und kläglich, daß jeder andere sie sofort an sich gedrückt hätte.
»Dorthin!«
Wie eine aufgezogene Puppe marschierte Nadeshna zur »schönen Ecke«. Erst am Tisch blieb sie stehen und klammerte sich an der Plattenkante fest. Ihr gegenüber hing das Marienbild, die Mutter Gottes mit den schiefen Brüsten . . . und auf einer Art Konsole stand die schöne geschnitzte Krippe mit der Heiligen Familie, den drei Königen, den Hirten, den Schafen, Eseln und Rindern. Und ein Spruch hing da, den Morotzkij mit schöner Zierschrift auf ein Stück blank geschabten Fells geschrieben hatte, nachdem Nadeshna lange in ihrem Gedächtnis nach einem guten Wort zum Segen des neuen Hauses gesucht hatte: »So aber spricht der Herr: Liebet einander, denn ich habe euch geschaffen, daß ihr die Liebe erkennt.«
Als damals der Spruch an die Wand genagelt wurde, hatte Putkin laut gerülpst und gesagt: »Mein Kommentar. Verzeiht, Freunde, daß die Luft oben herausgekommen ist . . . sie sollte einen kürzeren Weg nehmen . . .«

»Wir sind ehrliche Menschen«, sagte die Susskaja. Ihre dunkle Stimme hatte wieder diesen Glockenton, vor dem man nicht wegrennen konnte. Er hüllte einen ein, er fesselte jeden dort, wo er stand. »Wir haben bis jetzt alles Leid miteinander ertragen, wir haben uns unser Leben von der Taiga zurückerobert, wir sind die Verdammtesten der Verdammten und aufeinander angewiesen wie die linke Hand auf die rechte Hand. Wir haben gemeinsam einen Kampf ums Leben vor uns, von dem keiner weiß, ob wir ihn gewinnen werden. Aber wir werden ihn mit Sicherheit verlieren, wenn der eine den anderen belügt. Es gibt nichts Ehrlicheres als die Taiga – sie zeigt uns, wie sie ist. Warum zeigen wir uns nicht, wie wir sind?«
»Katjenka –« stammelte Nadeshna Iwanowna. »Verlang es nicht von mir . . . bitte, bitte . . . Ich flehe dich an . . . Soll ich auf die Knie fallen . . .«
Die Susskaja griff nach vorn, riß den schönen Wandspruch ab und hielt das bemalte, geschabte Fell Nadeshna vor die Brust.
»Los!« sagte sie mit einer Kälte, die in Nadeshna eindrang wie ein Dolch. »Los, du Engel aus billigem Gips –«
Mit zitternden Händen griff Nadeshna zu, mit geschlossenen Augen zerriß sie das dünne Fell. Sie ließ die Fetzen fallen, als würden sie in ihren Fingern brennen, und drückte die Hände flach gegen ihre bloße Brust.
»Weiter –« sagte die Susskaja mitleidlos und mit harter Stimme. »Ich reiche es dir zu . . .«
Zuerst die Schafe der Krippe . . . das dünne Holz zersplitterte in Nadeshnas immer heftiger bebenden Händen. Die Esel . . . die Kühe . . . die knienden Hirten . . . die Könige Kaspar . . . Melchior . . . Balthasar . . . der heilige Josef . . . alles zerbrach unter Nadeshnas Händen. Die Splitter und Holzstücke regneten an ihr herunter oder blieben zwischen ihren Brüsten und in der Bluse liegen.
»Nicht weiter –« stammelte sie, als die Susskaja ihr die Maria reichte. »Katjuschka, peitschen Sie mich aus . . . nicht weiter . . .«
»Hast du Mitleid mit Igor Fillipowitsch gehabt?« Sie drückte ihr die Marienfigur in die Hand. »Los, zerbrich es . . .!«
»Katja!«
»Es gibt für uns in der Taiga nichts Tödlicheres als die Lüge! Los!«
Nadeshna lehnte sich an die Tischkante, drückte die Figur an ihre Brust und brach den Kopf der Maria ab. Als sie das leise Knacken hörte, schrie sie gellend auf und ließ die Geköpfte aus ihren Fingern fallen. Mit weiten Augen starrte sie auf die Hand der Susskaja. Auf der flachen Handfläche lag das kleine, nackte Jesuskind.
»Und noch einmal –« sagte Katja kalt.

»Nein!« Nadeshna warf den Kopf weit zurück. »Putkin soll mich töten! Jawohl, er soll mich töten! Aber das nicht, das nicht!«
»Putkin kann dich nicht mehr töten. Ein Toter verzeiht den Lebenden.«
Nadeshna fuhr herum. Ihr Mund riß auf in einem stummen Schrei. »Igor Fillipowitsch ist tot?« röchelte sie.
»Er hat seine Seele herausgeweint . . . in diese Hand hat er sie hineingeweint, auf der jetzt deine göttliche Lüge liegt! Zerbrich sie!« Die Stimme der Susskaja klang wie Peitschenschläge, die Worte klatschten und knallten auf Nadeshna nieder. Andrej stand am Ofen und erkannte sie nicht wieder. . . . es war wieder eine jener Stunden, in denen er sich fragte, wie viele Gesichter und Welten in dieser einen Frau vereinigt waren.
Nadeshna nickte. Sie fiel auf die Knie, die Susskaja kippte die Hand, das Jesuskind fiel auf Nadeshnas Kopf, rollte über ihr Gesicht in ihr wie Schalen aufgeklappten Hände, und wie sich die Türen einer Gruft schließen, klappten die Hände zu. Ein ganz leises Knirschen nur war zu hören, ein Laut wie ein winziges Seufzen . . . dann sank Nadeshna um, wälzte sich auf das Gesicht, drückte die geschlossenen Hände gegen ihren Mund und begann zu schreien.
Es war nur ein einziger, langgezogener Schrei, der plötzlich abbrach, wie mit einem Messer abgetrennt. Der schmale Körper streckte sich. Nadeshna war ohnmächtig geworden.
»Warum hast du das getan, Katja?« fragte Andreas heiser. »Mein Gott, wie konntest du so grausam sein?«
»Geh hinaus und kümmere dich um deinen Freund Putkin!« sagte sie, nahm das Mutter-Gottes-Bild mit den schiefen Brüsten von der Wand und warf es über Nadeshna. »Dann verstehst du es –«

29

Das Festessen zur Einweihung von Putkins »Kreml« fand natürlich statt. Bei aller verschmähten Liebe und allem Seelenkummer, man konnte doch die so herrlich duftenden Speisen nicht verkommen lassen, und sie wieder einfrieren, war eine Qual für Gaumen und Magen.
Putkin war ein fröhlicher, dröhnender, saufgieriger Gastgeber.
Mit keinem Wort, mit keinem Blick, mit keiner Bewegung zeigte er seinen Kummer. Hörte er Nadeshnas helle Stimme, mußte er ein Zähneknirschen verbeißen, leuchtete der Schein der Fackeln oder des Herdfeuers über ihr wie Gold aufblitzendes Haar, mußte er wegsehen und in eine dunkle Ecke starren. Ganz schlimm wurde es, als Morotzkij, voll des Weines (die letzten Flaschen aus Makar Lukanowitschs heimlichem Besitz) und des ungewohnten Wodkas, Nadeshna um die Hüfte nahm und mit ihr zu tanzen begann, während die Susskaja und Andreas die Melodie summten. Er hüpfte wie ein Bock mit ihr herum, was er Walzer nannte, wackelte auf seinem verkürzten Bein, und es war verwunderlich, daß bei soviel Bewegung nicht seine Knochen klapperten oder dieses ganze lange Gerippe einfach aus den Fugen sprang und in der Pergamenthaut zusammenfiel zu einem Häufchen.
Ab und zu ging Putkin hinaus und stellte sich draußen in den erbarmungslosen Frost, ohne Mantel, ohne Mütze, nur so, wie er war, und starrte über den Fluß und in den schweigenden, schneebegrabenen Wald hinein. Andrej folgte ihm dann immer und boxte ihm in den Rücken, die einzige Art, mit Putkin unter Freunden zu reden.
»Du kommst darüber hinweg, Igor Fillipowitsch«, sagte er jedesmal.
Und jedesmal antwortete Putkin dumpf: »Ich glaube es nicht, Söhnchen.«
»Die Welt besteht nicht nur aus Nadeshna.«
»Die andere Welt habe ich bis zum Kotzen satt. Der General hat es gut. Er ist von Jekaterina Alexandrowna erlöst. Andrej, ich kann ihn jetzt verstehen. Wenn er Katja so geliebt hat wie ich Nadeshna . . . und sie ist ihm weggelaufen, um mit einem herumstrolchenden Deutschen zu huren . . .«

»Danke, Igor Fillipowitsch.«
»Versteh mich, Söhnchen. Ich habe nichts gegen dich. Im Gegenteil, ich habe dir einen Platz in meinem Herzen eingeräumt. Aber die Sache mit Katja, sie war gemein. Ich kann das jetzt begreifen.«
»Ich habe nichts dazu getan. Katja ist von selbst gekommen.«
»Ist das eine Entschuldigung? Ein Hund wedelt mit dem Schwanz und sagt hinterher: Kann ich dafür, daß mir die Hündinnen nachlaufen, nur weil ich mit dem Schwanz wedele? So primitiv ist das Leben nun doch nicht.«
Aber auch dieser Tag ging zu Ende.
Da Nadeshna die heilige Handlung des Feueranzündens nicht mehr übernehmen konnte, machte es Andrej, und Putkin stand breit und groß vor seinem langsam sich erwärmenden Riesenofen und hörte die Scheite knacken und die Steine stöhnen, wenn sie sich mit Hitze aufluden. Die Geschenke wurden abgegeben, Nadeshna und Morotzkij brachten das Festessen hinüber, dann folgten die Sauferei und der Tanz und schließlich das unvermeidliche Ende, an dem Andrej und Katja den volltrunkenen Morotzkij unter den Armen packten und hinaustrugen. Er sang mit einer schauerlich blechernen Stimme, schrie ab und zu: »Wir haben Maruta vergessen! Maruta wollte auch gratulieren! Ich habe ihr einen Kopfputz geflochten! Holt meine Marutuschka!« und sang dann weiter das unanständige Lied von dem Kosaken, der jeden Weiberrock hochhob, um »Partisanen im Gebüsch« zu suchen. Was beweist, wie besoffen Morotzkij war, denn singt solche schweinischen Lieder ein ehrbarer Professor der Verhaltensforschung?
An der Tür zögerte Andrej und sah Katja fragend an. Nadeshna allein zurücklassen bei Putkin? Sie verstand seinen stummen Blick und nickte. Erst draußen, als sie Morotzkij durch den Schnee schleiften, sagte sie: »Es muß sein, Andrejenka. Nicht nur heute müssen sie weiter miteinander leben, sondern vielleicht immer. Hast du Hoffnung, aus der Taiga herauszukommen?«
»Ja.« Andrej blieb stehen und hielt mit der anderen Hand Morotzkijs Kopf fest, der immer wieder auf die Brust schlug, als sei sein Genick gebrochen. »Wir haben ein Flugzeug.«
»Mit Kufen.«
»Ich werde hölzerne Schwimmer konstruieren und an das Gestänge montieren. Das ist eine Arbeit, von der ich als Ingenieur etwas verstehe. Wir werden auf dem Fluß starten können und irgendwo auf einem Fluß oder einem See wieder landen. Schon morgen beginne ich mit der Arbeit. Putkin und ich werden die Maschine aufs Ufer ziehen.«

»Du hast mit ihm darüber gesprochen?«
»Wir teilen uns die Winterarbeit jetzt. Er baut seine geradezu verrückte Goldwaschmaschine, ich kümmere mich um das Flugzeug. Wenn die Schneeschmelze vorbei und der Fluß eisfrei ist, soll alles einsatzbereit stehen.«
»Und unser Kind, Andrej?«
Er lachte und hielt wieder Morotzkijs lallenden Kopf fest. »Wir werden ihm später erzählen, wie es im Alter von drei Monaten über das grüne Meer der Taiga geflogen ist . . . in eine bessere Welt.«
»Ist sie wirklich besser, Andrejuscha?« Sie ruckten wieder an Morotzkij und schleiften den Betrunkenen weiter. »Was habt ihr im Westen zu bieten?«
»Freiheit, Katja, Freiheit.«
»Was ist Freiheit?«
»Daß der Mensch ein Mensch sein darf.«
»Absolut?«
»Absolut.«
»Kann der Mensch das überhaupt vertragen?«
Das war eine teuflische Frage . . . wie soll man darauf eine Antwort finden?
Sie erreichten die Hütte, schleiften Morotzkij auf sein Fellager und setzten sich dann schwer atmend auf die Bank in der nun kahlen, schmucklosen »schönen Ecke«. Morotzkij begann sein pfeifendes Schnarchen, grinste schauerlich in einem anscheinend seligen Traum und gab ein paar bestialische Winde von sich.
»Ich habe Angst um Nadeshna –« sagte Andreas.
»Ich nicht. Wir sollten schlafen gehen.«
»Ohne auf Nadeshnas Rückkehr zu warten?«
»Ist sie ein unmündiges Kind?« Die Susskaja begann, sich zu entkleiden, streifte Rock und Bluse ab und lief nackt zum Ofen, neues Holz anzulegen. Ein herrlicher Mensch, an dem man sich nie satt sehen konnte.
»Aber Putkin ist ein Büffel!« sagte Andreas stockend. »Wenn er Nadeshna niedertrampelt –«
»Er wird sie nicht anrühren.« Sie kletterte auf den Ofen und machte oben auf der Plattform das Lager zurecht. Dann kämmte sie ihr langes Haar nach hinten und band es im Nacken mit einer Kordel zusammen. Das Feuer auf dem offenen Herd flackerte bis zu ihr hinauf und tauchte ihren nackten Körper in zuckendes Rot. »Ich habe mir etwas überlegt«, sagte sie, »wie man den Mangel an Nähgarn überwinden kann. Ich werde von allen größeren Tieren, die wir fangen und schießen, die Sehnen herauspräparieren und zum Nähen verwenden.

Außerdem verliere ich so die Übung im Operieren nicht.« Sie klopfte auf die ausgebreiteten Felle und lächelte Andreas zu. »Komm zu mir, mein Liebling.«

Putkin lief in seinem großen Haus herum wie ein Raubtier in einem Käfig, von Ecke zu Ecke, von einem Schatten zum andern. Nur in die Mitte kam er nicht, denn dort stand Nadeshna wie eine in die Wildnis Ausgesetzte.

Sie hatten bisher noch kein Wort miteinander gesprochen, und daß man sie jetzt allein ließ, war eine Gemeinheit, die Putkin – das schwor er innerlich mit schauerlichen Eiden – Andrej und Katja heimzahlen wollte. Er hatte sich auch schon eine schöne Quittung überlegt: Man konnte den General Serikow aus dem Eis heraushacken, hinübertragen zu Andrejs Hütte, vor die Tür stellen, anklopfen, ein paarmal rufen: »Katja Alexandrowna, komm heraus, mein schwarzes Schwänchen, ein guter Freund sehnt sich nach dir . . .!«, und wenn sie dann die Tür aufmachte, würde sie den General vor sich stehen sehen, in voller Uniform und stramm grüßend. Sie würde aufschreien und in eine lange Ohnmacht fallen.

Es waren so schöne Gedanken, daß Putkin sich endlich überwandt, stehenblieb, allerdings in der Ecke, die den meisten Schatten hatte, und fragte:

»Warum stehst du so herum, he? Semjon Pawlowitsch braucht dich. Vielleicht gehört er zu den Besoffenen, die sich singend in die Hose pissen?«

»Ich habe dich belogen«, sagte Nadeshna leise. Ihre kindliche Stimme, so zart und rein wie ihr Engelsgesicht, bohrte sich in Putkins Seele. Er stöhnte verhalten auf. »Igor Fillipowitsch, ich . . . ich habe dich nie geliebt . . .«

»Das weiß der Idiot Igor Fillipowitsch mittlerweile!« knirschte Putkin. »Dazu braucht man nicht zurückzubleiben.«

»Ich bin in den Nächten zu dir gekommen, weil es mir Freude machte. Das war alles. Ich bin ein Luder, Igor Fillipowitsch.«

»Wahrhaftig, ja!« Putkin schlug die großen Fäuste zusammen. Aber im Grunde war er jetzt völlig hilflos, total entnervt durch die Selbstbezichtigung Nadeshnas. »Man sollte in dein böses Ding einen Fleischerhaken treiben und dich daran aufhängen.«

»Ich habe noch nie einen Mann gekannt wie dich, Igor. Ich will auch nie wieder einen solchen kennenlernen. Ich werde auch nicht mit Semjon Pawlowitsch zusammenleben . . . wir werden uns alle zerstreuen und nie mehr wiedersehen, wenn wir aus der Taiga heraus sind. Und das ist gut so, Igor Fillipowitsch. Es ist die Hölle, ohne Lüge

und ohne Maske zu leben. Welcher Mensch hält das auf die Dauer aus? Ich weiß das jetzt . . . und das wollte ich dir sagen.«
»Zugegeben, Nadeshenka.« Putkin kroch noch tiefer in die Schatten seiner Ecke. »Aber wer hindert uns daran, zusammenzuleben und uns gegenseitig zu belügen? Ich könnte es ertragen, wenn du nur um mich bist.«
»So liebst du mich?« fragte sie kaum hörbar.
»Ja –«
»Das ist schrecklich.« Sie ging langsam zur Tür, und Putkin knirschte mit den Zähnen, spreizte die Hände und hielt sich mit einer irrsinnigen Gewalt zurück, nicht vorzuspringen und Nadeshna zurückzureißen von dem Ausgang. Wenn sie das Haus verlassen hat, habe ich sie verloren, schrie es in ihm. Warum hat sie mir das alles gesagt, warum ist sie zurückgeblieben, wo soll da ein Sinn liegen . . . wenn nicht der, daß auch sie mich liebt? Wie kann man die Mauer durchbrechen, die zwischen uns liegt? Was ist das überhaupt für eine Mauer? Warum ist denn keiner da, der uns hilft? Warum sind wir jetzt so allein. Hilf mir doch einer . . . mein Gott, hilf mir doch . . . mein Gott –
Putkin drückte die flachen Hände gegen die Brust und spürte, wie sein Herz hämmerte. Nach Gott hatte er gerufen. Er, der Kommunist, der Marienbespucker, der aufrechte Atheist, der Altarzertrümmerer. Nach Gott gerufen. Hilf mir, hilf mir . . .
»Nadeshna –« stöhnte er laut. »Das ist doch alles nicht wahr! Ich kann ein Mensch sein wie jeder andere, ich verspreche es dir. Was soll ich dir denn noch sagen?«
»Nichts mehr, Igorenka, nichts mehr.« Sie stieß die schwere Tür auf, der Nachtfrost wallte herein, die heiße Feuchtigkeit im Raum wurde zu einem Nebel, der Nadeshnas Gestalt wegtrug wie ein Geisterbild. »Wir zwei zusammen . . . wir wären das unglücklichste Paar unter dem Himmel.«
Dann war sie weg, und Putkin tappte zur Tür, zog sie zu, ging zu seinem riesigen Ofen, legte sich auf die breite Ofenbank und starrte gegen die runde Balkendecke.
Es gab noch eine Hoffnung, die große, ständige Verbündete der Russen: Die Zeit. Bis zum Frühling waren es noch drei Monate, vielleicht sogar noch vier hier oben in der wüsten Einsamkeit. Vier Monate können vieles verändern, auch die geheimnisvolle Seele einer Frau. Putkin beschloß, ab sofort ein anderer Mensch zu werden.

Schon der nächste Morgen brachte die erste Überraschung:
Der überwucherte Felsklotz Putkin, der über und über behaarte Riesenbär, dieses Ungeheuer aus Muskeln und Haaren hatte sich rasiert.

Andreas und die Susskaja starrten ihn fast entsetzt an, als sie ihn am Morgen draußen am Flußufer trafen, um aus einem der in die Eisdecke gehackten Löcher klares Wasser zu schöpfen. Nadeshna und Morotzkij schliefen noch.

»Warum glotzt ihr so?« brüllte Putkin sofort. »Nur weil ein Mensch mit Kultur sich sauberhält, fallt ihr auf den Rücken? Seht euch mal an! Eine Schande ist das, eine Verhöhnung der Zivilisation! Lauft herum wie das Läusepack! Man muß sich schämen, mit euch zu sprechen!«

Putkins Kampf mit seinem Bart hatte bereits in der Nacht begonnen. Er hatte Serikows Gepäck, das er bis auf die Lebensmittel in Verwahrung hielt, durchwühlt und gefunden, was er suchte. Ein General ist ein kultivierter, anständiger Mann, auch wenn er mit einem entführten Flugzeug in die Taiga fliegt. Als solcher hat er ein komplettes Rasierbesteck bei sich: Pinsel, Seife und einen Klingenapparat, sogar einen Spiegel, den man mittels eines verchromten Drahtbügels aufstellen kann. Es stellte sich heraus, daß Serikow auf dem neuesten Kulturstand gewesen war – er besaß einen Rasierapparat modernster Prägung. Und der Spiegel – o Genossen – hatte zwei Seiten, eine normale und eine, die vergrößert.

Als Putkin hineinschaute – und er hatte ahnungslos die Vergrößerungsseite aufgestellt – prallte er entsetzt zurück, denn was ihm entgegenschaute, war eine riesige, rote, großporige, mit Haarbüscheln überwucherte Nase.

»Das ist nicht möglich!« sagte Putkin erschüttert und tastete nach seiner Nase. Er fand sie normal, durchaus nicht unmäßig vergrößert, aber da Spiegel nicht irren, mußte sein Tastsinn in Unordnung geraten sein. Er biß die Zähne zusammen, schob das Gesicht wieder in den Spiegelbereich und starrte hinein.

Augen, so groß wie Suppenteller. Ein Haarwald, dick wie ein Dschungel. Die Nase wie eine urweltliche Keule.

»Zum Teufel, bist du ein Scheusal, Igor Fillipowitsch!« sagte Putkin zu seinem Spiegelbild. »Man muß Nadeshna um Verzeihung bitten. Oje, ist das ein Anblick!«

Auch als er erkannte, daß die andere Seite des Klappspiegels sein normales Gesicht zeigte, blieb die Erschütterung über sich selbst in ihm. Zwar war jetzt alles kleiner, aber deshalb nicht weniger häßlich. Er verstand, wie der Anblick sein mußte, wenn dieses Gesicht so nahe an dem zarten Köpfchen eines Engelchens wie Nadeshna lag, wie es der Fall war, wenn man aufeinanderlag und sich abküßte. Er begriff die geradezu ungeheuerliche Beherrschung, die man aufbringen mußte, diese geballte Häßlichkeit zu streicheln, mit den Lippen zu berühren, zu kosen und lustvoll in sie hineinzustöhnen. Daß es Nadeshna vierzehnmal gekonnt hatte, erschien ihm jetzt wie ein Wunder. Gegen das, was er nun so klar in Serikows Spiegel sah, war das Gerippe Morotzkij fast von der lichten Schönheit eines Märchenprinzen.

Hat schon jemand versucht, einen Haarwald wie den von Putkin, in Monaten wild gewachsen, abzutragen? Haare wie Eisenstoppeln, dick und riesig wie alles an diesem Klotz von Menschen? Was ist da ein modernes Rasierapparätchen mit einem dünnen, wenn auch scharfen Messerchen? Ein lächerliches Ding, sage ich euch, ein Spielzeug.

Putkin begann mit der Schur, wie man ein gut gemästetes Wollschaf schert. Mit einer langen Schere aus dem Werkzeugkasten des Flugzeuges schnitt er erst die gröbsten Haare ab. Dann begann er die Feinarbeit, noch immer mit der Schere, schnippelte an sich herum, so nahe an der Haut entlang, wie es vertretbar war, ohne sich zu verletzen, und seifte sich erst darauf gründlich ein, ließ den Schaum einwirken, schäumte noch einmal nach und setzte den Rasierapparat an.

Er machte es gründlich, rasierte sich dreimal, wusch sich dann den Kopf in einem Fellsack mit heißem Wasser und ließ sich am heißen Ofen trocknen.

»So!« sagte er, strich um den aufgestellten Spiegel herum wie eine Katze um eine Schüssel süßer Milch und setzte sich so langsam, als habe er auch seinen Hintern rasiert und sich ausgerechnet dort tief geschnitten. »Jetzt wollen wir einmal sehen, wie häßlich du wirklich bist, Igor Fillipowitsch. Die Menschen sind eine Bande, sage ich dir! Niemand hat dir jemals zugezwinkert und dich beiseite genommen, und dir zugeflüstert: ›Brüderchen, du solltest etwas für dein Äußeres tun. Die Weiberchen fallen ja um, wenn sie dich anblicken.‹ Nein, da war keiner da, der so freundlich gewesen wäre. Wie kann man das selbst merken, wenn es einem niemand hinterbringt? Da läuft man durch die schöne Welt und ist selbst ein Ausbund von Häßlichkeit. Igor Fillipowitsch, du hast an Nadeshna eine ganze Weltanschauung gutzumachen.«

Er holte den Spiegel heran, atmete tief auf und blickte wieder hinein. Es war ihm, als verlese man ein Urteil: Verdammt für alle Zeiten wegen unheilbarer Häßlichkeit.

Aus dem Spiegel sah ihm ein fremder Mensch entgegen. Ein zwar kräftiges, aber glattes, etwas gerötetes Gesicht – das kam von der Wärme der trocknenden Flammen –, helle, blaugraue, forschende Augen, ein so verdammt verjüngtes Gesicht, daß er sich zunickte und ehrfürchtig sagte: »Guten Abend, Gospodin! Wie kommen Sie vornehmer Mensch in die Taiga?« Und dann lachte er, lachte mit seinem dröhnenden Baß, riß den Spiegel an sich, küßte ihn, drückte ihn an seine Brust und begann mit ihm herumzutanzen. Stampfend, die säulenartigen Beine von sich werfend, so wie sie immer in den Ölcamps getanzt hatten, am Sonntag, wenn ein Lastwagen aus der nächsten Siedlung ein paar willige Weibchen geholt hatte und nun jeder dieser Stiere den anderen übertreffen wollte an Demonstrationen seiner Kraft. Nun also trafen sich Putkin, Katja und Andreas unten am Fluß, es war früher Morgen, und Putkin stand da mit gestutzten Haupthaaren, einem glatten Gesicht und nach Serikows Rasierwasser duftend. Sogar seinen Pelzmantel hatte er ausgebürstet und die Fellstiefel gereinigt.

»Ihr werdet auch daran gewöhnen müssen!« brüllte Putkin, als Katja und Andreas noch immer schwiegen, aber in ihren Mundwinkeln das mühsam zurückgehaltene Lachen zuckte. »Ich warne euch! Beim Satan, lacht nicht! Ich werde jeden erschlagen müssen, der jetzt lacht, und wenn's meine eigene Mutter wäre!« Dann ging er zu dem Wasserloch, tauchte seinen Wassersack hinein und zog ihn gefüllt heraus. Aber er stampfte nicht zurück zu seinem Haus, sondern blieb auf dem Eis stehen und schielte zu Katja und Andreas hinüber.

»Macht die Mäuler endlich auf!« schrie er. »Wie sehe ich aus?«

»Ich wollte Sie gerade fragen, mein Herr, wer Sie sind –« sagte die Susskaja. »Aber so voll von unflätigen Reden kann nur ein Igor Fillipowitsch Putkin sein.«

»Haben Sie gewußt, Katja Alexandrowna, daß ich ein ganz passables Gesicht habe? Seien Sie ehrlich.«

»Ich habe Sie bisher nur als stoppelbärtiges Untier und zuletzt als herumrennenden Urwald gesehen. Sie sind wirklich kein übler Mann, Putkin.«

»Danke, Katja.« Putkin blickte zu Andrejs Hütte hinüber. »Ob ich ihr jetzt auch gefalle?«

»Darüber müssen wir reden«, sagte die Susskaja. Es war wieder der mütterliche Ton in ihrer Stimme, der Putkin erschreckte und nachdenklich stimmte. Wenn Katja Alexandrowna so sprach, war die Welt nicht mehr in Ordnung, das kannte er jetzt.

»Was fehlt noch?« brummte er. »Katja, seien Sie mutig und schonungslos mit mir. Mich hat ja noch nie eine Frau, die etwas davon versteht, beraten.«

»Es ist nicht allein eine Sache des glattrasierten Gesichtes, ob ein Mann einer Frau gefällt, Igor Fillipowitsch. Und wenn Sie jetzt sagen: Dazu habe ich aber auch noch meine Millionen, ich stehe darauf, im Frühjahr fließt das Gold durch meine Finger wie beim Bäcker das Mehl . . . auch darauf kommt es nicht an.«

»Worauf denn? Was fehlt noch an mir? Kenne sich einer aus mit den Weibern! Katja, ich bin sogar bereit, einem Popen die Hand zu küssen! Was will man mehr?«
»Es steckt in der Seele, Putkin.« Katja ging auf ihn zu, faßte ihn unter, und in diesem Augenblick war ihr so elend zumute, daß das Heulen in ihrer Kehle kitzelte. Auch Andreas blickte weg, über den Fluß, wo über den hohen Bäumen die Sonne in einem milchigen Himmel schwamm. »Liebe ist ein Rätsel, Igor Fillipowitsch. Ewig unbegreifbar. Man kann die Seele einer Frau nicht zwingen oder bestechen oder kaufen – man kann damit nur ihren Körper bekommen. Genügt das Ihnen?«
»Nadeshnas Seele gehört dem klapprigen Morotzkij?« fragte Putkin rauh. »Auch jetzt noch, wo ich so . . . so menschlich aussehe? Andrej, steh nicht herum wie ein Hosenpisser, sag etwas! Verstehst du das? Warum laufen dir die Weiber nach wie Bienen einer Zuckerstange?«
»Man kann es nicht erklären, du hörst es ja.« Andreas wandte sich ab und ging schnell zu seinem Haus zurück.
»Er kneift«, murmelte Putkin und hielt Katjas Arm an sich gepreßt. »Immer kneifen alle vor mir. Höre ich nie auf, ein Scheusal zu sein?«
Was die Susskaja eine Stunde lang zu Putkin sagte, hat man nie erfahren. Aber als Nadeshna ihm gegenüberstand, war er ruhig, wartete nicht auf eine Reaktion von ihr oder stellte schicksalsschwere Fragen.
»Sie sehen gut aus, Igor Fillipowitsch«, sagte Nadeshna und lächelte ihn an. Sein Herz wurde zu einem Ballon und zerplatzte dann in seiner Brust. »Das glatte Gesicht steht Ihnen vorzüglich. Sie sollten es so lassen . . .«
Und Morotzkij sagte wenig später: »Putkin, erstaunlich, erstaunlich. Bereiten Sie sich schon darauf vor, ein Kapitalist zu werden?«
»Ein ekelhafter Gnom!« knirschte Putkin später, als er es Andrej erzählte. »Seit gestern spreche ich mit Gott. Glotz nicht so dämlich, ja, ich habe es entdeckt. Ihm kann man alles sagen, ohne daß man in so degenerierte Menschengesichter blicken muß wie deins. Und was habe ich vorhin zu ihm gesagt? ›Gott, tu mir einen großen Gefallen: Laß Semjon Pawlowitsch, wenn er mit seiner Maruta herumreitet, aus dem Sattel fallen und das Genick brechen.‹«
»Eine fromme Rede . . .« sagte Andreas und grinste.
»Nadeshna hat gesagt, ich sehe gut aus.« Putkin blickte über den Fluß. »Das ist ein guter Anfang. Laß erst einmal Frühling werden.«

30

Und der Frühling kam.
Auch in Sibirien kann sich die Zeit nicht ausruhen, sie hat nur andere Größenordnungen. Da klammert sich der Winter in die Erde und in die Wälder und will das Land nicht loslassen, wenn woanders schon die Bäume blühen, die Menschen Blumen pflücken oder langgestreckt in der warmen Sonne liegen. Aber plötzlich ist es dann vorbei mit dem Frost, warme Winde streichen über die Taiga, der Schnee wird wieder feucht, unter der Eisdecke beginnt der Fluß zu rumoren und donnern die Wasser wie tausend Fäuste gegen eine Eisentür.
Morotzkij, der alles besser wußte, sagte es schon eine Woche voraus. Er kam von einem seiner ausgedehnten Ritte auf Maruta zurück und rief schon von weitem: »Es gibt Frühling! In ein paar Tagen beginnt die Schmelze! Ich habe drei Bären gesehen. Und ein ganzer Schwarm Gänse strich zwei Werst flußabwärts über eine Bucht.«
Man merkte es wirklich. Die Sonne war so warm, daß man draußen auf der Bank sitzen konnte, ohne sich völlig in die Pelze einmummen zu müssen. Vor allem Katja nahm jede Gelegenheit wahr, in der Sonne zu sitzen. Sie liebte es, sich dann weit zurückzulehnen, den Kopf gegen die Hüttenwand zu stützen und in dem herrlichen Licht zu baden. Ihr Leib wölbte sich hoch, und sie spürte die Bewegungen des Kindes, legte Andrejs Hände auf die harte Wölbung und sagte glücklich: »Wie es strampelt, Andrejuscha. Wie gesund es ist! Es will meinen Leib durchbrechen ... die Ungeduld hat es von dir ...«
Am Fluß war ein wahres Monument aus Holz entstanden. Schütten, Rüttler, zwei Schaber, Wasserrinnen, Auffangbecken, alles aus Holz ... Putkins Goldwaschanlage, ein Meisterwerk, ja fast ein Wunder, wenn man bedenkt, mit welch primitiven Mitteln er sie gebaut hatte. Auf dem Land stand das Flugzeug, durch Baumstämme in der Schwebe gehalten, wie aufgehängt ... hier waren lange und breite Schwimmer aus gehobelten Brettern an das Gestänge befestigt worden, klobige Dinger, aber die Hauptsache war, daß sie das Flugzeug einmal über das Wasser gleiten ließen. Andreas war stolz auf diese Arbeit. Wenn der Wald vom Schnee befreit war und die Bäume wieder lebten, wollten Putkin und er die Stämme »melken«. Das war

eine Redensart von Putkin. Er meinte damit, daß man sich Harz beschaffen wollte, um die Schwimmer abzudichten.
Am weitesten war Morotzkij mit seiner Arbeit: Die Elchkuh Maruta gehorchte wie ein gutmütiges Reitpferd. Selbst als Nadeshna hinter Morotzkij aufsaß, trabte sie ohne Widerstreben herum und leckte beiden hinterher die Hand. Morotzkij überschlug sich vor Freude.
»In drei Wochen sind wir soweit«, sagte er eines Tages zu Nadeshna, als sie bei einem Ausritt mit Maruta eine Rast einlegten. »Dann nehmen wir Abschied von dieser Hölle –«
Nadeshna nickte, blickte in den schon frühlingsblauen Himmel und schwieg.
Als der erste warme Wind kam, als die Temperatur über Nacht emporschnellte, der Schnee von den Zweigen geweht wurde und alles, das ganze Land mit Bäumen, Felsen und Erde zu fließen begann, sprengte auch der Fluß zum erstenmal seine Eisdecke und sprudelte das Wasser befreit aus den tiefen Rissen. Wie Kanonenschüsse krachte es zwischen den Ufern, die Schollen schoben sich übereinander, mit ungeheurer Gewalt preßte das Wasser seinen Panzer auf, hob die Eistrümmer hoch, schichtete sie wie glitzernde Stahlplatten und zerbrach sie dann mit Donnergetöse.
Es war ein Schauspiel, das Andreas mit angehaltenem Atem beobachten konnte. Seine Ahnung damals bei der Suche nach einem sicheren Platz hatte sich bewahrheitet. Wo Putkin bauen wollte, zwischen den Felsen, war bereits alles überflutet. Dort staute sich das Wasser und hieb wie mit Faustschlägen das Eis durch die enge Schlucht.
»Noch eine Woche –« sagte Morotzkij wieder. Er stand mit Nadeshna im Pferch und putzte Maruta das Fell. »Du kannst schon überlegen, was wir mitnehmen. Wir werden den Fluß entlangreiten, das ist der sicherste Weg.«
Und Nadeshna nickte wieder, blickte über die donnernden und sich übereinanderschiebenden Eisschollen und schwieg.

Der warme Wind blieb ihr Freund.
Der Schnee taute schneller, als selbst Putkin es mit allem Optimismus erwartet hatte. Das Eis auf dem Fluß, in den letzten Tagen von der Gewalt des sich befreienden Wassers Scholle um Scholle aufgeschichtet wie ein weißes Gebirge aus Terrassen, trieb stromabwärts, zuerst träge, dann sich drehend wie verrückte Kreisel, die Ufer rammend und Wunden in die Erde schlagend. Putkin stand auf der Böschung, schüttelte die Fäuste und brüllte, als drehe man ihn am Spieß.
»Der Mistfluß!« schrie er und rannte herum mit fuchtelnden Armen. »Er reißt mir mein Gold weg! Er macht uns arm, Andrej! Sieh dir das

an! Ganze Fetzen frißt er aus dem Land! Und da ist Gold drin ... unser Gold!« Er raufte sich die Haare und bedauerte jetzt, daß er sie sich gestutzt hatte und nur noch an kurzen Strähnen ziehen konnte.
Die jahrhundertealten Bäume, wahre Türme von Kiefern und Fichten, erwachten aus ihrer Erstarrung. Der Wind begann ihre vom Frost befreiten Zweige zu bewegen, es rauschte wieder in der Taiga, der Wald begann zu singen, tief und kraftvoll wie ein Chor von tausend Popen in der Ostermette. Haselhühner und Wildgänse flatterten über den Fluß, in den Fallen hingen jetzt Marder und schöne, dicke Füchse, graugrüne Märzenten wasserten zwischen den polternden Eisschollen, und ein Schwarm Mandarinenten, mit in der Sonne blitzendem und schimmerndem Gefieder, umkreiste die beiden Blockhütten am Ufer. Andrej und Putkin brauchten nur in die Luft zu schießen ... sie trafen immer, so reich war der Segen des Frühlings. Sogar mit Serikows schwerer Militärpistole, der Tokarew, holte Putkin mühelos einen Goldfasan herunter, der mit einem flammendroten Schopf neugierig an der Böschung vorbeirauschte.
»Für Nadeshna –« sagte er zu Andrej, als sie den Goldfasan aus dem Gestrüpp holten, in das er hineingefallen war. »Ich werde aus seinen schönsten Federn für Nadeshna einen Hut machen. Glotz mich nicht so an, Andrej. Haben sie dir auch gesagt, daß sie wegreiten? Ein Wahnsinn ist das! Semjon Pawlowitsch kennt sich mit der Psyche der Tiere aus, aber Taigaerfahrung hat er keine. Und Nadeshna, was weiß sie, welche Gefahren auch dieser schneefreie Wald birgt? Eine Lehrerin ist sie, eine Theoretikerin ... und will mit einer Elchkuh die weite Einsamkeit durchbrechen! Kannst du sie nicht zurückhalten. Andrej? Auf dich hört sie ...«
»Ich habe es versucht, Igor Fillipowitsch.« Andreas hämmerte weiter an seinem linken Schwimmer herum. Das Flugzeug war wieder flugtüchtig, der Motor hatte den Winter überlebt ... Putkin hatte ihn ganz kurz angeworfen und durchdrehen lassen. Ein wundervoller Klang, ein sattes Donnern, das in ihrer aller Ohren wie Fanfaren klang: Freiheit! Freiheit! Freiheit! »Sie antwortet überhaupt nicht. Sie ist wie hypnotisiert, seitdem sie weiß, daß es nur noch Tage sind, bis sie wegreiten.«
Er blickte zu Putkin hinauf. Der Riese, das jetzt immer glattrasierte Gesicht mit Dreck beschmiert, weil er gerade von seiner Goldabräummaschine herübergekommen war, nagte an der dicken Unterlippe. Er litt innerlich ungeheuer unter der bevorstehenden Trennung von Nadeshna. Andreas erwartete jeden Tag eine Katastrophe, die nur so aussehen konnte, daß Putkin in einem Anfall von Leidenschaft Morotzkij kurzerhand umbrachte.

Die Erde weichte auf, wurde schlammig und schwappte unter den Sohlen. Jetzt sah man auch, daß gegenüber einige kahle Flecken im Wald tatsächlich Moor waren, wie Putkin es geahnt hatte. Das bedeutete, daß dort bald ein reges Tierleben erwachen würde, daß Biber und Bisamratten auftauchen würden, ein vor der Nase lebendes Kapital, denn in den Fellsammelstellen und Faktoreien, die von den jakutischen Jägern besucht wurden, zahlten die staatlichen Aufkäufer zwei Rubel für ein ungegerbtes Bisamfell. In den Zirbelkiefern turnten schon die Eichhörnchen, und an einem Morgen, als Andreas sich im Fluß an einer strömungsschwachen Stelle wusch, sah er ein Rudel von sieben Wölfen ohne Scheu und anscheinend satt vorüberziehen. Und gegen Mittag landeten im Fluß eine Menge Krickenten.
»Der Tisch ist gedeckt!« sagte Putkin. Er war aus seinem »Kreml« gekommen, eine Axt und eine Schaufel auf dem Rücken. Katja Alexandrowna stand vor der Hütte an einem neu gezimmerten, langen und schmalen Tisch und sezierte mit Skalpell und Klemmen zwei Füchse und einen Luchs, den Andreas gestern geschossen hatte, als er sich zu der ängstlich schnaubenden Maruta schleichen wollte. Morotzkij schlief da noch und war außer sich, als Andreas das berichtete.
»Ich nehme sie wieder in die Kammer!« rief er erregt. »Ich habe sie nicht sechs Monate lang abgerichtet, damit sie jetzt gefressen wird! Ihr könnt machen, was ihr wollt . . . ich nehme sie ins Haus!«
»Ist sie verrückt?« fragte Putkin jetzt und zeigte hinüber zu der Susskaja. »Obduziert sie jetzt Tiere? Ich habe es doch geahnt – sie kann ohne Messer in der Hand nicht leben.«
»Sie präpariert die Sehnen heraus und will mit ihnen nähen«, sagte Andreas. »Ein guter Gedanke, wenn man kein Garn hat. Wir sollten uns ansehen, Igor Fillipowitsch: Spätestens im Sommer fallen uns die Kleider vom Leib. Es sind ja nur noch Fetzen.«
»Komm mit –« sagte Putkin und wandte sich zum Gehen.
Andreas blieb stehen. »Wohin?«
»Über den Fluß. Serikow taut auf. Wir müssen ihm ein anständiges Grab machen. Hast du schon mal einen Menschen gesehen, der unbeerdigt verwest? Nein? Sei froh drum, mein Söhnchen! Es dreht einem den Magen herum, aber auch das Kotzen hilft nicht mehr. Wir haben durch Zufall mal einen gefunden, oben in Nowo Susskeist. Muß ein Jäger gewesen sein, den der Schneesturm überrascht hat, bevor er in seine Schutzhöhle flüchten konnte. Als wir ihn im Sommer bei der Wanderung zu einem Bohrgebiet fanden, saßen die Schmeißfliegen auf ihm wie eine schwarze klebrige Wolke. Irgendein Biest hatte ihm das rechte Bein abgefressen, der Leib war aufgebissen und die Gedärme herausgezerrt. Seitdem bin ich dafür, Tote zu beerdigen.«

Andreas blickte über den gurgelnden Fluß. Die Eisschollen tanzten, sie waren noch dick und fest, aber in der Mitte hatte die Strömung sich schon freie Bahn gerissen.
»Du willst jetzt über den Fluß?« fragte er unsicher.
»Warum nicht? Morgen sieht er schon wieder anders aus. Bist du ein lahmer Esel? Wir werden von Scholle zu Scholle springen. Los! Wenn du in die Hose machst, kannst du sie im Fluß gleich auswaschen.«
Er sprang voraus mit einer Eleganz, die Andreas sprachlos machte. Leichtfüßig, für einen so klobigen Bären wie Putkin geradezu schwebend, turnte er von Scholle zu Scholle, ohne auszugleiten, obwohl sie durch das Tauwetter naß und damit doppelt glatt waren, benutzte Schaufel und Axt als Balancestangen und stand dann an der Strömungsrinne, wo der befreite Fluß brausend dahinschoß und quirlige Wirbel von Wasser über die Schollen drückte.
Andreas war ihm gefolgt. Er war nicht so standsicher, glitt ein paarmal aus, rutschte über einige Eisschollen bis an den Rand des Wassers und fing sich in den letzten Zentimetern immer wieder. Zum Glück bemerkte Katja, ganz in ihre Sezierarbeit vertieft, diese wahnwitzige Wanderung erst, als Nadeshna aus der Hütte kam, die Hände vor den Mund schlug und vor Entsetzen nur noch seufzen konnte.
Die Susskaja ließ Skalpell und Klemmen fallen, warf die Arme hoch empor und schrie auf: »Zurück! Andrej, bist du wahnsinnig? Zurück!« Ihr hoher, schwerer Leib, in dem das Kind sich schon zu senken begann, bebte und zitterte, als sei sie von Krämpfen durchschüttelt. Vom Pferch humpelte Morotzkij herbei, warf seine Mütze in die Luft und rief: »Sie haben wirklich den Verstand verloren! Was wollen sie denn jetzt auf der anderen Seite?« Und um das Chaos voll zu machen, sank Nadeshna gegen die Wand, einer Ohnmacht nahe, und stammelte, nur für Katja hörbar: »Gott, mein Gott, laß Putkin leben! Ich liebe ihn doch, mein Gott, ich liebe ihn . . .«
»Hör nicht hin, Andrejenka!« knurrte Putkin, als Andreas endlich neben ihm auf der schwankenden Eisscholle stand. »Man kann ihnen ja nicht erklären, wie notwendig diese Tour ist. Ha, da kommt etwas, was uns fehlt. Andrej, verpaß sie nicht. Sie ist unser Trittbrett . . .«
Eine breite Eisscholle trieb langsam durch die Strömung . . . sie war genau das Zwischenstück, mit dem man die Rinne überqueren konnte. Nur eines durfte man jetzt nicht: ausrutschen.
»Zuerst du«, sagte Putkin. »Wenn du dich dämlich anstellst, kann ich dich rausholen. Du mußt sofort weiterspringen . . . hopp-hopp-hopp . . . wie bei einem Dreisprung in der Leichtathletik. Hast du schon einmal Dreisprung gemacht?«
»Nein.« Andreas schätzte die Entfernungen. Es mußte gelingen.

»Natürlich nicht. Woher auch die Zeit nehmen? Sport wurde nur im Bett betrieben – ich weiß, so einer bist du. Brustkraulen und Auf-und-nieder. Verdammt, stoß dich jetzt ab!«
Andreas sprang. Er schnellte auf die treibende Scholle, machte einen Schritt vorwärts, stieß sich wieder von dem glatten Eis ab, warf die Arme und seinen Oberkörper nach vorn und kugelte am anderen Ufer der Stromrinne über eine höckrige Eisscholle. Von der Hütte begleitete ihn ein neuer Aufschrei der Susskaja.
Putkin sprang. Unter ihm wackelte die treibende Scholle, Wasser überflutete sie, als sie etwas kippte, aber dieser massige Mensch war nicht zu erschüttern. Er schaffte es glatter als Andreas, stand auf dem festeren Eis und bückte sich, um Andreas hochzuziehen.
»Idioten!« schallte es vom anderen Ufer. »Idioten!« Katja Alexandrowna stand am Fluß und schüttelte die Fäuste.
»Alles in Ordnung?« fragte Putkin und hielt Andreas fest.
»Alles, Igor Fillipowitsch.«
»Jetzt ist es nur noch ein Spaziergang . . .«
Sie tauchten in dem vom Schnee befreiten Wald unter und überquerten das noch halbgefrorene, aber schwammige Moor, erreichten die Lichtung und sahen General Serikow noch immer an dem Stamm stehen. Seine grüßende Hand war etwas herabgesunken und schwebte halbhoch an der Schulter, als wolle er gerade den Gruß absetzen.
»Er weicht schon auf«, sagte Putkin ungerührt, während Andreas mit Schaudern auf den Toten starrte. Serikow hatte die Augen halb geöffnet, sein starrer glasiger Blick schien Andreas festzunageln. Vom Frost konserviert, sah Serikow auch jetzt nach Monaten noch stolz und geradezu vornehm aus. Ein schöner Mann . . . Andreas hatte es in den dramatischen Stunden seines Todes gar nicht bemerkt.
Putkin untersuchte den Toten und nickte zufrieden. »Er steht noch gut!« sagte er. »Ich habe ihm einen schönen Eisklumpen an die Stiefel gepappt.« Er warf Andreas die Schaufel zu und zeigte auf den Rand des Moores. »Mach ein Grab, Andrej. Du wirst nicht tief kommen, aber wir müssen ihn so weglegen, daß er bedeckt wird. Später wird ihn dann der Sumpf langsam einsaugen. Kann er ein sichereres Grab haben, he?«
Er begann, Serikow aus dem Eisklumpen loszuhacken, schwang die Axt und ließ das Eis klirren und spritzen. Dann, als Serikow von seinem kalten Sockel befreit war, legte er ihn sich über die Schulter wie einen kurzen Baumstamm und marschierte hinüber zu Andreas. Dabei pfiff er ein Liedchen, das sich so anhörte, als stamme es aus einem Militärgesangbuch.
Das Grab war tatsächlich flach. Der Frost klammerte sich noch in die

Erde, das Tauwetter hatte nur eine dünne Oberschicht erfaßt. Putkin lehnte Serikow gegen eine schlanke Birke, die bereits – welch ein Wunder der Natur! – überhaucht war von einem zarten, kaum wahrnehmbaren Grün. Dieser Wille zum Leben, dieses Erwachen der erstarrten Taiga, war unheimlich und ergreifend zugleich. Aber es war auch beruhigend: Seht, das Leben geht weiter. Man muß nur lernen, alles zu ertragen. Ein wahrhaft russischer Spruch.

Putkin half mit der Axt, bis das Grab so tief war, daß man Serikow hineinlegen konnte. Sie betteten ihn auf den Rücken, und es wäre auch ganz gut gegangen, mit zehn Zentimeter Erde über ihm, wenn nicht die grüßende Hand im Wege gestanden hätte.

»Das kann man nicht«, sagte Putkin nachdenklich. »Wir können die Hand nicht herausgucken lassen.«

Er holte ein paar trockene Äste aus dem Unterholz, entfachte ein Feuerchen und schob es so nahe an den lang ausgestreckten Serikow heran, daß ihn die Hitze voll traf. Schon nach einer Viertelstunde sank der Arm herunter, die Hand fiel auf die Brust. Putkin zertrat das Feuer und spuckte in seine breiten Pranken.

»Ruhen Sie wohl, Waska Janisowitsch Serikow, General der Roten Armee!« sagte er mit militärischer Strenge. Dann stand er stramm, legte die Schaufel wie ein präsentiertes Gewehr an die Brust und blickte in das bleiche, schöne Antlitz des Toten. »Ich verstehe Katja Alexandrowna nicht«, sagte er dabei ernst. »Sie paßt viel besser zu Serikow als zu dir, Andrej. Nichts gegen dich, aber er da und sie sind eine Welt. Verstehst du das? Und trotzdem läuft sie ihm davon! Man wird die Weiber nie verstehen –«

Um eine Ausrede für ihren Ausflug in den gegenüberliegenden Wald zu haben, stöberten sie eine Hasenfamilie auf und schossen drei davon. Der Rückweg über den Fluß war ebenso abenteuerlich wie der Hinweg, aber er hatte seine unbekannten Schrecken verloren. Man wußte jetzt, wie man springen mußte. Nachdem sie die Strömungsrinne überwunden hatten, schwenkten sie die drei Hasen und kamen lachend ans Ufer zurück.

»Das war doch Ihre Idee, Igor Fillipowitsch!« schrie die Susskaja und schlug mit der Faust nach ihm wie ein Fischweib, dem man die frischen Fische bespuckt hat. »Nur wegen der Hasen Andrejs Leben aufs Spiel zu setzen . . . ich glaube, ich höre nie auf, Sie zu hassen!«

Putkin lachte, warf die Hasen wieder über seinen Rücken und ging pfeifend zu seinem Haus. Auf die Idee, wieso Putkin wußte, daß drüben am anderen Ufer Hasen waren, kam auch die Susskaja nicht. Sie hakte sich bei Andrej unter und war glücklich, ihn wiederzuhaben.

31

Nun war der Tag gekommen. Der Tag, den Putkin nie erleben wollte, den er schon im voraus verflucht hatte, der eigentlich nicht sein durfte, denn er hatte jeden Abend, allein in seinem Haus, auf der breiten Ofenbank gesessen, eine von Nadeshna auf ein Stück glatter Rinde mit Holzkohle gemalte Ikone vor sich gegen ein Hockerbein gelehnt, und hatte tatsächlich zu Gott gebetet. Leise, als könne man ihn trotzdem noch draußen hören, hatte er gesagt: »Hör einmal zu, Gott! Das ist ein reelles Geschäft: Du läßt mir Nadeshna, und ich werde dich mit aller Inbrunst ansingen, wie es der heuchlerische Kyrill Jegorowitsch Kirsta nicht besser kann.«
Aber Gott war anscheinend nicht zu Geschäften in der Taiga aufgelegt. Er bevorzugte Morotzkij, der am Abend eines schönen warmen Tages sagte: »Morgen früh reiten wir los. Freunde, laßt uns jetzt nicht mehr darüber sprechen. Der Abschied zerreißt mich schon, wenn ich nur daran denke –«
Bevor sie alle sich zum Schlafen niederlegten, fütterte Morotzkij seine Elchkuh Maruta noch einmal, bis sie schier platzte, dann tranken sie die letzte Flasche von Makar Lukanowitschs Wein und eine halbe Flasche von Serikows Wodka und nahmen still, ohne viel Worte und mit keiner Silbe den kommenden Morgen erwähnend, Abschied voneinander.
Putkin war nicht dabei . . . er hatte sich in seinen »Kreml« verkrochen, lief wie ein gefangener Tiger hin und her, riß dann die Ofenklappe auf, warf die Rindenikone in den Kamin und lachte irr, als sie in hellen Flammen aufging und im Nu verglühte.
Morotzkij trank und trank und besoff sich wieder so, daß Andrej und Nadeshna ihn zum Lager schleifen mußten und bis auf Hemd und Unterhose entkleideten. Die Susskaja saß auf der Bank in der »schönen Ecke«, die nun kahl war, ohne Ikone oder Kreuz, ohne Strohblumen und Kerzenlicht. Eben eine Zimmerecke wie jede andere.
»Er schläft jetzt, unser tapferer Semjon Pawlowitsch«, sagte Katja plötzlich. »Der Abschied nimmt ihn gewaltig mit. Er ist ein guter Mensch. Vergessen wir, daß er ein heimlicher Mörder ist. Was damals geschehen ist . . . er muß sehr verzweifelt gewesen sein und hat seine

band und dann Nadeshna in den Sattel hob. Als sie hinter Morotzkij saß und sich an ihm festklammerte, sank ihr Kopf nach vorn gegen seinen Rücken, sie vergrub das Gesicht in den Pelz und begann zu weinen.
»Reitet los!« sagte die Susskaja rauh. »Los, Semjon Pawlowitsch, gib Maruta einen Tritt in die Weichen. Haltet euch nicht auf mit dem Abschied. Viel Glück!«
»Ich werde euch nie vergessen!« sagte Morotzkij tonlos. Er schluckte bei jedem Wort, denn seine Stimme schwamm in Tränen. »Sehen wir uns im Leben einmal wieder? Wo werde ich euch finden, wenn ihr aus dieser Hölle herausgekommen seid?«
»In Deutschland.« Andrej legte den Arm um Katjas Schulter. Ihr runder, praller Busen sprengte fast die Bluse. Den Rock hatte sie erweitert mit dazwischengesetzten Fellstücken, sonst hätte sie bei dieser Fülle nackt gehen müssen. »Wir werden in Essen wohnen. Dort habe ich meine Anstellung als Ingenieur.«
Morotzkij sah ihn lange an. Hinter seinen Brillengläsern tropfte es jetzt hervor. Es ließ sich nicht mehr zurückhalten.
»Glaubst du wirklich? Deutschland?«
Zum erstenmal in diesen langen gemeinsamen Monaten sagte er du. Man brauchte jetzt nicht mehr den inneren Halt, den Distanz merkwürdigerweise bei den Menschen schafft. Für ihn war die Taiga überstanden. Der Weg, der vor ihm lag, hatte seinen Schrecken verloren. Marutas Instinkt würde sie hinaustragen aus der Einsamkeit.
»Bestimmt Deutschland, Semjon Pawlowitsch. Du hast meine Adresse?«
»Ich habe sie mir auf den Oberarm geschrieben. Und ich habe sie auswendig gelernt.« Morotzkij versuchte ein Lächeln, es mißlang kläglich. »Telefon 13677818. Ja?«
»Ja. Vorwählnummer 0201. – Gott segne euch . . .«
»Reite los!« schrie die Susskaja wie toll. »Verdammt, du schielendes Gerippe, reite los!«
Morotzkij trat mit den Absätzen Maruta in die Seiten. Die Elchkuh wackelte mit den langen Ohren, blies Luft durch ihre Nüstern und setzte sich in Bewegung. Sie watschelte davon, und Nadeshna kroch in sich zusammen, blickte nicht zurück und biß Morotzkij vor unerträglichem Kummer in den Rücken, als sie an Putkins Haus vorbeiritten und die Hammerschläge sie begleiteten, bis sie den Waldrand erreicht hatten.
Es war gut, daß Semjon Pawlowitsch so klug war, hier nicht noch einmal anzuhalten, zu winken und einen letzten Blick zurückzuwerfen . . . Nadeshna wäre abgesprungen, trotz aller Sehnsucht nach

Leben, und wäre weggelaufen. So aber verschwanden sie zwischen den dunklen Fichten, die Zweige schlugen hinter ihnen zusammen und trennten sie endgültig von den Zurückbleibenden.
Nach einer Stunde kam Putkin aus seinem Haus gestolpert. Er sah fürchterlich aus, starrte mit blutunterlaufenen Augen um sich und ließ befürchten, daß er sich in die donnernde Strömung des jetzt fast eisfreien Flusses stürzen würde. Andreas hatte auf ihn gewartet und hielt etwas in der Hand, als er zu ihm kam.
»Geh weg!« bellte Putkin ihn an. »Kein Wort, Söhnchen, oder ich erschlage dich!«
»Sie haben etwas zurückgelassen, was du pflegen sollst . . . hat Morotzkij gesagt. Sieh es dir wenigstens an.« Er hielt die Hand hin. Auf einem Finger saß die Krähe, die Morotzkij gleich zu Beginn ihres Einsiedlerdaseins mit gebrochenem Bein gefunden, geheilt und gezähmt hatte. Jetzt klapperte sie mit dem Schnabel und sah Putkin mit ihren kleinen, schwarzen, glänzenden Augen nachdenklich an.
»Nadeshna hat sie jeden Abend gestreichelt –« sagte Andreas leise. »Sie ist zahm wie ein Singvögelchen. Und sie heißt Soja –«
»Gib her.« Putkin streckte seine riesige Hand hin. Soja hüpfte auf seinen dicken Zeigefinger und klammerte sich an ihm fest. »Was hat Nadeshna gesagt?«
»Nichts.«
Putkin starrte die Krähe an, spitzte die Lippen, und der Vogel streckte den Hals vor und piepste leise. »Soja!« Putkins Stimme schwankte gefährlich. »Du schwarzes Aas . . . hat sie dich auch geküßt? Komm ins Haus, Vögelchen . . . komm in mein Haus –«
Er drehte sich um, gab Andrej mit dem Ellenbogen einen Stoß, daß er auf den Boden fiel, knurrte: »Geh aus dem Weg, du Rindvieh!« und stampfte zu seinem »Kreml«.
Man hat nie wieder etwas von Semjon Pawlowitsch Morotzkij und Nadeshna Iwanowna Abramowa gehört.
Wie sagen die Jakuten: Die Taiga ist eine Geliebte, die man nicht verläßt –

32

Wer seinen Kummer betäuben will, kann zweierlei tun: Er kann sich besaufen oder Vergessen in der Arbeit suchen.
Zum Betrinken reichte der Vorrat nicht, und die Birken waren noch nicht wieder so im Saft, daß man sie anzapfen konnte. Aus Birkensaft macht man in Sibirien nämlich einen Wein, eine Spezialität der Jakuten, Ewenken und Burjäten, ein süffiges Zeug, das in die Beine fährt und das Gehirn lähmt. Zunächst schmeckt es völlig harmlos, man spürt nicht das geringste, aber dann fällt es einen, als wäre man ein morscher Baum im Sturm. Auch Kartoffeln waren nicht zur Hand, aus denen man einen Schnaps brennen konnte, der einen normalen Menschen paralysiert. Putkin, der Serikows kleinen Kartoffelsack wie ein Heiligtum gehütet hatte, war vier Tage lang damit beschäftigt, ein Kartoffelfeld anzulegen, um diesem Mangel im nächsten Jahr abzuhelfen. Die Arbeit . . . sie war es, die Andreas und Putkin miteinander verband, als seien sie ein Körper. Igor Fillipowitsch schuftete wie ein Wesen vom anderen Stern. Was er täglich leistete, überstieg alle Maßen, aber es war die einzige Möglichkeit, nicht ins Denken zu geraten und Nadeshna nachzujammern.
Der Fluß war breit mit einer herrlichen kräftigen Strömung. Der Wald stand satt unter der Sonne, die Birkenknospen brachen auf, auf dem Moor blühten Moose und Beeren, Putkin entdeckte Sträucher von wilden Himbeeren, Kronsbeeren, Multebeeren, Schellbeeren und kleinen Erdbeeren. Er verfolgte Bienenschwärme und fand ihre Stöcke in hohlen, verfaulenden Baumstämmen. An seichten Stellen wuchs Kalmus, dessen Wurzeln man kandieren konnte, wenn man Zucker hatte, und den hatte man, wenn man den Honig aus den Waben schleuderte.
»Ein Paradies!« sagte Putkin immer wieder. »Andrej, das ist mein Rußland. Ein hartes Land, aber es pflegt die, die es lieben, wie die zärtlichste Mutter. Was wollen wir mehr, he? Fleisch aus dem Wald, Fische aus dem Fluß, Beeren, Wurzeln, Kartoffeln und Gemüse aus der Erde, Gold aus dem Sand und Geröll . . . und um uns herum die absolute Freiheit und den herrlichsten Himmel der Welt über uns! Willst du wirklich noch nach Deutschland?«

»Es wird an Katja liegen«, sagte Andreas und beobachtete die Susskaja. Ihr Leib war unförmig geworden, selbst der erweiterte Rock zwängte sie ein. So ging sie jetzt immer mit offenem Bund oder oft auch ohne Rock, stolz die Frucht in ihrem Leib der Sonne hinhaltend.
»Ich habe Angst vor der Geburt, Igor.«
»Und sie?«
»Sie spricht nicht darüber. Aber sie putzt ihre chirurgischen Bestecke wie nie zuvor. Hast du schon eine Geburt gesehen, Igor?«
»Mehrere. Bei Kühen und Schweinen.«
»Katja ist weder eine Kuh noch ein Schwein.«
»Es ist erstaunlich, wie ein so dämlicher Mensch ein Ingenieur sein kann. Ist es im Grunde nicht das gleiche, he? Nehmen sie nicht den gleichen Weg, ob Kalb oder Mensch? Haben beide nicht eine Nabelschnur? Was soll bei Katja komplizierter sein als bei einer Kuh –«
Die Arbeit . . . sie ließ auch diese Sorge im Augenblick vergessen. Andreas hatte die Flugzeugschwimmer fertig, Putkin setzte seine Goldwaschmaschine in Gang, indem er über ein hölzernes Rutschensystem Wasser von einem kleinen Wasserfall ableitete, der sich nach der Schneeschmelze bei den Felsen gebildet hatte. Es strömte gurgelnd heran und wusch das Geröll, das Putkin in verschiedene hölzerne Bekken schaufelte, schwemmte es in primitive Siebe aus Holzböden, in die Putkin mit unendlicher Geduld Loch neben Loch gehauen hatte.
Als diese Maschine zum erstenmal klapperte und zitterte und das Wasser heranrauschte, umarmte Putkin stumm Andreas und drückte ihn an seine Brust. »Was wäre die Welt ohne menschlichen Geist«, sagte er gerührt. »Zugegeben, der feine Goldsand geht verloren, aber wir haben auch genug an den Körnern, die hängenbleiben.«
Drei Wochen nach Morotzkijs Wegritt ließen sie das Flugzeug an einer seichten Flußstelle zu Wasser.
Es schwamm. Die Schwimmer trugen es, und wenn es auch etwas schief im Wasser lag, man konnte wagen, mit ihm zu starten. Fröhlich schaukelte die Maschine in der schwachen Strömung, mit vier Lederseilen festgehalten. Von der Hütte klatschte Katja Beifall. Sie hatte wieder keinen Rock an, und aus dieser Entfernung sah man von ihr nur die im Wind wehenden schwarzen Haare und die Kugel ihres Leibes.
»Theoretisch sind wir gerettet«, sagte Putkin, nachdem sie im Wasser um das Flugzeug herumgetanzt waren. Sie lachten wie die Verblödeten, stießen sich mit den Fäusten in die Rippen und faßten sich an den Händen wie Kinder, die Ringelreihen spielen. »Motor an, Propeller rrrrr und hinauf in den Himmel!« schrie Putkin euphorisch. »Und dann . . . und dann . . .« Er glotzte Andreas an und brach mit seinem

Geheul abrupt ab. »Ja, Söhnchen, wohin? Ich kann doch nicht mit nach Deutschland.«
»Warum nicht, Igor Fillipowitsch?«
»Wie kann man so blöde Fragen stellen? Mit dem Treibstoff kommen wir nicht einmal bis zur Grenze. Ha, nicht mal bis Irkutsk! Wo sind wir denn hier? Wo hat uns der verkindschte Makar in den Wald gesetzt? Deutschland! Warum sagst du nicht: Zum Mond?«
»Wir werden uns in der nächsten Siedlung melden und ganz legal ausreisen.«
»Mit dem Gold, was? Das lassen sie dir, glaubst du? Und Katja Alexandrowna lassen sie auch so einfach mitgehen? Gut, gut, werden sie sagen. Zwei liebende Täubchen – fliegt nur dahin, wo ihr hinwollt. Winke, winke . . . Weißt du, was Katja ist? Eine sowjetische Beamtin! Eine Militärärztin, abgestellt für den Zivildienst. Im Range eines Kapitäns! Und sie werden fragen: Wo ist General Serikow? Wie kommen Sie, Andrej Herr aus Essen in Deutschland, an den Kapitän und Chefchirurgen Katja Susskaja? Sie gehört dem sowjetischen Staat, nicht Ihnen! Wollen Sie die Sowjetunion schädigen? Sabotieren? Und wupp, haben sie dich im Gefängnis, verurteilen dich und schicken dich in ein Lager, wo du verfaulst. Wer kräht nach dir? Keiner! Nicht dein Botschafter in Moskau, kein Rotes Kreuz, keine Menschenrechtskommission. Absolut keiner! Du bist ja nur ein einzelner, kleiner, unbedeutender Mensch. Ingenieure gibt es genug wie Steine im Berg. Sich wegen Andrej Herr aufregen und die politischen Beziehungen belasten? Warum muß der blöde Hund auch eine sowjetische Militärärztin lieben? Gibt es nicht Weiber genug? Aber nein, nein, es muß die Susskaja sein, und ein Kind macht er ihr auch noch! Sabotage! SABOTAGE! Laßt ihn verschwinden, Genossen, diesen ekelhaften Kerl!« Putkin holte pfeifend Luft. »Das ist dein Traum von Deutschland, Andrej! Rußland hat dich geschluckt –«
Drei Tage später – es regnete in Strömen, der Fluß schwoll an, Putkin und Andreas hatten das Flugzeug gerettet und wieder an Land gezogen, und die ganze Taiga begann dumpf zu singen unter diesem Regen – legte sich Katja Alexandrowna hin, preßte die Hände auf den hohen Leib, Schweiß trat auf ihre Stirn und überschwemmte im Nu ihr verzerrtes Gesicht, und die Augen wurden tellergroß.
»Es kommt, Andrejuscha . . .« sagte sie abgehackt. »Da sind die Wehen . . . Koch Wasser, viel Wasser . . . Nimm die Tücher, die dort eingewickelt liegen, sie sind sauber . . . Mach sie heiß . . . Hol das chirurgische Besteck . . . Andrej –«
Sie stöhnte, krümmte sich, preßte knirschend die Zähne aufeinander und spreizte weit die Beine.

Andreas setzte den Topf aufs Feuer, wischte Katja den Schweiß aus dem Gesicht und hetzte dann aus dem Haus. Er rannte durch den Wolkenbruch hinüber zu Putkin, der auf seiner Ofenbank hockte und mit der Krähe »Soja« spielte. Sie hackte ihm die Fingernägel, und er grunzte dazu wie ein Schwein.
»Das Kind kommt!« schrie Andreas. Durchgeweicht, als habe er tagelang im Wasser gelegen, stand er auf der Schwelle. In Bächen lief der Regen von ihm ab. »Sie krümmt sich vor Schmerzen! Der ganze Körper ... der ganze Körper ... Igor, hilf mir –«
Sie stürzten beide wieder in die Hütte, triefend und vom Rennen schwer atmend, als Katja eine neue Wehe bekam, sich aufbäumte, die gespreizten Beine anzog und den Kopf hin und her drehte. Putkin ließ sich neben sie auf die Knie nieder und legte seine klobige Hand auf ihren nackten Leib.
»Es wird kommen, Vögelchen –« sagte er. Seine tiefe Stimme hatte die Wirkung, daß Katjas Kopf zu ihm herumschnellte. »Man muß das einfach durchstehen. Es ist noch keines drin geblieben ... Beiß die Zähne zusammen! Eine Ärztin wie du und dann so ein Theater! Kriegen andere Frauen ihre Kinder im Schlaf, na? Bist du anders als andere Frauen? Was sie können, kannst du auch ...«
»Warum muß ich in dieser Stunde dich sehen, gerade dich, du Scheusal?« sagte die Susskaja und krallte die Finger in Putkins Arme. Sie knirschte dabei wieder mit den Zähnen, und ihr hoher Leib zuckte wild.
»So ist es gut –« lachte Putkin. »Schimpf nur! Spuck mich an! Das befreit und macht dich leichter. Jetzt ist auch die stolze Susskaja ein Weib wie alle anderen.«
»Sie ist es nicht!« Eine neue Wehe, neue Schmerzen. Andreas kam mit den heißen Tüchern und dem heißen Wasser. Dann rannte er wieder weg, brachte das Stecktuch mit dem chirurgischen Besteck und rollte es auf. Ihm war völlig unklar, was man bei einer Geburt mit einem Skalpell, Aderklemmen und den anderen blitzenden Instrumenten machen sollte.
»Du bist es nicht? Aha!« Putkin drückte auf Katjas Bauch. Sie stöhnte auf, aber verstand, daß er nur helfen wollte. »Bekommen Ärztinnen ihre Kinder anders?«
»Mein Becken ist zu eng.« Sie hob den Kopf und sah zu Andreas hinüber, der einen starken Tee aus Kyrills Wunderteeplatten kochte. Der wertvollste Besitz, den sie hatten, mit keinem Gold aufzuwiegen. »Verstehst du nun endlich, du Hornochse?«
»Ich verstehe.« Putkin drückte wieder auf den Leib. »Das hast du von Anfang an gewußt, nicht wahr? Und hast es nicht gesagt ...«

»Andrej hätte die Nerven verloren . . .«
»Und was wird er jetzt? Ha! Soll ich ihn betäuben? Katjenka, wir zwei schaffen es allein . . . er irrt nur herum wie ein blindes Huhn. Der typische Vater! Sein Weib hat die Qual, aber er fällt vom Stuhl. Zum Teufel, schrei doch . . .«
Die erste Preßwehe, gewaltig, den Körper durchschüttelnd, Schweiß austreibend, an der Grenze des Erträglichen. Die Susskaja stöhnte laut und schlug mit dem Hinterkopf auf das Fell, auf dem sie lag.
Andreas kniete an ihrer anderen Seite und starrte Putkin an, der ihren Leib massierte. »Du bringst sie um«, stammelte er. »Du bringst sie ja mit deinen Händen um!«
Er flößte Katja den Tee ein, zwang sie dann, ein großes Stück der gepreßten Teeplatte zu kauen, und küßte ihre flatternden Augen, als neue Wehen ihren Körper fast vom Boden hoben.
»Die Tücher her!« knurrte Putkin. Er schob sie unter Katjas Gesäß, lächelte sie an und nickte ihr zu. »Ich hab' es ihm erklärt –« sagte er. »Aber er glaubt es nicht. Es ist wie bei einer Kuh . . . man muß nur warten können . . .«
»Du Scheusal!« keuchte die Susskaja, aber ihre Augen wurden ruhiger. »Du mistiger Bock . . . du Hurenbastard . . .«
»Nur weiter, weiter so, mein Engelchen . . . Das gibt Luft. Soll ich dir mit schönen Ausdrücken aushelfen? Ich kann garantiert mehr als du . . .«
So ging es weiter . . . eine Stunde, zwei Stunden, drei Stunden. Draußen rauschte der Regen, trommelte auf das Dach, quoll die Erde auf und saugte sich voll, bis das Wasser aus dem Himmel mit dem Eis im nie ganz auftauenden Boden aufeinanderprallte. Da ging es nicht mehr weiter, und die Taiga wurde ein einziger Sumpf.
Katja Alexandrowna war ruhiger geworden. Der Wundertee Kyrills wirkte, die Schmerzen wurden überdeckt von dem betäubenden Extrakt, aber die Wehen stießen noch immer durch den Körper und preßten dem Kind den Ausgang frei zum Licht der Welt.
Putkin und Andreas knieten zwischen Katjas angezogenen und gespreizten Beinen und massierten ihren Leib. Hände und Arme klebten vom Fruchtwasser, und als plötzlich ein Blutstrom aus Katja hervorbrach, wurde Andreas bleich wie ein Tuch und schwankte.
»Halt die Beine fest, du schlaffer Sack!« schrie Putkin. »Es kommt! Es kommt! Da ist der Kopf. Siehst du ihn? Sie hat kein zu enges Bekken! Sie kriegt es wie jede andere Frau. Katja! Hörst du mich? Es ist da! Ha, bist du eine miserable Ärztin! Ein zu enges Becken! Es reicht vollkommen aus. Drück, mein Engelchen, drück . . .«
Der Kopf trat hervor, ein blutiges, schleimiges Gebilde. Andreas faßte

es vorsichtig und zärtlich mit seinen Händen, um die er warme Tücher gewickelt hatte, und zog langsam, bis die winzigen Schultern hervorkamen, dann der Leib, die Beinchen und dann, mit einem letzten Ruck, der ganze kleine Mensch. Er hielt ihn auf seinen Händen, starrte ihn an, und das Wissen: Das ist mein Kind . . . war so überwältigend, daß er zu zucken begann und lautlos weinte.
»Ein Mädchen –« sagte Putkin laut und lachte Katja zu. »Andrej, flenn nicht! Es ist ein Mädchen. Und schwarze Haare hat es wie Katjenka. Keine deutschen blonden! Gelobt sei Gott: Es ist eine echte Russin!«
Er nabelte das Kind ab und tat das so geschickt mit Klemmen und Skalpell, als hätte er nie etwas anderes getan. Dann nahm er das Neugeborene Andreas aus den Händen, trug es zum Tisch, wusch es mit warmem Wasser, packte es an den Füßen, ließ es nach unten hängen und klatschte ihm auf den runden Hintern.
»Er bringt es um!« brüllte Andreas und sprang auf.
»Bleib da!« brüllte Putkin zurück. »Kümmere dich um die Nachgeburt, du Idiot! Sie wird dir ähnlich sehen.«
Plötzlich war völlige Stille im Raum. Putkin schwieg, Andreas sank wieder in die Knie, und Katja hob etwas den Kopf, noch am ganzen Körper zitternd, aber doch in einer seligen Befreiung schwimmend.
Ein Schrei! Ein heller, kräftiger Schrei. Ein gesunder Schrei aus einer sich weitenden, kleinen Lunge.
Ein neuer Mensch war auf der Welt. Erst jetzt war er vollkommen.
»Wie schön sie schreit –« sagte Katja schwach. Ihre schweißnassen Hände tasteten nach Andrej. Sie lag zwischen Blut, Tüchern, Nabelschnur und Fruchtwasser und lächelte das unendliche Glück aller Mütter. »Hör sie dir an, unsere Amalja . . . hör sie nur . . . Andrejuscha, ich liebe dich –«
Auf dem Tisch wickelte Putkin das Kind in ein warmes Tuch. Noch nie hatte jemand den Riesen so zärtlich gesehen.

33

Der Sommer kam.
Das hört sich so harmlos an, das klingt nach Sonne, Wärme, Blütenduft, reifenden Früchten, Sonnenblumenfeldern und Rosenbeeten, wogendem Korn und süßem Nichtstun.
Sommer. Wer weiß, was ein Sommer in der Taiga ist? Sagt man sonst auch Winter, dann verbinden sich schöne Gedanken mit ihm, Schneeflöckchen, Schlittschuhlaufen, Skiwanderungen, kalte klare Sternennächte, Glöckchengebimmel an fröhlichen Schlitten . . . aber was ein Winter in der Taiga ist, das wissen wir jetzt. Mit dem Sommer ist's nicht anders. Erstarrt im Winter die Taiga im Frost, dann wird sie im Sommer gebraten wie ein Ei in der Pfanne. Das Land wird pulvertrokken, die Äste fallen von den Bäumen, beraubt allen lebenden Saftes, und was der Frost nicht geschafft hat, erreicht die Sonne: Der Wald kämpft wieder um sein Überleben, und dieses Mal mit weniger Chancen.
Man hat viel darüber philosophiert, wo das Geheimnis der russischen Seele liegt . . . sie bleibt kein Geheimnis, wenn man die Taiga kennt. In dieser grandiosen, sich ständig gegen den Himmel wehrenden und doch immer wieder den Himmel anbetenden Natur muß auch der Mensch seine Kräfte aus dem Zwiespalt schöpfen.
Sommer in der Taiga.
Da schwirren aus den sumpfigen Niederungen Myriaden Mücken über das Land, entzünden sich Waldgebiete von der Größe europäischer Staaten, und keiner weiß, woher es kommt. Alles lebt nur von dem Wasserreichtum der Flüsse, diesem Segen Gottes, der durch Sibirien die größten Ströme der Erde fließen läßt.
Putkins Goldgewinnung war fast ein Märchen. Er schaufelte tonnenweise Sand und Geröll in seine Wasserrutschen, und unten hockte Andreas und klaubte aus den Sieben und dem trüben Waschwasser die kleinen Goldkörner heraus . . . jeden Tag fast eine Handvoll. Ein schier unbegreiflicher Reichtum.
Katja ging wieder auf die Jagd, wenn sie Amalja gestillt hatte. Sie hatte viel Milch, ihre Brüste waren herrlich straff und prall voll Leben. »Ein Urweib!« sagte Putkin anerkennend. »Wahrhaftig, ein Urweib! Und

so etwas bleibt bei dir hängen! Es ist wirklich eine Schande für das ganze sowjetische Volk!«
Grob geschätzt hatten sie Ende August – nach Morotzkijs Strichkalender, den nun Andreas weiterführte – Gold im Wert von fast hunderttausend Rubel in den Fellsäcken. Was flußabwärts noch in Sand und Geröll verborgen lag, war gar nicht abzuschätzen.
»Wer ist im Westen der reichste Mann?« fragte Putkin, nachdem Andreas nach den bisher abgetragenen Tonnen Erde eine Art Hochrechnung versuchte, um sich an den Zahlen zu berauschen.
»Getty. Oder Onassis. Oder die arabischen Ölscheichs. Oder Gulbenkian. Es gibt viele, Igor.«
»Alles Zwerge! Alles Stiefelpisser!« Putkin machte eine weite Armbewegung über Fluß und Wald. »Die reichsten Männer heißen Putkin und Herr! Los, rechne weiter, ich will mit den Millionen jonglieren . . .«
Am Abend nannte Andreas eine Zahl, die Putkin fast umwarf. Er stierte Andreas an und nahm ihm den Zettel aus der Hand. »Phänomenal!« sagte er leise. »Soviel kann man in einem einzigen Leben nicht versaufen und verhuren. Ich muß einen Erben zeugen! Warum hat Nadeshna das nicht eingesehen?«
Es war das erste Mal nach Monaten, daß er ihren Namen wieder nannte. Es bewies, daß er noch immer an sie dachte. Sie saß in seinem großen Herzen wie ein festgeklemmter goldener Blutstropfen.
»Um dieses Gold wegzubringen, müßten wir einen Zug mit vier Güterwagen haben«, sagte Andreas und zerriß die Rechnung. »Verstehst du nun, Igor, wie sinnlos das alles ist, was wir hier machen? Wir sitzen auf Goldbergen und können nichts damit anfangen. Wir können nur soviel mitnehmen, wie wir tragen können. Und dieses Ziel haben wir längst überschritten.«
Putkin verstand ihn sofort. Mit schief geneigtem Kopf sah er Andreas lange an.
»Du willst weg?«
»Willst du graben und sieben, graben und sieben, um die Goldhaufen um die Bäume zu legen? Jede Hilfe von anderen alarmiert die Behörden. Du kennst eure Gesetze besser. Was wir hier ausgraben, ist sowjetisches Gold, es gehört dem Sozialismus. Mit jedem Griff in die eigene Tasche werden wir Verbrecher. Igor Fillipowitsch. Wir haben bereits 25 Jahre Straflager auf dem Buckel . . .«
Putkin gab keine Antwort. Er lief hin und her, trat wütend gegen seine geniale Goldwaschmaschine, lehnte dann lange Zeit an den Rutschen und starrte über den sonnenglitzernden Fluß. Als er zurückkam zu Andreas, der noch einmal mit Baumharz die Schwimmer strich – das

heiße Harz im Kessel über dem offenen Feuer stank grauenvoll – und das Flugzeug pflegte, als müsse es bei einer Parade vorgeführt werden, war sein breites Gesicht von einer geradezu kindlichen Hilflosigkeit. Der Bart wucherte wieder überall um seinen Kopf herum . . . seit Nadeshnas Wegzug rasierte er sich nur mit größtem Widerwillen oder nur, wenn ihn Katja beschimpfte.

»Wann fliegen wir, Andrej?« fragte er.

»Im Herbst. Amalja muß erst etwas kräftiger werden.«

»Drei erwachsene Menschen und ein Kind. Das ist eine schöne Last. Bekommen wir genug Gold mit?«

»Was heißt genug?«

»Für jeden von uns eine Million. Das sind vier Millionen in Goldkörnern.«

»Unmöglich. Igor, das ist eine leichte Aufklärungsmaschine, kein Transporter.«

»Dann war alles umsonst?«

»Ein paar Hunderttausend sind auch schön, Igor.«

»Ein Bettelbrot für den reichsten Mann Rußlands! Andrej . . . laß uns nicht weiterdenken . . .«

Er ging wieder weg, blieb an dem Flugzeug stehen, klopfte gegen die Kanzel und stapfte dann weiter. Andreas blickte ihm nachdenklich nach.

»Putkin!« rief er dann. »Noch eine Feststellung: Den Anlasserschlüssel habe ich in der Tasche. Begrab die Gedanken, die du gerade hattest . . .«

Ohne Antwort verschwand Putkin in seinem Haus.

An diesem Abend – nach einem Tag glutheißer Sonne – badete Putkin im Fluß. Er prustete wie ein Nilpferd, tauchte und planschte und wollte gerade versuchen, gegen die Strömung zu schwimmen, als aus dem Wald ein großer, fahlgelber, völlig mit Staub überzogener Körper sich herausschob und im Baumschatten stehenblieb. Putkin sah ihn zufällig, schwamm mit gewaltigen Stößen an Land und kletterte ans Ufer. Das Wesen löste sich aus dem Schatten, bekam vier kräftige Beine, einen dicken Kopf mit langen Ohren und hängenden Lefzen. Durch Putkins Kopf zuckte das Erkennen wie ein Blitz. »Maruta!« brüllte er auf. »Es ist Maruta! Maruta!«

Er rannte auf die Elchkuh zu, mit ausgebreiteten Armen, als stürze er einer Geliebten entgegen, aber als er vor Maruta stand, begriff er erst, daß sie allein war, daß sie zurückgekommen war ohne Morotzkij und ohne Nadeshna. Der Sattel hing zerfetzt auf ihrem Rücken, im Nacken schwärte eine eitrige Wunde, auf der sich Schwärme von schwarzen Fliegen klumpten.

»Maruta –« stammelte Putkin. »Wo kommst du denn her? Wie siehst du denn aus? Maruta!« Er drückte den dicken, staubigen Kopf an seine nasse Brust und spürte, wie alles an ihm bebte. »Was ist denn geschehen? Was willst du hier? Warum kannst du nicht sprechen? Warum bist du nur ein stummes Vieh? Wo ist Nadeshna? Maruta, wo ist meine Nadeshna?«
Er drückte den Kopf wieder an sich, blickte über den Rücken der Elchkuh und sah deutlich unter dem Staub große, eingetrocknete, dunkle Flecken. Blut!
»Wo ist Nadeshna?« schrie Putkin. Er klammerte sich an Maruta fest, und es war das erste Mal in seinem Leben, daß seine Beine schwach wurden und einknickten. »Nadeshna! Nadeshna! Was haben sie mit dir gemacht, Nadeshna . . .?«
Und er lehnte sich an die Elchkuh, triefend vor Nässe, und wischte mit der rechten Hand den Staub vom Sattel, weichte den Blutfleck auf und taumelte dann, die rote Handfläche von sich haltend, hinüber zu Andrejs Hütte. Maruta folgte ihm wie ein zahmes Hündchen und trottete in den offenen Pferch.
»Nadeshna!« schrie Igor Fillipowitsch noch einmal und stürzte dann mit seiner blutigen Hand ins Haus.

Putkin war nicht mehr zu beruhigen. Es war unmöglich, ihm einzureden, das Blut am Sattel könne eine ganz harmlose Erklärung haben, vielleicht sogar Marutas Blut, denn die Wunde in ihrem Nacken . . .
»Ja, die Wunde!« schrie Putkin und rannte mit seiner blutbefleckten Hand herum, roch an ihr, als könne er aus dem Blut Nadeshnas weiblichen Geruch herausschnuppern, hielt die Handfläche vor sich her wie eine Handikone und grunzte böse, als die Susskaja mit Wasser kam, um sie abzuwaschen. »Woher hat sie die Wunde, he? Sieh sie dir genau an, Katja, du bist doch Ärztin! Hat man so eine Wunde, wenn man sich das Fell abschabt? Hinterläßt ein Bremsenstich solch eine Wirkung? Sieh nach, sag ich dir, geh! Das ist Nadeshnas Blut! Nadeshnas Blut!«
Er ließ sich auf die Ofenbank fallen, stierte vor sich hin, die Hand von sich wegstreckend, und knirschte schauerlich mit den Zähnen.
Katja Alexandrowna ging hinaus zu der Elchkuh. Sie trottete im Pferch herum, offensichtlich völlig glücklich, blies mit einem leisen Trompetenton durch die Nüstern und kam sofort an die schiefen Zaunlatten, als sie die Susskaja bemerkte. Andreas blieb in der Hütte zurück. Es war jetzt zu gefährlich, Putkin allein zu lassen. Ein Mann in solchem Zustand, selbst wenn er ein Kerl wie Putkin ist, verirrt sich in die verrücktesten Taten.

»Igor Fillipowitsch . . .« sagte Andreas vorsichtig.
Putkin zuckte mit den dicken Augenbrauen. Das Blut an seiner Hand trocknete langsam.
»Halt's Maul, Söhnchen!«
»Man kann es auch anders sehen. Nadeshna und Semjon Pawlowitsch haben eine menschliche Siedlung erreicht und Maruta zurück in die Freiheit geschickt.«
»Morotzkij? Nie! Für ihn war Maruta wie ein Kind.« Putkin starrte wieder auf seine Hand; das Blut, nun eingetrocknet, klebte auf der Haut, bekam Risse und fiel in kleinen Körnchen ab. »Ich will dir sagen, was geschehen ist: Man hat sie überfallen und ausgeraubt . . . Man hat sie einfach abgeschlachtet.«
»Igor Fillipowitsch, sie hatten doch nichts bei sich . . .«
»Hatten sie nicht?« brüllte Putkin auf. »Sie hatten, Söhnchen! Ich habe Nadeshna meinen ganzen damaligen Goldanteil mitgegeben. Ein pralles Säckchen voll Goldstaub und Körnern! Ein Wert von 10000 Rubeln vielleicht. Das lohnt sich, ha, und wie sich das lohnt für einen armseligen Jakuten oder schiefmäuligen Nerzjäger.«
Er begann wieder zu stöhnen, als zerschneide man ihn bei lebendigem Leib, lehnte sich an den Ofen zurück, legte die blutige Handfläche gegen sein Herz und stierte an die Decke. Hier zu sitzen und nichts zu wissen und gar nichts tun zu können, war für ihn das Fürchterlichste. Er war in der Stimmung, ganze Jakutendörfer auszurotten, jeden Fremden, dem er jetzt in der Taiga begegnen würde, einfach den Schädel einzuschlagen mit der Begründung: Du kannst es gewesen sein, wer weiß es? Du wirst es nie sagen, ich werde es nie erfahren, darum hinweg mit dir! Je länger er hier saß, um so gewaltiger wurde sein Rausch nach einer schrecklich ungehemmten Rache. Aber er konnte nichts tun, er konnte nur herumsitzen, die Hand wie ein Heiligenbild beim Osterfest vor sich hertragen und in seinem Inneren mit qualvoller Stimme den Namen Nadeshna rufen.
Seien wir ehrlich: Kann ein Mann daran nicht zerbrechen?
Die Susskaja kam vom Pferch zurück. Ihr Gesicht war sehr ernst . . . sie brauchte eigentlich kein Wort zu sagen, man las alles an ihren Augen ab.
Putkin schob den dicken Schädel vor. Seine wulstigen Lippen zitterten.
»Was . . . was ist es, Katja Alexandrowna?« fragte er heiser.
»Eine Wunde. Eine Schußwunde. Hier –« Sie öffnete die Hand. Eine Gewehrkugel schimmerte metallen auf. »Ich habe sie mit der Pinzette aus Marutas Nacken geholt. Es gibt keine Zweifel mehr.«
»Ich rotte sie aus!« sagte Putkin dumpf. »Ich rotte die ganze Mensch-

heit aus mit Ausnahme von euch beiden. Ich werde der größte Massenmörder aller Zeiten werden. Das schwöre ich.« Er sprang auf, tauchte die blutige Hand in den Wassertopf und wusch sie ab. »Jeder Mensch, der mir ab heute über den Weg läuft, wird getötet! Ohne ihn zu fragen, ohne zu diskutieren . . . er wird einfach getötet.«
»Du bist verrückt, Igor Fillipowitsch!« sagte Andreas laut.
»Ja. Ich bin verrückt. Ich will verrückt sein!« Er starrte die Gewehrkugel auf Katjas Hand an, schlug darunter, daß sie hochflog, gegen die Decke prallte und dann irgendwohin rollte. »Sie haben Nadeshna umgebracht . . . wie kann ich den Menschen das vergessen?«
Er tappte hinaus, ging hinüber zu Maruta und betrat den Pferch. Die Elchkuh, von der Kugel befreit, kam zu ihm und rieb die Nüstern an seiner Schulter. Da begann Putkin laut zu heulen, wie ein angeschossener Wolf, der sich ins Gebüsch schleppt, um dort zu sterben.
Man brauchte nicht lange zu warten, um Igor Fillipowitschs Mordlust zu befriedigen.
Am Fluß tauchten Menschen auf.

34

Dort, wo seit Entstehung der Welt nie ein menschlicher Fuß durch die Taiga gegangen war, wo die Natur so unberührt war wie am siebten Schöpfungstag, wimmelte es plötzlich von Menschen. Aber sie kamen nicht, um den drei Verdammten um den Hals zu fallen, sie brüderlich zu küssen und zu rufen: »Freut euch, Genossen! Eure Zeit der Einsamkeit ist vorbei! Seht, wir holen euch ab! Wir haben euch endlich gefunden, Morotzkij und die Lehrerin Abramowa haben uns den Weg erklärt, vorbei ist's mit dem Robinsonspielen, das schöne Leben geht weiter!« O nein! Sie tauchten wie große Schatten zu beiden Seiten des Flusses auf, auf kleinen, schnellen, fast gelben Pferdchen, die schlitzäugigen Köpfe an den Hals der Gäule gedrückt, zusammengehockt im Sattel, und sie schrien grell, galoppierten über die aufstaubende Erde und schossen vorbei auf die beiden Hütten.
Andreas hatte sie zuerst gesehen. Er stand am Fluß und angelte, während Putkin an seiner Goldmaschine die Ernte von drei Waschladungen einsammelte, als am Waldrand zunächst ein Reiter auftauchte, hinüberspähte zum Ufer, dann schnell wendete und zwischen den Bäumen wieder untertauchte.
Andreas warf die Angel weg und rannte die flache Uferböschung hinauf. Vor dem Haus saß ahnungslos Katja in der Sonne und stillte glücklich ihre Amalja. Die Sonne beleuchtete ihre vollen Brüste, eine wundersame Quelle des Lebens. Am Tag ging sie jetzt oft mit bloßem Oberkörper herum, weil alles zu eng war und sich über diesen Brüsten spannte. »Welch ein Weib –« sagte Putkin immer zu Andreas, wenn sie von weitem die Susskaja beobachteten, wie sie neben dem Haus Holz hackte, während Amalja in einer Art Hängematte aus Bast und Zweigen unter dem vorgeschobenen Dach baumelte. »Das ist russische Fruchtbarkeit, Andrej. Das ist unsere unverbrauchte Kraft, die noch einmal die Welt verändern wird.«
Jetzt zerriß Andreas mit seinem Alarmschrei die paradiesische Ruhe. »Jakuten!« brüllte er und rannte mit herumfuchtelnden Armen zur Hütte. »Katjenka, ins Haus! Ins Haus! Jakuten! Sie stehen schon am Waldrand!«
An seiner Riesenmaschine tauchte Putkin auf, schob mit einem

Fausthieb die Wasserrinne weg, so daß der ständige Wasserstrom aus der Felsenquelle, der das Geröll wusch und das Gold freilegte, die Uferböschung hinabstürzte, und warf sich flach auf den Boden. Seit seiner Ahnung, daß man Nadeshna irgendwo hier in der Taiga überfallen und erschossen hatte, trug er Serikows schwere Tokarew, diese unverwüstliche Militärpistole, ständig im Hosenbund, geladen und schußbereit. Er riß sie heraus, feuerte auf den Waldrand und kroch dann mit einer an ihm unbekannten Gewandtheit zu seinem Haus.

Aus dem Wald antwortete ihm vielstimmiges Gebrüll. Die kleinen Reiter auf ihren wieselschnellen gelben Pferden jagten mit Gekreisch am Ufer entlang und schossen wild und ungezielt um sich. Ein wahrer Höllenlärm zerstörte die bisherige Stille, der Boden dröhnte und vibrierte unter den jagenden Pferdehufen, und die Kugeln schlugen in die dicken Holzbalken der Hütten und in Putkins geniale Goldwaschmaschine.

Heulend umkreisten die schlitzäugigen Reiter mit ihren spitzen Filzmützen die beiden Häuser und galoppierten dann zurück zum Wald. Auf der anderen Seite des Flusses sammelten sich andere Reiter, lenkten ihre Pferde langsam über den sumpfigen Boden und spähten über das Wasser.

In der Hütte blickten sich Andreas und Katja kurz an, ehe er ihr das Gewehr aus der Hand nahm. Es war ein Blick, der keine Unklarheit mehr zwischen ihnen ließ: Das Leben war zu Ende. Ein paar Stunden noch, ein paar verzweifelte Stunden, um kämpfend und tapfer unterzugehen.

»Die Sache ist klar –« sagte Andreas rauh. »Sie haben Morotzkij und Nadeshna gegriffen, haben sie so lange gequält, bis sie verraten haben, woher sie das Gold haben . . .«

»Gold?« fragte die Susskaja. Sie hatte Amalja an die nackten Brüste gedrückt, das Kind schlief, sattgetrunken und zufrieden. Andreas spürte, wie das Würgen in seinem Hals ihm die Luft abdrückte.

»Putkin hat ihr einen ganzen Sack voll mitgegeben. Jetzt sind sie hier, alles zu holen.«

Die Tür flog auf, Andreas riß das Gewehr hoch. Aber es war nur Putkin, der mit einem mächtigen Satz ins Haus stürzte. Er fiel auf den Boden, rappelte sich aber sofort hoch und lief zur Tür zurück.

»Sie stellen sich erneut auf!« keuchte er. Der Schweiß rann an ihm herunter, als wäre sein Körper mit Quellen übersät. Er hatte nur seine Hose an, die dicken Muskelstränge an seinem Oberkörper waren gespannt wie Stahlseile. »Wißt ihr jetzt, was mit Nadeshna geschehen ist?«

»Ja, Igor.« Andreas trat an Putkins Seite. Die Reiter gegenüber verständigten sich mit Armzeichen und schrillen Schreien mit den anderen am hiesigen Ufer. »Uns bleiben noch ein paar Minuten Zeit. Ich muß dir etwas sagen.«
»Sie haben Nadeshna gefoltert. Sie haben sie Teil für Teil gefoltert!« sagte Putkin mit fürchterlicher Stimme. »Weißt du, wie man in Sibirien die letzten Geheimnisse herausholt? Weißt du das, Söhnchen? Hast du schon einmal gesehen, wie ein Asiate foltert? In Chabronowska war's, im Süden, vierzig Werst vom Ussuri entfernt. Wir suchten dort nach Erdöl und Kohlen. Neun Monate lang und alles umsonst. Neun Monate in einem Waldlager, ohne Weiber, aber mit viel Schnaps. Da entdeckte einer von uns einen Aul der Burjäten. Weißt du, was ein Aul ist? Ein Dorf aus Filz- und Fellzelten, das wandernde Dorf der Nomaden. Und was macht der Idiot? Er schleicht des Nachts herum, holt sich ein Burjätenmädchen vom Fluß, trommelt mit ihm die ganze Nacht bis zur Morgensonne und läßt es dann laufen mit den Worten: ›Grüß mir dein Väterchen und sag ihm, das gibt einen echten Russen!‹ Und was macht das Väterchen? Es schleicht sich auch heran, klaut Dementi Gawrilowitsch – so hieß der geile Bursche – mitten aus dem Lager, schleppt ihn weg und sagt zu ihm Dankeschön. Vier Tage später finden wir ihn im Dickicht. Söhnchen, er sah nicht mehr menschlich aus. Man hatte große Löcher in sein Fleisch gebrannt, den Penis abgeschnitten und in seinen Mund gesteckt, die Hoden in seinen ausgestochenen Augenhöhlen gestopft und jeden Finger einzeln abgehackt, mit denen er das Burjätenweibchen angefaßt hatte. Wir haben drei Wochen lang die Burjäten gesucht, aber ihr Aul tauchte nie mehr auf. Wer kann in der Taiga jemanden finden?« Putkin blickte aus der Tür. Gegenüber auf der anderen Flußseite schoß man auf ihn, aber die Kugeln zischten weit von ihm entfernt durch die heiße Sommerluft. »Weißt du jetzt, was sie mit Morotzkij und Nadeshna gemacht haben?«
Er spreizte die Beine, hob schnell die schwere Pistole und drückte ab. Ein Jakute, der anscheinend als Späher zu der Goldwaschmaschine geschlichen war, warf die Arme hoch und sank in sich zusammen. Von allen Seiten antwortete ein ohrenbetäubendes Geheul.
»Nummer 1!« sagte Putkin zufrieden und trat zurück. »Serikow hat uns vierhundert Schuß hinterlassen. Ein guter General, der Waska Janisowitsch.«
»Es geht zu Ende, Igor Fillipowitsch. Sie werden uns überrennen.« Andreas krallte seine linke Hand in Putkins Arm, mit der rechten hielt er das Gewehr. »Du bist mein Freund, nicht wahr?« sagte er stokkend.

»Notgedrungen, Deutscher.«
»Putkin! Wir haben doch keine Zeit mehr für dumme ideologische Streitereien. Wir kennen uns beide jetzt zu gut. Ich weiß, wer du bist und wie es wirklich in dir aussieht. Laß das Versteckspielen sein, Igor.«
»Was willst du, Söhnchen?«
Er lehnte in der Tür und beobachtete die kleinen Reiter auf ihren gelben Pferdchen. Ein paar der Spitzmützen suchten am Ufer nach einer Furt. Aber das war vergebens. Putkin kannte den Fluß genau . . . dort gab es nur das wirbelnde, gurgelnde, schäumende Wasser, das durch die Buckelfelsen im Flußbett schoß. In der Mitte lag eine flache Insel aus nackten, glatten, vom Wasser geschliffenen Steinen. Er war ein paarmal zu ihr geschwommen, gegen die kräftige Strömung ankämpfend, und hatte sich dort an einigen Felsen festgeklammert, bis zur Schulter im donnernden Fluß stehend. Das war die einzige Stelle, an der man Boden unter den Füßen hatte, aber der Fluß hämmerte auch dort pausenlos auf einen ein. Strudel quirlten dort das Wasser auf, und Putkin war froh gewesen, jedesmal mit heiler Haut wieder zum Ufer zurückkehren zu können. Es gab keine Furt . . . die Reiter gegenüber waren keine Gefahr.
»Du mußt mir helfen, Igor –« sagte Andreas leise. »Ich kann es nicht.«
»Was kannst du nicht . . .«
»Katja . . . und das Kind . . .« Andreas lehnte den Kopf gegen Putkins schweißnasse Schulter. »Igor, hilf mir! Sollen sie umkommen wie Nadeshna –«
»Es ist deine Frau und dein Kind.« Putkin hob wieder die Tokarew. Auf seine Goldwaschmaschine zu bewegte sich ein kleiner Reitertrupp. »Wer liebt und Kinder zeugt, muß auch das andere können.«
»Ich kann sie nicht erschießen«, stammelte Andreas. »Ich kann doch Katja und Amalja nicht . . . Igor, ich kann es nicht . . .«
Er wandte den Kopf. Die Susskaja hatte das Kind in eine Decke gewikkelt und auf die Ofenbank gelegt. Jetzt zog sie sich an, knöpfte die Bluse über ihrem kräftigen Busen zu und holte unter der Bank einen Kasten hervor. Putkin schlug sich mit der flachen Hand gegen die Stirn.
»Jekaterina Alexandrowna, das habe ich glatt vergessen. Serikows Handgranaten. Her damit! Bevor wir zur Hölle fahren, wollen wir noch auf Erden kräftig einheizen. Wieviel sind es, schöne Dame?«
»Zehn.« Die Susskaja brachte die Kiste zur Tür. Sie wirkte ruhig und entschlossen. Von Angst lag nichts in ihrem Blick, als sie Andreas ansah, den Kopf hob und ihn auf die Wange küßte.

»Damit rechnen sie nicht.« Sie sagte es völlig ohne Beben in der Stimme. »Vielleicht gelingt es, sie damit einzuschüchtern.«
»In die Hosen werden sie sich scheißen und aus dem Sattel rutschen, so glatt wird's unter ihren Hintern.« Putkin lachte rauh. Er griff in die Kiste, nahm zwei Handgranaten heraus und zog die Schutzhülle von den Reißleinen. »Jetzt laß sie kommen! Wir sind kein Füchslein, das man mit ›Hoi! Hoi!‹ aus seinem Bau treibt!«
Er sprang aus dem Haus, blickte um die Ecke, sah, wie einige kleine Gestalten heranschlichen, zog die erste Leine und warf das Teufelsei den Jakuten vor die Füße. Noch bevor er wieder die Tür erreicht hatte, erfolgte die Explosion, ein puffendes Krachen, dem ein Atemzug lang Stille folgte. Dann erst klangen die Schreie auf, Gebrüll, Hilferufe, Schmerzenslaute und Wimmern. Irgend jemand heulte schauerlich, mit der ganzen Qual eines zerrissenen Leibes.
Putkin lehnte sich an die Wand und beobachtete die Reiter jenseits des Flusses. Sie ritten zu einem Haufen zusammen, gestikulierten wild, zeigten immer wieder hinüber und schrien dann unverständliche Worte zu der anderen Gruppe.
Andreas hatte sich bei der Explosion herumgedreht und war zu Amalja gelaufen, um sie zu beruhigen, wenn sie von dem Knall aufwachte. Aber sie schlief fest, die winzigen Fingerchen zu Fäusten geballt und gegen den Mund gedrückt. »Ich habe ihr etwas von Väterchen Kyrills Tee gegeben –« sagte die Susskaja. Sie war lautlos gefolgt, und Andreas zuckte zusammen, als ihre dunkle Stimme hinter ihm aufklang. »Sie wird lange schlafen . . .«
»Katjenka –« stotterte Andreas. »Mein Gott, was hast du getan?«
Sie schüttelte den Kopf und versuchte ein Lächeln. »Du verstehst es falsch, Andrej. Sie schläft wirklich. Das . . . das andere hat noch Zeit. Diese paar Sekunden bleiben uns immer.« Sie umfaßte ihn und zog seinen Kopf zu sich herunter. »Es war eine schöne Zeit mit dir, Andrejuscha . . .«
»Soll das der Abschied sein, Katja?« stammelte er.
»Hast du noch eine Hoffnung?«
Er schwieg. Was sollte er darauf antworten? Sollte er ihr gestehen, daß er Putkin gebeten hatte, sie und das Kind zu erschießen? Er zog sie an sich, legte die Arme um sie, streichelte ihren Rücken und war so leer, als wäre er nur ausgebrannte Schlacke. Nicht einmal denken konnte er mehr . . . er stand da, preßte Katja an sich, stierte in den Raum, aber die Dinge nahm er nicht mehr wahr, und seine Augen warfen kein Bild mehr in seinen Verstand.
An der Tür machte Putkin die Handgranaten scharf, lud die Pistole nach und griff nach dem an der Wand lehnenden Gewehr.

»Von allein schießt's nicht!« rief er mit seiner groben Stimme. Aber jetzt war sie richtig, sie weckte Andreas aus der Erstarrung und riß ihn in die Wirklichkeit zurück. »Man soll es nicht für möglich halten! Stehen da herum wie ein Liebespaar hinterm Busch und lecken sich ab. Andrej, Söhnchen, an die Kanone! Die Jakuten kommen wieder. Ich kenne sie. Ein zäher Menschenschlag. Sie werden sich eine neue Teufelei ausdenken.«

»Ich komme –« sagte Andreas schwer atmend. Er ließ Katja los, drückte sie auf die Ofenbank neben das Deckenbündel, in dem Amalja schlief, und lief zurück zur Tür. Die Reiter gegenüber hatten einen Entschluß gefaßt. Sie waren abgesessen, die schnellen gelben Pferdchen standen brav herum und zupften an den Büscheln des harten trockenen Grases. Die Sommerglut lag träge über der Taiga, kein Windhauch bewegte die Äste der turmhohen Bäume. Wo der Sumpf aufhörte, war die Erde bereits aufgerissen. Daß nur ein paar Zentimeter tiefer der Dauerfrost im Boden saß, war fast undenkbar. Backofenhitze und Eis in traulicher Gemeinschaft . . .

Putkin wagte es, das schützende Haus zu verlassen. In der Linken hielt er die Tokarew, in der Rechten eine Handgranate. Andreas folgte ihm mit angelegtem Gewehr. Niemand belästigte sie . . . die Jakuten am jenseitigen Ufer hockten auf dem Boden und sahen zu ihnen hinüber, eine Ansammlung von spitzen Mützen, als wären dort drüben reihenweise große Pilze aus der Erde geschossen. Die andere Gruppe hatte sich zum Waldrand zurückgezogen. Sie saß noch auf den Pferden. Zwischen ihnen und dem Haus lagen die Toten . . . zerfetzte Leiber, verkrümmt, rot leuchtend in der Sonne, einer mit einem aufgerissenen Leib, aus dem die Därme quollen. Wolken dicker, schwarzer Schmeißfliegen und surrender Mücken umschwirrten sie bereits und ließen sich auf den Leichen nieder.

»Nur heran!« brüllte Putkin. Seine gewaltige Stimme dröhnte zum Wald hinüber. Er legte alle Kraft hinein, und wie er brüllen konnte, das wissen wir. Dabei hob er die rechte Faust und zeigte die Handgranate, lachte schallend und provozierend und schwenkte die Arme. »Heran! Wir haben einige Kisten davon da! Es wird mir ein Vergnügen sein, diese Eier zu legen! Was wollt ihr von uns, Genossen? Schickt einen Unterhändler rüber, wenn ihr ein Gespräch wollt. Man kann über alles verhandeln, auch, wie man euch zur Hölle schickt!«

Putkin schwieg abrupt. Mit ungläubigem Staunen sahen sie, wie ein kleiner Reiter sich aus der Reihe löste und langsam herantrabte. Er schwenkte dabei einen weißen Lappen und ritt dann nur mit Schenkeldruck, weil er beide Arme vorstreckte zum Zeichen seiner völligen Waffenlosigkeit.

Putkin grunzte wie ein eingekesselter Bär. »Ein Trick –« sagte er zu Andreas. »Diese Kerle sind die Hinterlist in Person. Irgendwo am Sattel hat er seine Waffe, und so schnell, wie er nach ihr greift, kannst du gar nicht reagieren. Laß ihn rankommen und brenn ihn dann von seinem Gaul.«

»Er schwenkt ein weißes Tuch, Igor –« sagte Andreas zögernd. »Das ist ein internationales Zeichen.«

»Ein Trick ist es, du Rindvieh. Das sage ich dir.« Putkin krümmte den Finger am Abzug der Tokarew. »Wer kümmert sich in der Taiga um internationale Bräuche, he? Willst du ihn fragen, was er von der Genfer Konvention hält? Nein, so etwas! Er denkt an Paragraphen, *jetzt* denkt er an Paragraphen. Als Gott – wenn er's war – die Menschen schuf, hat er auch zwei Gehirne geschaffen: ein normales und das deutsche Beamtengehirn –« Er hob die Pistole und streckte sie dem Reiter entgegen. »Stoj! Keinen Meter weiter!«

Der kleine Jakute hielt sein Pferd an, ohne die Hände zu senken. Es mußte bei ihnen einen Gedankenstrom zwischen Pferd und Reiter geben. Das breite gelbliche Gesicht des Mannes grinste verlegen. Auf die zerfetzten Toten warf er keinen Blick.

»Gib das Gold her!« sagte er mit einer hohen Stimme. »Wo ist das Gold?«

»Aha!« Putkin kniff die Augen zusammen. Seine Stimme bekam jenen Klang, den Andreas kannte. Der »andere« Putkin erwachte wieder . . . die Bestie, die nur noch Vernichtung kannte. »Woher weißt du denn, daß wir Gold haben?«

»Ihr habt es«, sagte der kleine Jakute eigensinnig. »Wir wissen es.«

»Von Nadeshna Iwanowna, nicht wahr? Habt ihr sie gefoltert? Was habt ihr mit ihr gemacht? Zwischen zwei Bäume gehängt und ihr den Leib aufgeschlitzt wie einem Stück Vieh? Und sie hat dabei gebetet, nicht wahr? Sie hat gebetet: Gott hilf mir! Gott hilf mir! Und sie hat geschrien, und ihr habt um sie herumgehockt und habt sie langsam weiter aufgeschlitzt. War es so, du schlitzäugiger Kretin, war es so?«

»Igor –« sagte Andreas mahnend. »So kommen wir nicht weiter. Gib ihnen das Gold. Nur eins ist wichtig: daß Katja und Amalja überleben. Morgen fliegen wir von hier weg. Ich verzichte auf alles Gold.«

»Halt das Maul, Söhnchen!« sagte Putkin dumpf. »O Hölle, halt das Maul! Das ist jetzt nicht mehr deine Sache.« Er trat einen Schritt vor. Der kleine Reiter musterte den Riesen lauernd. Es schien, als habe er noch nie einen solchen Berg von Mensch gesehen, eine solche Ansammlung von Muskeln wie in diesem entblößten Oberkörper.

»Was habt ihr mit Nadeshna gemacht?« brüllte Putkin plötzlich. Der Jakute zuckte erschrocken zusammen. »Wie habt ihr sie getötet?«

»Alles Gold!« antwortete der kleine Reiter stur. »Alles Gold. Dann für uns arbeiten für weiteres Gold . . .«
»Hast du das gehört?« Putkin zog die breiten Schultern hoch. »Der schielende Zwerg verurteilt uns zu Zwangsarbeit. Die sibirische Zauberformel: Arbeite, bis du krepierst! Wie kann man zu einem Putkin von Zwangsarbeit sprechen? Und er plappert es so daher, als spucke er zerkaute Sonnenblumenkerne aus. Gold! Für euch Gold? Für dieses verdammte, verfluchte, vom Teufel gesegnete Gold habt ihr meine Nadeshna umgebracht!«
Es war zu spät, Putkin in den Arm zu fallen. Er zuckte hoch, der Schuß peitschte, und der kleine Reiter verdrehte die Augen, wurde nach hinten geworfen und rutschte aus dem Sattel. Das gelbe Pferdchen wendete wie gelangweilt und trabte zum Waldrand zurück.
In den Reihen der wartenden Jakuten rührte sich nichts. Sie schrien nicht einmal auf . . . unter ihren spitzen Filzmützen starrten sie nur stumm zu den beiden Männern hinüber und unternahmen auch nichts, als Putkin sich bückte, den toten Reiter an den Rentierlederstiefeln packte und hinter sich herschleifte zur Hütte. Dort erst drehte er ihn um, tastete ihn ab und zog einen Krummdolch und einen alten Revolver aus den Taschen.
»Wieder sechs Schuß mehr«, sagte er mit einer noch nie bei ihm gehörten monotonen Stimme. Dann gab er dem Toten einen gewaltigen Tritt und schleuderte ihn damit den flachen Abhang hinab zum Ufer.
»Das ist unser Tod, Igor Fillipowitsch –« sagte die Susskaja. Sie stand vor der Tür und nahm ihm den Revolver des Jakuten ab.
»Er hat damit uns alle ermordet!« schrie Andreas unbeherrscht. Putkin verabreichte ihm einen Stoß, der Andreas gegen die Wand warf.
»Erklär es ihm, deinem hirnlosen Männchen!« sagte er. Am Waldrand stieg Rauch auf. Die Jakuten hatten ein Feuer entfacht, bei dieser Trockenheit fast ein Selbstmord. »Er glaubt alles, was man ihm sagt. Der typische Deutsche. Man kann ihm das Fell verhauen, aber wenn man ihm erklärt, das sei nur eine heilsame Massage, nimmt er es hin und bedankt sich noch dafür.«
»Sie werden uns töten, mit oder ohne Gold, Andrejenka«, sagte die Susskaja ruhig. »Damit müssen wir uns abfinden.« Sie drehte die Trommel des Revolvers, kontrollierte, ob alle Kammern voll waren, und nickte zufrieden. »Sie können gar nicht anders, wenn sie tatsächlich Nadeshna und Morotzkij umgebracht haben. Wir wären die einzigen Ankläger.«
Am Waldrand flammten neue Feuer auf. Putkin knirschte mit den Zähnen und lief unruhig hin und her. Er ahnte als einziger, was die Jakuten planten. Immer wieder sah er hinüber zu dem kleinen Flug-

zeug, das auf seinen hölzernen, schiefen Schwimmern im Wasser schaukelte . . . der einzige Weg zurück ins Leben.
Es gelingt nicht, dachte Putkin und zwang sich, das Flugzeug nicht mehr anzusehen. Auch wenn wir es schaffen, bis an die Maschine heranzukommen . . . um den Motor anzuwerfen, um die Geschwindigkeit zu erlangen, mit der man starten muß, fehlen jetzt die Minuten. Man würde uns abschießen wie auf einem Schießplatz, eine schöne, sich bewegende Zielscheibe, die der erste Volltreffer in ein Flammenmeer verwandelt. Bleibt eine große Auswahl des Sterbens? Verbrennen oder erschossen werden . . . das ist keine Frage mehr. Lebendig zu verbrennen, ist ein scheußlicher Tod.
»Ihr solltet in den Fluß gehen«, sagte Putkin plötzlich. »Bindet Amalja in der Decke fest, hebt sie auf euren Kopf und dann hinein ins Wasser . . .«
»Bist du völlig verrückt geworden?« schrie Andreas.
»So ein hirnloser Mensch! Bist du geboren worden, um als Schmorbraten zu enden?« Putkin zeigte zum Waldrand. Die Jakuten hatten die Feuer niedrig gehalten, sie hockten um sie herum und beschäftigten sich mit etwas, was man von hier aus nicht erkennen konnte. »Warum haben sie Feuer gemacht, ha? Frieren sie etwa in dieser Sonne? Ist für ihre Hintern der durch die Hitze gerissene Boden zu kalt? Geh hinüber und frag sie mal, welchen Paragraphen der Genfer Konvention sie jetzt verletzen wollen . . .«
Die Susskaja verstand Putkin sofort. Ihr schönes Gesicht mit den Mandelaugen wurde kantig und merkwürdig männlich. »Das können sie nicht tun, Igor Fillipowitsch, das ist unmöglich –« sagte sie rauh.
»Sie bereiten es in aller Ruhe vor.« Putkin rannte wieder wie ein gefangenes Tier hin und her. »Sie können alles, mein Täubchen. Die Taiga gehört ihnen. Sie können sie abbrennen lassen, wann immer sie wollen.«
»Was wollen sie?« fragte Andreas tonlos.
»Uns braten, du Idiot!« schrie Putkin. »Sie sitzen da und drehen Brandfackeln! Der ganze Wald ist ein einziger Zunder. Geht ins Wasser, sage ich euch! Ha! Was sage ich: Sie sitzen auf! Die Hölle ist offen!«
Er drängte Andreas und die Susskaja zurück ins Haus und schob mit dem Fuß die Kiste mit den Handgranaten vor seine Beine. Von allen zog er die Schutzkappen ab und kippte die massive Sitzbank um, die neben der Tür stand. Dahinter ging er in Deckung, ein für seine Größe geradezu lächerlicher Schutzwall, aber es war immer noch besser, als frei herumzustehen und als Kugelfang zu dienen.
Und dann kamen sie . . . in drei Wellen ritten die Jakuten heran,

schreiend und eins mit ihren kleinen schnellen Pferdchen, schwangen Fackeln aus Ästen, mit Gras umwickelt, über ihren Köpfen und schleuderten sie auf die Häuser und die Goldwaschmaschine.
Putkin lag hinter der Bank und schoß die Tokarew leer. Viermal traf er, die Reiter flogen von den galoppierenden Pferden, überkugelten sich und blieben dann liegen. Die reiterlosen Pferde rannten weiter, wendeten mit den Reihen der anderen und kamen wieder zurück, an Disziplin gewöhnt, auch ohne Reiter nicht ausbrechend aus dem Kollektiv.
Aus der Tür schossen jetzt auch Andreas und die Susskaja, aber der Wirbelsturm aus Pferden und Reitern war so erdrückend, daß sie nur ziellos in die Gegend schießen konnten, allein nur von dem Gefühl erfüllt, nicht kampflos unterzugehen.
Putkin verstreute seine Hölleneier wie ein Sämann die Saat. Er warf die Handgranaten mit großem Schwung um das Haus herum, kroch, die Bank als Deckung vor sich herschiebend, von einer Seite zur anderen, riß die brennenden Fackeln von den Wänden und schleuderte sie weg, reichte Katja seine Pistole ins Haus und brüllte: »Nachladen! Schnell, schnell!« und gab erst diesen sinnlosen Kampf auf, als er seinen schönen, großen, mit so viel Schweiß gebauten »Kreml« brennen sah und die Feuerlohen aus dem Dach schlugen. Am Fluß züngelten die Flammen an der Goldwaschmaschine empor. Statt Wasser hüpften jetzt Flämmchen die Rinnen hinauf und fraßen sich in dem trockenen Holz der Gestänge weiter. Auch die Außenwände von Andreas' Hütte begannen zu knacken . . . vom Dach her, wohin sie nicht mehr gelangen konnten und wo ein Haufen der Brandfackeln lag, kroch das Feuer in die Ritzen der Stämme und ließ das trockene Moos, mit dem man sie ausgestopft hatte, wie Zunder auflodern.
Die jakutischen Reiter hatten sich zurückgezogen. Noch einmal waren sie vorbeigejagt, und Putkin hatte seine letzte Handgranate unter sie geworfen. Es war ein Volltreffer. Fünf Pferde und sieben Reiter bildeten ein schreiendes Knäuel aus Leibern und Gliedmaßen, und vor allem die Todesschreie der Pferde übertönten das Prasseln des Feuers und das kanonenartige Zerbersten der dicken, trockenen Stämme unter der Kraft der Flammen.
»Meine Maschine!« brüllte Putkin. »Mein Gold! Mein Haus!«
Er stand ungeschützt vor Andreas' Haus, rauchgeschwärzt, aus Wunden blutend, die er gar nicht spürte, und starrte auf den feurigen Untergang. Nun brannte auch um sie herum der Wald . . . die turmhohen Bäume verwandelten sich in riesige Fackeln, die Luft war erfüllt vom Knattern und Zerspringen der flammenden Äste. In diese Laute der Vernichtung mischten sich der herbe, fast betäubende

Geruch des in der Gluthitze verdunstenden Harzes der brennenden Kiefern- und Fichtennadeln und der süßliche Duft der Birken ... ein grandioser Leichengeruch der sterbenden Taiga am Fluß Tjung.
»Ins Wasser!« brüllte Putkin. Er riß die Susskaja an sich, und obwohl sie sich wehrte und um sich schlug, ihm auf die Nase boxte und ins Gesicht biß, trug er sie zum Fluß und warf sie mit einem Schwung, wie es nur Putkin konnte, in die hier noch träge Strömung.
»Amalja!« kreischte Katja Alexandrowna. Sie war nicht mehr wiederzuerkennen, ihr verzerrtes Gesicht wirkte von der unerträglichen Hitze, die jetzt von der brennenden Taiga herüberwehte, wie zerschmolzen und bis auf die Knochen bloßgelegt. Sie schwamm zurück zum Ufer, kämpfte gegen die Wellen an und schrie ohne Unterbrechung: »Amalja! Ich will mein Kind! Amalja!«
»Bleib im Wasser!« brüllte Putkin zurück. »Ich hol dir deinen Balg! Bleib doch im Wasser, Katja!«
Er rannte zurück zu dem jetzt hell brennenden Haus. Andreas kam ihm schwankend und blutverschmiert entgegen. Er trug das Kind in der Deckenrolle an seine Brust gepreßt. Ein niederbrechender Balken hatte seinen Kopf getroffen. Mit Amalja im Arm war er ein paar Sekunden ohnmächtig gewesen und hatte unter dem brennenden Holz gelegen.
»Lebt sie?« keuchte Putkin. Er blickte auf das Kind. Die Decke war angesengt, das Säuglingsköpfchen dunkel vom Rauch.
»Sie lebt ...« stammelte Andreas. »Sie lebt, Igor.« Er starrte auf den Wald ... eine riesige, den Himmel erfassende flammende Wand, die ihre Glut wegblies auf diese vier armseligen Menschen.
Die Jakuten waren weggaloppiert, selbst vor dem Feuer flüchtend, das sich riesig über den trockenen Boden, die ausgedörrten Büsche und die pulvertrockenen Zweige weiterfraß. Auch die Reiter am anderen Ufer waren weggeritten ... die Pferde scheuten nun doch vor dieser himmelhohen Feuerwand und drohten in Panik zu geraten und den Gehorsam zu verweigern.
»Igor –« stammelte Andreas. Er hielt Putkin das angesengte Bündel mit Amalja entgegen. »Igor Fillipowitsch ... ich flehe dich an ... die Zeit ist da ... Igor ...«
»Ins Wasser, du Narr!« Putkin faßte Andreas an der Schulter, drehte ihn um, gab ihm einen Tritt in den Hintern, und Andreas stolperte weiter, hinunter zum Fluß, aus dem Katja gerade herauskam.
»Andrej!« schrie sie und breitete die Arme aus. »Du hast sie ... du hast Amalja ... O Andrej – Andrej ...«
Sie liefen sich entgegen, blieben kurz voreinander stehen, warfen sich dann herum und flüchteten zurück in den Fluß. Bis zum Hals wateten

sie hinein, das Kind über ihre Köpfe tragend, aber auch hier erfaßte sie der Glutatem; so weit sie sehen konnten, bis zu dem Felsental und auf der anderen Seite bis zu der großen Flußkrümmung, gab es nur noch eine Feuerwand, ein einziges Zischen und Prasseln, Zerbersten und Flammenrauschen, sie sahen keinen Himmel mehr, denn wo einmal der Himmel gewesen war, leuchtete nur rote Glut und zogen feurige Nebel träge über den Fluß.

Plötzlich war Putkin neben ihnen, ein Monstrum aus Ruß, Asche, Blut und Haaren.

»Wir müssen zu der verdammten Steininsel!« rief er. »Hier braten wir im Wasser! Nur in der Mitte des Flusses sind wir sicher.« Er griff nach oben, nahm Amalja aus Andreas' Händen und drückte sie Katja auf den Kopf. »Halt sie fest!« sagte er dabei. »Ganz fest. Die Strömung ist stark. Aber ich habe eine Stelle gefunden, wo man zwischen den Steinen stehen kann und nicht weggeschwemmt wird.«

Er schwamm voraus, mit kräftigen Armzügen und einem Schlagen der Beine, als könne er den Fluß und seine Strömung aus der Richtung treten. Als er die Stelle gefunden hatte, schwamm er zurück, nahm der Susskaja das Kind ab und hielt es hoch über seinen Kopf, legte es dann auf die glatte Felsenkuppel mitten im strudelnden Wasser und wartete, bis Katja ihn erreicht hatte.

»Hier«, sagte er. »Hier kannst du stehen. Klemm dich mit dem Rükken in den Spalt und halt das Kind immer auf dem Felsen fest.« Die Strömung packte sie, das Wasser schäumte um die kleine Steininsel und spritzte über Katja und das Deckenbündel mit dem Säugling. »Es wird nicht ersaufen«, keuchte Putkin, als Katja ihn stumm aus weit aufgerissenen Augen anstarrte. Sie war unfähig, noch zu sprechen . . . der Anblick des bis zum Himmel lodernden Waldes brannte auch ihre Stimme weg. »Halt es nur immer fest, laß es nicht herunterrutschen.«

»Wo . . . wo ist Andrej . . .« sagte die Susskaja kaum hörbar. Das Prasseln der Flammen und das gurgelnde Rauschen des Flusses übertönten alles. Aber Putkin las ihr die Frage von den Lippen ab.

»Zurück zum Flugzeug!« rief er.

»Was ist er?« Diesen Schrei hörte er . . . »Igor, das hast du nicht verhindert?« Sie wollte sich herumwerfen, aber Putkin drückte sie in den schützenden Felsenspalt zurück.

»Bleib stehen, du schwarzes Luder!« rief er. »Ich schwimme ihm nach. Soll das Flugzeug auch verbrennen? Wir werden versuchen, es hierher zu ziehen.«

»Gegen die Strömung?«

Ein neuer Wasserschwall ergoß sich über die Susskaja. Sie fragte nicht mehr, umklammerte ihr Kind, hielt es auf dem Steinbuckel fest und drückte den Kopf gegen die Oberarme. So blieb sie stehen, von den Strudeln umquirlt, mit den Schultern gerade aus der Strömung ragend, aber es war kühl, die von der Glut ausgetrocknete Haut schien sich vollzusaugen. Sie fühlte, wie neue Kraft in sie hineinfloß. Eine herrliche Kühle, die begann, ihr ein falsches Bild von Hoffnung und Rettung vorzugaukeln, und sie dachte, so wie eine Platte mit einem Riß immer das gleiche Wort abspielt, nur noch: Ich lebe . . . ich lebe . . . ich lebe . . . Amalja lebt . . . Andrej lebt . . . wir leben . . . leben . . . leben . . .

Um sie herum verendete die Taiga mit einem Gebrüll von Lauten, wie es nur die Natur ausstoßen kann.

Es war ein Kampf gegen den Fluß, der sie völlig auslaugte.

Auf den schwankenden hölzernen Schwimmern, die Andreas montiert hatte, drückten Putkin und Andreas das Flugzeug gegen die Strömung zur Insel. Solange sie im seichten Wasser blieben, gewannen sie einige gute Meter. Aber hier traf sie die Glut des brennenden Waldes, der feurige Hauch lag auf ihnen wie ein heißes Tuch, das die Haut versengt, sie rangen nach Luft, tauchten die Köpfe in den Fluß, kühlten sich ab und stemmten sich dann erneut gegen Glut und strömendes Wasser.

Je weiter sie aber in den Fluß hineinkamen, um so härter packte sie die Strömung, das Flugzeug tanzte herum, drehte sich zur Seite, schwankte wie ein Betrunkener und drückte sie immer wieder unter Wasser. Putkin hing nach kurzer Zeit an seinem Schwimmer, spuckte ihn an, hieb mit der Faust darauf und brüllte: »Du Hurenaas! Vor den Flammen sind wir sicher, sollen wir jetzt im Fluß verrecken?«

Sie ruhten sich ein paar Minuten aus, sorgten nur dafür, daß sie nicht zu weit abtrieben, sammelten neue Kraft, und sie kam fast von allein, wenn sie hinüber zum Wald blickten, zu diesem feurigen Inferno mit seinen roten Rauchschwaden, den knackend und zischend flammenden Ästen und den zusammenbrechenden Stämmen der jungen Zirbelkiefern. Die Hitze wurde immer unerträglicher, sie tauchten wieder die Köpfe in den Fluß, ließen sie abkühlen und stemmten sich dann wieder mit dem Flugzeug gegen die Strömung.

»Wir schaffen es so nie!« schrie Putkin. Er hing wieder an dem linken Schwimmer und trat das Wasser unter sich weg. »Du bist gegen mich ein Vögelchen, Andrej. Klettere in die Kanzel, dort liegt ein Seil, bind es um das Gestänge, und ich schwimme voraus zur Insel. Ich ziehe, du drückst . . . dann muß das Mistding kapitulieren!«

Es dauerte eine Stunde, bis Andreas das Seil befestigt und Putkin wie-

der zurück zur Insel geschwommen war, das Seil um seine Bärenbrust geknotet. Die Susskaja stand noch immer bis zum Hals im strömenden Wasser und hielt ihr Kind mit beiden Händen auf dem glatten, flachen Felsenbuckel fest. Die Wirkung von Kyrills Wundertee hatte nachgelassen, Amalja weinte leise, greinend, so wie eben ein Säugling weint, der gerade aus dem Schlaf erwacht ist und sich in seiner Welt noch nicht zurechtfindet.
»Geht es noch?« keuchte Putkin. Er zwängte sich neben Katja und stemmte die dicken Beine gegen die Steine. »Du mußt allein durchhalten, Täubchen! Jetzt kann dir keiner helfen.«
Die Susskaja nickte. Das Wasser spritzte immer wieder über ihren Schädel, die langen Haare pappten um ihren Kopf wie dicke schwarze Sirupsträhnen, nahmen ihr die Sicht, verklebten ihr die Augen, aber sie konnte sie nicht wegstreifen, ohne Amalja loszulassen. So stand sie im Wasser, nur an das Kind denkend, nur noch eine Kraft in sich: Wir müssen leben! Wir müssen leben!
»Wo ist Andrej?« schrie sie kurz. Putkin hatte mit beiden Händen das Seil gefaßt und begann zu ziehen.
»Er hängt am Flugzeug! Ihm geht es gut! Noch zwanzig Meter, zum Teufel, dumme zwanzig Meter, und wir sind alle Sorgen los! Ziiieeehet an! Ziieeehet an!«
Er brüllte sich diesen alten Schlepperruf zu, mit dem früher die Schiffe an langen Tauen die Ströme hinaufgezogen wurden, von Station zu Station. Lange Reihen nach vorn gekrümmter, sich in die Seile stemmender Männer, Meter um Meter angetrieben von dem Aufschrei: Ziiiieeehet an! Oder begleitet vom dumpfen Gesang der Flußsklaven.
Es gelang . . . Putkin zog, Andreas drückte. Und das Flugzeug trudelte auf die Felseninsel zu, die hölzernen, primitiven, mit Baumharz abgedichteten Schwimmer stießen gegen die Steine und zerbarsten nicht.
»Eine gute Arbeit!« schrie Putkin zu Andreas hinüber, der röchelnd vor Erschöpfung die letzten Meter wegdrückte. Er konnte jetzt stehen, hatte Grund unter sich und stemmte sich gegen die schäumenden Wasser. »Die Schwimmer sind stabil. Meine Gratulation! Aber es ist ja auch sibirisches Holz, Söhnchen!«
Dann lachte er, sein breiter Mund klaffte auf, seine Augen strahlten, er legte sich in das Seil, zog die trennenden fünf Meter, als gelte es, den Nabel der Welt herauszuziehen, und benahm sich direkt kindisch vor Freude.
Als er das Flugzeug in das ruhigere Wasser zwischen den Steinen gezogen und festgebunden hatte, umarmte er Andreas, küßte ihn auf beide Augen und erdrückte ihn fast.

»Sind wir Kerle, Andrej, was?« schrie er. »Wer macht uns das nach? Wir haben uns selbst neu geboren!«
Andreas nickte stumm. Die Erschöpfung ließ keine Worte mehr zu. Er watete hinüber zu Katja, strich ihr die festgeklebten nassen Haare aus dem Gesicht und küßte sie. Dann packte er das Deckenbündel mit der weinenden Amalja und lehnte sich gegen den großen, glatten Stein.
»Ruh dich jetzt aus«, sagte er mit kurzen, pfeifenden Atemstößen. »Halt dich an mir fest. Ich habe Amalja sicher im Griff . . .«
Sie nickte, umklammerte von hinten seinen Leib und drückte sich an ihn. Die schäumende Strömung klatschte wieder über ihre Köpfe, sie zogen die Schultern hoch und hielten den Atem an, solange das Wasser über sie herfiel.
Die Glutschwaden zogen jetzt bis zu ihnen hinüber. So weit sie sehen konnten, brannte nun der Wald, das Feuer kroch hinter dem Felsental den Berg hinauf, eine flammende Schlange, die sich von Baum zu Baum schwang und sie wie riesige Fackeln anzündete. Der sonnige, tiefblaue Himmel war unsichtbar geworden . . . nur noch heißer Rauch, rötlicher Nebel wallte über die sterbende Taiga.
Putkin starrte hinüber zu den Häusern. Andreas' Hütte war zusammengefallen, Putkins mächtiger dicker »Kreml« stand noch, ein gewaltiger Scheiterhaufen, aus dem prasselnd die Flammen schlugen. Ab und zu knallte es laut, wie eine kleine Explosion . . . dann verzog Putkin das Gesicht und schlug ein Kreuz.
Serikows Schnapsflaschen. Der gute Wodka. Er war es wert, daß man sich bekreuzigte. So sparsam war man mit ihm gewesen, hatte sich immer nur ein Schlückchen gegönnt. Der Teufel hole die Mäßigung, da hat man es wieder!
Plötzlich hob Putkin den Kopf und lauschte. Ein fremder Laut hatte sich in das Prasseln des Feuers und das Rauschen des Flusses gemischt. Ein merkwürdiger, durchdringender, alle Töne des Unterganges übertönender Schrei.
Auch Andreas und die Susskaja hatten ihn gehört und drehten die Köpfe zum Ufer.
Da war er wieder. Langgezogen, klagend, erschütternd, wie aus einer verbeulten, verrosteten Trompete. Putkin begann unruhig zu werden und löste sich von dem Stein und dem linken Flugzeugschwimmer. Und plötzlich begriff er, was es war, fuhr es ihm in die Knochen wie ein feuriger Strahl und ließ seinen Mund aufreißen.
»Maruta!« schrie er Andreas zu. »Maruta! Wir haben Maruta vergessen! Sie verbrennt! Maruta verbrennt . . .«
Er stieß sich ab und warf sich in den Fluß. Ebenso flink schnellte sich

Andreas vorwärts, während die Susskaja wieder nach Amalja griff und das Bündel auf dem Stein festhielt.
»Zurück, Igor!« brüllte Andreas. »Du bist ja wahnsinnig! Du kannst doch jetzt nicht mehr an Land! Igor!«
Er erreichte Putkin, bevor er die schützenden Steine verließ und in den freien Strom schwimmen konnte. Mit beiden Händen klammerte er sich an ihm fest und wollte ihn hindern, weiterzuschwimmen. Putkin wandte den Kopf. Er sah schrecklich aus, ein Gesicht, von der Verzweiflung zerstört. »Laß mich los, du Idiot!« keuchte er. »Laß mich los! Maruta verbrennt!«
»Du kannst doch nicht wegen einer Elchkuh in die Flammen zurück!«
»Laß mich los, sag ich! Was verstehst du davon? Es ist Nadeshna ... es ist das letzte, was ich von Nadeshna habe. Auf Maruta ist sie geritten ... auf Maruta haben sie sie erschossen! Nadeshnas Blut klebt in ihrem Fell. Nadeshnas heiliges Blut! Laß mich los!«
»Zurück, Igor!« brüllte Andreas noch einmal. Er versuchte, sich auf Putkins breiten Rücken zu werfen und ihn damit unter Wasser zu drücken. Aber der Riese erkannte diese Absicht. Er warf sich im Wasser herum, hob die Faust und schlug sie Andreas gegen die Stirn. Es war kein voller Schlag, denn der hätte Andreas getötet, ein Schlag von Putkin beulte Baumstämme ein ... so aber genügte er, daß Andreas losließ, halb betäubt in der schäumenden Strömung trieb und unfähig war, Putkin weiter festzuhalten. Er konnte sich nur noch an einen der dicken Steine treiben lassen und zwängte sich in einen Spalt, wo er wieder Grund fand und sich an die Felsen pressen konnte. Alles um ihn herum drehte sich, der flammende Wald und der gurgelnde Fluß zerflossen zu einer Einheit, zu einem rötlich milchigen Brei, durch den ganz fern Katjas entsetzte Stimme tönte.
»Andrej! Halt dich fest! Halt dich fest! Igor! Bleib hier! Bleib hier! Igor –«
Wohl noch nie hat ein Mensch mit so kräftigen Armschlägen einen Fluß durchschwommen wie Igor Fillipowitsch Putkin den sibirischen Tjung. Er warf sich mit aller verzweifelten Angst um Maruta gegen den Strom, tauchte weg, schoß wie ein riesiger Fisch vorwärts und kletterte am Ufer an Land, kroch auf Händen und Knien vorwärts, nach Atem schöpfend und doch nur die glühheiße Luft einsaugend, taumelte dann an dem lodernden Aschenhaufen von Andreas' Hütte vorbei und sah Maruta in ihrem Pferch hin und her rennen. Das Feuer hatte sich über den Boden vorwärtsgefressen, züngelte über das trokkene Gras und die harten Schilfbüschel wie an einer Lunte entlang, hatte die Stämme des Pferches bereits erfaßt und wie Fackeln entzün-

det. In diesem Feuerkreis irrte Maruta herum, den Kopf in den Nacken gebogen, mit hervorquellenden Augen und schrie . . . schrie . . . schrie ihre schauerliche Todesangst heraus.
Putkin schwankte weiter. Er spürte nicht, daß unter seinen Füßen das Gras brannte, daß er mit nackten Sohlen durch das Feuer ging . . . er sah und hörte nur Maruta und dachte: Nadeshna ruft! Sie verbrennt! Meine Nadeshna! Die einzige Liebe, die ich im Leben hatte . . . sie verbrennt –
Mit seinem riesigen Körper durchbrach er, einer Ramme gleich, den brennenden Pferch, Maruta rannte zu ihm, noch fürchterlich schreiend, er umfaßte ihren Kopf, drückte ihn an sich und sagte atemlos: »Ich bin hier, mein Liebling, hier bin ich ja. Sei still, mein Tierchen, sei still. Wer wird denn Angst haben, wenn Igor Fillipowitsch bei dir ist? Rouh-rouh-rouh . . . ganz still, Marutuschka! Was kümmert uns der brennende Wald, ha? Was geht er uns an? Wir sind ja wieder zusammen . . .«
Er packte die Elchkuh an den langen Halshaaren, zerrte sie hinter sich her und durchbrach wieder den Feuerkreis des Pferches. Aber selbst Putkin hatte nicht mehr die Kraft, die vor Angst wahnsinnige Maruta noch länger festzuhalten. Kaum hatten sie die Feuerwand durchstoßen und liefen nur noch über das brennende Gras, stieg Maruta auf die Hinterläufe und machte einen wilden Satz vorwärts. Putkin hing an ihrer Mähne, er wollte etwas schreien, aber die Angst des Tieres war größer als Putkins Gewicht und seine sich festkrallenden Finger. Mit einem einzigen Kopfschütteln und einem gewaltigen Ruck befreite sich Maruta, schleuderte Putkin von sich und rannte hinunter zum Fluß und am Ufer entlang den Strom abwärts, wo sie in den roten Rauchschwaden verschwand.
Putkin aber war durch die Luft geflogen wie ein großer Klotz. Krachend landete er in dem glühenden Aschenhaufen von Andreas' Hütte, mitten hinein stürzte er, eine Funkenwolke und flammende Balkenteile hüllten ihn ein. Es war, als bräche dort ein kleiner Vulkan aus, feurige Schwaden aus brennender Asche staubten auf und bildeten einen Pilz, der mit schrecklicher Langsamkeit wieder in sich zusammenfiel.
Putkin kroch durch die glühenden Haufen ins Freie. Er schrie nicht, er sah auch nichts mehr, er kroch nur, weil sein Instinkt, diese Urkraft, leben zu wollen, ihn dazu trieb . . . Geschwärzt von der Asche, mit brennenden Holzteilen auf seinem Rücken und glühendem fettem Staub über dem ganzen Körper, wälzte er sich zum Fluß, rollte und kroch durch das glimmende Gras, erreichte das Flußufer und warf sich in das seichte Wasser.

Hier blieb er liegen, das Feuer auf seiner Haut verzischte, Dampf stieg von seinem zerstörten Körper auf, er drehte sich auf den Rücken – und jetzt erst spürte er die Schmerzen, die ihn völlig zerrissen, die so unerträglich waren, als sei die ganze Sonne auf seinen Leib gefallen.
Da begann er zu brüllen, ungehemmt, mit geblähten Lungen ... er brüllte und starrte in den Himmel, aber der Himmel war nicht mehr da, sondern nur eine bis in das Hirn bohrende, stechende Schwärze. Er trommelte mit den Beinen auf das Wasser, warf sich hoch, krümmte sich in der Luft und stürzte wieder zurück in den Fluß, und in den leergebrannten Augenhöhlen blieb das Wasser stehen wie in kleinen schwarzen Kratern.

Katja Alexandrowna und Andreas hatten sich umarmt und das Bündel mit Amalja zwischen sich genommen, preßten ihre Gesichter gegen die Schulter des anderen und kniffen die Augen zu, als Putkin drüben in die flammenden Trümmer des Hauses geschleudert wurde. Der Fluß schäumte über ihre Köpfe, sie duckten sich, krochen fast ineinander und warteten, daß Putkins fürchterliches Schreien die brennende Taiga übertönte. Aber nichts geschah. Nach einigen Minuten wagte es Andreas, den Kopf zum Ufer zu drehen. Er sah noch, wie sich Putkin in das seichte Wasser wälzte, aus ihm wieder herausschnellte wie ein harpunierter Riesenfisch, der ganze brennende Körper nur noch ein zuckender Schmerz, und dann zurückfiel auf den Rücken und langgestreckt liegenblieb mit ausgebreiteten Armen.
Andreas hielt das Kind an sich gepreßt, starrte auf Putkin und begriff nicht, daß ein Mensch, der so verbrannt war, noch herumkriechen konnte und versuchte, sich in das Leben zu flüchten. »Er lebt noch ...« stammelte er. »Katja, er lebt noch ...«
Er drehte sich um. Aber wo die Susskaja eben noch am Felsen gehangen hatte, war der Platz leer. Sie war aus den schützenden Steinen hinausgesprungen und schwamm bereits gegen die Strömung zur Mitte des Flusses.
»Katja!« brüllte Andreas in höchster Angst! Er drückte das Kind an sich und mußte es wieder hoch auf den glatten großen Stein legen. Die Wellen klatschten über ihn hinweg, er war zur Untätigkeit verurteilt. »Katja! Das kannst du nicht tun!«
Sie wandte den Kopf und ließ sich treiben. Ihre Stimme war so deutlich, als schreie sie Andreas ins Ohr.
»Er hat es verdient, Andrej! Er war unser Freund! Einer muß jetzt bei ihm sein.«
»Du kannst doch nicht mehr helfen, Katja!« schrie Andreas zurück. »Katja! Sei doch vernünftig!«

Sie antwortete nicht mehr, drehte sich wieder auf den Bauch und schwamm weiter. Unterhalb der verbrannten, noch glühenden Goldwaschmaschine kam sie an Land, watete durch das seichte Wasser bis zu Putkin und fiel neben ihm in die Knie. Sie hatte schon viele Tote gesehen in den Kliniken, zerfetzte Menschen, durch Unglücke und Explosionen verstümmelte Leiber . . . doch dies hier war der grausigste Anblick, den sie je ertragen mußte. Sie faßte Putkins zuckende rechte Hand, einen der wenigen Körperteile bei ihm, die man noch anfassen konnte, hielt sie fest und beugte sich über seinen zerstörten, einstmals so grandios urweltlichen Kopf. Die ausgebrannten Augenhöhlen glotzten sie an.
»Igor Fillipowitsch –« sagte sie tonlos. Es war nicht mehr ihre Stimme, es war irgendein fremder Ton, der Worte wegtrug. »Igorenka . . . was kann ich noch für dich tun?«
Und das Unbegreifliche geschah: Diese verbrannte Masse im schwabbenden Wasser riß den Mund auf und antwortete ächzend: »Tu ein gutes Werk, Täubchen . . . nimm einen großen Stein und erschlag mich –«
»Ich werde es tun, Igorenka –« sagte die Susskaja leise. »Bei Gott, ich werde es tun.«
Sie wußte nicht, ob Putkin es noch hörte . . . er lag ganz still, seine riesige Hand wurde schwer in Katjas Fingern, und sie rührte sich nicht, aber mit den Augen suchte sie wirklich nach einem Stein, der groß genug war, um Putkins Kopf mit einem Schlag zu zertrümmern. Hätte sie noch das Gewehr oder die Pistole gehabt . . . . sie hätte Putkin sofort von seiner unerträglichen Qual befreit.
Die Gluthitze prallte jetzt wieder gegen sie. Ihre nasse Haut trocknete schnell, und sie spürte, wie sie zu verdorren begann. Der Brand fraß sich überall weiter, er mußte schon eine Fläche von vielen Werst erreicht haben und kam vielleicht erst zum Stehen, wenn er an einen anderen Fluß gelangte. Das konnten Hunderte von Werst sein . . . die Taiga brannte ungehemmt wie ein weit verstreutes Feld voller Stroh . . .
Katja Alexandrowna wußte nicht, wie lange sie neben Putkin kniete, seine Hand hielt und hinüber zu der Steininsel starrte, auf der Andreas stand, das Deckenbündel mit Amalja auf dem hohen Stein festhaltend, umschäumt von dem Gischt des sich brechenden Wassers. Erst als die Susskaja sah, daß Putkins Mund weit geöffnet war und eine Flußwelle in ihn hineinspülte, ohne daß er zu schlucken, zu husten oder zu würgen begann, erkannte sie, daß er gestorben war. Sie ließ seine Hand fallen, stand auf, schob den schweren verbrannten Körper in den Fluß, bis ihn die schnelle Strömung erfaßte und aus ih-

ren Händen riß . . . »Geh hinein in deine Taiga!« schrie sie Putkin nach, als er abtrieb. »Geh in deine geliebte Taiga . . .«
Dann schwamm sie zur Insel zurück und drückte ihr Gesicht an Andreas Rücken. Ihr Schluchzen übertönte selbst das Gurgeln und Schäumen des Wassers.
»War er schon tot?« fragte Andreas später. Sie standen wieder nebeneinander und hielten Amalja gemeinsam auf dem hohen Stein fest. Die Susskaja blickte mit starren Augen zu dem brennenden Wald. »Laß uns nicht mehr von ihm sprechen, Andrej –« sagte sie nach einer ganzen Zeit. »Er war ein Scheusal . . . aber daß euer Gott ihn so sterben ließ, war eine billige Rache!«
Am Abend kam ein Wind auf, ein scheußlicher Wind nach Wochen fast völliger Windstille. Er trieb mit einem höllischen Singen Wolken von Funken über den Fluß, weckte die verglühenden Stämme zu neuem Flammenleben und trug den Brand tiefer ins Land.
Als es Nacht geworden war, brannte auch die andere Uferseite.
Der Feuerkreis war vollkommen. Es gab nur noch einen Ort, wo man überleben konnte: der Fluß.
Aber kann man stundenlang oder tagelang in einem Fluß stehen?

35

Sie standen drei Tage und zwei Nächte im strömenden Wasser und begriffen selbst nicht, wie das möglich war. Sie standen bis zu den Schultern im Wasser, immer wieder von höheren Wellen überspült, und hielten abwechselnd das Kind auf dem flachen, glatten Stein fest. Ihre Beine, ihre Körper schwollen an, schwemmten auf, wurden gefühllos . . . wenn sie ihr Fleisch anfaßten, fühlte es sich wie Brei an, der leimig an den Knochen klebte. Aber sie standen und hielten das Kind über den Fluß . . . und nur das Kind gab ihnen die Kraft, ihren vom Wasser durchweichten, unterkühlten Körper zu spüren.
Um sie herum verbrannte die Welt. Der Wind jagte die Flammen weiter und blies die Funkenwolken über Hunderte von Werst ins ausgetrocknete Land.
In Wiljuisk und Suchana, in Shigansk an der Lena und in den Geologenlagern am Olenek hatte der riesige Brand schon Alarm ausgelöst. Militärflugzeuge stiegen auf und kreisten über dem in Feuer und heiße Nebel gehüllten Gebiet. Die Distriktkommandantur in Jakutsk gab Befehl, alle aus der Taiga flüchtenden Nomaden, Jäger und Geologen in Notlagern zu sammeln. Herden wilder Rentiere hetzten aus dem Brandgebiet, Bären, Luchse, Marder und Iltisse, Füchse und Biber, ganze Wolken wilder Schwäne und Sumpfhühner, Haselhühner und Krickenten, Gänse und Kraniche flohen vor dem Feuer zu den großen Flüssen Lena und Wiljuj, Olenek und Markuoka. Aus den Beobachtungsflugzeugen wurden die Planquadrate der von der Zerstörung betroffenen Taiga gefunkt.
»Bis jetzt stehen 2025 qkm Wald in Brand«, sagte der für die Forstwirtschaft zuständige Beamte in Jakutsk gleichgültig. »Wir haben schon Schlimmeres erlebt, Genossen. Wissen Sie noch . . . vor ein paar Jahren . . . dieser riesige Flächenbrand? Die meteorologische Station in Suchana meldet, daß der Wind morgen wieder abdreht und einschläft. Damit ist die größte Gefahr vorbei. Rechnen wir damit, daß rund 5000 qkm Taiga zerstört sind. Die Ursache? Immer das gleiche. Selbstentzündung oder irgendwo ein Idiot von Jäger, der seine Papyrossa wegwirft, ohne sie auszutreten. Wer kann das jemals nachprüfen? Nennenswerter Schaden ist jedenfalls nicht entstanden.«

5000 qkm Taiga . . . was ist das schon? Man hat genug davon. Kein nennenswerter Schaden. Wie treffend. Was war ein Igor Fillipowitsch Putkin schon wert?
Laßt es brennen, Genossen. Alles auf Erden beruhigt sich einmal, auch das Feuer. In ein paar Jahren wachsen aus der Asche schon wieder Millionen neuer Fichten, Kiefern und Birken. Dieses Land, unser Sibirien, lebt ewig –

Nach der ersten Nacht im Wasser hatte Andreas allerhand zu tun. Der Wind trieb immer dichtere Funkenwolken über den Fluß zum anderen brennenden Ufer und überschüttete damit auch das zwischen den Steinen festgeklemmte und angeseilte Flugzeug.
»Es wird explodieren!« schrie er Katja ins Ohr. »Die Benzintanks sind voll! Wir werden in die Luft fliegen!« Er gab der Susskaja das Kinderbündel und kletterte durch die Steinhaufen und die Strömung zu dem schaukelnden Flugzeug. Dort zog er sein zerfetztes Hemd aus, stemmte sich an dem Gestänge der Schwimmer hoch und hängte das nasse Hemd über den Motor. Es war ein erbärmlicher Schutz, er sah das ein, zog deshalb auch noch seine Hose aus und begann damit, als sei sie eine große Fliegenklatsche, die Funken wegzuschlagen, die der Wind herüberblies. Immer und immer wieder klatschte die nasse Hose auf das Flugzeug. Andreas stand nackt auf einem der hölzernen Schwimmer, sprang ab und zu zurück ins Wasser, um sich abzukühlen, und nahm dann erneut den Kampf gegen die Funken wieder auf.
Bis zur totalen Erschöpfung schlug er mit der nassen Hose um sich, lehnte sich dann mit keuchendem, pfeifendem Atem an die Maschine und kapitulierte vor dem Feuer und dem Wind. Er blickte mit traurigen Augen hinüber zu Katja und seinem Kind und nickte ihnen zu.
Es ist soweit, Katjenka. Wir haben den Kampf verloren. Die Taiga ist stärker. Hat sie nicht selbst einen Putkin umgebracht? Was sind wir gegen Igor Fillipowitsch? Du kannst nicht beten . . . du willst nicht beten . . . Katja, tu es jetzt um unseres Kindes willen. Tu es . . . Bete . . . In einer Feuerwolke werden wir untergehen. Das Flugzeug ist randvoll mit Benzin . . . und hinten liegen die Kanister . . . Katja, ich habe keine Kraft mehr, auch nur einen Funken noch auszuschlagen . . . Ich habe keine Kraft mehr . . .
Doch dann ließ der Wind allmählich nach, die Funkenwolken erreichten nicht mehr die Insel und das Flugzeug, sie staubten glühend in den Fluß und trieben als Aschenflecken stromabwärts. Andreas zog seine Hose wieder an, riß das Hemd vom Motor, ließ es noch einmal mit Wasser vollsaugen und warf es wieder über die Maschine.

Die Susskaja hörte nicht, wie er zurückkam. Sie stand im Wasser, festgeklemmt in einer Steinspalte – nur so konnte sie nicht umfallen –, hielt mit beiden Armen Amalja auf dem Felsen und hatte die Augen geschlossen. Sie schlief im Stehen. Andreas nahm ihr das Kind ab, ihre Arme fielen vom Felsen, klatschten an ihren Körper zurück, aber sie merkte auch das nicht. Sie schlief weiter, von der Erschöpfung in eine Art Ohnmacht versenkt.

Amalja war ruhig. Sie hatte sich ausgeschrien. Den ganzen Tag hatte ihr helles Schreien auf Andreas eingehackt, hatte ihn mit jedem Ton aufgespalten.

»Sie hat Hunger«, sagte Katja. »Sie muß etwas haben . . .«

»Ich werde versuchen, einen Fisch zu fangen«, keuchte Andreas. »Kann man mit den bloßen Händen einen Fisch fangen? Igor Fillipowitsch konnte es, er konnte einfach alles. Ich will es auch versuchen . . .«

»Fisch! Sie kann doch keinen rohen Fisch essen! Willst du sie umbringen?« Die Susskaja riß ihre Bluse auf und wickelte Amaljas Köpfchen aus den nassen Decken. Ihr Gesichtchen war nur Mund, ihr Leben nur ein einziger Schrei. »Mein armes Vögelchen«, sagte Katja leise und drängte den schreienden Kopf an ihre Brust. »Trink, mein Liebling, trink. Deine Mamuschka ist doch da . . . sie ist immer da, mein Schwänchen, immer . . . sie wird immer für dich da sein . . . trink, mein Liebling . . .«

Amalja preßte die Lippen auf Katjas volle Brust. Und dann trank sie, als sei sie ein Schwamm, schmatzte und sog, und die kleinen Fäustchen ballten sich und öffneten sich, die Fingerchen griffen zu der anderen Brust und krallten sich in sie fest, und während den winzigen Körper noch das Schluchzen schüttelte, war es, als quelle das Kind auf wie eine Trockenfrucht, die man ins Wasser legt.

Die Brandung an den Steinen schäumte über Katja und Amalja hinweg, aber jetzt gab es den Fluß nicht, nicht die Strömung, nicht den flammenden Wald und über ihnen die heißen, roten Wolken. Sie waren ganz allein mit sich, eingebettet in ein stilles, gemeinsames Glück. Eine Mutter und ihr Kind . . . was war gegen sie die Taiga? Ein Wald, ein Stück Land, nichts Nennenswertes –

Fünfmal am Tage wiederholte sich das: Katja stillte mitten im Fluß ihr Kind. Fünfzehnmal in diesen drei Tagen stand sie mit bloßen Brüsten in der Strömung, schob sich an den Steinen empor, die Zehen in irgendwelche Ritzen verkrallt, und Andreas stützte sie von unten. Manchmal saß sie auf seinen vor dem Leib gekreuzten Armen und stemmte die Füße gegen die Felsen, und er biß sich die Lippen blutig vor Erschöpfung. Ich kann dich nicht mehr halten, Katja! Ich kann

nicht mehr ... meine Arme werden lahm ... Katja. Ich kann nicht mehr!
Er konnte. Er mußte es können ... denn anders konnte Amalja nicht trinken, Katja mußte mit den Brüsten aus dem Wasser heraus, aber die flachste Stelle, an der sie standen, ließ immer noch den Fluß bis unter ihre Achseln spülen. Und wenn eine größere Welle kam, überrauschte sie auch immer ihre Köpfe.
Drei Tage und zwei Nächte standen sie im Fluß.
Ihre Körper waren keine Körper mehr, ihre Gedanken verwirrten sich, manchmal lachten sie sich an, wenn die Wellen sie überspülten, ein Lachen voller Irrsinn, oder sie preßten sich nebeneinander an den Felsen, hielten Amalja weiter über das Wasser und keuchten so sinnlose Dinge wie: »Erinnerst du dich, wie Nadeshna den Hasenrücken mit Salbei briet? Ich rieche ihn, Katjenka ...« Und sie antwortete ebenso voll irrer Fröhlichkeit: »Und die Blinis aus Gänseeiern, gefüllt mit gebratenem Fisch. O ja, sie konnte kochen, unsere Nadeshna Iwanowna ...«
Drei Tage und zwei Nächte in einem Fluß. Und sie lebten weiter.
Wer sagt da, es gäbe keine Wunder mehr?

Am Abend des dritten Tages war das Feuer weitergezogen. Die Taiga um sie herum stand wie eine Mauer aus schwarzen Gerippen, himmelragende, angekohlte Stämme, nur noch Pfähle, zweiglos und kahl ... aber sie standen. Das rasende Feuer hatte sie nicht fällen können, sie starben aufrecht und lebten doch weiter, denn in ihrem Inneren floß der Saft weiter, und die Wurzeln staken unversehrt in der ewigen russischen Erde.
Man frage nicht, wie Katja und Andreas, die kleine, schreiende Amalja über ihre Köpfe haltend, zurück an Land kamen ... sie wußten es selber nicht. Sie durchschwammen noch einmal die Hälfte des Flusses und krochen dann die flache Uferböschung hinauf, legten sich nahe bei Putkins verkohltem und zusammengebrochenem Wunderwerk von Goldwaschmaschine auf die Erde und überließen sich der Sonne und der unbegreiflichen Erkenntnis: Wir leben! Wir liegen auf einem festen Boden. Wir atmen brandgeschwängerte Luft – aber es ist Luft, die kühl ist gegen den Glutatem des Brandes. Wir liegen auf dem Rükken auf einer mit Asche überzogenen Erde, und der erste Vogel zieht über uns hinweg ... eine Wildgans, den Fluß hinaufschwebend mit peitschenden Flügelschlägen.
Die Welt ist neu erschaffen worden.
Sie lagen ein paar Minuten schwer atmend in der noch warmen Asche, hörten auf das leise Prasseln und Knacken noch kleinerer Brände und

ausglühender junger Bäume und tasteten dann zur Seite, suchten ihre Hände, hielten einander fest und sahen sich mit einem matten Lächeln an.
»Wir müssen etwas essen«, sagte die Susskaja schwach. Sie zog Amalja zu sich heran. Das Kind schlief, vom Schreien total erschöpft. »Andrej, wir müssen etwas essen. Wo haben wir hier zu essen?«
»Im Flugzeug. Ein paar Konserven.«
Sie hoben die Köpfe und starrten hinüber zu der zwischen den Inselfelsen schaukelnden Maschine. Sie schien ihnen jetzt so weit, so unendlich fern. Der Fluß vor ihnen wurde riesig, dehnte sich von Ufer zu Ufer wie die gewaltige Lena. Unmöglich, ihn noch einmal zu durchschwimmen. Unmöglich, an das Flugzeug heranzukommen.
»Ich habe keine Beine mehr«, sagte Andreas. Sein Kopf fiel in die Asche zurück. »Keine Arme, keinen Rumpf, ich bin nichts mehr.«
»Wir werden mit einem spitzen langen Ast einen Fisch stechen. Einen großen Fisch, Andrej.« Sie streichelte seine aufgequollene Hand. »Braten werden wir ihn. Ein herrlicher Fisch wird es sein. An einem Stecken braten. Was wir genug haben, ist Feuer . . .«
»Ich werde mich nie mehr bewegen können.« Andreas lag in der warmen Asche und blickte Katja mit tief eingesunkenen Augen an. Flacher und elender konnte kein angeschwemmtes Brett sein als er. »In einer Stunde bin ich weg, Katjenka . . . von der Sonne aufgesaugt wie eine Qualle –«
Das Reden hatte sie erneut erschöpft. Sie schwiegen, hielten sich noch an der Hand fest, schlossen die Augen, lauschten auf den Flügelschlag der einsamen Wildgans und auf das ruhige, von kleinen Schluchzern unterbrochene Atmen des Kindes.
»Du mußt hinüber zum Flugzeug, Andrej –« sagte die Susskaja nach langer, langer Zeit. »Du mußt!«
»Ich weiß, Katjuschka. Vier Büchsen mit Bohnen, eine Büchse Gulasch und zwei Büchsen mit Sauerkraut.«
»Das sind vierzehn Tage Leben, Andrej. In vierzehn Tagen sind wir wieder Menschen –«
»In vierzehn Tagen liegen wir in einem sauberen weißen Bett in einem Krankenhaus, und Amalja bekommt Möhrensaft und Grießmilch und Vitamine . . .«
»Du phantasierst, Andrej . . .«
»Wir werden Hühnerfrikassee essen und gebratene Leber und herrlichen Rosolnik.«
»Und ein Radio wird neben uns Tschaikowskij spielen . . .«
»Vielleicht. Vielleicht auch Beethoven oder Schubert. Ein Klavierkonzert von Chopin . . .«

»Du bist verrückt, Andrej. Wir liegen in der Asche einer verbrannten Welt ...«

»Nur heute noch.« Andreas hob den Kopf. Er hatte Mühe, sich auf die Seite zu wälzen und Katja Alexandrowna mit seinen aufgequollenen Lippen zu küssen. Sie umfaßte seinen Nacken und zog seinen Kopf auf ihre Brüste. »Nur noch heute, Katjuschka. Morgen versuche ich zu fliegen –«

So blieben sie liegen, Andreas' Kopf zwischen Katjas Brüsten, bis sich Amalja mit piepsenden Lauten meldete. Und welch ein neues Wunder: Da hatten sie wieder die Kraft, sich aufzusetzen, wickelten das Kind aus der Decke und waren selig vor Glück über den kleinen, nackten, strampelnden Körper.

Noch vor Einbruch der Dunkelheit ging Andreas hinunter zum Fluß und schwamm hinüber zum Flugzeug. Als er sich in das Wasser warf, wußte er nicht, ob er es jemals erreichen würde. Und er blickte sich auch nicht mehr um, weil er ahnte, daß er dann nie in den Fluß springen würde. So warf er sich mit einer geradezu wütenden Verzweiflung in die Strömung, und die plötzliche Kälte des Wassers tötete seinen schrecklichen Gedanken: Das ist der endgültige Abschied! Ich werde Katja und Amalja nicht wiedersehen ...

Später hockte er triefnaß in dem Kunstledersitz des Cockpits, die Sonne brannte mit letzter Kraft rotgold und schräg genau durch die Fenster, ehe sie in dem schwarzen Gewirr der Baumgerippe versank und die verbrannte Taiga in ein so rätselhaftes Rot tauchte, als ströme Blut aus den verkohlten Stämmen.

Uhren ... Zeiger ... Meßinstrumente ... Hebel ... Knöpfe ... Schalter ... ein ovales, oben offenes Steuerrad ... Pedale ... vor dem Fenster der Motor und der geschwungene Propeller ... darüber, jetzt knochentrocken, das zerfetzte Hemd ... Andreas' Kopf begann zu summen und zu brummen, vor seinen Augen hob und senkte sich der Fluß, als rausche er über große Buckel, und die Strömung, von der sinkenden Sonne violett beleuchtet, schien auf ihn zuzugurgeln und ihn mitsamt dem Flugzeug in die Höhe zu drücken.

Wie hat es Igor Fillipowitsch erklärt? dachte er angestrengt. Man startet das Ding wie ein Auto, läßt den Motor warmlaufen, auf Touren kommen, schiebt dann ganz langsam an diesem Hebel, und irgendwo reagiert dann etwas, das dem Flugzeug den Befehl gibt: Fahr geradeaus. Dann mehr Gas geben, auf den Drehzahlmesser achten, den Steuerknüppel langsam anziehen und dabei auf den Horizontkreisel sehen, daß das Flugzeug in waagerechter Lage bleibt ... und steigen ... steigen ... immer über dem Fluß, bis man die richtige Höhe erreicht hat, um über den Bäumen zu schweben ...

So einfach ist das ... so verdammt höllisch einfach – wenn man es kann. Aber wenn man dasitzt, ohne ein einziges Instrument zu kennen, wenn man nur den Willen hat: Du mußt hier weg, du mußt es wagen, in die Luft zu kommen, ganz gleich wie, und du mußt auch wieder herunterkommen, jenseits dieses verfluchten Waldes, wieder auf einem Fluß oder auf einem See, und du mußt sanft aufsetzen, ganz sanft, denn du hast deine Frau und dein Kind hinter dir ... dann ist dieses Gewirr von Uhren und Schaltern ein Labyrinth, aus dem man nie wieder herauskommt. Nur eines hilft: Der Mut der Verzweiflung.

Andreas kletterte aus dem Cockpit, nahm sein Hemd vom Motor und streifte es sich über. Drüben am Ufer stand Katja und hielt die kleine satte Amalja hoch in das Abendrot.

»Wie sieht es aus, Andrej?« rief sie hinüber.

»Sehr gut.« Es fiel ihm nicht schwer, jetzt zu lügen. »Morgen früh starten wir. Alles ist in Ordnung. Paß einmal auf!«

Er kehrte in das Cockpit zurück, drehte den Anlaßschalter und ließ den Motor aufbrummen. Träge drehte sich der Propeller, dann schneller, immer schneller, bis man ihn nicht mehr sah, sondern nur einen schattenhaften, donnernden Kreis. Andreas lachte und gab sich Mühe, wirklich fröhlich auszusehen, und Katja Alexandrowna winkte vom Ufer zurück, und ihre langen schwarzen Haare wehten über das Kind.

Andreas stellte den Motor ab, der Propeller kreiselte aus, und die Angst kam wieder mit der plötzlichen Stille: Wird es gelingen? Ist es nicht ein Wahnsinn, fliegen zu wollen, ohne fliegen zu können?

Er blieb vor dem Gewirr der Instrumente hocken und stierte in den strudelnden Fluß. Sollten sie im verbrannten Wald verhungern? Oder weiterziehen wie damals vor einem Jahr ins Unbekannte hinein, Amalja auf den Rücken geschnallt, Werst um Werst zuerst durch die tote Taiga, dann vielleicht wieder durch einen unberührten Wald? Ein neuer Winter, ohne Hütte, ohne Pelze, ohne Waffen, ein halbes Jahr klirrender Frost mit einem Säugling, dessen einzige Wärme nur die Körper von Vater und Mutter sind ... konnte man das überleben?

Wie einfach ist dagegen so ein Flugzeug. Man steigt auf, und entweder bleibt es oben oder es fällt herunter ... dieser Tod ist schnell und gnädig gegen das erbärmliche langsame Sterben in der Taiga ...

Vom Wald hatte die Susskaja verkohltes Holz geholt, das noch an den Enden glühte. Ein paar kräftige Atemstöße, und es brannte wieder lichterloh, rauchlos, ein richtiges Holzkohlenfeuer. Andreas hatte in einem kleinen Sack vier Büchsen vom Flugzeug herübergebracht. Mit einem spitzen Stein schlug er die Deckel auf, denn auch alles Werkzeug war in Putkins Haus und an der Goldwaschmaschine verbrannt. Die offenen Büchsen stellten sie in das Feuer, und als der Geruch des Gulaschs und der Bohnen den Brandgeruch um sie herum durchdrang, war es für sie der höchste Feiertag ihres bisherigen Lebens. Sie aßen langsam, mit einem Genuß und einer fast exaltierten Eßkultur, als säßen sie im seidenbespannten Maxim in Paris und zwei ebenso vornehme Kellner im Frack reichten ihnen die einzelnen Gänge an. Neben ihnen schlief Amalja in ihrer getrockneten Decke mit zusammengekniffenen Augen und zitternden Lippen.

»Noch etwas Gulasch, gospodin?« fragte die Susskaja. Mit einem flachen Holzstück hielt sie ein paar Fleischstückchen hoch. Sie hatten auch keine Löffel, Gabeln oder Messer mehr ... sie tafelten mit Astgabeln und platten länglichen Steinen.

»Sehr gern. Nehmen gnädige Frau noch etwas Gemüse?«

Dann lachten sie laut, fielen sich in die Arme und küßten sich.

Eine verzweifelte Fröhlichkeit am Vorabend der letzten Entscheidung.

In der Nacht wachte die Susskaja auf und sah sich um. Andreas lag nicht mehr neben ihr. Er stand am Ufer, die Hände in den Hosentaschen vergraben, und sah über den Fluß. Gegenüber, auf der anderen Seite, glomm noch die Glut an den Bäumen. In der Ferne war der Nachthimmel gerötet ... dort fraß sich das Feuer weiter durch die Taiga.

Sie stand auf, ging zu ihm und umarmte ihn von hinten. Er fühlte sich kalt an, als habe er auf Eis gelegen, und er schauderte zusammen, als Katjas warme Zärtlichkeit in ihn überfloß.

»Wir müssen es wagen –« sagte sie leise. Sie wußte genau, was er dachte.

»Es gibt wirklich nur diesen einen Weg.« Seine Stimme klang ebenfalls wie vereist. »Katjuschka, wir werden es nicht schaffen ...«

»Ich habe in Moskau, als ich noch Assistenzärztin war, einen amerikanischen Botschaftsrat gekannt«, sagte sie und streichelte seinen Nacken. »Er gab mir heimlich amerikanische Zeitungen zu lesen, und einmal stand darin – bei uns verschweigen sie das ja –, daß aus der Tschechoslowakei zwei Männer, zwei Frauen und vier Kinder mit einem Sportflugzeug nach Westdeutschland geflohen sind, obgleich keiner von ihnen jemals in einem Flugzeug gesessen hat. Und trotzdem gelang es ihnen. Auf einer Wiese in Bayern landeten sie, das Flugzeug zerbrach, aber sie kamen unverletzt heraus. Warum soll es dir nicht auch gelingen, Andrejuscha?«

Er schwieg, nahm ihre Hände und küßte sie.

»Ich habe Angst –« sagte er stockend. »Um euch Angst. Katja, ich bin kein Held. Ich war nie ein Held. Ich bin ein ganz normaler, kleiner, ängstlicher Mensch.«

»Und hast doch die Taiga besiegt –«

»Was blieb mir anderes übrig?«

»Was bleibt dir morgen anderes übrig, Andrej?«

Er nickte und wandte sich ab vom Ufer. »Ich werde immer den Fluß entlangfliegen«, sagte er. »Immer in der Mitte. Wenn wir abstürzen, dann haben wir noch eine winzige Chance. Der Fluß fließt nach Süden – und dort werden Menschen sein.«

Sie lächelte zustimmend und versuchte, ihm damit Mut zu geben. Wie einfach wäre das alles gewesen, wenn sie gewußt hätten, daß dieser Fluß Tjung hieß und im Süden in den Wiljuj mündete. Und genau an der Mündung lag die Stadt Wiljuisk mit ihren großen Sägewerken, der Zentrale der nordsibirischen Geologen, einer Forschungsstelle für die Erschließung der Taiga, einem Materiallager für die Außenstellen der Versuchsbohrungen. Ein kleines Theater gab es da, einen Heiratspalast, ein Parteihaus, eine kleine Kongreßhalle, Schulen, ein Strandbad am Strom, ein Stadion für alle Sportarten, eine Tanzschule und ein Krankenhaus.

Sechshundert Werst den Tjung hinunter. Was sind sechshundert Werst in der Taiga? Man spricht nicht darüber. In Sibirien redet man nicht über Entfernungen.

»Du mußt schlafen, Andrejenka –« sagte die Susskaja zärtlich. »Ein müder Flieger ist schrecklicher als ein müder Liebhaber.«

Sie führte ihn zum Feuer zurück, er legte sich auf die aschebedeckte Erde, schloß die Augen und schlief ein unter dem beruhigenden und mütterlichen Streicheln ihrer Hände.

36

Beim Morgengrauen war er wieder wach. Er blies das Feuer an, holte in einer leeren Konservendose Wasser aus dem Fluß, machte es heiß und weckte dann Katja Alexandrowna. Sie tranken das heiße Wasser – der Russe nennt es Kipjatok –, aßen den Rest der kalten Bohnen und des Gulaschs, Katja gab Amalja noch einmal die Brust, und Andreas löschte unterdessen das Feuer mit mehreren Büchsen Wasser.

»Das letzte Mal durch den Fluß«, sagte er. Sie standen am Ufer und blickten zu dem Flugzeug. Die Morgensonne blinkte auf dem roten Stern am Leitwerk und blitzte in den Scheiben des Cockpits. Ich hätte die Maschine gestern abend ans Ufer ziehen müssen, dann wäre das Einsteigen jetzt leichter, dachte Andreas. Aber wieviel Kraft hatte ich gestern noch?

Er zuckte zusammen. Neben ihm war Katja in den Fluß gestiegen. Sie hielt Amalja über ihren Kopf, ging weiter, das Wasser erreichte ihre Schultern, dann verlor sie den Grund und schwamm.

»Gib mir das Kind!« rief Andreas. »Katja! Du kannst es nicht mehr halten!« Er sprang mit einem weiten Satz hinterher, tauchte eine lange Strecke, kam prustend neben ihr hoch, nahm ihr Amalja ab und schwamm mit kräftigen Beinschlägen zur Insel. Sie waren so weit oberhalb in den Fluß gegangen, daß die Strömung sie genau auf die Steine zutrieb. Katja Alexandrowna erreichte als erste das Flugzeug, kletterte an einem der Schwimmer hoch und nahm Amalja an, die Andreas ihr entgegenhielt. Dann stiegen sie in das Flugzeug, ließen sich auf die Sitze fallen und sahen sich schweratmend an. Die Morgensonne überstrahlte den verbrannten Wald. Die schwarzen Gerippe der Bäume begannen geheimnisvoll zu leuchten.

»Du mußt noch mal hinaus, Katja –« sagte Andreas heiser. »Die Leine losknoten.«

Sie nickte, kletterte zurück auf den Schwimmer, löste den Mehrfachknoten, den Putkin geschlungen hatte – eine schwere Arbeit, bei der sie sich die Handflächen aufschabte –, aber dann war auch das geschafft. Das Flugzeug schaukelte träge im Fluß und begann abzutreiben. Andreas wartete, bis Katja wieder hinter ihm saß und Amalja, die zu schreien begann, auf ihrem Schoß wiegte.

»Ich starte –« sagte er kaum hörbar. »Wenn es schiefgeht, Katja –«
»Man muß nicht daran denken, Andrej –«
Sie wiegte das Kind, sang mit leiser, warmer Stimme ein altes russisches Wiegenlied und streichelte dem Kind das schwarzhaarige Köpfchen.
Der Motor brüllte auf, die Propellerflügel drehten sich, zaghaft drückte Andreas den Hebel, den Putkin ihm bezeichnet hatte. Und wirklich ... das Flugzeug glitt vorwärts, verließ das Gewirr der Steine, die hölzernen Schwimmer schabten ein paarmal hart über die Felsen, aber sie zerbrachen nicht. Dann schwammen sie im freien Wasser, und Andreas wußte, daß er jetzt mehr Gas geben und in die Luft steigen mußte.
Was muß ich jetzt tun, dachte er. Mein Gott, welcher Hebel, welches Pedal, welches Kontrollinstrument ist jetzt maßgebend? Worauf muß ich achten? Diese Uhren und Zeiger, dieses Ticken überall, dieses Pendeln von Richtungsmessern, diese in der Sonne wie höhnisch blinkenden Hebel und Schalter. Was muß ich zuerst tun? Was?
Er schob den Gashebel nach vorn, der Motor heulte auf, der Propeller raste im Kreis. Das Flugzeug glitt über den Fluß und hoppelte über die Wellen, die Ufer mit dem toten Wald rasten an ihnen vorbei ... die Biegung des Flusses, man muß nach rechts in eine Kurve ... wie geht das, wo muß man drücken ... kann man das mit den Pedalen, läßt sich der Steuerknüppel nach rechts bewegen ... Gott im Himmel, wir rasen auf das Ufer zu, wir werden gegen das Ufer prallen und explodieren.
Katja! Katja!
Er biß die Zähne zusammen, gab noch mehr Gas und zog den Steuerknüppel an sich. Mit einem Ruck reagierte die Maschine, sie wurden in die Sitze gedrückt, das Flugzeug zog steil hinauf in den Himmel, das unendliche Blau der Sonne darin kam auf sie zu, es gab keinen Fluß mehr, nicht mehr die verkohlten Gerippe der Taiga ... es gab nur noch das strahlende, wolkenlose Blau, in das sie hineinstießen, als wollten sie in der Unendlichkeit untergehen.
»Wir fliegen!« schrie hinter ihm Katja. Sie beugte sich vor und trommelte mit den Fäusten auf seinen Rücken. »Andrej! Wir fliegen! Wir sind in der Luft. Andrej, mein Held, mein Engel ... wir fliegen –«
Schweißüberströmt starrte Andreas auf den Horizontkreisel, den Querneigungszeiger und den Höhenmesser. Er begriff es nicht ... der Zeiger pendelte über die Skala, 50 Meter ... 70 Meter ... 100 Meter ... und er stürzte nicht ab, er neigte sich nicht zur Seite und fiel herunter wie ein Stein. Er flog in den blauen Himmel hinein und ließ die Erde unter sich ...

Vorsichtig brachte Andreas das Flugzeug in die Waagerechte. Die Instrumente gehorchten ebenso wie alle Steuerungen: Der Himmel war wieder oben, unten schimmerte wie ein silbernes Band der Fluß, und so weit er jetzt sehen konnte, dehnte sich das tote, verbrannte, verkohlte, schwarze Land. Ein Wald aus leeren Stangen, zwischen denen es noch immer glühte, Rauchschwaden aufqollen oder kleine Flächenfeuer loderten.
Er hielt den Steuerknüppel ganz fest, korrigierte mit den Pedalen und einem leichten Druck an der Steuersäule die Richtung, flog nun mitten über dem Fluß und wagte nicht, seine Augen auszuputzen, in denen der Schweiß brannte.
»Es ist unbegreiflich, Katja –« stammelte er. »Es ist unbegreiflich ... wir bleiben oben ...«
»Du bist ein Genie, mein Liebling.« Die Susskaja lachte. Sie wischte ihm das Gesicht mit ihrer Bluse, küßte seinen Nacken und blickte dann hinunter auf das unter ihnen wegziehende verbrannte Land. Die Schönheit des Flusses inmitten dieser toten Natur war atemberaubend. Unter ihnen strich ein Schwarm Krickenten den Strom hinauf und suchte sich einen neuen Platz. Weit in der Ferne links und rechts von ihnen brannte noch immer die Taiga, aber vor ihnen lag schon wie eine grüne Mauer der unberührte Wald, ein dunkler Streifen am flimmernden Horizont.
Freiheit! Freiheit! Leben!
Die Susskaja beugte sich wieder vor. »Siehst du es auch?« fragte sie.
»Ja. Wir fliegen aus der Hölle hinaus.«
»Laß uns jetzt an Putkin denken.« Sie legte den Kopf gegen seine Schulter. »Warum durfte Igor Fillipowitsch diese Stunde nicht erleben? Es gibt keine Gerechtigkeit, nirgendwo gibt es sie ... auch in deinem Himmel nicht! Wie sollen da die Menschen gerecht sein? Putkin war ein Scheusal ... aber er war trotzdem menschlicher und ehrlicher als viele andere Menschen.«
Sie dachten an Putkin. Mit jedem Blick über den schimmernden Fluß und das verkohlte Land, mit all ihrer Hoffnung auf die in der Ferne auftauchende grüne, kraftstrotzende Taiga gedachten sie Igor Fillipowitschs. Der Strom dort unten hatte ihn irgendwohin getragen, in einer Bucht abgeladen, an ein seichtes Ufer geschwemmt. Sein geliebtes Sibirien hatte ihn aufgenommen.
»Ich bin so glücklich«, sagte Katja Alexandrowna. »Versprich mir, daß wir in Rußland bleiben. Versprich es mir. Andrej, liebst du mich?«
Er starrte in die Ferne. Die grüne Taiga kam näher und näher und damit das neue Leben.
»Das weißt du doch, Katja –« sagte er laut.

»Wenn du mich liebst, mußt du auch Rußland lieben! Ich bin Rußland, Andrejenka. Ich und dein Kind Amalja –«
Er nickte und beobachtete den Fluß. In Rußland bleiben, dachte er. Kann ich das? Bin ich ein Mensch, der hier leben könnte?
Er korrigierte die Flugzeuglage und blickte wieder über das unendliche Land.
Zuerst müssen wir wieder auf die Erde, dachte er. Im Himmel ist es leicht, Fragen zu stellen. Wir müssen hinunter, wieder auf diesem Fluß landen. Das ist eine größere Frage als die, ob ich in Rußland bleibe. Ob Katja und Amalja wirklich Rußland sind.
Denn: Wie landet man?

Sie hatten noch immer den Fluß unter sich, die einzige Orientierungsmöglichkeit. Einmal erkannten sie Hütten, einen aus der Taiga geschlagenen Platz mit einer Ansammlung von Pferdewagen, Lastautos und Traktoren. Menschen starrten zu ihnen herauf, der Sonnenglanz lag auf ihren Gesichtern. Winzige Flecke wie glitzernde Körper. Die Faktorei Jakuttorg. Die Sammelstelle für die Pelzjäger. Das Warenhaus der Jakuten in der Taiga.
»Willst du hier landen?« fragte Katja Alexandrowna.
Andreas gab keine Antwort. Er hatte einfach Angst, jetzt die Maschine herunterzudrücken und es dem Zufall zu überlassen, ob sie wirklich auf den Schwimmern aufkam. Er zog wieder hoch und setzte sich über die Mitte des Flusses. Einmal ist dieses Spiel zu Ende, dachte er dabei. Spätestens, wenn das Benzin verbraucht ist.
Er suchte die Benzinuhr. Sie zeigte noch einen halbvollen Tank an, es war ein sparsames Flugzeug. Eine Galgenfrist von zwei Stunden vielleicht . . . dann gab es kein Ausweichen mehr, keine Flucht in die Feigheit . . .
Und plötzlich sahen sie die Stadt. Der Fluß unter ihnen wurde breit und träge, und wie ein stählernes Band leuchtete in der Ferne quer zu ihnen ein großer Strom. Jenseits der Mündung ihres Flusses breitete sich das Häusergewirr aus, schnurgerade Straßen, Gärten und Parks, steinerne hohe Bauten und flache hölzerne Bauernkaten, Fabrikschornsteine, Lichtmasten und die hohen Elektrizitätspfeiler aus Stahl, Werkhallen und, den großen Strom entlang, saubere sandige Ufer, Felder, der Taiga in den Leib geschlagen, aufgerissene Erde, wo neue Straßen sich in die grüne Unermeßlichkeit fraßen.
Kopf an Kopf starrten Andreas und Katja Alexandrowna auf dieses Zauberbild in der Ferne. Amalja lag hinter ihnen und schlief.
»Das ist der Wiljuj . . .« sagte die Susskaja leise. »Andrej, der Wiljuj. Und die Stadt ist Wiljuisk . . . ich kenne sie . . . ich war ein paarmal

dort . . . Andrejuscha, wir leben . . . wir leben . . . wir leben weiter . . .«
Die letzten Minuten.
Andreas drückte den Steuerknüppel vorsichtig zur Seite. Das Flugzeug machte eine sanfte Kurve und zog einen Bogen über dem Fluß. In Wiljuisk tickten bereits die Telegrafen, klingelten die Telefone, wurde nach Irkutsk und Jakutsk gemeldet, daß ein Flugzeug der sowjetischen Luftwaffe, ein Aufklärer, von Norden herankam und sich reichlich merkwürdig benahm.
»Er schwankt wie ein Betrunkener!« berichtete der sowjetische Oberst, bei dem alle Meldungen zusammenliefen. »Über der Faktorei hat er fast einen Looping geschlagen. Der Kerl, der da am Knüppel sitzt, muß bis zum Hals voll Wodka sein. Außerdem hat er Schwimmer am Gestänge, die unmöglich zur Standardausrüstung dieses Typs gehören können. Das sind unförmige Wannen, so etwas habe ich noch nie gesehen. Wie sollen wir uns verhalten? Sollen wir die Maschine zur Landung zwingen oder unter Feuer nehmen?« Er las die neuen Meldungen durch, die man ihm auf Zetteln hinschob. »Er kreist jetzt über dem Zusammenfluß von Tjung und Wiljuj und zieht tiefer. Anscheinend will er landen. Ich schicke Boote auf den Fluß. Wenn wir den Kerl haben, melde ich mich wieder. Ende!«
»Sie haben uns gesehen!« sagte Andreas und zeigte nach unten. Auf dem großen Fluß flitzten drei Schnellboote aus einem kleinen Hafen und zogen weiße Schaumstreifen hinter sich her. Von einer Anlegestelle kamen zwei andere Motorboote und fuhren in den Tjung hinein.
»Jetzt muß ich hinunter.«
Die Susskaja nickte stumm. Ihr Gesicht war fahl geworden, die großen, schwarzen Augen starrten auf die breite, glitzernde Wasserfläche. Sie begriff, was Andreas unter »muß« verstand: Jetzt waren sie dem Tode nahe wie nie zuvor.
»Es wird gelingen, Andrejuscha –« sagte sie und strich über sein schweißverklebtes Haar. »Ich glaube daran.«
»Küß mich noch einmal, Katja –«
Er drehte sich um, und sie umarmten sich und küßten sich lange und mit einer verzweifelten Innigkeit. Dann riß er sich mit einem wilden Ruck los und umklammerte wieder den Steuerknüppel.
»Jetzt!« schrie er hell. »Jetzt, Katja!«
Er drückte die Maschine nach unten. Die glitzernde Wasserfläche raste auf sie zu, es war, als fielen sie in einen Kessel mit geschmolzenem Silber.
Gas weg, Gas weg, schrie sich Andreas zu. Die Landeklappen betätigen. Mein Gott, wo muß man die Landeklappen betätigen? Wie hat

Putkin das erklärt? Muß man sie nach unten oder nach oben stellen? Wie bremst man den Flug ab, ohne durchzusacken und hinunterzufallen wie ein Stein? Und das Wasser kommt näher, wächst zu einer silbernen Brühe . . . Katja, wir werden in diesen schillernden Kessel eintauchen . . . Katja –

Der Propeller drehte sich langsamer, das Flugzeug schwebte über der Flußmitte, ein Boot raste unter ihnen vorbei, so greifbar nahe, daß Andreas glaubte, er stürze hinein, und auch die Männer in dem Boot dachten es und warfen sich flach hin . . . dann war der Fluß da, klatschend und rumpelnd setzten die großen hölzernen Schwimmer auf dem Wasser auf, und im selben Augenblick drehte Andreas den Zündschlüssel herum und stellte den Motor ab.

Noch einmal krachten die Schwimmer auf den Fluß, das Flugzeug sprang über das Wasser wie ein flach geschleuderter Stein . . . sechsmal, siebenmal . . . ehe es sich beruhigte, der rechte Schwimmer abbrach, sich die Maschine auf die linke Seite legte und mit dem Flügel abstützte.

Mit heulenden Sirenen rasten die Schnellboote heran und kreisten das Flugzeug ein. Froschmänner sprangen in den Fluß, schwammen zu dem treibenden Wrack und kletterten an dem Gestänge hinauf.

Im Cockpit lagen eine Frau und ein Mann. Sie waren beim Aufprall übereinandergefallen und hatten sich die Köpfe aufgeschlagen. In der Ohnmacht noch umklammerten sie sich, und diese Umklammerung war so fest, daß man sie nur mit Gewalt voneinander trennen konnte.

Hinter ihnen aber lag, in einer dreckigen Decke, ein winziges, schwarzhaariges Kind. Und es lachte die Männer in den schwarzen Gummianzügen an, bewegte die kleinen Ärmchen und krähte vergnügt. Es lachte auch weiter, als man es als erstes vorsichtig in das Boot hinüberhob und unter Deck trug. Es war ein freundliches, hübsches Kind mit großen, blauen Augen, und der Kommandant nahm es selbst auf den Arm und lachte mit ihm und war so närrisch vor Freude wie alle Russen, die ein Kind herumtragen.

»Aufklärer gelandet –« sagte der Oberst in der Zentrale in die beiden Telefone nach Irkutsk und Jakutsk. »Keine militärische Besatzung. Eine Frau, ein Mann und ein Säugling. Sie werden ins Krankenhaus gebracht. Die Untersuchungen beginnen morgen. Ende.«

Was hatte Andrej gestern noch gesagt? Wir werden in einem weißbezogenen Bett liegen, und man wird uns füttern mit Hühnerfrikassee, gebratener Leber und herrlichem Rosolnik . . . Und Katja Alexandrowna hatte gesagt: Und am Bett wird ein Radio stehen und Tschaikowski spielen . . .

Sie wachten nach vier Stunden aus der Narkose auf. Ihre Köpfe waren dick verbunden, ihre Rippen mit einem festen Stützverband umwikkelt. Am Bett saßen eine breitgesichtige Schwester, ein Arzt, drei Offiziere von Armee und Luftwaffe und ein Hauptmann des KGB. Es roch nach Sauerkraut und Braten, und aus einem Radio klang gedämpft ein Walzer von Chopin.
Auch die Erde kann ein Paradies sein –

Ein halbes Jahr später durften Andreas Herr, Katja Alexandrowna Susskaja und ihr Kind Amalja Andrejewna nach Westdeutschland ausreisen.
Es war ein seltenes Entgegenkommen und eine Verbeugung der sowjetischen Regierung vor den heldenhaften Verdammten der Taiga.

ZWEITES BUCH

NATALIA, EIN MÄDCHEN AUS DER TAIGA

1

Das hatte es seit fast zwanzig Jahren nicht mehr gegeben: Nach Satowka kamen Fremde! Nicht Besuch aus der Nachbarschaft, auch nicht aus der Kleinstadt Batkit – und das war schon selten, denn wenn von dort jemand kam, war's ein Parteifunktionär oder einer von der Steuer, Gott strafe ihn! –, nein, richtige Fremde mit vier Lastautos, zwei Geländewagen und einer fahrbaren Funkstation. Sie quälten sich über den schmalen Pfad, den man in die Taiga geschlagen hatte, mühsam vorwärts, hupten aber trotzdem fröhlich, als sie in Satowka einfuhren.

Jefim Aronowitsch Tschasski, ein harmloser Idiot, der nur grinste und wie ein Affe aussah und von dem sein Mütterchen behauptete, er sei als Säugling aus der von der Decke schaukelnden Wiege gefallen, und daher sei er nun ein armer Mensch mit einem platten Gehirn, eben jener sagte beim Betrachten der fremden Kolonne: »Jesus, hilf uns! Ich höre das Unglück brummen!« Er meinte damit sicherlich die Motoren, aber bei Jefim Aronowitsch duldete man solchen Unsinn ohne Widerspruch.

Besuch in Satowka! Na ja, werden alle sagen, was ist schon dabei? Warum soll Satowka nicht einen Hauch der weiten Welt mitbekommen? So fragen kann nur einer, der nicht weiß, wo Satowka liegt.

Da gibt es in Sibirien, dort, wo es am einsamsten ist und wo selbst die Biber mit Tränen in den Augen ihre Wasserburgen bauen, einen schönen breiten Fluß, den man die Steinige Tunguska nennt. Weil sich das Wasser durch das flache Hügelland gesägt hat und die Ufer des Stromes nun riesige Geröllhalden sind, wird sie so genannt: Ein Fluß mit klarem Wasser, mit silbernen Fischen, mit Buchten, in denen Luchs und Bär baden und Renhirsche ihren Durst stillen. Ein Paradies, wenn das Land nicht so dicht mit Urwald überwuchert wäre. Ein Mensch, wenn er durch diese Taiga zieht, hat das Gefühl, die Welt sei eben erst erschaffen worden und er sei der einzige, der auf ihr lebe.

Und nördlich der Steinigen Tunguska, am Rande des Golez-Kamms, einem Hügelzug, wo sich zwei Taigapfade kreuzen, dort liegt das Dorf Satowka. Genau dreiundvierzig von Gärten umgebene Holzhäuser, mit steinbewehrten Dächern, ein paar Gemüsefelder, der

Taiga abgerungen, das war eigentlich schon alles. Und, natürlich, eine Kirche! Auch aus Holz, mit einem Türmchen und einer Glocke darin, die aus Omsk gekommen war, nachdem man den Patriarchen endlich davon hatte überzeugen können, daß an der Steinigen Tunguska ehrbare Gläubige lebten und nicht Überbleibsel aus der Kreidezeit.

Die Welt ist seltsam. Normalerweise wäre kein vernünftiger Mensch auf den Gedanken gekommen, hier ein Dorf zu bauen. Aber da hatte es vor 150 Jahren einen Hauptmann des Zaren gegeben, der sich mit einhundertzehn nach Sibirien Verbannten auf dem Weg von Poligus nach Batkit verlaufen hatte. Zwei Wochen war er ziellos durch die Taiga geirrt, fluchend, Gott verdammend und sein Schicksal beklagend. Er merkte, daß es kälter wurde und der Winter heranzog, und deshalb hatte er eines Tages dort, wo heute Satowka liegt, beschlossen: »Hier bleiben wir! Im nächsten Frühjahr geht es weiter! Holz ist genug vorhanden – was wollen wir mehr?«

So entstanden die ersten Häuser aus Rundhölzern, richtige derbe Blockhütten, die kein Eissturm umwehte. Der Hauptmann nannte den elenden Flecken Satowka, warum, das weiß keiner mehr. Vielleicht war er in einem anderen Ort gleichen Namens geboren, oder seine Schwiegermutter hieß so, und nun wollte er Rache an ihr nehmen – jedenfalls starb der Hauptmann des Zaren in Satowka kurz nach der Schneeschmelze des nächsten Jahres; aber das ist eine Geschichte für sich. Zurück blieben die einhundertzehn Verbannten, zwanzig zaristische Soldaten und ein Kind, das in dem Winter geboren worden war.

Das waren die Vorfahren der jetzigen Bürger von Satowka, und das Kindchen wurde die Urgroßmutter von Anastasia Alexejewna Morosowskaja. Geduld, wir lernen sie noch kennen! Die Fremden mit ihren Fahrzeugen ratterten also durch Satowka, bestaunt von den Bewohnern, und beschlagnahmten ein Stück Feld am Taigarand, das dem Bauern Wiljam Igorowitsch gehörte. Er war mächtig stolz über die Ehre, daß man gerade in sein Land Pflöcke für Zelte trieb, einen Graben aushob, der sich später als überdachte Latrine erweisen sollte, und die fahrbare Funkstation aufbaute, mit einer langen, federnden Antenne, höher als die höchsten Bäume.

Genossen, ein Wunderwerk des Fortschritts! In Satowka hatte man so etwas noch nicht gesehen. Tigran Rassulowitsch Krotow, der Pope, ein schwarzbärtiger, sehr gelehrter Mann mit einer Baßstimme, der beim Gottesdienst alles niederbrüllte und damit Gottes Mächtigkeit demonstrierte, erklärte die Antenne den Leuten von Satowka mit bewegten Worten.

»Mit diesem Stahlmast kann man Amerika hören!« sagte er ergriffen. »China, Japan, Brasilien und Swerdlowsk! Nach Satowka ist die ganze weite Welt gekommen. Halleluja!«

Japan und Brasilien kannte man nicht, aber Swerdlowsk. In Satowka breitete sich Ehrfurcht aus. Freunde, welch eine grandiose Sache: Da steckt man einen Stahlmast in die Erde, hält ihn an Stahlseilen fest, spannt ein paar Drähte – und schon kann man bis Swerdlowsk hören! Unglaublich!

Während die Fremden also ihr Lager aufbauten, Zelte hochzogen, den Latrinengraben aushoben und lustige Musik aus ein paar Transistorradios ertönte, fuhr ein einzelner Mann mit seinem Geländewagen zurück ins Dorf. Ein großer, schlanker Mann war es, mit blondem Haar, blauen Augen, breiten Schultern und langen Beinen, die in hohen Stiefeln staken. Ein Brüderchen, zu dem man Vertrauen haben konnte, und weil er allein einen Wagen fuhr und nicht wie die anderen seines Trupps arbeitete, nahm man an, daß er der Natschalnik war, der Anführer, eben etwas Gehobeneres.

Der Fremde fuhr kreuz und quer durch das Dorf und hielt schließlich vor dem Haus von Anastasia Alexejewna. Dann stieg er aus, reckte sich etwas und betrachtete schließlich ein klobiges, aus dicken Baumstämmen gefügtes Haus, das der Hütte von Anastasia gegenüberlag. Ein gemeinsamer Zaun ließ keinen Zweifel daran: Die beiden Häuser gehörten ein und demselben Besitzer.

Der Fremde öffnete die Gartenpforte, betrat Anastasias Garten und ging auf das Blockhaus zu. Es war unbewohnt: Man sah es an den kahlen Fenstern; kein Rauch wehte aus dem mächtigen Kamin, gemauert aus den Steinen der Tunguska, die dicke Bohlentür verschlossen und mit zwei gekreuzten Eisenstangen noch besonders gesichert. Das schien den Mann zu interessieren.

Er ging an eines der Fenster, preßte das Gesicht an die blinde Scheibe und blickte in das Haus. Natürlich sah er nichts als Leere, Spinnweben und als einzige Einrichtung eine Eckbank, einen rohen Tisch und einen gemauerten Ofen, der unten ein offener Herd und oben die Plattform für die Schlafenden im Winter war.

Auf der Straße standen ein paar Männer aus Satowka und stießen sich an, als sich der Fremde abwandte, hinüberging zu Anastasias Hütte und sie nach einem Anklopfen betrat. Die Zuschauer blickten sich stumm an und nickten sich – wie es schien – erschrocken zu. Dann strebten sie auseinander und verbreiteten die ungeheure Nachricht im Dorf: Der fremde Natschalnik hat das »Leere Haus« berührt! Zwar nur die Scheibe und mit der Nase, aber immerhin: Er hat es berührt! Drei Männer liefen sogar zum Popen, um ihm das Ereignis mitzuteilen.

Tigran Rassulowitsch schlug ein Kreuz, beugte vor dem Bild der Schwarzen Muttergottes das Knie und sagte: »Man muß ihn warnen! Schütze ihn, Mutter aller Schmerzen! Auch wenn's ein Aberglaube sein sollte – man muß die dunklen Mächte nicht reizen und heraufbeschwören!«

Dann steckte er einen Kanten Brot und ein Tütchen mit Salz in die Tasche seiner Soutane, segnete die drei Boten und machte sich mit langen Schritten auf den Weg zu Anastasia Alexejewna.

Allerdings machte er einen Umweg, um, getreu seiner priesterlichen Pflicht, nachzusehen, was die Fremden am Dorfrand machten. Er sah den Idioten Jefim Aronowitsch mit großen Gesten reden, aber das war unwichtig. Erschreckender und alarmierender war es, daß bereits fünf Mädchen, kichernd und mit sich drehenden Unterkörpern, bei den Fremden standen und den Kontakt zur unbekannten weiten Welt knüpften.

Der Pope kannte sie alle, drei davon hatte er sogar getauft. Er beschloß, am kommenden Sonntag eine Donnerpredigt über die Sünde fleischlicher Lust und deren irdische Gefahren loszulassen. Er betrachtete den Antennenmast, stellte sich noch einmal vor, daß dort oben an der Spitze sogar Australien hängen konnte, und ging einen abgekürzten Weg zum Haus der Witwe Morosowskaja.

Natürlich hatte Anastasia Alexejewna, an ihrem Fenster sitzend, gesehen, wie der Fremde in das »Leere Haus« geblickt hatte. Als er jetzt zu ihr ins Zimmer trat, mit einem vertrauenerweckenden Lächeln und einem Leuchten in den blauen Augen, das sogar der reifen Witwe Morosowskaja unter die Haut fuhr, war sie sehr verlegen und kratzte sich den Nasenrücken. Vom Herd her duftete es köstlich: Wenn Anastasia eine Kascha kochte und Tigran Rassulowitsch es erfuhr, eilte er zu ihr, segnete sie mit dem Brustkreuz, verzieh ihr alle Sünden und aß drei Teller leer.

»Es ist eine große Ehre, daß Sie hereinkommen«, sagte Anastasia stockend zu dem blonden Fremden. »Ein Herr aus der Stadt! Es kommen selten Unbekannte nach Satowka. Ab und zu aus Batkit ein Lastwagen mit Geräten, zweimal im Jahr die Händler – und dann der Genosse von der Steuer, der immer schon an den Türen schreit: ›Seid gnädig mit mir! Ich bin nur ein ausführendes Organ! Ich habe die Steuer nicht erfunden, ich nicht!‹ Zweimal im Monat holt einer von uns die Post aus Batkit. Aber wer schreibt schon nach Satowka? Wichtig sind nur die Zeitungen und die Batterien für die Radios. Wir haben neun Radios im Dorf...« sagte sie stolz, verstummte dann, sah den Fremden hilflos an und dachte: Nun rede du doch auch ein Wort!

Glotz mich nicht so an! Ich bin kein junges Mädchen mehr, auch wenn die Brüste noch fest sind. Ich bin neunundvierzig Jahre alt, Brüderchen, und seit zehn Jahren Witwe. Und es gibt fünf Kerle im Dorf, die mir heimlich nachstellen. Wie Böcke benehmen sie sich... Ich schlafe nur mit einem dicken Knüppel an meiner Seite...

»Ich heiße Michail Sofronowitsch Tassburg«, sagte der Fremde. »Darf ich näher kommen?«

Welch ein gebildeter Mensch, dachte Anastasia verzückt. Fragt, ob er näher kommen kann. Das muß man den anderen sagen, diesen Holzköpfen von Bauern! Die poltern ins Haus, putzen ihre dreckigen Stiefel nicht ab und spucken noch dazu in die Ecken.

»Michail Sofronowitsch«, sagte sie und zeigte auf einen Stuhl. »Nehmen Sie Platz.« Sie lachte etwas geziert. »Tassburg... ein komischer Name.«

»Meine Eltern stammen aus Livland. Die Vorfahren waren Deutsche.«

»Meine Ururgroßmutter war sogar eine Gräfin!« Anastasia kratzte sich wieder den Nasenrücken. Eine Unterhaltung ist mühsam, wenn man nicht weiß, was man voneinander will. »Satowka ist ein Dorf, das von Deportierten gebaut wurde.«

»So etwas Ähnliches habe ich mir gedacht.« Michail Sofronowitsch setzte sich auf den breiten Stuhl und streckte die Beine in den hohen Stiefeln von sich. »Ich suche ein Haus«, sagte er. »Meine Leute bauen ihr Lager hinter dem Dorf auf, aber ich brauche feste Räume für ein Büro, für den Zeichentisch und einige sehr empfindliche Instrumente. Das Haus gegenüber – gehört es Ihnen?«

»Ja!« sagte sie verschlossen. »Ich heiße Anastasia Alexejewna Morosowskaja – übrigens...«

»Das Haus steht leer...?«

»Ja!«

»Es interessiert mich. Ich möchte es mieten, Anastasia Alexejewna.«

»Das Haus steht mit kleinen Unterbrechungen seit hundertfünfzig Jahren leer...« sagte sie voller Abwehr.

»Ein Beweis, wie gut es gebaut ist! Kann ich einziehen?«

»Nein!«

Michail Sofronowitsch sah sie verblüfft an. Das Nein war fast herausgeschrien. Anastasia schien plötzlich sehr erregt zu sein. Sie lief zum Herd, rührte in ihrer Kascha herum, dann strich sie sich die angegrauten Haare aus der Stirn und stocherte in dem niedrig gehaltenen Feuer herum. Zuviel Hitze ließ den Brei anbrennen. Dann goß sie nervös Wasser in die Kascha, was der Pope sicherlich als Sünde bezeichnen würde, denn ein gutes Essen, das man dem Priester anbietet, zu verwässern ist schon fast eine Lästerung.

»Es geht nicht«, sagte Anastasia. »Es ist unmöglich!«

»Es ist das einzige freie Haus im Dorf.«

»Ich sagte: Man kann es nicht bewohnen!« Sie probierte die Kascha, leckte sich danach die Lippen und spürte Michails Blick im Rükken. Sie wußte, sie hatte gerade Beine und einen runden, griffigen Hintern; sie hatte sich gut gehalten in zehn Witwenjahren mit keuscher Lebensführung. »Es starrt vor Dreck.«

»Wir werden es so herausputzen, als sei es gerade erst gebaut worden!« sagte Tassburg. »Vor Schmutz haben wir noch nie kapituliert. In drei Stunden blitzt das Haus!«

»Und wenn Sie es ausmalen wie die Klosterkirche von Sagorsk... es ist unmöglich!« rief Anastasia beinahe verzweifelt. »Fragen Sie die Nachbarn. Man wird Ihnen was erzählen! Die Augen werden Ihnen tränen!«

In diesem Moment griff Tigran Rassulowitsch, der Pope, ein. Er stürmte ins Haus, als sei Anastasia vom Teufel besessen, blieb mitten im Zimmer stehen und drückte das Kinn an, wodurch sich sein langer schwarzer Bart nach vorn sträubte. Er sah sehr imponierend aus, und das wußte Tigran. Wozu hat man einen Spiegel, vor dem man zerschmetternde Posen üben kann?

»Willkommen!« brüllte Tigran mit seinem Donnerbaß. »Gott segne euren Eingang und gebe euch Frieden! Amen! Mein Name ist Krotow, Tigran Rassulowitsch Krotow.«

Er blickte Tassburg mit einem durchdringenden Blick an – auch den muß man üben, denn er zermürbt jeden, der zur Beichte kommt – und wartete, bis sich Michail Sofronowitsch auch vorgestellt hatte. Dabei erfuhr auch Anastasia, daß der Trupp aus Geologen bestand, die durch die Taiga zogen, um Erdgasvorkommen zu entdecken.

Das war etwas völlig Neues. Anastasia konnte sich nichts darunter vorstellen. Gas, das aus der Erde kommt? Woher denn? Die Erde ist aus Erde, und die ganze Taiga wurzelt darin. Wenn da Gas wäre, müßten alle Bäume ja schweben!

Sie blickte den Popen an, aber dieser schien den Fremden ernst zu nehmen, auch das Gas. Oder tat er nur so, um den Fremden nicht zu reizen? Wußte man, wie die Herren aus der Stadt reagierten?

»Sie haben kein Quartier, Michail Sofronowitsch?« fragte Tigran und strich seinen Bart. Er war jetzt nicht mehr gesträubt, der Effekt war nicht mehr nötig. Man stand einem gebildeten Menschen gegenüber, das war jetzt geklärt. »Ich habe ein Zimmer in meinem Haus frei, wenn es nicht zu klein ist...«

»Es ist ein großes Zimmer!« rief Anastasia sofort. »Ich kenne es! Ein riesengroßes Zimmer! Ein Saal! Das größte Zimmer weit und breit – nehmen Sie es, Michail!«

Tassburg ging an das Fenster und blickte hinüber zu dem leeren Haus.

Tigran und Anastasia wechselten einen Blick. Wir werden es schon regeln, sagten Tigrans Augen. Nur Ruhe, Ruhe, Anastasia! Ein Priester ist immer ein Fels!

»Sie will mir das Haus gegenüber nicht geben, obgleich es unbewohnt ist«, sagte Tassburg und drehte sich um. »Es wäre für meine Zwecke ideal...«

»Ich weiß es nicht.« Der Pope musterte Tassburg wie einen seiner Täuflinge. »Fänden Sie es ideal, wenn man Ihnen nachts die Kehle durchschneidet?«

»Ist das üblich in Satowka?« Tassburg lächelte schwach. »Sie haben rauhe Sitten hier, Tigran Rassulowitsch.«

»Es ist eine alte Geschichte, mein Sohn.« Der Pope setzte sich, auch Tassburg nahm wieder Platz, und Anastasia rannte zum Herd, brachte irdene Schüsseln und klatschte mit einer Blechkelle dicke Kascha hinein. Da das Priesterchen gern Süßes aß, stellte sie noch ein Glas mit gezuckerten Preiselbeeren auf den Tisch und verkroch sich dann auf den gemauerten Sitz neben dem Ofen. Was nun berichtet werden sollte, war nur zu ertragen, wenn man sich dauernd bekreuzigte. Ab und zu ist Gott wirklich ungerecht. Was konnte die Witwe Morosowskaja dazu, wenn vor 150 Jahren eine schöne, nach Sibirien verbannte Gräfin mitten im Urwald der Taiga noch an Sittsamkeit dachte? Ist das eines ewigen Fluches wert? Im Gegenteil, doch wohl mehr...

»Die Gräfin Albina Igorewna Borodawkina war vom Zaren zu zwanzig Jahren Sibirien verurteilt worden, weil sie ihren Mann mit einem Feuerhaken erschlug, als sie ihn bei ihrer Zofe im Bett vorfand«, begann Tigran Rassulowitsch und schüttete sich Preiselbeeren über die Kascha. Er verschlang schmatzend zwei volle Löffel und fuhr fort: »Danach zog die unglückliche Gräfin mit anderen Verbannten teils in der Kalesche, teils zu Fuß nach Sibirien. Die Führung des Transports hatte ein Hauptmann Alexander Anatolowitsch Kusmin übernommen, ein sehr strenger, gutgenährter, aber anscheinend nicht ganz klar denkender Offizier, der sich, nachdem er Batkit verlassen hatte, in den Wäldern verirrte. Dadurch entstand Satowka.« Tigran aß während seiner Erzählung. Es schmeckte ihm sichtbar und hörbar, und er leerte wie üblich drei Schüsseln und das halbe Glas Preiselbeeren dazu. Anastasia freute sich. Was man einem Priester

Gutes tut, wird bei Gott notiert. Ihr Konto mußte einen guten Stand haben, das Fegefeuer war schon bezahlt...

»Wie das so ist, Michail Sofronowitsch«, fuhr der Pope fort, »wenn man ein Haus gebaut hat, bleibt man meistens dort hängen. Die Verbannten und Soldaten gründeten unser Dorf, der Zar war weit, die Taiga und der Fluß ernährten jeden, und ein Feldscher war auch bei der Truppe, so daß man vor Krankheiten, faulen Zähnen oder Knochenbrüchen keine Angst zu haben brauchte. Außerdem waren vierunddreißig Frauen bei den Deportierten, die durchschnittlich zwei Männer in Zufriedenheit versetzten, ohne daß es zu Streitigkeiten kam. Man war eine große brüderliche Gemeinde. Nur die Gräfin machte nicht mit. Stolz war sie, hübsch, schlank, gebildet... es blieb eigentlich von den Männern nur einer übrig, der ihrer wert war: der Hauptmann Alexander Anatolowitsch. Und was macht der wilde Bursche? Kaum ist das Haus der Gräfin fertig, fällt er über sie her, fesselt sie an Händen und Füßen, reißt ihr die Kleider vom Leib... und dann ging's los wie der sagenhafte Jäger von Sibirien! Aber sagte ich es nicht: Er war ein nicht ganz klar denkender Mensch. Nach zwei Tagen bindet er die Gräfin Albina los, und was tut sie in der Nacht? Na? Sie nimmt den Krummdolch von Alexander Anatolowitsch und schneidet ihm die Kehle durch. Bis auf den Nackenknochen – es war ein scharfer Dolch! Dann stieß sie sich selbst die Klinge ins Herz, um zu sterben. Aber sie hatte nicht bedacht, daß es ein Krummdolch war. Statt nach oben rammte sie sich die Klinge nach unten in die Brust, die Spitze traf nicht das Herz, sondern ins Leere. Gräfin Albina Igorewna überlebte, der Feldscher behandelte sie ein Vierteljahr lang, ein Gericht trat zusammen und sprach sie frei des Mordes an Alexander Anatolowitsch, denn – bei aller Leidenschaft – so darf man eine Gräfin nicht behandeln. Nach neun Monaten kam dann ein Mädchen zur Welt.«

»Meine Urgroßmutter!« rief Anastasia aus der Ecke des Herdes. »Gott segne sie.«

»Albina Igorewna überlebte die Geburt nur drei Tage. Sie starb an einem hitzigen Fieber, aber vorher verfluchte sie das Haus, in dem sie Alexander Anatolowitsch die Kehle durchgeschnitten hatte und nun selbst an seinem Kind zugrunde ging. Wie gesagt, das war vor hundertfünfzig Jahren!«

Tigran Rassulowitsch kratzte den letzten Rest Kascha aus der Schüssel, leckte den Finger ab und holte aus der Soutane eine selbstgeschnitzte Pfeife und einen ledernen Beutel, der einen greulich riechenden Tabak enthielt. Solange der Pope in Satowka lebte, rätselte man herum, was er rauchte. Tabak konnte es nicht sein, denn im Sommer ging Tigran rauchend durch seine Kirche, und die Kirche war das einzige Haus in Satowka, das dann fliegenfrei war. Die Tierchen fielen einfach von den Wänden oder verendeten in der Luft, wenn sie in den Qualm des Popen gerieten.

»Seitdem haben mehrere Wahnsinnige versucht, in dem Haus zu wohnen«, sagte Tigran und sah dabei Tassburg durchdringend an. »Ignoranten alles! Der Fluch vernichtete sie. Vier wurden ermordet, drei starben an Vergiftungen, einer erhängte sich am Ofen, ein anderer zerhackte sich beim Holzspalten die Hand und verblutete, noch ein anderer starb qualvoll an einer Fischgräte, die ihm im Hals steckenblieb. Keiner überlebte. Der letzte war Anastasias Mann, der gute Morosowski.«

»Gott sei ihm gnädig!« rief Anastasia vom Ofen her. »Ein lieber Mann war er.«

»Morosowski, der hier einheiratete, respektierte neun Jahre lang den Fluch und betrat das Haus nicht. Luft war es für ihn, oder wenn es sich nicht vermeiden ließ, daß er es sah, bei der Gartenarbeit etwa, spuckte er gegen die Wände. Einmal im Jahr, zu Ostern, komme ich selbst und besprühe es mit Weihwasser, aber das ist nur äußerlich. Der Satan sitzt drinnen! Im zehnten Jahr aber...«

»Herr, erbarme dich unser!« schrie Anastasia aus der Ecke.

»... im zehnten Jahr machte Morosowski einen Fehler. Durch das Fenster sah er, daß im Haus eine schöne, stabile Eckbank stand, viel zu schade, um zu zerfallen. Ha, dachte er, es wird nicht den Kopf kosten, wenn ich die Bank heraushole. Will ja nicht wohnen in dem Haus, nur das Bänkchen retten. Das geht wie der Wind... Tür auf, hinein, die Bank gepackt, nach draußen gezerrt, Tür zu und verriegelt... das war eine Minutensache. Er hat's getan, der Arme.«

Tigran brannte seine Pfeife an. Ein Duft wie verdunstende Jauche erfüllte das Zimmer, aber er sog fröhlich an dem Mundstück und rollte den Qualm erst im Gaumen, ehe er ihn pfeifend ausstieß.

»Die Bank kam hier ins Haus, und was passierte? Sie werden es nicht glauben, Michail Sofronowitsch! Der brave Morosowski legt sich zu einem Mittagsschläfchen auf die Bank, fällt im Schlaf herunter und bricht sich das Genick. Eine Woche, nachdem er sich die Bank aus dem verfluchten Haus geholt hat! Ich habe einen Sondergottesdienst abgehalten, die Bank mit Weihwasser besprengt, und dann haben wir sie, unter dem Schutz des Kreuzes, in das Haus zurückgebracht. Zu spät! Unsere liebe Anastasia war Witwe. Wo bleibt der Tee, Mütterchen?«

»Sofort, Väterchen Tigran, sofort. Das Wasser kocht gleich. Ein paar Sekunden noch...« sagte Anastasia bedrückt.

Der Pope faltete die Hände. »Wissen Sie jetzt, lieber Bruder Michail Sofronowitsch, warum Sie in dem Haus nicht wohnen können? Man kann es nicht verantworten, einen so lieben Gast so schnell wieder zu verlieren.«

Bis dahin hatte Tassburg der Erzählung zugehört, ohne ein Wort dazwischenzuwerfen. Es wäre auch unmöglich gewesen, Väterchen Tigran war nicht zu bremsen. Aber jetzt, wo er an seiner Pfeife zog und auf den Verdauungstee wartete, schüttelte Tassburg den Kopf.

»Sie glauben an so etwas?« fragte er. »Sie glauben an Verwünschungen?«

»Wir haben die Beweise!« Tigran knurrte wie ein Bär. »Hat es nicht genug Tote gegeben?«

»Als Priester glauben Sie an solchen Unsinn?«

»Unsinn?« Tigrans langer schwarzer Bart sträubte sich. Anastasia, die den Tee gebracht hatte, flüchtete in die Ofenecke. »Wollen Sie anzweifeln, daß der Satan immer noch im Kampf mit Gott steht?«

Michail schüttelte den Kopf. »Ich werde das Haus säubern und mein Konstruktionsbüro darin einrichten. Dann kann der Satan mir bei den Zeichnungen und beim Suchen nach Erdgas helfen! Das müßte ihm doch liegen, als Herr der Hölle kennt er doch alles, was unter der Erde liegt!« Tassburg erhob sich. »Ich werde sofort alles Nötige veranlassen.«

»Sie Ignorant!« rief der Pope dröhnend.

»Warum wollen Sie so jung sterben, Michail Sofronowitsch?« rief Anastasia aus dem Hintergrund. »Niemand kann Sie schützen...«

»Da ist noch etwas anderes«, erzählte der Pope dunkel. »Vier Bewohner des Hauses erzählten vor ihrem Tode, daß der Geist der Gräfin Albina darin umgehe. Nicht immer, aber manchmal...«

»Das ist doch Idiotie!« Tassburg lachte.

»Sie stand nachts vor dem Bett, in einem langen weißen Gewand, und hatte den Krummdolch in der Hand!« beharrte Tigran. »Und wenn die Entsetzten ›Hilf Maria!‹ schrien, löste sie sich sofort in Nichts auf. Es ist aktenkundig, unter Zeugen ausgesagt, vom Starost beglaubigt. Wollen Sie noch mehr?«

»Ja, das Haus! Ich nehme es!«

»Gott ist auch bei den Verstockten!« Tigran hob resignierend die Schultern, blies noch eine Wolke übelriechenden Tabakqualm ins Zimmer, schlug über Anastasia das Kreuz und stampfte hinaus. Tassburg beobachtete ihn vom Fenster aus.

Der Pope war im Vorgarten vor dem verfluchten Haus stehengeblieben, hatte die Hände gefaltet und betete. Auf der Straße standen noch immer die Männer und starrten ihn an. Der Fremde hatte tatsächlich die Absicht, sich umbringen zu lassen...

»Und das in unserer Zeit!« sagte Michail laut. »Anastasia Alexejewna, Sie kennen Radio und Sie wissen, was Fernsehen ist. Sie haben von unseren Kosmonauten gelesen; Sie wissen, daß Menschen auf dem Mond gelandet sind...«

»Das geht doch einen Geist wie den der Gräfin Albina Igorewna nichts an! Als mein Mann von der verfluchten Bank fiel und sich das Genick brach, gab es auch schon Radio und Fernsehen! Und die Hündin Leika kreiste im Raumschiff um die Erde! Aber meinetwegen – wenn Sie die dunklen Mächte auslachen –, Sie sollen den Schlüssel bekommen!«

Sie holte aus einem Schrank einen langen, handgeschmiedeten Schlüssel und legte ihn auf den Tisch. Sie hatte ihn nur mit zwei Fingern angefaßt, als sei er ein Schwanzhaar des Teufels. Tassburg steckte ihn ein und gab der Witwe drei Rubel. »Die Miete«, sagte er dabei.

»Ich werde die Rubel sparen für einen Kranz.« Anastasia brachte das Geld zum Schrank und tat es in eine Schublade. »Einen schönen Kranz werde ich Ihnen kaufen, Michail Sofronowitsch. Wie lange wollen Sie in Satowka bleiben?«

»Das hängt davon ab, wie die Bodenproben ausfallen, was wir finden oder nicht. Aber bis zum Frühjahr wird es schon dauern.«

»Viele, viele Monate! Sie sollten ein großes Kreuz vor Ihr Bett stellen und in der ›Schönen Ecke‹ immer das Ewige Licht brennen lassen. Es hilft nicht viel, denn auch die Gräfin war eine tiefgläubige Christin, aber es beruhigt.«

»Ich werde mit meiner Pistole ins Bett gehen«, sagte Tassburg laut. »Das ist ein besserer Schutz.« Er verabschiedete sich von Anastasia und ging.

Sie wartete nur, bis er mit seinem Geländewagen abgefahren war, dann lief sie durch das Dorf und erzählte allen, was sich bei ihr abgespielt hatte. Daraufhin marschierte eine Abordnung von vier Männern, an der Spitze der Dorfsowjet, zum Popen Tigran Rassulowitsch und verlangte im Interesse der Leute von Satowka, mit allen Mitteln zu verhindern, daß wieder ein rätselhafter Tod die Gemüter auf Jahre hinaus belasten konnte. So rauh die unbarmherzige Natur die Menschen in der Taiga geprägt hatte, so zart und seidig waren ihre Seelchen.

Da man beim Popen nur auf dumpfes Grollen stieß und die Auskunft erhielt, der Ingenieur und Geologe Tassburg verlache alle Realitäten und alle Warnungen, zog der Viermanntrupp zum Lager und bat darum, den Genossen Projektleiter sprechen zu dürfen. Er kam sofort zu der Delegation und lächelte.

Mit gerunzelten Stirnen hatten die Genossen aus Satowka bemerkt, daß bereits ein Lastwagen beladen wurde, um Tische, ein Bett, Schränke, Stühle, ein Reißbrett, Kartenrollen, Büromaschinen und Meßinstrumente in das »Leere Haus« zu bringen.

»Ich nehme an«, sagte Tassburg freundlich, »Sie sind gekommen, liebe Genossen, um mit mir über Brennholz und eventuell notwendige Reparaturarbeiten am Haus zu sprechen. Nicht nötig, das machen wir alles selbst. Unser Trupp ist seit zwei Jahren unterwegs, wir haben für alles Werkzeuge bei uns. Trotzdem danke ich Ihnen für Ihre Hilfsbereitschaft.«

Es war zum Verzweifeln. Der Dorfsowjet bot Tassburg an, ein großes Zimmer in der Gemeindeverwaltung zu beziehen, es sei zwar der Schulungsraum der Partei, aber da die Partei für alle da sei, erfülle man – ganz im Sinne des Kommunismus – ein gutes Werk.

Überhaupt – die Partei! Vor sieben Jahren war ein Funktionär aus Batkit gekommen, nachdem er zufällig gehört hatte, daß es dieses Satowka gab. Er ging durch das Dorf, betrachtete mißbilligend die Kirche und stänkerte daran herum. »Einen Pfaffen habt ihr?« rief er. »Und wo ist das Parteihaus? Wo steht das Fundament des Sozialismus? Wo habt ihr Kontakt zum Fortschritt? Ich verlange, daß ihr eine Stolowaja baut, und jede Woche werden dann in diesem Saal Schulungen abgehalten!«

Also baute man eine Art Saal aus dicken Rundstämmen, hängte Bilder von Lenin und Breschnew hinein und hielt insgesamt siebenmal Schulungen ab. Dann kümmerte sich keiner mehr darum, Satowka wurde wieder vergessen, und der Pope Tigran annektierte auch die Stolowaja für Weihnachtsfeiern und das große gemeinsame Osteressen.

Warum sollte der Raum jetzt nicht ein Konstruktionsbüro für Erdgassucher werden?

»Ich beziehe Anastasias Haus!« sagte Tassburg laut und endgültig. »Ich will euch beweisen, daß es keinen Fluch und keine Geister gibt.«

Die Delegation zog mit hängenden Köpfen ab. Zwar erwog man, einen Abgesandten nach Batkit zu schicken, um die Hilfe der höhergestellten Genossen herbeizurufen, aber dann verwarf man diesen Plan. Es hatte keinen Nutzen, Satowka wieder der Umwelt in Erinnerung zu rufen. Allein lebte man ruhiger, was man wissen wollte, brachte der Postgänger alle zwei Wochen ins Dorf mit Zeitungen und Illustrierten. Radio hatte man auch – man soll nicht ohne triftigen Grund auf sich aufmerksam machen!

»Er zieht ein!« meldete ein Bauer, der in der Nähe des »Leeren Hauses« Wache gestanden hatte. »Sie haben die Tür aufgebrochen, das Schloß war total verrostet. Jetzt weht der Staub durch die offenen Fenster hinaus.«

»Wir können nichts mehr ändern, Brüder!« meinte der Dorfsowjet bedrückt, aber feierlich. »Wir können nur noch abwarten, wie er stirbt: durch einen Dolch, indem ihm etwas auf den Kopf fällt, oder durch den eigenen Wahnsinn, der ihn packen wird, wenn er Albina Igorewna nachts an seinem Bett stehen sieht!«

Während Tassburg und vier Mann seines Trupps das Haus säuberten, die Wände abwuschen und probierten, ob der Ofen noch Zug hätte – übrigens: er hatte, als habe man ihn gerade erst gemauert! –, die Möbel hereintrugen und auf dem Propangaskocher eine Kanne mit Tee warm gemacht wurde, suchte der Pope ein Standkreuz aus, das er Tassburg leihen wollte. Anastasia aber hockte verzweifelt neben ihrem Ofen und dachte an den Fluch, der über ihrem Besitztum hing.

2

Am Abend war das Haus so wohnlich hergerichtet, daß Tassburg mit wirklicher Freude durch die vier Räume ging.

Tigran hatte ein Kreuz gebracht, aber er betrat das Haus nicht, sondern übergab es Tassburg vor der Tür. »Michail Sofronowitsch, Sie müssen es an Ihr Bett stellen«, sagte er dabei. »Die Ausstrahlung des Herrn wird Sie wie ein Panzer umgeben.« Nun war die Nacht gekommen, im Wohnraum und im Schlafzimmer brannten Gaslampen, im Gegensatz zu den anderen Häusern, wo das Petroleum Licht spendete. Tassburg hatte eine Pfanne voll Eier, Speck und Kartoffeln gegessen und saß nun auf der verdammten Eckbank, die Pistole entsichert neben sich und trank noch eine Tasse Tee.

Um nicht zu lügen: Jetzt, bei Einbruch der Nacht, empfand er doch eine starke Spannung. Auch wenn er mit der Nüchternheit eines intelligenten Menschen alle diese Geistergeschichten als Unsinn bezeichnete – das »Leere Haus« mit seinen dicken Holzwänden wirkte in der Nacht irgendwie bedrückend.

Tassburg blieb bis gegen Mitternacht sitzen, löschte dann das Gaslicht im Wohnzimmer und ging zu Bett. Er zog sich nicht aus, breitete nur die Wolldecke über sich und legte die Pistole griffbereit neben sich. Sie werden sich wundern, dachte er zufrieden. Wenn die Leute von Satowka denken, sie können mich erschrecken, indem sie irgendeinen Spuk inszenieren, haben sie den Falschen vor sich. Ich bin ein moderner, aufgeklärter Mensch und lache über sogenannte Geister.

Über diesen Gedanken schlief er ein. Irgendwann in der Nacht erwachte er, weil er, als er sich im Schlaf umdrehte, auf seine Pistole zu liegen kam und sie ihn seitlich drückte.

Er drehte sich wieder auf den Rücken, öffnete verschlafen die Augen – und erstarrte.

Im trüben Licht, das von draußen durch das Fenster fiel, in jenem fahlen Nachtlicht, in dem alle Formen zerfließen, stand eine Frau vor seinem Bett. Aus ihrem bleichen Gesicht blickten ihn große Augen an, und in der Hand hielt sie ein langes Messer.

Tassburg war immer ein mutiger Mann gewesen. Im Laufe seines noch jungen Lebens – er war erst 32 Jahre alt – war er mancher gefährlichen Situation begegnet. Einmal, in Südsibirien, am Amur, mußte er zwei Tage lang auf einem Baum sitzen, weil ihn zwei Tiger, ein Pärchen, belagerten. Als sie begannen, den Baum hinaufzuklettern, hatte er sie nur mit Fußtritten gegen die empfindliche Nase abwehren können – danach ist die Erscheinung eines Geistes ohne großes Zittern zu ertragen. Was ihn nur störte, war das lange Messer in der Hand der Frau – aber es gehörte wohl zu ihr, wenn man den Berichten über die Gräfin Albina Igorewna glauben konnte.

Michail Sofronowitsch legte ganz langsam die Hand um den Griff seiner Pistole und fühlte sich schon viel wohler, als die Waffe schußbereit in seinen Fingern lag. Ein Messer, dachte er, ist gegen eine Pistole immer im Nachteil, es sei denn, man wirft es blitzschnell auf den Gegner. Aber das war nicht die Art der Gräfin Albina Igorewna, sie schlitzte nur die Hälse auf.

Tassburg lag ruhig, lang ausgestreckt, die Decke bis zur Brust hochgezogen, und betrachtete die bleiche Gestalt mit immer stärker werdendem Wohlwollen. Ein hübsches Mädchen mit langen, bis auf die Schultern herunterfallenden braunen Haaren war es, einem schmalen, zarten Gesicht, das von großen Augen beherrscht wurde. Es trug eine Bauernbluse über einer strammen Brust – nicht, wie die verstorbenen Zeugen vorheriger Erscheinungen übereinstimmend berichteten, ein langes weißes Gewand, einem Nachthemd ähnlich –, einen alten Rock, der nur bis zu den Knien reichte, und an den Beinen hohe Stiefel mit weichen Schäften. Eine ziemlich moderne Kleidung, fand Tassburg, aber es mag ja sein, daß auch Gespenster modebewußt sind. Was ihm außerdem auffiel, war die Jugend der Gräfin. Sie konnte nicht älter als zwanzig Jahre sein. Nach Tigrans Erzählung hatte er sie für eine Frau um die Dreißig gehalten, von einer reifen Schönheit, die ja dem armen Hauptmann Alexander Anatolowitsch den Verstand geraubt hatte – vor 150 Jahren! Sonst stimmte alles an der Erscheinung: das Messer in der Hand, die nächtliche Stunde, der Standort vor dem Bett, der starre, mitleidlose Blick, in dem kalter Vernichtungswille lag...

Man sollte sie ansprechen, dachte Tassburg. Sich nur stumm anzustarren ist ein langweiliges Spiel. Wobei man allerdings nicht weiß – es gibt darüber keine Berichte –, ob Geister antworten können, ob sie Worte hören können oder überhaupt ansprechbar sind.

Er atmete tief durch und umkrampfte die Pistole. »Ich heiße Sie in meinem Haus willkommen, Albina Igorewna«, sage Tassburg und ärgerte sich, daß seine Stimme doch ziemlich gepreßt und hohl klang. »Ich weiß, es ist Ihr Haus, aber wie Sie sehen, habe ich es wohnlicher herrichten lassen. Das Messer in Ihrer Hand irritiert mich. Machen

Sie mich nicht dafür verantwortlich, daß der liebestolle Graf mit Ihrer Zofe geschlafen hat und daß Alexander Anatolowitsch Ihre Tugend mit Gewalt...«

»Wer sind Sie?« fragte an dieser Stelle der Geist.

Tassburg war einen Augenblick lang sprachlos und ratlos zugleich. Sie kann sprechen, durchfuhr es ihn. Das bereichert die Forschung ungemein, aber es wird mir keiner glauben...

»Ich heiße Michail Sofronowitsch Tassburg, Ingenieur aus Omsk. Ich bin hier, um nach Erdgas zu suchen.«

»Sie lügen!« Die Erscheinung hob das lange Messer. Es sieht verdammt irdisch aus, dachte er. Das fahle Licht glänzte auf der Schneide. »Sie kommen von Rostilaw Alimowitsch Kassugai.«

»Das ist ein neuer Name, den kennt nicht einmal der Pope Tigran«, antwortete Tassburg heiser. »Wer ist dieser Kassugai, Gräfin?«

»Wieso Gräfin?« Die Gestalt rührte sich nicht, nur die Messerspitze zeigte jetzt genau auf Tassburgs Kehle. Wenn sie es versteht, das Messer aus der Hand zu schleudern, bin ich mit meiner Pistole zu spät, durchfuhr es ihn.

»Man hat mir gesagt, Albina Igorewna...«

»Sie wissen genau, daß ich Natalia Nikolajewna Miranski heiße. Ein schlechter Schauspieler sind Sie!«

»Natalia Nikolajewna? Da sieht man, wie sich die Überlieferungen in einhundertfünfzig Jahren verändern! Nichts stimmt mehr!« Michail wollte sich setzen, aber das Messer stieß sofort nach unten. Da blieb er liegen und zog nur den Kopf tiefer zwischen die Schultern.

»Eine ungewöhnliche Situation, finden Sie nicht auch?« fragte er. »Können wir uns nicht einigen? Ich verschweige Ihren Ausflug in die Welt, und Sie stecken das Messer weg und klammern mich aus Ihrem Männerhaß aus.«

Wie rede ich bloß, dachte er, als sie schwieg. Vor ein paar Stunden habe ich alle ausgelacht, als sie von dem Geist sprachen, und jetzt liege ich hier und verhandle mit ihm um mein Leben. So etwas gibt es doch nicht! Das stellt doch unser ganzes technisches Zeitalter auf den Kopf!

»Ich hätte Sie töten können«, sagte Natalia endlich leise. Ihre Stimme war hell, von einer klingenden Klarheit. Sie muß gut singen können, dachte er – völlig widersinnig. Sopran, schwebeleicht...

»Sie haben ganz fest geschlafen. Sie haben mich nicht gehört. Ich hätte Ihnen die Kehle durchschneiden können, und Sie wären gestorben, ohne etwas zu merken.«

»Das ist ja eine Spezialität von Ihnen! Oder der Feuerhaken...«

Sie starrte ihn an, Erstaunen und Abwehr im Blick. »Haben Sie getrunken?« fragte sie dann.

»Nur Tee, Natalia Nikolajewna.« Er ließ die Pistole los, sie war ja doch sinnlos geworden. Er legte die Hände über die Wolldecke. Das schien sie zu beruhigen. Die Messerspitze senkte sich etwas.

»Was machen wir nun?« fragte Tassburg, ebenfalls mit der Entwicklung der Situation zufrieden. »Erzählen Sie mir etwas vom Paradies – oder von der Hölle? Ich weiß nicht, wo Sie sich befinden.«

»In der Hölle.«

»Ein interessanter Platz. Wen haben Sie dort getroffen?«

Der Geist, der sich Natalia Nikolajewna nannte, trat einen Schritt zurück. Tassburg atmete auf, die unmittelbare Gefahr war vorbei.

»Warum haben Sie mich im Schlaf nicht getötet?«

»Ich weiß es nicht. Ich habe Sie lange angesehen, und dann konnte ich es nicht mehr.«

»Sie werden also Ihren Grundsätzen untreu, Gräfin.«

»Warum sagen Sie immer Gräfin zu mir?«

»Also auch das sind Sie nicht? Tigran wird maßlos enttäuscht sein. Aber Sie stammen doch wenigstens aus Petersburg?«

»Ich habe Leningrad nie gesehen.« Sie ließ das Messer sinken und musterte ihn mit einem etwas sanfteren Blick. »Und Sie sind wirklich Michail Sofronowitsch Tassburg aus Omsk? Sie kommen nicht von Kassugai?«

»Ich schwöre es.« Tassburg wagte es, sich im Bett aufzusetzen. »Und Sie? Wo kommen Sie her, wenn nicht aus Petersburg?«

»Aus Mutorej. Kennen Sie es?«

»Aber ja, es liegt an der Tschunja. Vor zehn Wochen haben wir dort in der Sowchose Material und Lebensmittel übernommen.«

»Dann haben Sie auch Kassugai gesehen! Rostislaw Alimowitsch ist der Natschalnik von der Sägewerksbrigade. Ich habe im Bretterlager gearbeitet ...«

Durch Tassburg fuhr es wie ein elektrischer Schlag. »Moment!« rief er rauh. »Einen Moment, mein Mädchen!« Abrupt sprang er auf, stürzte sich auf sie und riß ihr das Messer aus der Hand. Sie schlug um sich, biß und kratzte, aber mit einem Schwung warf er sie auf das Bett und drückte sie mit dem Gewicht seines Körpers nieder.

Als sie wieder mit der Faust nach ihm schlug, gezielt zwischen seine Augen, fing er den Schlag ab und preßte ihren Arm zurück. Dabei berührte er mit dem Handrücken ihre Brust – auch sie war irdisch an ihr, wie alles, was er anfaßte!

»Und ich Narr habe gedacht, mit einem Geist zu sprechen!« keuchte er, weil sie unter ihm tobte. Sie versuchte, mit ihren Knien gegen seinen Unterleib zu stoßen, und ihre Zähne schlugen nach ihm, als sei sie ein Raubtier. »Du bist ja Wirklichkeit! O ich Trottel!«

»Lassen Sie mich los!« schrie sie unterdrückt. »Warum habe ich Sie nicht getötet!«

Er gab sie frei. Sie rutschte unter ihm weg wie eine Schlange, wand sich über den Boden, schnellte zur Wand und richtete sich dort auf. Das Haar fiel wie ein Vorhang über ihr Gesicht, ihr schöner Körper zitterte, und die Bauernbluse klaffte auf. Er hatte ihr beim Kampf zwei Knöpfe abgerissen.

»Natalia Nikolajewna, haben Sie keine Angst!« sagte Tassburg und setzte sich auf die Bettkante. »Ich bin ein kompletter Idiot, ich gestehe es. Ich habe mich tatsächlich von den verrückten Erzählungen des Popen beeinflussen lassen! Bevor wir weiterreden: Wissen Sie, wo Sie hier sind?«

»Das Haus stand leer...« sagte sie mit bebender Stimme.

»Und das ist alles?«

»Ja. Seit einer Woche bin ich hier. Plötzlich kamen Sie und Ihre Männer, und ich verkroch mich im Keller.«

»Das Haus hat einen Keller? Das wußte ich noch gar nicht. Und Sie haben keine Ahnung, wo Sie sind?«

»In einem Dorf. Wie es heißt? Nein, ich weiß es nicht. Ich bin seit Wochen unterwegs.«

»Von Mutorej? Zu Fuß durch die Taiga?«

»Ja.«

»Und wo wollten Sie hin?«

»Ich weiß es nicht. Es ist mir auch gleichgültig. Irgendwohin! Nur weit weg von Mutorej und Kassugai. Ist die Welt nicht groß?«

»Riesengroß!«

»Ich habe unter umgestürzten Bäumen geschlafen, zwischen den Steinen am Fluß und in Höhlen. Ich bin gelaufen, bis ich umfiel, jeden Tag. Dann habe ich mich endlich ausruhen können, hier – in diesem verlassenen Haus. Und plötzlich kamen Sie...«

Sie strich sich die Haare aus dem Gesicht und zog die aufgerissene Bluse über ihrer Brust zusammen. Jetzt war sie hilflos, ein müdes, in die Enge getriebenes Tier, das sich seinem Schicksal ergibt. »Sie können mich ausliefern«, sagte sie leise. »Ich werde trotzdem nicht nach Mutorej zurückkehren. Es gibt so viele Möglichkeiten zu sterben.«

»Warum glauben Sie, ich würde Sie zu diesem Kassugai zurückbringen?« fragte Tassburg erstaunt.

»Er hat tausend Rubel ausgesetzt für den, der mich fängt.«

»Welch ein wertvolles Pelzchen Sie sind, Natalia Nikolajewna! Tausend Rubel, das ist eine Menge Geld. Hier haben wenige so viel auf einem Haufen gesehen. Aber, warum die hohe Belohnung? Was haben Sie getan?«

»Ich bin nur weggelaufen...« antwortete sie mit ganz kleiner Stimme.

»Und dafür tausend Rubel...?«

»Ich bin das Eigentum von Kassugai.«

»Was sind Sie?« fragte Michail verblüfft. Ich kann mich doch nicht verhört haben, dachte er. Eigentum?

»Rostislaw Alimowitsch hat mich gekauft.« Natalia verließ ihren Platz an der Wand und hockte sich auf einen Schemel. »Von meinen Eltern. Nicht für Geld, das hat Kassugai nicht nötig! Er hat ihnen einen besseren Arbeitsplatz versprochen, in einer neuen Matratzenfabrik. Im Monat vierzig Rubel mehr Lohn! Es war ein gutes Geschäft für meine Eltern. ›Ob einen Mann wie Rostislaw Alimowitsch oder einen anderen, was macht es aus?‹ hat mein Vater gesagt. ›Aber ich bekomme im Monat vierzig Rubelchen mehr! Bei keinem weiß man, was man bekommt, bei Kassugai ist das kein Rätsel. Ich brauche mich nicht so anzustrengen, lebe länger, deine Mutter wird glücklicher sein – singen wird sie, so fein können wir jetzt kochen! Töchterchen, sei ein braves Kind, nimm Kassugai – uns zuliebe!‹ Das hat er gesagt, mein eigener Vater! Und er hat einen Vertrag mit Kassugai gemacht und mich verkauft.«

»Man sollte deinem Vater den Schädel einschlagen!« rief Tassburg. Er sprang auf, ging ans Fenster und zog den Vorhang vor, einen Leinenlappen, den seine Leute an einer hölzernen Stange über dem Fenster angebracht hatten. »Soll ich Licht anmachen?«

»Nein, nicht. Bitte nicht...« Sie wich an die Wand zurück.

»Du brauchst keine Angst mehr zu haben. Aus diesem Haus holt dich keiner mehr raus!« Er sagte plötzlich wieder du, und sie antwortete ebenso selbstverständlich:

»Wie willst du das verhindern, Michail Sofronowitsch?«

»Ich werde dir das morgen erklären, Natalia.« Er ging zu ihr, und sie kroch in sich zusammen, als er sie berührte und ihr Haar wieder aus dem Gesicht strich. Er konnte kaum etwas erkennen, so dunkel war es. »Wann hast du zum letztenmal etwas gegessen?«

»Vor drei Tagen. Ich wollte heute nacht wieder in den Garten schleichen und Obst und Gemüse holen. Ich kann von Wasser und rohen Früchten leben. Ich hab's versucht.«

»Das ist vorbei!« sagte er laut. »Ich koche dir jetzt eine Suppe! Aus der Büchse – Gulaschsuppe mit Nudeln! In zehn Minuten ist sie fertig. Sie braucht nur heiß gemacht zu werden.«

Natalia gab keine Antwort, aber sie mußte auch in der Dunkelheit wie eine Katze sehen können. Sie ergriff seine Hand und küßte die Handfläche. Mit einem Ruck befreite er sich.

»Tu das nie wieder!« sagte er rauh. »Du bist keine Hündin, die einem Herrn die Finger leckt. Wo hast du das gelernt? Du bist eine freie Bürgerin der Sowjetunion, mit allen Rechten! Das werden wir Kassugai beibringen!«

»In Sibirien, in der Taiga, gibt es nur das Recht des Stärkeren. Und Kassugai ist der Stärkste von allen. Er ist ›Verdienter Meister des Volkes‹. Was sind wir dagegen? In den großen Städten, ja, da ist alles anders. Aber wer kümmert sich darum, was in den großen Wäldern geschieht?«

»Von heute ab – und in deinem Fall – ich, Natalia!«

»Du? Bist du ein so mächtiger Genosse? Nur weil du Gas in der Erde suchst?«

»Ich kenne viele Leute, die auch einem Kassugai gefährlich werden können!«

»Er kennt eine Menge Menschen, die ihn beschützen. Er bezahlt sie mit Brettern, mit schönen, gehobelten Brettern, aus denen man Möbel macht. Ich weiß es, ich habe im Lager gearbeitet. Kassugai ist mächtig!«

»Warten wir es ab, Natalia.« Er ging zur Tür des Herdes und stieß sie auf. Das Feuer im Herd glühte noch – ein einziges flackerndes Licht. Das wunderte ihn.

»Ich habe Holz nachgelegt«, sagte sie leise hinter ihm. »Feuer! Ich habe zwölf Wochen kein Feuer gesehen! Der Rauch hätte mich verraten. Oh, Feuer ist etwas Schönes!«

Sie ging zu dem Herd, kauerte sich auf den Boden und starrte ins Feuer. Zum erstenmal sah Tassburg ihre Gestalt richtig. Das Haar schillerte mit einem Mahagoniglanz, das Gesicht wirkte darin wie ein länglicher, schmaler weißer Fleck.

»Gut, wir machen kein Licht«, sagte Michail. »Das Feuer leuchtet genug. Gleich wird es hier köstlich nach Gulasch duften...«

Er holte neben dem Herd einen Jutesack hervor und suchte zwischen den Büchsen das eingekochte Fleisch mit Nudeln heraus. Er öffnete die Dose, schob einen verbeulten Aluminiumtopf über das Feuer und schüttete das Gulasch hinein.

Natalia Nikolajewna blickte zu ihm hoch. »Das hätte ich doch machen können«, sagte sie.

»Du brauchst jetzt nur aufzupassen, daß es nicht anbrennt.«

»Ich habe zu Hause oft gekocht. Zu Hause...« Sie stand auf, nahm den Holzlöffel und rührte in dem Topf. Das Fleisch begann schon zu brutzeln, die Soße schlug Blasen. »Man muß es mit Wasser verdünnen...«

»Etwas, nicht viel! Nur damit es nicht am Topfboden ansetzt...«

Tassburg sah zu, wie sie ein wenig Wasser in den Topf schüttete und beim Umrühren stumm in die Flamme starrte. »Woran denkst du?« fragte er.

»Wie es weitergehen soll. Du hast mich entdeckt...«

»Willst du weiter durch die Taiga flüchten? Hier bist du sicher.«

»Nein! Es ist zu nahe an Mutorej. Kassugai wird auch hierherkommen und mich suchen.«

»Er wird nicht in dieses Haus kommen, solange ich da bin.«

»Aber bist du immer da? Du hast deine Arbeit.«

Sie hat recht, dachte Tassburg. Es könnte vorkommen, daß wir drei oder vier Tage zu den Plätzen in der Taiga fahren, wo nach geologischen Berechnungen Erdgasvorkommen sein müßten. Dann bauen wir unseren kleinen Probebohrturm auf und warten auf Ergebnisse. In dieser Zeit kann in Satowka viel passieren...

»Das hier ist ein besonderes Haus«, erklärte er. »Alle im Dorf, selbst der Pope, warten darauf, daß irgendwas Schlimmes mit mir passiert. Vor hundertfünfzig Jahren hat eine Gräfin es verflucht...«

»Darum hast du mich immer Gräfin genannt...«

Tassburg lächelte etwas gequält. Die Minuten im Bett, die bleiche Frau mit dem Messer vor ihm, waren noch nicht vergessen. »Ich habe geglaubt, du seist der Geist dieser Gräfin. Da sieht man wieder, wie beeinflußbar ein Mensch ist! Verrückt!«

»Sehe ich wie ein Geist aus?« Sie drehte sich vor dem Feuer um sich selbst; ihr langes mahagonifarbenes Haar wehte um ihren schmalen Kopf, die schlanken Beine in den hohen schmutzigen Stiefeln wurden bis weit über die Knie sichtbar, als der Bauernrock sich etwas blähte. Die zerrissene Bluse war wieder offen, Michail sah die festen Brüste, von einem einfachen Halter aus grobem Leinen bedeckt... Nichts, die armseligste Kleidung nicht, konnte ihre junge, bei aller Zartheit gesunde, kräftige Schönheit verbergen.

In Tassburg stieg ein merkwürdig weiches Gefühl auf. Er wünschte sich plötzlich, daß Natalia Nikolajewna sich seinem Schutz anvertrauen und in Satowka bleiben möge. Wenn dieser Kassugai wirklich erscheinen sollte, würde er zum erstenmal in seinem Leben spüren, wie Prügel schmecken. Vor etwaigen Bezirkskommissaren, die seine Freunde waren, weil er sie bestach, hatte Tassburg keine Angst. Hinter ihm stand das mächtige Forschungsministerium in Moskau. Ein Funkspruch an die Zentrale, und auch ein Kassugai, der wie ein kleiner König in seiner Taigaregion herrschte, konnte in die Bergwerke von Nagadan versetzt werden...

»Du bist hübsch«, sagte Michail mit trockener Zunge. »Nein! Du bist schön, Natalia Nikolajewna.«

Sie beugte sich sofort wieder über den Suppentopf und rührte eifrig in dem Gulasch. Der Duft durchzog jetzt das Zimmer. Sie hob den Holzlöffel an den Mund und probierte vorsichtig.

»Wunderbar!« erklärte sie. »Wann habe ich so etwas gegessen? Ich kann mich nicht erinnern. Ab und zu haben wir ein Kaninchen geschlachtet, oder Kassugai brachte ein Stück Fleisch mit, als er begann, sich für mich zu interessieren. Aber gebraten wurde das Fleisch nie, nur gekocht... Das gibt Suppen, Michail Sofronowitsch, eine ganze Woche lang! Man kann es immer wieder auskochen, bis es auseinanderfällt wie Stroh.« Sie drehte sich um, und ihre großen Augen, die das Gesicht beherrschten, musterten ihn nachdenklich. »Was ist der Unterschied zwischen hübsch und schön?«

»Hübsch ist – eine Puppe zum Beispiel. Hübsch ist etwas Oberflächliches... Schönheit ist ein Zusammenklang von vielem – ist die nach Vollendung suchende Natur, sie – wächst von innen heraus. Verstehst du?«

»Nein.« Sie lehnte sich gegen die aus großen Flußsteinen gemauerte Ofenwand. »Ist ein Sonnenuntergang hübsch oder schön?«

»Unendlich schön...«

»Und die Stickerei an einem Festtagskleid?«

»Hübsch...«

»Jetzt verstehe ich es.« Sie lächelte schwach, und dieses Lächeln überzog ihr Gesicht mit einem solchen Leuchten, daß Tassburg schneller atmete.

»Ich decke den Tisch«, sagte er rauh.

Aus einem Regal nahm er zwei tiefe Keramikteller und Löffel. Er stellte alles auf den Tisch, die Löffel aus Edelstahl waren verbogen und zerkratzt. Dann setzte er sich auf die verfluchte Eckbank, und Natalia kam mit dem dampfenden Topf und schüttete die beiden Teller randvoll.

»Ich zittere vor Hunger«, sagte sie, als sie sich Tassburg gegenübersetzte. »Es ist meine erste warme Mahlzeit seit zwölf Wochen...«

Sie tauchte den Löffel in das Gulasch, probierte, fand es zu heiß und blies auf den Löffel. Sie zitterte wirklich – wie ein Tier, das plötzlich, vom Hunger zermürbt, vor einer vollen Schüssel sitzt und nicht essen kann, weil ein Drahtzaun dazwischen ist.

»Du wirst von heute ab nur noch warm essen!« sagte Tassburg heiser. »Ich habe genug Vorräte. Und wir werden frisches Fleisch in der Taiga schießen und uns von den Bauern Gemüse holen. Willst du für mich kochen?«

»Nein«, sagte sie und kaute endlich das erste Gulasch. Ihr Gesicht verklärte sich, als habe sie einen Blick in die Seligkeit getan. »Es geht nicht, Michail Sofronowitsch. Ich kann nicht hierbleiben. Kassugai...«

»Du solltest Kassugai vollständig vergessen, wenn du bei mir bist!«

»Wie ist das möglich? Es gibt ihn – nach wie vor! Es müßten tausend Werst zwischen ihm und mir sein, erst dann hätte ich Ruhe.«

Sie aß jetzt schneller, das Gulasch hatte sich abgekühlt. Sie kaute kaum noch, sie schluckte und schluckte, schob den vollen Löffel nach, als habe sie Angst, daß ihr jemand den Teller wegnahm.

Tassburg aß selbst nur ein paar Löffel und schob dann seinen Teller Natalia zu. Sie nickte dankbar und aß weiter.

»In tausend Werst Entfernung bist du nicht sicherer als hier!« sagte Tassburg. »Gerade wenn ich fort bin, wird keiner dieses Haus betreten.«

»Wegen der verfluchten Gräfin?« Sie lächelte ihn zwischen zwei hochgefüllten Löffeln mit Gulasch und Nudeln an. »Wer glaubt daran?«

»Alle! An der Spitze der Pope!«

»Es geht nicht«, sagte sie entschieden. »Morgen oder übermorgen, in der Nacht, laufe ich weiter. Wenn du mir ein paar Büchsen mitgibst... Ich kann lange davon leben. Man kann den Inhalt auch kalt essen, nicht wahr?«

»Du bleibst!« sagte Tassburg laut. »Und jetzt reden wir nicht mehr darüber. Wissen wir, wie die Welt in zwei Tagen aussieht?«

»Sie hat sich in der Taiga nicht verändert...«

»Siehst du! Und deshalb sind wir jetzt hier, um auch Sibirien in ein neues Zeitalter zu führen. Du lebst in einem unschätzbar reichen Land!«

»Dieser Urwald...«

»Unter den Wäldern liegen Gold und Diamanten, Nickel und Uran, Erdöl und Erdgas, Eisenerze und Kupfer, Mangan und Kohle!«

»Und das alles suchst du?«

»Einen Teil davon. Wenn wir es gefunden haben, werden hier neue große Städte entstehen, Kraftwerke, Staudämme, deren Turbinen elektrischen Strom in die fernsten Gebiete der Taiga liefern; Hunderttausende werden in das neue reiche Land ziehen, die Sowjetunion wird der mächtigste Staat der Welt werden...«

»Aber es wird immer irgendwo einen Kassugai geben, der Mädchen kauft, indem er den Eltern eine bessere Stellung verspricht. Kannst du das verhindern?«

Sie hat recht, dachte Tassburg beklommen. Verdammt, da ändert sich nichts, nur die Bezeichnungen wechseln. Kein Mädchenkauf – sondern Aufstieg in eine sozial bessere Schicht. Wie ist es in Moskau?

Der Genosse Planungsleiter liebt seine Sekretärin, und deren Eltern haben vor einem Jahr die Kantine übernommen. Es gab viele Bewerber, Fachleute, wirklich gute Köche. Aber nein – die Eltern bekamen die Kantine, und der Planungsleiter gab hinterher ein großes Fischessen für alle Mitglieder der Kommission, die dem zugestimmt hatten. Sie nannten es Fisch... Aber es war kaspischer Kaviar und grusinischer Wein...

»Sagen wir es so...« meinte Tassburg und sah Natalia Nikolajewna kurz an. »Nach zwei Tagen reden wir weiter. Mir wird schon etwas einfallen, daß keiner auch nur zwei Meter an das Haus herankommt. Wenn sie schon an Geister glauben, sollen sie auch von den Geistern etwas haben...« Er stand auf, und sofort sprang Natalia von ihrem Schemel auf und flüchtete an die mächtige Ofenwand.

»Ich fasse dich nicht an!« sagte Tassburg mit belegter Stimme.

»Alle Männer wollen doch nur Mädchen haben!«

»Das klingt bitter.«

»Ein gutes Essen, ein gutes Getränk... Und dann wollen die Männer belohnt werden!«

»Traust du mir das zu?«

»Alle meine Freundinnen sind in Mutorej so von den Männern genommen worden! Alle! Sie haben es erzählt: eine Flasche Birkenwein, und man riß ihnen den Rock herunter.«

Sie ist völlig verstört, dachte Tassburg. Sie hat einen großen seelischen Schock erlitten. Für sie ist dieses Leben eine einzige Hetzjagd und eine immerwährende Flucht. Man muß sie ganz behutsam zu den Menschen zurückführen, ihr den Glauben an das Gute wiedergeben. Das Bewußtsein, wie schön es ist zu leben! Die Freude, jung und schön zu sein! Das Gefühl, lieben zu können!

»Ich fasse dich nicht an.« Er wandte sich ab und ging zur Tür des Schlafraums. Das Wort »lieben« ließ ihn nicht los, und wenn er Natalias Augen dabei ansah, spürte er eine angenehme Wärme in sich. Welche Dummheit! dachte er, böse auf sich selbst. Was soll das?

Du hast dich hier um Erdgas zu kümmern, um weiter nichts! Aber – jetzt ist ein Mensch da, den man jagt, auf dessen Kopf 1000 Rubel ausgesetzt sind, nur weil er nicht ins Bett eines sicherlich vollgefressenen Natschalniks will! Man sollte dafür sorgen, daß dieses Mädchen bald in Sicherheit kommt. Aber dieses warme Gefühl in dir, Michail Sofronowitsch, das begrabe!

Er kam zurück in das Wohnzimmer. Natalia lehnte noch an der Ofenwand. »Ist Kassugai dick und fett?« fragte er.

»Nein. Nicht größer als ich und schlank. Aber schwarze fettige Haare hat er und einen herunterhängenden Tatarenbart. Und wenn er lacht, zittern alle anderen. Er lacht immer, wenn er etwas Böses tut.«

»Ein wahres Herzchen!« sagte Tassburg. »Wo willst du schlafen?«

»Im hinteren Zimmer steht ein altes Bett.«

»Ich weiß. Aber es hat nur Bretter, keine Matratze.«

»Auf Steinen schläft es sich härter. Ich habe ein Dach über mir, was will ich mehr!«

»Du kannst in meinem Feldbett schlafen.«

»Und du?«

»Ich lege mich auf die Eckbank.«

»Das alte Bett genügt mir aber...«

»In diesem Bett sind fünf Männer ermordet worden, weißt du das?«

»Es waren Männer – ich bin ein Mädchen!«

»Das ist eine logische Antwort.« Tassburg setzte sich wieder auf die Eckbank. »Los!« sagte er laut.

Natalia zuckte zusammen, und ihre Augen bekamen einen erschrockenen Ausdruck.

»Du schläfst in meinem Bett! Keine Widerrede! Ich schwöre dir, daß ich dich nicht im Schlaf überfallen werde! Genügt dir das?«

»Wenn du es sagst...« Sie schob sich an ihm vorbei in den Schlafraum. »Und morgen früh?«

»Da wird man sich zuerst wundern, daß ich noch lebe. Ich werde ihnen eine tolle Geschichte erzählen, was ich in der Nacht erlebt habe. Eine bleiche Frau steht mit einem Messer vor meinem Bett, und als ich sie fassen will, löst sie sich in Nebel auf, und rotes Wasser wie Blut haftet an meinen Händen.«

»Das wird dir keiner glauben, Michail.«

»Sie werden zittern vor Ehrfurcht, soll ich mit dir wetten?«

»Wetten? Um was?« Sie lächelte wieder sanft und schwach.

»Darum, daß du länger als zwei Tage bei mir bleibst.«

»Ich nehme die Wette nicht an«, sagte sie rauh und schlüpfte ins Schlafzimmer und warf die Tür zu.

Tassburg hörte, wie sie den Stuhl und eine der blechbeschlagenen Kisten davorschob.

Sie mißtraut mir noch immer, dachte er. Sicherlich war das mit der Wette falsch, sie hat es anders aufgefaßt... Nun frage dich mal ernsthaft, Michail Sofronowitsch: Willst du sie nicht bei dir behalten, weil ihr Anblick dich erfreut? Ist dir nicht jetzt schon der Gedanke bitter, daß sie plötzlich wieder verschwinden könnte? Zurück in die unendliche Taiga, in der sich alle Spur verliert?

Er legte sich auf die Eckbank, schob die zusammengelegte Jacke unter seinen Nacken und dachte daran, daß in einer ähnlichen Lage der gute Morosowski sich das Genick gebrochen hatte. Sicherlich nur ein Zufall, wie man auch in einer Waschschüssel ertrinken kann, wenn man plötzlich das Bewußtsein verliert.

Obgleich er wach bleiben wollte und auf Geräusche aus dem Nebenzimmer lauschte, schlief er bald ein. Erst die helle Sonne weckte ihn. Er drehte sich auf die Seite und sah Natalia am Herd sitzen. Sie hatte die Hände in den Schoß gelegt und beobachtete ihn. Sie nickte ihm zu, als er sie verblüfft ansah, und warf ihr langes Haar in den Nacken. Jetzt, am Tag, war es heller, als er gedacht hatte: ein lichtes Braun mit einem Schimmer Rot darin, eine Haarfarbe, die er noch nie bei einer Frau gesehen hatte. Aber sie paßte zu Natalia, zu ihrem schlanken Körper, zu den braungrünen Augen und dem Mund, dessen Lippen beinahe etwas zu voll waren. Ein lockender Mund war es, voller Lebenslust. Es war verständlich, daß ein Mann wie Kassugai alles aufbot, um dieses Mädchen in seinen Besitz zu bringen...

»Du hast fest geschlafen«, sagte sie. »Du hast nichts gehört.«

»Gar nichts, Natalia.« Er erhob sich und schüttelte die zerknüllte Jacke aus, die unter seinem Kopf gelegen hatte. »Du bist wirklich leise wie ein Geist!«

»Der Tee ist fertig. Ich habe in den Vorräten nachgesehen. Ich kann dir Schinken mit Eiern braten oder mit Käse...«

»Wie hast du geschlafen?« fragte er, ging in sein Schlafzimmer und steckte den Kopf in die emaillierte Waschschüssel. Sein Bett war glattgezogen, als habe sie es gar nicht benutzt. Sie kam ihm nach und blieb in der offenen Tür stehen.

»Es war zu weich«, sagte sie und deutete auf das Bett. »Ich bin das harte Schlafen gewöhnt.«

»Dafür spüre ich heute jeden Knochen.« Er reckte sich und zog sein Hemd aus. Mit nacktem Oberkörper wusch er sich weiter, und sie schaute ihm zu und betrachtete seine Muskeln, die behaarte Brust, die breiten Schultern.

»Du bist auch schön«, sagte sie plötzlich.

Er hielt mit dem Waschen inne und richtete sich auf. »Danke! Weißt du, daß es das erste Mal ist, daß eine Frau so etwas zu mir gesagt hat?«

»Wieso? Was sagen sie denn...?«

»Nun... Du bist stark! Du bist ein Schatz! Du bist wie ein Bär! Du gefällst mir! Du bist ein geliebter Schuft! Ja und viele solche Sachen. Aber noch keine hat mir gesagt, daß ich schön bin.«

»Du hast es ja auch zu mir gesagt.«

»Weil du es bist, Natalia.«

»Und du bist es auch.« Sie lehnte sich gegen den Türrahmen und flocht einen kleinen Zopf in ihr Haar. »Du hast schon viele Frauen gehabt?« fragte sie endlich.

»Viele? Einige... im Lauf der Jahre.«

»Und keine hast du geliebt?«

»Ich glaube doch.«

»Warum bist du dann immer wieder von ihnen weggelaufen?«

Das ist eine Frage, dachte Tassburg. Ja, warum bin ich immer wieder weggegangen und habe nie geheiratet? Wegen des Berufs natürlich. Wer die Taiga erforschen will, hat keine Zeit für ein bürgerliches Eheleben. Was haben eine Frau und Kinder davon, wenn der Ehemann und Vater ein Jahr lang in den Wäldern lebt und dann zurückkommt, um nach einem Monat wieder wegzuziehen? Wer macht das mit? Eine Frau will ihre Wohnung haben, ihr Bett, ihr geruhsames Leben, ein Nest, in dem die Familie wachsen kann. Ich kann ihr das nicht bieten...

»Vielleicht habe ich wirklich noch nie richtig geliebt«, sagte er trotz dieser Gedanken und eigentlich gegen jede Vernunft. »Die Taiga war immer stärker.«

»Sie ist stärker! Aber eine Frau kann doch mitgehen.«

»Monatelang durch die Wildnis?«

»Wenn sie liebt...«

»Ich habe darüber noch nie nachgedacht, weil ich es für unmöglich hielt.« Tassburg begann, sich abzutrocknen. »Wir alle machen ständig große oder kleine Fehler in unserem Leben.« Er ging zu einer Kiste, holte ein neues Baumwollhemd aus einer Schachtel und zog es über. »Dein Speck wird schwarz, Natalia. Ich rieche es!«

»O Jesus!« Sie rannte ins Wohnzimmer, und er hörte, wie sie mit der Eisenpfanne klapperte. Er kämmte sich sorgfältig und warf einen Blick nach draußen.

Vor Anastasias Haus, auf einer Birkenholzbank, hockten, wie Hühner auf der Stange, der Pope Tigran, die Witwe Morosowskaja, ein Vorarbeiter Tassburgs, der vom Lager gekommen war, um seinen Chef abzuholen, und – etwas abseits und einen Apfel kauend – der Dorfidiot Jefim Aronowitsch. Sie starrten auf das verfluchte Haus und warteten.

Tassburg ging in das Wohnzimmer und winkte Natalia ab, als sie mit der Pfanne zum Tisch wollte. Dort standen zwei Teller, das Brot war schon geschnitten, der Tee dampfte in einem Kesselchen.

»Noch fünf Minuten, mein Mädchen«, sagte er. »Draußen sitzen sie herum und warten, daß sie die Glocke läuten können. Ich muß ihnen zeigen, daß ich noch lebe!«

»Dann kommen sie herein ...« rief Natalia ängstlich, und ihre Augen wurden riesengroß.

»Nicht einen Schritt, Natalia, du solltest mir wirklich vertrauen.«

Er ging schnell zur Tür und war plötzlich von einem rasenden Glücksgefühl erfüllt, als sie ihm nachrief:

»Ich will es ja tun, Michail! Es ist noch so schwer, an einen Menschen zu glauben ...«

3

Der Pope Tigran, Anastasia, der Vorarbeiter und Jefim fuhren von der Bank hoch, als Tassburg in der Tür des Hauses erschien.

»Er lebt!« rief Tigran mit seinem dröhnenden Baß. »Er hat es wirklich überlebt! Michail Sofronowitsch, als sich drinnen nichts rührte, haben wir schon für Sie gebetet.«

»Nicht nötig, liebe Freunde.« Tassburg lächelte. »Aber ich mußte mir erst das rote Wasser, das aussah wie Blut, von den Händen waschen.«

»Was mußten Sie?« fragte Tigran entsetzt. »Rotes Wasser? Im Haus?« Sein langer Bart sträubte sich faszinierend.

»Also das war so: In der Nacht wache ich auf, und vor meinem Bett steht eine bleiche Frau mit einem Messer in der Hand!«

»Heilige Mutter von Kasan!« wimmerte Anastasia, fiel auf die Knie und faltete die Hände. »Es geht wieder los!«

»Aber Angst? Kenne ich Angst?« fuhr Tassburg ungerührt fort. »Ich schnelle hoch, will sie packen, doch da bleibt nichts zurück als Nebel, der sofort verschwindet. Nur meine Hände waren mit rotem Wasser übergossen.«

»Blut!« schrie Jefim, der Idiot, laut und lief davon. »Blut! Blut!«

Ganz Satowka mußte es hören.

»Morgen lasse ich das rote Wasser an den Händen, falls sie wiederkommt!« meinte Tassburg ruhig. »Damit ihr es alle seht...«

»Das Kreuz hat dich geschützt, mein Bruder!« sagte Tigran feierlich. »Mein Kreuz, das ich dir geliehen habe! Komm mit mir, ich muß dich mit Weihwasser besprengen. Und überlege dir, ob du nicht doch zu mir umziehen willst.«

»Nie!« sagte Tassburg laut und endgültig. »Der Geist stört mich nicht. Im Gegenteil – er ist bezaubernd anzusehen...«

Der Pope starrte Tassburg an. Sie beginnt, dachte er entsetzt. Die Geistesverwirrung...

Es half kein Reden, auch die Ausrede, die Arbeit rufe, hatte keinen Erfolg: Tassburg mußte mit in die Kirche, um sich vom Popen Tigran Rassulowitsch den bösen Zauber der vergangenen Nacht durch Weihwasser und Gebet vertreiben zu lassen.

Sie gingen alle mit.

Der Idiot Jefim hatte sich wieder eingefunden und tanzte nun wie ein dressierter Bär vor ihnen her. Mit an den Mund gelegten hohlen Händen brüllte er durch das Dorf: »Er hat's überlebt! Mit Blut an den Händen!« Das alarmierte selbstverständlich alle Einwohner Satowkas, und als sie vor der Kirche anlangten, folgte ihnen eine Menge Leute, nicht nur gutgläubige alte Weiblein, sondern auch die stärksten Bauern. Sie rissen die Mützen ab, betraten die Kirche und warteten stumm, was der Pope Tigran nun wohl anstellen würde mit dem Herrn Ingenieur aus der Stadt.

Zunächst ließ Tigran die Männer vortreten, die am Sonntag im Kirchenchor sangen. Der Vorsänger Ostap Leonidowitsch war darunter, ein finster blickender Kerl, der Zobel und Hermeline, Nerze und Biber in Fallen fing. Es waren selbstkonstruierte, ganz raffinierte Dinger, die keinem Tier eine Chance ließen. Wenn ein Fremder Ostap im Walde begegnete, erschrak er zutiefst, so wild und böse sah er aus. Aber wenn er in der Kirche sang, dann hörte man nur seine Stimme, einen strahlenden Tenor voller Wohllaut, der allen Psalmen etwas Ergreifendes, ja Göttliches verlieh.

»Was man so im Radio hört...« sagte einmal sogar der Pope, der sonst mit Lob nicht so schnell bei der Hand war, »in den Opern und Oratorien, ist jämmerlich gegen Ostaps Stimme! Sein Pech, daß er nicht in Moskau oder Leningrad wohnt. Welch ein internationaler Opernstar wäre er geworden! Aber wer hört ihn schon in Satowka? Und wer hat Geld, um nach Moskau zu reisen und dort vorzusingen? Aber seien wir zufrieden. Ostap singt für uns und zu Gottes Ehre – das wird ihm der Himmel einst bezahlt machen!«

Bezüglich solcher Versprechungen war man in Satowka skeptisch, aber man nahm sie hin, weil es nichts anderes gab. Außerdem war man sich darüber klar, daß Ostap bei seinem Aussehen nie eine Opernkarriere hätte machen können: Nie hätte er den Siegfried singen können, höchstens den Drachen. Oder gar einen Liebhaber? Jede Partnerin wäre sofort in Ohnmacht gefallen, wenn er sie umarmt hätte!

Jetzt aber fiel niemand um. Ostap Leonidowitsch holte tief Atem, sein Brustkorb wölbte sich weit – und dann sang er, daß einem die Tränen kommen konnten: »Herr, Dein Auge wache über uns...«

Tigran Rassulowitsch legte Tassburg ein Kreuz auf den Kopf, verbrannte ein schrecklich stinkendes Kraut, das er Weihrauch nannte (war es dieselbe Substanz wie sein berühmter Tabak?), und ging dann nach hinten in die Sakristei, die noch keiner betreten hatte und die auch niemand besichtigen durfte. Nicht, weil es ein besonders heiliger

Raum war, sondern weil hier der Pope besonders schöne Marder- und Nerzfelle von Tieren, die er aus Ostaps raffinierten Fallen herausholte, aufbewahrte. Der Vorsänger wunderte sich schon seit geraumer Zeit, daß seine Jagdbeute immer geringer wurde. Er schob es auf die Intelligenz der Tiere, die den Trick seiner Fallen langsam erkannt hatten – denn jedes Gottesgeschöpf hat ein Hirn oder zumindest einen Instinkt. Den Popen kontrollierte keiner, wenn er einmal im Jahr nach Batkit fuhr, schwer beladen, um Nachschub an Kerzen und anderen heiligen Dingen zu holen. Kam Tigran Rassulowitsch dann zurück, leichter, als er von Satowka fortgezogen war, aber mit einigen hundert Rubelchen in der Tasche, hatte er auch Kerzen und allerlei Devotionalien bei sich. Keinem fiel das besonders auf – außerdem ist der Himmel voller Wunder.

Ostap sang noch immer, die Einwohner von Satowka jubelten die Refrains mit, und vorn an der Ikonostase wartete Tassburg, wie es weitergehen würde. Dabei dachte er an Natalia Nikolajewna.

Nach dem, was er heute morgen den Leuten von Satowka erzählt hatte, war sie sicher; niemand würde das Haus betreten. Die Idee mit dem roten Wasser an den Händen war gut gewesen.

Ich werde in Satowka bleiben, solange ich es verantworten kann, dachte er. Nach den geologischen Berechnungen kommen nur ein paar Stellen in dieser Gegend in Betracht, wo man nach Erdgas bohren könnte, aber es gibt so viele Möglichkeiten, so viele unvorhergesehene Pannen, die uns zwingen können, hier zu überwintern. Bis zum Frühjahr wird es Natalia gelingen, die nächste Stadt, etwa Krasnojarsk, zu erreichen und dann für immer unterzutauchen. Kassugai wird sie dann nie mehr einholen...

Plötzlich, bei diesem Gedanken, umrahmt vom Gesang der Gläubigen, empfand er in sich eine merkwürdige Schwere. Ihm wurde klar, daß auch er dann Natalia nie mehr wiedersehen würde.

Nur wenige Stunden war ihre Bekanntschaft alt – aber die vergangene Nacht hatte etwas so Vertrautes zwischen ihnen geschaffen, als gehörten sie schon zusammen und als sei es nie anders gewesen.

Noch ist sie da, dachte er. Noch streift Kassugai durch die Taiga und sucht sie. Das Kopfgeld, das er ausgesetzt hatte, war noch Wirklichkeit! Natalia wird in dem Haus bleiben müssen – noch Wochen oder sogar Monate! Nirgends ist sie sicherer...

Tassburg biß sich auf die Unterlippe. Er hatte sich bei dem häßlichen Gedanken ertappt, Kassugai möge noch recht lange nach Natalia suchen...

Der Vorsänger Ostap schwieg. Tigran kam aus der Sakristei zurück, feierlich ernst, mit dem stechenden Blick, der jedermann in Satowka in die Knie zwang. Zum Zeichen einer ungeheuren Verinnerlichung sträubte sich auch der Bart. In den Händen trug er wie einen Kelch den Aluminiumtopf mit einer breiigen gelben Masse. Die Einwohner von Satowka bekreuzigten sich.

»Nimm das, mein Sohn!« sagte Tigran mit seinem dröhnenden Baß. »Es wird dich vor den Angriffen der Hölle schützen!«

Tassburg nahm den Topf entgegen und betrachtete die breiige Masse nachdenklich. Sie roch nach nichts, was ihn wunderte, denn alles muß einen gewissen Geruch haben, um das einfache Volk von Wirkungen zu überzeugen. Eine Medizin, die nicht bitter schmeckt, wird scheel angesehen. »Muß ich das essen?« fragte Michail, um den sich ehrfurchtsvolle Stille ausgebreitet hatte.

»Heiliger, nein!« schrie der Pope. »Die Hölle bedient sich ja in Ihrem Falle einer weißen Frau, die schon hundertfünfzig Jahre tot ist! Bestreichen Sie mit diesem Brei jede Nacht Ihre Stirn und die Pfosten Ihres Bettes – kein Höllengeist wird Sie dann jemals mehr anrühren!«

»Amen!« sang Ostap, der Tenor.

»Ahnen Sie, was der Brei enthält?« fragte Tigran dunkel.

»Nein.«

»Er ist eine Mischung aus dreihundert geweihten Oblaten und einem Viertelliter geweihtem Wein! Wo Sie den Brei aufstreichen, entsteht gegen die Hölle eine unüberwindliche Mauer. Dieser Gedanke kam mir gestern nacht, als ich um Ihr Leben betete!«

»Genial, Tigran Rassolowitsch! Was muß ich noch machen?«

»Das genügt!« Der Pope blickte die Leute von Satowka an und war zufrieden. Die Wirkung, die sein »genialer Einfall« hinterlassen hatte, war enorm. Der Idiot Jefim Aronowitsch hockte auf dem Boden und starrte den Popen mit offenem Mund an. Seine Augenwinkel zuckten, als hätte er unter elektrischen Schlägen zu leiden.

Der Pope fragte: »Wie sah die weiße Frau genau aus, Michail Sofronowitsch?«

»Sie trug ein langes weißes Kleid. Ihre hellbraunen Haare waren offen...«

»Hellbraun?« Tigran zerwühlte seinen langen Bart. »Die Gräfin Albina Igorewna Borodawkina hatte schwarze Haare! Das steht in den Aufzeichnungen.«

Tassburg drehte sich um.

Um ihn herum knieten die Einwohner von Satowka, in der vordersten Reihe die Witwe Anastasia. Neben ihr hockte der Vorarbeiter der Bautrupps und grinste seinen Chefingenieur verständnisvoll an. Was sollte er tun...

»Wir wissen jetzt, daß die Aufzeichnungen falsch sind!« sagte

Tassburg laut, zum Äußersten entschlossen. »Sie hat hellbraunes Haar. Oder hat einer von euch schon die Gräfin Albina gesehen? Hat einer von euch sie packen wollen und an den Händen rotes Wasser zurückbehalten?«

»Blut!« stöhnte Tigran dumpf.

In Jefims Augen verstärkte sich das Zucken. Der Idiot ließ sich plötzlich fallen, zog die Beine so dicht an, daß die Knie an sein Kinn stießen, und wimmerte. Schaum quoll über seine Lippen, er schlug um sich, und seine Finger waren wie zu Krallen gebogen. Niemand kümmerte sich um ihn – man kannte das in Satowka. Wenn Jefim Aronowitsch seinen Anfall bekam, so war das, als wenn andere husten. Meistens sprach er bei seinen Anfällen, und was er sagte, war klüger als alles, was man in Büchern oder Zeitungen las.

Auch das wunderte keinen. Seit Jahrhunderten weiß man in Rußland, daß die Narren einen Hauch von Heiligkeit haben, und wer früher etwas auf sich hielt, leistete sich seinen eigenen Narren, zuletzt Zar Nikolaus II., der neben Rasputin auch ein paar Epileptiker als Sucher der Wahrheit am Hofe beschäftigte. Ein »heiliger Idiot« – das ist in Rußland so etwas wie bei anderen Völkern die Wahrsager, Kartenleger und Handleser. Man lächelt über sie, aber wenn sie in Aktion treten, überrinnt einen eine eisige Haut.

Jefim Aronowitsch also lag auf dem Kirchenboden, verdrehte die Augen und stieß unverständliche Laute aus. Ab und zu schnellte er mit dem ganzen Körper hoch, um dann klatschend wieder auf den Steinboden zu stürzen. Er sah erschreckend aus.

»Warum hilft ihm denn keiner?« rief Tassburg und wollte sich über Jefim beugen. Aber Tigran hielt ihn zurück.

»Nicht ein blaues Fleckchen wird er haben!« sagte er ganz ruhig. »Zuerst wollte ich es auch nicht glauben, aber dann habe ich mich selbst davon überzeugt: kein Kratzerchen, keine Beule, gar nichts! Lassen Sie ihn! Narren sind besondere Menschen, Michail Sofronowitsch. Da, hören Sie selbst! Er ist von Ihnen so begeistert, daß er einen Anfall bekommt! Ihretwegen! Hören Sie nur!«

Jefim Aronowitsch stieß einen schrecklichen Schrei aus, fiel dann zurück und starrte gegen die Kirchendecke.

»Ihr könnt sie versöhnen ... versöhnen ... versöhnen«, schrie der Idiot und hob seine zu Krallen gebogenen Hände. Bei jedem Wort spuckte er Schaum von sich. »Sie sagt, sie hat Hunger und nichts, worin sie sich kleiden kann. Hunger hat sie, Hunger! Und sie friert. Es ist so kalt, Leute, so kalt!« Jefim klapperte mit den Zähnen, als läge er selbst auf einem Eisblock. »Warum sorgt keiner für mich? Bin ich nicht in eurer Mitte? In eurer Mitte? Mitte?«

»Albina Igorewna spricht durch ihn!« verkündete Tigran ergriffen. »Da hört ihr es! Sie wollten es nie glauben... Albina beklagt sich über den Mangel an Aufmerksamkeit! Oh, ich habe es die ganzen Jahre geahnt! Seit einhundertfünfzig Jahren ist sie einsam...«

»Aber das ist doch Blödsinn«, sagte Tassburg leise. »Jefim ist krank, und was er sagt, ist dummes Zeug...«

»Sie werden es nie begreifen, Michail Sofronowitsch! Ihr modernen Menschen mit eurem überzüchteten Verstand! Das Jenseits ist immer um uns, aber ihr leugnet es! Da, hören Sie...«

»Ich töte euch!« rief Jefim und krümmte sich zusammen. Seine Stimme wurde heiserer und unverständlicher. »Ihr habt mich allein gelassen. Wie kann ich Ruhe – Ruhe finden... Ich muß euch töten, damit ihr mich nicht vergeßt. Hört mich... hört ihr mich... hört...« Jefims Stimme brach, nur ein Wimmern blieb übrig. Schließlich streckte er sich aus und fiel in eine todesähnliche Ohnmacht.

Nun erst griffen die drei Bauern zu, zerrten den Idioten an den Beinen weg, schleiften ihn in eine Ecke der Kirche und ließen ihn dort liegen wie einen Haufen dreckiger Lumpen.

»Das war ein Erlebnis, liebe Brüder und Schwestern!« sagte Tigran mit tiefer, wohltönender Stimme. »Ihr habt alles gehört. Zum erstenmal wissen wir jetzt, warum Albina Igorewna keine Ruhe findet. Lasset uns für sie beten...«

Um Tassburg kümmerte sich von da an keiner mehr. Er winkte seinem Vorarbeiter, klemmte sich den Aluminiumtopf mit dem Brei unter den Arm und verließ die Kirche. Als er die Tür zuwarf, begann Ostap, der Tenor, wieder zu singen.

»Und du Rindvieh machst auch noch den ganzen Zauber mit«, sagte Tassburg laut, »wenn ich das im Camp erzähle...«

»Ich bin ein aufgeklärter Kommunist, Genosse Ingenieur«, antwortete der Vorarbeiter und trottete neben Tassburg her zum Dorfausgang, wo die Kolonne auf den Einsatz in der Taiga wartete. »Ich weiß, daß Gott ein kapitalistisches Hirngespinst ist... aber bedenken Sie, Genosse, wir hatten in unserer Familie eine Tante, die siebenundneunzig Jahre alt war und wöchentlich einmal hinfiel wie dieser Idiot in der Kirche. Sie merkte es immer vorher und sagte dann: ›Ihr Lieben, morgen um neun in der Frühe geschieht's!‹ Dann kamen alle zusammen, alle Nachbarn, und standen um sie herum, bis sie hinfiel. Und dann fragten alle die Tante nach der Zukunft, und sie gab Auskunft! Genosse Ingenieur, man konnte darauf bauen, es stimmte immer! Mir selber hat sie gesagt – da war ich elf Jahre alt –, daß ich einmal Vorarbeiter werden würde! Na, und was bin ich? Vorarbeiter! Ist das kein Beweis, Genosse?«

Tassburg seufzte, nickte und war froh, daß es an die Arbeit ging. Die Gebietskarte auf den Knien, fuhr er hinaus zu den Stellen, wo man im Geologischen Zentrum Erdgasvorkommen errechnet hatte. Er bezeichnete ein Gebiet mitten im Wald, wo gebohrt werden sollte, und dann begann die Arbeit des Rodens. Bäume wurden gefällt, dicke Wurzelstöcke aus dem Boden gesprengt, der Bohrplatz wurde planiert.

Tassburg hatte ein Zelt aufgeschlagen, einen großen Klapptisch aufgestellt und führte das Berichtsbuch weiter: »Beginn der neuen Bohrung 9.45 Uhr. Planquadrat 14–16. Rodung der Arbeitsfläche.«

Dann setzte er sich hin und rechnete im stillen nach, wie lange sie hier wohl nach Erdgas suchen könnten. Er kam auf eine Zeit von drei Monaten. Dann würde längst Schnee liegen, die Taiga würde im Frost erstarrt sein, Satowka von der Umwelt abgeschlossen ... Wir haben Zeit, Natalia, dachte Tassburg, seltsam glücklich und fröhlich. Viel Zeit. Wir brauchen nichts zu übereilen.

Was in der Kirche geschehen war, verbreitete sich in Windeseile im Dorf. In allen Häusern begann man zu kramen und sah unter den Vorräten nach, was man entbehren konnte. Eine Stimme aus der Hölle – das war doch mal etwas Besonderes! Man kam selbst in Bedrängnis, das war gut, denn das »Töten« bezog sich wohl nur auf den Bewohner des »Leeren Hauses«, auf den Genossen Ingenieur im Augenblick oder auf Anastasia Alexejewna, falls sie ihrem verdammten Erbstück mal zu nahe kommen sollte. Aber – schließlich war man eine Dorfgemeinschaft, jeder hatte Anteil am Schicksal des anderen, und wenn man – ohne zu große eigene Belastungen – Unheil von jemandem abwenden kann – warum sollte man es dann nicht tun?

Eine Stunde nach Jefims Anfall – er selbst lief schon wieder herum, als sei nichts geschehen, und erinnern konnte er sich auch an nichts mehr – brachten die Bauern auf Handwagen und Mistkarren die Sachen vor Anastasias Haus: Da waren Töpfe mit gesäuertem Kohl, eingelegte rote Bete, Salzgurken, Trockenfleisch von Rentieren und Hasen, Gläser mit eingezuckerten Beeren, Säckchen mit Gries und Graupen und sogar ein paar Flaschen Birkenwein, denn es konnte ja sein, daß die Gräfin Albina Igorewna in der Hölle Durst auf einen herzhaften Schluck verspürte.

Das alles stapelten die Bauern vor dem verfluchten Haus auf, in ehrfurchtsvoller Entfernung natürlich, genau zwischen Anastasias Haus und der ominösen Blockhütte. Sie schlugen ein Kreuz und liefen dann rasch aus dem Bannkreis. Anastasia saß auf ihrer Bank, betrachtete die Gaben und nickte jedem zu, der an ihr vorbeikam. »Das ist gut! Der Himmel wird's euch danken! Schade ist's nur, daß alles ein Geist bekommt! Wie hätten mein Mann und ich davon leben können! Nun schluckt alles die Hölle!«

Dann saß sie wieder stumm da, starrte auf die Geschenke und überlegte, wie die Gräfin Albina das alles wohl wegtragen würde. Kam sie wohl selbst aus dem Haus und packte sich alles auf? Oder nahm sie den Teufel zu Hilfe? Konnte man ihn dabei beobachten, nachts, hinter dem Fenster? Oder warf einen sein Anblick augenblicklich tot um?

Tigran, der gegen Mittag vorbeikam, fand Anastasia noch immer mit diesem Problem beschäftigt.

»Versuche Gott nicht!« sagte er streng, und sein Bart sträubte sich wieder. »Den Satan beobachten? Anastasia Alexejewna, welche Gedanken! Du siehst ihn an und bist im gleichen Augenblick tot! Und dazu schwarz wie Holzkohle! Willst du eine verfluchte schwarze Leiche sein?«

Anastasia sah ein, daß befriedigte Neugier diesen Preis nicht wert war, und begleitete den Popen, der furchtlos zwischen den Geschenken herumging und alles genau musterte und zählte.

»Ich habe eine gute Gemeinde«, sagte er abschließend. »Eine Gemeinde mit offenem Herzen. Gott blickt mit Freude auf sie herab!«

Dann ging er nach Hause, rieb sich die mächtigen Hände, streichelte seinen großen Bart und wartete voller Ungeduld auf die Nacht. Noch nie war ihm der Tag so lange vorgekommen.

Tassburg kam erst bei Einbruch der Dunkelheit aus der Taiga zurück. Er fuhr in seinem Geländewagen bis vor die Tür des verfluchten Hauses und sprang heraus. Verblüfft betrachtete er die Berge von Geschenken. Dann blickte er hinüber zu Anastasias Hütte und erkannte hinter der Scheibe ihr Gesicht. Sie preßte die Nase an das Fensterglas und beobachtete ihn neugierig. Sie schien nicht begreifen zu können, wie ein Mann so dumm sein kann, trotz aller Warnungen wieder in dieses Haus zu gehen.

Tassburg holte aus dem Wagen einen vollgepackten Rucksack, schleppte ihn zur Tür und schloß sie auf. Dann trat er ein und warf mit einem Fußtritt die Tür wieder hinter sich zu.

Im dunklen Zimmer, vor dem breiten, aus Flußsteinen gemauerten Herd, in dem nur noch ein paar Holzscheite spärlich glimmten, hockte Natalia – sprungbereit wie eine Katze.

»Ich bin es«, rief Tassburg an der Tür.

»Ich sehe es.« Sie stand auf, blieb aber im Schatten. »Gut, daß du da bist! Ich bin umgekommen vor Angst...«

»Keiner wird das Haus betreten, ich habe es dir doch versprochen!«

»Das ganze Dorf war da! Hast du gesehen, was sie alles gebracht haben?« Sie lehnte sich an die Wand und schob mit beiden Händen ihr langes Haar aus dem Gesicht. Tassburg kam näher, so nahe, daß er in der Dämmerung ihr Gesicht erkennen konnte, und verspürte wieder dieses tiefe Glücksgefühl, sie bei sich zu wissen.

»Diese Opferwelle hat Jefim, der Idiot, ausgelöst. Ich werde es dir nachher erzählen. Die Gräfin hat Hunger...« Er hob die Hände und strich Natalia sanft über das Haar. Sie blieb einen Augenblick wie erstarrt stehen, dann wich sie der Berührung aus.

»Soll ich wieder kein Licht machen?« fragte Michail mit belegter Stimme.

Natalia schüttelte den Kopf. Ihr Gesicht hatte einen ängstlichen Ausdruck, als sie widersprach:

»Man kann in die Stube sehen, Michail Sofronowitsch.«

»Dann hänge ich einen Sack davor!«

»Das wird auffallen.«

»Heute nacht wird noch vieles auffallen, Natalia.« Er lachte und zeigte auf den prallen Rucksack, der mitten im Zimmer stand. »Ich habe eine Menge Sachen mitgebracht, um den Höllenspuk für alle sichtbar zu machen. Du wirst dich wundern! Ab morgen wird keine Festung so sicher sein wie dieses Haus!« Er sah sich um, zog seinen Rock aus und ging ins Schlafzimmer. »Was essen wir heute, Natalia?«

»Ich habe alles vorbereitet«, sagte sie aus der Dunkelheit, »aber ich konnte nichts kochen. Man hätte es draußen gerochen. Du hast gesalzenes Fleisch hier, ich habe es gewässert und mit Gewürzen eingerieben. Wir können es jetzt braten!«

»Zuerst machen wir endlich Licht!« Er ging ins Nebenzimmer, holte eine Decke, Nägel und Hammer und verhängte das Fenster. Dann zündete er die Propangaslampe an, und das helle Licht traf Natalia. Sie blinzelte und kniff die Augen zusammen, unwillkürlich drückte sie sich in die Ofenecke.

»Es sieht uns keiner mehr«, sagte Tassburg. »Fache das Feuer an und setze den Braten auf! Ich gehe hinaus, um mir die Geschenke anzusehen.«

»Sie sind nicht für uns!«

»Aber wir können sie gut gebrauchen. Vor allem du!« Er blieb vor ihr stehen, aber er wagte nicht mehr, sie anzufassen. »Ich habe allen Leuten erzählt, wie schön mein Geist ist. Lange hellbraune Haare, Augen wie eine Katze...«

»Du bist verrückt!« sagte sie leise. Ihr Blick traf ihn und drang in ihn mit einem wohligen Schmerz. »Wie kannst du so etwas sagen?«

»Stimmt es nicht?«

Sie wandte sich brüsk ab und ging zum Herd. »Das Feuer geht aus.« Sie legte dicke Scheite auf die Glut, hockte sich davor und blies so lange, bis sich eine Flamme bildete.

Er stand hinter ihr und sah ihr zu. Es kostete ihn große Kraft, nicht nach ihr zu greifen und sie an sich zu ziehen. Was ist los mit dir, Michail? dachte er. Da läuft ein Mädchen durch die Taiga, verkriecht sich wie ein Tier, und du verwandelst dich, kaum daß du sie gesehen hast. Werde nur kein Idiot wie Jefim Aronowitsch! Für Natalia bist du mit deinen 32 Jahren ein alter Mann, und wenn du sie an dich ziehst und küßt, wird sie vor dir ebenso flüchten wie vor diesem Kassugai! Spinne dich nicht in Illusionen ein...

»Morgen nacht laufe ich weiter«, sagte sie plötzlich und schob die Pfanne über die Herdflamme.

»Morgen?« Seine Stimme klang rauh. »Wieso?«

»Ich muß weiter, Michail.«

»Warum mußt du? Ich mache heute nacht unser Haus uneinnehmbar. Du wirst es erleben und mir sogar dabei helfen!«

»Das kümmert einen Kassugai nicht.« Sie legte das Fleisch in die Pfanne, und gleich darauf erfüllte Bratenduft das Zimmer. »Du bist tagsüber nicht hier. Du kannst mich nicht beschützen. Du hast deine Arbeit, du mußt Erdgas suchen. Ich bin den ganzen Tag allein. Wenn Kassugai heute gekommen wäre – wer hätte ihn zurückgehalten?«

»Alle im Dorf!«

»Er hätte sie ausgelacht und angespuckt und wäre gerade wegen des angeblichen Spuks ins Haus gekommen! Alles, was verboten ist, reizt ihn doppelt! Nein, ich muß weiter! Weit weg von hier!«

»Laß uns das in Ruhe überdenken, Natalia«, sagte Tassburg gepreßt. »Die Welt ist groß, das stimmt... Aber in ihrer Größe kann man auch umkommen.« Er versuchte, seine innere Erregung zu überspielen und lächelte mühsam. »Was darf ich meinem schönen Geist von den Geschenken da draußen zu Füßen legen? Gurken? Rote Bete? Gezuckerte Preiselbeeren? Ich hole herein, soviel ich tragen kann...«

Anastasia saß am Fenster und fuhr hoch, als Tassburg aus dem verfluchten Haus trat und zwischen den vielen Geschenken umherging, alles mit einer Taschenlampe anleuchtete und sich einige Gläser, Töpfe und verschnürte Pakete zurechtlegte. Sie seufzte laut bei dem Gedanken an die schönen Dinge, die da herumlagen und einer vor 150 Jahren gestorbenen Gräfin gehören sollten. Plötzlich begriff sie auch voll und ganz die Ideologie: »Die verfluchten Kapitalisten und Adligen, sie sind unser Ruin! Immer bekommen sie alles, und wir dürfen nur aus der Ferne zusehen!«

Anastasia registrierte, daß der Genosse Tassburg mit einigen Geschenken ins Haus zurückging, anscheinend, um gegen Mitternacht den bösen Geist etwas zu versöhnen. Das war ein löbliches Vorhaben! Vielleicht ließ sich die Gräfin Albina Igorewna darauf ein, das Spuken aufzugeben und für immer aus Satowka zu verschwinden. Ein wahrer Segen wäre das...

Kurz vor Mitternacht erschien der Teufel persönlich. Das heißt – es traten zwei Teufel auf, die aus verschiedenen Richtungen kamen. Das widerspricht zwar der Bibel, aber es geschah.

Der eine trug ein langes schwarzes, kuttenähnliches Gewand, der andere kam in einem zerfetzten Sack. Da beide Teufel auf Zehenspitzen heranschlichen und keinen Lärm machten, trafen sie sich erst mitten zwischen den Geschenkbergen vor der Tür des verfluchten Hauses, und zwar beide in der gleichen Situation: Sie stopften in mitgebrachte Beutel Gläser und Dosen.

»Ha!« rief der eine Teufel dumpf. Er hatte eine mächtige Baßstimme, aber mit Rücksicht auf die späte Stunde dämpfte er sie. »Du Schurke! Du Halunke! Du Gottesleugner! Vergreifst dich an aus Barmherzigkeit gespendeten fremden Gaben!«

Und der andere, in Säcke gekleidete Teufel antwortete mit einer kreischenden Stimme: »Wer hat in die Hölle geblickt, he? Wem verdankt ihr das alles, diese vielen guten Gaben? O du dampfender Bock!«

»Es ist unglaublich«, sagte der schwarze Teufel. »Du hast gar keinen Anfall gehabt?«

»Bin ich ein Idiot? Diese vielen schönen Sachen! Sie wären nie aus den Häusern unserer Brüderchen gekommen! Sollen sie jetzt verkommen?«

»Siebzig Teile für mich, dreißig für dich!«« zischte der baßstimmige Satan. »Und kein Wort mehr!«

»Bin ich einer, der sich die Schuhe mit dem Fangeisen auszieht, he? Gerecht geteilt, Bruderherz! Bedienen wir uns nach unserem Geschmack, dann ist jeder zufrieden!«

»Und so etwas ist ein Idiot!« meinte der schwarze Teufel erschüttert. »Wie kann so etwas möglich sein?«

»Man lebt am ruhigsten, wenn alle anderen Menschen glauben, sie seien klüger als man selbst. Ab und zu ein Tritt, was schadet's? Werden die Klugen im Leben nicht auch getreten – und oft mehr als ich? Mich läßt man in Ruhe. Aber euch... ha, ihr müßt jeden Tag darum kämpfen, daß man euch nicht für Idioten hält! Welch ein grausames Dasein!« Er zeigte auf die Geschenke. »Bedienen wir uns?«

»Es ist zum Verrücktwerden!« sagte der Schwarzgekleidete. »Wie kann man gegen einen Idioten argumentieren! Also gut, bedienen wir uns.«

Aber dazu kam es nicht mehr.

Aus dem verfluchten Haus der Witwe Anastasia Alexejewna Morosowskaja ertönte ein so lauter Donnerschlag, daß die Erde zu beben schien. Dann leuchtete es hinter den Fenstern rot, grün und blau auf. Es war, als zische Feuer aus der Erde. Die beiden Teufel machten einen Luftsprung, rafften ihre langen Gewänder und rannten in die Richtungen weg, aus denen sie gekommen waren. Die Panik saß ihnen im Nacken.

Im Haus gegenüber rollte Anastasia geistesgegenwärtig unter ihr Bett, zog die Decke über den Kopf und wunderte sich, daß ihr Herz vor Schreck nicht stehengeblieben war.

Es war genau Mitternacht.

4

Sie hatten gegessen wie in einem Luxusrestaurant. Natalias Braten war vorzüglich geraten, dazu Preiselbeeren und der Birkenwein – man sage nicht, in der Taiga könne man nicht gut leben!

Jetzt saßen sie sich noch immer an dem großen Tisch gegenüber, Tassburg auf der Eckbank, Natalia auf dem Hocker. Ab und zu sprang sie auf, holte neuen Wein und bediente Tassburg wie eine gute Ehefrau. Immer wenn sie in die Nähe des Feuers kam, veränderte sich ihre Haarfarbe... Dann schimmerte wieder das Rotgold durch, und etwas Märchenhaftes umfloß sie.

»Ich lasse dich morgen früh nicht fortgehen!« sagte Michail plötzlich. »Allein der Gedanke, daß du allein durch die Taiga irrst, macht mich verrückt.«

»Ich kenne den Wald«, erwiderte sie ruhig. »Und alles, was kommt, ist besser als Kassugai.«

»Bleib hier! Das ist am besten!«

»Bei dir bleiben?« Sie neigte ihren Kopf etwas zur Seite und musterte Tassburg. »Dein Blick gefällt mir nicht.«

»Mein Blick?« Er war verwirrt. »Das mußt du mir erklären.«

»Du siehst mich an, als wolltest du mich überfallen...«

»Natalia! Ich schwöre dir...«

»Schwöre nicht!« Sie stützte die Ellenbogen auf den Tisch und legte den Kopf in ihre zu einem Kelch geformten Hände. »Sei ehrlich, Michail. Was denkst du über mich? Da ist ein ausgebrochenes Füchslein, und das fange ich mir jetzt ein... Ist es nicht so?«

»Nein!«

»Dein Blick...«

»Zum Teufel! Ich liebe dich!« sagte er laut. Jetzt war es heraus, und er war zutiefst befreit, daß er es ausgesprochen hatte. »Ist das so etwas Schreckliches?«

»Aber ich liebe dich nicht!« sagte sie, völlig unbeeindruckt von seinem Geständnis.

»Wen liebst du denn? Einen Burschen aus Mutorej?«

»Ich habe keinen Geliebten.«

»Du bist noch nie geküßt worden?«

»O doch!« Sie blickte an Tassburg vorbei gegen die dicke Holzwand, als suche sie dort Bilder der Erinnerung. »Wir waren eine lustige Gemeinschaft. Wir haben im Fluß gebadet, in den Wäldern Beeren gesucht, am Sonntag wurde in der Stolowaja getanzt, und Ostern und am Festtag von Väterchen Frost habe ich sogar im Ballett von Mutorej mitgemacht. Wir hatten viel Spaß – ja, und geküßt haben wir uns auch.«

Ihre Augen wurden plötzlich haßerfüllt. »Dann kam Kassugai! Er lachte – es war am Fluß, und ich hatte nur einen Badeanzug an –, bestellte mir Grüße von meinen Eltern und sagte, daß ich jetzt ihm gehöre. Dann riß er mir den Badeanzug herunter, und keiner hat mir geholfen! Sie standen alle umher, meine Freunde und Freundinnen, und als Kassugai fluchte, weil ich ihm eine Ohrfeige gegeben hatte, rannten sie weg wie Hühner vor einem Marder.« Sie schwieg, strich die Haare über die Schultern und blickte Tassburg forschend an. »Wie wirst du es tun?« fragte sie langsam.

»Ich werde nichts tun!« antwortete er heiser und stand auf. »Ich werde warten, daß du zuerst kommst...«

»Glaubst du das?«

»Ich weiß es nicht.« Er ging zu dem Rucksack und begann ihn auszupacken. Ein paar Pappschachteln, zwei Holzkästen und ein Bündel dünner Holzstäbe, die er selbst aus Birkenholz geschnitten hatte, kamen zum Vorschein. Michail trug alles zum Tisch, und Natalia verfolgte jede seiner Bewegungen mit lauernder Aufmerksamkeit.

»Was ist das alles?« fragte sie.

»Daraus basteln wir jetzt einen wilden Geisterzauber. In einer Stunde brennen wir hier ein bengalisches Feuer ab, daß denen da draußen das Herz stehenbleibt.«

»Was brennst du ab?«

»Hast du noch nie ein Feuerwerk gesehen, Natalia?«

»Feuer genug...«

»Ein buntes, knallendes, fröhliches Spiel mit dem Feuer? Künstliche Sterne, goldener Funkenregen, zischende Kaskaden...«

»Das kannst du alles machen, Michail?«

»Es ist ganz einfach. Ich habe weiße, grüne und rote Leuchtkugeln bei mir und Schwarzpulver. Ich werde alles auseinandernehmen, in kleinen Mengen auf Tellern im ganzen Haus verteilen und dann anzünden. Das wird ein Feuerzauber werden!«

»Und wenn unser Haus abbrennt?«

»Es wird nicht brennen! Dazu sind die Mengen zu gering. Komm, hilf mir...«

Sie arbeiteten fast eine Stunde daran. In die Mitte des großen Zimmers setzte Tassburg auf einen Hocker den Teller mit dem Schwarzpulver. Kreuz und quer durch das Haus zogen die dünnen Zündschnüre zu den einzelnen Tellern und liefen in einer Ecke des Schlafzimmers zusammen.

»Punkt Mitternacht geht es los!« sagte Tassburg, als sie mit dem Aufbau fertig waren. Er blickte auf seine Armbanduhr, sie hatten noch zehn Minuten Zeit. »Danach wird dieses Haus niemand mehr betreten!«

Sie trugen zwei Stühle in die Schlafzimmerecke, setzten sich, und Tassburg legte sein Feuerzeug zurecht. Er blickte wieder auf die Uhr. Neben ihm lag eine Signalpistole, geladen mit einer Schreckschußpatrone.

»Noch drei Minuten, Natalia«, sagte er.

»Und es kann nichts passieren? Das Dach kann nicht wegfliegen?« fragte sie kleinlaut.

»Es hat hundertfünfzig Jahre überdauert. Das bißchen Pulver wird es auch noch ertragen. Noch zwei Minuten ...«

Der Zeiger wanderte langsam über das Zifferblatt. Als er kurz vor zwölf stand, griff Tassburg nach der Signalpistole und richtete den Lauf gegen die Zimmerdecke. »Es wird gewaltig krachen!« rief er. »Am besten, du hältst dir die Ohren zu.«

Natalia nickte, stumm vor Angst, und starrte auf seine Hand. Der Finger krümmte sich um den Abzugshahn, und dann schoß ein Feuerstrahl aus dem Lauf. Die Detonation war so laut, daß man meinte, die Decke bräche ein.

Tassburg ließ die Signalpistole sofort fallen und hielt das Feuerzeug an die Zündschnüre. Blitzschnell liefen die Flämmchen an den Schnüren entlang, und dann, ein paar Sekunden später, zischte das erste rote Flammenlicht auf, gefolgt von einem grünen, einem weißen und begleitet von lautem Zischen und Krachen.

Natalias Augen waren vor Schreck geweitet. Sie hatte den Mund zu einem Schrei geöffnet, aber der Ton blieb ihr in der Kehle stecken. Plötzlich war überall um sie herum Feuer, aus allen Zimmern loderte es, und beißender Rauch wallte auf und legte sich schwer auf die Lungen. Sie konnte kaum atmen, rang nach Luft und warf die Arme hoch über den Kopf.

»Michail!« rief sie. »Michail! Wir sterben! Wir verbrennen!«

Sie sprang auf, stürzte auf Tassburg zu, umklammerte und küßte ihn mit einer so wilden Verzweiflung, daß sein Stuhl umfiel und beide auf die Dielen rollten. Dort blieben sie liegen, aneinandergepreßt, umzischt von den feurigen Kaskaden, eingehüllt in den beißenden Pulverqualm.

»Du sollst nicht sterben!« rief sie hell, als aus dem Nebenzimmer der gewaltige Knall des großen Tellers mit Schwarzpulver dröhnte. »Michail! Ich liebe dich! Warum sollen wir schon sterben, gerade jetzt sterben...«

Dann küßte sie ihn wieder, klammerte sich an ihm fest und zitterte so heftig, daß alle weiteren Worte nur noch ein Stammeln wurden.

Wer Anastasias »Leeres Haus« in dieser Nacht von außen sah, mußte glauben, innerhalb der schweren Balkenwände sei ein Vulkan ausgebrochen und schleudere feurige Wolken durch die Räume.

Hinter den Fenstern zischte und donnerte es, zuckten Blitze, fuhr bald darauf ein gelbrötlicher Rauch aus dem Kamin und verbreitete einen schwefelähnlichen Geruch.

Natürlich rannten sofort alle Leute zusammen und standen in weitem Umkreis um das Teufelshaus. Der Vorsänger Ostap drang in Anastasias Haus ein und zerrte sie unter dem Bett hervor. Sie schlug in ihrer Decke um sich, strampelte, trat und schrie herzzerreißend, weil sie zunächst glaubte, der Satan sei auch zu ihr gekommen. Sie konnte sich auch kaum beruhigen, als sie Ostap erkannte, denn draußen knallte und zischte es noch immer, was bewies, daß die verfluchte Gräfin äußerst aktiv war.

»Das hat es noch nie gegeben!« wimmerte Anastasia und blieb wie ein Käfer auf dem Rücken liegen. »Das steht in keiner Überlieferung! Die Hölle ist nach Satowka gekommen!«

Der gleichen Meinung war auch der Pope Tigran Rassulowitsch. Als man ihn weckte, hatte er sich gerade hingelegt. Ein langer schwarzer Umhang und einige Büchsen und Gläser lagen unter seinem breiten Bett, aber das sah man nicht, weil es nicht üblich ist, Priestern unter die Betten zu blicken.

»Das Haus!« schrie der gute Mann, der Tigran weckte. Er stotterte vor Entsetzen. »Alles wird vernichtet! Alles! Der Ingenieur fliegt in Stücken zum Schornstein hinaus!«

»O ihr Heiligen!« stöhnte Tigran. Er schwang die Beine aus dem Bett und griff nach seiner Soutane. »Habt ihr es genau gesehen?«

»Ostap behauptet, er habe einen Arm mit dem Rauch davonschweben sehen...«

»Das große Kreuz!« brüllte Tigran. »Hilf mir, das große Kreuz aus der Kirche zu tragen!«

Sie rannten in die Kirche, holten das dicke Kreuz aus Eichenholz und schleppten es gemeinsam hinaus. Draußen stand, als habe er es geahnt, der Idiot Jefim mit einem Handkarren und grinste Tigran fröhlich an.

»Du unersättlicher Schuft!« schrie Tigran in heiligem Zorn. »Mit einer Karre sogar!« Dann besann er sich aber, trug das Kreuz zu dem Karren und setzte sich damit hinein. »Rennt! Rennt wie die Pferdchen! Vielleicht ist noch etwas zu retten!«

Der Bauer und Jefim Aronowitsch ergriffen die Deichsel und rannten, hinter sich Tigran, der im schwankenden Kasten das Kreuz umklammerte, die Straße hinunter zu Anastasias Haus. Ein paar alte Mütterchen, die letzten aus dem Dorf, trabten neben dem Handwagen mit dem Kreuz her. Sie trugen Fackeln in den Händen – Holzstangen, die man mit Baumharz getränkt hatte.

»Dieses Unglück!« wimmerten die Weiblein. »O dieses Unglück!«

Als Tigran das Haus erreicht hatte, standen die Bauern in einem Kreis darum und starrten auf das farbige Flammenleuchten, das noch immer hinter dem verhängten Fenster aufblitzte. Als sie das große Kreuz sahen, das Tigran mit beiden Händen festhielt, weil der Handwagen über die schaurig unebene Straße nur so hüpfte, rissen alle ihre Mützen vom Kopf. Aus der Mitte tönte Ostaps helle Stimme:

»Eben ist ein Stück Fuß aus dem Kamin geflogen! Der Ingenieur wird zerstückelt!«

Alle stöhnten laut, die Frauen bekreuzigten sich. Tigran beugte sich vor und boxte Jefim in den Rücken. Der trug zwar auch nicht mehr seinen Sackumhang, aber die Stiefel hatte der Pope erkannt.

»Lauft um das Haus herum!« brüllte Tigran. »Immer rund herum! Wir kreisen den Teufel ein! Wir ziehen einen Bannkreis! So wird er nie ins Dorf kommen! Geweihte Erde wird zwischen ihm und uns sein! Lauft, ihr beiden!«

Die Leute von Satowka machten Platz. Dreimal umkreiste Tigran, das Kreuz mit aller Kraft hoch haltend, im Handwagen das Haus. Es schien zu helfen. Das Feuer verebbte, es knallte nicht mehr, nur noch schwach leuchtete ein diffuser rötlicher Schein durch die Fenster, als umgebe den Satan ein rötlicher Nebel. Dann war auch das vorbei, und das Haus lag wieder dunkel und still in der Nacht.

Der Feuerkreis der Fackeln flackerte weiter. Tigran ließ anhalten und kletterte aus dem Handwagen. Er war zufrieden mit allem. Drei Männer hielten das Kreuz fest und starrten ihren Popen ehrfürchtig an. »So geht man mit bösen Geistern um!« erklärte Tigran Rassulowitsch stolz. »Gegen den wahren Glauben haben sie keine Chance!«

Er ging allein – die anderen hielten mehr Abstand vom Haus – zu dem Berg von Geschenken und musterte sie. Sie waren sichtlich weniger geworden. Bestimmt, so stellte Tigran mit Verbitterung überschlägig fest, hatte Jefim mehr weggeschleppt als er. Er drehte sich um und musterte seine Bauern mit gesträubtem Bart. »Was habt ihr gesehen?« brüllte er.

»Das... das Feuer!« sagte einer zaghaft.

»Nichts habt ihr gesehen! Betrachtet eure Geschenke! Eine Menge fehlt! Wenn ihr es selbst nicht wieder geklaut habt, war der Satan mitten unter euch und hat sich das Beste geholt! Und keiner von euch hat ihn gesehen. Ihr alle seid verseucht! Opfert morgen, damit man euch reinigen kann!«

Das wird einen guten Ausgleich geben, dachte der Pope. Es wäre doch unerträglich gewesen, sich von dem Idioten beschämen zu lassen!

Im Haus rührte sich nichts, nur aus dem Kamin quoll noch giftiger Rauch und zog träge zum Wald hinüber.

Tigran wollte die Aktion mit einem gemeinsamen Gebet beenden, aber da störte ihn Vitali Jakowlewitsch Gasisulin. Er war ein kleiner, schmächtiger Mann mit traurigen Augen. Er sprach leise, mit wehmütiger Stimme und besuchte jeden Monat die Alten im Dorf, betrachtete sie und ging noch trauriger wieder nach Hause.

Das hatte seinen Grund: Vitali Jakowlewitsch hatte das ehrbare Handwerk eines Sargmachers gelernt. Sein Vater, aus Batkit zugewandert, hatte es so gewollt, und seitdem verfluchte er seinen Vater, denn in 29 Jahren hatte er, außer seinem Vater, nur 32 brave Bürger von Satowka in einen seiner Särge legen dürfen. 32 in 29 Jahren, kann man davon leben? Im Dorf hatte man Mitleid mit Vitali, aber die Alten waren, bei allem Verständnis für seine verzweifelte Lage, nicht bereit, frühzeitiger zu sterben.

Man hatte deshalb beschlossen, nach einigen erregten Sitzungen des Dorfsowjets, daß der Genosse Gasisulin zwei Gemeindeämter übernehmen könne: als Küster für die äußere Reinheit der Kirche zu sorgen und als Friedhofsgärtner die Gräber in Ordnung zu halten. Außerdem war er zum Totengräber bestellt worden, aber das brachte auch nichts ein, denn einen Sarg zimmern und ein Grab ausheben gehört ja zusammen.

Immerhin hatte Gasisulin so viel zu leben, daß er nicht verhungerte. Wenn er einmal zu großen Hunger hatte, wußte er, wo sein Vorgesetzter, der Pope Tigran, seine Vorräte aufbewahrte. Als Küster hat man da viele Möglichkeiten; und wer merkt schon, wenn ein Äpfelchen fehlt oder ein Scheibchen Speck?

Dieser Vitali Jakowlewitsch also schob sich jetzt an Tigran heran und zeigte auf das Haus. Der Pope ahnte Unangenehmes und runzelte die Stirn.

»Stimmt es«, fragte Gasisulin in seiner stillen, bescheidenen Art, »daß der Genosse Ingenieur jetzt tot ist?«

»Es ist anzunehmen«, antwortete Tigran betrübt.

»Dann braucht er einen Sarg!«

»Als Christenmensch, natürlich!«

»Auch wenn schon ein Arm und ein Fuß weggeflogen sind! Halten wir das fest, Väterchen. Er bekommt einen schönen Sarg. Wer bezahlt ihn? Wo kann man seine Verwandten aufstöbern?«

»Ist das deine ganze Sorge?« rief Tigran aufgebracht. »Wir alle werden sammeln für den Sarg. Bist du nun zufrieden, Vitali?«

»Nein. Da ist noch ein Problem. Gut, der Genosse ist tot. Aber wer holt ihn oder das, was von ihm übriggeblieben ist, aus dem Haus?«

»Das ist Sache des Sargmachers!« schrie Ostap aus der Menge. »Nimm eine Hostie in den Mund und geh ins Haus!«

»Wie kann man mir das zumuten?« schrie Vitali zurück. »Ich bin ein ehrlicher Handwerker und liefere glattgehobelte Bretter, an denen sich kein Toter einen Splitter holen kann... aber für die Mächte der Hölle ist allein Väterchen Tigran zuständig!«

»Halt den Mund!« Tigran Rassulowitsch legte seine breite Hand auf Vitalis Kopf. Der Kleine brach fast in die Knie. »Die Überlieferung sagt, daß jedesmal die Toten von selbst vor das Haus gelangten.«

»Zu Fuß?« stammelte der erbleichende Gasisulin.

»Was weiß ich! Morgens lagen sie vor der Tür, und keiner hat je erfahren, wie das möglich war! Sie lagen einfach da! Also fasse dich in Geduld!«

Vitali duckte sich, um unter Tigrans Hand wegzukommen.

»Ihr seht, Freunde, es ist ein großes Problem...«

Was blieb noch zu tun? Eigentlich nichts. Man konnte nur bis zum nächsten Morgen warten. Allmählich löste sich die Versammlung auf, alle kehrten in ihre Häuser zurück. Zuletzt standen nur noch Tigran und Jefim vor dem Haus und belauerten sich wie zwei Boxer. Anastasia lag wieder in ihrem Bett, die Decke über den Kopf gezogen, und wünschte sich, daß beim nächsten Herbstgewitter ein gewaltiger Blitz das verdammte Haus vernichten möge. Aber auch Blitze schienen hier machtlos zu sein. In den vergangenen 150 Jahren hatte es an den unmöglichsten Stellen eingeschlagen und gebrannt – nur nicht gegenüber im »Leeren Haus«.

»Du fährst mich in deinem Karren wieder zur Kirche, du Schurke!« befahl Tigran dem Idioten.

»Väterchen, mir wanken die Knie.«

»Ich sehe deinen Blick, wie er begehrlich auf den Geschenken ruht! Hierher, du Halunke! An die Deichsel! Und du bleibst heute nacht bei mir im Haus!«

»Väterchen, wir hatten uns doch geeinigt...«

»Da gab es noch keine Geistererscheinung! Los! Zur Kirche!«

Tigran setzte sich wieder in den Handwagen, umklammerte das schwere Balkenkreuz, und Jefim nahm gehorsam die Deichsel und zog den Popen langsam über die holprige Straße zurück zur Kirche.

Auf halbem Weg blieb er stehen, wischte sich mit dem Ärmel den Schweiß aus dem Gesicht und wandte sich zu Tigran um. »Überlege, Väterchen«, sagte er keuchend, »daß alles anders geworden ist. Du hast einen Bannkreis um das Haus gelegt... der böse Geist kann dadurch nicht mehr an die Geschenke heran! Sollen die schönen Sachen alle verkommen?«

»Das überlege ich mir auch gerade, Jefim Aronowitsch«, antwortete der Pope. »Etwas wissentlich verkommen zu lassen ist eine Sünde.«

»Ich möchte keine Sünde begehen, Väterchen...«

»Du bist ein braver Sohn«, sagte Tigran und umklammerte zum besseren Halt das Kreuz auch noch mit den Beinen. »Fahr weiter.«

Sie lagen noch immer eng umschlungen auf den Dielen hinter den umgekippten Stühlen, als das Feuerwerk erloschen war. Der Qualm zog in dichten Schwaden durch die Räume und sammelte sich über dem Herd, wo er dann durch den breiten Kamin abzog. Natalia hatte ihren Kopf fest an Tassburgs Schulter gepreßt und hielt die Augen geschlossen. Sie zitterte immer noch.

Vorsichtig löste sich Tassburg aus ihrer Umarmung, schob die Hand unter ihr Kinn und hob ihren Kopf. Er küßte sie auf den Mund, dann auf die Augen und tastete mit den Lippen ihr ganzes Gesicht ab. Eine unsagbare Zärtlichkkeit war in ihm, von der er bisher nie gewußt hatte, daß er dazu fähig war.

Liebe? Was war Liebe bisher für ihn gewesen? Der Rausch des Besitzens, dem immer viel zu schnell die Ernüchterung folgte. Er hatte viele Frauen geküßt, und sie hatten ihm immer wieder bestätigt, daß er ein herrlicher Liebhaber sein konnte. Aber das war es ja – er nahm die Liebe hin wie Essen und Trinken, er genoß sie wie ein Glas Krimsekt oder eine Schale eisgekühlten Kaviar vom Kaspischen Meer; und wenn er satt von allem war, sehnte er sich nach Alleinsein und empfand selbst das begehrende Flüstern seiner jeweiligen Gefährtin als störend, manchmal sogar als widerwärtig...

»Wir leben, Natalia«, sagte er leise und küßte sie wieder. »Es ist alles vorbei. Wir sind sicher wie in Gottes Hand...«

Sie schlug die Augen auf, sah ihn an und preßte dann die Fäuste gegen seine Brust, bis er sie losließ. Dann sprang sie auf und setzte sich auf das Bett. Unter der Decke holte sie ihr langes Messer hervor und legte es über ihre Knie.

Tassburg erhob sich und machte zwei Schritte auf sie zu, aber sofort hielt ihm Natalia das Messer entgegen. »Bleib stehen, Michail!« sagte sie gefährlich klar.

»Du hast mich eben geküßt«, sagte er heiser, »und du hast mich zuerst geküßt!«

»Ich hatte Angst!«

»Du hast gesagt, daß du mich liebst...«

»Aus Angst! Nur aus Angst! Komm nicht näher...«

»Das ist nicht wahr! Es kam aus deiner Seele heraus. Du hattest Angst um mich, und das hat man nur, wenn man einen Menschen sehr liebt! Mehr als sich selbst, Natalia...«

»Können wir jetzt schlafen?« fragte sie nüchtern.

»Ja, aber ich dachte, wir feiern unseren Sieg...«

»Schlafen ist besser!« Sie zeigte mit dem Messer auf die Tür. »Du legst dich wieder auf die Bank?«

»Natürlich.« Er ging zur Tür und blickte in den großen Raum. Der letzte Rauch zog ab, aber es roch noch stark nach verbranntem Pulver. »Wenn du willst, daß wir jetzt schlafen...« Er hob resignierend die Arme. Natalia sah ihm zu, wie er zu der großen Kiste ging, eine Decke herausholte und sie sich unter den Arm klemmte. »Du kannst fortgehen!« sagte er und warf die Decke im Nebenzimmer auf die Bank. »Morgen, übermorgen, in der Nacht, wann du willst! Was du mitnehmen willst, nimm dir! Ich habe genug in den Koffern und Kisten, was du gebrauchen kannst. Such dir alles aus.« Er blieb in der Tür stehen, die Klinke in der Hand. »Willst du heute nacht noch weiter?«

»Ich weiß es nicht, Michail.«

»Es wäre ein günstiger Zeitpunkt. Niemand wird heute nacht noch um das Haus schleichen und es beobachten. Bis es hell wird, hast du schon einige Werst hinter dir!«

»Das stimmt.« Sie legte das Messer neben sich. »Ich werde es mir überlegen. Gute Nacht, Michail.«

»Ich wünsche dir viel Glück, Natalia.« Er schloß die Tür, riß sie aber sofort wieder auf, weil Natalia ihn gerufen hatte.

»Bist du mir böse, weil ich nicht deine Geliebte werde?« fragte sie.

»Das solltest du nie sein! Ich liebe dich... Das ist etwas anderes!«

»Und was kommt dabei heraus? Ein paar Tage, ein paar Wochen. Man amüsiert sich mit einem kleinen dummen Taigamädchen! Und dann zieht der Herr Diplomingenieur weiter auf der Suche nach Erdgas, immer weiter weg von dem Mädchen, zu dem er einmal gesagt hat: ›Ich liebe dich!‹ Was bleibt zurück? Eine Erinnerung! Soll das ein Leben sein?«

»Aber du liebst mich doch auch!«

»Ich will einmal eine Frau sein, verstehst du?« sagte sie. Sie legte sich auf das Bett zurück und zog die Knie an. »Eine ganz altmodische Frau, die einen Mann hat, den sie liebt, und ich will Kinder haben von diesem Mann, und Tag und Nacht arbeiten für diesen Mann und diese Kinder, wenn es sein muß. Und ich will einen Garten haben, der mir gehört, und darüber ein Stück Himmel, in den ich blicken kann. Und ich will jeden Tag wissen und spüren: Das Leben ist schön, weil es den Mann gibt, die Kinder, den Garten, den Himmel. So soll das sein! Aber du, Michail, wirst immer weit weg sein, weit weg von mir...«

»Du hast gestern noch gesagt: Eine Frau, die liebt, zieht überall mit hin; in die Sümpfe, in das ewige Eis, in die Urwälder der Taiga, an die wilden Flüsse, in die grenzenlose Steppe – denn wo die Liebe ist, ist auch die Heimat. Hast du das gesagt?«

»Ja.« Sie nickte im Liegen. »Aber ich habe dich nicht damit gemeint.«

»Dann ist ja alles gesagt.« Er sah sie noch einmal an und schloß dann die Tür. Er hörte, wie sie aufstand, die schwere Kiste vor die Tür schob und dann zurück ins Bett lief.

Das kann doch nicht die Wahrheit sein, dachte Tassburg. Oder bin ich durch ihren Anblick schon ein solcher Tölpel geworden, daß ich mir Dinge einbilde, die es gar nicht gibt? Ein Blick von ihr, ein Lächeln, eine Handbewegung... Alles deute ich falsch! Bin ich ein Narr?

Er legte sich auf die Holzbank, starrte gegen die Holzdecke und fragte sich, was er tun würde, wenn Natalia wirklich noch in dieser Nacht an ihm vorbeiging, um in der Weite der Taiga zu verschwinden. War es ihm möglich, dann ruhig liegenzubleiben und den Schlafenden zu spielen, der nichts merkte? Konnte man sie in die dunkle Ungewißheit ziehen lassen, irgendwohin, wie sie sagte, einfach so ins Land hinein, in dem Glauben, irgendwann einmal dort anzukommen, wo man unbehelligt weiterleben konnte?

Michail preßte die Hände gegen seine Brust. Sein Herz begann zu schmerzen. Es hat keinen Sinn, darüber zu grübeln, man kann sie nicht zurückhalten, mit Worten nicht und mit Gewalt schon gar nicht. Sie ist ein freier Mensch, und sie liebt mich nicht. Das war es! Warum auch sollte sie mich lieben? Wieso habe ich es als selbstverständlich angenommen, daß eine Natalia Nikolajewna sich aufgibt, nur weil ein Ingenieur Tassburg winkt? Woher dieser Glauben? Die früheren Erfolge bei Frauen? Man ist verwöhnt worden, oft ist man weggetragen worden von streichelnden Händen und sich öffnenden Lippen. So müßte es immer sein – das denkt man! Michail Sofronowitsch, sei dankbar für die Ohrfeige, die dir Natalia gegeben hat!

Michail schreckte hoch, als er hinter sich die Tür knarren hörte. Jetzt geht sie, durchfuhr es ihn eisig. Jetzt schleicht sie sich aus dem Haus, und ich sehe sie nie wieder. Nie mehr!

Er hob den Kopf. Es war tatsächlich Natalia, aber sie war nicht reisefertig, sondern hatte Tassburgs alten Bademantel an, ein altes, blauweiß gestreiftes Frotteeding, das schon mehrfach gestopft war. Sie setzte sich neben Michail auf die Bank und beugte sich über ihn. Ihr Haar fiel auf seine Wange. Er griff danach, hielt die Haare fest und streichelte sie.

»Es ist hart auf der Bank, nicht wahr?« fragte Natalia.

»Man gewöhnt sich daran.«

»Warum schläfst du noch nicht?«

»Ich habe gewartet, daß du dich davonschleichst.«

»Und was hättest du dann getan?«

»Ich hätte den Schlafenden gespielt.«

»Du hättest nichts gesagt und mich nicht festgehalten?«

»Nein!«

»So böse bist du auf mich?«

»Man muß einen Irrtum einsehen und ertragen können.«

»Du Mann!« sagte sie leise. Ihre Hand strich über sein Gesicht. »Du dummer Mann! Hat ein Bett und schläft auf einer harten Bank! Komm...«

»Natalia...« Er rührte sich nicht. Er war wie gelähmt unter ihren streichelnden Händen.

Sie lachte leise. »Was habe ich davon, wenn ich dich morgen massieren muß, damit du wieder laufen kannst? Komm in dein Bett...«

Michail stand auf. Natalia faßte ihn wie ein Kind bei der Hand und ging mit ihm ins Nebenzimmer. Als sie sich auf das Bett legte und zur Seite rückte, blieb er stehen und sah sie nur an.

»Es ist Platz genug«, sagte sie. »Ich mache mich ganz schmal. Du wirst mich kaum spüren.«

Er legte sich neben sie, und es war wirklich viel Platz zwischen ihnen, er berührte sie nicht einmal. Er hörte nur ihre schwebende Stimme in der Dunkelheit: »Ist es gut so, Michail?«

»Ja...« Seine Kehle war wie zugeschnürt.

»Versprichst du mir, mich nicht anzufassen? So anzufassen, wie... Du weißt es schon.«

»Ich verspreche es dir, Natalia.«

»Darf ich den Kopf an deine Schulter legen?«

»Ja...« Er bekam kaum noch einen Ton heraus.

Sie rückte zu ihm, und er lag ganz still, fast wie versteinert, und wagte kaum zu atmen.

»Jetzt lege ich den Arm über deine Brust«, sagte sie nach einer Weile des Schweigens. »Ich kann so besser liegen.«

Sie tat es und lag jetzt beinahe auf ihm wie ein warmes, leichtes, die Nähe eines Menschen suchendes Kätzchen. Ein Tier, das nur geborgen sein will – die Sehnsucht nach einer sicheren Höhle.

Wie viele Minuten vergingen? Oder waren es Stunden? Was sind Zeitbegriffe in einer solchen Nacht?

Ganz leise sagte Natalia plötzlich: »Schläfst du, Michail?«

»Nein«, antwortete er ebenso leise. »Ich kann nicht, weil das Glück mich wachhält...«

»Mich auch«, sagte sie. »Es ist schön, glücklich zu sein...«

Wie am vergangenen Morgen, so wachte Tassburg auch diesmal auf, weil er das Klappern von Geschirr hörte. Im Kessel über dem Feuer brodelte das Teewasser, außerdem roch es köstlich nach frischen Blinis.

Blinis sind etwas Wundervolles. Überall sonst nennt man sie profan Eierkuchen, Pfannkuchen oder Schmarren; russische Blinis aber sind mit nichts zu vergleichen. Genausowenig, wie man eine ukrainische Borschtschsuppe nachahmen kann oder Smolensker Piroggen. Blinis sind wohl Pfannkuchen, aber was für welche!

Natalia hatte sie mit eingeweckten Pilzen gefüllt – ein Geschenk der Bauern, das Tassburg hereingeholt hatte. Und nun lagen diese Köstlichkeiten auf einem Blechteller. Der Tisch war mit einem weißen Handtuch gedeckt, sogar zwei große Sonnenblumen, die an der Rückseite des Hauses wuchsen, standen in einem Emaillebecher.

»Ich habe sie gegen Morgen gepflückt«, sagte Natalia, als Michail den Becher vom Tisch nahm und die Blüten bewunderte.

»Es heißt, Blumen soll man im Morgenrot pflücken, dann sind sie besonders schön...«

»Das ist wahr!« sagte Michail und stellte die Blumen auf den Tisch zurück. »Natalia...«

»Du mußt dich beeilen, Michail. Draußen warten sie schon auf dich. Du darfst deine Arbeit nicht versäumen.«

Er ging zum Fenster und blickte hinaus. Auf Anastasias Bank saßen wieder sein Vorarbeiter Grigori und die Witwe Morosowskaja. Der Pope Tigran rannte vor dem Haus hin und her, die Hände auf dem Rücken, und schnupperte. Ihm folgte wie ein Hündchen der kleine, vertrocknete Gasisulin.

»Ich gehe kurz hinaus!« sagte Tassburg. »Sie werden vor Staunen stumm sein, paß einmal auf!«

Er tauchte seine Hände in eine kleine Schüssel, die er in der Nacht schon mit einer rötlichen Flüssigkeit gefüllt hatte. Es war eine Verdünnung aus roter Kreide. Als er die Hände herauszog, sahen sie aus, als habe er sie in Blut gebadet.

»Schrecklich!« sagte Natalia leise und zog die schmalen Schultern hoch. »Michail, mit so etwas spielt man nicht! Es könnte einmal wahr werden!«

»Bist du abergläubisch?«

»Wir alle sind es, Michail. Die Taiga ist voller Geheimnisse. Wie sollen die Menschen, die hier leben, nicht abergläubisch werden?«

Es ist etwas Wahres daran, dachte Tassburg. Dieses unermeßliche Land begreift man nur, wenn man noch an Wunder glauben kann.

Tigran Rassulowitsch blieb stehen, und der kleine Sargmacher prallte fast gegen seinen Rücken. »Ha! Es stimmt!« dröhnte der Baß des Popen. »Es ist unverkennbar! Ich rieche es genau! Das sind frische Blinis! Aus dem Kamin duftet es nach Blinis!«

»Das darf nicht sein!« jammerte Gasisulin und rang seine dürren Hände. »Ein zerrissener Toter kann keine Blinis backen. Oder bedeutet das, Väterchen, daß er abermals eine Nacht überlebt hat?«

»Der Geruch deutet tatsächlich darauf hin...«

»Welch ein Jammer! Welch ein Unglück! Endlich hätte ich einen schönen Sarg liefern können! Wie kann man solch einen Geisterzauber überleben? Väterchen, kann ein Mensch, dessen Gliedmaßen durch den Kamin davongeflogen sind, noch Blinis backen? Wir haben es doch alle gesehen: Hui, durch den Schornstein kam ein Arm...«

»Vielleicht eine Sinnestäuschung, Vitali Jakowlewitsch!« schrie Tigran. »Das ist eine Spezialität des Satans!« Er hob wieder den Kopf und blähte die Nasenflügel. »Es bleibt dabei: wirklich frische Blinis!«

»Ich bin ruiniert!« stammelte Gasisulin. »Ich habe im Morgengrauen schon vier Bretter gehobelt! Wer nimmt mir den Sarg jetzt ab? In Satowka will ja keiner sterben. Die Alten weigern sich, und wenn ich zu ihnen komme, um nachzusehen, spucken sie mich an und werfen mich hinaus.« Dann fragte er ruhiger:

»Kann denn der Teufel Blinis backen?«

»Er kann alles, aber nicht morgens um halb neun...« Tigran schwieg abrupt, denn die Tür des Spukhauses hatte sich geöffnet.

Tassburg trat hinaus in die Morgensonne.

Gasisulin stöhnte laut und bedeckte sein Gesicht mit beiden Händen. Der Genosse lebte! Wieder keine Leiche! Es gab auch kein Grab! Er war wieder arbeitslos!

»Mein Sohn!« schrie Tigran zu Tassburg hinüber. »Mein geliebter Sohn! Sie leben! Ein Wunder! Ein echtes Wunder! Wie haben Sie die Hölle bezwungen?«

»Welche Hölle?« Tassburg kam langsam näher. »Ich habe herrlich geschlafen . . .«

»Was haben Sie . . . ?« fragte Tigran fassungslos.

»Geschlafen. Nur als ich heute morgen aufwachte, waren meine Hände wieder rot.« Er hielt seine Handflächen hin, und Tigran schlug sofort ein Kreuz. Gasisulin erstarrte, als sei Tassburg selbst der Satan. »Ich habe das Zeug nicht abgewaschen, um es Ihnen zu zeigen.«

»Und sonst?« fragte Tigran.

»Sonst nichts. War denn etwas los?«

»Er fragt, ob etwas los war! Mein Sohn, es krachte und zischte. Flammen schlugen aus dem Haus, Teile von Ihnen flogen durch den Schornstein davon, das ganze Dorf hat es gesehen, und Sie . . . Sie . . .« Der Atem versagte dem Popen, und er stützte sich auf die Schulter des armen Gasisulin, der beinahe zusammenbrach.

»Ich habe nichts gehört, Tigran Rassulowitsch«, sagte Tassburg mit erstaunter Stimme. »Feuer? In meinem Haus?«

»Das Dach hob sich!« schrie Anastasia aufgeregt. »Die Wände blähten sich!«

»Ich habe nichts gemerkt. Ich habe tief geschlafen, ausgesprochen friedlich.«

»Das ist der Beweis!« sagte Tigran ergriffen. »Der letzte Beweis! Er schläft inmitten einer Feuerlohe! Dank des geweihten Gegenmittels, das ich ihm gab. Haben Sie sich damit eingerieben, Michail Sofronowitsch?«

»Mit dem Hostienbrei? Nein, ich habe ihn neben mein Bett gestellt.«

»Das hat auch schon genügt! Halleluja! Trotzdem sollten Sie ausziehen, Genosse. Wenn wir jede Nacht solch einen Krach im Dorf haben . . .«

»Ich bleibe dennoch!« sagte Tassburg laut und deutlich. »Und jetzt esse ich meine Blinis. In einer halben Stunde marschieren wir ab, Grigori.«

Der Vorarbeiter nickte, sprang auf und ging zu dem auf der Straße wartenden Geländewagen.

»Blinis!« sagte Tigran versonnen. »Ich liebe Blinis . . .«

»Darf ich Sie einladen, Tigran Rassulowitsch?«

Der Pope hob beide Hände. »In dieses Haus? Nie und nimmer! Und wenn Sie die Blinis mit Kaviar füllen! Aber wenn Sie sie mir hinausbringen, esse ich sie sehr gern . . .«

Pünktlich nach einer halben Stunde fuhr Tassburg wieder in die Taiga, wo man nach Erdgas bohren wollte. Der Pope saß bei der Witwe Anastasia am Tisch und kaute vergnügt an seinen Blinis. »Sie sind besser als die deinigen, Anastasia«, sagte er. »Ein guter Koch, der Genosse Ingenieur!«

»Wenn ihm der Satan dabei hilft!« versetzte die Witwe bissig.

Tigran verschluckte sich und hustete heftig. »Das hättest du nicht sagen dürfen! Bedenke: Im Magen eines Priesters ist alles geweiht! Auch was der Teufel kocht. Es schmeckt vorzüglich!«

5

Vier Tage und vier Nächte verflogen mit Arbeit, Ruhe und glücklichem Schlaf.

Wie gewohnt, schliefen Michail und Natalia zusammen in dem großen Bett. Natalia legte ihren Kopf an seine Schulter, schob den Arm über die Brust, und er hielt sein Versprechen. Nur wenn er glaubte, Natalia schliefe fest, küßte er ihre geschlossenen Augen und ihren leichtgeöffneten Mund und flüsterte ihr Zärtlichkeiten zu. Manchmal hatte er dabei das Gefühl, sie spiele nur eine Schlafende und höre ihm in Wirklichkeit zu, ließ sich küssen und genoß seine stille Liebe. Aber wie es auch sein mochte, sie waren glücklich miteinander und wuchsen in diesen vier Tagen und Nächten zusammen, ohne daß sie es sich gegenseitig eingestanden.

Inzwischen fühlte sich auch Natalia sicher in dem angeblichen Spukhaus. Keiner der Leute von Satowka wagte sich ihm auf mehr als zehn Schritt zu nähern. Die meisten machten einen großen Bogen darum und schlugen ein Kreuz, wenn sie in sicherer Entfernung vorübergingen. Und allen erschien es wie ein Wunder, daß Michail Sofronowitsch unbeschadet darin lebte und jeden Morgen fröhlich zur Arbeit fuhr. Der Feuerzauber hatte sich nicht wiederholt...

Am fünften Tag – Tassburg war wieder in der Taiga und hatte Natalia gesagt, daß er wegen der weiten Entfernung an diesem Abend nicht zurückkäme, sondern im Wald übernachten müßte –, am fünften Tag änderte sich alles.

Ein Auto, ein alter klappriger Wolga, fuhr durch Satowka und hielt vor dem Haus des Dorfsowjets. Ein mittelgroßer schlanker Mann mit bleichem Gesicht und einem hängenden Tatarenbart stieg aus, sah sich um und sagte zu seinem Begleiter, der den Wagen steuerte: »Wir werden es gleich erfahren, Nikolai! Sie ist kein Vogel und kein Windhund. Sie muß hier Station gemacht haben!«

Rostislaw Alimowitsch Kassugai war gekommen.

Nun gab es in Satowka keine Ruhe mehr. Etwas Besonderes mußte in der Welt los sein, wenn sich gleich hintereinander so viele Fremde in die Urwälder nördlich der Steinigen Tunguska verirren. Erst waren die Geologen mit dem Bohrtrupp in das einsame Dorf gekommen, und nun sogar ein Wagen aus der Stadt mit zwei Männern, die geradezu elegant aussahen in ihren Anzügen, den Halbschuhen und den Rollkragenpullovern, die sie trugen, weil allmählich der Herbst Einzug hielt.

Man roch ihn, wie die Bauern sagen. Es ist, als ob die Erde noch einmal aufatmet, noch einmal tief Luft holt, um genug Kraft zu haben, den langen, eisigen Winter zu überleben. Die Laubbäume zeigen ein Fest der Farben, und es gibt Bäume – ich übertreibe nicht, Freunde! – mit solch herrlich roten Blättern, daß sie, vom Wind bewegt, aussehen, als glühten sie von innen heraus.

Der Dorfsowjet von Satowka, der Genosse Jakow Michailowitsch Petrow, empfing die neuen Besucher in seinem Büro. Der Ausdruck Büro ist allerdings etwas übertrieben. Zwar gab es einen uralten Schreibtisch darin, Parteieigentum der Gruppe Batkit, an der Wand hing Lenin über einer kleinen roten Fahne mit Hammer und Sichel, sogar ein Aktenregal war vorhanden, gefüllt mit Aktenordnern – aber die Ordner waren leer. Wer sollte schon nach Satowka schreiben, und wer schrieb aus Satowka nach Batkit? Zweimal im Monat brachte der Briefbote Schulungsmaterial von der Partei mit. Petrow gab es dem Popen, der es mit gerunzelter Stirn las und hinterher mit seiner tiefen Stimme feststellte: »Das ist nicht nötig zum Leben!« Er gab somit die Propaganda frei, damit man sie in den Öfen zum Feuermachen verheizte.

Immerhin, es machte sich gut, Besuche wie diesen im Büro zu empfangen. Petrow war zufällig dort, nicht weil er gerade für die Partei zu arbeiten hatte, sondern weil seine Katze im Büro gejungt hatte und vier entzückende Kätzchen im Stroh herumkrabbelten. Petrow hatte übrigens das Amt des Dorfsowjets nur übernommen, weil die Bauern zu ihm sagten: »Jakow Michailowitsch, du hörst, einer muß den Parteikram machen! Du bist der richtige Mann. Du schielst, und keiner kann in deinen Augen lesen, was du denkst! Das ist wichtig bei Verhandlungen!«

Also – Kassugai traf Satowkas Oberhaupt an, wie er vor einer Kiste kniete und »Ein liebes, braves Herzchen bist du!« zu der fauchenden Katze sagte. Kassugai hatte an die Tür geklopft, aber da Petrow sich nicht rührte – er war nämlich auch noch schwerhörig –, trat der Besucher ein und schlug mit der Faust gegen die Holzwand. Es dröhnte dumpf, und das fiel Petrow auf. Er hob den Kopf, sah Kassugai und seinen Begleiter, der ihm gefolgt war, und erhob sich von der Katzenkiste.

»Besuch!« schrie er, wie alle Schwerhörigen schreien, um sich selbst hören zu können. »Was ist los auf der Welt? Ein Verkehr ist hier wie auf dem Roten Platz in Moskau! Lauter Fremde! Seid willkommen, Genossen!«

»Fremde, sagten Sie?« Kassugai stieß seinen Fahrer Nikolai in die Seite. »Hier sind Fremde durchgekommen?«

Petrow reckte seinen Kopf vor und legte die rechte Hand ans Ohr. »Ha?« fragte er. »Genosse, warum flüstern Sie?«

»Wo ist die Fremde?« brüllte nun Kassugai.

»Sie bohren nach Erdgas...«

»Wir haben einen Idioten erwischt!« sagte Kassugai laut zu Nikolai. »Aber sie ist hier! Ich spüre es! Ihr Vorsprung ist zu gering, und sie hat nicht die Kräfte eines Bären!«

Wenn Petrow auch nur wenig verstand, ein Wort hatte er gehört: Idiot! Ein bekanntes Wort, aber es ist ein Unterschied, ob es seine Freunde in Satowka sagten oder ein völlig Fremder. Wenn ein guter Freund zu ihm sagte: »Jakow Michailowitsch, mein kleiner Idiot, das siehst du alles falsch, das kommt davon, daß sich deine Blicke kreuzen und sich gegenseitig im Weg stehen...« dann klang das beinahe zärtlich. Brüllte aber jemand »Idiot!«, dann hatte man die Berechtigung, beleidigt zu sein.

Petrow war im Grunde ein gutmütiger Mensch. Wer mit einer Katze, die eben gejungt hat, so zärtlich spricht, muß es sein. Aber wenn man ihn reizte, wurde er ein Wolf. Kassugai traute seinen Augen nicht, als der Alte plötzlich hinter den alten Schreibtisch sprang, eine Schublade aufriß und – als sei es Zauberei – blitzschnell eine Armeepistole in seiner Hand lag.

»Das hier ist das Parteihaus von Satowka!« brüllte Petrow. »Das Maul gehalten, sage ich! An die Wand! Kommt der Kerl hier herein und beleidigt mich! Mich, den Dorfsowjet Jakow Michailowitsch Petrow! Oh, wir haben sie gern, die feinen Herren aus der Stadt! Immer hochnäsig, immer den Kopf im Nacken, als seien wir alle nur ein Dreck! Eine Untersuchung werde ich anstellen, woher ihr kommt! Ihr werdet wohl gesucht in der Stadt und wollt euch in der Taiga verkriechen? Gauner, was? Betrüger! Geldfälscher! Mörder vielleicht! Aber jetzt sitzt ihr in der Falle! Wer sich rührt, dem schieße ich ein Loch in den Bauch!«

Er ging rückwärts zum Fenster, stieß es mit dem Ellenbogen auf und drehte den Kopf etwas nach hinten. »Alarm!« brüllte er in die mittägliche Stille. »Genossen, zum Parteihaus! Zwei Halunken sind hier!«

Aber es kam niemand, außer dem Idioten Jefim Aronowitsch, der die beiden Besucher angrinste, schmatzte und abwartend stehenblieb. Das Dorf lag still unter einem blauen, wolkenlosen Himmel. Petrows

Gebrüll hörte man zwar, aber es war gerade Essenszeit, und so wichtig ist in Satowka nichts, als daß man seinen vollen Teller stehenließe.

»Noch ein Idiot!« murmelte Nikolai gepreßt. »Rostislaw Alimowitsch, wohin sind wir geraten!«

»Hören Sie«, rief Kassugai Petrow zu, »Sie jagen einem Irrtum nach. Sie haben falsch gehört...«

»Hast du tatarisches Ungeheuer Idiot zu mir gesagt oder nicht?« brüllte Petrow zurück, und Jefim lachte schrill.

Der echte Idiot hüpfte an der Tür hin und her, als sei er ein dressierter Affe. Als Nikolai aus dem Zimmer gehen wollte, einer dunklen Ahnung folgend, sein Auto sei bereits gestohlen worden, gab Jefim ihm einen so kräftigen Stoß, daß Nikolai ins Zimmer zurückstolperte und ihn verblüfft anstarrte.

»Und was ist der da?« fragte Kassugai erregt.

»Er ist ein Idiot, und er weiß es auch! Ich aber bin der Dorfsowjet, und mit mir beleidigt ihr den ganzen Staat und die Partei! Ihr seid bis auf weiteres festgesetzt!«

»Was sind wir?« fragte Kassugai ungläubig.

»Ihr kommt ins Gefängnis!« schrie Petrow. »Ich werde einen Boten nach Batkit schicken und nachfragen, was ihr ausgefressen habt! Und in Batkit wird man sich nach euch in der großen Stadt Mutorej erkundigen! Hier ist zwar das Ende der Welt, aber es bläst ein rauher Wind hier! Merkt euch das, Halunken!«

»Wir kommen ja aus Mutorej!« sagte Kassugai ungeduldig.

»Aha! Aha! Ein Teilgeständnis! Was habt ihr verbrochen, ihr Schiefmäuler? Gesteht!«

»Wir suchen ein Mädchen...« Kassugai starrte auf die schwere Armeepistole... Der Lauf zeigte genau auf seinen Magen. Auch wenn der Kerl ihm gegenüber so häßlich schielte, daß sein Anblick einem die Tränen in die Augen trieb – mit einer Waffe kann er umgehen! Das sah man.

Petrow blickte zu Jefim hinüber – das heißt, zu erkennen war das nicht. »Du hörst es! Sie gestehen es! Es sind Lustmörder...«

Jefim lachte und tanzte, aber in diesem Augenblick wirkte er gar nicht blöde, denn seine Augen waren kalt dabei. »Weiße Beinchen, weiße Brüstchen, und dazwischen... hihihi...« sang er und klatschte dabei in die Hände. »Schieß ihnen die Köpfe weg, Bruder...«

»Man muß es anders machen«, sagte Kassugai leise zu seinem Begleiter. »Wenn ich ihn habe, wirf dich hinter mich! Es geht nicht anders...«

Dann packte er Jefim, genau in dem Augenblick, als der an ihm vorbeihüpfte. Er riß ihn an sich und hielt ihn wie einen Schild vor sich.

Gleichzeitig ließ sich Nikolai fallen. Jefim schrie auf, schlug um sich, wollte treten, aber Kassugai hatte Kräfte wie ein Bulle.

Er preßte die Hände um den Hals des Narren und drückte zu. Noch ein paarmal zuckte der Arme, dann verlor er das Bewußtsein und hing schlaff in Kassugais Händen. Petrow hatte hinter seinem Schreibtisch Deckung genommen und zielte mit seiner Waffe über die Tischplatte. Aber es war nichts zu machen, immer hatte er Jefim vor dem Lauf, denn Kassugai hielt den schlaffen Körper fest.

»Können wir jetzt vernünftig miteinander reden?« rief er Petrow zu. »Ich bin Rostislaw Alimowitsch Kassugai und Vorsitzender der Sowchose ›Oktoberrevolution‹.«

»Haha!« brüllte Petrow und zielte erneut. »Lügen kann er wie ein Ehemann, der die Freundinnen seiner Frau beschläft! Laß Jefim los, Halunke! Ich erschieße euch alle drei... Auf Jefim kommt es gar nicht an...«

»Wir sind seit Wochen unterwegs, kreuz und quer durch die Taiga. Begreifen Sie das doch endlich, Genosse!«

»Das klingt schon höflicher.« Petrow tauchte hinter seinem Schreibtisch auf, und Kassugai atmete hörbar auf. »Seit Wochen, sagen Sie? Warum? Hatten Sie sich verirrt?«

»Wir suchen ein Mädchen, das geflüchtet ist.« Kassugai ließ den ohnmächtigen Jefim auf den Dielenboden fallen. Die unmittelbare Gefahr war vorbei, das sah er. Petrow hörte jetzt zu, der Dampfkessel stand nicht mehr unter Hochdruck. »Mittelgroß, ein schmales Gesicht, lange braune Haare. Natalia Nikolajewna Miranski heißt sie.«

»Unbekannt«, sagte Petrow und blickte Kassugai lauernd an.

»Was ist mit dieser Natalia?«

»Man sucht sie wegen Mordes.«

»Oha! Ein so schönes Mädchen?«

»Woher wissen Sie, daß sie schön ist? Sie war also hier?«

»Genosse Rostislaw, Sie haben das Mädchen eben geschildert, und Ihre Augen leuchteten dabei! Also ist sie schön! Wir Menschen in der Taiga erkennen jeden Blick! Uns belügt kein Auge!« Petrow stützte sich auf den Lauf seiner Pistole. Sein Finger blieb am Abzug.

»Wen hat sie ermordet?«

»Ihren Liebhaber.«

»Hoho! War er zu faul oder zu fleißig?«

Kassugai überhörte die Frage. Zu seinen Füßen bewegte sich Jefim. Er stöhnte leise und rieb sich, noch halb ohnmächtig, den Hals.

»Sie können sich tausend Rubel verdienen, Jakow Michailowitsch«, sagte Kassugai.

Petrows schielende Augen verdrehten sich besorgniserregend.

»Tausend Rubel? Und das sagen Sie so daher? Tausend Rubel? Haben Sie schon mal soviel Geld in der Hand gehabt?«

»Nein. Wer hat das schon von uns? Aber diese Summe ist als Belohnung ausgesetzt, wenn Natalia Nikolajewna gefangen wird. Der Glückliche könnte Petrow heißen.«

»Ich? Macht mich nicht schwindlig, Genossen...«

»War Natalia hier im Dorf? Haben Sie sie gesehen, mein lieber Jakow?«

»Hier ist kein fremdes Mädchen durchgekommen! Nie! Man hätte es gesehen. Keine Maus ist mir unbekannt, wenn sie einmal durch das Dorf läuft! Und dann ein ausgewachsener Mensch – unmöglich!« Petrow hob bedauernd beide Arme. »Auch für tausend Rubel, liebe Genossen, ich kann euch nicht dienen!«

Kassugai wagte es, ein paar Schritte vorzutreten und an den Schreibtisch zu kommen. Er kalkulierte richtig. Petrow war durch die Erwähnung der tausend Rubel wie entnervt und leistete keinen Widerstand, als Kassugai ihm vorsichtig die Pistole aus der Hand nahm und dann Nikolai zuwarf. Der fing sie geschickt auf und richtete sie sofort auf Petrow. Jakow Michailowitsch erkannte, wie sich die Situation verändert hatte, grinste schief und begann noch schrecklicher zu schielen.

»Die Pistole ist Parteieigentum!« sagte Petrow fast entschuldigend. »Nichts für ungut. Ich war vielleicht ein wenig unfreundlich beim Empfang. Man weiß ja nie, wer da so hereinkommt...«

Kassugai war ans Fenster getreten und blickte hinaus. Das Dorf lag in träger Mittagsruhe. Selbst die struppigen Hunde hatten sich in den Schatten gerollt und dösten.

Jefim war inzwischen aufgestanden und an die Wand zurückgewichen. Er starrte Kassugai und Nikolai aus haßerfüllten Augen an. Jetzt stark sein, schien er zu denken. Groß und kräftig wie der Genosse Ingenieur oder unser Pope Tigran. Und Mut haben wie ein einsamer grauer Wolf im Winter... Oh, ich würde sie beide an die Wand schmettern und ihre Köpfe wie Eierchen aufschlagen! Aber ich bin ja nur ein armer Idiot, und das Stärkste an mir ist meine Stimme, wenn ich kreische...

»Wir haben die Spur Natalias genau verfolgt«, sagte Kassugai nun und trat vom Fenster zurück. »Vor zwei Wochen ist sie in Proskojowne gesehen worden. Sie hat dort Tee getrunken, ein halbes Brot mit Gurken und Zwiebeln gegessen und war nach zwei Stunden wieder in der Taiga verschwunden. In Proskojowne hat sie sich auch erkundigt, wo das nächste Dorf liegt. Und das nächste Dorf ist Satowka!«

»Ich kenne Proskojowne nicht«, sagte Petrow. »Bin nie dort gewesen und keiner von denen bei uns! Wieso kennt man uns da?«

»Weiß ich es?« Kassugai nickte Nikolai zu. Jetzt begann die Aktion, die er von dem Augenblick an geplant hatte, als sie in Satowka einfuhren. »Ist es möglich, daß einer deiner Bauern das Mädchen versteckt hält?«

»Auf keinen Fall! Hier weiß jeder vom andern, was er tut! Dazu die Frauen! Die geschwätzigen Frauen! Es käme sofort heraus, Genossen! Welche Frau nimmt ein hübsches Mädchen bei sich auf? Soll sie ihren Mann immer anbinden? Wie Böcke sind die Kerle hier, wenn ihnen ein Mädchen in die Quere kommt! Da war etwas... Vor vier Jahren vielleicht kommt eine Krankenschwester aus Batkit herüber, und einen Tag später eine junge Ärztin. Von der Partei geschickt, Reihenuntersuchung nennen sie es. Machten sich hier in meinem Büro breit, bauten blitzende Instrumente auf, ein klappbares Bett sogar und hantierten mit allerlei geheimnisvollen Apparaten. Ich frage: ›Was soll das alles, liebe Genossinnen?‹ und sie antworteten: ›Wir untersuchen von allen Einwohnern Satowkas die Lungen, das Herz, die Galle und den Darm!‹ Oje, habe ich gedacht, das wird etwas geben. Und es gab etwas, Brüderchen! Zuerst die Frauen, das ging ganz gut bis auf Valentina Agafonowna, die nicht wollte, daß die Ärztin ihr zwischen die Beine guckte. ›Siebzig Jahre bin ich alt‹, hat sie geschrien, ›und dahin hat noch keiner gesehen!‹ Sie lag auf dem Klappbett und preßte die Beine zusammen. Aber es half ihr alles nichts – die anderen hatten's getan, und so mußte sie auch daran glauben. Nach einer halben Stunde wankte Valentina Agafonowna aus dem Büro und hatte einen blutroten Kopf. Kein Wort sagte sie, als man sie fragte, aber sie tat wie eine Zwanzigjährige, die aus dem Heu kriecht.«

Petrow holte Atem. Die Erinnerung übermannte ihn sichtlich.

»Aber dann – dann kamen die Männer! Herz, Lunge und Galle – das ging noch. Man ließ sich abhören und abtasten, man genoß die Nähe der schönen Genossin Ärztin und den Anblick der frischen Krankenschwester, aber dann ging's an den Darm! Genossen, da tat sich was! ›Die Hosen runter!‹ kommandierte die Ärztin kalt. ›Nach vorn bücken! Beine auseinander! Wer einen Wind abläßt, wird gemeldet!‹ Hält man so etwas für möglich? Und dann streift sie sich einen Gummihandschuh über und bohrt ihren Finger jedem... Genossen, eine so schöne Person, ein so zartes Weibchen! Wir haben geschnauft und die Augen verdreht – ich sage euch, das war ein Erlebnis! Und alles auf Kosten der Partei!«

»Wir wollen die Häuser durchsuchen!« sagte Kassugai laut. Endlich war es möglich, Petrows große Erinnerung zu beenden.

»Durchsuchen? Die Häuser? Sind Sie von der Miliz?«
»Das Mädchen ist hier!«
»Es ist nicht hier!«
»Das wollen wir sehen!«
»Als Dorfsowjet sage ich Ihnen...«
Kassugai winkte Nikolai. Der hob wieder die Pistole und zielte auf Petrow. »Es hat keinen Sinn mehr zu reden!« sagte Kassugai. »Gehen wir! Und Sie voraus, Jakow Michailowitsch. Machen Sie jedem klar, daß wir schießen werden, wenn man uns Widerstand leistet!«
»Wir schießen zurück!« brüllte Jefim, der Idiot, aus seiner Ecke. »Wir schießen – schießen...«
»Los!« Kassugai zeigte auf die Tür. Petrow rang mit sich und beschloß dann, um die Ruhe im Dorf nicht zu gefährden, zu gehorchen. Er ging voran, verließ das Parteihaus und näherte sich der ersten Hütte, aus der es nach Sauerkohl roch. Davor auf einer Bank aus Birkenknüppeln saß Wassili, der Hausherr, und verdaute. Ein Spätsommer in Sibirien, an der Steinigen Tunguska, muß genossen werden. Zu schnell ist der kalte Winter da, erstarren Boden und Bäume, muß man die Fenster verkleben und hat nur die Plattform des warmen Ofens als einzigen Lebensraum. Da heißt es, die letzte Sonne voll in sich hineintrinken! Das ist Kraft für den Winter, das bleibt im Blut!
Wassili betrachtete den Anmarsch der drei Männer hinter einer Qualmwolke, die aus seiner selbstgeschnitzten Pfeife quoll. Daß wieder ein Auto nach Satowka gekommen war, das wußte bereits jeder. Jetzt sah man auch die Männer, und sie waren auf den ersten Blick unsympathisch. Ganz wachsam wurde Wassili jedoch, als Jefim als letzter aus dem Parteihaus stürzte und laut schrie:
»Durchsuchen wollen sie! Das ganze Dorf durchsuchen! Habt ihr ein Mädchen versteckt, Genossen? Dann heraus damit – heraus!«
»Man sollte den Kerl erschießen!« knurrte Nikolai. »Wenn Natalia wirklich hier ist, warnt er sie mit seinem Geschrei!«
»Wo soll sie hin?« Kassugai lächelte grausam. »Wir würden sie sehen. Und ich spüre es in allen meinen Nerven, daß sie in diesem Dorf ist!«
Um es kurz zu machen, denn wir können nicht die Durchsuchung aller Häuser schildern: Kassugai fragte wenig, ob man ihn ins Haus lassen wollte oder nicht, weder Wassili noch die anderen Leute von Satowka. Er trat vor sie hin, sagte, er wolle das Haus sehen, und wenn die Überrumpelten zuerst protestierten, hob Nikolai seine Pistole und krümmte den Finger am Abzug.
Das überzeugte alle. Sie schrien zwar, das sei Unrecht, Verletzung der Menschenwürde, die doch die Partei garantiere, man drohte mit

einer Anzeige bei der Miliz in Batkit, aber Kassugai lachte nur grob und schob alle beiseite.

Er betrat die Häuser, ging durch alle Stuben, öffnete alle Schränke und Truhen und durchstöberte Scheunen und Ställe. Petrow ging immer vorweg – gewissermaßen als Aushängeschild: Wehrt euch nicht! Der Bursche schießt!

Nach der Durchsuchung des vierten Hauses rannte Jefim weg und alarmierte den Popen Tigran. »Wie ein Kommissar benimmt er sich«, berichtete er, »bedroht jeden mit der Pistole, wühlt in den Kisten herum! Was sollen wir tun, Väterchen?«

Tigran, der gerade einen großen Kerzenleuchter putzte, starrte Jefim mit zusammengezogenen Brauen an und fragte, während sich sein langer Bart sträubte: »Er kommt aus Mutorej?«

»Sagt er. Ein Natschalnik der Sowchose ›Oktoberrevolution‹!«

»Aha!« Tigran Rassulowitsch wurde noch nachdenklicher. Ein Zusammenstoß mit solchen Leuten war nicht seine Sache. Er war froh, daß man seine Kirche hier in der Wildnis duldete oder besser gesagt: nicht wahrnahm! Kam nun ein einflußreicher Genosse und erzählte später, in Satowka habe die Kirche mehr zu sagen als Lenins Geist, dann war es möglich, daß sich eine Kommission in die Taiga aufmachte, um die kommunistische Gesinnung zu prüfen. Und was dabei herauskommen würde, das wußte Tigran genau!

»Er sucht ein Mädchen!« erklärte Jefim.

»Wenn es weiter nichts ist...« sagte Tigran erleichtert. »Das ist eine Privatsache.«

»Eine Mörderin...«

»Brave Genossen, wenn sie sie suchen!«

»Man hat eine Belohnung von tausend Rubel ausgesetzt!«

»Du hast dich verhört!« antwortete Tigran. Sein Herz zuckte. Wenn ein Mensch tausend Rubel wert ist, welch eine Mörderin muß das sein! Gerecht ist es nur, sie zu fangen wie einen tollwütigen Fuchs.

»Er hat tausend Rubel gesagt!« beharrte Jefim. »Er hat sie Petrow angeboten.«

»Petrow? Warum ihm?«

»Weil er der Starost ist, der Dorfsowjet!«

»Immer diese Bevorzugungen«, stöhnte Tigran dumpf. »Die tausend Rubel stehen Gott zu!« Er stellte den Kerzenleuchter beiseite, strich sich durch den Bart und rannte aus der Kirche. Tausend Rubel! Das waren: eine neue Glocke, ein neuer Außenanstrich der Kirche, ein neues Meßgewand, die Ausbesserung des Daches, durch das es regnete... und es bedeutete noch einen Batzen Geld – für außergewöhnliche Fälle! Dazu zählte er seinen großen Durst, und ein guter, reiner Wodka aus dem Magazin von Batkit war nicht billig...

»Wo soll das Mädchen sein?« fragte Tigran, während Jefim neben ihm her lief. »Diese Mörderin? Bei uns?«

»Der Fremde behauptet es! Darum durchsucht er alle Häuser. Ha, da sind sie!«

Kassugai war inzwischen bei dem Haus der Witwe Valentina Agafonowna angelangt. Wir kennen sie schon – von der schönen Ärztin her. Sie war jetzt vierundsiebzig und zehrte noch immer von dem Erlebnis. Petrow wollte Kassugai noch warnen, aber er schob ihn zur Seite und brach in das Haus ein wie ein Wintersturm.

Valentina Agafonowna saß gerade in einer hölzernen Wanne und badete. Sie tat das gern. »Es belebt das Herz«, behauptete sie. Nun mußte sie erleben, daß zum erstenmal in ihrem Leben ein Mann sie störte und sie nackt in ihrer Badewanne sah. Ein berauschender Anblick war es nicht, und Kassugai hätte sich auch gar nicht weiter um die Alte gekümmert, wenn Valentina Agafonowna nicht sofort mit einem Knüppel, der an der Wanne lehnte und mit dem sie das Badewasser umzurühren pflegte, nach ihm geschlagen hätte.

Kassugai bekam den Hieb ins Kreuz, fuhr herum und verabreichte Valentina eine schallende Ohrfeige. Das war brutal. Petrow, der in der Tür stehengeblieben war, stöhnte laut vor Mitleid, und Tigran, der gerade ins Haus stürmte, blieb entsetzt auf der Schwelle stehen.

Valentina Agafonowna starrte Kassugai wie einen bösen Geist an. Ein Röcheln entrang sich ihrer Brust, dann sank sie zurück und war tot – vor Schrecken gestorben. Oder vor Entsetzen – oder aus Beleidigung – oder... so ganz gesund schien das ständige Baden für das Herz wohl doch nicht zu sein...

»Sie ist tot!« stammelte Petrow und hielt Kassugai fest, der einen Schrank aufreißen wollte. »Sie haben sie erschlagen!«

Kassugai drehte sich um, betrachtete die wachsbleiche Valentina kurz und hob die Schultern. »Sie hat mich angegriffen. Hier sind Zeugen genug. Außerdem – von einer Ohrfeige stirbt man nicht! Wenn sie sich so erschrocken hat – was kann ich dafür!« Er bemerkte erst jetzt den Popen, der in der Tür stand und die Hände gefaltet hatte. »Natürlich! So etwas fehlte uns hier noch!« sagte Kassugai. »Wie die Geier! Riecht ihr den Tod voraus, schwarze Halunken?«

»Das Genick hat er ihr gebrochen?« kreischte Jefim, der Idiot. »Das Genick! Mit einem Schlag...«

»Entfernt den Kerl, oder ich bringe ihn um!« schrie Kassugai und ballte die Fäuste. »Pope! Haben Sie ein Mädchen gesehen, ein fremdes Mädchen?«

»Das tausend Rubel wert ist?« fragte Tigran zurück.

»Ach, das weiß er auch schon? Ja, tausend Rubel! Ich gebe sie sogar der Kirche, wenn Sie mir Natalia heranschaffen!«

»Die Kirche ist ein Hort des Friedens«, sagte Tigran feierlich. »Aber tausend Rubel sind tausend Rubel! Leider haben wir kein Mädchen gesehen.«

»Dann suchen wir weiter!«

Im Haus von Valentina Agafonowna gab es nicht mehr viel zu tun. Sie hatte immer bescheiden gelebt, und so war alles schnell überblickbar. Während Kassugai sich überall umsah, hoben Tigran und Petrow die Tote aus der Wanne, legten sie aufs Bett und deckten sie mit einer Decke zu. Zum Abtrocknen reichte die Zeit nicht mehr, denn Kassugai machte bereits Anstalten, die Suche im nächsten Haus fortzusetzen.

»Auf ein Wort!« brüllte Tigran, der ihm nachlief. »Bleiben Sie stehen, wir kommen jetzt zu einem Haus, das ich Ihnen erklären muß! Ich warne Sie, es zu betreten!«

Kassugai und Nikolai blieben stehen. Sie befanden sich auf dem Wiesenstück, das zwischen dem angeblichen Geisterhaus und Anastasias Hütte lag. Gewissermaßen im Niemandsland zwischen der Hölle und dem Himmel...

Tigran streckte abwehrend die Hände aus. »Betreten Sie das Haus nicht«, sagte er dumpf. »Durchsuchen Sie jede Hütte, jeden Misthaufen von mir aus, erschrecken Sie alte Weiblein zu Tode... nur um dieses Haus machen Sie einen Bogen!«

»Darin steckt sie!« sagte Nikolai leise hinter Kassugai. »Wir sind am Ziel, Rostislaw Alimowitsch.«

»Und warum nicht dieses Haus?« fragte Kassugai höhnisch. Aus den Augenwinkeln beobachtete er das massive, für Jahrhunderte gebaute Blockhaus. Stand es leer? Die Decke an einem Fenster... Düster sah das Haus aus, trotz der Sonne, die es beschien.

»Wer da hineingegangen ist, ist nur als Toter wieder herausgekommen!« erwiderte Petrow, ehe der Pope zu einer Erklärung ansetzen konnte. »Oder es geschehen rätselhafte Unglücksfälle, wie dem Mann von Anastasia Alexejewna einer zugestoßen ist. Da kommt sie gerade. Fragen Sie sie selbst!«

Aber das war nicht möglich. Anastasia steckte nur den Kopf aus ihrer Haustür und rief verzweifelt: »Soll das denn nie aufhören? Warum schlägt kein Blitz in dieses elende Haus ein?« Was dumm war, denn es schien ja die helle Sonne.

Anastasia verschwand wieder.

»Das Haus ist verflucht!« erklärte Tigran düster. »Erst vor vier Tagen war hier die Hölle los! Alles stand in Flammen, und doch verbrannte nichts! Wenn das nicht Teufelswerk ist!«

»Sie mögen an solchen Unsinn glauben«, sagte Kassugai. »Dafür sind Sie ja Pope! Ich bin ein aufgeklärter Kommunist. Geister! Teufel! In euren Hirnen ist Jauche, weiter nichts!« Er ging allein zu dem »Leeren Haus«, weil Nikolai mit seiner Pistole Petrow daran hindern mußte, Kassugai am Rock festzuhalten.

»Zurück!« donnerte Tigrans gewaltiger Baß. »Mein Sohn, Sie wissen nicht, was Sie tun!«

»Ich weiß es genau!« An der Tür des Hauses drehte sich Kassugai noch einmal um. »Ich werde euch allen zeigen, was ihr für Idioten seid!«

»Die Heiligen seien mit dir!« schrie Tigran. »Tritt nicht ein...«

Kassugai lachte rauh. Er drückte die schmiedeeiserne Klinke herunter, stieß die schwere Bohlentür auf und verschwand im Innern des Hauses.

Es blieb alles still. Man hörte weder Kassugais Stimme, noch erschien er am Fenster, um zu zeigen, daß er noch lebte. Es geschah gar nichts, und das war noch unheimlicher.

»Lasset uns beten!« stammelte Jefim, der Idiot, und faltete die Hände. »Auch du...« Er stieß dabei Nikolai an, der auf das Haus starrte und die Pistole hatte sinken lassen. »Du siehst deinen Kumpan lebend nicht wieder!«

Tigran hatte die Hände in seinem Bart vergraben. Jefim betete leise, Petrow zitterte, Nikolai nagte an seiner Unterlippe, und die Witwe Anastasia war wieder in ihrer Tür erschienen und rang stumm die Hände.

Alles wartete. Kam Kassugai unversehrt zurück? Besiegte der Kommunismus den Teufel...? Die feierliche Ruhe wurde gestört von dem kleinen Vitali Jakowlewitsch Gasisulin. Er rannte wie ein Wiesel die Straße entlang und ruderte mit den Armen, als wolle er Fliegen verscheuchen. Seine Lunge keuchte.

»Ist es wahr?« schrie er mit heller Stimme. »Wir haben eine Tote! Die gute, liebe, brave Valentina Agafonowna ist im Badekübel heimgegangen? Friede ihrer Seele! Wollen wir sammeln für einen schönen Sarg? Breit muß er sein – ihr kennt doch ihre Figur...«

»Ruhe!« brüllte Tigran und hob die Faust. »Wir warten auf den nächsten Toten!«

»Was für ein Tag!« stammelte Gasisulin ergriffen. Er stellte sich neben Tigran und starrte geradezu lüstern auf das »Leere Haus«.

Er hatte es kaum ausgesprochen, als alle zusammenzuckten. Ein frostiger Schauer umwehte sie – trotz der heißen Sonne. Aus dem Innern des Hauses erklang ein gräßlicher, langgezogener Schrei. Er hing in der Luft, blieb im Ohr, klebte an den Kleidern wie Pech. Ein Schrei, wie ihn kaum ein Mensch ausstoßen kann...

Nikolai war der erste, der das Grauen abschüttelte. »Ich komme, Rostislaw!« rief er, riß die Pistole hoch und wollte zum Haus laufen. Aber er machte nur einen kleinen Schritt, dann krachte Tigrans gewaltige Faust auf ihn herunter, genau auf seinen Schädel. Und wenn man in Satowka schon immer behauptet hatte, der Pope könne mit der Faust Baumstämme auseinanderschlagen, dann hatte man jetzt den Beweis dafür. Nikolai sank wie vom Blitz getroffen um, Blut lief ihm aus Mund und Nase, und er war bereits tot, als er mit dem Gesicht in den Staub fiel.

»Amen!« sagte Tigran dumpf. »Wenn Gott straft, straft er gründlich.«

»Der zweite Sarg!« stammelte Gasisulin, der sein Glück kaum fassen konnte. Dann schwieg er abrupt, denn die Tür des Spukhauses flog auf.

Kassugai erschien.

Er taumelte, hielt sich breitarmig an der Wand fest, seine Beine waren eingeknickt, aus seinen Augen, die fast hervorquollen, schrie die Todesangst. Doch das war es nicht, was alle so ergriff – nein, aus seiner Kehle spritzte das Blut im hohen Bogen, und deutlich sah jeder, daß man ihm die Kehle durchschnitten hatte. Es war, wie es früher schon gewesen war: Erst ein Stich in den Hals, dann ein Schnitt quer durch! Eigentlich hatte man nichts anderes erwartet.

Kassugai schwankte ein paar Schritte nach vorn, streckte hilfeflehend die Arme aus, brach in die Knie und drückte dann beide Hände gegen die schreckliche Halswunde. Er wollte etwas sagen, konnte es aber nicht mehr. Noch einmal versuchte er, auf die Beine zu kommen, zu den Menschen hinzukriechen, die ihn nur anstarrten, ihm aber nicht halfen... Der Strahl aus seiner Kehle wurde zu einem winzigen Springbrunnen, der immer kleiner und kleiner wurde und schließlich zusammensank. Dann fiel Rostislaw Alimowitsch Kassugai nach vorn und starb.

»Der Teufel!« kreischte Jefim plötzlich. Er machte einen hohen Luftsprung, drehte sich um und lief schreiend durchs Dorf: »Der Teufel hat zugeschlagen! Der Teufel ist im Haus! Tote! Lauter Tote! Lauter Blut!«

»Der dritte Tote«, sagte der kleine Gasisulin ergriffen, als habe ihn eine Fee geküßt. Er tastete nach Tigrans Hand und küßte sie inbrünstig. »Zu Ostern stifte ich ein großes Brot mit eingebackenem Speck...«

»Tragt sie weg!« sagte der Pope laut und blickte die Bauern an, die aus den Häusern herbeigerannt kamen, aus der Mittagsruhe aufgescheucht durch Jefims Gebrüll.

»Sie haben mich ausgelacht...« rief Petrow.

Da zuckte Tigran zusammen und wurde bleich, denn die Tür des »Leeren Hauses« fiel von selbst mit einem harten Knall zu.

Mit wehender Soutane lief der Pope zurück in seine Kirche.

6

Es war verständlich, daß die Bauern von Satowka, nachdem der Fluch sich abermals auf so schreckliche Weise erfüllt hatte, einen Boten zu dem Genossen Ingenieur schickten, der mit seinen Leuten weit draußen in der Taiga Bodenproben entnahm. Tassburg hatte übrigens neulich die Behauptung aufgestellt, unter der Erde, auf der Bäume wuchsen, gäbe es riesige Höhlen, wo sich Gas angesammelt habe. Mit diesem Gas könne man sogar heizen – da begannen die Leute von Satowka aber an einen guten Witz zu glauben und freundlich zu lächeln.

Kein Witz dagegen war, daß die Gräfin Albina Igorewna nach dem vergleichsweise harmlosen Feuerzauber vor vier Tagen nun wirklich zugeschlagen hatte – und gleich dreimal. Denn, so rechnete man logisch, auch Valentinas Tod im Badebottich war dazuzurechnen. Auch der Hieb, den der Pope Tigran auf die Hirnschale Nikolais losgelassen hatte, war nur so hart ausgefallen, weil die Gräfin ihn nicht abbremste. Spätestens da hätte man gewarnt sein müssen... Aber da war Kassugai ja schon im Haus und stieß sein tierisches Gebrüll aus. Wie man es auch drehte, es blieb geheimnisvoll und schaurig.

»Er kann unmöglich mehr in dem verfluchten Haus wohnen!« sagte Petrow zu Väterchen Tigran und schielte gottserbärmlich durch das Pfarrhaus. »Um diesen Kassugai war's nicht schade, kommt da zu mir herein und nennt mich gleich einen Idioten, ohne mich zu kennen... aber der Genosse Ingenieur ist ein lieber, höflicher und kluger Mensch, und es wäre ein Unglück, wenn auch er mit durchschnittener Kehle... Väterchen, er kann bei mir wohnen.«

»Bei mir auch«, sagte Tigran Rassulowitsch und kämmte mit gespreizten Fingern seinen Bart. »Ich kann nur nicht begreifen, daß er seit Tagen alles überlebt, kein Krachen und Fauchen hört, kein Feuer sieht, sondern in aller Seelenruhe schläft. Und dann hat er Blut an den Händen – wir alle haben es gesehen. Unbegreiflich!«

Tigran setzte sich und bot Petrow einen Stuhl an. Das kam selten vor. Petrow setzte sich ehrfurchtsvoll auf den Stuhlrand und sah den Popen erwartungsvoll an.

»Du weißt von den tausend Rubeln Belohnung?« fragte Tigran dunkel.

»Kassugai hat sie geboten.«

»Aber nun ist er tot...«

»Es wird nicht sein eigenes Geld gewesen sein. Er wird selbst auf der Jagd gewesen sein, um es zu bekommen. Es ist sicherlich staatliches Geld.«

»Vom Staat? Jakow Michailowitsch, du bist wirklich ein Idiot!« Tigran holte seine Pfeife aus der Soutane und stopfte sie.

Bloß das nicht! bettelten Petrows schielende Augen. Nicht diesen Qualm. Wir alle kennen ihn, verschone mich damit, Väterchen!

»Angenommen, wir finden das Mädchen«, fuhr der Pope fort. »Dann müssen wir es nach Mutorej bringen, von dort kam dieser Kassugai her. Aber ich als Priester kann keine Gefangene und Mörderin transportieren. Also übernimmst du das mit zwei anderen. Nur – wer garantiert mir dafür, daß ihr Verbrecher nicht mit den tausend Rubeln verschwindet?«

»Es müßte erst festgestellt werden, wem die Rubelchen gehören, Väterchen«, erwiderte Petrow kühn.

»Wem wohl?« donnerte Tigran. »Der Kirche! Dem Mittelpunkt des Lebens! Dem Garanten für die Seligkeit!«

»Kann ich die Seligkeit anfassen? Aber tausend Rubel kann man anfassen. Das ist der Unterschied. Aber es ist dumm, sich darüber Gedanken zu machen. Das Mädchen ist nicht hier. Das habe ich Kassugai schon gesagt, aber er wollte es nicht glauben. Wie kann eine Fremde im Dorf sein, ohne daß alle es wissen?«

»Das ist leider wahr«, sagte der Pope wehmütig. »Wir werden die tausend Rubel nie bekommen; es sei denn, die Mörderin taucht noch in Satowka auf.«

Unterdessen jagte ein Reiter auf einem der kleinen, struppigen, aber ungemein zähen Pferde durch die Taiga, den Spuren der schweren Fahrzeuge nach, die im Waldboden zurückgeblieben waren. Man konnte den Bohrtrupp nicht verfehlen, zumal der einzige Mann, der im Zeltlager zurückgeblieben war, ein Arbeiter, der sich die Hand gequetscht hatte, auf einer Karte zeigte, wo der Trupp sich aufhielt.

Der Reiter starrte die bunte Karte an, wunderte sich, daß bei den Ingenieuren die Taiga so ganz anders aussah, nickte ein paarmal, weil man ja so tun mußte, als verstände man alles, und ritt los in die Unendlichkeit der Wälder.

Es war leicht auszurechnen, daß ein noch so guter Reiter nicht schneller vorwärtskam als ein moderner Lastwagen. Und da Tassburg über eine Tagesreise von Satowka entfernt war, bereitete sich der Bote innerlich darauf vor, auch die Nacht durchzureiten, immer der Spur der schweren Wagen nach.

Dabei wäre das gar nicht nötig gewesen, denn was in Satowka passiert war, hatte natürlich auch der kranke Arbeiter gehört. Der überlegte sich das, und da er nur die Hand und nicht den Kopf gequetscht hatte, setzte er sich ans Sprechfunkgerät und brüllte so lange »Hier Basis! Bitte melden!«, bis sich tatsächlich der Vorarbeiter Grigori weit draußen in der Taiga meldete.

»Halt's Maul!« sagte Grigori freundschaftlich. »Wir haben keine Zeit für Unterhaltungen. Wenn es dir zu langweilig wird, geh ins Dorf und such dir ein Weibchen! In Nummer vierzehn, links der Straße, wohnen drei Schwestern. Der Vater ist taub, und die Mutter hat Rheuma. Im Stall haben die verdammten Weiberchen ein Strohlager. Aber sieh dich vor, die drei Schwestern sind unzertrennlich! Ich hab's probiert... Hinterher hab ich geschwankt wie nach einer Flasche Wodka...«

»Im Dorf hat es drei Tote gegeben!« berichtete Konstantin, der Gequetschte, aufgeregt. »Ein Bote ist zu euch unterwegs...«

»Was haben wir damit zu tun?« erwiderte Grigori. Er saß in einem kleinen Zelt und hatte zwischen die Knie eine Schüssel mit heißem Gulasch geklemmt. »Woran sind sie denn gestorben?«

»Die Toten hat es bei Michail Sofronowitsch im Haus gegeben!« sagte Konstantin, weil er nicht ganz genau informiert war. »Der hirnverbrannte Fluch soll daran schuld sein. Einem hat man sogar die Kehle durchgeschnitten!«

»Verdammt! Ich melde es sofort dem Genossen Ingenieur. Kennt man die Toten?«

»Es sind zwei Fremde und eine Frau. Einer heißt so ähnlich wie Kassomej oder Kussolej! Ich hab's nicht richtig verstanden. Ich gehe nachher ins Dorf und werde mich genau erkundigen.«

»In Ordnung. Ich rufe wieder an. Ende!«

»Ende, Grigori!«

Es gibt im Leben eines jeden Menschen Gewissenskonflikte. Der eine weiß nicht, ob er die Tochter oder die noch jugendliche Mutter lieben soll, der andere ringt mit sich, ob er seinem Chef die Wahrheit sagen soll – was die Stellung kosten könnte – oder ob er weiterhin dessen Loblieder singt. Für Grigori war der Konflikt greifbarer: sofort zum Genossen Ingenieur laufen und das Gulasch kalt werden lassen oder erst essen und dann gehen? Grigori entschied sich fürs Essen. Meldungen werden nicht kalt...

Er kratzte also seine Blechschüssel leer, ließ den letzten Bissen verträumt im Mund zergehen und kroch dann aus dem Zelt, um Tassburg aufzusuchen.

Man muß hier eines erwähnen: Grigori war ein bewährter Arbeiter, ein Mensch, den so leicht nichts erschüttert und der schon zwölf grausame Winter freiwillig in der Taiga verbracht hatte. Freiwillig... und nicht etwa in einem Haus oder in einer warmen Höhle, sondern in wattierten Zelten oder Erdlöchern, wo in einem ausgehöhlten Baumstamm das Feuer glimmte und den Ofen ersetzte.

Ein harter Bursche also, der gegen den Wind spuckt, ohne naß zu werden.

Aber was er jetzt erlebte, als er Tassburg die Meldung aus Satowka überbrachte, verstörte ihn maßlos.

»Wer ist in Satowka?« fragte Tassburg und wurde leichenblaß. »Kassugai? In meinem Haus? Mein Gott, ich fahre sofort zurück!« Er rannte aus dem großen Werkzelt, schrie draußen nach seinem Geländewagen, der allerdings mit zwei Geologen unterwegs war, und verlangte deshalb, man sollte einen der schweren Lastwagen auftanken.

»Sie sind doch alle tot!« rief Grigori, der die Aufregung nicht verstand. »Alle...«

»Wer... alle?« schrie Tassburg zurück. Er hatte den Blick eines Wahnsinnigen. »Wer hat sie getötet? Grigori, ich schlage dir den Schädel ein, wenn du nicht weiterredest. Wer ist tot?«

»Zwei Männer und eine Frau, hat Konstantin gemeldet. Mehr weiß ich auch nicht. Konstantin war schwer zu verstehen...«

»Eine Frau...« murmelte Tassburg dumpf. »Das ist furchtbar! Oh, ist das entsetzlich!« Er ballte die Fäuste, hieb damit gegen einen Kiefernstamm und rief wieder nach dem Wagen. »Was weißt du noch mehr?« wandte er sich dann an Grigori. »Wann ist es passiert?«

»Weiß ich es? Vielleicht vor einer Stunde?« Er ging aus der Reichweite von Tassburgs Armen. Michails Gesicht war verzerrt, es konnte einem mehr Angst einflößen als ein Eissturm in der Taiga. »Kennen Sie denn diesen Kassumej, oder wie er heißt?«

»Kassugai? Und ob ich ihn kenne! Er hat es also erreicht. Er hat es wirklich erreicht, und ich sitze hier und kann nicht helfen...«

»Wem helfen?«

Es war ein Glück, daß gerade jetzt der Geländewagen aus dem Wald zurückkam.

Tassburg rannte wie ein Verrückter darauf zu, riß die beiden Geologen von den Sitzen, schwang sich hinter das Lenkrad und brauste davon wie der wilde Jäger. Zwei Arbeiter, die gerade Benzin geholt hatten, um den Lastwagen aufzutanken, warfen Tassburg die beiden Kanister zu. Sie krachten hinter ihm auf die Sitze.

»Was hat er?« fragte einer der Geologen. »Ist er verrückt geworden? Wo will er denn hin? In einer Stunde ist tiefste Nacht...«

»Man hat in Satowka drei Menschen umgebracht«, erklärte Grigori. »Da will er hin!«

»Um sie zu besichtigen? Wie kann man nur so neugierig sein!«

»Man hat sie in seinem Haus umgebracht!« Erst jetzt begriff Grigori die ganze Tragweite des Geschehens, und die Haare sträubten sich ihm.

Die Geologen starrten ihn an und blickten dann entsetzt dem Wagen nach, der in einem höllischen Tempo über die Fahrspuren hüpfte.

»Einer davon bekam die Kehle durchgeschnitten – wie es in dem Haus der Anastasia seit hundertfünfzig Jahren üblich ist...«

Überall war Blut...

Auf dem Boden, an den Wänden, auf dem Tisch – überall Blut!

Mitten im Zimmer lag das große Fleischmesser, so, wie es Natalia Nikolajewna weggeworfen hatte, als Kassugai entsetzt aufbrüllte, während sein Blut in hohem Bogen aus seiner aufgeschlitzten Halsschlagader spritzte.

Er hatte nichts mehr sagen können. Er hatte überhaupt nichts gesagt: Er war ins Haus gekommen, nachdem Natalia durch das unverhängte Fenster alles hatte sehen können, was sich vorher draußen abgespielt hatte. Sie war also nicht überrascht worden, und das hatte sie gerettet.

Tigrans gewaltige Baßstimme und des Idioten Jefims hohes Kreischen hatten sie alarmiert. Und sie hatte begriffen:

Wenn Tigran und die anderen Kassugai und Nikolai nicht davon abhalten konnten, das Haus zu betreten, gab es für sie nur zwei Möglichkeiten: sich selbst zu töten oder sich so lange zu wehren, bis die Leute von Satowka sie befreiten.

Sie war seitlich an das Fenster getreten, und ihr Atem setzte aus, als sie Kassugai leibhaftig vor dem Haus stehen sah, zusammen mit seinem Freund Nikolai, der in Mutorej als einer gefürchtet war, der keinen Weiberrock zwischen fünfzehn und vierzig Jahren an sich vorbeigehen ließ, ohne zuzugreifen. Wer wagte es schon, sich zu wehren? Nikolai war der Freund des mächtigen Kassugai, und außerdem kontrollierte er noch die Arbeits- und Solleistungen der Sowchose – ein Posten, auf dem man Menschen schinden kann, bis sie zum elenden Wurm werden, der nur noch zittert.

Zwar hatte es bei Nikolai – nicht bei Kassugai, denn er stand zu hoch in der Parteihierarchie – gelegentlich Racheakte wütender Ehemänner gegeben, deren Frauen mit Gras im Haar aus den Feldern heimkamen. So lauerte man einmal Nikolai auf, zog ihm einen Sack über den Kopf und prügelte ihn durch; ein anderes Mal entging er mit knapper Not einem Ersäufen im Fluß, weil sich die Gewichte an seinen Beinen vorzeitig lösten; aber der Antrag in einer geheimen Männerversammlung am Rande von Mutorej, Nikolai gewaltsam zu kastrieren, kam nicht zur Durchführung. Immerhin hatte Nikolai zu büßen für seine Leidenschaft, aber das hinderte ihn nicht daran, weiter in offene Blusen zu fassen...

Nun waren sie hier. Natalia stand am Fenster, das große Messer in der Hand, und starrte Kassugai an, der mit Tigran verhandelte. Dann sah sie ihn lachen, sein typisches höhnisches Lachen, sah, wie er sich abwandte und auf das Haus zuging.

Er kam! Wie konnte man auch einen Kassugai durch Spukgeschichten abhalten wollen! Die reizten ihn nur noch mehr, das Haus zu betreten.

Natalia lief zurück zu dem gemauerten Ofen, duckte sich in die Ecke zwischen Herd und Holzstapel, umklammerte ihr Messer. Jeder Muskel ihres Körpers war angespannt, um Kassugai anzuspringen, wenn er ins Zimmer trat.

Die Tür klappte zu. Natalia hörte Kassugais kräftigen Schritt, hörte auch, wie er den Schrank im Vorraum aufriß, dann weiter in das kleine Nebenzimmer ging, das leer war bis auf die hölzerne Bettstatt. Kassugais Schritte hallten laut in der Stille des Hauses.

Jetzt waren keine Schritte mehr zu hören, er schien das angelehnte Fenster nachdenklich zu betrachten. Durch dieses Fenster war Natalia in das »Leere Haus« geklettert, und damals war es ihr vorgekommen wie eine Pforte zum Paradies. Ein Dach über dem Kopf nach den Entbehrungen in der Taiga! Ein Strohlager! Ein Herd, auf dem sie zwar kein Feuer machen konnte, weil man den Rauch gesehen hätte, aber der einem das Gefühl gab: du bist unter Menschen! Wenn die Nacht kommt, kannst du ruhig schlafen. Der Wald ist herrlich, ich liebe den Wald, aber in der Nacht wird er unheimlich. Ihr Menschen wißt nicht, wie aus einem Haus, einer Selbstverständlichkeit, göttliche Gnade werden kann...

Da – die Tür... die Tür zum Wohnraum! Sie schwang auf, schlug gegen die Wand, mit einem Tritt geöffnet. Kassugai kam herein, die Hände in den Hosentaschen. Sein Gesicht war gespannt. Mit einem schnellen Blick erfaßte er den ganzen Raum. Er sah Natalia in der Ecke neben dem Ofen kauern, und da lächelte er und kam langsam näher.

Er sagte kein Wort. Was gab es auch noch zu reden? Er hatte sie gefunden, sein Eigentum, von ihrem Vater für einen besseren Arbeitsplatz erworben.

Das war ein rechtmäßiger Handel, nicht gerade christlich, aber

Christus hatte man abgeschafft, und Sibirien ist ein besonderes Land. Man kann es nicht mit europäischen Maßstäben messen. Man kauft ein Pferd mit einem Handschlag – man kann auch eine Tochter so kaufen, wenn der Vater einschlägt. Und genau das hatte Natalias Vater, der Traktorist der Sowchose, der gern mehr sein wollte als nur ein Traktorfahrer, mit Kassugai getan.

Natalia hatte das lange Messer in ihrem Schoß verborgen, Kassugai konnte es nicht sehen. Für ihn erweckte sie den Eindruck, als kröche sie vor Angst in sich zusammen.

Langsam kam er auf Natalia zu. Er lachte leise – der einzige Ton, den er bisher von sich gegeben hatte. In seinem Blick lag ein so elementares Begehren, daß es Natalia kalt über den Rücken lief. Seine Augen glühten, die Finger waren gekrümmt wie Adlerklauen.

Was dann geschah, und wie es geschah, wußte sie nicht mehr.

Irgendwie mußte sie aus dem Kauern heraus auf Kassugai losgesprungen sein, lautlos, einer Riesenkatze gleich. Das Messer zuckte hoch, und noch bevor Natalia mit Kassugai zusammenprallte, traf ihn die stählerne Klinge in den Hals.

Kassugai schwankte, fiel aber noch nicht. Auch jetzt gab er noch keinen Laut von sich, nur ein maßloses Erstaunen überzog sein Gesicht. Dann verzerrte es sich in höchster Wut; es war, als spüre er den Stich gar nicht. Er griff wieder zu, aber Natalia wich ihm aus. Blut spritzte aus Kassugais Kehle, und erst da schrie er auf und taumelte zurück zur Tür, in der verzweifelten Hoffnung, Nikolai oder der Pope oder sonstwer könne ihm noch helfen.

Natalia flüchtete wieder in die Ofenecke und schlug die Hände vor das Gesicht. Sie hörte, wie Kassugai nach draußen gelangte, wie Jefim aufschrie, wie eine andere helle Stimme rief: »Der dritte Tote!« – und sie dachte: Wieso denn drei Tote? Wer sind die anderen? War etwa Michail Sofronowitsch doch früher zurückgekommen und hatte Kassugai ihn getötet?

Natalia kroch noch mehr in sich zusammen, sie begann zu weinen und wünschte sich, sie sei auch gestorben.

Kommt herein! wünschte sie sich. Seht nach! Schlagt mich tot wie einen wilden Hund! Ich wehre mich nicht, das Messer liegt mitten im Zimmer, und ich bin bereit zu sterben. Es wäre eine Erlösung, Brüder! Wie kann ich weiterleben, wenn es Michail nicht mehr gibt? Ich liebe ihn, ja, ich liebe ihn. Er hat es nie gewußt, er ist mit seiner Sehnsucht nach mir gestorben ... Ich hätte es ihm gesagt, heute oder morgen! Zum erstenmal habe ich geliebt, ich habe nie das Gefühl gekannt, auf einen Menschen zu warten, auf seinen Gang, seine Stimme, auf das Spiel seiner Hände, auf das Leuchten seiner Augen, auf das Wehen seines Haares. Versteht ihr jetzt da draußen, warum ich nicht mehr leben kann? Kommt herein, kommt in dieses verfluchte Haus und tötet mich endlich...

Aber es kam niemand.

Draußen schaffte man die Toten weg. Anastasia lag auf ihrem Bett und bekam kaum noch Luft vor Entsetzen, der Idiot Jefim kreischte durch das Dorf und verkündete das Grauen; und der Pope Tigran umschritt feierlich in gebührendem Abstand das verfluchte Haus und segnete es von allen Seiten, damit der Satan in Bann gehalten wurde.

Es wurde Abend, und Natalia kauerte noch immer in ihrer Ecke. Die Anspannung und das Grauen wichen einer großen Müdigkeit. Ihr Körper war wie gelähmt, als sie sich an der Wand hochschob und einen Schritt ins Zimmer trat. Sie stützte sich auf den gemauerten Ofenrand und blickte hinüber in den Schlafraum und auf das Bett.

Aber sie konnte es nicht erreichen. Quer durch das Zimmer lief eine breite Blutspur, und es war Natalia unmöglich, einen Schritt darüber zu tun. So blieb sie am Ofen stehen, blickte an sich hinunter und sah erst jetzt, daß auch ihre Hände mit Blut beschmiert waren. Sie schrie leise auf, schob mit den Ellenbogen den Wasserkessel über die Glut, blies in das Feuer und wartete zitternd, bis Dampf aus dem Kessel stieg. Dann tauchte sie ihre Hände in das heiße Wasser, schloß einen Augenblick die Augen und biß die Zähne aufeinander.

Und wenn das Fleisch von den Knochen fällt, dachte sie, lösche Kassugais Blut aus, heißes Wasser! Nicht ein einziger roter Fleck darf zurückbleiben. Ich habe einen Menschen getötet, aber ich weiß nicht, wie es geschah. Heißes Wasser, nimm das Blut von mir...

Später saß sie auf der Eckbank, die Haut ihrer Hände war glühend rot, aber sie spürte keine Schmerzen. Im Gegenteil: eine eisige Kälte umklammerte ihren Körper, als gefriere ihr Blut bei jedem Herzschlag ein wenig mehr. Ist so das Sterben? dachte sie. Man will nicht mehr leben, und die große Kälte kommt über einen, bis man erfroren ist. Ist so der Tod durch Einsamkeit?

Natalia wartete auf den Tod und starrte dabei das Messer im Zimmer und die Blutspur Kassugais an.

Er hat Michail getötet, dachte sie. Und ich habe ihn getötet. Gibt es wirklich einen Gott, dann wird er gerecht sein mit mir.

Der Sargmacher Vitali Jakowlewitsch Gasisulin kam in Bedrängnis, zum erstenmal in seinem Leben. Er hatte ja keine Särge auf Vorrat, denn die Gesundheit der Leute von Satowka war schon kriminell, aber jetzt lagen drei Tote da und mußten ordnungsgemäß unter die Erde gebracht werden.

Das bedeutete, daß Gasisulin drei Särge zimmern und drei Gräber ausheben mußte. Er stöhnte laut, ging in die Stolowaja, wo man die Toten aufgebahrt hatte, und maß die Körperlänge. Bei Valentina Agafonowna maß er auch noch den Umfang ab, denn sie paßte in keinen normalen flachen Sarg.

»Ich bin ein geschlagener Mann!« sagte er zu Petrow, der mißmutig in seinem Parteibüro hockte und nicht wußte, ob er den Vorfall melden sollte oder nicht. Gesetzlich war das so: Man mußte alles haargenau nach Batkit melden, und von dort ging die Sache dann zur Kreisstadt. Maß man bei der Miliz der Sache große Bedeutung bei – es war völlig offen, ob der Tod von zwei Männern eine große Sache war, besonders in Sibirien –, dann kam ein Wagen mit einer Kommission nach Satowka, um eine Untersuchung anzustellen. Würde man in der Kreisstadt sich scheuen, den weiten Weg in die Taiga an der Steinigen Tunguska entlang zu machen, um zwei unbekannte Tote zu besichtigen?

Wenn man es wirklich tat, so geriet der Pope in Bedrängnis. Warum hatte Gott so viel Wucht in seine Hand gelegt, daß dieser Nikolai an einem einzigen Faustschlag gestorben war?

»Laß mich in Ruhe!« knurrte Petrow darum auch Gasisulin bissig an. »Ich habe andere Sorgen!«

»Sorgen? Wer hat hier Sorgen – außer mir?« rief Vitali Jakowlewitsch. »Was tue ich zuerst? Särge zimmern oder Gräber schaufeln? Weißt du, was es heißt, ein Grab von einem Meter fünfzig Tiefe zu schaufeln, wenn die Erde so hart und steinig wie auf unserem Friedhof ist? Und das gleich dreimal! Ja, und die Särge! Habe ich so viele Bretter auf Lager? Nein, woher denn? Wer stirbt denn hier? Also muß ich zuerst Bretter schneiden, hobeln, bohren, zapfen, polieren, nageln, leimen. Für drei Särge auf einmal! Wie soll ich das schaffen? Bekomme ich wenigstens eine Aktivistenauszeichnung, Genosse?«

»Hinaus!« brüllte Petrow. »Und die Toten sind morgen unter der Erde, verstanden?«

»Unmöglich! schrie Gasisulin zurück. »Überhaupt, was soll diese Eile? Normalerweise begräbt man einen Toten erst nach drei Tagen...«

»Tigran Rassulowitsch will es so! Und überhaupt, Vitali Jakowlewitsch, zwanzig Jahre lang klagst du umher, weil wir alle zu gesund sind. Wir hatten Mitleid mit dir, wir haben dich zum Totengräber, zum Küster, zum Friedhofsgärtner gemacht, und überall, wo du hinkamst, hast du zu essen bekommen, vor allem bei jenen, die Urgroßeltern im Haus haben, die nicht sterben wollen. Du hast gut gelebt und kaum etwas dafür getan. Aber jetzt«, Petrow brüllte plötzlich wieder,

»jetzt hast du Arbeit, und wenn bis morgen abend nicht alle begraben sind, bist du alle deine Ämter los!«

Gasisulin begriff, daß mit Petrow nicht zu reden war, seufzte gequält und verließ das Parteihaus. Seine Euphorie über die Vielzahl der Toten war einer tiefen Verzweiflung gewichen. Es war unmöglich, diese Arbeit allein zu schaffen, es sei denn, man zimmerte ein paar einfache Kisten, ohne jede Form, und nannte so etwas Sarg. Ein paar Bretter zusammengehauen – fertig! Aber das widerstrebte Gasisulins Handwerkerehre und Schönheitsgefühl. Vor allem Valentina Agafonowna hatte keine solche Kiste verdient...

Plötzlich hatte er einen guten Gedanken und schwenkte vom Weg ab. Er marschierte hinaus zum Lager der Geologen, wo er den einsamen Konstantin mit der gequetschten Hand traf. Dieser aß gerade eine Pfanne voll Rühreier leer und kaute an einem Stück Speck.

»Mich beschäftigt ein Problem, Genosse«, sagte Gasisulin höflich und setzte sich neben Konstantin vor das Zelt. »Ich bin Vitali Jakowlewitsch, Sargmacher und Totengräber!«

»Gratuliere«, erwiderte Konstantin und nahm eine Gabel voll Rührei zu sich. »Sie haben Hochkonjunktur, Brüderchen.«

»Das Leben bedrückt mich. Man kann nicht zweierlei innerhalb von vierundzwanzig Stunden machen, Särge zimmern und Gräber schaufeln. Meinen Sie nicht auch?«

»Wie kann ich Ihnen helfen?«

Gasisulin blickte sich um, aber er sah nicht, was er suchte. »Sie haben doch in ihrer Kolonne einen Lastwagen, auf dem ein Schaufelbagger montiert ist. Wenn man mir den leihen würde – in einer Stunde hätten wir die drei Gräber ausgehoben.«

»Der Bagger ist in der Taiga.«

»Und wann ist er wieder hier?«

»Frühestens in drei Tagen...«

»Ich bin zerschmettert!« Gasisulin war dem Weinen nahe. »Ich muß anderthalb Meter durch felsigen Boden. Und das gleich dreimal!«

»Jeder Beruf hat seine Schwierigkeiten, Genosse. Auch nach Erdgas suchen ist eine Sauarbeit! Manchmal dampfen einem die Knochen! Ich kann dir nur eines geben – Dynamit...«

»Das hast du hier?« fragte Gasisulin hoffnungsvoll.

»Genug! Wieviel Stangen willst du haben?«

»Das gibt's in Stangen?«

»Aus einer Flasche kann man es nicht trinken, Genosse!« Konstantin lachte und zeigte auf das große Materialzelt. »Je nachdem, wieviel man sprengen will, bindet man die Stangen zusammen.«

»Und wieviel braucht man für ein Grab?«

»Weiß ich das? Bin ich Totengräber?«

»Ich habe bisher noch nie Löcher in die Erde gesprengt. Aber ich muß anderthalb Meter tief gehen!« Gasisulin blickte Konstantin hilfesuchend an. »Du hast doch Erfahrung mit Dynamit, Genosse. Ich sage dir, diese Erde hier ist hart wie Beton. Was nimmst du bei anderthalb Metern Beton?«

»Peilen wir es über den Daumen, Brüderchen. Nimm pro Grab drei Stangen, das reicht bestimmt!«

»Und es passiert sonst nichts?«

»Nichts, wenn du weit genug weg bist, wenn es explodiert.«

»Das beruhigt mich, mein lieber Freund«, sagte Gasisulin glücklich. »Ich glaube, jetzt schaffe ich es bis morgen. Komm, hol mir die Stangen aus dem Lager! Wenn man sich nun nur noch auf die Särge konzentrieren muß...«

Als er in seine Werkstatt zurückkehrte, pfiff er vergnügt. Wer ihn hörte, mußte ihn für einen rauhen Gesellen halten. Pfeifen beim Zimmern von Särgen...

Oh, hätte man nur geahnt, was er in seiner Schublade aufbewahrte! Das ganze Dorf hätte mitgeholfen, die drei Toten unter die Erde zu bringen, selbst Tigran, der Pope – hätte man es nur geahnt! Petrow hätte ihn sofort eingesperrt...

So aber ging alles seinen verhängnisvollen Lauf.

In einem wahren Höllentempo raste Tassburg am nächsten Morgen in seinem Geländewagen durch das Dorf. Jefim sah ihn und rannte sofort in die Kirche, um Tigran zu alarmieren.

Tassburg überfuhr zwei Enten und eine Katze, die es nicht gewohnt waren, so schnell aus dem Weg zu springen, und beinahe hätte er noch einen Bauern erwischt, der aus der Stolowaja kam, wo er die Toten besichtigt hatte. So etwas sah man nicht so schnell wieder in Satowka...

»Er ist da!« schrie Jefim schon in der Kirchentür. »Er wird das Haus betreten! Rette ihn, Väterchen! Ein so lieber Mensch ist er...«

Der Pope fragte gar nicht erst, wer da gekommen sei. Er wußte es sofort, raffte seine Soutane und folgte Jefim nach draußen.

Tassburg hatte inzwischen sein Haus erreicht und rannte durch den kleinen Vorgarten. Gegenüber schrie Anastasia, die am Fenster ihrer Stube saß, entsetzt auf.

»Zurück! Um der Mutter Maria willen – zurück! Michail Sofronowitsch, ich flehe Sie an...« Da der Genosse Ingenieur nicht hörte, schlug sie die Schürze über ihren Kopf und betete still vor sich hin. Sie hörte die Tür des Hauses zufallen und hielt den Atem an, sicher, daß

Tassburg genauso fürchterlich aufschreien würde wie gestern Kassugai.

Michail zerriß es fast das Herz, als er im Innern des Hauses die breite Blutspur am Boden sah. Das Messer lag noch immer daneben, auf dem kalten Herd stand ein großer Topf mit rotgefärbtem Wasser. Tassburg stürzte ins Schlafzimmer, aber dort war alles unversehrt, so, als habe es niemand betreten. Er lief zurück in den großen Wohnraum und starrte auf das Blut.

Es muß alles sehr schnell gegangen sein, dachte er und riß sich das Hemd auf der Brust auf. Es war, als würge ihn jemand. Kein großer Kampf – und doch drei Tote. Wer sind die Toten?

Er ging zum Tisch, auf dem noch Natalias Sonnenblumen in dem Blechbecher standen, die Blumen, die sie für ihn am frühen Morgen gepflückt hatte... Er wollte sich setzen, als er hinter dem Tisch, lang hingestreckt auf der Bank, Natalia liegen sah. Sie lag auf der Seite, das lange Haar bedeckte ihr Gesicht, ein Arm hing schlaff herunter.

»Natalia...« stammelte Michail. »Diese Hunde! Diese verdammten Hunde! Haben sie dich einfach liegenlassen...« Er stieß den Tisch weg, kniete neben ihr nieder und hob ihr Haar hoch. Ihr Gesicht war bleich, aber nicht blutleer, und sie atmete.

Es war ein Augenblick, in dem Tassburg bereit war, Gott, von dem er bisher nicht viel gehalten hatte, auf den Knien zu danken. Ganz vorsichtig drehte er Natalia auf den Rücken, legte ihren Arm auf die Brust und tastete sie ab. Auf der Stirn klebten noch Blutflecken, an die hatte sie nicht gedacht, als sie die Hände in das heiße Wasser tauchte. Diese Hände, Michail sah es jetzt, waren rot und geschwollen, und Tassburg begriff, warum das Wasser im Kessel wie Blut aussah.

Er ging zum Herd, goß das Wasser in einen Eimer und füllte aus einer Kanne frisches nach. Mit einem nassen Lappen kam er zurück und wischte sorgfältig Natalias Gesicht ab. Was ist hier passiert? dachte er. Wer hat Kassugai getötet? Natalia lebt, sie ist unverletzt, und das Haus ist leer. Das ist doch unmöglich! Sie liegt hier und schläft, und keiner kümmert sich um sie, so, als wäre sie gar nicht vorhanden...

Sind die Geheimnisse dieses Hauses zur Wahrheit geworden?

In diesem Augenblick bewegte sich Natalia. Sie öffnete langsam die Augen, sah Tassburg über sich gebeugt und lächelte.

»O Michail, du bist hier?« fragte sie leise. »Ich wußte, daß ich dich treffen würde. Wie schön... nun sind wir für immer zusammen...«

»Immer, Natalia, immer«, sagte er. Er konnte kaum sprechen, seine Stimme zitterte.

»Wo sind wir?« fragte sie. »Auf einer Wolke? Ach, Michail, es ist so schön, tot zu sein...«

Er umfaßte sie, riß sie an sich und küßte sie. »Du lebst, Natalia!« rief er und schüttelte sie. »Du lebst! Wach auf! Wir beide leben!« Sie hing in seinen Armen, hatte die Augen geschlossen und schüttelte den Kopf, während er sie immer wieder küßte.

»Du lügst«, sagte sie mit einer fast kindlichen Stimme. »Darf man im Himmel lügen, Michail? Ich habe Kassugai erstochen, in den Hals gestochen, verblutet ist er . . . mein Liebling, aber Gott hat mir verziehen, nicht wahr? Er hat dich zu mir gelassen . . .«

Entsetzen fuhr eiskalt über Tassburgs Rücken. Er schüttelte Natalia wieder, umfaßte ihren Kopf, rief ihren Namen immer wieder und starrte sie an. Engelsbleich sah sie aus, aber merkwürdig erstarrt, so, als seien alle Nerven abgestorben. Als sie wieder die Augen öffnete, war ihr Blick glänzend, aber vollkommen leer.

Wie aus Glas sind diese Augen, dachte Michail erschüttert, ohne einen Funken Seele oder innerem Leben . . .

»Natalia . . .« stammelte er und drückte sie an sich. »Wach auf . . . wach auf . . . wach doch auf! Du bist hier bei mir, in unserem Haus . . . Natalia!«

Das darf nicht sein, schrie es in Tassburg. Nein, mein Gott, das nicht! Gib ihr ihren Geist wieder, laß sie nicht wahnsinnig werden. Verhindere, mein Gott, daß das Grauen ihr den Verstand genommen hat! Laß sie weiter ein Mensch sein . . .

Er küßte sie auf den Mund, auf die gläsernen Augen, auf die Stirn, auf den Hals, und wo seine Lippen sie berührten, war sie kalt, von einer entsetzlichen steinernen Kälte.

Natalia hing in Michails Armen und atmete kaum noch, aber ihr Leib begann plötzlich zu zittern, als sei sie von einem heftigen Krampf ergriffen.

Was soll man tun, wenn man zum Helfen nur seine Hände und ein liebendes Herz besitzt?

Das ist sehr wenig für eine Krankheit wie diese, die Natalia anscheinend durch Kassugais gewaltsamen Tod bekommen hatte. Tassburg erkannte das, als er sie in sein Bett getragen hatte und neben ihr auf der Bettkante hockte. Ab und zu zuckte sie heftig zusammen, und ihr zierlicher Körper verkrampfte sich, dann schnellten die Glieder auseinander, als sei sie ein Fisch, der an Land geworfen war und sich zurück ins lebenerhaltende Wasser windet. Dabei stieß sie ein spitzes, helles Wimmern aus. Tassburg beugte sich wieder über sie und drückte sie fest an sich, aber er fand keinen Zugang mehr zu ihr. Sie bäumte sich auf, und Tassburg hatte Mühe, sie festzuhalten, so gewaltig war die Kraft, die in ihr tobte.

Erst nach Stunden wurde sie etwas ruhiger, lag stumm und bleich auf dem Bett, hielt die Augen geschlossen und atmete gleichmäßiger. Nur das immerwährende leise Zittern blieb, dieses Frieren der Nerven, das unter der Haut lag.

Tassburg kochte Tee und versuchte, ihn Natalia einzuflößen. Aber es gelang ihm nicht. Sie preßte die Kiefer zusammen und reagierte auf keinen Anruf. Je mehr er versuchte, den Mund einen Schlitz breit auseinanderzubringen, um so verkrampfter wurde sie.

Er wusch sie, zuerst mit heißem, dann mit kaltem Wasser, in der Hoffnung, sie erlange dadurch ihr Bewußtsein zurück. Er mußte sie dabei ausziehen und sah zum erstenmal ihren nackten Körper in seiner ganzen vollendeten Schönheit. Aber er empfand nichts dabei; er hatte nur Angst um sie, panische Angst, daß der Nervenschock in ihr blieb, ihren Geist zerstörte oder sie sogar tötete.

Irgendwann, viel später, als sie endlich erschöpft zu schlafen schien, deckte er sie zu und wankte hinüber in den großen Wohnraum, trank einen Schluck Wodka und ging vor das Haus.

Dort warteten, ebenfalls schon seit Stunden, der Pope Tigran, die Witwe Anastasia, Jefim und Jakow Michailowitsch Petrow. Sie starrten auf das verfluchte Haus. Es war ihnen unverständlich, daß darin alles still blieb. Zumindest einen Schrei hatte man erwartet – aber nichts dergleichen! Der Genosse Ingenieur war nun schon so lange drin – und nichts rührte sich.

Vitali Jakowlewitsch Gasisulin, der Sargmacher, war in dieser Zeit dreimal vorbeigekommen. »Gibt es schon den vierten Toten? Brüder, meldet es mir sofort! Ich bin einmal an der Arbeit – ein paar Bretter mehr gehobelt, das macht mir nichts aus!« Aber man konnte Gasisulin nichts Neues berichten. »Es ist alles still, geheimnisvoll still!« sagte Tigran nur. »Vielleicht hat der Schreck Michail Sofronowitsch getötet. Wer weiß es? Wir werden es nie erfahren, wenn er im Haus bleibt. Oder will einer von euch hinein?«

»Das müßte man überdenken, Genossen!« sagte Petrow, der Dorfsowjet, und schielte den Popen so schauerlich an, daß dieser versucht war, ihm einen Sondersegen zu spenden. »Wir sind alle nur arme, kleine schutzlose Wesen! Hinter uns steht Lenin... Aber nirgendwo hat auch er geschrieben, daß man sich mit dem Satan auseinandersetzen muß. Mit den verdammten Kapitalisten – das ist selbstverständlich! Aber mit der Kirche...«

»Jakow Michailowitsch!« rief Tigran drohend.

Petrow hob die Hände. »Lassen Sie mich ausreden, Tigran Rassulowitsch! Mit der Kirche sollte man kritisch sein, und das bin ich! Wenn hier jemand das Haus betreten kann, dann nur Sie, Väterchen, im Schutze des Kreuzes! Höchstens käme Jefim noch in Frage...«

»Laßt mich in Ruhe!« jammerte der Idiot und hielt sich an Anastasias Schürze fest. »Warum ich, he? Warum ich? Laßt Gerechtigkeit walten, Genossen!«

»Ein Idiot ist ein Liebling des Höchsten!« sagte Tigran weise. »Petrow hat recht. Um einen Idioten schwebt die Aura des Ewigen...« Es wußte zwar keiner, was eine Aura ist, aber wenn der Pope es sagte, mußte es etwas ganz Herrliches sein.

»Wir werden auslosen müssen, wer ins Haus geht!« sagte Tigran, nachdem kein Widerspruch mehr laut geworden war. »So lange kann niemand, wenn er noch lebt, im Haus bleiben, ohne sich zu rühren. Nichts tut sich da, gar nichts. Der unbelehrbare Michail Sofronowitsch liegt bestimmt mit umgedrehtem Genick vor dem Ofen. Soll er dort hundert Jahre liegenbleiben? Brüder, einer von uns muß wenigstens einmal durch das Fenster ins Haus blicken! Das losen wir jetzt aus!«

Es war zum Jammern – man kam zu nichts. Zwar verlor ausgerechnet der Dorfsowjet die Auslosung – er tippte auf die falsche Hand Tigrans, auf die linke, während der Kieselstein in der rechten lag. Petrow schrie sofort, das verstoße gegen sein Amt – er sei für den Kommunismus zuständig und nicht für Geister und ihre Untertanen. Außerdem hätten Auslosungen dieser Art keine Gültigkeit, denn die Partei habe ja das Glücksspiel verboten!

In diesem Augenblick flog die Tür des verfluchten Hauses auf, und Tassburg kam heraus. Er schwankte, und das blonde Haar hing ihm in die Stirn. Sein Hemd war über der Brust bis zum Gürtel der Hose aufgerissen. Erschöpft lehnte er sich gegen die Hauswand und wischte sich über das Gesicht.

»Er lebt...« flüsterte Petrow glücklich.

»Mutter Gottes, er steht da und atmet!« sagte Anastasia und bekreuzigte sich.

»Aber wie steht er da!« brummte Tigran. »Wie geht er? Wie atmet er? Gezeichnet ist er! Weiß einer von euch noch, wie der Genosse Ingenieur gestern aussah? Und heute? Ein Jammerbild! Wartet es ab, gleich bricht er zusammen und haucht sein Leben aus! Dazu muß er ja vor die Tür – seit hundertfünfzig Jahren ist noch jeder vor dem Haus gestorben!« Tigran stand auf, breitete die Arme weit aus und holte tief Luft. »Gott nimmt dich auf!« rief er Tassburg zu. »Habe keine Angst vor dem Paradies, mein Sohn! Die ewige Sonne...«

»Ich brauche etwas gegen Fieber!« unterbrach ihn Tassburg. »Gegen ein Nervenfieber! Wo ist hier der nächste Arzt?«

Das war nun eine Frage, die man in Satowka selten stellte, denn hier war kaum jemand krank. Man lebte, bis man umfiel. Und wer endlich umfiel, der brauchte meistens keinen Arzt mehr. So einfach war das Leben in der Taiga... Ein Arzt hätte die gleichen Probleme wie der Sargmacher Gasisulin gehabt – er wäre verkümmert.

Natürlich gab es einen Arzt, man war ja schließlich ein fortschrittliches Land! Aber der Arzt hatte seine Praxis in der Kleinstadt Batkit, und wer ins Krankenhaus mußte, wurde nach Mutorej transportiert. Hatte er das Unglück, dort noch lebend anzukommen, dann begann erst sein Leiden: Das Krankenhaus hatte dreißig Betten, die Gebäude stammten noch aus der Zarenzeit, und der Chefarzt war eine dicke Frau, deren Alter niemand schätzen konnte. Sie war eine Ärztin, das war klar, und sie schnauzte jeden, der eingeliefert wurde, erst einmal an, damit er einen Begriff davon bekam, daß die Gesundheit erkämpft werden muß.

»Bist du gebadet?« schrie sie etwa. »Ha, diese Füße! Zermalmst du Kohlen damit? Was hast du? Schmerzen im Unterleib? Die Syphilis ist es, du Ferkel! Jammere nicht, ich schneide dir ein Loch in den Bauch!«

So eine war sie! Und nach der verlangte jetzt Michail Sofronowitsch? Das konnte man ihm nicht antun nach allem, was er in Satowka schon erlebt hatte. Und der alte Doktor in Batkit? Um einen Riesenfurunkel des Genossen Lepkinskij zu erkennen, mußte er ein Vergrößerungsglas nehmen, so blind war er schon.

»Der nächste Arzt?« wiederholte Tigran bedenklich. Er wagte sich keinen Schritt an Tassburg heran. Wußte man denn, was mit einem geschah, wenn man ihm zu nahe kam? Daß er krank war, sah jeder, und woher die Krankheit kam, wußte man auch. Da konnte kein Arzt helfen, auch nicht die grobe Genossin Ärztin. »Vertrau auf Gott, mein Sohn! Das ist besser als unsere Ärzte.«

»Ein Medikament brauche ich!« erwiderte Tassburg. »Jemand muß ins Lager laufen und die Apotheke herbeischaffen. Wir haben eine Reiseapotheke bei uns! Petrow, ich bitte Sie, holen Sie sie mir aus dem Lager. Ich kann hier jetzt nicht weg...«

»Er kann nicht weg, weil ihn der Satan am Kragen festhält!« flüsterte Jefim. »Jakow Michailowitsch, lauf... hol ihm, was er will.«

Petrow stand und schielte Tassburg unschlüssig an, aber da es immer noch besser war, ein Medikament zu holen, als einen neuen Toten wegzutragen, setzte er sich in Bewegung und machte sich auf den Weg zum Zeltlager am Waldrand.

Dabei begegnete er dem fröhlich pfeifenden Gasisulin, der auf einem Handwagen Schaufeln und eine Hacke hinter sich herzog. Er war auf dem Weg zum Friedhof, um die Gräber auszuheben. Die Sprengpatronen hatte er in einem Sack stecken, aber den sah man nicht.

»Nichts mit Nummer vier?« rief er Petrow zu.

»Noch lebt der Ingenieur!« gab Petrow zurück. »Aber nur noch halb!«

»Ich werde vorsichtshalber das vierte Grab herrichten!«

»Sehr klug! Mein Gott, soviel Aufregungen auf einmal hat es seit fünfzig Jahren in Satowka nicht gegeben!« Petrow rannte weiter, und Gasisulin bog in den Friedhof ein, der neben der Kirche lag. Ein kleiner, magerer Friedhof, wie in alten Zeiten. Er suchte den Platz für die Gräber aus, spuckte in die Hände, ergriff zunächst die Hacke und begann, die an der Oberfläche lockere Erde aufzuhacken. Aber dreißig Zentimeter tiefer begann der Felsboden.

7

Es war unmöglich, mit Tigran Rassulowitsch oder der Witwe Anastasia ein paar vernünftige Worte zu reden. Auch als andere Dorfbewohner herankamen, angelockt durch Petrows Dauerlauf zum Geologenlager, war es, als baue sich eine Wand auf, die nicht einmal ein Echo zurückwarf.

Ein paarmal bettelte Tassburg förmlich darum, daß jemand nach Batkit reiten möge, um den Arzt zu holen. Er selbst wagte sich nicht fort, weil er nicht wußte, wie sich Natalias Nervenfieber in den nächsten Stunden entwickeln würde.

Aber niemand rührte sich. Sie standen herum, scharten sich wie eine Kuhherde um Tigran und blickten stumm zu dem verfluchten Haus hinüber. Jefim hatte die Erklärungen übernommen. Ungeniert laut verkündete er: »Gleich wird er umfallen, liebe Brüder! Seht ihn nur an! Seht ihn an! Noch ein paar Atemzüge, und er liegt da! Das Entsetzen hat ihm alles Blut aus den Adern getrieben!«

Tassburg beschwor die Leute noch einmal, man solle nach Batkit reiten und den Arzt holen – erfolglos! Dann wandte er sich ab und ging ins Haus zurück. Seine einzige Hoffnung war nun die Reiseapotheke, die Konstantin, der handverletzte Arbeiter, vielleicht bringen würde.

Natalia war erwacht, als er ins Zimmer kam, und lag mit offenen Augen auf dem Bett. Sie reagierte sogar, drehte den Kopf zur Tür und lächelte schwach. Das war ein Fortschritt! Tassburg war mit ein paar schnellen Schritten bei ihr und kniete sich neben dem Bett nieder. Er küßte Natalias noch immer kalte Lippen und schob die Hände unter ihre Schultern.

»Nun ist alles gut«, sagte er leise. »Alles! Wie fühlst du dich?«

»Ich bin traurig...« sagte sie kaum hörbar.

»Warum?«

»Daß ich lebe...«

»Du bist bei mir, mein Liebling.«

»Es war so schön, mit dir allein weit weg zu sein. Nur wir zwei... nirgendwo im Raum... ich wollte nie wieder auf diese verdammte, häßliche Erde! Und nun bin ich doch hier...«

»Die Erde ist schön, Natalia! Die schwarzen Wälder der Taiga, die Seen im schimmernden Licht der goldenen Sonne, die silberhellen Flüsse mit den Stromschnellen, der unendlich blaue Himmel – die Sonnenblumenfelder, die Steppe, wenn sie im Frühjahr blüht, die Schluchten der Gebirge, die Schilfmeere der riesigen Sümpfe... all das ist von einer wahrhaft göttlichen Schönheit. Natalia, unser Rußland ist ein ewiges, nie endendes Gedicht...«

»Wenn es keine Menschen gäbe, Michail...«

»Du und ich sind auch Menschen! Wir werden unsere eigene kleine Welt bauen, so schön, wie wir sie haben wollen.«

»Die anderen werden es nicht zulassen. Und wenn wir sie gebaut haben, kommen die Menschen und zerstören sie. Ich kenne das.«

»Du bist ja auch so schrecklich alt und weise«, sagte er mit leichtem Spott.

»Ich habe Kassugai getötet, Michail.«

»Denk nicht mehr daran. Es hat nie einen Kassugai gegeben! Er wird in Satowka verschwinden – spurlos.«

»Man wird ihn suchen...«

»Er ist nie hier gewesen!«

»Wie ist es möglich, daß ich einen Menschen töten konnte? Wer bin ich, Michail?«

Es kam wieder über sie. Ihre Augen wurden starr, ihr Körper, nackt unter der Decke, streckte sich und wurde steif. Kalter Schweiß perlte über ihr Gesicht.

Tassburg holte das nasse Handtuch, wischte ihr das Gesicht ab, schlug die Decke zurück und legte das kühle Tuch über ihren Leib. Sie sah ihn ausdruckslos an. Ob sie begriff, daß sie entblößt vor ihm lag? Vielleicht vermischte sich die Angst, ihm wehrlos ausgeliefert zu sein, mit dem furchtbaren Schock, der ihre Nerven entzündet hatte?

»Du mußt etwas trinken«, sagte Michail und beugte sich tief über sie. »Heißen Tee mit Wodka! Ich weiß nicht, ob das gut ist, aber irgend etwas müssen wir tun! Natalia, Liebling, ich lasse dich nie mehr allein! Ich liebe dich, wie ich es nie für möglich gehalten hätte...«

Er holte hastig den Becher, stützte ihren Kopf und flößte ihr vorsichtig den Tee ein. Sie versuchte zu schlucken, es gelang nur kläglich, aber etwas von dem Tee mit Wodka bekam sie doch herunter.

Sie schien es wie einen Feuerstrom zu spüren, der ihr durch die Kehle rann. »Nicht!« stammelte sie und versuchte, seine Hand mit dem Becher wegzuschieben. »Ich verbrenne! Ich verbrenne!«

Dann wurde sie schlaff in Tassburgs Armen und sank in die Kissen zurück. Die kurze Rückkehr in das Leben war vorbei... das Dunkel ihrer Ängste umgab sie wieder.

Michail deckte sie zu, rannte zum Fenster und blickte hinaus. Draußen saßen oder standen noch immer die Bauern, den Popen in ihrer Mitte, und warteten. Warum kommt Petrow nicht zurück, dachte Tassburg voller Panik. Warum kommt Konstantin nicht mit der Arztkiste? So weit ist das Lager doch nicht entfernt. Irgendein Mittel gegen Fieber oder zur Beruhigung wird doch in der Reiseapotheke sein, irgend etwas muß doch helfen! Wenn es Natalia morgen oder übermorgen bessergeht, fahre ich selbst nach Batkit und hole den Arzt...

Und dann? Ja, was dann?

Er trat vom Fenster zurück und blickte Natalia an. Sie atmete jetzt heftig und kurz.

Tassburg überlegte. In spätestens vier Wochen war der Winter da. Das sah man nicht nur, das roch man sogar schon. In den Nächten wehte schon Kühle von Norden und Osten her, die wildbunten Blätter der Laubbäume regneten herab, die »flammende Taiga«, wie man hier den Herbst nannte, würde in diesem Jahr nur ganz kurz sein.

Ein paar kalte Tage, ein heftiger Wind, der alles leerfegte, dann würde über Nacht der erste Schnee fallen. Die Regentage, die sonst im Herbst alles in eine Schlammwüste verwandelten, sollten dieses Jahr ausfallen, behauptete der Meteorologe, der zu Tassburgs Trupp gehörte. Er war einer der wenigen Wetterkundler, die Tassburg kannte, dessen Voraussagen stimmten. Trafen seine Prognosen ein, so wurde eine Flasche Wodka spendiert, aber der Meteorologe sah das nicht als Ehrung, sondern als Beleidigung an. »Wartet nur ab!« sagte er böse und trank seinen Wodka. »Spottet nur! Wenn euch der erste Frost den Hintern abfriert, lacht ihr nicht mehr! Es wird früher als sonst Winter werden!«

Winter... das waren Monate seliger Einsamkeit mit Natalia...

Tassburg konnte sich ausrechnen, daß die Zentrale mit einem solchen Stillstand nicht einverstanden sein würde. Man würde mit eisfesten Hubschraubern in die Taiga fliegen, um nachzusehen, ob es tatsächlich unmöglich war, weiterzuarbeiten. Außerdem würden seine Männer protestieren, den langen Winter in dieser Einsamkeit zu verbringen...

Es wird sich alles finden, dachte Michail dann und setzte sich wieder zu Natalia ans Bett. Er blickte in ihr blasses Gesicht. Mein ganzes Leben hat sich durch sie verändert, dachte er. Alles hat einen anderen Wert bekommen, ein neues Gewicht. Nichts ist mehr so wichtig wie Natalia.

Er beugte sich über sie und küßte ihre zitternden Lider. Sie war kalt wie Stein.

Der Sargmacher und Totengräber Vitali Jakowlewitsch Gasisulin hatte seine vier flachen Löcher in den Boden gegraben und ruhte sich nun auf dem Rand seines Handwagens aus. Er hatte die Gräber in einer Reihe angelegt und sich vorgenommen, jedes einzeln aufzusprengen.

Ein viermaliges schönes Krachen sollte es werden, ein Feuerwerk. Wann hatte Vitali schon Gelegenheit, Dynamit zu zünden? Die kam so rasch nicht wieder. Außerdem war Gasisulin mächtig stolz bei dem Gedanken, daß er vielleicht der einzige Totengräber Sibiriens sei, der seine Gräber auf diese Weise ausheben konnte.

Nachdem er einen Kanten Brot gekaut hatte, machte er sich daran, die Dynamitstäbe in die Erdlöcher zu stecken und dann abzudecken. Pro Grab drei Stangen...

Sorgfältig legte Vitali Jakowlewitsch anschließend die Zündschnüre und rollte sie aus, bis hinter die Kirchenecke, hinter der er in Deckung gehen wollte. In großer Vorfreude rieb er sich die Hände. Er zog seinen Handwagen hinter die Kirche, setzte sich auf die Deichsel und steckte die Zündschnur Nummer eins an.

Leise zischend sauste das bläuliche Flämmchen davon. Die zweite Schnur folgte, dann die dritte. Gasisulin freute sich wie ein Kind, sein Gesicht strahlte in höchstem Glück, und er brannte die letzte Zündschnur ab. Dem letzten blauen Flämmchen winkte er nach. Mach's gut, Feuerchen! So etwas wird Satowka nicht wieder erleben...

Er hatte recht, der gute Gasisulin!

Schneller, als er geglaubt hatte, erreichte die erste Flamme das dreifache Dynamit.

Man soll nicht denken, daß sich irgendein Bewohner der Taiga durch mittlere Naturkatastrophen besonders aus der Ruhe bringen läßt. Ob es blitzt oder donnert, der Himmel Sturzbäche an Regen auf die Erde schickt, die alles überschwemmen; ob der Frost die Bäume auseinandersprengt oder die Sommerglut Hunderte von Werst des Waldes in Flammen aufgehen läßt – man ist das gewöhnt, nimmt es hin und weiß, daß alles vorübergeht und der Gleichklang der Natur wiederhergestellt wird.

In diesem Augenblick aber war es anders. Gasisulin, noch freudig erregt und voller kindlicher Erwartung des schönen, lauten Knalls, fühlte sich plötzlich wie von Geisterhand hochgehoben, schwebte über seinem Handwagen, riß den Mund zu einem Schrei auf und fiel dann unsanft auf den harten Boden zurück. Er hörte eine so gewaltige Detonation, daß hinter ihm die Kirche zu schwanken und die Erde unter ihm sich zu wölben schien.

»O Schwarze Muttergottes!« stammelte Vitali Jakowlewitsch. Er blieb auf der Erde liegen, bedeckte seinen Kopf mit beiden Händen und wartete auf das Ende. Mit drei Stäbchen scheinen wir uns verrechnet zu haben... dachte Vitali in höchster Not.

Das stimmte. Das Grab Nummer eins erwies sich als ein riesiges Loch von gut drei Metern Tiefe, und was das Dynamit herausgerissen hatte, kam polternd als Stein- und Staubregen auf die Erde zurück. Aber da explodierte schon die Sprengladung Nummer zwei und ließ ebenfalls die Erde erzittern. Es schien sich um Qualitätsware zu handeln...

Ein neuer Schlag, der die Welt auf den Kopf stellte, ein neuer Rauchpilz, neues Zittern Gasisulins, hinter dem Kirchenscheiben zerbrachen. »Verzeiht, ihr Heiligen!« schrie Vitali Jakowlewitsch. »Ich bin Laie! Wie konnte ich das vorher wissen?«

Nummer drei war noch schlimmer. Gasisulin wurde von dem unheimlichen Luftdruck herumgeworfen, lag wie ein geplatzter Frosch auf dem Rücken und sah, wie sich der blaue Spätsommerhimmel von Staubwolken verdunkelte. »Herr, verfluche Konstantin!« rief Vitali, am Ende seiner Kraft. »Er hat's gesagt – drei Stangen! Ich bin nur ein armer, getäuschter Mensch! Bitte, laß die vierte Sprengladung nicht losgehen!«

Aber Gott war heute nicht in Satowka. Auch Nummer vier explodierte mit großer Präzision, riß ein Loch in die Erde, als wolle man eine ganze Kompanie Soldaten begraben, und überschüttete Gasisulin mit Steinen, Felsbrocken, Erde und Staub. Er bekam kaum noch Luft, schlug um sich und schwor, in Zukunft alle Gräber wieder auf konventionelle Art auszuheben.

Anschließend blieb Vitali liegen, das Gesicht in den Händen verborgen, und wagte nicht, den Kopf zu erheben und die Kirche anzusehen. Seiner Ansicht nach mußte sie weggepustet worden sein. Wie durch einen dicken Vorhang hörte er dann Jefims Diskant: »Die Welt geht unter! Wir sind alle verflucht! Die Hölle will uns verschlingen!«

Vom Haus des Dorfsowjets ertönte eine Alarmsirene, die mit Preßluft in Betrieb gesetzt werden mußte, weil es in Satowka noch kein elektrisches Licht gab. Die Leitungen von Batkit aus lagen seit zwei Jahren dreißig Werst entfernt im Wald. Dort hatte man den letzten Mast errichtet, die Drähte zusammengewickelt und anscheinend vergessen. Ab und zu hörte man vom zuständigen Beamten in Batkit, man wolle die Leitung weiterbauen, aber irgendwie mußte die Elektrifizierung Satowkas nicht im »Plan« enthalten sein...

Die Sirene quäkte also, die Bauern rannten herbei, und man sah über der Kirche die große Staubwolke, die sich nur allmählich verteilte.

»Der Teufel hat zugeschlagen!« schrie die Witwe Anastasia. »Er hat die Kirche vernichtet! Betet, Leute, betet, wir sind am Ende!«

Tigran erreichte sein geweihtes Haus, dem das halbe Dach fehlte. Sehen wir davon ab, den Friedhof zu schildern, auf dem vier Riesenkrater gähnten und viele Gräber ruiniert waren – von der Kirche waren alle Fenster zerstört, das Pfarrhaus hatte keine Türen und Fenster mehr, und die Druckwelle von zwölf Stangen Dynamit hatte sogar die riesige Pappel geknickt, die wie ein Wahrzeichen vor der Kirche gestanden hatte. Kein Taigasturm hatte das bisher vermocht; Gasisulin hatte es mit seinen kleinen bläulichen Flämmchen spielend erreicht.

»Hinweg, Satan!« brüllte Tigran, als er die Verwüstungen überblickte. »Hinweg!« Aber dann sah er die vier Krater im Friedhofsboden und begriff sehr schnell, was hier wirklich geschehen war.

»Meine schöne Kirche!« rief er dramatisch aus und raufte sich den langen schwarzen Bart. »Vernichtet! Geschändet! Abgedeckt! Und mein Haus! Der Wind kann hindurchblasen wie durch einen löchrigen Käse! O ihr Gläubigen, öffnet eure Taschen!«

Sie erschlagen mich, dachte Gasisulin angstvoll. Sie hängen mich auf! O Gott, was habe ich angerichtet. Jetzt sollen sie alle zahlen, und ich habe den Schaden angerichtet. Für jede Kopeke einen Tritt... wer soll das aushalten?

Noch sah ihn niemand, weil alle vor der Kirche zusammengelaufen waren. Deshalb versuchte er davonzukriechen, zur Rückseite der Kirche hin. Dort rollte er sich hinter die Bohnenhecke, die Tigran voller Stolz jedes Jahr hochzog, zwei Säcke davon erntete und sich im Winter zweimal wöchentlich eine Bohnenmahlzeit gönnen konnte.

Erst dann, im Schutze des verwelkten Bohnenkrautes, richtete er sich auf, klopfte die Erde von seinem Anzug und rannte andersherum um die Kirche. Er schloß sich dem Trupp an, der gerade ankam, und rief sofort:

»Die schöne Kirche! Unsere schöne Kirche! Was ist geschehen, Genossen?«

Der Pope Tigran beendete die allgemeine Aufregung mit der Aufforderung, nach Hause zu gehen, Werkzeuge zu holen und mit den Ausbesserungsarbeiten zu beginnen. Dann packte er den armen Gasisulin am Kragen und trug ihn wie eine nasse Katze ins Innere des heiligen Hauses.

Dort setzte er ihn recht unsanft hinter der Ikonostase auf einen Schemel und gab ihm als Einleitung eine schallende Ohrfeige. Da es hinter den Rücken der Heiligen geschah, hatte Tigran keine Gewissensbisse.

»Väterchen, ich gestehe...« stammelte Vitali Jakowlewitsch.

»Aber keiner hat mich gewarnt! Drei dünne Stäbchen – und diese Wirkung! Woher soll ich wissen, daß es möglich ist, in drei Pappfingerchen eine solche Wucht von einer Sprengladung zu packen?«

»Es war Dynamit, nicht wahr?« fragte Tigran drohend. »Hast du kein Hirn? Drei Stangen für die Gräber, das ist ja Wahnsinn!«

»Es... waren zwölf, Väterchen«, stammelte Gasisulin. »Für jedes Grab drei...«

»Dann haben wir soeben ein Wunder erlebt!« sagte Tigran feierlich. »Die Kirche steht noch, mein Haus steht noch, es gibt noch das Dorf Satowka! Vitali Jakowlewitsch, weißt du, was man mit zwölf Stangen Dynamit alles in die Luft sprengen kann?«

»Nein, Väterchen.«

»Eben! Mit den Idioten ist Gott! Ich habe keine Angst mehr um Satowka!«

Es wurde ein merkwürdiges Begräbnis an diesem Nachmittag. Während einige Bauern auf dem Kirchendach hockten und Bretter festnagelten, senkten Gasisulin und drei freiwillige Helfer die Särge in die Riesengruben. Entgegen dem Brauch, bis zum Grab die Toten offen einherzutragen und laut zu beweinen, hatte man die Deckel bereits fest zugeschlagen.

Kassugai und seinen Freund Nikolai wollte niemand beweinen, selbst nicht die drei ausgewählten Klageweiber, die sonst mit zerrauften Haaren und verzerrten Gesichtern laut weinend dem offenen Sarg folgten. Was die Witwe Valentina Agafonowna betraf, so genügte es, daß man bei der Aufbahrung im Haus eine Stunde klagte. Es war ein schwüler Nachmittag, und auch Klagen strengt an.

»Ihr Lieben«, sagte der Pope an den Gräbern, »wir übergeben den Leib unserer lieben Valentina Agafonowna der Erde in der Gewißheit, daß sie zu Gottes Füßen sitzen wird. Die beiden anderen Toten hat es nie gegeben, und wer auch nur einen Ton darüber spricht, nur einen Hauch von ihnen erzählt, den verprügele ich eigenhändig, daß er eine Woche lang nicht mehr sitzen kann. Haben wir uns verstanden, liebe Kinder im Herrn?«

Die Leute von Satowka nickten ehrfürchtig. Man war viele merkwürdige Predigten Tigrans gewöhnt, warum sollte man über diese staunen? Wenn der Pope ausdrücklich sagte, es sei nur eine begraben worden, eben Valentina Agafonowna, dann stimmte das. Viel wichtiger war, was mit dem alten Wolga-Auto geschehen sollte, das die beiden Fremden vor dem Haus des Dorfsowjets abgestellt hatten. Es ging das Gerücht um, man wolle es versteigern, um jedem die Gelegenheit zu geben, ein Auto zu besitzen. Petrow nannte das »angewandten Sozialismus«.

So wurde die Beerdigung rasch beendet, und man schaufelte die Riesengräber nur notdürftig zu. Nun blieb das Problem, was mit dem vierten Grab geschehen sollte.

»Der Genosse Ingenieur lebt noch«, meinte Tigran unschlüssig. »Aber das kann sich morgen schon ändern. Lassen wir es offen. In Satowka überschlagen sich die Ereignisse...«

Dann zogen alle zum Parteihaus zur Autoversteigerung.

Da niemand in der Lage war, den Wert des Wagens zu schätzen, überließ man das dem Popen, und der sagte laut: »Das Auto fährt noch! Kassugai hat damit wochenlang die Taiga durchquert. Ein robustes Fahrzeug also, Genossen! Keine Schönheit mehr, aber ein Auto soll ja fahren und keinen Schönheitspreis bekommen! Ich schätze es auf dreißig Rubel!«

Ein Stöhnen ging durch die Einwohnerschaft von Satowka. Dreißig Rubel? War man ein Millionär? Man sah sich aus den Augenwinkeln an und wartete. Wer hatte heimlich dreißig Rubel im Kasten versteckt? Heraus damit, Brüderchen! Jetzt heißt es bekennen!

»Ich unterstütze den Fortschritt!« sagte Petrow laut, dabei schielte er noch fürchterlicher als sonst, weil ihn die Begeisterung mitriß. »Die Partei bietet einunddreißig Rubel!«

»Zweiunddreißig für die Kirche!« brüllte Tigran. »Gott ist immer vorn!«

»Dreiunddreißig für den Sozialismus!« schrie Petrow.

»Fünfunddreißig Rubel!« dröhnte Tigrans Baß.

Man hielt den Atem an. Die Summen stießen in den Bereich des Utopischen vor. Fünfunddreißig Rubel sind kein Vermögen, aber man muß ja anders rechnen: Wem nützt ein Auto, wenn er kein Benzin und kein Öl hat? Und die Reparaturen? Immer nach Mutorej, zwei Pferdchen davorgespannt? Da konnte man sich ein Auto sparen und gleich mit den Gäulen fahren...

Aber es kam noch schöner.

Eine helle Stimme sagte in die plötzliche Stille: »Vierzig Rubelchen!«

Der Pope starrte den Sprecher an und vergaß, seinen Mund zu schließen.

Petrow fielen beinahe die Augen aus dem Kopf. Die Leute von Satowka schnauften und umringten den Mutigen, als wollten sie ihn erwürgen.

Wer da vierzig Rubel bot, war niemand anderer als Jefim Aronowitsch, der Idiot.

»Bringt ihn weg!« sagte Tigran sanft. »Er kann nichts dafür.«

»Ich bekomme das Auto! Ich habe vierzig Rubel geboten!« schrie Jefim und stemmte die Beine in den Boden, als man ihn wegziehen wollte. »Ich zahle sie bar! Wollt ihr sie sehen? Gespart habe ich sie. Kopeke auf Kopeke! Her mit dem Auto...«

Was sollte man tun? Petrow, für die Gerechtigkeit verantwortlich, schlug dreimal in die Hände, und Jefim war der Besitzer des schönen Wolga-Wagens. Aber dann nahmen Tigran und Petrow Jefim mit in das große Gemeindebüro und brüllten ihn abwechselnd an.

»Ich erteile keine Fahrerlaubnis!« rief Petrow. »Nie! Das wäre konzessionierter Mord!«

»Du Pharisäer!« brüllte Tigran und schüttelte den armen Idioten. »Der Kirche ein Auto wegzukaufen! Fahr mit ihm in die Hölle!«

»Ich will ja gar nicht fahren«, sagte Jefim kläglich. »Ich will es im Garten aufstellen wie eine Laube. Den ganzen Sommer über kann man darin weich schlafen. Wer sagt denn, daß ich fahren will?«

Gegen dieses Vorhaben war man machtlos. Petrow und Tigran verhandelten nur noch um eine abwechselnde Benutzung des Autos, und als Jefim dem zustimmte, küßte jeder ihm die Wangen, nannte ihn einen guten Menschen und begleitete ihn nach Hause.

Tatsächlich hatte er unter seiner Strohmatratze einen Leinensack mit 53 Rubeln versteckt – die Ersparnisse von 24 Jahren. Er zahlte 40 Rubel in Petrows Hand, und der versprach, den Wagen so schnell wie möglich zu Jefims Hütte bringen zu lassen.

Dem Popen versprach der Dorfsowjet einen neuen Kerzenleuchter.

So war in Satowka der Friede wiederhergestellt – wenigstens vorläufig.

Konstantin, der Arbeiter mit der verletzten Hand, hatte die Reiseapotheke persönlich aus dem Lager gebracht. Tassburg nahm ihn vor dem Haus in Empfang und trug Konstantin auf, dem Bohrtrupp in der Taiga über Funk zu melden, sie müßten auf ihn verzichten – mindestens eine Woche lang –, und der Chefgeologe Pribylow sollte inzwischen das Kommando übernehmen. Nur in dringenden Fällen möchte man ihn stören. Einen Fieberkranken soll man in Ruhe lassen.

Konstantin wiederholte alles, wünschte dann dem Genossen Tassburg alles Gute und lief zum Lager zurück, um den Genossen in der Taiga das Neueste zu melden.

»Es ist nicht viel, was ich habe«, sagte Michail zu Natalia, nachdem Konstantin gegangen war. Er hatte den Arzneikoffer aufgeklappt und wühlte in den Medikamenten herum. Die üblichen Präparate gegen Malaria, Durchfall, Fieber, Magenverstimmung und Kreislaufschwäche waren darin, aber zur Dämpfung eines Nervenschocks war natürlich nichts vorhanden. Wer in der Taiga nach Erdgas sucht, darf keine Nerven haben.

»Ich nehme nichts...« sagte Natalia schwach.

»Du mußt zur Ruhe kommen, Liebling!«

»Nicht durch Medizin. Wirf es weg!« Sie drehte den Kopf zu ihm, ihre großen Augen bettelten. Tassburg sah, wie schwer ihr das Sprechen fiel. Jedes Wort schien wie eine Zentnerlast zu sein, die sie von sich wälzen wollte. »Komm zu mir«, bat sie leise. »Leg dich neben mich. Halt mich fest, dann werde ich ruhig... nur dann... O Mischa, Mischa... halt mich ganz fest...«

Er tat, worum sie ihn bat, und sie nickte glücklich, schob den Kopf näher zu ihm und schloß die Augen.

»So ist es gut«, flüsterte sie. »Spürst du, wie ich ruhiger werde...«

»Ich spüre es, Natalia.« Er log, ihr Körper zitterte wie vordem, aber sie schien es nicht mehr zu empfinden. »Morgen ist alles vorbei!«

»Morgen!« Sie lächelte mit geschlossenen Augen. »Dazwischen liegt die Nacht. Ohne dich überlebe ich sie nicht. Wie wunderbar, daß du bei mir bist, Mischa...«

In diesem Augenblick explodierte Gasisulins erste Dynamitladung. Mit einem gellenden Schrei fuhr Natalia hoch.

Tassburg hatte alle Mühe, sie auf dem Bett festzuhalten. Sie schlug um sich, ihr Gesicht war verzerrt, und sie wimmerte, als er sie mit Gewalt in das Kissen zurückdrückte.

»Wo ist mein Messer? Gib mir das Messer! Ich will nicht wehrlos sterben!«

Gasisulins zweites Grab explodierte mit einem noch stärkeren Knall als das erste. Der Boden bebte, die dicken Holzwände der Hütte schwankten.

»Das sind Kassugais Leute!« schrie Natalia und bäumte sich auf. »Sie sprengen das ganze Dorf in die Luft! Oh, du kennst sie nicht, Michail! Teufel sind es! Wahre Teufel! Sie werden auch zu uns kommen. Töte mich! Bitte, bitte... töte mich!«

Sie rutschte auf die Erde, umklammerte seine Knie und drückte den Kopf in seinen Schoß. »Laß mich nicht lebend in ihre Hände fallen, Michail!« schrie Natalia wieder. »Du weißt nicht, was sie mit mir anstellen.«

Tassburg wußte es genau... es gehörte wenig Phantasie dazu.

Er befreite sich aus Natalias Armen, lief zu einem Schrank und holte sein Schnellfeuergewehr heraus. Es lag immer schußbereit auf den Zeichenrollen, für deren Aufbewahrung der Schrank gedacht war.

Die dritte Explosion ertönte, von noch lauterem Geschrei aus dem Dorf begleitet. Tassburg stürzte ans Fenster. In der Nähe der Kirche stand eine dunkle Wolke aus Erde und Staub unter dem blauen Himmel. Es war eine typische Sprengwolke, von denen Tassburg schon viele gesehen hatte.

»Sie sind bei der Kirche!« schrie er heiser.

»Dann sind es auch Kassugais Leute. Sie hassen die Kirche. Und wenn sie die Toten dort gefunden haben...«

»Sie werden es schwer haben, zu uns ins Haus zu kommen!«

Michail lief ins Zimmer zurück, holte aus einer Kiste Munition und Magazine, warf Natalia eine Pistole zu und zeigte auf das Schlafzimmerfenster.

»Wenn sie kommen, schieß von dort! Ich verschanze mich hinter dem Wohnzimmerfenster. Kannst du überhaupt schießen?«

»Mit einem Jagdgewehr. Ich habe noch nie eine Pistole in der Hand gehabt.« Sie kniete noch immer vor dem Bett, die Waffe in der Hand, und starrte Tassburg aus übergroßen Augen an.

Er kam zu ihr, erklärte ihr kurz, wie der Mechanismus der Pistole funktionierte, aber er merkte, daß sie es nicht begriff.

»Ziele und drücke einfach ab!« sagte er da. »Sie lädt immer wieder automatisch durch, bis das Magazin leer ist.«

»Und wenn es leer ist?«

»Dann komme ich und schiebe ein neues Magazin in den Griff.«

Sie nickte, betrachtete die Pistole und steckte den Zeigefinger in den Abzugshahn.

Das Metall war kalt und schwer. Natalia starrte auf das kleine Loch im Lauf und dachte, daß sie jetzt nur den Finger zu krümmen brauchte, und der Tod, der große Erlöser von Angst und Qual, würde als Feuerstrahl durch ihren Körper zucken und alles auslöschen.

»Dreh die Pistole um!« rief Tassburg aus dem Nebenzimmer. Er stand am Fenster, hatte die Explosionswolke beobachtet und jetzt zufällig zur Seite geblickt.

»Wie leicht das Sterben ist...« sagte Natalia versonnen. »Merkwürdig, Michail, ich habe plötzlich gar keine Angst mehr.«

Sie stand auf, ging zum Fenster und stellte sich seitlich davon an die Wand. Sie war jetzt ganz ruhig, auch das Zittern hatte aufgehört.

Vom Fenster aus konnte Natalia Anastasias Garten überblicken und jeden sehen, der von der Rückseite an das Haus heran wollte. Tassburg kontrollierte den Eingang und die Straße. Er hörte, wie die Feuerwehr von Satowka heranrasselte. Ein uralter Spritzenwagen mit einer Handpumpe war es, von sechs kräftigen Bauern gezogen.

Vor ungefähr zwanzig Jahren hatte der Pope Tigran diese Pumpe ins Dorf gebracht, als Geschenk der Kirchenverwaltung von Mutorej. Man ließ daraufhin die geistlichen Herren hochleben und sang begeistert einen Choral.

Was man nicht wußte, war, daß Tigran die alte Spritze auf einem Müllhaufen entdeckt hatte und sie vor der Vernichtung rettete. Ein findiger Schlosser, der dafür heimlich dreimal gesegnet wurde – heimlich deshalb, weil er ein bekannter Kommunist war und im Stadtsowjet von Mutorej saß –, bastelte mehrere Tage an der Pumpe herum, entrostete sie, schmierte sie mit kältebeständigem Fett und führte dann stolz dem Popen vor, wie man mit dem uralten Ding Feuer löschte.

In Satowka taufte man den Apparat auf den stolzen Namen »Fortschritt«. Leider trat er bisher nur zweimal in Tätigkeit, einmal bei einer Heuselbstentzündung des Bauern Projkop, das zweite Mal, weil es bei der Witwe Larissa im Schornstein brannte.

Bei beiden Einsätzen tat die Feuerspritze »Fortschritt« ihr Bestes, aber retten konnte sie weder die Scheune noch das Haus der Larissa. Bei dem Heu platzte der morsche Schlauch, weil zwischen dem gepumpten Wasserdruck und dem porösen Gummi des Schlauches eine physikalische Diskrepanz herrschte, bei Larissas Kamin dagegen verjagten die schwarzen Dämpfe des nie gereinigten Schornsteins die tapferen Feuerwehrmänner, denn Rauchmasken waren nicht vorhanden.

Daß »Fortschritt« nun anrückte, deutete darauf hin, daß kein Terrortrupp Kassugais über das Dorf hergefallen, sondern irgendein anderes Unglück passiert war. Außerdem sah Tassburg kurz nach der letzten Explosion Jefim Aronowitsch über die Straße springen und etwas durch die Gegend schreien.

»Es sind nicht Kassugais Leute, Natalia!« rief Michail in das andere Zimmer hinüber. »Vielleicht hat es irgendwo eine Explosion gegeben. Die Feuerwehr rückt an!«

Aber er und Natalia blieben vorsichtig, verharrten noch eine Weile an ihren Fenstern und traten erst in die Zimmer zurück, als sie Anastasia kommen sahen, gefolgt von Petrow. Zuletzt erschien noch der Pope Tigran, in feierlichem Ornat, in dem er soeben das Dreifachbegräbnis ohne weitere Zwischenfälle vorgenommen hatte.

Tassburg lehnte sein Schnellfeuergewehr neben die Tür und trat aus dem Haus. Hoch über der Kirche, mit dem Wind wegziehend, hingen noch immer dunkle Erd- und Staubwolken.

»Was ist passiert?« rief Tassburg. Es wäre einfacher gewesen, zu Tigran hinüberzugehen, aber er wollte sich gerade jetzt nicht einen Schritt mehr als nötig von Natalia entfernen.

»Darüber muß ich mit Ihnen sprechen, mein Sohn!« rief Tigran mit seinem urigen Baß zurück. »Ich bekomme von Ihnen ein neues Kirchendach!«

»Heißt das, die Staubwolke da oben besteht aus Teilen Ihrer Kirche?«

»Nicht das allein! Da hängen auch noch einige Gräber samt Umgebung darin!« Er nahm seinen Popenhut ab und wischte sich über die Stirn. »Unser lieber Vitali Jakowlewitsch Gasisulin, Sargmacher und Totengräber seines Zeichens, war nämlich mit drei Toten zur gleichen Zeit ein wenig überlastet. Man muß das ehrlich zugeben und verstehen. Andererseits lag uns daran, die Toten, vor allem die beiden Genossen, so schnell wie möglich in geweihter Erde verschwinden zu lassen. Es ist ja möglich, daß man sie vermißt und sucht. Ist das bis hierhin klar, Brüderchen?«

»Völlig klar. Ich bewundere Ihren Weitblick, Väterchen.«

»Was macht also Gasisulin, der gequälte Mann? Kann er so schnell im steinigen Boden drei Gräber ausheben? Das schien unmöglich. Aber Vitali Jakowlewitsch ist manchmal ein genialer Mensch. Was tut er? Er geht in Ihr Lager, mein Sohn, trifft dort einen angeblichen Fachmann, der Konstantin heißt, und läßt sich erklären, daß man Gräber auch in den Boden sprengen kann. Mit Dynamit!«

»O Gott!« sagte Tassburg, lehnte sich an die Hauswand und wußte nicht, ob er lachen oder ernst bleiben sollte. »Ich ahne Fürchterliches!«

»Daran tun Sie recht, Brüderchen!« Tigrans Stimme schwoll zu Orgeltönen an. »Vitali Jakowlewitsch als der gläubige Laie und Ihr elender Konstantin als Fachmann berechnen also die Sprengkraft und kommen zu dem Ergebnis, Felsboden sei wie Beton. Das heißt, sie rechnen pro Grab drei Stangen Dynamit aus. Und die steckt der ahnungslose Gasisulin auch in die vorbereiteten Löcher.«

»Sie brauchen nicht weiterzureden, Väterchen«, erwiderte Tassburg. »Eine solche Menge Dynamit hält auch Ihre Kirche nicht aus!«

»Sie steht!« sagte der Pope stolz. »Gott hat sie festgehalten. Aber das Dach ... mein Sohn, auch Gott kann seine Hände nicht überall haben! Und nun ist es so, daß Sie als Chef Ihres Trupps doch wohl verantwortlich sind für die Schäden, die irgendein Mitglied aus Ihrem Kreis anrichtet.«

Tassburg lehnte den Kopf gegen die Wand. Ihm fiel ein, daß er ja den Kranken spielen mußte. »Ich werde es mir überlegen. Reparieren Sie das Dach, Väterchen. Wenn ich gesund bin, sprechen wir weiter darüber.«

»Das ist keine reelle Sache, Genosse!« Tigran blickte fragend zu Petrow, und dieser schielte zurück, was volle Zustimmung hieß. »Es sind da unbekannte Faktoren, unwägbare ...«

»Welche?«

»Sie sind krank, man sieht's Ihnen an. Sie schwanken wie ein Rohr im Wind. Wer garantiert uns, daß Sie gesund werden?«

»Allerdings. Nun, ich tue, was ich kann und was meine Apotheke hergibt.«

Der Pope streckte beide Arme aus. »In diesem Haus hilft Ihnen keine irdische Medizin. Ziehen Sie aus, kommen Sie zu mir!«

»Oder zu mir!« rief Petrow. »Unter der Roten Fahne gibt es keine Geister!«

»Sonst sind alle Ihre Versprechungen dünn wie das Eis im Frühjahr!« Der Pope drohte mit seinen riesigen Händen. »Die Reparatur geschieht bereits in Gemeinschaftsarbeit der Gläubigen. Aber das Material, mein Sohn, das Material! Hätte Ihr Fachmann Konstantin mit seinen Dynamitstangen...«

»Rechnen Sie alles zusammen, Tigran Rassulowitsch«, sagte Tassburg, der schnell ins Haus zurück mußte, denn das Lachen juckte ihm in der Nase. Welch ein Gauner im heiligen Rock! dachte er. »Ich werde einen Boten mit den nächsten geologischen Ergebnissen nach Omsk schicken und Ihre Materialrechnung mitgeben. Dort wird sie der für Schadenersatzansprüche zuständige Beamte studieren und darüber entscheiden. Zufrieden?«

»Ein Beamter in Omsk?« fragte Tigran entgeistert. »Was hat Omsk damit zu tun?«

»Wir sind eine staatliche Truppe. Alle unsere Ausgaben werden zentral verwaltet.«

»Mein Kirchendach...«

»Auch das Dynamit kommt aus Omsk!« Tassburg öffnete die Haustür und hob bedauernd die Schultern. »Eine Behörde zahlt nur nach eingehender Prüfung. Ich bin bereit, die Schuld auf mich zu nehmen, aber die Entscheidung liegt bei dem Genossen Saizenowskij.«

»So heißt der Beamte?«

»Ja.«

»Ein mir sofort unangenehmer Name!« Tigran raufte seinen Bart. Ihm war klar, daß Omsk alles andere tun würde, nur nicht zahlen. Im Gegenteil, man würde in Omsk sehr munter werden und fragen: »Wie, Genossen, ist es möglich, daß es mitten in der einsamen Taiga, wo die Tränen der Bäume durch die Rinde tropfen, eine Kirche gibt, deren Dach wegfliegen kann? Uns fehlen die Mittel für ein Waisenhaus, aber die in Satowka haben eine Kirche! Und Geld wollen sie auch noch! Da muß man etwas unternehmen...«

Tigran hatte genug von den Besuchen aus Batkit oder gar Mutorej. Sie endeten immer mit Streit, marxistischen Dialogen und Drohungen, alle Priester müßten abgeschafft werden. War das ein Kirchendach wert? Wenn Beamte aus Omsk kommen würden, so konnte das der Untergang vom Reiche Gottes an der Steinigen Tunguska werden.

»Ich werde über die Angelegenheit nachdenken, mein Sohn«, sagte Tigran deshalb gedehnt. »In drei Wochen kommt der Herbstregen. Bis dahin muß das Dach in Ordnung sein, so oder so.« Er betrachtete Tassburg mit gerunzelter Stirn. »Sie sehen erbärmlich aus. Mein Gott, warum wollen Sie unbedingt in diesem Haus hier sterben?«

»Mir gefällt es! Ich glaube, ich habe zu der Gräfin Albina einen guten Kontakt. Sie kommt jede Nacht und hatte das letzte Mal schon kein Messer mehr in der Hand!«

»Sie ist jede Nacht gekommen?« schrie Petrow und rollte entsetzt mit seinen schiefen Augen.

»Jede Nacht. Sitzt an meinem Bett und lächelt mich an...«

»Sie lächelt! Und Kassugai schlitzt sie den Hals auf? Welche Frau!«

»Der Ansicht bin ich auch«, sagte Tassburg ernst. »Welche Frau! Ich habe noch nie eine solche Schönheit gesehen!«

»Vom Satan geschminkt!«

»Oder von Gott gesegnet! Wissen Sie das so genau, Väterchen?« Tassburg hielt sich in einem vorgeblichen Schwächeanfall am Türrahmen fest. »Ich muß mich hinlegen. Meine Beine zittern. Leben Sie wohl...«

»Ich bete für Sie, mein Sohn!«

»Ich danke Ihnen. Es beruhigt mich.«

Tassburg schlug die Haustür zu. Tigran sah Petrow an und seufzte.

»Omsk!« sagte er böse. »Die in Omsk sollen das Kirchendach bezahlen! Wie stehen wir nun da? Allein müssen wir die ganzen Kosten tragen. Oh, ich könnte diesen Gasisulin erwürgen! Aber wir brauchen ihn noch. Lange wird es der Genosse Ingenieur nicht mehr machen...«

Natalia lag wieder auf dem Bett, als Michail zurückkam. Die Pistole lag neben ihr auf der Decke. Sie lächelte ihn an und legte den Arm um seine Hüfte, als er sich neben sie auf die Bettkante setzte.

»Ich habe alles gehört, Mischa«, sagte sie mit kindlich-sanfter Stimme. »Aber wie lange können wir das noch spielen?«

»Solange wir uns lieben...«

»Habe ich gesagt, daß ich dich liebe?« Ihre Augen wurden groß. »Wann habe ich das gesagt?«

»Du hast gesagt – wie wunderbar, daß es dich gibt!«

»Kommt darin das Wort Liebe vor?«

»Es gibt Worte, die voller Liebe sind, auch wenn das Wort nicht genannt wird. Man sieht sich an, Natalia, und das erste ›Du‹ ist schon mehr als das Wort Liebe. Wie wunderbar, daß es dich gibt – es ist ein geöffneter Himmel, Natalia!«

»Du redest wie ein Dichter!« Sie lachte wieder leise und kam näher heran. »Wir können hier doch nicht ewig bleiben! Mischa, du mußt weiter – ich muß weiter...«

»Wir gehen nur noch zusammen, Natalia.«

»Das sagst du immer und weißt doch, daß es eine Lüge ist.«

»In drei Wochen käme der große Herbstregen. In diesem Jahr aber wird es nach den mir vorliegenden meteorologischen Voraussagen anders sein: Wir werden einen schnellen Wintereinbruch bekommen, ohne Regen. Eines Morgens werden wir aufwachen und eingeschneit sein!«

»Und darauf wartest du?«

»Ich starre jeden Tag in den Himmel und rufe ihm zu: Werde grau, verhänge dich, weg, du Sonne... Laß es schneien und frieren!«

»Und dann?« Sie wehrte seine Hand ab, mit der er sie an sich ziehen wollte, und schüttelte den Kopf. Die Angst eines getriebenen Tieres lag wieder in ihrem Blick. Ihre Augen glänzten unnatürlich.

Das Nervenfieber, in Stößen über sie herfallend, zerstörte wieder ihr klares Denken.

Tassburg erkannte es sofort, beugte sich über sie und drückte ihren zitternden Körper an sich.

»Ich habe ihn getötet...« flüsterte Natalia. »In den Hals gestochen! Ich habe Kassugai getötet, Mischa, das Blut spritzte...«

»Es gibt keinen Kassugai mehr!« sagte er eindringlich und hielt sie fest an sich gepreßt. »Es hat nie – nie – einen Kassugai gegeben! Es gibt nur mich! Nur noch mich!«

»Nur dich, Mischa...« wiederholte sie leise. »Oh, nur dich! Wie schön... Laß es schneien, Mischa, laß es schneien. Wir wollen uns zudecken mit Schnee...«

Es dauerte lange, bis sie einschlief.

Unterdessen ging der Pope Tigran durch das Dorf, um nochmals jeden kräftigen Mann zu ermahnen, bei der Reparatur des Kirchendachs und seines Hauses mitzuhelfen. Schließlich landete er bei der Witwe Anastasia, die wieder eine herrliche Kascha gekocht hatte – mit Fleischblinis zum Nachtisch. Während des Essens blickte Tigran immer wieder zu dem »Leeren Haus« hinüber. Hinter dem verhängten Wohnzimmerfenster schimmerte Licht.

»Gibt es nichts Neues?« fragte der Pope und kaute mit vollen Backen.

»Gar nichts. Er lebt noch. Ab und zu sieht man seinen Schatten am Vorhang vorbeigehen.«

»Es riecht draußen nach Braten.«

»Auch ein Kranker hat Hunger. Und Fleisch in Dosen hat er genug mit. Und was wir alles gespendet haben...«

Tigran seufzte und nahm sich noch einen Blini. Dann rülpste er laut, was Anastasia gern hörte, denn dann hatte es dem Väterchen geschmeckt.

»Gehen wir schlafen?« fragte er, dehnte seinen mächtigen Brustkorb und schob die Kette mit dem Kreuz über seinen Kopf. Er legte sie auf die Fensterbank und rieb sich die Hände.

»Was meinst du, Anastasia Alexejewna?«

»Wenn Väterchen so guter Laune ist«, erwiderte sie verschämt.

»Ich bin es! Ich bin es! War das ein großer Tag! Gehen wir also zu Bett...«

Wodurch wir jetzt wissen, was im Dorf Satowka wirklich niemand wußte: daß nämlich die Witwe Anastasia dem Popen nicht nur Blinis backte und Kascha kochte. Aber wer kann ihr das übelnehmen? Eine saubere Witwe war sie, nicht mehr ganz jung, aber noch recht ansehnlich – nicht mehr taufrisch, aber auch noch nicht jenseits der Straße, auf der man in heißere Gefilde fährt...

Am nächsten Morgen, Natalia schlief noch, erschöpft von einer unruhigen Nacht, in der sie mehrfach, getrieben von ihren wunden Nerven, hochgezuckt war, warf Konstantin Steinchen gegen die blinden Fenster des »Leeren Hauses«.

Tassburg zog seinen Mantel über, trat vor die Haustür und kam auf Konstantin zu.

»Du Rindvieh!« sagte er halblaut. »So viel Dynamit für die paar Gräber! Wenn wir wieder in Omsk sind, bezahlst du sie! Ich lasse sie dir vom Lohn abziehen!«

»Ich habe nicht geglaubt, daß dieser Idiot von Totengräber sie tatsächlich anzündet!« stotterte Konstantin. »Einen Witz wollte ich machen...«

»Aber die Stangen hast du ihm gegeben! Was willst du hier?«

»Wie geht es Ihnen, Genosse Michail Sofronowitsch?«

»Miserabel! Kopfschmerzen, Rückenschmerzen, ein Ziehen in den Beinen, keinen Appetit. Ich brüte eine Grippe aus, das sage ich dir! Manchmal flimmert es mir auch vor den Augen! Hoffentlich gibt das keine Lungenentzündung! Genosse Pribylow soll weiterhin die Leitung des Bohrtrupps übernehmen. Ich falle für ein paar Wochen aus.«

»Das glaubt er auch.« Konstantins Gesicht glänzte vor Stolz über das, was er jetzt zu melden hatte: »Wir haben sofort nach Batkit gefunkt, daß Sie sehr krank sind...«

»Was habt ihr?« fragte Tassburg gepreßt.

»Wir wollen Ihnen alle helfen! Wir haben einen Notruf hinausgeschickt.«

»O Gott!« sagte Tassburg erschüttert. »Und was nun? Werden sie mich etwa in einem Hubschrauber abholen?«

So wird es sein, dachte er und geriet in eine innere Panik. Sie holen mich ab ins nächste Krankenhaus... Und wenn sie mich abholen, ist Natalia allein! Und dann weiß ich genau... ich werde sie nie mehr wiedersehen...

»Wann landen sie?« fragte er grob.

»Gar nicht. Die Genossen wußten einen anderen Rat: Sie schicken einen Arzt!«

»Einen Arzt? Nach Satowka? Wie soll der denn herkommen?«

»Mit einem alten Jeep aus dem Großen Vaterländischen Krieg. Geschenk vom Ami!«

»Und das konnte man nicht verhindern?«

»Warum denn verhindern? Ihre schwere Erkrankung, Genosse...« stotterte der unglückliche Konstantin.

»Ich brauche keinen Arzt mehr!«

»Eine Ärztin war nicht aufzutreiben!«

»Idiot! Funkt nach Batkit, der Arzt soll dortbleiben.«

»Zu spät. Er ist schon unterwegs.«

»Dann schickt ihn wieder zurück! Ich will den Kerl nicht sehen!«

»Wir werden versuchen, ihm das beizubringen, Genosse Tassburg.« Konstantin, der es so gut gemeint hatte, begriff nicht, warum der Genosse Projektleiter so uneinsichtig und undankbar war. »Aber vielleicht hat er doch ein Mittelchen bei sich, das hilft... Wenn's die Lunge ist, darf man nicht spaßen...«

Tassburg drehte sich wütend um und ging ins Haus zurück. Mit einem dumpfen Knall fiel die schwere Tür hinter ihm zu. Dafür erschien am Küchenfenster von Anastasias Haus der Kopf des Popen Tigran. Er hatte, als er den Dialog im Garten vernahm, schnell das Bett der Witwe verlassen, seine Soutane übergeworfen und stand nun, wenigstens oben herum korrekt bekleidet, im Fensterrahmen wie ein Bild.

»Was gibt es, mein Sohn?« fragte er. »Wozu der frühe Lärm? Ihr weckt mir Anastasia auf. Krank ist sie, die Gute! So schlapp, so schlapp...«

»Das trifft sich gut! Ein Arzt kommt hierher.«

»Ein Arzt?« Tigran schnaufte durch die Nase. »Wieso das?«

»Wir haben ihn per Funk herbeigerufen.«

»Aha! Und wo kommt er her?«

»Aus Batkit.«

»Der alte Dr. Plachunin? Ostap Germanowitsch?«

»Ich kenne ihn nicht.«

»Es gibt in Batkit nur einen Arzt, Dr. Plachunin! Er muß schon zu Zeiten Peters des Großen gelebt haben, so vertrocknet ist er. Und er kommt eigens wegen Michail Sofronowitsch her?«

»Ja, in einem amerikanischen Jeep!«

»Das sieht ihm ähnlich! Immer provozierend! Aber wenn er schon einmal in Satowka ist, soll er auch arbeiten!« Tigran Rassulowitsch strich sich über den langen schwarzen Bart. »Er wird das ganze Dorf untersuchen. Eine moderne Reihenuntersuchung – von der Kopfhaut bis zur Fußsohle – die hatten wir schon lange nicht! Wann hat man jemals wieder eine solche Gelegenheit dazu?«

Es wurde ein turbulenter Tag.

Tigran Rassulowitsch schickte zwei Boten durchs Dorf, um die Neuigkeit zu verkünden: den armen, jetzt zu allen Diensten bereiten Gasisulin, und Jefim, den Idioten.

»Dr. Plachunin kommt!« ließen sie vom Popen ausrichten.

»Alle werden untersucht, ohne Ausnahme! Wascht euch also nicht nur die Ohren, sondern nehmt ein ordentliches Bad. Dr. Plachunin blickt überall hinein, in jedes Loch des Körpers! Denkt daran! Blamiert Satowka nicht durch Schmutz. Dr. Plachunin wird morgen, spätestens übermorgen eintreffen...«

Natürlich erregte diese Nachricht großes Aufsehen, und Jefim und Gasisulin waren noch gar nicht mit ihrem Botengang zu Ende, als schon die ersten Leute von Satowka bei Petrow im Büro erschienen und die Forderung stellten, die Dorfbanja zu heizen – und zwar schnell!

Nicht, daß es jetzt darum ging, sich wirklich bis in den letzten Winkel zu säubern – man stellte auch Vermutungen an, ob Dr. Plachunin zum Beispiel bei den Weiberchen auch da sein Auge hinwarf, wo sonst nur der Ehemann ein bestimmtes Recht besitzt. War dem so, dann gab es eine ganze Reihe von Frauen, die sich sogar darauf freuten...

In der Banja war es möglich, daß immer zehn Männer oder zehn Weiblein auf einmal im Dampf schwitzten, sich im kalten Holzkübel abschreckten und sich gegenseitig abbürsteten, um wirklich jede Falte blitzblank zu schrubben. Außerdem war eine Reihenuntersuchung Gemeindesache; es stand im Programm der Partei: Jeder Sowjetbürger hat einen Anspruch auf ärztliche Betreuung! Daß dazu eine allgemeine Vorwaschung gehörte, stand zwar nicht im Programm, wurde aber als selbstverständlich vorausgesetzt. Daher die Forderung der Leute.

Petrow runzelte die Stirn. Er dachte an das viele Holz, das verbraucht werden würde.

»Ein Vorschlag zur Güte!« sagte er und schielte jeden schrecklich an, der näher als einen Meter an den Parteischreibtisch herantrat. »Wenn jeder von euch einen Armvoll Holz mitbringt, besorgt die Gemeinde das Anheizen! Einverstanden?«

Man mußte einverstanden sein, die Sache war zu eilig, um lange mit Petrow zu diskutieren. Zwar kam Dr. Plachunin frühestens morgen an, aber man hatte vor, sich bis dahin mindestens dreimal im Dampf und im Wasserkübel aufzuhalten, um wirklich alle Flecken von sich zu scheuern.

Dr. Plachunin sollte ein Dorf vorfinden, so sauber, so frisch duftend wie ein gerade gewickeltes Baby. Auch in der Taiga an der Steinigen Tunguska ist man nicht hinterm Mond! Auch hier weiß man genau, was sich gehört!

Gegen Mittag brannte der dicke, gemauerte Ofen in der Banja, zischten die ersten Dampfwolken und marschierten die ersten zehn Männer in markanter Nacktheit in den Schwitzraum.

Gasisulin, das Männchen für alles, gab harte Wurzelbürsten aus und fragte jeden, ob er zusätzlich ein medizinisches Bad nehmen wolle. Medizinisch hieß in diesem Fall: Genosse, willst du dich entlausen lassen? Hast du Flöhe? Zier dich nicht... rein in den Kübel mit der stinkenden Lösung! Und du sollst es sehen: Hupp, sind die Flöhchen und die Läuse weg! Sie schrumpeln zusammen, fallen ab und ersticken elend. Sind wir ein Kulturvolk oder nicht?

Am Nachmittag kamen die Frauen dran. Gasisulin mußt seinen Platz verlassen, denn so ganz geschlechtslos war er nun auch wieder nicht. Eine dicke Person, die Hebamme Rimma, kommandierte nun in der Banja. Sie rieb den Weiberchen mit einer Spezialseife die langen Haare ein und lief mit einer großen Klistierspritze herum. Sie war mit schwacher Seifenlauge gefüllt, und Rimma pries sie an wie rotgelben grusinischen Wein:

»Da kann der gute Dr. Plachunin so tief gucken, wie er will... jedes Winkelchen blase ich euch sauber! Er wird begeistert sein! So viele saubere Frauen! Nur ran, Schwestern, nur ran, bückt euch. Es geht ganz schnell und erzeugt zudem ein wohliges Gefühl...«

Leider hatte Rimma wenig Erfolg mit ihrer Klistierspritze. Nur drei alte Weiblein unterzogen sich der Prozedur, quiekten dabei wie kleine Ferkel und hüpften dann durch den Wasserdampf, als habe man sie um etliche Jahrzehnte verjüngt.

Am Abend zog durch ganz Satowka ein sauberer Frieden.

Wer so gründlich gebadet hat, ist von vielen irdischen Problemen erlöst, zufrieden und menschlich, hat kein Interesse, seine Frau zu verprügeln oder nach dem Hund zu treten ... Er sitzt herum, auch innerlich gesäubert, und findet die Welt schön.

Tigran Rassulowitsch ließ an der Vorderfront der Kirche eine Fahne hissen: weißer Grund, darauf die Maria, von Rosen umgeben.

Dr. Plachunin konnte kommen.

Und er kam. Es war am nächsten Tag gegen Mittag.

Ein Reiter, der als Vorposten den einzigen schmalen Weg durch die Taiga, der nach Satowka führte, beobachtet hatte, sprengte wie sein Vorfahr, ein Kosak, durch das Dorf.

»Er kommt!« schrie er. »Er kommt! Es stimmt, er fährt einen amerikanischen Wagen! Er kommt!«

Tigran ließ die elende, blecherne Glocke läuten und schämte sich, wie sonntags immer, über die Armut seiner Gemeinde, der nicht einmal ein voller Glockenton vergönnt war. Er zog sein bestes Festgewand an, klemmte die Heilige Schrift unter den Arm und trat vor die Kirche – riesengroß, imponierend, mit gesträubtem Bart.

Er war der einzige, der Dr. Plachunin kannte, weil er ihn einmal in Batkit konsultiert hatte. Damals hatte der Doktor den Popen untersucht und ihm dann strikt den Alkohol verboten. Tigran hatte darauf nur »Der Teufel hole Sie!« gesagt, worauf Dr. Plachunin antwortete: »Sie zuerst! Sie mit Ihrer versoffenen Leber!« Im übrigen war die damalige Anweisung des Arztes unbefolgt geblieben.

Dr. Plachunin, zum erstenmal in Satowka, war froh, als er aus der Urwaldstraße heraus war und den weiten Kahlschlag erreicht hatte, auf dem Satowka gebaut war. Die Glocke schepperte ihm entgegen, und am Zaun des ersten Hauses stand eine Familie und verbeugte sich tief: Vater, Mutter, drei Kinder, Großmutter, Großvater, Urgroßmutter, Urgroßvater, Ururgroßmütterchen ... Es war die Familie Jerofejew, dafür berüchtigt, anscheinend zum ewigen Leben verdammt zu sein. Grasisulin, der Sargmacher, besuchte sie einmal im Monat – die Alten flehend anblickend ...

Jetzt hupte Dr. Plachunin laut, während er durch die einzige Straße von Satowka fuhr, und bremste vor der Kirche. Solange er im Jeep saß, strahlte er Autorität aus ... Aber als er nun ausstieg, verblaßte einiges davon.

Wie Tigran gesagt hatte: Plachunin müßte schon uralt sein, so faltig war sein Gesicht. Aber das glich er aus durch einen forschen Gang und eine so laute Stimme, daß sich keiner gern auf eine Diskussion mit ihm einließ. Nach fünf Minuten war man heiser, denn es war auf die Dauer unmöglich, gegen ihn anzuschreien.

Was aber jeden erschreckte, war seine Körpergröße. Er war, bildlich gesprochen, ein Mittelmensch zwischen einem kleinen Erwachsenen und einem Liliputaner. Er lag genau dazwischen – er war nicht so klein, daß er im Zirkus hätte auftreten können, aber auch nicht so groß, um als normal gewachsener Mensch zu gelten. Seine Körpergröße entsprach ungefähr der eines zehnjährigen Kindes.

Die Tragik seiner äußeren Erscheinung wurde erst völlig deutlich, als Plachunin vor dem riesigen Popen stand... eine Maus, die zu einem Turm hinaufschaut. Aber eine Maus mit einer Löwenstimme.

»Du lebst noch?« donnerte Dr. Plachunin. »Bei deiner Säuferleber? Womit hast du Gott bestochen, daß er dich vergessen hat?«

Tigran Rassulowitsch grinste verlegen. Überall an der Straße standen seine frommen Schäflein, blitzend vor Sauberkeit, in ihren besten Kleidern. Ein Spalier freudiger Erwartung – Reihenuntersuchung!

Genossinnen, seid nicht enttäuscht. Auch Zwerge wie Dr. Plachunin können Qualitäten entwickeln; die Welt ist voller Wunder!

»Wenn Sie etwas leiser sein könnten, Doktor«, sagte Tigran erstaunlich sanft. »Oder muß ich Sie an die ärztliche Schweigepflicht erinnern?«

»Wo ist der Patient?« brüllte Dr. Plachunin. »Ich habe wenig Zeit!«

»Wir warten alle auf Sie, Doktor.«

»Alle?« Dr. Plachunin fuhr herum und blickte in lauter erwartungsvolle Gesichter. Das ganze Dorf stand in Ehrfurcht vor den Gartenzäunen, ein Großmütterchen schluchzte bereits. »Unmöglich! Ich habe nur einen Patienten hier – den Ingenieur Tassburg. Ein Staatsauftrag ist das! Den führe ich aus... weiter nichts!«

»Wir reden noch darüber!« sagte Tigran diplomatisch. »Der Genosse Ingenieur befindet sich in einem Haus, das verflucht ist.«

»Bist du schon wieder besoffen?« schrie der Doktor.

»Sie werden es sehen, Doktor. Kommen Sie, ich begleite Sie hin und erzähle Ihnen die einhundertfünfzig Jahre alte, schreckliche Geschichte. Erst vor vier Tagen...« Er schwieg. »Ich wette, Sie gehen nicht in das Haus!«

»Ich wette, ich gehe doch!«

»Darf ich bitten?«

Dr. Plachunin und der Pope Tigran gingen die Straße hinunter bis zu Anastasias Haus, wo der Dorfsowjet sie erwartete. Vor Begeisterung, daß ein Arzt im Dorf weilte, schielte er noch schrecklicher. Dr. Plachunin blieb erstaunt stehen.

»Können Sie mich sehen?« fragte er.

»Aber ja, Genosse Arzt.«

»Gerade? Verschoben? Geteilt? Verschwommen? Durchschnitten?«

»So wie Sie sind, Genosse Arzt.«

»Erstaunlich! Bei einem solchen Kreuzblick müßte alles zweigeteilt sein. Pope, haben Sie noch mehr solche Kuriositäten in Satowka?«

»Einen Haufen, Ostap Germanowitsch! Fast jeder von uns ist ein Ausnahmeexemplar der menschlichen Gesellschaft. Tja...« Er zeigte auf das »Leere Haus«. Von hier aus sah man nicht, daß Tassburg und Natalia seitlich am Fenster standen und auf die Straße starrten.

»Das ist es! Wenn Sie hinein wollen, bitte! Ich begleite Sie nicht. Es ist besser, den Genossen Ingenieur vor die Tür zu rufen.«

Um die gleiche Minute geschah am Jeep des kleinen Dr. Plachunin etwas Seltsames: Jefim montierte mit flinken Fingern das Lenkrad ab. Das Lenkrad des ersteigerten Autos von Kassugai gefiel ihm nämlich nicht. Und Gasisulin kam mit einem Gummischlauch, steckte ihn in den Einfüllstutzen des Benzintanks, saugte an und ließ das Benzin in einen großen Eimer fließen – für die Motorsäge, mit der er Bretter für die Särge zuschnitt. Ein schlechtes Gewissen hatte Vitali Jakowlewitsch Gasisulin dabei überhaupt nicht.

Dr. Plachunin wäre kein Russe gewesen, wenn nicht auch in ihm ein wenig Aberglaube steckte. Zu weit ist das Land, zu geheimnisvoll die Wälder, Sümpfe und Steppen, zu unendlich der Himmel über Rußland, als daß seine Menschen nicht eine tiefe Ehrfurcht vor etwas Göttlichem hätten, vor dem Unerklärlichen, das mit dem Verstand allein nicht faßbar ist.

Ob es nun Geister sind oder einfach die unbegreifliche Tatsache, daß Menschen zum Mond fliegen und dort auch noch landen und spazierengehen können... Irgendwo im täglichen Leben begegnen wir Situationen, denen wir geistig und seelisch nicht gewachsen sind.

Da machte auch ein Arzt, also ein studierter Kopf, ein geistig reger Mensch wie Dr. Plachunin, keine Ausnahme. Da stand das »Leere Haus«, aus dem seit 150 Jahren immer wieder Tote herausgekommen waren, weil sie so kühn gewesen waren, trotz aller Warnungen hineinzugehen. Und da war andererseits die kühle Überlegung, daß so etwas im 20. Jahrhundert doch reiner Unsinn sein müsse. Tür auf und hinein – das war die einzige Konsequenz –, und diese sagenhafte Gräfin Albina würde man mit einem gesunden, aufgeklärten Lachen hinwegscheuchen.

Theorie das alles! Auch Dr. Plachunin blieb vor dem Spukhaus stehen, betrachtete es eingehend und kratzte sich den Nasenrücken. Auch das ist eine alte Weisheit: In kleinen Körpern wohnt oft ein wahrer Löwenmut. Dr. Plachunin war tatsächlich im Zweifel, ob er, den tiefverwurzelten Aberglauben durchbrechend, das Haus betreten sollte, und er tat sogar mutig zwei Schritte vorwärts auf das Haus zu. Der Pope Tigran faltete fromm die Hände und sagte mit seiner dröhnenden Stimme:

»Brüderchen, Doktor, man sollte es sich überlegen...«

Die Überlegung nahm ihnen Jefim ab, dieser Erzhalunke, der das Lenkrad von Plachunins Auto schnell in seinen Schuppen getragen hatte.

Jetzt hüpfte er über die Straße, klatschte in die Hände und machte auf sich aufmerksam.

»Wer ist das?« fragte der Arzt völlig unnötigerweise. Man sah ja, was mit Jefim los war.

»Unser Idiot, Doktorchen«, sagte Anastasia, die wieder genesen zu sein schien. »Ein harmloser Mensch!«

»Was will er?«

Dr. Plachunin sah mit Schrecken, daß der Pope Tigran tatsächlich das ganze Dorf mobilisiert hatte für die Reihenuntersuchung. Von allen Seiten pilgerten die Bauern, ihre Frauen und Kinder in Festkleidung zum Gemeindehaus und stellten sich dort in langer Reihe auf. Sogar ein paar Fahnen wehten, wie zur Osterprozession, denn es war ja ein Ereignis in Satowka, sich von oben bis unten untersuchen zu lassen. Und die Frauen erst! An besonders empfindlichen Körperstellen hatten sie sich sogar mit Rosenöl eingesalbt, so viel Bedeutung maßen sie der Untersuchung durch Dr. Plachunin zu.

»Das Lenkrad ist weg!« schrie jetzt plötzlich Jefim, als er Dr. Plachunin ansichtig wurde. »Das ganze Lenkrad! Einfach geklaut! Wer stellt auch einen so schönen Wagen im Schatten der Kirche ab? Da wird am meisten geklaut!«

»Und das nennt ihr einen Idioten, Tigran?« rief Dr. Plachunin mit seiner Donnerstimme. »Das ist doch ein Weiser!« Erst dann begriff er, daß es sich um sein Lenkrad handelte. Er raufte sich die Haare, aber der Pope sagte sanft:

»Das haben Sie davon, Doktor! Es waren zwei Schritte im Bannkreis des Hauses, und schon ist Ihr Lenkrad weg! So fängt es an, und mit durchschnittener Kehle hört es auf! Aber Akademiker sind ja die ungläubigsten Menschen auf Gottes Erde!«

Dr. Plachunin vergaß, weshalb er in Satowka war, und rannte zurück zur Kirche. Was Jefim gemeldet hatte, stimmte: Das Lenkrad war weg, und außerdem lag der Benzintankverschluß auf der Erde. Ahnungsvoll stieg Plachunin in seinen Wagen und startete den Motor. Es machte sehr traurig plopp-plopp, und dann war Stille. Der Doktor kletterte aus dem Wagen. »Das Benzin ist auch geklaut!«

schrie er. »Welch ein verfluchtes, von Dieben und Räubern besiedeltes Dorf! Was soll nun werden?«

»Gott weiß es«, antwortete Tigran, der ihm gefolgt war, fromm.

»Sie können mich kreuzweise...« schrie der Arzt heiser vor Wut.

»Das werde ich nicht tun«, sagte Tigran, immer noch ehrfürchtig. »Auch nicht in Verbindung mit Kreuz...«

»Wie komme ich zurück nach Batkit?«

»Die nächste dringende Frage ist, scheint mir: Wie kommen Sie an den Genossen Michail Sofronowitsch Tassburg heran? Und dann die Reihenuntersuchung...«

»Ich werde jedem Ihrer Bauern einen Eßlöffel Rizinus geben!«

»Hervorragend! Schon Paracelsus sagte: ›Die Krankheit liegt im Darm!‹«

Dr. Plachunin starrte den Popen entgeistert an. »Woher kennen Sie Paracelsus?«

»Bin ich ein ungebildeter Mensch?« rief Tigran empört. »Die besten Geister dienen Gott! Ich habe, seit ich lesen kann, vierzig russische Winter hinter mir. Da kommt schon einiges an Wissen zusammen, wenn man jährlich sieben Monate lesen muß! Also, Doktor, was ist? Wo fangen wir an?«

»Natürlich bei meinem amtlichen Auftrag. Bei Tassburg! Gehen wir zurück zu Ihrem verdammten Haus. Hat mein Benzin auch die Gräfin Albina geklaut?«

»Fragt nicht nach dem Unbegreiflichen!« zitierte Tigran.

»Wer das geschrieben hat, damit Sie es wissen, war einer Hirnamputation wert! Gehen wir! Um mein Auto kümmere ich mich später.«

Sie kehrten wieder zu Anastasias Spukhaus zurück und blieben im Vorgarten stehen. Dr. Plachunin zögerte weiterzugehen. Verdammt, man war eben Russe...

»Genosse Tassburg!« brüllte der kleine Arzt plötzlich, und zwar mit solch lauter Stimme, daß selbst der riesige Tigran zusammenzuckte. »Michail Sofronowitsch, kommen Sie heraus, wenn Sie es noch hören können. Ich habe den Auftrag, Sie wieder auf die Beine zu bringen! Ich habe alle Medikamente mit, hören Sie mich?«

Es blieb still. So still wie vor einem Unwetter, wo selbst der Wind den Atem anhält und die Bäume der Taiga von keinem Hauch bewegt werden.

Kommt Antwort aus dem »Leeren Haus«? Oder ist der Genosse Tassburg schon gestorben? Wie sah er aber auch aus! So einer kann nicht mehr lange leben! Hatte ja nicht einmal mehr die Kraft, aufrecht zu stehen. Mußte sich am Türpfosten festklammern – ein Bild des Jammers...

Und da jetzt auch noch der Sargmacher Gasisulin zu der Gruppe stieß und fragte, höflich, wie es seine Art war: »Kann man schon einen Sarg anfertigen?«, wurde die Beklemmung immer stärker. Das Benzin aus Dr. Plachunins Auto hatte er vorher in seiner Werkstatt versteckt.

Hinter dem Fenster sahen sich Natalia und Tassburg an. Sie hielt ihn von hinten umschlungen und küßte seinen Nacken – was jedoch kein Ausdruck anschmiegsamer Zärtlichkeit war, sondern zitternde Angst.

»Wird er hereinkommen?« flüsterte sie.

»Ich weiß es nicht. Und wenn... er ist ein kleiner Mann!«

»Aber er hat Augen! Wirst du ihn... töten?«

»Er ist Arzt, Natalia. Und wir brauchen einen Arzt. Du bist noch nicht gesund. Irgendwie muß ich von ihm Medikamente bekommen. Er zögert, siehst du? Tigran hat ihm alles über das Haus erzählt. Ich habe dir immer gesagt: Hier sind wir sicher! Hier ist unser Paradies...«

Dr. Plachunins Donnerstimme unterbrach ihn, und Michail überlegte. »Ich gehe hinaus...« sagte er schließlich.

»Und dann? Michail, tu es nicht!«

»Soll er hereinkommen?«

»Melde dich einfach nicht...«

»Dann denken sie, ich sei schon tot. Gasisulin steht schon da und wartet auf einen Sargauftrag. Ich muß hinaus...«

Er zog Natalia an sich und vergrub seine Finger in ihrem aufgelösten Haar. Dann küßte er sie, und sie ließ es geschehen, schmiegte sich in seinen Arm und atmete heftig.

»Ich liebe dich«, sagte er leise. »Mein Gott, wie liebe ich dich! Es ist eine Liebe, die unerklärlich ist und unerklärlich bleiben wird. So eine Liebe fällt plötzlich vom Himmel, sie hüllt uns ein wie in einen Sternenmantel! Natjenka...«

»Mischa!«

Sie blieben eine Weile engumschlungen stehen und spürten, jeder voller Glück, die Nähe des anderen. Sie waren ein Wesen, sie gehörten zusammen, das wußten sie nun ganz genau.

»Geh jetzt hinaus!« sagte Natalia schließlich atemlos. »Und wenn sie dir etwas tun, erschieße ich sie alle von hier aus, durch das Fenster!«

Er nickte, küßte sie noch einmal auf ihre großen, ihn gläubig und liebevoll anblickenden Augen und ging dann entschlossen vor das Haus.

Als er die Tür aufstieß, ließ der Idiot Jefim einen hellen Schrei ertönen, und der Sargmacher sagte traurig: »Das mit dem neuen Sarg wird wohl nichts geben, Freunde.«

Tassburg hatte seine Rolle gut einstudiert. Er wirkte wie sein eigener Geist, bleich und schwankend.

Tigran schlug auch sofort mit dramatischer Gebärde ein Kreuz, Anastasia, die fromme Witwe mit den guten Blinis und der dicken Kascha, die auf den Popen stets so anregend wirkten, bedeckte das Gesicht mit ihrer Schürze. Jefim schnaufte durch die Nase, und Gasisulin, mit dem Auge des Fachmannes für zukünftige Kunden, revidierte seine Resignation und glaubte nun doch noch an einen neuen Auftrag. Der Dorfsowjet hatte sich entfernt. Er organisierte das Schlangestehen für die Untersuchung, und man hörte sein Brüllen bis hierher. Er trennte die Familien: die Männer zur Untersuchung in den Parteifestsaal, die Frauen in die Banja. Es gab zwar viel Gezeter, aber auch in Sibirien ist es nicht üblich, Männer und Frauen in einem Raum und zur gleichen Zeit zu untersuchen!

Dr. Plachunin betrachtete seinen Patienten, der langsam näher schwankte, mit dem vollen Interesse des Arztes, der helfen soll und schon im voraus eine Diagnose stellt. Man nennt das auch medizinische Intuition, nur große Geister sind dazu berufen.

»Keine Überanstrengung, mein Freund!« rief der Arzt, als Tassburg gefährlich wackelte. »Langsam, ganz langsam! Lassen Sie sich Zeit! Wir legen Sie gleich hier auf diese Bank. Sie Starrkopf! Warum bleiben Sie auch in diesem Haus? Tigran Rassulowitsch, packen Sie doch zu! Halten Sie den Arm fest!«

Man stützte Tassburg, führte ihn zu Anastasias Gartenbank und bat ihn, sich lang auszustrecken. Dr. Plachunin hob als erstes Tassburgs Augenlider und starrte in die Pupillen. Dann packte er seinen Arztkoffer aus, holte das Membranstethoskop heraus und den Blutdruckmesser; dann zog Tigran Tassburg das Hemd über den Kopf, und Dr. Plachunin wunderte sich, daß ein so muskulöser, starker Mann plötzlich so schwach werden konnte.

Was dann begann, war die Untersuchung eines Arztes, der über fünfzig Jahre in Sibirien, an der Steinigen Tunguska, gelebt hatte und Menschen untersuchte, die einen Tritt in den Hintern – natürlich nur bildlich gesprochen – schon als Medizin ansahen, wenn er vom Arzt verabfolgt wurde. Blutdruckmessen, Abhören des Thorax, Pulsfühlen, Abklopfen des Brustkorbes – das war noch europäisch und gehörte zum Repertoire jedes Arztes, wenn er Zeit braucht, um nachzudenken. Dazu stellte er ab und zu ein paar Fangfragen, aus denen er zu hören hoffte, wo der Grund der Krankheit lag.

Aber bei Tassburg war alles umsonst. Sein Blutdruck war normal, sein Herz schlug kräftig, die Lungengeräusche gaben keinen Anlaß, an eine Lungenentzündung oder gar an Tbc zu denken, Mittel- und Unterbrauch waren weich, die Leber nicht verhärtet, die Blinddarmreflexe normal, auch die Verdauung klappte – auf Befragen – und gleichfalls der Urin, nicht flockig oder sonst getrübt... Es war zum Verzweifeln!

Aber der Mann war krank, man sah es doch deutlich! Er konnte kaum noch gehen; eine rätselhafte Schwäche lähmte seinen Körper, höhlte ihn aus, machte ihn zu Gummi. Seine Muskeln, die doch sonst aus Stahl sein mußten, waren schlaff, seine Knochen stützten den Menschen nicht mehr. Und das bei einem normalen Blutdruck und geradezu provozierend gutem Puls!

Dr. Plachunin verharrte mit seinem Stethoskop an Tassburgs Brustkorb und dachte nach. Bloß keine Unsicherheit zeigen, dachte er. Dieser Halunke von einem Popen beobachtet mich ganz genau! Ich muß so tun, als hätte ich eine unerhört seltene, schwerwiegende Krankheit entdeckt. Eine Krankheit, die auf der ganzen Welt nur zehn Ärzte kennen; und einer davon heißt Dr. Ostap Germanowitsch Plachunin! In Europa ist diese Krankheit schon lange Mode – man kann dafür sogar Privatkliniken gründen und ein Schweinegeld verdienen!

»Mein Freund«, sagte er deshalb bedächtig, die Oliven des Stethoskops noch immer in den Ohren, »mein lieber Michail Sofronowitsch, Ihr Fall ist ein ausgesprochen akademischer...«

»Amen!« warf Tigran ergriffen ein.

»O Gott!« sagte Anastasia erschrocken, und Plachunin war sehr zufrieden. Akademisch bedeutete im Grunde gar nichts, aber es hörte sich schwerwiegend an.

Tassburg lag auf dem Rücken, atmete verhalten und ließ es zu, daß ihm die fürsorgliche Anastasia einen mit warmem Wasser getränkten Lappen auf die Brust legte. Das hatte bei ihrem Seligen immer geholfen, mal kalt, mal warm – immer abwechselnd. Nach einigen Stunden wurde er dann immer recht munter...

»Lassen Sie den Unsinn!« knurrte Dr. Plachunin die rührige Witwe an. »Hier helfen nur Medikamente, wie sie in den großen Kliniken von Moskau und Leningrad verabreicht werden!«

»Und die haben Sie, Doktor?« fragte Tigran ungläubig. »In Batkit?«

»Wir sind ein fortschrittlicher Staat, du Ewigkeitsbetrüger!« schrie Plachunin. »Auch in Batkit gibt es gute Medikamente. Überall in Rußland! Ganz Rußland ist gleichmäßig versorgt! Begreifst du das?«

»Man muß es wohl«, meinte Tigran zweifelnd. »An was leidet der Genosse Ingenieur?«

Diese Frage regte Dr. Plachunin von neuem auf, vor allem weil er vorläufig noch keine Antwort darauf wußte. »Geht jetzt alle fort!« rief er. »Hier folgt jetzt eine schwere Untersuchung! Auch du, heiliger Mann! Wo gibt es das, daß die Schweigepflicht des Arztes so mißbraucht – das Geheimnis zwischen Arzt und Patient auf diese Art belauscht wird? Also – weg! Auch du, Anastasia! Wir müssen jetzt völlig allein sein, der Kranke und ich.«

Sie gingen gehorsam auf die Straße und warteten vor dem Zaun. Gasisulin schwitzte vor Aufregung. »Ob es doch noch klappt?« flüsterte er in regelmäßigen Abständen.

»Er sieht jedenfalls aus wie einer, den man bald beerdigen kann!« stellte Jefim fest.

»O ihr Hurensöhne!« sagte Tigran dumpf. »Nur an den Profit denkt ihr! Daß da ein armer, leidender Mensch liegt, das Gefühl geht euch völlig ab! Ist das die Frucht meiner zwanzigjährigen Seelsorgertätigkeit?«

Unterdessen hatte sich Dr. Plachunin neben seinen Patienten auf die Bank gesetzt und beide Hände auf dessen muskulösen Brustkorb gelegt. Es waren kleine, aber sehr schöne, beinahe zierliche Hände, zwar alt und mit Pigmentflecken übersät, aber wie von einem Bildhauer in graubraunem Stein gemeißelt.

»Hatten Sie schon mal Malaria?« fragte der Doktor sanft.

»Nein, Doktor«, antwortete Michail unterdrückt.

»Gelbfieber?«

»Nein.«

»Skorbut?«

»Auch nicht.«

»Die Schlafkrankheit?«

»Nur im Innendienst – im Büro...« Tassburg grinste verhalten.

Dr. Plachunin blieb ernst, aber seine Finger trommelten auf Tassburgs Brust. »Wie war's mit Tripper?«

»Aber, Genosse Doktor...«

»Sie sind kein Alkoholiker, haben keine Paralyse, die Parkinsonsche Krankheit scheidet völlig aus, Ihr Skelett ist das eines Preisboxers, Ihre Muskulatur ist phänomenal. Sie sind der Typ, der durch die Taiga in gerader Linie ziehen kann und alles, was im Weg steht, umrennt, und trotzdem schwanken Sie, als hätten Sie Brei statt Knochen im Körper. – Tassburg, Sie sind der beste Simulant, der mir je untergekommen ist!«

»Das müssen Sie mir beweisen, Doktor«, antwortete Michail.

»Muß ich das? Möchten Sie das gern? Hören Sie, Ihretwegen fahre ich drei Tage durch die Wildnis an der Tunguska entlang in dieses

Scheißdorf! Ihretwegen werden mir Lenkrad und Benzin geklaut. Ihretwegen sitze ich nun hier fest, denn wie ich wieder nach Batkit kommen soll, das weiß ich noch nicht. Mit einem Bauernkarren dauert es zehn Tage! Bleibt nur noch der Hubschrauber, den Sie herbeirufen könnten – falls einer einsatzfähig ist.«

»Aus Omsk kann immer einer kommen...«

»Das beruhigt mich.« Dr. Plachunin beugte sich über Tassburg und klopfte ihn von neuem ab. Er mußte etwas tun, denn am Zaun standen die anderen und starrten herüber. »Nun gestehen Sie, Michail Sofronowitsch, warum dieses Spiel? Was haben Sie? Warum wollen Sie ausgerechnet in diesem von aller Welt vergessenen Winkel der Taiga den Winter verbringen? Denn darum geht es Ihnen doch.«

»Sie sind ein vorzüglicher Arzt! Ihre Diagnose stimmt genau!« sagte Tassburg leise.

»Mich täuscht so leicht keiner, Michail Sofronowitsch! Ich kann zwar manchmal eine Krankheit falsch einschätzen, aber wenn einer gesund ist, das merke ich! Vertrauen Sie sich mir an.«

»Kann ich das?«

»Ich lasse Sie vor den anderen krank sein... Ist das kein Beweis?«

Tassburg holte tief Atem. »Ich brauche sofort ein gutes Mittel gegen einen Nervenschock und das damit verbundene Fieber. Ich brauche ein Mittel, das völlig außer Rand und Band geratene Nerven dämpft, sie beruhigt, ihnen Zeit gibt, wieder normal zu werden.«

»Mann, Sie haben doch armdicke Drahtseile als Nerven!«

»Gibt es solche Mittel, Doktor?«

»Natürlich. In der Psychiatrie. Aber Sie sind doch nicht... Außerdem habe ich solche Drogen nicht bei mir. Wozu auch. In der Taiga werden Verrückte als Heilige verehrt, in Batkit schafft man sie nach Omsk in geschlossene Anstalten, und wer in seiner Familie irgendwo im Wald einen solchen Fall hat, ruft weder mich noch den Facharzt, sondern sorgt dafür, daß der liebe Verwandte im richtigen Moment verunglückt. Was soll's also?«

»Dann sind Sie für mich nicht zu gebrauchen. Ich muß das Medikament haben!«

»Für wen, zum Teufel?«

»Richtig! Bleiben wir dabei – für den Teufel!«

»Sie verbergen uns allen etwas...«

»Sie haben es erraten!«

»Und Sie sagen es auch mir nicht?«

»Noch nicht...«

»In dem geheimnisvollen Haus, in dem die Gräfin Albina seit hundertfünfzig Jahren spuken soll, ist jemand!«

»Ja.«

»Sie verlangen viel von mir, Michail Sofronowitsch. Wissen Sie das?«

»Weil ich Vertrauen zu Ihnen habe, Ostap Germanowitsch, ja! Aber sollten Sie dieses Vertrauen enttäuschen, bringe ich Sie um!«

»Das ist mir klar.« Dr. Plachunin tat, als habe er bei Tassburg etwas im Leib entdeckt. Er beugte sich tiefer über ihn. Hinter dem Zaun rieb sich Gasisulin ungeniert die Hände.

»Ich habe nur Kalziumspritzen bei mir, die helfen bei Schocks immer, und ein paar Röhrchen mit Schlafmitteln, Kapseln gegen Nervenschmerzen und Kreislauftropfen. Und natürlich mein chirurgisches Besteck, aber das nützt Ihnen ja nichts.«

»Nein, aber alles andere.«

»Ich gebe Ihnen genügend mit. Können Sie injizieren? Kalzium muß intravenös gespritzt werden, ganz langsam, ganz behutsam, sonst wird es glühend heiß im Körper.«

»Ich weiß. Ich habe es schon erlebt. Bei einem jungen Arzt, aber er stoppte rechtzeitig ab.«

»Und Sie trauen sich eine intravenöse Injektion zu?«

»Ich muß es versuchen. Wir haben, bevor wir in die Taiga geschickt wurden, einen Sanitätskurs mitgemacht. Ich werde mich schon nicht zu dumm anstellen!«

»Aber Sie könnten eine Luftembolie spritzen!«

»Doktor, ich passe auf. Es ist, als ob es um mein Leben ginge.«

»Dann kann es sich nur um eine Frau handeln!« Plachunin blickte zum Haus hinüber. »Ein raffiniertes Versteck. Keiner wagt es, das Haus zu betreten. Nur, wie wollen Sie es eines Tages verlassen?«

»Der Winter ist lang, Ostap Germanowitsch!«

»Aber der Frühling kommt bestimmt.« Dr. Plachunin suchte in seinem Arztkoffer die Medikamente zusammen. Auf der Straße, am Zaun, stöhnte Gasisulin laut.

»Er will ihn wirklich heilen!« stammelte der Sargmacher. »Keiner denkt an meine arme Zukunft! Ich war gerade so richtig in Schwung...«

»Wann erfahre ich, wer Ihre Kranke ist?« fragte Dr. Plachunin und packte die Medikamente in eine kleine Plastiktüte. Dazu gab er eine Spritze und zehn steril verpackte Nadeln. »Bekomme ich sie einmal zu sehen?«

»Vielleicht. Wie lange bleiben Sie in Satowka?«

»Das weiß ich noch nicht. Dieser Tigran, einer der größten Halunken, den Gott zu seinem Diener gemacht hat, hat eine Reihenuntersuchung angesetzt. Aufs Kreuz hat er mich legen wollen, weil ich ihm vor drei Jahren das Saufen verboten habe! Aber die Leute sollen staunen! Ich mache die Reihenuntersuchung – aber wie! Man soll mich in Satowka nie vergessen!«

»Und was werden Sie tun, Doktor?«

»Ich habe ein Klistier bei mir, und jeder, der zur Untersuchung kommt, kriegt einen Einlauf. So gesunde Taigabewohner wird es nie wieder geben, glauben Sie mir!«

»Ich glaube es Ihnen!« Tassburg lächelte. »Ich würde gern Ihr Freund werden, Ostap Germanowitsch!«

»Wir sind schon Freunde, junger Mann!« Plachunin blinzelte, wie man es unter Männern bei diesem Thema tut. »Natürlich ist sie hübsch, Ihre Kranke?«

»Sie ist eine Schneeflocke – mit einer Seele beschenkt...«

»So poetisch spricht nur ein verliebter Russe! Und wo stammt sie her? Wie kam sie hierher? Sagen Sie nur nicht: Sie fiel als Schneeflocke vom Himmel! Dann verabreiche ich Ihnen das erste Klistier!«

»Ich muß Sie enttäuschen: Sie fiel wirklich vom Himmel! Sie war plötzlich da. Nach einer Flucht durch die Taiga. Zu Fuß!«

»Eine Flucht?«

»Ein Mann hatte sie nach alter Jakutenmanier von den Eltern gekauft. Als er sie abholen wollte, ist sie auf und davon. Hier war ihre letzte Station, sie konnte einfach nicht mehr.«

»Dann gebe ich Ihnen noch Vitaminpräparate mit«, sagte Plachunin. »Aber Sie sind sich darüber im klaren, was Sie da tun? Die Taiga hat trotz aller Revolutionen noch ihre eigenen jahrhundertealten Gesetze.«

»Ich weiß es, Ostap Germanowitsch. Aber ich besitze auch die uralte Tugend der Russen: Ich kann warten und glaube an die Zeit, die für uns arbeitet. Zunächst aber glaube ich an den Winter!« Er richtete sich auf, und Plachunin stützte ihn. »Sie schreiben mich krank und arbeitsunfähig?«

»Dann wird man Sie per Hubschrauber abholen!«

»Ich bin eben nicht transportfähig.«

»Das gibt es nicht, mit einem Hubschrauber ist jeder transportfähig. Das ist ja die modernste Überlistung des Todes! Nein, ich habe einen anderen Plan. Ich sage, Sie hätten einen Malariaanfall und brauchen Schonung. Bis die aufgehoben wird, haben wir Schnee, kracht der Frost in den Bäumen, und kein Mensch kümmert sich mehr um Satowka.«

»Sie sind großartig, Dr. Plachunin!«

»Ich bin neugierig. Ich möchte Ihr Schneeflöckchen sehen! Aber dazu muß ich in Ihr Haus!«

»Allerdings. Und das ist unmöglich!«

»Nachts! Durch die Hintertür?«

»Es ist immer jemand da, der das Haus beobachtet. Man erwartet ja die tollsten Spukgeschichten, seit ich darin wohne.«

»Mir wird schon etwas einfallen.« Plachunin hakte Tassburg unter und brachte ihn bis zum Bannkreis des Hauses. Von dort mußte Tassburg wieder allein zurück zur Tür schwanken. »Ich werde als Gräfin Albina herumwandeln!«

»Die Gräfin war groß und schön, Doktor!«

»Danke! In hundertfünfzig Jahren kann man schrumpfen.«

»Versuchen Sie es mit Mut! Kommen Sie einfach herein!«

»Man wird erwarten, daß ich als Toter herauskomme. Danke!«

»Sie werden aus dem Haus fliegen, Ostap Germanowitsch! Aber sanft... mein Tritt wird wohl dosiert sein! Aber wir werden Blut auf Ihr Gesicht schmieren, dann haben Sie zweierlei erreicht: Sie werden als Held gefeiert, und Sie sind der erste Mensch – außer mir, der ich bei der Gräfin eine Sonderstellung zu genießen scheine –, der lebend wieder zum Vorschein kommt. Zwar blutend, aber immerhin! Sie leben!«

»Die Gräfin Albina hat mich als Arzt akzeptiert!« Plachunin grinste verhalten. »Michail, wir sind zwei verdammte Lumpen! Aber es macht Spaß! So alt man auch wird – irgendwo bleibt man immer ein Junge, der zu Späßen aufgelegt ist. Man kann es als Potenz bezeichnen...«

Dr. Plachunin blieb stehen, bis Tassburg hinter der Bohlentür verschwunden war. Erst dann wandte er sich ab, ging zur Bank zurück, packte seine Instrumente wieder in seinen Koffer und verließ Anastasias Garten.

Auf der Straße erwartete ihn inzwischen das halbe Dorf.

»Wird er sterben?« rief Gasisulin mit seiner hellen Stimme.

»Schweig, du Ratte«, donnerte Tigran Rassulowitsch. »Steht es schlimm um ihn, Doktor?«

»Er fällt für mindestens vier Wochen aus!« antwortete Dr. Plachunin.

»Und dann?« rief Petrow, der Dorfsowjet. Er war ärgerlich, denn seine Organisation war durcheinandergeraten. Viele standen jetzt vor Anastasias Haus, die eigentlich in der Stolawaja oder in der Banja warten sollten. »Was hat er denn?«

»Ein verschlepptes Fieber. Das entkräftet ungeheuer.«

»Ein natürlicher Vorgang also? Nichts Mystisches?« wollte Tigran wissen.

»Nein. Die Gräfin Albina ist diesmal nicht beteiligt.« Dr. Plachunin schaute sich um. So klein er war, so voller Ehrfurcht starrte man ihn an. »Ich werde morgen nach ihm sehen.«

»Im Haus?« kreischte Jefim, der Idiot.

»Im Haus!«

»Also doch einen Sarg!« sagte Gasisulin zufrieden. »Genosse Doktor, ich danke Ihnen. Bei Ihnen genügt eine Kinderkiste!«

Dr. Plachunin antwortete nicht, aber da auch Gasisulin zur Reihenuntersuchung kommen würde, nahm er sich vor, dem Sargmacher eine Darmspülung zu verpassen, an die dieser noch lange denken würde...

Genossen, ärgert die Ärzte nicht! Ein Priester kann nur die Hölle versprechen, ein Arzt hat sie in der Hand!

8

Es roch schon nach Winter.

Die Bäume der Taiga waren zwar noch rot und golden, aber von Norden und Osten her wehte es schon kälter.

Als Tassburg von Dr. Plachunin zurückkam, war Natalia ihm hinter der Tür um den Hals gefallen und hatte vor Freude geweint.

»Mach mit mir, was du willst«, sagte sie später, als Tassburg ihren Oberarm abband, um die Vene zu stauen, und die Nadel auf die Kalziumspritze setzte. »Und wenn ich daran sterbe – du hast es getan. Und alles, was du tust, ist für mich das Glück.«

Ganz langsam, ganz vorsichtig injizierte Tassburg das Kalzium, nachdem er sich durch Blutansaugen überzeugt hatte, daß er die Vene genau getroffen hatte. Er hatte nicht einen Augenblick gezögert zuzustechen, obwohl ihm die Angst den Hals zuschnürte. Die erste intravenöse Spritze seines Lebens...

Dr. Plachunin hatte ihm noch einmal alles genau erklärt. »Wird dir heiß, Liebling?« fragte Michail, während er das Kalzium in die Blutbahn drückte.

»Ein wenig, aber nicht schlimm...«

»Sag mir sofort, wenn eine Hitzewelle kommt...«

Sie nickte, schloß die Augen und hielt ganz still. Dann war die Spritze leer, es war alles gelungen. Mit einem Ruck zog Tassburg die Nadel heraus und preßte einen Wattebausch auf die Einstichstelle.

»Jetzt noch die Kreislauftropfen«, sagte er. »Dann mußt du dich hinlegen und schlafen. In ein paar Tagen kannst du wieder lachen!«

Sie nickte, schluckte die Tropfen, zog sich dann im Nebenzimmer aus, schlüpfte in Tassburgs Pyjama und legte sich ins Bett. Er deckte sie zu, küßte sie auf die Stirn und wollte das Zimmer verlassen, aber sie hielt seine Hand fest.

»Bleib«, sagte sie mit kindlicher Stimme. »Bitte, bleib...«

»Du sollst jetzt schlafen, Natalia.«

»Du weißt, ich schlafe besser ein, wenn ich deine Hand halte, Mischa. Laß mir deine Hand. Ich muß fühlen, ich muß wissen, daß du bei mir bist. Laß mich nicht los, Mischa! Laß mich nie mehr los! Geh nie weg von mir...«

Es war das erstemal, daß sie es so deutlich aussprach. Er war gerührt, nickte, küßte ihre zitternden Lider und hielt ihre Hand fest wie bei einem kranken Kind, bis ihr Atem ruhiger wurde und die Medikamente wirkten. Ihre flimmernden Nerven wurden eingebettet in Ruhe und Vergessen. Sie schlief ein.

Ganz vorsichtig löste er später seine Hand aus ihren Fingern, die so zerbrechlich waren, daß er Angst hatte, sie auseinanderzubiegen, um sich aus ihrer Umklammerung zu befreien. Auf Zehenspitzen schlich er aus dem Zimmer, ließ die Tür aber offen und setzte sich neben das Herdfeuer.

Von draußen, von der Straße her, aus dem Dorf, erklang Lärm.

Dr. Plachunin hatte in der Stolowaja mit seiner »Reihenuntersuchung« begonnen und gab tatsächlich Seifenwasserklistiere. Die Lauge hatte Gasisulin gekocht, in Unkenntnis dessen, daß er eine Extraportion erhalten würde. Tigran, der Pope, ermunterte von der Tür des Festsaals jeden, der hereinkommen mußte, und tröstete jeden, der herauskam: bleich, manchmal grün im Gesicht, die Hände auf den Bauch gepreßt.

»Gott liebt einen reinen Körper!« rief er jedesmal. »Und am wichtigsten ist die innere Reinheit!«

Die Klistierten liefen schnell zu ihren Häusern. Ihre Aufnahmefähigkeit für fromme Sprüche war begrenzt.

Es war schon dunkel – die Hälfte der Dorfbewohner war inzwischen untersucht worden und lag erschöpft in den Betten –, da klopfte es an die Tür des verfluchten Hauses. Michail öffnete sofort, und Dr. Plachunin schlüpfte herein. Gesehen wurde er zum Glück nicht.

»Das war ein Tag!« sagte Plachunin gedämpft, weil Tassburg die Finger auf die Lippen legte. »Nur Klistiere... Hat man dafür Medizin studiert? Michail Sofronowitsch, mir ist nach einem Wodka! Haben Sie einen?«

»Einen ganzen Karton voll!«

»Ha! Ich könnte ihn leeren!« Dr. Plachunin sah sich um. »Wo ist Ihr Schneeflöckchen?«

»Nebenan. Sie schläft ganz fest. Ihre Medizin ist vorzüglich.«

»Ich will sie sehen. Sie haben's mir versprochen...

»Bitte...«

Sie gingen leise in das Nebenzimmer, und Tassburg leuchtete Natalia mit einer kleinen Handlampe an.

Stumm, an den Bettpfosten gelehnt, die Hände in den Hosentaschen vergraben, sah Dr. Plachunin das Mädchen lange an. So lange, daß Tassburg unruhig wurde und den Lichtstrahl wieder von Natalias Gesicht nahm.

Dr. Plachunin nickte, wandte sich ab und schlich in den großen Wohnraum zurück.

Dort setzte er sich an den Tisch auf die verfluchte Eckbank, hob die Wodkaflasche an den Mund und nahm einen kräftigen Schluck.

»Sie ist wirklich vom Himmel gefallen, Michail«, sagte er und sah Tassburg wie ein Vater an. »Tassburg, wenn Sie dieses Mädchen enttäuschen, sollen Sie von allen Teufeln gehetzt werden! Sie haben recht: Manchmal lohnt es sich, um eines einzigen Menschen willen verrückt zu werden...«

Sie saßen noch über eine Stunde zusammen. Tassburg vertraute dem Arzt alles an – auch Kassugais Schicksal. Es war erstaunlich, was der kleine Doktor an Alkohol vertragen konnte. Er goß die Flasche Wodka in sich hinein, als sei sie Sprudelwasser. Dann schielte er auf den Karton mit den anderen Flaschen und streckte seine kurzen Beine von sich. »Das ist guter Wodka«, sagte Dr. Plachunin voller Sachkenntnis. »Aus der Staatsbrennerei! Himmel, wenn ich daran denke, was ich bei den Bauern schon bekommen habe! Daß es nicht mehr Blinde und Blöde in Rußland gibt, beweist, wie gesund dieses Volk ist! Aus allem, woraus sich nur Alkohol gewinnen läßt, brennen die Saukerle ihren Schnaps! Natürlich ist das verboten, hohe Strafen stehen darauf... Aber wer will Ankläger sein, solange selbst Funktionäre in ihren Kellern Destillierapparate stehen haben?«

Er schielte auf den geöffneten Karton mit einer solchen Deutlichkeit, daß Tassburg lächeln mußte.

»Nun rücken Sie schon noch eine raus!«

»Sie müssen noch ungesehen aus dem Haus. Vergessen Sie das nicht, Ostap Germanowitsch! Unbemerkt!«

»Ich lege Ihnen auch noch nach der zweiten Flasche einen Parademarsch hin! Es ist das alte Lied: Nur weil wir Kleinen uns von eurem Riesenwuchs absondern, betrachtet man uns als Zwischenstufe zum Insekt! Dabei vergeßt ihr, daß zum Beispiel eine Ameise in der Relation zum Menschen das Zehnfache an Arbeitsleistung vollbringt! Und wie hoch springt ein Floh im Vergleich zu seiner Körpergröße! Kann das der Mensch? Ha! Und Sie gönnen mir nicht einmal eine zweite Flasche Wodka!«

»Sie bekommen sie, Doktor.«

»Her damit!«

»Doch bevor Sie umfallen...«

»Zum Teufel, ich falle nicht um!«

»... sollten wir uns Gedanken über Natalia Nikolajewna machen.«

»Ihr Nervenfieber wird zurückgehen, der Schock auch. In ein paar Tagen ist sie wieder normal.« Dr. Plachunin rieb unruhig die Hände aneinander. Er wartete auf die Flasche. »Stellen Sie sich doch einmal vor, was das für das Mädchen bedeutet: Es hat, wenn auch in Notwehr, einen Menschen umgebracht! Das ginge sogar mir in die Knie. Tassburg, Sie sind ein Sadist! Sie lassen mich den Wodka ansehen, aber Sie greifen nicht nach hinten...«

»Sofort!«

»Schon das Wort ist zuviel! Die Flasche könnte längst auf dem Tisch sein!«

»Sie sind Alkoholiker, Dr. Plachunin?«

»Immer diese Schlagworte! Alkoholiker! Könnten Sie sich vorstellen, was das bedeutet, ein Leben lang in Batkit wohnen zu müssen?«

»Nein.«

»Und da fragen Sie noch, warum ich saufe?«

»Keiner hält Sie in Batkit fest, Ostap Germanowitsch!«

»Das sagen Sie! Ich bin ein von der Gesundheitsbehörde eingesetzter Arzt. Im Jahre 1932 hatte ein Beamter in Moskau die Idee, mich an die Steinige Tunguska zu schicken. Damals war Batkit so groß, daß man im Kreis spucken konnte und damit die Stadtgrenze umrissen hatte. Aber im Plan der Regierung stand: Batkit wird eine Stadt! Ein Umschlagplatz für Holz, Erze, Pelze. Eine Handelsstation! Ein notwendiger Platz! Und dahin gehört ein Arzt! Punktum! Als ich damals in Batkit ankam, hatte ich sofort zu tun! Es gab genau vierundsechzig Einwohner, davon waren dreiundsechzig Männer und eine Frau! Halli, hallo! Von den dreiundsechzig Kerlen waren neunundvierzig geschlechtskrank – alle von der einen Quelle! Die Gesunden waren nur deshalb gesund, weil sie zu alt waren, um das Weibsstück zu besuchen. Leider kam ich nicht dazu, die Hure abtransportieren zu lassen – sie wurde zehn Tage nach meiner Ankunft erstochen – aus Eifersucht! Stellen Sie sich das vor! Sogar Eifersüchtige gab es noch unter den Kerlen. Aber es war die beste Lösung. Seitdem bin ich also in Batkit. Seit 1932! Es wurde eine Kleinstadt, wie geplant. Aber während man baute und baute, hat man mich dort vergessen, verstehen Sie? Ich habe jedenfalls nie eine Antwort bekommen, wenn ich einen Antrag auf Versetzung stellte. Wurde der überhaupt gelesen? Einmal war ich selbst in Omsk bei der Bezirksregierung. Und was sagt da so ein junger Schnösel von Beamter? ›Genosse Doktor, in Batkit sind Sie eine Respektsperson. Was wollen Sie beispielsweise in Swerdlowsk? Jeder, der Sie sieht, wird glauben, wir experimentieren gerade an einer Verkleinerung der menschlichen Rasse! Man wird vor Ihnen weglaufen!‹ Das sagt mir der Kerl ins Gesicht! Ich hätte ihn am liebsten angespuckt und bin wieder zurück nach Batkit gefahren. Das war vor sieben Jahren. Seitdem höre ich gar nichts mehr! Tassburg, die Flasche!«

Michail holte sie aus dem Karton, schraubte sie auf und reichte sie Dr. Plachunin. Der setzte sie an die Lippen und trank mit geschlossenen Augen. »Plachunin!« sagte Tassburg mahnend. Der Doktor ließ die Flasche sinken. Sie war halb ausgetrunken – mit einem Zug.

»Sie ahnen nicht, was das bedeutet«, sprach er dann sehr sanft weiter, was man seinem sonst so kräftigen Organ kaum zutraute. »Man hat einen Menschen vor sich, der zuhören kann und intelligent genug ist, das zu begreifen, was man sagt. Man hat einen guten Wodka in der Hand und kann die Flasche streicheln wie ein Frauenbein. Wissen Sie, wann ich zum letztenmal eine Frau...«

»Ich bin nicht Ihr Beichtvater, Ostap Germanowitsch!«

»Aber Sie hätten das Zeug dazu!«

»Ich wollte eigentlich von Ihnen einen Rat...«

»Von mir? Ich kann Ihnen nur Medikamente geben. Und auch nur solche, die die weite Reise nach Batkit gewagt haben!«

»Was soll aus Natalia werden?« Tassburg, der bisher so Zukunftssichere, wurde mehr und mehr zum Pessimisten.

»Das fragen Sie mich?«

»Sie kann doch nicht ihr Leben lang hier als Geist leben! Sie muß doch irgendwann einmal als Mensch auftauchen! Außerdem muß ich irgendwann mit meinem Trupp weiterziehen! Nach den letzten Meldungen meiner Geologen ist mit Erdgasvorkommen im Gebiet um Satowka kaum zu rechnen. Die geophysischen Gutachten, die man am Schreibtisch gemacht hat, enthalten Fehler! Das heißt also...«

»Weg von hier!«

»Ja, und ich kann Natalia doch nicht allein zurücklassen.«

»Nehmen Sie sie mit!«

»Und wo kommt sie plötzlich her? Denken Sie an das Kopfgeld, das dieser Kassugai ausgesetzt hatte. Tausend Rubel! Die Summe spukt noch in den Köpfen der Leute.« Tassburg nahm Dr. Plachunin die Flasche aus der Hand und trank selbst einen Schluck. »Wenn Natalia plötzlich hier auftaucht, weiß jeder sofort, wer sie ist! Und dann geht das große Rennen um die Rubel los.«

»Der Mensch ist ein abscheuliches Geschöpf!« sagte Dr. Plachunin leise und holte sich aus Tassburgs Händen die Flasche zurück. »Für ein paar klingende Münzen verkauft er seinen Charakter. Tja, was kann man tun? Natalia ist zwar ein vom Himmel gefallener Stern – aber man kann sie nicht einfach in die Hosentasche stecken wie einen gefundenen Diamanten.«

»Nehmen Sie Natalia mit, Doktor!« sagte Tassburg heiser.

»Ich? Nach Batkit?« antwortete Dr. Plachunin verwirrt. »Was soll ich mit ihr?«

»Sie für mich aufheben. Das soll Ihnen beweisen, welch großes Vertrauen ich in Sie setze.«

»Das ehrt mich! Aber das macht mich weder größer noch schöner. Nochmals, Michail Sofronowitsch, was soll sie bei mir?«

»Sie kann Ihnen den Haushalt führen, in der Praxis helfen, sie kann sich überall nützlich machen. Und wenn ich diesen Forschungsauftrag hinter mir habe, hole ich Natalia zu mir nach Omsk und heirate sie.«

»Und wie lange dauert das?«

»Noch zwei Jahre.«

»Und Sie glauben, dann ist ein so schönes Mädchen wie Natalia noch bei mir und wartet auf den Herrn Ingenieur? Kommt er wieder, hält er sein Versprechen, weiß er überhaupt noch, daß sie da ist? Oder gab es inzwischen in der weiten Taiga andere Natalias? Und ich garantiere Ihnen: Es gibt sie! Außerdem ist es äußerst fraglich, ob sie überhaupt mit mir nach Batkit gehen würde.«

»Es wäre die beste Lösung aller Probleme.«

»Das meinen Sie, Michail Sofronowitsch! Aber ich könnte mir vorstellen, daß Natalia sagt: Ich ziehe mit dir durch die Taiga, ganz gleich, wohin! Und wenn wir in Erdhöhlen wohnen... Hauptsache, ich bin bei dir!«

»Das hat sie schon gesagt...«

»Lehre mich einer die Frauen kennen! Tassburg, was wollen Sie noch mehr?«

»Ich will Natalia in Sicherheit wissen. Kann ich sie ihr bieten, wenn sie mit uns durch die Wälder zieht?«

»Und kann ich es – in Batkit? Vielleicht sterbe ich in diesen zwei Jahren? Außerdem werden die Männer in Batkit verrückt nach Natalia sein. Michail, ich kann keine Garantie übernehmen – und gerade das verlangen Sie von mir! Unmöglich!«

Sie diskutierten noch eine Stunde lang. Plachunin hatte den Mut, die dritte Flasche anzutrinken, aber er schaffte sie nicht mehr. Um aus dem Haus zu schleichen und zum Haus des Popen, wo er wohnte, leise zurückzukehren, sind drei Flaschen Wodka einfach zuviel.

»Wir sprechen noch über Ihre Natalia«, sagte er leise, als Tassburg ihn durch die Hintertür aus dem Haus ließ. »Im Moment kann ich sowieso nicht weg aus diesem verfluchten Satowka! Man hat mir das Benzin und das Lenkrad gestohlen! Zwei Grundbedingungen, um in einem Auto zu fahren! Aber das klären wir morgen. Gute Nacht!«

Er sah sich um, rannte dann los und verschwand zwischen den Obstbäumen in Anastasias Garten – nicht mehr als ein kleiner dunkler Klecks.

Am nächsten Morgen marschierte die zweite Hälfte der Dorfbewohner zur Reihenuntersuchung heran. Von ihren Vorgängern gewarnt, schleppte jeder ein Geschenk mit für den »guten Doktor«. Man hoffte, ihn durch ein Rosinenbrot oder einen Kuchen, ein Pfund geräuchertes Fleisch oder eine Dauerwurst davon überzeugen zu können, daß ein Klistier mit Seifenlauge nicht notwendig sei.

Plachunin ließ die Geschenke auf einem Seitentisch stapeln, bedankte sich und jagte den Bauern doch ein Klistier in den Darm.

»Morgen geht es weiter«, sagte er zu dem Dorfsowjet Petrow. »Erst ein Mensch mit reinem Darm ist für eine Totaluntersuchung geeignet.«

»Totaluntersuchung?« stotterte Petrow. »Wie soll man das verstehen? Was kommt denn noch?«

»Ich bin hierhergerufen worden, also tue ich meine Pflicht!« brüllte Dr. Plachunin.

»Zu dem kranken Ingenieur...« sagte Petrow schwach.

»Der Fall ist klar – er hat ein seltenes Fieber. Aber was sehe ich hier? Was sehe ich mit bloßen Augen? Wenn ich erst mit meinen Instrumenten anfange...«

»Instrumente?«

»Ich habe einen ganzen Koffer voll mitgebracht!«

»Einen ganzen Koffer...«

Petrow verließ die Stolowaja und prallte auf dem Gang mit dem Popen Tigran zusammen. Er war aus naheliegenden Gründen zur Banja unterwegs, wo die Frauen warteten.

»Wie läuft es?« fragte Tigran und strich über seinen langen schwarzen Bart. »War das nicht eine gute Idee mit dem Doktor?« Der Pope konnte so etwas sagen, denn er war sicher, kein Klistier zu bekommen. Das würde Dr. Plachunin nie wagen... einem heiligen Mann...

»Er hat einen Koffer voller Instrumente mit, mit denen er uns untersuchen will«, stammelte Petrow. »Was sollen wir tun? Er zerreißt unsere Leiber und nennt das öffentliche Gesundheitspflege!«

»Ich betrachte es auch mit Sorge!« Tigran hielt den Atem an. Aus dem Versammlungssaal, der jetzt als Untersuchungsraum diente, ertönte ein dumpfer Aufschrei. Er kam von Großväterchen Wassutinski, der nie in seinem Leben krank gewesen war und nun zu seinem maßlosen Entsetzen von Dr. Plachunin rektal untersucht wurde.

»Die Prostata!« sagte der Arzt dann beinahe zufrieden. »In deinem Alter ist diese Untersuchung nötig! Wie ist es mit dem Wasserlassen?«

»Hä?« fragte das Großväterchen verblüfft.

»Läuft es noch wie aus einer Wasserpumpe?«

»Es macht Mühe...«

»Da haben wir's! Bücken!«

Als dann die Untersuchung begann, brüllte Wassutinski dumpf auf, weil es wirklich da, wo der Doktor drückte, weh tat. Plachunin war zufrieden.

Doch ein Kranker zwischen der geradezu beleidigend gesunden Bevölkerung von Satowka!

Für Petrow und Tigran war Wassutinskis Aufschrei ein Signal.

»Wie kommt er wieder weg ohne Benzin und Lenkrad?« fragte der Pope dunkel.

»Man muß beides sofort wieder rausrücken!«

»Weißt du, wer es genommen hat?«

»Ich ahne es, Väterchen... Es waren zwei.«

»Zu mir mit beiden! Zur Beichte!«

Aus der Stolowaja wankte Großväterchen Wassutinski. Er war leichenblaß und mußte sich im Flur an die Wand lehnen. Aus dem Zimmer brüllte Plachunin: »Der nächste!«

Es gab kein Entrinnen.

»Ich habe einen dicken Knoten im Bauch!« murmelte Wassutinski mit hohler Stimme. »Welch ein Unglück! Er hat ihn gefühlt! Welch ein Unglück! Steckt mir seinen Finger hintenrein und sagt: ›Großväterchen, es sieht schlecht aus!‹ Kann man solchen medizinischen Aussagen trauen?«

»Ich schicke Jefim und Gasisulin zu dir, Väterchen«, sagte Petrow zu dem Popen, auf die Beichte anspielend. »Dieser Plachunin zerstört unser ganzes Dorf! Bei der Kusowkina hat er im Bauch etwas festgestellt, daß er Bimbom...«

»Myom...« verbesserte Tigran.

»Von mir aus auch ein Myom nannte! So groß wie ein Kindskopf! Im Bauch! Und die Kusowkina hat immer geglaubt, es käme vom vielen Kartoffelessen! Und was sagt der Doktor? ›Ab mit dir nach Mutorej! Dort schneiden sie dir den Bauch auf und holen das Ding heraus.‹ Väterchen, die Kusowkina ist in Ohnmacht gefallen! Bei den Worten ›Ding heraus‹ war sie weg... das hat sie verstanden!«

»Gasisulin und Jefim sollen sofort zu mir in die Kirche kommen!« befahl der Pope Tigran Rassulowitsch. »Bei Gott, ja – das Auto Dr. Plachunins muß wieder fahrbereit gemacht werden.«

Aber es war zu spät dazu.

Am nächsten Morgen begab sich dann folgendes:

Tigran hatte in der Kirche zunächst Jefim unter das Bild des heiligen Stephan gestellt und ihm eine solche Tracht Prügel angedroht, daß er zwei Wochen im Bett liegen würde, wenn er beim Anblick des heiligen Stephan nicht die Wahrheit sage. Jefim Aronowitsch verteidigte sich geschickt mit dem unschlagbaren Argument, er sei ein weitbekannter Idiot und sage deshalb aus seiner Sicht immer die Wahrheit.

»Wo ist das Lenkrad des Genossen Doktor?« brüllte Tigran ihn an.

»Was ist ein Lenkrad, Väterchen?« antwortete Jefim treuherzig.

Eine gewaltige Ohrfeige ließ ihn erzittern. Jefim sah den heiligen Stephan leidend und bittend an und erinnerte sich dann plötzlich, als der Pope zum zweitenmal ausholte.

»Ach, das Lenkrad?« sagte Jefim schnell, bevor die Hand heruntersauste. »Das Auto, das ich auf der Versteigerung erworben habe, Kassugais Auto, ist zwar ein schöner Kaninchenstall geworden, aber wenn ich mich auf den Fahrersitz setze, nur so, um zu tun, als könnte ich fahren, da störte mich immer das alte Lenkrad. Abgewetzt war's, fleckig... Und wie ich um den Wagen des Doktors herumgehe, sage ich mir beim Anblick des anderen Lenkrades...«

»Du bringst es zurück!« donnerte Tigran. »Sofort! Und montierst es wieder an! Bist du ein Dieb? Was soll Gott von dir halten?«

»Verzeih, Väterchen, aber da kann Gott nicht mitreden!« antwortete Jefim. »Als Gott auf Erden wandelte, gab es noch keine Automobile...«

Der Pope hatte keine Lust, darüber zu diskutieren. Er beförderte Jefim mit einem gewaltigen Tritt aus der Kirche und ließ dann den Sargmacher ein. Gasisulin ahnte nichts Gutes, als Jefim an ihm vorbeilief und sich den Hintern festhielt. Der Pope trat gewaltig zu...

»Komm näher, mein Sohn«, sagte Tigran liebevoll, als Gasisulin schüchtern in der Tür stehenblieb. »Zum Bild des heiligen Ilarion. Sieh mir in die Augen, und sage mir die Wahrheit!«

Gasisulin kam zögernd näher, aber bereits in Reichweite des Popen war alles vorbei. Tigran griff zu, zog ihn zu sich heran und schleuderte ihn mit dem Rücken gegen die Ikonostase. Das Bild des heiligen Ilarion schwankte bedrohlich.

»Vitali Jakowlewitsch!« brüllte der Pope ohne weitere Einleitung. »Besitzt du nicht eine Säge, die mit einem Benzinmotor läuft?«

»Wie lange läuft sie nicht mehr, Väterchen!« Gasisulin holte tief Luft. »Du weißt selber, welch armer Mensch ich bin! Wieviel Särge habe ich gemacht in diesem Dorf? Wozu brauche ich eine Motorsäge?«

»Der Kerl lügt in der Kirche!« schrie der Pope. »Der Küster! Der Totengräber! Der Sargmacher! Der Friedhofsgärtner! Der Schwachkopf, der ganze Kirchendächer in die Luft sprengt, wenn er Gräber ausheben will! Er lügt! Gasisulin, der Genosse Doktor verabreicht nur Klistiere mit Seifenwasser, aber ich werde dich zwingen, das geklaute Benzin bis auf den letzten Tropfen zu trinken! Weißt du, was dann aus dir wird, wenn du zum Beispiel Gott um Verzeihung bittest und dabei eine Kerze anhauchst?«

Gasisulin hatte die Gräberexplosion noch in bester Erinnerung, zumal er Tag für Tag an der Reparatur des Kirchendaches arbeiten mußte. Er ließ es deshalb gar nicht darauf ankommen, mit dem Popen zu streiten. Er nickte gottergeben und faltete die Hände.

»Das Benzin kommt zurück, Väterchen!«

»In den Tank des Autos?«

»Alles?«

»Alles!« donnerte Tigran. »Du Dieb! Was habt ihr von der christlichen Erziehung eigentlich noch behalten?«

»Nirgendwo in der Bibel steht etwas von Benzin«, sagte Gasisulin treuherzig.

»Aber das Gebot: Du sollst nicht stehlen!«

»Stehlen kann man doch nur einem Menschen etwas...« Gasisulin betrachtete die Ikone des heiligen Ilarion nachdenklich. »Das Benzin aber gehört einem Motor... ist ein Motor ein Mensch?«

»Der Motor gehört dem Auto«, antwortete Tigran unwirsch.

»Aha!«

»Und das Auto gehört dem Genossen Dr. Plachunin. Ist das kein Mensch?«

»Wenn man es so sieht...« versetzte Gasisulin gedehnt. »So um drei Ecken herum... dann gehört eigentlich alles auf Erden den Menschen!«

»So ist es!«

»Und das ist Kommunismus, Väterchen?«

Tigran Rassulowitsch erkannte mit Schrecken, daß seine Bauern ideologisch wendiger waren, als er immer angenommen hatte. Er gab auch Gasisulin als Antwort einen gewaltigen Tritt; der kleine Sargmacher schoß aus der Kirche und war froh, so glimpflich davongekommen zu sein.

In der folgenden Nacht montierte Jefim das Lenkrad wieder an die Lenksäule von Dr. Plachunins Auto, und ein wenig später schlich Gasisulin heran und goß mit einem Trichter das Benzin in den Tank zurück.

Aber, wie gesagt, es war schon zu spät.

Während Jefim das Lenkrad brachte, wehte bereits ein eisiger Wind von Osten her über die Taiga. Und als Gasisulin das Benzin einfüllte, begann es zu schneien. Der Himmel öffnete sich, und dicke feste Flokken fielen herunter. Die erste Schicht schmolz zwar noch auf der Erde, aber schon die zweite Schicht blieb liegen, und nach einer Stunde war das ganze Land weiß. Der Winter war tatsächlich ohne Übergang gekommen, so wie es für dieses Jahr vorausgesagt worden war. Kein Regen... keine Schlammperiode... Väterchen Frost stapfte ohne Vorwarnung über das Land.

Dr. Plachunin, der gegen Morgen aufwachte, um die Toilette aufzusuchen, die an das Popenhaus angebaut war, fluchte schauerlich und war so unchristlich, Tigrans Schlafzimmer, ohne anzuklopfen, zu betreten.

Der Pope lag allein im Bett, aber das erst seit zwei Stunden. Anastasia pflegte fortzuhuschen, noch bevor die ersten Hähne erwachten.

»Es schneit!« schrie der kleine Doktor. Tigran fuhr auf und setzte sich verstört in die Kissen. »Es schneit! Wie aus Kübeln! Man sieht kaum das nächste Haus!«

»Ein Jahr ohne Winter gibt es nicht, mein Freund«, antwortete der Pope weise.

»Dafür bekommen Sie ein Klistier extra!« Plachunin hieb zornig auf das hohe Fußende des riesigen Holzbettes. »Wie komme ich jetzt hier weg? Bei diesem Schneetreiben kann niemand fahren, das wissen wir alle. Und wie lange kann das dauern?«

»Das weiß Gott...«

»Er nicht allein! Ich auch! Drei, vier Wochen, bis alles im Schnee begraben ist! Und wer schaufelt die Straße nach Batkit frei? Keiner! Soll ich hier überwintern, Tigran Rassulowitsch? Gut! Ich tue es! Ich bleibe den ganzen Winter über hier! Ich kümmere mich um Sie! Ich behandele Ihre Leber! Ich operiere die Prostata des alten Wassutinski und das Myom der lieben Kusowkina! Das wird ein Fest! Ihr habt mich hergelockt... Wenn ihr mich wieder loswerden wollt, so laßt euch etwas einfallen!«

Es war ein Morgen, an dem Tigran früher als sonst in der Kirche war und betete. »Laß es wieder tauen, Herr«, sagte er demütig. »Nur einen Tag lang, damit Plachunin abfahren kann. Wenn es dann wieder schneit, während er unterwegs ist, dann ist das höhere Fügung! Herr, schicke du für ein paar Stunden einen kleinen warmen Wind! Nur für ein paar Stündchen... Es macht dir doch nichts aus. Aber für unser Dorf ist es ungeheuer wichtig...«

Vielleicht waren es die falschen Worte... Jedenfalls schneite es weiter.

Man sah keinen Himmel, kein Land, keine Taiga mehr, nur noch einen Vorhang aus Schnee, hinter dem alles in einem weißen Nichts verschwand. Und in dem Schnee, der sich langsam in Schichten auftürmte, versanken die Häuser und Zäune, die Bäume und Gärten; das Leben wurde lautlos, wie in Watte verpackt.

»Jetzt kannst du nicht mehr weg«, sagte Tassburg. Er saß mit Natalia auf dem Bett und sah hinaus in den Schnee. Die Fenster klebten bereits zu... Ein leichter Wind trieb die Flocken dagegen, und der Wind wurde rasch so kalt, daß der Schnee an den Scheiben zu Eisblumen gefror.

Durch Zufall eigentlich, oder genauer gesagt, weil es ihm plötzlich kalt wurde, war Michail aufgewacht. Wie immer lag Natalia neben ihm, auf sein Wort vertrauend, an ihn geschmiegt wie eine Katze, in seinem viel zu großen und zu weiten, gestreiften Schlafanzug. Er schob sich aus dem Bett, deckte Natalia bis zum Hals zu, ging ins Nebenzimmer zu dem Ofen und legte dicke Holzkloben in das glimmende Feuer. Dann blies er die Glut an, bis die ersten Flammen das Holz ergriffen und die Kloben laut knackten. Als er zurück zum Bett kam, lag Natalia wach und blickte zum Fenster.

»Jetzt bin ich sicher«, sagte sie leise. »Jetzt suchen sie mich nicht mehr.«

Michail wagte nicht, ihr zu sagen, daß dies eine irrige Ansicht war. Sicher wäre sie bei Dr. Plachunin in Batkit gewesen. Der frühe Wintereinbruch hinderte den Geologentrupp nicht, bei einer Fehlbohrung alles abzubrechen und weiterzuziehen. Der Trupp war auf alles vorbereitet, auch auf einen Wintermarsch. Man besaß die besten Fahrzeuge mit den stärksten Motoren, man konnte Schneepflüge vor die Fahrzeuge montieren. Man war sogar darauf eingerichtet, eines der Fahrzeuge als Schneeschleuder umrüsten zu können. Dazu gab es die ständige Funkverbindung mit den Basislagern, von wo Transporthubschrauber alles Material heranfliegen würden, das man brauchte. Bei dem Stand der modernen Technik gab es keine Winterschrecken mehr, kein ewiges Überwintern, kein monatelanges Warten auf das Tauwetter, keinen Stillstand. In den sibirischen Städten wurde auch bei 40 Grad Frost gebaut, mit heißem, dampfendem Beton und Zusatzmitteln, die der Kälte alle Wirkung nahm.

»Um einen oder zwei Tage hat es sich gehandelt«, meinte Tassburg jetzt. Er legte den Arm um Natalias Schulter, und sie legte ihren Kopf an seine Brust. »Jetzt kann auch Dr. Plachunin nicht mehr weg.«

Sie starrte ihn aus weiten Augen an und begriff plötzlich, was er da gesagt hatte. Mit einem Satz wollte sie aus dem Bett springen, aber er hielt sie fest und zog sie wieder an sich.

»Du hast ihm alles erzählt?«

»Er war hier...«

»Hier im Haus?«

»Er hat an deinem Bett gestanden und dich ›vom Himmel gefallen‹ genannt. Ohne seine mitgebrachten Medikamente hättest du heute noch Fieber...«

»Er... er weiß, wer ich bin?«

»Ja.«

»Michail, du hast mich verraten!« Sie wollte sich wieder von ihm losreißen, aber er drückte sie auf das Bett nieder. Dann legte er sich, als sie sich wegrollen wollte, mit seinem ganzen Gewicht über sie. Sie starrte ihn an, helle Angst in den Augen, doch sie wehrte sich nicht, obwohl er ihre Hände freigab.

»Du solltest bei Dr. Plachunin in Batkit bleiben, bis ich meinen Regierungsauftrag erfüllt habe«, sagte er. »Natalia, es wäre der sicherste Ort gewesen!«

»Ich wäre nie mitgefahren!«

»Unsere Zeit in Satowka läuft bald ab. Die Meldungen aus der Taiga sind nicht sehr ermutigend. Man hat sich verrechnet. Die Erdgasvorkommen müssen nördlicher liegen! Du weißt, was das bedeutet.«

»Ja«, sagte sie leise. »Ich weiß es.«

»Dr. Plachunin hätte dich...«

»Ich bleibe bei dir!« unterbrach sie ihn. »Sprich nicht weiter, Mischa! Ich gehe mit dir, ganz gleich, wohin...«

»Und wie willst du den Leuten erklären, wo du herkommst?«

»Ich bin ganz einfach da! Kann denn ein Mensch nicht einfach dasein?«

»Wie soll ich das den Leuten von meinem Trupp erzählen? Und den Bewohnern von Satowka? Sie träumen noch immer von dem Kopfgeld, das für deine Ergreifung ausgesetzt war. Sogar Tigran Rassulowitsch! Jeder würde sofort wissen, wer du bist!«

»Wir müssen es wagen, Mischa«, sagte sie plötzlich mit einer Zärtlichkeit, die ihn entwaffnete und alle nüchternen Überlegungen verscheuchte. »Wir müssen so vieles wagen, und es wird immer schön und gut sein, was wir tun. Wir haben uns verändert, Mischa, und nun schneit es auch noch. Wie kalt es geworden ist... Ich friere... Ich werde immer frieren ohne dich...«

Erst jetzt sah er, daß sie die Jacke des Pyjamas aufgeknöpft hatte. Bevor er es noch ganz fassen konnte, schlang sie die Arme um seinen Nacken und drückte seinen Kopf gegen ihre bloßen Brüste.

Seine Lippen berührten ihre glatte Haut, er spürte die weiche Wärme ihres Körpers...

»Ich liebe dich, Mischa«, sagte sie, kaum hörbar. »Mischa, ich habe

Angst davor, aber ich liebe dich! Wenn ich schreie, hör nicht darauf. Ich werde schreien, Mischa – ich werde ›Mischa! Mischa!‹ schreien ... Es schneit. Der Schnee wird uns begraben. Wir haben nur noch uns. Es gibt nur noch dich ...«

»Und dich, Natalia. Nur noch dich ...«

»Wie winzig kann diese große Welt werden ...«

Und es schneite, schneite, schneite ...

Am Abend erst gelang es dem Arbeiter Konstantin, vom Lager am Dorfrand bis zu dem »Leeren Haus« vorzudringen und Tassburg vor die Tür zu rufen. Näher an das Haus heranzugehen, wagte er nicht, nach allem, was hier schon geschehen war. Der Genosse Ingenieur schien der einzige zu sein, der gegen den Geisterzauber gefeit war. Aus dem Kamin quoll dicker Rauch, und es roch nach Braten – ein sicherer Beweis, daß sich Tassburg von der Gräfin Albina nicht unterkriegen ließ.

Der Pope Tigran behauptete ja, es sei allein die Wirkung seines Hostienbreis, mit dem sich Tassburg jeden Abend einreibe wie mit einer Schönheitscreme ...

»Meldung von der Außenstelle!« rief Konstantin, als Tassburg in der Tür erschien. Er trug einen Wintermantel aus Gummi und darüber noch eine Zeltplane. Im Schneetreiben war er kaum zu erkennen. »Man bricht die Bohrungen ab und montiert die Schneepflüge vor die Lastwagen. Wenn sie nicht zurück können, wird Basis zwei benachrichtigt! Die Meteorologen rechnen damit, daß es acht Tage schneien wird.«

»Rufen Sie den Bohrtrupp zurück, Konstantin. Sie sollen draußen bleiben, solange es geht. Sobald der Schneefall nachläßt, kommt von Basis zwo per Hubschrauber das Wintergerät.«

»Ich gebe es durch, Genosse Ingenieur!« Konstantin schüttelte die Schneelast von sich. »Und wie geht es Ihnen?«

»Danke, besser! Viel besser! Der Doktor ist ein Könner auf seinem Gebiet.«

»Das freut uns alle!«

Konstantin winkte Tassburg zu und rannte dann durch das Schneetreiben davon. Es sah aus, als stürze er sich gegen eine Wand aus weißen Pfeilen.

Tassburg blickte ihm nach. Dann blickte er hinüber zu Anastasias Haus, das er nur schwach erkennen konnte. Die Witwe stand hinter dem Fenster ihres Wohnraums und winkte. Sie schien die Ritzen mit Zeitungspapier zu verkleben.

Er winkte zurück, ging ins Haus und schloß die Tür. Am Herd

stand Natalia und drehte auf einem Eisenspieß den Braten über der offenen Flamme. Das in das Feuer tropfende Fett zischte leise.

»Ich acht Tagen wird ein Hubschrauber landen – und was dann?« fragte Michail.

»Das sind noch acht Tage Glück, Mischa«, antwortete Natalia einfach. »Laß uns nicht darüber sprechen...«

9

Es schneite sechs Wochen lang, sechs Wochen ohne Unterbrechung. Mal stärker, mal etwas weniger stark, aber es hörte in diesen sechs Wochen niemals ganz auf. Die ganze Welt und der Himmel schienen nur noch aus Schnee zu bestehen.

Dr. Plachunin hatte es aufgegeben, darüber zu fluchen. Er saß mit Tigran im Popenhaus und spielte Schach, hin und wieder nur schlich er zu Michails Haus. Er traf dort zwei so glückliche Menschen an, daß er darauf verzichtete, seine Klagen vorzubringen, und rasch wieder wegging. Es sah aus, als müsse Tassburg nun doch in Satowka überwintern, denn durch diese Schneemassen kam keiner mehr durch.

Auch von Batkit würde niemand kommen, um etwa Dr. Plachunin zu holen. Es gibt Krankheiten, bei denen ein Arzt zu spät kommt, und es gibt andere, die keinen Arzt brauchen, weil sie zu geringfügig sind. So einfach rechnete man in Batkit.

Außerdem gab es seit einigen Monaten den jungen Arzt Dr. Tschunowogradij, der sich einarbeiten sollte. Er war plötzlich da, aus Omsk geschickt. Das war der einzige Hinweis darauf, daß Plachunin pensioniert werden sollte – er selbst hatte noch keine Nachricht bekommen. Eins war jedoch sicher: Er wurde nicht vermißt. Seine Patienten atmeten auf... ein paar Monate Ruhe vor Dr. Plachunin, das tat gut! Der Mensch braucht einmal Erholung von seinem Arzt...

Es war wieder am Abend, nach einem Essen, das aus Blinis und Bohnengemüse bestanden hatte. Natalia und Michail saßen nebeneinander am Feuer und waren wieder einmal in dem Glücksgefühl versunken, jeder den anderen zu spüren, ihm so nah zu sein, als sei man miteinander verwachsen.

Es mußte ein Sonnabend sein, denn durch den Schnee, so, als sei sie ganz fern, drang der dünne Klang der Kirchenglocke. Tigran Rassulowitsch vergaß nie, den Sonntag einläuten zu lassen, der bei ihm mit Einbruch der Dunkelheit des Sonnabends begann.

»Es ist etwas geschehen, Mischa«, sagte Natalia. Sie beugte sich vor und schob einen Holzkloben in das aufflackernde Feuer. Sie blieb, nach vorn gebeugt, sitzen. »Etwas sehr Schönes...«

»Ich weiß, du bist wieder ganz gesund...« Tassburg küßte ihren

Nacken, nachdem er ihre langen Haare weggeschoben hatte. Sie nickte und hielt seine Hände fest.

»Ich bin ganz gesund«, wiederholte sie mit jener Zärtlichkeit, die ihn immer wieder ergriff. »Wundervoll gesund, Mischa. Göttlich gesund. Ich bekomme ein Kind...«

Millionenfach schon hat dieser Satz, zwischen zwei Menschen gesprochen, eine Welt verändert oder eine neue kleine Welt geschaffen: Freude und Glück – aber auch Nachdenken oder Schuldgefühle...

In Tassburg stritten nach Natalias Worten die widersprüchlichsten Empfindungen. Wären sie in Omsk gewesen, in Tassburgs kleiner Wohnung am Leninprospekt, verheiratet, sicher in einer geordneten Welt, welch ein Taumel des Glücks wäre über beide gekommen bei dem einen Satz: »Ich bekomme ein Kind!« Sie wären sich in die Arme gefallen, Michail hätte Natalia geküßt, bis sie nach Atem gerungen hätte, er hätte sie umhergetragen in der Wohnung und ausgerufen: »Seht! Seht! Meine Natjenka! Ein Mütterchen wird sie! Und ob es ein Sohn wird oder ein Mädchen... es wird in jedem Fall das schönste Kind Rußlands sein! Ein Kind! Unser erstes Kind! Ich werde es in Samt und Seide wickeln!« Er hätte sich garantiert so verrückt benommen wie alle jungen Väter, die in einem Kind die himmlische letzte Erfüllung ihrer Liebe sehen.

Aber hier war man in Satowka! Lebte verborgen in einem seit 150 Jahren verfluchten Haus, mußte alle möglichen Tricks anwenden, damit niemand das Haus betrat, und rechnete damit, daß nach dem Ende des Schneesturms ein Hubschrauber landen würde, um die Kolonne der Geologen mit allen nötigen Gerätschaften für den Winter auszurüsten. Das hieß: Weiter, fort aus Satowka! Neuland erobern! Pionier sein für den sowjetischen Fortschritt!

Und da war plötzlich ein Kind, wuchs in einem noch schmalen, schlanken Mädchenleib... In Natalia, auf deren Ergreifung man ein Kopfgeld gesetzt hatte, die gesucht wurde, die wochenlang durch die Taiga geflüchtet war und die jetzt nur noch weiterlebte, weil sie einen Menschen getötet hatte...

Wem ist es da zum Jubeln, Freunde?

Tassburg, der seine Hände in Natalias Haar vergraben hatte, starrte auf ihren Nacken, über den das Licht des Feuers huschte. Sie hielt den Kopf noch immer gebeugt, und er hielt sie fest, als wolle sie sich in die Flammen stürzen und nur sein Eisengriff hielte sie davon ab...

Ein Kind, dachte er. Mein Gott, das ist doch wirklich etwas Wunderbares! Natalia und ich werden ein Kind haben! Aber vielleicht wird es geboren werden tausend Werst von aller Zivilisation entfernt, auf dem Boden eines Zeltes. Und seine Genossen würden ihm zur Not helfen, die Nabelschnur durchzuschneiden – aber was dann? Wenn es Komplikationen mit der Nachgeburt gibt, wenn sie weiterblutet, wenn sie Fieber bekommt oder eine Vergiftung? Und das Kind! Was machen wir mit dem Kind in der Einsamkeit...

Um sie herum würde völlige Verlassenheit sein, die Urweltlandschaft der Taiga, und er, Michail, würde noch nicht einmal den Hubschrauber von der Zentrale rufen können, um Natalia in das nächste Krankenhaus bringen zu lassen, weil sie ja gesucht wurde und weil man sofort fragen würde: »Wo ist der Natschalnik Rostislaw Alimowitsch Kassugai geblieben? Man hat da etwas munkeln hören... Stimmt das? Mit einer durchschnittenen Kehle soll er aus dem verfluchten Haus gewankt sein! Wer hat da das Messer geführt, na?«

Ein Kind! Jetzt ein Kind! Und noch Monate Winter, sibirischer Frost, unbarmherzige Kälte lagen vor ihnen...

»Du sagst nichts«, sagte Natalia leise und starrte in die Flammen. Der neue Holzkloben hatte Feuer gefangen und knackte laut. Tassburgs Hände hielten noch immer ihren Kopf umfangen, sie spürte, wie seine Fingerspitzen sie streichelten, und sie empfand die große, aber auch *tragische* Zärtlichkeit, die ihn jetzt erfüllte und seine Zunge lähmte. Sie wußte genau, was er dachte, und sie hatte Mitleid mit ihm – nicht mit sich selbst, denn dazu war sie jetzt innerlich zu glücklich. »Wenn du willst...« begann sie leise.

»Was... was soll ich wollen?« fragte er tonlos.

»Ich habe eine Freundin gehabt, in Mutorej, die hat mit einer Stricknadel...«

»Du bist wahnsinnig! Natjenka, um Himmels willen, denke doch an so etwas nicht! Sprich so etwas nie wieder aus!« Er riß sie an sich und umarmte sie. Sie schloß die Augen, lächelte selig und schmiegte sich an ihn.

»Unser Kind!« sagte er rauh.

»Ja, unser Kind. Wenn es ein Junge wird, wird er groß und stark wie du sein. Es muß ein Junge werden! Und wenn du später wieder fort bist, irgendwo mit einem neuen Trupp in der Taiga, werde ich dich durch ihn immer um mich haben, werde ich dich sehen, mit dir sprechen, neben dir schlafen... nur viel, viel kleiner wirst du dann sein! Und wenn ich unseren Sohn küsse, dann küsse ich auch dich, mein Liebling...«

»Und wenn es ein Mädchen wird, habe ich zwei der schönsten Wesen aus Gottes Schöpfung um mich!«

»Du redest so viel von Gott!« Sie blickte in die prasselnden Flammen und legte ihre Hände auf Tassburgs Hände. »Glaubst du denn an ihn?«

»Als ich vor zweiunddreißig Jahren geboren wurde, sprach niemand von Gott. Da war Krieg, mein Vater wurde als deutschstämmiger Russe in ein Ausbildungslager bei Taschkent geschickt. Meine Mutter flüchtete mit mir in dem letzten Zug, der von der Ostsee aus ins Landesinnere fuhr, in einen winzigen Ort hinter Moskau, der Zaponowje hieß. Dort wuchs ich auf und hörte, wie meine Mutter heimlich betete. Sie erzählte mir von Gott, sagte aber gleichzeitig: ›Vergiß ihn schnell wieder! Es gibt ihn nicht, nicht mehr in Rußland! Warum ich trotzdem zu ihm bete? Damit er Rußland nicht ganz – nicht für immer vergißt! Aber du hast das nicht nötig. Du wirst einmal ein strammer Komsomolze und ein guter Kommunist werden, ein angesehener Bürger dieses Landes! Du bist ein kluges Bürschchen, Michail. Geh deinen Weg... und dabei wird dir Gott nicht helfen können!‹ Genau das sagte sie.«

»Und jetzt redest du doch von Gott?«

»Es gibt Augenblicke, in denen man Gott braucht! Ich hätte es nie gedacht, überhaupt nicht für möglich gehalten! Ein aufgeklärter Mensch wie ich flüchtet plötzlich zu einem Wesen, zu einem imaginären Etwas, das stärker sein soll als alles andere. Übermächtig, alles regierend und lenkend, alles bestimmend, alles wissend... Plötzlich sucht man Schutz, Antwort, Zuspruch, eine nie gekannte Väterlichkeit.«

»Und jetzt ist solch ein Augenblick, Mischa?« fragte sie leise.

»Ja, jetzt ist solch ein Augenblick, Natalia.«

»Jetzt... ist Gott bei uns?«

»Ich hoffe, daß er bei uns ist.« Er drückte sie fester an sich und küßte ihr vom Feuer erhitztes Gesicht. Sie standen vor dem Herd wie vor einem Altar, und die flammenden, krachenden Holzkloben waren wie eine goldene Ikonostase, gegen die man sprechen konnte, als stünde man neben dem Ohr Gottes.

»Du hast Angst?« fragte Natalia, als Michail schwieg und nur ihr Gesicht streichelte.

»Ja«, antwortete er ehrlich.

»Vor der Geburt?«

»Das ist noch weite Zukunft...«

»Und Gott könnte helfen?«

»Ich weiß es nicht. Aber es tut schon gut, wenn man sich sagen kann: Da ist ein Allmächtiger, der vielleicht – ich sage vielleicht – seine Hand ausstreckt und wie ein Dach über uns hält. Aber was unter diesem Dach geschieht, das müssen wir selbst tun!«

»Unser Kind...« sagte sie wieder mit einer so sanften Zärtlichkeit, daß es ihn heiß durchrann. »Unser Kind...«

»Ich werde dich von Dr. Plachunin untersuchen lassen.«

»Nein! Keiner wird mich untersuchen. Niemand faßt meinen Leib an... Das darfst nur du!«

»Ostap Germanowitsch ist Arzt, Natalia. Er hat unzählige Frauen untersucht. Er wird uns auch genau sagen können, wann unser Kind kommt.«

»Das kann ich auch.« Sie schloß wieder die Augen und schmiegte sich an ihn. »Ich habe es gespürt, Mischa. Ganz klar gespürt. In mir war eine Flamme...«

»Du bist wunderbar«, sagte er kaum hörbar. »Ich liebe dich und kann es dir nicht sagen...«

»Warum nicht?«

»Für diese Liebe gibt es keine Worte mehr. Hier hat unsere Sprache Grenzen. Nur die Musik könnte es noch ausdrücken...«

»Musik?« Sie lächelte sanft. »Welche Musik?«

»Kennst du die deutsche Oper: ›Tristan und Isolde‹?«

»Nein«, erwiderte sie leise.

»Die Klavierkonzerte von Tschaikowski?«

»Auch nicht...«

»Die Sonaten von Chopin?«

»Ich kenne gar nichts, Mischa! Ich bin ein dummes, armes Bauernmädchen, das im Magazin der Sowchose ›Oktoberrevolution‹ gearbeitet hat und an einen Teufel mit Namen Kassugai verkauft wurde – von den eigenen Eltern. So dumm bin ich! Du kannst mich nirgends zeigen, mich nie mitnehmen zu deinen gebildeten Freunden, mich keinem vorstellen und sagen: ›Das ist meine Frau!‹ Ich bin viel zu dumm! Aber ich habe ein Kind von dir.« Sie umfaßte, nach hinten greifend, seinen Nacken und preßte ihren Kopf gegen seine Brust. »Ein Kind – das ist mehr wert als Klugheit, mehr als dein Chopin, Tschaikowski, und wie sie alle heißen... Ich brauche auch keine Musik, um zu wissen, wie sehr du mich liebst! Sag nichts...« Sie nahm seine Hand und führte sie in kreisenden Bewegungen über ihre Brust. »Sei ganz still... Streichele mich nur... aus deinen Händen kommen Träume. Jetzt möchte ich träumen, Mischa... von unserem Kind träumen...«

Lange saßen sie so an dem prasselnden, knackenden Feuer, schwiegen, küßten sich und waren so vollkommen miteinander verbunden, daß sie nichts zu denken vermochten als immer nur: Wie unsagbar schön ist es, daß du bei mir bist.

Gegen Mitternacht klopfte es an der Hintertür. Natalia erschrak.

»Das ist bestimmt Dr. Plachunin«, sagte Michail und stand auf. Natalia lief ins Nebenzimmer und schloß die Tür.

»Ich will ihn nicht sehen«, sagte sie noch, bevor sie die Tür zuzog. »Hörst du? Ich lasse ihn nicht an mich heran! Mischa ...«

Tassburg ließ Dr. Plachunin ins Haus. Ostap Germanowitsch sah wie ein winziger, zugeschneiter Weihnachtsmann aus. Auf seiner Mütze hatte sich eine spitz zulaufende Pyramide aus gefrorenem Schnee gebildet. Er nahm die Mütze ab, schlug die Eispyramide an der Wand in Splitter und wedelte dann den Schnee von seinem Mantel. Die Fellstiefel, die er trug, waren viel zu groß und weit, trotzdem sie von einem dreizehnjährigen Jungen aus Satowka geliehen waren.

»Ich hatte mal wieder Sehnsucht nach Ihnen!« sagte der Arzt mit gedämpfter Stimme, soweit das bei seinem Organ möglich war. »Schläft sie?«

»Ja.«

»Dann seien wir leise. Wie geht es ihr?«

»Sehr gut. Ich bin glücklich, daß Sie da sind, Ostap Germanowitsch. Kommen Sie, setzen Sie sich an den warmen Ofen!«

»Na, ich bin auch froh! Immerzu Schach mit dem raffinierten Popen! Ein Kerl ist das! Wenn man sich mal schneuzt und gerade das Taschentuch vor dem Gesicht hat, also nichts sieht, setzt er rasch die Figuren anders! Einmal habe ich ihn dabei erwischt, aber was sollte ich tun? Anbrüllen hilft bei dem nichts ... der Halunke grinst nur! Und ihm mit Gottes Strafe zu drohen ist auch sinnlos ... So etwas Ungläubiges wie diesen Popen habe ich überhaupt noch nicht gesehen! Was sagt er? Einmal ›Gott kann nicht überall sein‹ und dann wieder ›Gott hat anderes zu tun, als bei unserem Schachspiel zuzusehen!‹. Ein Pope mit einer Säuferleber! Was habe ich vorhin getan, aus lauter Zorn über seine Schummelei? Ich habe ihn gegen das Schienbein getreten, genau auf den kritischen Punkt! Wozu hat man Anatomie studiert? Tigran ist wie ein Klotz vom Stuhl gefallen und hinkt jetzt mit knirschenden Zähnen umher. Er glaubt, ich sei längst im Bett und wird mich unter Garantie nicht mehr stören. Verstehen Sie nun, daß ich das dringende Bedürfnis hatte, einen anderen Menschen zu sehen und zu sprechen?«

»Kommen Sie, Doktor, und brüllen Sie nicht so!« Tassburg ging voran. Der kleine Arzt trippelte hinterher und entledigte sich am Ofen der viel zu weiten Fellstiefel. Er setzte sich und streckte die Beine der Wärme entgegen. Tassburg holte zwei Gläser und eine Flasche Rotwein.

»Woher kommt der Wein?« fragte Dr. Plachunin neugierig.

»Aus Samarkand!«

»Sie leben hier in der Taiga wie ein Fürst!« sagte der Arzt. »Zuletzt hatten Sie einen grusinischen Roten ...«

»Der ist ausgetrunken! Ich hatte nur sechs Flaschen davon. Fünf haben Sie geleert, Ostap Germanowitsch! Wie steht es denn mit Ihrer Leber, Doktor?«

»Die ist gesund wie eine junge Mädchenbrust, haha! Und wieviel von dem Samarkandwein haben Sie?«

»Im Lager zwei Kisten. Hier im Haus zehn Flaschen!«

»Wolltet ihr eigentlich Erdgas suchen oder euch durch die Taiga saufen?« Plachunin schnupperte wie ein Hund, als Tassburg die Flasche entkorkte. »Gehört so etwas eigentlich zur Normalausrüstung eines Geologentrupps? Wenn Sie ja sagen, dann hänge ich Lenins Bild wieder auf!«

»Man muß auch etwas Eigeninitiative entwickeln«, antwortete Tassburg und goß die Gläser voll. Es war ein rubinroter Wein, der ein wenig nach Muskat roch. Dr. Plachunin schnalzte mit der Zunge.

»Haben Sie das gehört?« fragte er lachend. »Das kann ich nur, wenn mir das Wasser im Mund zusammenläuft.« Er hob das Glas gegen das zuckende Herdfeuer. »Auf Ihr Organisationstalent!«

»Auf Alexander oder Taissja...« antwortete Tassburg und hob sein Glas gleichfalls dem Feuer entgegen. Dr. Plachunin musterte ihn verblüfft über den Rand seines Glases.

»Wer ist denn das? Michail Sofronowitsch, auf wen trinken Sie da?«

»Auf einen Jungen oder ein Mädchen! So oder so wird unser Kind heißen.«

»Unser – was?« fragte Dr. Plachunin erschrocken. »Natalia ist doch nicht etwa...«

»Sie ist, Ostap Germanowitsch!«

»Warum haben Sie mich nicht gebeten, Sie vorher zu kastrieren?« versetzte Dr. Plachunin grob. »Welche Idiotie! Welch ein Wahnsinn! Ein Kind! In dieser Situation!«

»Wir lieben uns...«

»Ich weiß, ich weiß! Wie sich noch nie zwei Menschen geliebt haben! Immer die alte Leier, die abgedroschene Melodie! Das ist die billigste Entschuldigung, wenn so etwas passiert ist!«

»Den Mond anklagen hat jetzt doch keinen Sinn mehr, Doktor!«

»Den Mond nicht, aber eure Dummheit!« Plachunin kippte erregt das Glas voll herrlichem Wein in sich wie Wasser – ein Zeichen, wie er sich aufregte. Denn sonst hätte er diesen Roten aus Samarkand geschlürft und auf der Zunge zergehen lassen. »Michail Sofronowitsch, wie alt sind Sie eigentlich? Anfang Dreißig, nicht wahr? War Natalia Ihre erste Frau? Sind Sie ein Neuling auf diesem Gebiet? Oder sind Sie so völlig besessen – ach was, was rede ich da!«

»Höchstwahrscheinlich haben Sie nie geliebt, Dr. Plachunin!«

»Mehr als Sie denken! Und wissen Sie, wen? Immer riesengroße Frauen! Ihre Gesichter waren für mich immer da, wo die Sonne ist! Und Sie werden es nicht glauben, ich liebte diese Frauen sogar! Im Bett gleichen sich Größenunterschiede aus... da versagt die mathematische Logik! Nur am nächsten Morgen wurde es kritisch... da mußten die Frauen das seltsame Gefühl gehabt haben, aber lassen wir das! Es waren jedenfalls immer einmalige Erlebnisse! Aber wozu erzähle ich Ihnen das? Ach ja – ich hätte nie geliebt! Stellen Sie sich vor, ich hätte diese Riesenfrauen jedesmal geschwängert! Aber Sie, in einer ausweglosen Situation, was Natalia betrifft, Sie sind so rücksichtslos, so egoistisch, alle Vernunft zu vergessen!«

Tassburg schüttete Plachunins Glas wieder voll. Er saß neben ihm am flackernden Holzfeuer, und es war sehr heiß im Raum, obgleich draußen der Frost die Holzhäuser mit einer Eisschicht überzog. Er hatte die Beine gegen die dicken Steine gestemmt, aus denen der Ofen gemauert war, und er blickte in die Flammen.

»Sie haben nun einen ganzen Haufen zusammengeredet, Ostap Germanowitsch«, sagte er nach einer Pause, »aber kein einziges konstruktives Wort!«

»Konstruktiv! Ich möchte Sie in den Hintern treten, Michail Sofronowitsch!« Plachunin trank wieder einen Schluck Wein. »Soll ich das Kind entfernen?«

»Nie! Sie müßten denn vorher Natalia erschlagen.«

»Kein vernünftiger medizinischer Vorschlag. Sie will also das Kind zur Welt bringen?«

»Ja.«

»Hier? Allein?«

»Darüber wollte ich mit Ihnen reden, Dr. Plachunin.«

»Halt!« Der Arzt hob beide Hände. »Um etwas vorwegzunehmen: Ich bleibe nicht in diesem elenden Dorf! Sobald ich fahren kann oder per Hubschrauber abgeholt werden kann, geht es los! Glauben Sie, ich setze mich acht Monate vor Ihre Natalia und warte auf das Kind wie eine Katze vor dem Mauseloch?«

»Sie haben ordinäre Vergleiche, Doktor!«

»Wir sollten uns nun ernsthaft überlegen, wie wir Natalia ganz offiziell auftauchen lassen, damit sie mit mir nach Batkit gehen kann.«

»Auch das will sie nicht.«

»Was will sie denn?«

»Bei mir bleiben. Ganz gleich, wohin ich auch ziehe.«

»Und das Kind zur Welt bringen wie eine Wölfin?«

»So ähnlich! Vielleicht können das die sibirischen Frauen...«

»Sie können es, verlassen Sie sich darauf! Sie stemmen die Füße gegen einen Baumstamm, beißen auf einen Ast, um nicht zu schreien, pressen, und schon ist das Kind da! Und eine halbe Stunde später hakken sie wieder Holz in der Taiga! Nur sieht Ihre Natalia nicht so aus, als ob sie zu diesem Typ gehörte. Ich halte es für geradezu verbrecherisch, sie in die Einsamkeit mitzuschleppen. Stellen Sie sich das vor... Im achten oder neunten Monat, in einem Lastwagen, der über Bodenwellen holpert, sich durch Felsenschluchten quält, das Unterholz der Taiga durchbricht, in Sümpfen steckenbleibt... Das hält niemand aus, bestimmt aber Natalia nicht...«

»Sagen Sie es ihr... mir glaubt sie es nicht.« Tassburg starrte in die knisternden Flammen. Die dicken Holzkloben zersprangen in der Glut, als seien sie mit Pulver gefüllt. »Aber sie will Sie nicht sehen, sie ahnt so etwas. Sie ist wie ein Tier, daß schon auf weite Entfernungen Gefahr wittert. Ostap Germanowitsch...«

»Ich höre geduldig zu!«

»Wenn es möglich ist, nehme ich an, wird Sie doch ein Hubschrauber aus Batkit hier abholen.«

»Ich hoffe es, aber so sicher bin ich da nicht. Ich werde mich wohl allein auf den Weg machen müssen. Da dieser Ort voller Wunder ist – das ist das einzige Verdienst des Halunken Tigran! –, sind auch Benzin und Lenkrad meines Wagens längst wieder zur Stelle. Nur durch die Schneeverwehungen komme ich nie durch! Aber wenn ein Lastwagen aus Batkit die Strecke freipflügt, dann bin ich weg! Wann kommt denn eigentlich Nachschub für dieses Saudorf?«

»An sich einmal im Monat, manchmal auch nur alle sechs Wochen, sagt Petrow, unser Dorfsowjet.«

»Dann ist der Wagen überfällig. Kommt anscheinend auch nicht durch, trotz Schneepflug! Aber einmal wird er dasein! Was wollten Sie nur sagen, Michail Sofronowitsch?«

»Wenn Sie wegfahren, geben Sie mir vorher ein paar Schlaftabletten für Natalia. Dann bringen wir sie zum Auto oder zum Hubschrauber, und wenn sie aufwacht, liegt sie in Ihrem Haus in Batkit sicher im Bett!«

»Und wirft mir alles, was gerade greifbar ist, vor den Kopf! Sie verlangen Heroisches von mir, Michail Sofronowitsch. Wissen Sie auch, was sie dann tun wird? Aus Batkit verschwinden, um sich zu Ihnen durchzuschlagen. Sie hat doch Übung im Durchqueren der Taiga...«

»Das stimmt. So sehr liebt sie mich.«

»So verrückt ist sie – sollten Sie lieber sagen!« Dr. Plachunin rückte etwas vom Ofen weg. Es wurde ihm zu warm. »Ich habe einen Vorschlag, Tassburg.«

»Ich ahne Fürchterliches!«

»Diesmal nicht! Wie wäre es, wenn ich Sie so weit präpariere, daß man Sie von der Aufgabe, nach Erdgas zu suchen, entbindet und zurück nach Omsk schickt? Sie haben dort doch eine nette Wohnung! Dann könnten Sie Natalia mitnehmen – der Genosse Ingenieur kommt zwar als Fieberkranker aus der Taiga zurück, bringt sich aber ein süßes Frauchen mit. Das ginge doch...«

»Die Zentrale wird mich nie beurlauben! Unser Trupp ist so etwas wie ein Ausstellungsstück, das sogar ausländischen Delegationen vorgestellt wird. Ich müßte schon den Kopf unter dem Arm tragen...«

»Dazu will ich Ihnen ja verhelfen!«

»Einen Kopfamputierten wird Natalia nicht akzeptieren!« sagte Tassburg mit krampfhafter Fröhlichkeit. »Auch wenn es in die Tradition dieses Hauses paßt.«

»Ich mache Sie so krank, daß man Kerzen neben Ihnen aufstellt.«

»Das glaube ich Ihnen. Und dann? Dann bin ich ein Wrack...«

»Tassburg, Sie Idiot! Ich erzeuge bei Ihnen ein Sumpffieber, daß man Sie bei unserer Angst vor Infektionen nur noch aus weiter Entfernung betrachtet. Darin ist Rußland ganz groß! Wenn Sie an Ihre Tür schreiben: ›Achtung, Infektionsgefahr!‹, wird niemand mehr das Zimmer betreten, auch die höchsten Sicherheitsorgane nicht! Man wird höchstens das ganze Haus mit Ihnen abbrennen lassen. Also: Sie bekommen ein Sumpffieber, daß Sie vor Fieberglut im Bett schweben. Sie haben doch ein starkes Herz, um diesen Fieberstoß auszuhalten?«

»Ich bin kerngesund.«

»Das stelle ich gleich fest, ziehen Sie sich schon mal aus!« Dr. Plachunin goß sich von neuem Wein ein und betrachtete Tassburg, der sich tatsächlich auszog. Dann stand er nackt vor dem Feuer: ein großer, kräftiger, muskulöser Mann mit einem Brustkorb, auf dem man Steine zerschlagen konnte. Aber die zweiunddreißig Jahre merkte man ihm doch an... um die Hüfte und unter dem Magen hatte sich etwas überflüssiges Fett angesammelt.

»Sie essen und trinken zuviel, Michail!« stellte Plachunin fest. »Später, als geruhsamer Ehemann, werden Sie dick. – Sie haben die Anlage dazu! Aber noch sind Sie ja ein Klotz von Mann!« Der Arzt rieb sich die Hände und streckte sie der Glut entgegen, um die Finger zu erwärmen. Man sagte von ihm in Batkit, er könne mit den Fingerspitzen sehen. »Das Sumpffieber wird Sie sechs Wochen auf den Rükken legen, aber ich dosiere es so, daß es immer unter Kontrolle bleibt.«

»Wie beruhigend, Doktor!«

»Werden Sie nicht sarkastisch! Die Sache hat übrigens auch ihren Nutzen. Ich immunisiere Sie gleichzeitig damit! Sie werden nie mehr Sumpffieber bekommen! Ist das nichts?«

»Ich habe nie Sumpffieber gehabt.«

»Dann werden Sie keines bekommen!« schrie Plachunin. »Nur einmal – mein spezielles! Kommen Sie her – ich untersuche Sie!«

Es war wenig zu untersuchen. Tassburg war gesund, so gesund, wie man als normaler Mensch nur sein kann. Nach einer Viertelstunde gab es Dr. Plachunin auf.

»Sie sind für Ärzte eine Beleidigung!« sagte er. »Grinsen Sie nicht! Gerade die Typen, die zeit ihres Lebens Bäume umspucken konnten, fallen auf einmal zusammen wie zu früh aus dem Backofen gezogener Käsekuchen. Warum – das ist medizinisch noch nicht ganz klar. Anscheinend nehmen die Zellen Rache für die bisherige Dauergesundheit! Ziehen Sie sich wieder an, Michail, mit Ihnen kann ich das Experiment machen. Sobald das Wetter offener wird, verlangen Sie über Funk einen Hubschrauber und kehren als Fieberkranker nach Omsk zurück! Aber was machen wir nur mit Natalia? Sie müßte schon vorher offiziell auftauchen!«

»Und bei dieser Schwierigkeit versagt Ihr Sumpffieber! Sie wissen, daß auf Natalias Ergreifung ein Preis ausgesetzt ist! Wir müssen uns erst überzeugen, wie in Mutorej die Lage ist, was ihre Eltern unternommen haben, ob man Natalia noch sucht oder als in der Taiga verschollen abgeschrieben hat. Und vor allem – ob bei den Behörden in Omsk der Vorgang bekannt geworden ist!«

»Sie glauben doch wohl nicht, daß man nach Omsk gemeldet hat, dieser Kassugai habe ein Mädchen gekauft?«

»Man kann hundert Gründe konstruieren, einen Menschen zu jagen, Doktor, wem sage ich das? Wir Russen ...«

»Hören Sie damit auf, Michail! Also gut! Fragen wir zuerst in Mutorej nach, was da los ist. Aber wissen Sie, wieviel Zeit Sie damit verlieren?«

»Das ist ja meine Sorge.«

»Verdammt, dann soll Natalia mit mir nach Batkit kommen!«

»Sagen Sie ihr das selbst, wiederhole ich!« Tassburg zeigte auf die Tür zum Schlafraum. »Sie schläft nicht. Sie sitzt im Bett und hört alles mit.«

»Sie raffiniertes Bürschchen!« Plachunin spuckte gegen die heißen Ofensteine, daß es zischte, und blickte dann zur Tür. »Komm raus, mein Töchterchen!« rief er mit gewaltiger Stimme. »Ich weiß, du willst mich nicht sehen, aber wenn du alles mitgehört hast, wirst du wohl begreifen, daß es uns nur um dich geht! Und um dein Kind! Wir zermartern uns die Hirne, und du sagst einfach: Nein! Komm raus, du schönes Hexlein!«

Die Tür öffnete sich, und Natalia kam ins Wohnzimmer, die Haare hinten mit einer Kordel zusammengebunden. Sie blickte den kleinen Doktor wie ein gefangenes Reh an und wich bis in die Ecke zurück, wo die Holzkloben aufgestapelt waren. Es war ein Versinken in der Dämmerung, nur ihr Haar leuchtete im Widerschein des Feuers wie dunkle Kupferfäden. Dr. Plachunin sah sie schweigend an und nickte dann. »So sehen also Frauen aus, die Männer zu Narren machen! Ich kann's verstehen! Natalia Nikolajewna, du hast alles gehört. Ich werde deinen Mischa künstlich krank machen, aber ich verspreche dir: Er überlebt es! Doch was wird mit dir?«

»Ich bleibe bei ihm. Immer!«

»Das sollst du ja auch! Ich will euch nach Omsk bringen! Nur mußt du zuvor hier irgendwie auftauchen!« Plachunin hatte mittlerweile die Flasche mit dem roten Samarkand geleert und winkte Tassburg mit einem aufmunternden Lächeln zu, sich um eine zweite Flasche zu bemühen. »Wer wußte von dem Handel zwischen Kassugai und deinen Eltern?«

»Niemand sonst«, sagte Natalia stockend.

Tassburg hatte sich wieder angezogen und holte die neue Flasche. Dr. Plachunin schüttelte den Kopf. »Aber wieso wurden dann tausend Rubel für deine Ergreifung ausgesetzt?«

»Das hat nur Kassugai verbreitet. Er hat überall erzählt, ich sei eine Mörderin. Nur dadurch konnte er auch hier alle Häuser durchsuchen, und niemand hat ihn daran gehindert.«

»Aber amtlich liegt nichts gegen dich vor?«

»Nein.«

»Keine offizielle Anzeige?«

»Nein.«

»Du bist den Behörden völlig unbekannt?«

»Ja – das heißt, nein ... Ich bin ja jetzt verschwunden. Das ist gemeldet worden, vermute ich.«

»Und da macht ihr euch Sorgen?« rief Plachunin. »Bei dieser einfachen Lage? Ihr tretet morgen früh vor die Tür, gebt euch einen Kuß, und ganz Satowka wird begeistert ›Hej! Hej!‹ schreien. Dafür sorge ich, sonst kriegen sie alle noch mal ein Klistier!«

»So einfach ist das nicht, Ostap Germanowitsch«, erwiderte Tassburg und entkorkte die zweite Flasche. »Natalia nimmt nur an, daß Kassugai die Behörden nicht eingesetzt hat. Wissen kann sie es nicht! Man muß deshalb in Mutorej als erstes mit den Eltern sprechen. Erst dann haben wir volle Klarheit.«

»Der Kerl hat schon wieder recht!« sagte Dr. Plachunin. »Es ist furchtbar, immer hat er recht! Als Frau könnte ich mit einem solchen Mann nie leben!«

»Es ist nur ein kleiner Teil von dem, was ich an ihm liebe«, sagte Natalia leise. »Er weiß alles... er ist klug...«

»Aber doch nicht klug genug, um an das Nächste zu denken!«

»Und das wäre, Doktor?« fragte Tassburg und goß das Glas des Doktors bis zum Rand voll.

»Der Pope!«

»Was soll Tigran Rassulowitsch dabei?«

»Das tun, was seine verdammte Pflicht als Priester ist: euch trauen! Als Ehepaar kann man euch viel leichter ausfliegen lassen! Na, verstehen Sie, Michail? Wenn ihr nicht verheiratet seid, könnte man doch sagen: Ach, er hat sich ein Mädchen angelacht, ein kleines Taigakätzchen. Das kann später nachkommen! Aber wenn ihr Mann und Frau seid, müssen sie euch beide mitnehmen! Leuchtet das ein?«

»Ausgerechnet Tigran? Ist es kein Risiko, ihn einzuweihen? Er war wie verrückt auf Kassugais Kopfgeld!« sagte Tassburg. »Außerdem wird er dieses Haus nie betreten! Und in der Kirche trauen... das geht überhaupt nicht, bevor Natalia offiziell auftauchen kann.«

»Überlaßt das mir, Freunde!« sagte Dr. Plachunin milde. »Mit dem Halunken Tigran rede ich! Er ist zwar ein Berg von Mensch, aber ich kann in ihn hineinkriechen wie die Made in einen löcherigen Käse! Der Pope wird kommen und euch hier in diesem Zimmer trauen!«

»Niemals!« sagte Tassburg fest.

»Und ich bin Trauzeuge! Und ganz Satowka wird es erleben – von draußen natürlich, ohne recht zu wissen, was hier drin los ist! Bereiten Sie alles vor, Tassburg... morgen um diese Zeit wird euch Tigran segnen und selbst einen Hochzeitschoral donnern!« Der Doktor betrachtete die Flasche und schien zu rechnen. »Ich bleibe noch eine halbe Stunde, Michail. Die Flasche muß geleert werden! Halten Sie es noch eine halbe Stunde ohne Natalia aus?«

»Für diese Frage müßte ich Sie gleich vor die Tür setzen, Doktor!«

»Aber Sie tun's nicht!« rief der kleine Arzt fröhlich. »Zum Teufel, ist das schön, einen Freund zu haben, auch wenn er in bestimmten Lebenslagen sich so dämlich benimmt wie Sie...«

10

Tigran Rassulowitsch Krotow, der Pope von Satowka, konnte auf ein reiches Leben zurückblicken, so daß er sich es abgewöhnt hatte, über ungewöhnliche Dinge über Gebühr verwundert zu sein. Meistens brüllte er los und löste bis jetzt auf diese einfache Weise alle Probleme. In Satowka war das eben möglich.

Das Mittagessen des nächsten Tages würde Tigran so bald nicht mehr vergessen.

»Im Dorf will jemand heiraten!« sagte Dr. Plachunin, vorsichtig, gewissermaßen psychologisch vorgehend. Er aß mit Tigran Rassulowitsch zu Mittag und biß gerade in ein Bratenstück.

»Das ist mir neu!« antwortete der Pope und rülpste verhalten. »Wieso wissen Sie das und nicht ich als Pope?«

»Weil ich es auch erst seit gestern nacht weiß.«

»Ha! Haben sie die beiden bei der tätigen Sünde überrascht?«

»Reden Sie keinen solchen Unsinn!« sagte Plachunin scharf. »Und hören Sie auf, vor mir den Moralapostel zu spielen. An der Witwe Anastasia interessiert Sie nicht nur ihr Blinibacken! Sie kommen heute nacht mit mir und trauen ein Paar!«

»In der Nacht?«

»Ja. Eine Haustrauung.«

»Abgelehnt! Eheschließungen finden vor Gott und nur am Tage statt! In der Kirche! Oder gar nicht.«

»Sie sollen Michail Sofronowitsch Tassburg trauen.«

Tigran erbleichte und ließ Messer und Gabel fallen – anscheinend war Plachunins psychologisches Vorgehen veraltet. »Den Genossen Tassburg?« stammelte Tigran. »Im ›Leeren Haus‹? Trauen? Etwa mit der Gräfin Albina? Ich falle gleich vom Stuhl, Ostap Germanowitsch!«

»Auch das ändert nichts an der Tatsache, daß Sie Tassburg trauen sollen! Ich war übrigens schon sechsmal in dem verfluchten Haus...«

»Sechsmal...! Sie...? Und Sie leben...«

»Sitzt hier ein Gespenst bei Tisch?«

Das Mittagessen mußte unterbrochen werden, Tigran war zu erschüttert, um weitere Nahrung zu sich zu nehmen. Er ging in die Kirche, betete vor jeder Ikone und war, als er beim heiligen Polykarp angekommen war, innerlich so gefestigt, daß er sich bereit erklärte, mit Dr. Plachunin nachts um zwölf Uhr in das verfluchte »Leere Haus« zu schleichen.

»Und wer ist die Braut?« fragte der Pope den Arzt. »Mein Gott, soll ich wirklich einen Geist, der seit hundertfünfzig Jahren tot ist, mit einem Lebenden vermählen? Wer soll das aushalten?«

»Warten Sie's ab, Tigran Rassulowitsch!« sagte Dr. Plachunin und stellte fest, daß der Pope bei aller Verschlagenheit keinen besseren Wein organisiert hatte als Tassburg. »Ich garantiere Ihnen eine Trauung, wie Sie sie nie wieder erleben werden!«

»Da pflichte ich Ihnen schon im voraus bei!« Tigran Rassulowitsch faltete die Hände unter seinem langen schwarzen Bart. »Aber Sie sollen nicht sagen, ich sei ein Feigling. Ich trete sogar dem Teufel persönlich gegenüber! Schlimmer als Sie kann er auch nicht sein...«

Ein Schneesturm, der durch Satowka tobte und um die Dächer heulte, als seien tausend böse Geister losgelassen, war so gnädig, des Popen Auszug zu einer Gespenstertrauung zu verhüllen. Bei diesem Wetter war niemand mehr auf der Straße, nachts um 12 Uhr sowieso nicht, bis auf den Posten, der das »Leere Haus« bewachen sollte, aber der vor dem Schneegestöber zu Anastasia geflüchtet war und schon lange friedlich schnarchend auf der Ofenbank lag, warm und glücklich.

Hole der Teufel das verdammte Spukhaus! Warum noch bewachen? Entweder krepierte der Herr Ingenieur oder er überlebte... was hatte man da für einen Einfluß? Ob man davorstand und das Haus anglotzte, änderte das etwas?

Dr. Plachunin und Tigran Rassulowitsch rannten durch das Schneetreiben, hatten Decken über die Köpfe gezogen und stemmten sich gegen den eisigen Wind. Dabei hatte es der kleine Arzt leichter als der große Pope – Dr. Plachunin bot kaum eine Angriffsfläche, rannte praktisch unter dem Wind her und hüpfte wie ein Gummiball über die Verwehungen, die ihnen im Weg lagen. An dem riesigen Popen jedoch zerrte der Sturm, blähte seine Soutane und hieb auf ihn ein, daß er keuchte und röchelte und schließlich erschöpft durch den Vorgarten schwankte, zur Hintertür, die Dr. Plachunin schon erreicht hatte. Hier war Windschatten, eine wahre Wohltat, und Tigran riß die schneeverkrustete Decke vom Kopf.

»Der richtige Schneesturm für eine Teufelshochzeit!« schrie der Pope Dr. Plachunin an. »Da jagt man keinen räudigen Hund hinaus...« Er holte das große Brustkreuz hervor und hielt es gegen die Tür. An seinem linken Arm hing eine Tasche aus Wachstuch, in der er die heiligen Geräte für die Trauung aufbewahrte. Dr. Plachunin nannte sie abschätzig »des Popen Instrumente«. Es waren: ein Weihwasserkessel, eine Hostienschale, zwei kleine Kronen aus Messingblech, die aber dem Gold täuschend ähnlich sahen, des Popen Festtags-Kamilawka – das ist eine hohe, runde Kopfbedeckung – und die üppig bestickte Risa, das große Schultertuch der orthodoxen Priester. Den Gürtel und das Epitrachelion, eine Art Stola, hatte er schon umgebunden. Er klopfte mit dem Kreuz den Schnee von sich und nickte dem Arzt zu. »Begehren Sie Einlaß, Doktor!« sagte Tigran feierlich. »Ich bin gerüstet!« Er holte noch einmal tief Atem und dachte an Christus, der auch in der Wüste dem Teufel gegenübergestanden hatte. Wenn man das so liest, dachte er, hört sich das ja ganz gut an, aber wenn man selbst in die Lage kommt, schlägt einem doch das Herz. »Haben Sie die Braut wirklich gesehen, Ostap Germanowitsch?«

»Ja!«

»Und gesprochen?«

»Auch das!«

»Es gibt noch Wunder!«

Dr. Plachunin klopfte an die Tür, rhythmisch, dreimal hintereinander. Es klang hohl, und auch die Schritte, die sich von innen näherten, klangen wie aus einer anderen Welt. Dabei ließ der Schneesturm plötzlich nach, es schneite nur noch in dicken Flocken, das Heulen des Windes erstarb fast gleichzeitig mit Plachunins Klopfen. Der Pope Tigran nickte mehrmals.

»Wollen Sie noch mehr Beweise?« flüsterte er. »Selbst die Natur zieht sich zurück. Nur wir ... o ihr Heiligen, baut ein geweihtes Dach über unsere Häupter!«

Die Tür sprang auf. Tigran hielt sein Kreuz hoch und streckte es weit vor. Aber im Halbdunkel der Propangaslampe stand nur Michail Sofronowitsch Tassburg und winkte einzutreten. Dr. Plachunin ließ dem Popen den Vortritt.

»Warum ich?« fragte er zurück. »Immer ich!«

»Sie sind die Hauptperson, Tigran Rassulowitsch!«

Der Pope betrat das verfluchte Haus und erwartete, daß sofort die Teufel über ihn herfielen.

Aber es geschah nichts. Tassburg schloß hinter dem Doktor die Tür, und das Zuknallen war der einzige Laut. Der Pope erschrak dennoch, ihm war, als habe er einen Tropfen Teufelsspucke ins Gesicht bekommen. Er starrte Tassburg an, der einen schönen blauen Anzug trug, ziemlich modern, soweit das Tigran beurteilen konnte, dazu ein weißes, sauberes Hemd und eine schwarze Krawatte.

»Gehört diese Aufmachung zur Taigaausrüstung für Geologen?«

fragte er als erstes und zeigte mit dem Kreuz auf Tassburgs Anzug. »Und einen Schlips hat er auch um! Ich wette, daß kaum jemand in Satowka weiß, was das ist. Jeder würde sich das schwarze Ding als Gürtel um den Bauch binden und fluchen, daß es zu kurz ist. Aber er trägt es vorschriftsmäßig um den Hals! Und das in der Taiga!«

»Ich habe immer einen dunklen Anzug bei mir«, sagte Tassburg und hob die Propangaslampe hoch. »Ich habe ihn oft brauchen können. Vor allem bei Beerdigungen... ich habe schon manchen in der Taiga begraben müssen.«

»Und jetzt heiratet er!« sagte Dr. Plachunin fröhlich.

»Das ist in diesem Fall fast das gleiche!« stöhnte Tigran. »Michail Sofronowitsch, wo ist... die Braut?«

»Sie wartet im großen Zimmer auf uns.«

»Sie hat sich... nicht verändert?«

»Doch! Wieso?« Tassburg sah Tigran verblüfft an.

»Er meint, hundertfünfzig Jahre seien eine lange Zeit, auch für die Gräfin Albina!« Dr. Plachunin kicherte wie ein Faun. Für ihn war das Ganze ein Spaß, dem man kaum je wieder begegnet. »Aber Gespenster altern nicht, habe ich recht?«

Er blinzelte Tassburg listig zu, und Michail Sofronowitsch verstand ihn.

»Sie sieht tatsächlich zauberhaft aus!« sagte er. »Tigran Rassulowitsch, auch Sie werden Ihre Freude an ihr haben!«

Der Pope bezweifelte das stark. Er warf die Decke von sich, atmete hörbar ein und stieß dann die Luft mit einem schweren Seufzer wieder aus. »Gehen wir!« sagte er entschlossen.

Er machte zwei Schritte zur Tür des Wohnzimmers und blieb wieder stehen. Dann fragte er: »Trägt sie ein Messer in der Hand?«

»Nein. Einen Strauß aus Papierblumen.«

»Totenblumen!« sagte Plachunin dumpf. Er wußte, er traf damit den Popen mitten ins Herz. Ein Vergnügen war's mit anzusehen, wie sich Tigrans Bart sträubte.

»Der Bräutigam geht voraus!« sagte er zögernd.

»Seit wann?« fragte Plachunin teuflisch.

»Immer!« donnerte der Pope und knirschte mit den Zähnen. »Sie haben nie geheiratet, Ostap Germanowitsch!«

Tassburg öffnete die Tür. Blendende Helligkeit schlug ihnen entgegen. Tassburg hatte alle verfügbaren Lampen aufgestellt, um den Raum festlich zu beleuchten. Tigran blinzelte in das helle Licht und hob zur Vorsicht sein Kreuz. Seine Nasenflügel blähten sich, aber er konnte nichts riechen, was Schwefel ähnlich war. Dafür duftete es köstlich nach Braten und Kohl, ein Geruch, der ihm schon im Flur aufgefallen war. Es war ein Duft, der ihn begeisterte, denn außer Gebeten kannte Tigran noch ein zweites, was ihm geradezu heilig war: ein gutes Essen.

Wenn es dann zum Nachtisch noch eine schmucke Witwe gab, konnte man das Leben vollkommen nennen...

»Da steht die Braut!« sagte Dr. Plachunin und stieß Tigran an. »Wenn ich sie ansehe, könnte ich alter Mann meiner Jugend nachweinen.«

Der Doktor hatte recht. Man kann auch zerlumpte Kleidung zu einem Festgewand machen, wenn Liebe die Phantasie beflügelt.

Natalia hatte die Haare mit einem roten Nylonband hochgebunden, das Tassburg sonst für Vermessungsarbeiten brauchte. Auf ihren alten Rock hatte sie Rosen aus rotem und schwarzem Papier genäht. Es war Durchschlagpapier für die Schreibmaschine, aus ihm hatte Natalia mit geschickten Fingern die Rosen gefaltet.

»Papierrosen haben wir oft gemacht!« hatte sie gesagt. »Für Veranstaltungen der Jugendgruppen, für Hochzeiten und Beerdigungen. Wir haben es in der Schule gelernt.« Sie hatte eine fertige Rose hochgehalten und hatte so glücklich ausgesehen, wie nur ein verliebter Mensch aussehen kann. »Ist sie nicht wie eine echte Rose?«

Und Tassburg hatte sie genommen, daran gerochen und sie ihr ins Haar gesteckt. »Sie duftet sogar...« hatte er leise gesagt. »Alles, was du anfaßt, Natalia, blüht und wird zur Schönheit. Ich liebe dich...«

Wie gesagt, das war erst der Rock. Damit Natalia nicht ihre alte, zerfetzte Bluse anziehen mußte, hatte Tassburg sein bestes Hemd geopfert, rot-weiß gestreift, das sich Natalia enger genäht hatte. Sie hatte die Ärmel herausgetrennt und verkürzt oben wieder angenäht. So entstanden schöne Rüschen über den Schultern und man sah kaum noch, daß es ein Männerhemd gewesen war. Was nicht dazu paßte, waren die derben Stiefel, die Natalia getragen hatte. Sie trug sie jetzt nicht, sondern stand barfüßig im Zimmer, preßte den Papierblumenstrauß gegen die Brust und sah den riesigen Popen scheu, aber doch ein wenig kritisch an.

Sie war so schön, daß Tigran vergaß, wo er sich befand. Er starrte Natalia an, stumm und ergriffen, und erwachte erst aus der Verzauberung, als ihn Dr. Plachunin ins Gesäß stieß.

»Gott segne dich, Töchterchen!« sagte Tigran ernst und leise. Dann wartete er... War es wirklich der böse Geist der Gräfin Albina, dann mußte sich jetzt das schöne Geschöpf in Nebel auflösen. Bei vom Teufel Besessenen dauerte es etwas länger, bis sich der satanische Geist entfernte. Es geschah meist erst dann, wenn der Besessene das Kreuz küßt. So wenigstens beschrieben es alte Folianten, in denen Priesterkollegen ihre Erfahrungen mit Geistern schriftlich niedergelegt hatten.

Der Pope Tigran wagte es. Da das Mädchen sich nicht in Luft auflöste, schritt er feierlich näher und hielt ihr das Kreuz entgegen. Natalia rührte sich nicht. Sie blickte nur fragend Tassburg an. Dr. Plachunin kam ihr zu Hilfe.

»Mit dem Kreuz kann sie nichts anfangen, Tigran Rassulowitsch!« sagte er. »Sie war Komsomolzin…«

»Vor hundertfünfzig Jahren gab es die schon?« stotterte Tigran. »So alt sind die Komsomolzen?«

»Er begreift noch immer nicht!« Dr. Plachunin kam um den Popen herum und zeigte auf Natalia. »Das ist Natalia Nikolajewna Miranski. Kein Geist! Ein Mädchen aus Mutorej. Lebendig wie Sie und ich und in Kürze sogar doppelt lebendig!«

»Doppelt?« wiederholte Tigran, dem es immer unheimlicher wurde.

»Sie bekommt ein Kind, zum Donnerwetter!« sagte Plachunin grob.

»Von wem?«

»Von mir!« sagte Tassburg. »Ist das nun klar?«

»Von Ihnen? Ich verstehe gar nichts mehr!« Der Pope ließ die Tasche aus Wachstuch fallen, das Kreuz glitt aus seiner Hand und hing nun lose an der Kette um den Hals des Geistlichen. Der Arzt hob die Tasche auf und stellte sie auf den Tisch von der uralten, für Ewigkeiten gezimmerten Eckbank, von der – wie wir uns erinnern – seinerzeit der gute Morosowski gefallen war und damit Anastasia zur Witwe gemacht hatte.

»Natalia wohnt seit über zwei Monaten in diesem Haus!« erklärte Tassburg. »Sie ist, noch bevor ich nach Satowka kam, eines Nachts in das leere Haus gekommen und hat sich versteckt. Sie mußte flüchten und war seit Wochen zu Fuß durch die Taiga geirrt…«

»Das Mädchen mit dem Kopfgeld!« stammelte Tigran. So allmählich begriff er alles. »Sie ist es…«

»Ja.«

»Mein neues Kirchendach und meine neue Glocke…«

»Wir sollten ihn zerhacken, Michail Sofronowitsch!« meinte Dr. Plachunin laut. »In diesem Haus fällt das nicht auf, da ist man an so etwas gewöhnt. Wenn man dann morgens den Popen mit zerbrochenen Gliedern vor der Tür des ›Leeren Hauses‹ findet, wird jeder sagen…«

»Und sie hat Kassugai erstochen?« fragte Tigran dumpf grollend.

»Ja!« Es war das erste Wort, das Natalia sagte. »Ich habe es getan.

Es ging um mein Leben. Ich habe Ihren Gott nie kennengelernt, aber er ist ein schlechter Gott, wenn er verbietet, sich zu verteidigen.«

»Wer hat eigentlich Kassugais Begleiter umgebracht?« fragte Dr. Plachunin jetzt hinterhältig. »Im Dorf erzählt man, seine Schädeldecke wäre eingedrückt gewesen?«

»Des Menschen Wege bestimmt ein unerforschliches Schicksal!« sagte Tigran feierlich. »Warum also fragen? Wir hängen an himmlischen Fäden wie Marionettenpuppen!« Er sah Natalia mit gesträubtem Bart an. So zart, so jung und zerbrechlich, dachte er, und ein Messer kann sie handhaben wie ein Fleischer. Sticht einen Mann wie Kassugai ab wie nichts! Natürlich war es Notwehr; aber sagte Kassugai nicht, sie sei eine gesuchte Mörderin...«

Tassburg schien zu ahnen, was Tigran durch den Kopf ging. Er stellte sich neben Natalia und legte den Arm um ihre Hüfte. Sie lächelte schwach, blieb aber steif stehen wie eine unbewegliche Puppe.

»Alles, was Sie über Natalia gehört haben, sind Lügen, Tigran Rassulowitsch. Kassugai hat sie von ihren Eltern gekauft gegen eine bessere Arbeitsstelle in einer neuen Fabrik. Es ist unbegreiflich, daß so etwas in unserer Zeit noch möglich ist!«

»Hier ist eben Sibirien, Michail«, warf Tigran ein. »Hier ist die Steinige Tunguska. Was heißt da ›unsere Zeit‹?«

»Wir sind doch alle Kommunisten! Wir kennen die Lehren Lenins! Wir sind doch Kinder der neuen Zeit – bis in die abgelegenste Nomadenfamilie der Ewenken ist diese Lehre Lenins gedrungen! Und Sie sind doch auch da – die Kirche! Und Ihr Gott! Aber Kassugai kauft sich ein Mädchen, und keiner hindert ihn daran, es durch die Taiga zu jagen! Wäre ich im Haus gewesen, ich hätte Kassugai auch getötet!«

»Schließen wir das Kapitel ab!« sagte der Pope. »Es hat mich genug Nerven gekostet. Allein das Begräbnis mit Gasisulins gesprengten Gräbern...« Er seufzte tief. »Nun soll ich euch trauen, gut! Wie soll ich euch aber trauen, wenn Natalia noch nicht einmal getauft ist? Kann mir das einer sagen?«

»Dann taufe sie, Väterchen!« erwiderte Dr. Plachunin. »Wir haben Wasser genug da!«

»Wasser!« Tigran winkte ab und blickte Natalia stechend an. Wir wissen es, dieser Blick war in Satowka gefürchtet und von Tigran so vollendet eingeübt, daß er immer einen Erfolg brachte. Bei Natalia prallten diese Blicke ab wie Bälle, die man gegen die Mauer wirft. »Willst du getauft werden?« fragte der Pope mit röhrender Stimme.

»Ich weiß nicht, was das ist«, antwortete sie.

»Glaubst du an Gott?«

»Ich kenne ihn nicht.«

Tigran hob entsetzt beide Hände, dann raufte er sich den langen Bart. »Was soll man da tun?« fragte er und wandte sich mit klagendem Blick an Dr. Plachunin. »Sie kennt Gott nicht!«

»Kennen Sie ihn?«

»Genosse Doktor!« rief Tigran entsetzt.

»Wir haben jetzt keine Zeit, Natalia zu erklären, welche Funktionen Gott hat...«

»Funktionen!« schrie Tigran verzweifelt. »Ist er eine Maschine?«

»Taufen Sie sie! Ich bin Taufpate, der andere ist Michail Sofronowitsch. Ich bin übrigens getauft, Väterchen!«

»Und Sie, Tassburg?« fragte Tigran erschüttert.

»Heimlich!«

»Er ist heimlich getauft! O Herr im Himmel, welch eine Gesellschaft!« Er sah sich um und ging zu dem Tisch, wo seine Wachstuchtasche lag. »Wo kann ich mich umziehen?«

»Im Schlafzimmer.«

Der Pope schritt würdevoll in den Nebenraum und schloß die Tür. Dann lehnte er sich an die Wand, blickte sich um und legte beide Hände vor das Gesicht. Es ist nicht ganz einfach, einen Irrtum von 150 Jahren einzusehen und sich selbst einen abergläubischen Schwachkopf nennen zu müssen...

Im Wohnzimmer erklärte Dr. Plachunin unterdessen Natalia, was eine Taufe ist. Er tat es auf seine eigene, knappe, aber anschauliche Weise:

»Der Pope kommt gleich wieder raus. Er hat bestickte Kleider angezogen, betet dir etwas vor, dann halte ich ihm einen Topf mit Wasser hin, er segnet das Wasser, dadurch wird es heilig – frag mich bitte nicht, wieso! –, dann besprengt er dich mit dem heiligen Wasser und sagt zu dir, daß du nun Gott gehörst!«

»Ich gehöre Mischa«, sagte Natalia laut. »Keinem anderen als Mischa!«

»Das wird auch nie jemand bestreiten! Also – er besprengt dich mit Wasser, weniger als ein paar Regentropfen, und gibt dir deinen Namen, den du schon hast. Sag jetzt nicht, das sei blödsinnig... es ist eben so! Danach bist du getauft, ein Kind Gottes, und dann wird geheiratet nach dem Ritus der Kirche.«

»Warum?«

Die einfachsten Fragen werfen den Klügsten um! Auch Dr. Plachunin starrte Tassburg entgeistert an. »Ja, warum eigentlich?«

»Die Idee mit der Trauung kam von Ihnen!« sagte Tassburg rasch.

»Von mir?« Plachunin setzte sich auf einen Hocker. »Ach ja! Wegen des eventuellen Ausfliegens. Ein Ehepaar mit kirchlichem Zeugnis! Ich will Sie ja sumpffieberkrank machen, Menschenskind!« Dann sah er hinüber zu Natalia. »Warum – fragt sie da noch! Gibt es hier einen Heiratspalast wie in Omsk? Soll Petrow, der es als Dorfsowjet darf, euch trauen? Was soll man ihm sagen, wo du herkommst, he?«

»Das wird überhaupt das schwierigste Problem«, meinte Tassburg nachdenklich. »Irgendwann muß Natalia ja in Satowka auftauchen.«

»Auch das schaffen wir noch! Man wird zwar scheel blicken bei einer kirchlichen Trauung, aber das kann man abbiegen, wenn ihr erst in Omsk seid. Dann geht's nachträglich zum Heiratspalast mit weißem Schleier!«

Er schwieg abrupt, denn Tigran Rassulowitsch war wieder erschienen. Er sah imponierend aus in seinem Feiertagsgewand. Die runde Mütze verlängerte noch seine Größe und die reichbestickte Risa verbreiterte seine ohnehin schon gewaltige Figur. Natalia, die bisher nur auf Bildern einen solch geschmückten Priester gesehen hatte, preßte den Strauch aus Papierrosen gegen ihre Brust.

»Gott sei mit euch!« sagte Tigran feierlich. »Doktor, wo ist das Wasser?«

»Kalt oder heiß?«

»Wasser!« brüllte Tigran. »Oh, was leide ich! Angewärmt!«

Tassburg ging zum Herd, goß etwas gewärmtes Wasser in einen zerbeulten Aluminiumtopf und hielt ihn dem Popen hin.

»Genügt das?«

»Damit taufe ich eine ganze Kleinstadt!« Tigran Rassulowitsch faltete die Hände und blickte gegen die dicke Balkendecke. »Herr, segne das Kind, das jetzt vor dich tritt und aus freiem Willen...«

»Er hat wirklich die Stirn, Gott zu belügen!« murmelte Dr. Plachunin dazwischen. »Aus freiem Willen...«

»Schluß! Sparen wir uns alle Worte!« Tigran tauchte die Hände in den Topf mit Wasser. »Sie sind und bleiben eine Beleidigung Gottes, Doktor, und es hat keinen Sinn, in Ihrer Gegenwart ergriffen zu sein. Natalia, beuge dein Haupt. Ich taufe dich auf den Namen... Wie heißt du eigentlich weiter?«

»Natalia Nikolajewna.« Sie beugte sich über den Topf, und der Pope sprengte Wasser über ihr aufgestecktes Haar. Sie zuckte zusammen, aber Tassburg hielt sie von hinten umfaßt und streichelte ihre Schultern und den Rücken. Da ließ sie es geschehen, und das Wasser rann über ihre Wangen in den Topf zurück.

»... taufe ich dich auf den Namen Natalia Nikolajewna mit dem Ausspruch Gottes: Kommet her zu mir, ihr Hungernden und Frierenden, ich will euch erquicken...«

»Das ist billiger als Braten und Wodka!« rief Dr. Plachunin giftig dazwischen. »Ein Glück, daß dafür auch gesorgt ist! Ist die Taufe nun vorbei?«

»Ja!« brüllte Tigran ingrimmig zurück und küßte dann Natalia auf beide Wangen. »Mein Töchterchen, Männer wie dieser Doktor werden nie die ewige Seligkeit erfahren. Bleib so, wie du bist...«

»Und jetzt die Trauung!« sagte Dr. Plachunin ungerührt.

»Aber ich verlange eine richtige Trauung. Ein volles Programm! Nicht so ein Schnellverfahren wie bei der Taufe.«

»Dann verlassen Sie das Haus, Ostap Germanowitsch!«

»Ich bin der einzige Trauzeuge! Das geht nicht.«

»Können Sie singen?«

»Singen? Ich?«

»Bei einem richtigen Traugottesdienst wird gesungen! Also – singen wir!« Tigran, ein goldbestickter Riese in seinem Gewand, blickte auf den Zwerg Dr. Plachunin hinunter wie aus den Wolken. »Welche Lieder können Sie noch aus Ihrer Kinderzeit?«

»Wenn Gott uns von der Erde nimmt...«

»Das ist ein Totenlied!« brüllte Tigran. »Die Hymne der Ärzte!«

»Das zahle ich Ihnen heim, Tigran Rassulowitsch!« sagte Dr. Plachunin, plötzlich ganz müde. »Aber gut, ich kann noch: Gott nimm unsere Hände an...«

»Das geht. Aber nur die erste Strophe! Die zweite handelt wieder vom Tod. Ostap Germanowitsch, können Sie nur Lieder für Beerdigungen? Wahrhaftig, Sie sind der geborene Arzt...«

»Morgen bekommen Sie ein Klistier!« sagte der Doktor. »Ich schwöre es Ihnen! Ich werde im Dorf genügend Gläubige finden, die Sie mit Wonne dabei festhalten!«

»Fangen wir an!« Tigran betrachtete die Braut. Die Taufe hatte ihr Haar naß gemacht, aber die Frisur war nicht sonderlich zerstört. Nur eine Strähne hatte sich aus dem roten Nylonband gelockert und fiel ihr in die Stirn. Es sah bezaubernd aus.

»Dr. Plachunin, gehen Sie bitte in das Nebenzimmer und holen Sie die Hochzeitskronen. Ich beginne mit der Einleitung...« Und dann geschah etwas, was selbst Dr. Plachunin umzuwerfen schien. Der Pope holte tief Luft, sein Bart sträubte sich wieder, und ein donnernder Gesang, als sei ein Lautsprecher voll aufgedreht worden, entquoll seiner gewaltigen Brust.

Der erste Choral!

Dr. Plachunin starrte den singenden Riesen an und rannte dann ins Schlafzimmer, um die Kronen aus Messing zu holen. Er stellte sich dann damit hinter das Brautpaar, aber weil er so klein war, gelang es ihm nicht, wie es Vorschrift war, die Kronen über die Köpfe des Paars zu halten. Sie reichten nur bis in die Nacken, und der Pope sah Dr. Plachunin während seines Gesangs strafend an.

»Nicht jeder kann ein Goliath sein!« brüllte Plachunin in das Lied hinein. Dann kletterte er auf einen Stuhl und stand jetzt hoch genug, um die Kronen über die Köpfe zu halten. Tigran nickte zufrieden und sang weiter. Es war ein Lied, das Plachunin nicht mehr in Erinnerung hatte, aber als der Pope es beendete und sich wegdrehte, um am Herd den Weihrauchkessel zu entzünden, da legte der Doktor los.

»Gott, nimm unsere Hände an ...« Diesmal war es an Tigran zu erschrecken. Obwohl jeder wußte, wie stark die Stimme des kleinen Arztes war – beim Singen geriet sie in Dimensionen, die niemand für möglich hielt. Dieser Gesang ließ die Wände erbeben.

»Mein Gott«, sagte Tigran Rassulowitsch fromm. »Du kannst Gras in der Wüste wachsen lassen ...«

11

Unterdessen geschah draußen vor dem Haus etwas, von dem die Menschen im Innern nichts ahnten.

Es begann damit, daß der Schneesturm aufhörte und nur noch der Schnee lautlos herniederrieselte. Davon wachte der gute Mann – Luka Serafinowitsch war übrigens sein Name –, der in dieser Nacht das »Leere Haus« bewachen sollte, auf. Solange der Sturm heulte und an den Dächern riß, gegen die Fenster schlug und an den Türen rappelte, schlief man wohlig in der Wärme des Ofens.

Aber plötzlich war es still, und Stille weckt auf, wenn man sich ganz auf Lärm eingestellt hat.

Luka Serafinowitsch richtete sich also auf Anastasias Ofenbank auf, lauschte nach draußen und wollte sich gerade zufrieden wieder zusammenrollen, als ihn ein Ton aufschreckte. Er gehörte nicht hierher, er war völlig fremd in dieser Nacht, und das fiel Luka Serafinowitsch auf. Er erhob sich von der Ofenbank, warf den pelzgefütterten Mantel über seine Schultern – schönes, dickes Wolfsfell, das wärmte wie ein Ofen –, öffnete die Haustür und steckte den Kopf in das lautlos gewordene Schneerieseln.

Jetzt war es deutlich zu hören: Gewaltiger Gesang ertönte. Ein Lied?

In der Nacht, während es schneit?

Luka Serafinowitsch fuhr herum, starrte auf das »Leere Haus« und sah, daß es, hinter den Decken, die vor den Fenstern hingen, hell erleuchtet war.

Und aus diesem verfluchten Haus drangen die dröhnenden Töne!

Luka machte einen kleinen Luftsprung, riß sich dann den Pelz über den Kopf und rannte die Straße hinunter, um Alarm zu schlagen. In der Kirche, wo er zuerst vorbeirannte, war alles dunkel. Der Pope rührte sich nicht, auch der Doktor schien fest zu schlafen. Luka rannte weiter, trommelte mit beiden Fäusten gegen die Tür des Dorfsowjets Petrow und brüllte heiser, als der Genosse schlaftrunken am Fenster erschien:

»Im ›Leeren Haus‹! Gesang! Unmenschliche Töne! Die Wände biegen sich!«

Man soll nicht glauben, wie schnell man ein ganzes Dorf aus dem Schlaf holen kann! Petrow alarmierte Gasisulin mit dem Ruf:

»Im ›Leeren Haus‹ kracht es wieder. Diesmal ist der Genosse Ingenieur dran!«

Gasisulin hüpfte herum, zog sich in rasender Eile an und raufte sich dabei die Haare. »Ein neuer Sarg! Gut und schön! Aber wie soll ich ihn in die Erde kriegen? Ich werde beantragen, daß man im Winter die Toten bis zum Frühjahr vereist!«

Dann rannte auch der Sargmacher los und weckte die Nachbarschaft.

Richtigen Schwung bekam die Sache allerdings erst, als man Jefim Aronowitsch, den Idioten, auf den Weg gebracht hatte. Er fand Worte, die auch den bequemsten Schläfer aufschreckten.

»Der Teufel singt im Geisterhaus!« schrie er mit seiner hellen Stimme. »Er singt Kirchenlieder! Der Weltuntergang ist gekommen! Der Weltuntergang!«

Von allen Seiten strömten die Bauern zusammen. Mit Fackeln und Laternen umringten sie in sicherer Entfernung das geheimnisvolle Haus und starrten es stumm an.

Was Jefim herausbrüllte, schien wahr zu sein: Das Haus war innen hell erleuchtet, und durch die Wände erklang die gewaltige Stimme. Oder kam die Stimme aus dem Kamin? Aus der Erde? Einige kannten das Lied und falteten erbleichend die Hände.

»Ein geisterhaftes Feuer!« stotterte der fromme Luka Serafinowitsch.

»Eine Teufelstrauung!« stammelte Anastasia, die plötzlich auch in einem bodenlangen Pelz vor ihrem Haus stand. »Hört ihr's nicht? Das ist der Choral ›Im Himmel steht euer Name...‹ O Mutter von Kasan, in meinem Haus feiern die Teufel eine Hochzeit!«

Sie schwankte, und Petrow mußte sie festhalten, sonst wäre sie umgefallen. Überall loderten jetzt die Fackeln, überall schwankte das Licht der Laternen; es gab wohl keinen Menschen in Satowka, der jetzt noch im Bett lag und an eine friedliche Nacht glaubte.

Ein Aufstöhnen ging durch alle Bewohner des Dorfes, als drinnen im Haus die gewaltige Stimme schwieg, dafür aber eine andere, hellere losdonnerte. »Zwei Teufel!« kreischte Jefim. »Die ganze Hölle ist zu uns gekommen! Wo ist Tigran Rassulowitsch mit seinem Kreuz? Nur er kann uns noch retten!« Aber das war eine vergebliche Hoffnung. Gasisulin, den man mit drei anderen losgeschickt hatte, um den Popen und den Doktor zu wecken und zu holen, kam bleich und zitternd zurück. Auch seine Begleiter sahen völlig verstört aus.

»Was ist?« schrie Petrow. »Wo ist Väterchen Tigran?«

»Weg! Verschwunden!« Gasisulin lehnte sich an die Mauer von Anastasias Haus. »Wir haben geklopft, gehämmert, schließlich mit Stangen gegen die Tür geschlagen. Da sprang sie auf. Wir gingen ins Haus, aber es ist leer! Alles leer! Kein Väterchen – kein Doktor! Die Betten unberührt!«

»Die Teufel haben unseren Popen geklaut!« brüllte Jefim. »Der Weltuntergang ist da! Und keinen geistlichen Beistand!«

Wen wundert es, daß die fromme Witwe Anastasia, deren Blinis mit Zubehör der Pope so gern genossen hatte, in tiefe Ohnmacht fiel? Petrow brachte sie ins Haus, legte sie auf die Ofenbank und rannte wieder nach draußen.

Dort hatte sich die Situation erneut geändert, denn nun ertönte zweistimmiger Gesang aus dem verfluchten Haus. Luka Serafinowitsch kniete im Schnee und betete.

»Jetzt singen sie zweistimmig...« stammelte er. »Genosse Petrow, das ist der große Hochzeitssegen... Ich kenne ihn, ich habe schließlich dreimal geheiratet...«

Das stimmte. Zwei Frauen waren Luka weggelaufen, weil es ihnen in Satowka zu einsam war. Er hatte sie aus Batkit mitgebracht, und das war ein Fehler gewesen. Jetzt, die dritte war aus dem Dorf und hielt aus, weil sie es nicht anders kannte. Aber dreimal heiraten – das bildet! Vor allem kennt man dann die nötigen Gesänge...

Petrow und das ganze Dorf rund um das verfluchte Haus lauschten. Die Teufel sangen immer noch zweistimmig und jubilierten die christlichen Weisen.

»Freunde und Genossen!« sagte Petrow stockend zu den Bauern. »Wir werden Michail Sofronowitsch nie mehr sprechen können... Die Teufel verheiraten ihn mit der Gräfin Albina, und dann schlitzt sie ihm den Hals auf. Morgen liegt er vor der Tür. Aber das wollen wir abwarten! Genossen, wir halten aus, bis unser Freund Tassburg aus dem Haus taumelt wie vor kurzem der Genosse Kassugai!«

Die Leute von Satowka nickten stumm. Das Petroleum in den Lampen reichte bis zum Morgen. Rückt zusammen, Genossen! Schnee kennen wir, Frost auch – wir halten durch bis zum Morgen!

Wann erlebt man das noch mal, daß Teufel Hochzeit feiern?

Nach zwei Stunden – im Haus war es stiller geworden, dafür roch es nach Braten und Kraut aus dem Schornstein, was nur zeigte, mit welch höllischer Impertinenz die Teufel vorgingen – wurde ein Teedienst eingerichtet. In zwei Häusern wurden Kessel voll Tee gekocht, den man in Bechern rund um das verfluchte Haus herum verteilte.

Es geschah alles lautlos, damit man nicht einen Ton verpaßte, der aus dem Haus dringen konnte.

Bisher hatten die meisten Opfer der Gräfin – so stand es in der Chronik, die der Pope hütete – einen solchen letzten Laut von sich gegeben, eigentlich alle bis auf Morosowski, der ja schlafend von der Bank gestürzt war und sich somit lautlos das Genick gebrochen hatte.

»Meistens war es gegen Morgen!« prophezeite der Idiot Jefim, der sich gut auskannte, weil ihm Tigran alles erzählt hatte. »Wenn Sie Väterchen Tigran und den Doktor auch geholt haben, müßten es drei Schreie sein...«

»Und drei Särge und drei Gräber!« Gasisulin schob sich an den Dorfsowjet heran. »Das ist unzumutbar, Genosse, bei diesem Frost drei Gräber auszuheben! Ich stelle den Antrag, die Toten einzufrieren – oder ich sprenge wieder!«

Von allem, was draußen geschah, hörten, ja ahnten die Hochzeiter im Hause nichts.

Tigran hatte seinen Segen gesprochen und Michail und Natalia miteinander vermählt. Sie hatten gehorsam eine Hostie geschluckt, und dann hatten Tigran und Dr. Plachunin zweistimmig gesungen. Es klang sehr schön, trotz der Lautstärke. Wirkliche Feierlichkeit durchzog das Haus, und als Natalia und Michail sich küßten, diesmal als Mann und Frau, war sogar Dr. Plachunin ehrlich gerührt.

»Und jetzt zum Essen!« verkündete der plötzlich sehr realistische Tigran. »Es duftet wie im Paradies! Lasset uns zu Tisch gehen und fröhlich sein! Was gibt es?«

»Einen Rinderbraten mit Blätterkohl. Dazu Wodka!« Dr. Plachunin, der am Herd stand, rieb sich die Hände. »Man müßte Ingenieur sein und nach Erdgas suchen! Es war doch eine gute Idee, diese Hochzeit abzuhalten!«

Bis zu dem Augenblick, an dem Tigran und Dr. Plachunin satt und mit vom Alkohol getrübten Hirnen das Haus wieder verlassen wollten, hielt diese Ansicht.

Der Pope, der die Tür geöffnet hatte, prallte sofort zurück und schlug sie wieder zu. Er hatte den Fackelschein rings um das Haus gesehen und ahnte, was er zu bedeuten hatte.

Dr. Plachunin, der ihm gefolgt war, stieß hart gegen ihn. »Was ist los?« schrie er. »Sind Sie verrückt? Sie zerquetschen mich ja!«

»Wir können nicht hinaus!« sagte Tigran dumpf. »Wir sind umzingelt! Das ganze Dorf steht um das Haus. Herr im Himmel, wenn man mich hier gesund herauskommen sieht – ich kann mich aufhängen! Hier können doch nur Tote herauskommen!«

»Und Tassburg?«

»Der bildet eine Ausnahme. Aber nun stehen die Leute draußen, um auch ihn sterben zu sehen! Oh, Sie mit Ihrem lauten Gesang! Die Posaunen von Jericho waren Flöten dagegen!«

»Sie haben auch nicht gerade geflüstert«, sagte der Doktor. Er öffnete die Hintertür einen Spalt und blickte in die Nacht hinaus. Jetzt sah auch er den Kreis von Fackeln und Laternen. »Warten wir also...«

»Und bis dahin gelten wir bei den Leuten als verschwunden! Was sollen wir erzählen, wo wir gewesen sind?« Tigran tappte zurück in die große Stube. Dort umarmten sich gerade Natalia und Michail, glücklich, endlich wieder allein zu sein.

»Auseinander!« rief Tigran und ließ sich schwer auf die Bank fallen. »Ihr seid glücklich, aber mich vernichtet eure Hochzeit – wenn mir nichts Erhabenes zu meiner Rettung einfällt...«

Auch dem wendigsten Geist fällt nicht immer ein Ausweg ein. Tigran raufte seinen Bart, strich ihn wieder glatt, lief zum Fenster und lugte durch die beiseite geschobene Decke ins Freie – aber draußen richteten sich die Bauern von Sotowka auf eine lange Nacht ein.

»Sie tragen Teekessel herum«, stöhnte Tigran und ließ sich wieder auf die breite Bank fallen. »Wißt ihr, was das bedeutet? Sie warten, und selbst wenn statt Schnee Jauche vom Himmel regnen sollte! Erst jagt er uns mit seinem Gesang alle aus den Betten, und jetzt steht er herum und säuft Wodka! Das sollte ich einmal wagen!«

»Ich habe eine gesunde Leber, Väterchen Pope!« Plachunin kratzte sich den Kopf und dachte nach. Die Situation war wirklich kritisch, darüber gab es keinen Zweifel. Wenn man draußen Tee verteilte, war die Nacht verloren – Tigran und er mußten sie hier verbringen. Am Tage konnte man auch nicht ungesehen aus dem Haus schleichen – also blieb nur die nächste Nacht. Aber wie schon Tigran richtig erkannt hatte: Wie konnte man das Verschwinden und Wiederauftauchen eines Popen und eines Arztes den Leuten erklären? Im Sommer wäre es einfach gewesen: Wir haben einen Ausflug in die Taiga gemacht, hätte man sagen können. So dumm es auch klingen mochte – niemand konnte ihnen das Gegenteil beweisen. Aber jetzt, bei diesem Schnee, bei dieser Kälte, bei den undurchdringlichen Verwehungen...?

»Michail Sofronowitsch, wir müssen Ihre Gastfreundschaft länger in Anspruch nehmen!« sagte Dr. Plachunin und goß sich den Rest aus der Wodkaflasche ein. »War es schon eine besondere Hochzeit, so betrügen wir Sie nun auch noch um die Hochzeitsnacht. Aber die Umstände...«

»Hochzeitsnacht!« Tigran winkte ab. »Sind das Ihre ganzen Sorgen, Doktor? Die Braut bekommt ja schon ein Kind...«

»Was wissen Sie als Pope davon! Die Nacht nach der Hochzeit ist immer eine besondere Nacht, selbst wenn man schon vier Kinder haben sollte!«

»Ich glaube kaum, daß das jetzt unser Problem ist!« Tassburg blickte ebenfalls durch einen Ritz der Decke zum Fenster hinaus. Er konnte genau auf Anastasias Haus blicken und sah Petrow, den Idioten Jefim, den Sargmacher Gasisulin, seinen Vorarbeiter Grigori, Konstantin und einen Geologen, der mit Grigori schon vor zwei Tagen aus der Taiga gekommen war und den man anscheinend jetzt aus dem Lager geholt hatte, vor Anastasias Haus stehen. Sie tranken alle Tee, er dampfte vor ihren Gesichtern, und eine Bäuerin mit einem Henkelkorb am Arm verteilte belegte Brote unter die Wartenden. »Im Augenblick können Sie gar nichts machen! Wahrscheinlich werden Sie bis morgen abend hierbleiben müssen.«

»Ich habe eine Idee!« sagte Tigran plötzlich. »Verjagen wir sie!«

»Und wie?« fragte der Doktor. »Wollen Sie in die Hände klatschen und husch, husch rufen?«

»So ähnlich!«

»Er hat den Verstand verloren!« sagte Plachunin zu Tassburg und Natalia. »Jetzt, wo keine Gebete mehr helfen, hockt er herum und macht dumme Vorschläge!«

»Die Gräfin Albina muß in Erscheinung treten!« sagte Tigran ungerührt. »Nach einhundertfünfzig Jahren zeigt sie sich zum erstenmal! Riesengroß, bleich – für einen Moment aus der Hölle entlassen! Sie tritt aus dem Haus und ruft: ›Hinweg mit euch allen!‹ – Ha, wie die lieben Genossen davonflitzen werden!«

»Er ist irre!« sagte Plachunin laut. »Tigran, geben Sie mir Ihren Arm. Ich muß Ihren Puls fühlen. Wollen Sie das Gespenst spielen?«

»Nein! Natalia...«

»Unmöglich!« rief Tassburg sofort. Er saß neben Natalia dem Popen gegenüber am Tisch und hatte den Arm um ihre Schulter gelegt. Sie war müde, lehnte den Kopf an Michails Schulter und war trotz aller Komplikationen glücklich, seine Nähe zu fühlen. Vor ihr auf dem Tisch lag der Brautstrauß aus den bunten Papierrosen. Von ihrem Haar hatte sie den roten Nylonstrick genommen – es fiel jetzt wieder lang und kupfern-golden schimmernd über ihre Schultern.

»Warum ist es unmöglich?« fragte sie.

»Bist du so riesengroß?«

»Sie setzt sich auf meine Schultern, und alles, was wir an Stoff haben, nähen wir zusammen und machen ein Gewand draus, das ihr vom Hals bis zu meinen Füßen fällt! Wenn das keine große Gespenstergestalt wird...«

»Ein Monstrum!« sagte Dr. Plachunin. »Oben ein zartes Köpfchen und unten Schuhe wie ein Kahn! Freunde, gebt dem Popen zu trinken, damit er endlich still ist! Ich sehe nur den einen Ausweg: Warten bis morgen abend!«

Es war tatsächlich die einzige Möglichkeit, die ihnen blieb. Tassburg holte noch eine weitere Flasche Wodka. Tigran Rassulowitsch schlug zwar noch manchen Ausweg vor, aber je weiter die Nacht fortschritt und je mehr Wodka er in sich hinein schüttete, um so indiskutabler wurden seine Vorschläge. Schließlich legte er sich lang auf die Bank, ohne daran zu denken, daß aus einer solchen Haltung dem braven Morosowski das Genick gebrochen worden war, faltete die Hände unter dem Bart und schlief ein.

Kaum hatte er die Augen geschlossen, schnarchte er auch schon so gewaltig, daß keine leisere Unterhaltung mehr möglich war. »Ich liebe diesen Kerl!« sagte Dr. Plachunin und blickte auf seine uralte Uhr, die er aus der Jackentasche holte. Es war gegen sechs Uhr morgens. Nebenan hatte sich Natalia aufs Bett gerollt und schlief ebenfalls. »Er ist der größte Gauner, der je einen Priesterrock getragen hat, aber er paßt genau in diese Gegend. Rußland wäre arm, wenn es nicht solche Kerle hätte.«

Plachunin stemmte die kurzen Beine gegen die warme Ofenwand. Herrlich war es, wie nun von den Fußsohlen her die Wärme durch den ganzen Körper zog. »Wenn es aufhört zu schneien, rufen wir mit Ihrem Funkgerät den Hubschrauber herbei! Einverstanden? Ich verzichte auf den alten Wagen.«

»Aber erst muß Natalia hier offiziell auftauchen! Und wenn ich ehrlich sein soll, das mit dem Sumpffieber, das Sie bei mir erzeugen wollen, gefällt mir gar nicht.«

»Mir auch nicht! Schon rein medizinisch gehört eine Riesenportion Dummheit dazu, zu glauben, daß man bei Schnee und Frost Sumpffieber bekommt!«

»Es gibt also nur den legalen Weg, Dr. Plachunin.«

»Was nennen Sie in diesem Fall legal, Michail Sofronowitsch?«

»Ich muß nach Mutorej und mit Natalias Eltern sprechen.«

»Und so lange wollen Sie den Geisterspuk hier fortsetzen?«

»Wissen Sie etwas Besseres?«

»Ja. Ich muß zurück nach Batkit. Es muß doch möglich sein, Sie und Natalia mit nach Batkit zu nehmen.«

»Und mit welcher Begründung? Ich bin gesund, und ich gehöre zu meinen Leuten. Ich habe hier einen Auftrag zu erfüllen.«

»Also müssen Sie doch krank werden ...«

»Wenn mir genügend Zeit bleibt und das Wetter mitspielt, müßte es auch anders gelingen. Es kann doch nicht ewig schneien! Nach dem Schnee kommt der starke Frost. Dann ist der Himmel blank und blau, sonnenüberstrahlt und unendlich. Der Schnee friert zu einer Decke, fest wie Asphalt. Man kann dann wieder arbeiten.«

»Als ob ich die Taiga nicht kenne!« Plachunin nickte mehrmals. »Denken Sie aber auch an das Kind? Von Woche zu Woche wächst es, und es kommt einmal der Zeitpunkt, wo Ihre Frau nicht mehr in einem Jeep oder Lastwagen über die holprigen Wege in jene Einsamkeiten fahren darf, die Sie mit Ihren Bohrgeräten durchwühlen. Wir dürfen doch keine Fehlgeburt riskieren!«

»Wenn ich weiter nach Norden muß, wird Natalia in Satowka bleiben.«

»Das glauben Sie! Ja, ja – hier gibt es eine Hebamme. Die alte Rimma, man hat mir von ihr erzählt. Sie schlägt mit dem Kochlöffel auf den Leib der Wöchnerin und ruft: ›Komm heraus, du Wurm!‹ Und das Kind kommt! Bisher immer, wenn ich Tigran glauben darf. Hier in Satowka ist man das gewöhnt... aber ob es für Ihre Frau das richtige ist...«

»Sie können doch sagen, Dr. Plachunin, wann das Kind kommen wird. Wenn Sie dann von Batkit... ich meine, dann ist doch Frühling...«

»Michail Sofronowitsch, alles, was wir hier reden, sind bloße Spekulationen! Sicher ist nur eins: Natalia wird nicht allein in Satowka bleiben und Sie weiter in die Taiga ziehen lassen! Die geht mit! So schön ihr Köpfchen ist, so hart ist es auch! Vor allem kennt sie keine Angst, sie ist ja ein Kind dieser Wildnis! Michail, Sie werden in einen Wettlauf mit der Zeit kommen.«

»Das weiß ich.« Tassburg betrachtete den schnarchenden Tigran. Bei jedem Atemzug blähte sich sein Bart, es sah imposant aus. »Sobald es nicht mehr schneit, fliege ich nach Mutorej. Ich muß feststellen, ob man Natalia noch sucht und ob Kassugais Verfolgung aktenkundig ist oder nur eine private Aktion war. Wenn sie das war, kann Natalia ohne Gefahr hier auftauchen.«

»Und wenn es doch amtlich war?« Dr. Plachunin sah Tassburg mit seitlich geneigtem Kopf an. »Geben Sie es doch zu – Sie rechnen damit!«

»Nein.«

»Sie belügen sich selbst, Tassburg! Wenn das mit dem Kind nicht wäre...«

»Was dann, Doktor?«

»Dann könnte man Natalia irgendwo verstecken – bei Freunden – und wenn's sein muß, auch bei mir, bis Gras über die Sache gewachsen ist. Aber mit einem Säugling? Ob in Batkit oder in Omsk – überall wird man fragen: Wer ist diese junge Mutter? Wo kommt sie plötzlich her? Sie wissen, wie genau jeder Nachbar den anderen beobachtet und wie man sich um neue Gesichter kümmert. In Moskau mag das anders sein ... aber in Sibirien ist der einzelne Mensch noch interessant, wenn er irgendwo neu in einen Lebenskreis tritt. Es ist einfach, in der Taiga einen Menschen verschwinden zu lassen, das ist auch weiter nichts Neues, aber wenn ein Mensch dazukommt – dann ist er gewissermaßen Allgemeingut! Ist Ihnen das klar?«

»Sicherlich, das habe ich alles überlegt. Es gibt nur diesen Weg: Natalia muß vollkommen rehabilitiert werden.«

»Bei Kassugais Stellung wird das schwer! Und vor allem: Wo ist Kassugai geblieben? Und sein Begleiter? Selbst sein Auto ist verschwunden! Michail, wenn Sie diesen Stein ins Rollen bringen, rollt er bis Satowka. Und wer dann hierherkommt, der glaubt bestimmt nicht an Geister und die Gräfin Albina, die mit ihrem Messer herumspukt und Kassugai erstochen hat! Man braucht nur den Dorftrottel Jefim Aronowitsch oder den kleinen Sargmacher in die Mangel zu nehmen, und schon ist die Wahrheit heraus!« Plachunin seufzte und rieb die heißen Fußsohlen aneinander. Die durchhitzten Ofensteine waren eine wahre Wonne. »Michail, ich biete Ihnen eine gesalzene Lungenentzündung an!«

»Würde die etwas an Natalias Lage ändern?«

»Kaum! Aber sie wäre erst einmal weg aus Satowka und noch weiter weg von Mutorej.« Plachunin winkte von selbst ab, ehe Tassburg antworten konnte. »Ich weiß, ich weiß, wir drehen uns im Kreise! Überall würde Natalia auffallen! Wäre sie ein altes Mütterchen ... aber so, wie sie aussieht! Man kann sie einfach nicht verbergen.«

»Also warten wir«, sagte Tassburg rauh. »Die gute, alte russische Tugend: warten!«

»Sie hat noch immer Erfolg gehabt.« Plachunin reckte die Arme. »Mein Freund, jetzt werde ich auch müde. Ich lege mich auf den Tisch, einverstanden? Und Sie?«

»Ich warte den Morgen ab und trete dann vor das Haus. Wenn die Leute sehen, daß ich noch immer lebe, trotz allem Teufels- und Hochzeitsspuk, werden sie abziehen.«

»Sehr klug! Machen Sie's gut, Michail!« Dr. Plachunin kletterte auf den großen Tisch und streckte sich darauf aus. »Ich bin müde und ziemlich betrunken! Trotz allem: Es war eine schöne Nacht!«

Dieser Ansicht waren die Einwohner von Satowka nicht, als der Morgen dämmerte und das Tageslicht Mühe hatte, sich durch einen tiefgrauen Himmel zu quälen. »Mindestens noch zwei Wochen Schnee hängen darin!« prophezeite der wettererfahrene Gasisulin.

Trotz des heißen Tees und belegter Brote war die Stimmung schlecht. Man fror erbärmlich, löschte beim ersten Morgenlicht die Fackeln und Lampen und starrte weiter auf das stille, verfluchte Haus. Bald mußte doch etwas passieren! Ein Schrei, oder zwei oder drei Schreie, dann würde sich die schwere Bohlentür öffnen, und – wenn alles der Chronik gemäß ablief – es schwankten, wankten oder krochen der Genosse Ingenieur, Väterchen Tigran und der verdammte kleine Doktor aus Batkit mit zerschnittenen Kehlen ins Freie, um vor dem Haus zu sterben...

Verdächtig war, daß seit Stunden alles unheimlich still darin geblieben war, aber das Licht weiterhin hell brannte. Tassburgs Vorarbeiter, Konstantin, und der Geologe hatten sich in Anastasias Wohnraum verzogen, saßen auf der Ofenbank und kauten an je einem Stück Dauerwurst. Nebenan lag die fromme Witwe noch immer in einer Art von Schock – sie war steif wie ein Brett! Der Gedanke, in ihrem geerbten Fluchhaus könne jetzt Väterchen Tigran umgekommen sein, lähmte sie völlig. Auch er ein Opfer des Teufelsspuks!

Petrow, der ab und zu nach ihr sah und sie mit schielenden Augen musterte, trug auch nicht zur Aufheiterung bei, wenn er berichtete:

»Alles ist still! Unheimlich, sage ich. Erst der Teufelsduettgesang – und jetzt das große Schweigen! Anastasia Alexejewna, man sollte dein Haus einfach abbrennen!«

»Es brennt nicht«, antwortete die Witwe und blieb starr liegen. »In hundertfünfzig Jahren ist noch kein Blitz eingeschlagen, und Feuer von Menschenhand erlischt sofort...«

Der Dorfsowjet verspürte einen kalten Schauer, zog die Schultern ein und verließ den Schlafraum der Witwe. Auf der warmen Ofenbank stopfte sich der Geologe gerade eine Pfeife.

»Ich gehe gleich hinein!« sagte er.

»Wo hinein?« fragte Petrow verständnislos.

»Drüben in das Haus!«

»Das verbiete ich Ihnen!« schrie Petrow und schielte den Geologen wütend an. »Wir haben genug von den Toten! Bringen Sie sich anders um, Genosse, aber nicht innerhalb unseres Kollektivs! Wenn Sie lebensmüde sind, hängen Sie sich in der Taiga auf oder stellen Sie sich nackt in den Frost und vereisen Sie! Aber dieses Haus betreten Sie nicht!«

Er rannte ins Freie und schlug hinter sich die Tür zu. Der Geologe zündete sich die Pfeife an und blickte Konstantin an.

»Glauben Sie auch an den Quatsch mit den Geistern?«

»Es steht außer Zweifel«, antwortete Konstantin, »daß Kassugai in dem Haus erstochen wurde. Ich habe ihn selbst gesehen, bevor er begraben wurde. Ein Stich – genau in die Kehle! Und das Haus war leer... Tassburg war zu dieser Zeit bei Ihrem Bohrtrupp. Leer, sage ich! Unbewohnt! Und ein Mann wird darin erstochen. Haben Sie dafür eine Erklärung?«

»Nein.«

»Na also...«

»Eben deshalb sollte man nachsehen.«

»Um Kassugai zu folgen?«

»Verdammt, es gibt keine Geister! Schon gar keine, die mit einem Messer um sich stechen.«

»Aber Kassugai...«

»Hören Sie auf mit Ihrem dämlichen Kassugai!« Der Geologe stieß dichte Rauchwolken aus seiner Pfeife und hüstelte. Es war ein verdammt scharfer Tabak. »Wenn Michail Sofronowitsch nicht bis zum Mittag herausgekommen ist, gehe ich hinein! Und keiner wird mich daran hindern! Auch dieser Petrow nicht. Und Sie gehen mit!«

Konstantin unterließ es, darüber zu diskutieren. Abwarten! dachte er nur. Immer diese studierten Herren – diese Besserwisser!

Alles ging schneller vor sich, als man gedacht hatte.

Der Tag hatte sich endlich durch die Schneewolken gerungen, und die Leute von Satowka tranken den neunten Teekessel leer und aßen dazu warme Eierkuchen, die in drei Häusern für alle gebacken wurden, als sich die Tür des Spukhauses plötzlich öffnete.

Ein Stöhnen ging durch die Reihe der Wartenden.

Wer würde zuerst erscheinen?

Gasisulin umklammerte Petrows Arm. Der Schneefall hatte noch mehr nachgelassen, es war nur noch ein leichtes Rieseln.

»Kein Schrei!« flüsterte Gasisulin, bleich bis zu den Zehen.

»Diesmal ist es ruck, zuck gegangen! Nicht einmal Zeit zum Schreien hatten sie...«

Und dann erschien der Genosse Tassburg. Aufrecht, in Hemd und Hose und kerngesund. Er breitete die Arme aus, reckte sich in der frischen Schneeluft und atmete tief ein. Er schien fast fröhlich zu sein...

Erst nach seiner Morgengymnastik schien er zu bemerken, daß fast alle Dorfbewohner das Haus umringten und ihn sprachlos anstarrten. Aus Anastasias Haus stürzten der Geologe, Grigori und Konstantin; Jefim hatte sie alarmiert.

»Da... der Genosse Ingenieur...« hatte er gestottert und war wieder weg.

»Er lebt!« stammelte Konstantin ergriffen. »Er lebt tatsächlich!«

Tassburg blickte um sich und kam dann langsam näher. Ein paar Frauen schrien auf und rannten weg, als käme der Leibhaftige in ihre Nähe. Gasisulin atmete hörbar auf. Es gab zwar keinen neuen Sarg – aber er brauchte sich auch um die Gräber keine Sorgen zu machen.

»Was ist denn hier los?« rief Tassburg mit lauter Stimme, als selbst die Männer vor ihm zurückwichen, je näher er ihnen kam. »Feiern wir irgendein Fest?«

»Ihre Auferstehung, Michail Sofronowitsch!« rief der Geologe. Er lachte rauh und stapfte Tassburg entgegen. »Wieso haben Sie keinen aufgeschlitzten Hals, he?«

»Warum sollte ich das?«

»Man erwartet es von Ihnen! Nach den Ereignissen der vergangenen Nacht...«

»Welche Ereignisse?« Tassburg blickte sich wieder um. Die Leute von Satowka hatten ihn jetzt umringt, aber der Kreis war so groß, daß einige Meter freier Raum blieb.

»Bei Ihnen war der Teufel los!« sagte der Geologe.

»Unmöglich! Ich habe bestens geschlafen.«

»Gesungen haben sie!« schrie Jefim. »Sogar zweistimmig! Mit unmenschlichen Stimmen...«

»Wir... wir alle haben es gehört...« stammelte Gasisulin.

»Und sie haben wieder nichts... wie damals bei dem Feuer...«

»Seid ihr denn alle verrückt?« Tassburg sah hinüber zu den Teekesseln und den abseits stehenden Frauen mit Eierkuchen auf großen Holztellern. »Es wird also doch etwas gefeiert, was? Bei Tee und Pfannkuchen? Petrow, was ist los? Ihr benehmt euch alle so merkwürdig...«

Es gab kein Ausweichen mehr. Als Dorfsowjet ist man verpflichtet, mutig zu sein. Vorbild sein! sagt die Partei. Aber weder die Partei noch Lenin hatten jemals etwas mit 150 Jahre alten Geistern zu tun...

»Genosse Michail Sofronowitsch«, erwiderte Petrow heiser und trat sogar näher an Tassburg heran. »Ich überzeuge mich, daß Sie leben und kerngesund sind. Das grenzt an Wunder! Das ganze Dorf – mit Ausnahme von zwei Urgroßmütterchen, die zu schwach waren – hat erlebt, daß in Ihrem Haus heute nacht eine Teufelshochzeit stattgefunden hat!«

»Eine – was?« fragte Tassburg mit perfekt gespielter Betroffenheit.

»Der Pope und der Doktor sind spurlos verschwunden. Und die ganze Nacht über war Ihr Haus hell erleuchtet, dann sang eine Satansstimme den Eingangschoral der Trauungszeremonie...«

»Ja, das stimmt! Ich habe es genau gehört und erkannt!« schrie der fromme Luka Serafinowitsch, der dreimal geheiratet hatte und daher Experte war.

»Und dann sang eine zweite, hellere, noch teuflischere Stimme... und später... später...« Petrow wischte sich den Schweiß von der Stirn. Er glühte vor Erregung. »Später sangen sie sogar zweistimmig!«

»Sogar ein Halleluja!« kreischte Jefim dazwischen.

»Unmöglich!« Tassburg wischte sich über die Augen. »Im Haus war alles still und dunkel. Ich habe geschlafen – bei dem geringsten Laut wache ich doch sonst auf...«

»Aber wir alle«, stammelte Gasisulin, »ich auch... wir haben es gehört und das Licht im Haus gesehen, ganz hell! Und er schläft und hört nichts... und lebt... aber wir alle... O Gott! Wie sieht es bei Ihnen im großen Zimmer aus, Michail Sofronowitsch?«

»So, wie ich es beim Zubettgehen verlassen habe. Bevor ich jetzt eben vor die Tür kam, habe ich das Feuer angefacht. Gleich kocht mein Teewasser.«

Es stimmte.

Aus dem Kamin quoll dichter Rauch und stieg weiß leuchtend in den grauen Schneehimmel. Da kaum ein Wind wehte, sah der Rauch wie eine Säule aus, die aus dem Schornstein wuchs.

»Es herrschte also keine Unordnung?« fragte Petrow mit zugeschnürter Kehle.

»Nein.«

»Kein Blut auf dem Boden oder an den Wänden?«

»Nicht daß ich wüßte! Warum auch?« Tassburg lachte laut und schlug die Arme um den Körper. Ihm wurde langsam kalt nur in Hemd und Hose. »Ach – die Gräfin Albina? Genossen, die habe ich nur zu Anfang ein paarmal gesehen, gleich nachdem ich hier eingezogen war. Seitdem habe ich Ruhe.«

»Moment!« mischte sich der Geologe ein. Er kratzte sich mit dem Pfeifenstiel den Haaransatz. »Was haben Sie da gesagt, Michail Sofronowitsch? Sie haben diese seit einhundertfünfzig Jahren tote Gräfin...«

»Gesehen – und wollte sie anfassen... da zerrann sie, und auf meiner Hand blieb rotes Wasser zurück.«

»Aha!« Der Geologe beugte sich zu Tassburg vor. »Sie waren ganz schön betrunken, was?«

»Glauben Sie, was Sie wollen, Genosse! Ich weiß es, ich habe es erlebt!«

Und dann spielte Tassburg ein gefährliches Spiel, als er hinzufügte:

»Wenn Sie es nicht glauben ... bitte, ich lade Sie ein, eine Nacht bei mir zu schlafen! Sie sind der Frau Gräfin ja noch unbekannt. Es fragt sich nur, ob Sie ihr sympathisch sind...«

Der Geologe bekam große Augen, steckte die Pfeife zwischen die Zähne und knurrte etwas, das Tassburg nicht verstand. Aber die Einladung schien er nicht annehmen zu wollen...

»Verdammt, geht nach Hause!« sagte Tassburg laut zu den Leuten von Satowka. »Ihr seht, es ist nichts passiert!«

»Väterchen Tigran und der Doktor sind verschwunden!« jammerte Jefim. »Wer kann das erklären? Sind einfach weg! In Luft aufgelöst...«

»Sie werden wiederkommen. Vielleicht sind sie weggefahren?«

»Wohin bei diesem Schnee?« sagte Petrow. »Der Wagen steht vor dem Haus. Und wo sollen sie hin? In die Taiga? Warum?«

Petrow war so erschüttert, daß er nicht weitersprechen konnte. Er mußte ein paarmal Luft holen, bis die Kehle wieder frei war. »Wir haben zwei Suchhunde hier. Aber es gibt keine Spuren! Der Schnee hat alles zugedeckt.«

Dem Himmel sei Dank, dachte Tassburg. Er fror jetzt tüchtig und wollte ins Haus zurück. Wenn die Leute in das Zimmer blicken könnten! Der schnarchende Tigran auf der Bank und der Doktor wie aufgebahrt auf dem Tisch! Und nebenan Natalia, die Braut, in ihrem Hochzeitskleid mit den Rosen aus farbigem Durchschlagspapier...

Ist das Leben nicht manchmal verrückt?

»Ich muß meinen Tee trinken«, sagte er. Dann wandte er sich an den Geologen: »Ich komme heute noch ins Lager! Funken Sie dem Bohrtrupp, daß nun alle Leute zurückkommen, nachdem der Schneefall aufgehört hat.«

Er wartete die Antwort nicht ab, sondern ging schnell zum Haus zurück und schlug die Tür hinter sich zu.

Die Leute von Satowka standen noch herum, als wären sie erstarrt. Allmählich bröckelte der Kreis auseinander, einer nach dem anderen wandte sich ab – und alle gingen in ihre Häuser in dem Bewußtsein, so etwas nie wieder zu erleben.

Womit sie auch recht behielten.

12

Es war ein Tag, der sich hinzog wie Sirup an einem Löffel. Tigran und Dr. Plachunin saßen im Haus herum und erfreuten sich einerseits am Anblick Natalias, andererseits berieten sie ergebnislos, was sie sagen wollten, wenn sie am nächsten Tag wieder im Dorf auftauchten.

Natalia putzte, fegte und kochte und erzählte später von ihrer Arbeit auf der Sowchose von Mutorej.

Einmal schlug der Pope vor, einfach zu sagen, sie wären immer dagewesen, nur die anderen hätten sie nicht gesehen – der Teufel habe wohl das ganze Dorf mit Blindheit geschlagen! Dieser Vorschlag war so wahnwitzig, daß Dr. Plachunin sich ernsthaft überlegte, ob man die Idee nicht doch aufgreifen sollte. Nichts ist so überzeugend wie das Unbegreifliche...

»Ich verstehe jetzt, warum ihr Popen so gefährlich seid«, sagte der Doktor fast mit Hochachtung. »Vor euch ist kein noch so klar denkender Mensch sicher! Sie schaffen es tatsächlich, daß ein ganzes Dorf glaubt, es sei von Wahnvorstellungen befangen gewesen...«

»Wissen Sie etwas Besseres?« fragte Tigran unlustig. »Hundertfünfzig Jahre hat man an das Geisterhaus geglaubt. Und was ist es wirklich? Ein ganz normales, unbewohntes Haus, in dem – rein zufällig – eine Reihe von Personen unter sonderbaren Umständen gestorben sind. Aber soll ich jetzt allen Leuten die Wahrheit sagen? Welche Enttäuschung, welche Wut würde sich entladen! Verbrennen würde man das Haus. Und dann stände das Dorf wie nackt da, ohne den Mythos des ›Leeren Hauses‹, denn im Grunde lieben sie es alle, weil Satowka durch dieses Haus etwas Besonderes ist. Der Mensch braucht Freude und Leid, Liebe und Haß, Glück und Elend und die Sonne, den Wind und die Stille, denn nur im Wechsel und in der Vielfalt entwikkelt sich das Leben. Was ist ein immerfort glücklicher Mensch? Ein erbarmungswürdiges Geschöpf, sage ich! Er wird jeden beneiden, der weinen kann! Ist es anders mit diesem Haus? Es liegt in der Mitte des Dorfes, beladen mit Ereignissen und schwer von Flüchen... aber es gehört einfach zu Satowka!«

»Sie sind ein Philosoph, Tigran Rassulowitsch«, sagte Dr. Plachunin. »Ein Jammer, daß Sie in der Taiga versauern...«

»Ohne die Taiga und Satowka wäre ich nicht ich!« Der Pope wischte sich die Augen. Rührung überkam ihn. »Wo könnte ich anders sein als hier?«

Wahr gesprochen! Ein Tigran Rassulowitsch paßte nur in die Taiga.

Tassburg ging unterdessen, als sei nichts geschehen, wieder seiner Arbeit nach. Er saß im Lager vor dem Funkgerät, sprach mit den restlichen Leuten in der Taiga, funkte nach Batkit und Omsk und erfuhr, daß man Hubschrauber einsetzen würde, um den Trupp zu versorgen und auch den Arzt Dr. Plachunin abzuholen. Der erste Hubschrauber würde übermorgen in Satowka landen. Die Meteorologen sagten einsetzenden starken Frost ohne nennenswerte Schneefälle voraus – ein ideales Flugwetter also.

»Zum letztenmal...« sagte am Abend Dr. Plachunin, als Tassburg mit diesen Nachrichten nach Hause kam. Im Dorf hatte man sich über die Ereignisse der vergangenen Nacht beruhigt, aber was man nicht verkraften konnte, war das Verschwinden von Väterchen Tigran. Die Witwe Anastasia weinte ununterbrochen und verkündete, sie wolle sterben, falls der Pope nicht bald wieder auftauchte.

»Ein braves Frauchen«, sagte Tigran gerührt, als er das hörte. »Sobald ich wieder gegenwärtig bin, werde ich sie segnen...«

Der Doktor sagte:

»Zum letztenmal... Entscheidet euch! Ich werde abgeholt! Natalia kann mit mir nach Batkit fliegen und dort ihr Kind zur Welt bringen. Heute nacht nehmen wir sie mit in die Kirche, und wenn übermorgen der Hubschrauber landet, hat keiner mehr Zeit im Dorf zu fragen, wo das Mädchen herkommt und wer es ist... Wir sind in der Luft, ehe sie überhaupt nachdenken können. Alles andere überlaßt dann mir! In Batkit habe ich meine Beziehungen. Ich habe einen ganzen Tag lang Zeit gehabt, darüber nachzudenken. Wir wagen es!«

»Ich bleibe bei Michail«, sagte Natalia ruhig. »Ihr könnt Pläne machen und damit Häuser bauen bis in den Himmel. Aber ich bin dort, wo Michail ist...«

»Amen!« sagte Tigran dunkel. »Das ist wahre Liebe!«

»Wahnsinn ist es!« schrie Plachunin. »Dieser Weg ist viel unsicherer, viel komplizierter! Natalia, du hast jetzt nicht nur einen Mann, du hast auch ein Kind! Denk an dein Kind!«

»Ich denke zuerst an Mischa...«

Die beiden saßen nebeneinander auf der Bank, und jeder hatte den Arm um den anderen gelegt. Ein schönes Bild der Verbundenheit, aber Dr. Plachunin machte es wütend. Liebe hört dort auf, wo sie den Verstand frißt – das war seine Ansicht.

»Gut!« sagte er laut. »Denk hundertmal an Mischa, aber handle ein einziges Mal vernünftig für dein Kind! Und dieses eine Mal ist der Flug nach Batkit!«

»Wenn Mischa mitfliegt, ist alles gut«, sagte sie ruhig.

»Das ist unmöglich! Mit welcher Begründung soll ich meinen Trupp verlassen?«

»Ich spritze Ihnen eine Schüttellähmung, daß allen Zuschauern der Atem stockt!« schrie Dr. Plachunin. »Der eine kann nicht, die andere will nicht, und die Zeit läuft uns davon. Da soll man nicht aus der Haut fahren! Natalia...«

»Nichts ohne Mischa!« sagte sie laut und fest.

»Ist das dein letztes Wort?«

»Ja.«

Dr. Plachunin fuhr zu dem Popen herum, der am Tisch saß und ein Wurstbrot verzehrte. »Verdammt, Tigran Rassulowitsch, sagen Sie doch auch einmal etwas! Gibt es in der Bibel für solche Situationen keinen Spruch?«

»Das Weib folge dem Mann, steht da. Aber das paßt jetzt nicht!«

»Wahrhaftig nicht. Und sonst haben Sie nichts auf Lager?«

»Die Liebe höret nimmer auf...«

»Unsinn! Gibt es keinen Spruch über die Vernunft?«

»Nein. Nur über den Glauben...«

»Ich glaube...« sagte Natalia plötzlich. »Ja, jetzt glaube ich an Gott. Wenn er sagt: Die Liebe höret nimmer auf – dann versteht er mich!«

»Michail!« Dr. Plachunin rang die Hände. »Sie sitzen da neben Ihrer Frau und schweigen. Sie sind doch ein vernünftiger Mensch...«

»Soll ich sie betäuben, damit man sie in den Hubschrauber trägt?«

»Was nützt das?« Natalia lächelte die Männer an, und es war soviel Sonne in ihren Augen, soviel Seligkeit, daß jetzt auch Dr. Plachunin kapitulierte. »Ich würde von Batkit zu Fuß zurück nach Satowka laufen. Ich kenne die Taiga besser als ihr alle...«

In der Nacht gelang es Tigran und Dr. Plachunin, unbemerkt das Haus durch die Hintertür zu verlassen und zur Kirche zu rennen. Ihre Spuren verwischte der Wind.

»Morgen früh läute ich die Glocke!« sagte Tigran, als sie schwer atmend im Wohnzimmer des Popen saßen. Es war eisig kalt, der Ofen war längst ausgegangen. »Sie werden von den Öfen fallen wie die Bratäpfel, das wette ich, Dr. Plachunin...«

Man sah es ihm an, daß er sich über diese Vorstellung freute wie ein Kind.

Man muß wissen, daß bis auf die ganz Alten jeder, sobald es Winter wurde, nicht mehr in seinem Bett, sondern auf der Plattform des breiten gemauerten Ofens schlief.

»Und wie wollen Sie Ihr Auftauchen erklären?« fragte der Doktor.

»Ich bin einfach da!« Tigran strich sich seinen langen Bart und wirkte sehr erhaben. »Ich bin da, und das genügt!«

»Genial!« meinte Dr. Plachunin lächelnd. »Einfach genial! Aber noch genialer wäre es, wenn wir jetzt den Ofen anheizen könnten!« Er war ehrlich erstaunt, wie gut der Pope seine Bauern kannte. Noch mehr aber erstaunte ihn, daß trotz aller neuzeitlichen Aufklärung der Hang des Menschen geblieben war, an Wunder zu glauben.

Am Morgen also läutete Tigran Rassulowitsch die Glocke – ganz normal, kein Sturmgeläute –, und es wirkte in Satowka, als stünde das ganze Dorf in Brand. Von allen Seiten rannten die Leute zur Kirche, strömten hinein, standen Kopf an Kopf, starrten auf die Ikonostase und warteten, ob tatsächlich der Pope aus der Sakristei hervorkäme.

Und er kam, groß, breit, mit gesträubtem Bart, wie immer, und ein Stöhnen lief durch die Dorfgemeinde. Gasisulin, der Küster, begann laut zu beten, Jefim sang leise vor sich hin, und sogar Petrow war erschienen, um sich zu überzeugen, daß vom Teufel entführte Menschen wirklich wieder zurückkehren können. Er schielte vor innerer Ergriffenheit noch mehr als sonst. Dr. Plachunin, der sich hinter der Ikonenwand versteckt hatte, mußte sich schnell auf einen Hocker setzen, als Tigran begann, eine geradezu unerhörte Geschichte zu erzählen. Er tat das mit gewohnter Donnerstimme, die wie aus den Wolken kam und der man anhörte, daß spätere Fragen nicht akzeptiert werden würden.

»Es war etwas Geheimnisvolles, Unerklärliches«, sagte Tigran und erhob seinen Blick zum ausgemalten Kirchendach. »Wir wurden leichter und leichter, schwebten dahin wie Federchen im Wind, zuerst aus dem Bett, dann durch das Zimmer – und weiter wissen wir nichts. Wir schliefen ein wie Kinder, die ihre heiße Milch getrunken haben. Als wir erwachten, lagen wir wieder im Bett, und ein Tag und zwei Nächte waren vergangen. Was war es? Kann man's erklären? Gottes Wunder hören nimmer auf! Hosianna!«

Er betrachtete seine Gemeinde, blickte in ernste, gläubige aber auch in leicht zweifelnde Gesichter. Vor allem die Frauen glaubten ihm und bekreuzigten sich, aber da waren so ein paar aufgeklärte Halunken, die schauten schief unter ihren Haarbüscheln hervor.

»So war es!« brüllte Tigran da. »Fragt den Doktor! Ihm erging es genauso! Genosse Dr. Plachunin, treten Sie vor! Zeigen Sie sich! Bestätigen Sie das Unglaubliche...«

Es blieb Plachunin nichts weiter übrig, als vor die Ikonostase zu kommen und ernst zu nicken. Da seine Stimme der des Popen in nichts nachstand, brüllte er ebenfalls über die Köpfe der Gemeinde hinweg: »Nehmt hin, was Väterchen Tigran Rassulowitsch euch sagt! Wir waren in einer anderen Welt!«

Tigran blinzelte ihm dankbar zu, und die Bauern von Satowka waren nun überzeugt, daß ihr Dorf ein Mittelpunkt göttlichen Interesses, ein Ort der Wunder geworden war. Alle begannen, nachdem der Vorsänger Ostap Leonidowitsch einen Lobgesang angestimmt hatte, mit Ergriffenheit zu singen. Sogar der Dorfsowjet sang mit, was bewies, wie überzeugend der kurze Auftritt Dr. Plachunins gewesen war.

»Sie sind wirklich ein Genie auf Ihrem Gebiet!« sagte Plachunin später im warmen Popenzimmer.

»Und bin doch nichts weiter als ein sibirischer Priester geworden!« Tigran Rassulowitsch aß aus einem irdenen Topf mit dem Löffel Himbeermarmelade, die ihm Anastasia eingekocht hatte. Sie war nicht in der Kirche gewesen – als sie die Glocke läuten hörte, hatte sie einen zweiten Schock bekommen und lag nun noch im Bett, bewacht von der Hebamme. »Er lebt!« wimmerte sie nur immer wieder. »Er lebt! Wer kann das begreifen?«

Sie hatte recht: Begreifen konnte es keiner, aber man mußte es eben glauben. Tigran Rassulowitsch war wieder da, der Doktor war wieder da, der Genosse Ingenieur hatte den Teufelszauber auch überlebt und hatte nichts gehört oder bemerkt... Da hört jegliches Begreifen einfach auf!

»Morgen holt mich der Hubschrauber aus Batkit ab«, sagte Plachunin in einer Pause von Tigrans Schmatzen. »Überlegen Sie, mein geniales Väterchen, ob in Satowka noch etwas für mich zu tun ist.«

»Ihre verdammte Reihenuntersuchung ist abgeschlossen – was wollen Sie noch mehr anrichten? Nehmen Sie Natalia mit?«

»Ich glaube nicht, daß es Michail Sofronowitsch gelingt, sie bis morgen zu überreden. Dann kann ich nichts mehr für sie tun. Die beiden müssen sich selbst durchbeißen. Liebe ist etwas Herrliches, eine große Liebe ist himmlisch – um bei Ihrem Vokabular zu bleiben! –, aber eine wahnsinnige Liebe bleibt eben wahnsinnig! Da fällt man entweder auf die Schnauze – oder man erobert alle Paradiese!«

»Und wie wird es bei Tassburg und Natalia sein?« fragte Tigran Rassulowitsch. »Was schätzen Sie?«

»Sie fallen auf die Schnauze!« antwortete Dr. Plachunin düster. »Und wie sie fallen...«

In einem hatte Dr. Plachunin recht: Natalias Liebe war wie ein Paradies. Daß ihr dabei der Begriff für alle Realitäten verlorenging, kam ihr nicht zu Bewußtsein. Wie auch, wenn man fast bis zur Bewußtlosigkeit liebt?

Aber auch Tassburg, sonst ein nüchterner, klar denkender Mensch, nur vom Intellekt geleitet, wurde vom Sturm der Gefühle mitgerissen. Als sei in Natalias Wesen nach dem Wissen, daß sie ein Kind bekommen sollte, eine bisher verschlossene Tür aufgegangen, wuchs ihre Zärtlichkeit zu einer so völligen Hingabe, daß sie sich in Tassburgs Armen verströmte bis an die Grenzen ihrer Kraft. Wie ohnmächtig lag sie dann manchmal neben ihm, mit geschlossenen Augen, kaum zum Atmen fähig, die Hände in ihre langen, schweißnassen Haare gewühlt. Über ihren Körper lief ein dauerndes Zittern, als friere sie, obwohl sie glühte. Sie konnte minutenlang kein Wort sprechen, alles an ihr und in ihr war wie gelähmt – eine selige Kraftlosigkeit – eine vollkommene Aufgabe.

»Du bist unsagbar ... du bist unaussprechbar ...« sagte Tassburg in solchen Augenblicken, den Kopf zwischen ihren Brüsten, das Vibrieren ihres Leibes in sich überfließen lassend.

»Es ist wie nicht von dieser Welt, Mischa«, flüsterte Natalia zurück und strich über seinen nassen Rücken. Wenn sie mit ihren Fingernägeln ganz leicht seine Haut berührte, empfand er ein unnennbares, seliges Brennen.

Man kann es verstehen, daß nach solchen Stunden selbst Tassburg nicht mehr davon redete, daß der Hubschrauber aus Batkit landen würde und Natalia dadurch die einmalige Chance hatte, gerettet zu werden. Trennung – jetzt? Nach dieser in Glut gebetteten Zärtlichkeit? Nach einem Blick in diese glücklichen Augen, die all sein Tun verfolgten, als bete sie ihn an? Nach diesen Küssen, zu denen sie sich immer wieder fanden, als gäbe es keinen anderen Ausweg?

Wie kann man da sagen: Natalia, morgen ist das alles zu Ende! Für Monate! Erst im Frühjahr sehen wir uns wieder, dann hole ich dich ganz zu mir! Von morgen an müssen wir nur von der Erinnerung zehren, in der Sehnsucht zueinander, in der stillen, verzehrenden Liebe, die kein Echo mehr finden wird! Nicht mal einen Brief kann man schreiben, denn wer brächte ihn in die Taiga, die wir, der Geologentrupp, zum erstenmal betreten? Es bleiben nur unsere Gedanken, es bleibt nur die Hoffnung auf ferne Monate ...

Ein einziges Mal an diesem Tag versuchte es Michail, als er am Nachmittag vom Lager zurückkam und dort erfahren hatte, daß die noch in der Taiga festsitzenden Bohrwagen und Lastautos jetzt versuchten, nach Sotowka zurückzukommen. Der zum Bohrtrupp gehörende Funkwagen hatte mit Mutorej und Omsk laufend Verbindung und hatte für den langen Winter neue Ausrüstung verlangt. Sie war zugesagt worden, allerdings erst in einer Woche. Ein großer Transporthubschrauber sollte genug Material bringen. Und dann mußte der Trupp weiterziehen... Auf jeden Fall tat sich etwas. Satowka war nicht mehr abgeschnitten, war nicht mehr unbekannt. Es stand jetzt in vielen amtlichen Listen. Aber es stand ebenso fest, daß der Name Satowka dort verkümmern würde. Der kleine Ort mit seinen Menschen und Schicksalen nördlich der Steinigen Tunguska würde in wenigen Wochen wieder nur einer Handvoll Genossen in Batkit bekannt sein. Denn das stand ja jetzt schon fest: Erdgas würde man in der näheren Umgebung von Satowka nicht finden! Die Vorausberechnungen im Geologischen Forschungszentrum mußten falsch sein. Das kommt vor, Genossen! Wozu sind wir Menschen, wenn wir uns nicht irren dürften...?

»Ich will nichts mehr davon hören«, sagte Natalia, als Tassburg den Hubschrauber erwähnte, der Dr. Plachunin nach Batkit bringen würde. »Ich denke, es ist längst alles gesagt, Mischa?«

»Nicht alles«, antwortete er. »Ich habe eine neue Meldung aus Omsk.«

»Ich habe keine Angst vor neuen Meldungen! Ich habe nur Angst vor Kassugai – und der ist tot. Du bist doch bei mir – das ist meine vollkommene Welt!«

Er nickte. Was er sagen mußte, fiel ihm jetzt um so schwerer.

»Wenn der klare Frost kommt, nehmen wir die Arbeit wieder auf...«

»Das ist doch gut, Mischa!« Sie stand am Herd und kochte für das Abendessen eine dicke Bohnensuppe. In der alten Eisenpfanne brutzelte kleingeschnittener Speck, um die Suppe zu verfeinern.

»Das nennst du gut?« fragte er dumpf.

»Du liebst deine Arbeit, das weiß ich doch. Du bist kein Mensch, der nur herumsitzen kann und Löcher in den Himmel starrt.«

»Ich liebe dich, Natjenka...« sagte er.

»Das steht auf einem anderen Blatt.«

»Aber das Geschehen greift doch in diese Liebe ein. Entscheidend sogar...«

Natalia nahm die Pfanne vom Feuer und drehte sich zu Tassburg um.

Ihre Augen verrieten ihm, daß sie alles ahnte. Über ihr schmales zartes Gesicht flimmerte der rote Widerschein der offenen Flamme.

»Im Gebiet von Satowka gibt es kein Erdgas mehr, nicht wahr?« fragte sie ruhig. »Das ist jetzt sicher?«

»Fast sicher...«

»Ihr sucht hier nicht mehr weiter...«

»Wir brechen die Zelte ab, ja.«

»Und zieht weiter in die unbekannte Taiga hinein?«

»Aus Omsk kommen noch die neuen Berechnungen und Pläne.« Tassburg beugte sich über die kleine Gebietskarte, die er aus seiner Tasche gezogen hatte. Man hatte alle bisherigen Probebohrungen eingetragen. »Wir müssen wahrscheinlich weiter nach Nordosten, zum Chunku...« Er deutete mit dem Zeigefinger auf einen Fleck der Karte.

Aber Natalia kam nicht, um es sich anzusehen. Wozu? Sie wußte auch ohne einen Blick auf die Karte, daß es noch viele Gebiete in Sibirien gibt, die kaum ein Mensch betreten hatte. Vielleicht ein paar nomadisierende Jäger, die durch das unbekannte Land zogen, ohne Spuren zu hinterlassen.

»Weißt du, wie es dort ist?« fragte Michail beklommen. »Am Unterlauf des Chunku? Im Hügelland?«

»Da weinen die Wölfe vor Einsamkeit...«

»So ist es.«

»Und warum erzählst du mir das?«

»Um dir zu sagen, daß...«

Natalia schüttelte den Kopf und rührte mit einem Holzlöffel den angebratenen Speck in der Eisenpfanne um. »Du wirst da, am Chunku, mit deinen Leuten leben?«

»Ja.«

»Du kannst da leben, ohne zu hungern und zu frieren?«

»Ja.«

»Warum soll ich dann da nicht auch leben können... mit dir?«

»Das Kind, Natalia!«

»Das Kind! Auf seinem Geburtsschein, den es später bekommt, wird stehen: Geboren am Unterlauf des Chunku. Und wenn es größer ist und das, was man sagt, verstehen kann, werde ich ihm erzählen: ›Da waren ein gefüttertes Zelt und ein Klappbett, und darauf hat dich deine Mamuschka mitten in der Taiga geboren. Um dich herum waren die unendlichen Wälder, und über dem Zelt war der grenzenlose Himmel... Werde so stark wie Wald und Himmel, mein Sohn!‹ Er wird es verstehen und stolz darauf sein, glaubst du nicht auch, Mischa?«

»Natalia! Wir sind am Chunku nur Männer! Keiner kann dir helfen von uns!«

»Ist nicht einer von deinen Männern zum Sanitäter ausgebildet worden?«

»Natürlich! Wir alle ein wenig.«

»Das genügt! Das ist mehr, als jede Ewenkenfrau hat, die ihr Kind am Rande des Waldes oder eines kleinen Feldes zur Welt bringt, auf der Erde, wie eine Hündin...«

»Du bist aber keine Hündin!« schrie Tassburg. »Ich will, daß meine Frau und mein Kind...«

»Warum schreist du?« fragte sie sanft. Sie schüttete den Speck in die Bohnensuppe und rührte um. »Ich bleibe bei dir. Erschlage mich, wenn du das nicht mehr willst...«

Hatte es da noch einen Sinn, weiterzusprechen? Gab es überzeugende Argumente, wenn die Einsamkeit und Wildnis des Chunku sie nicht abschrecken konnte?

Tassburg kapitulierte vor Natalias Liebe.

Und das war genau das, was Dr. Plachunin gemeint hatte: Eine wahnsinnige Liebe bleibt eben Wahnsinn! Da kann man die Sache drehen, wie man will.

Am nächsten Morgen gegen elf Uhr landete der Hubschrauber aus Batkit. Ein junger Soldat flog ihn, der sich sichtlich wunderte, mitten in der Wildnis ein solches Dorf vorzufinden: Ein Dorf, sogar mit einer richtigen Kirche und einem leibhaftigen Popen.

Denn als der Hubschrauber genau vor der Kirche landete, waren nicht nur die Leute von Satowka versammelt und ließen sich durch den Sturm, den die Drehflügel aufwirbelten, mit Schnee bestäuben; auch Tigran Rassulowitsch stand im vollen Ornat in der Kirchenpforte, hielt seine Priestermütze mit beiden Händen fest und ließ den langen Bart im Winde flattern.

Neben ihm wartete, bereits reisefertig, Dr. Plachunin. Er hatte nur zehn Minuten vorher noch mit Tassburg Streit gehabt und ihn einen Waschlappen genannt, weil er sich nicht gegen Natalia durchsetzen konnte.

»Sie kommen sich stark vor!« hatte der kleine Doktor geschrien. »Sie mit Ihren Muskeln und Ihrem trainierten Gehirn! Ein Baum von einem Mann! Ein Bär! Und was sind Sie in Wirklichkeit? Ein Zwerg, der unter dem Pantoffel eines Weibchens steht! Ein Held unter dem Weiberrock! Wenn Natalia ihre Äuglein verdreht, wackeln Sie schon wie ein Pudding! Sie werden von ihr um den kleinen Finger gewickelt und sehen das noch als Liebkosung an! Sie Narr! Aber warum rege ich mich auf? Ist es mein Leben?«

»Wir werden zum Chunku weiterziehen, Doktor!« erwiderte Tassburg rauh.

»Dahin komme ich Ihnen unter Garantie nicht nach! Zum Chunku

– mit einer schwangeren Frau! Das ist ein Verbrechen! Wissen Sie das auch?«

»Ja.«

»Und tun es trotzdem?«

»Ich müßte sie erschlagen, sagt Natalia, wenn ich allein weiterziehen will...«

»Sagt Natalia! Sagt Natalia! Sie dämlicher Papagei! Denken und reden Sie denn nur noch wie Natalia?«

»Es scheint so, Dr. Plachunin. Ich kann es Ihnen doch nicht erklären, wie unsere Liebe ist. Vernunftsüberlegungen scheiden da vollkommen aus!«

»Das haben Sie – bei Gott! – zur Genüge demonstriert! In einer Stunde ist jede Möglichkeit zur Hilfe vorbei!«

»Natalia wünscht Ihnen eine gute Reise...«

»Zu gütig! Michail Sofronowitsch, dieser Starrsinn ist Wahnsinn. Richten Sie ihr das aus.«

Und nun war also die Stunde der Abreise gekommen. Der junge Soldat bekam in Petrows Haus noch eine warme Suppe, und inzwischen bestaunte Jefim, der Idiot, den Hubschrauber so intensiv, daß Gasisulin sagte: »Da montierst du nichts ab! Es ist nichts dran, was du für deinen Garten gebrauchen kannst!«

Und Jefim sagte immer wieder:

»Welch ein Ereignis! So etwas erlebt Satowka nie wieder! Wer hätte das jemals gedacht!«

Dieser Meinung waren auch die anderen Leute. Sie umstanden den Hubschrauber, starrten in die Glaskanzel mit den vielen Instrumenten, Uhren und Zeigern, und stellten Mutmaßungen an, warum ein Mensch nicht schwindelig wird, der in einer solchen gläsernen Glocke viele hundert Meter hoch über das Land schwebt.

»Sie werden dafür trainiert«, erläuterte einer, der schon zweimal im Sommer zu Pferd in Batkit war. »Das dauert fast ein Jahr! Dabei werden sie an hohe Bäume mit dem Kopf nach unten gebunden, bis sie das Gefühl für Schwindel verlieren! So ist es!«

Man glaubte es ihm ohne Kommentar und schauderte bei dem Gedanken, selbst so, nur durch eine Glasscheibe geschützt, über das Land fliegen zu müssen.

Ja, und dann stieg Dr. Plachunin unerschrocken ein, schnallte sich neben dem jungen Piloten auf seinem Sitz fest und gab Tigran und Tassburg noch einmal die Hand.

»Macht es gut, Freunde«, sagte er sichtlich gerührt. »Es waren schöne Tage bei euch, auch wenn ihr alle verdammte Kerle seid! Wir sehen uns wohl nie wieder.«

»Warum solch dunkle Worte, Ostap Germanowitsch?« fragte Tassburg. »Batkit liegt nicht auf dem Mond – und selbst da kann man jetzt hin.«

»In meinem Alter zählt ein Monat soviel wie ein Jahr, Michail Sofronowitsch.« Dr. Plachunin drückte Tassburgs Hand lange.

»Viel Glück noch in Ihrem Leben und für Ihre Liebe!«

»Danke, Doktor...«

Bevor es noch zu mehr Rührung kam, ließ Plachunin abrupt Tassburgs Hand los und warf die Glastür zu. Er verriegelte sie von innen und winkte ein paarmal nach allen Seiten. Die Leute von Satowka winkten ebenfalls und riefen: »Gute Fahrt!« Dann heulte der Motor auf, und die Rotorflügel drehten sich langsam.

»Zurück!« brüllte Tigran in die aufgeregte Menge. »Oder wollt ihr wie Spreu durch die Luft fliegen? Zurück, sage ich!«

Die Flügel drehten sich immer schneller, Schnee wirbelte auf und überschüttete die Leute, und wie von Zauberhand gehoben stieg der Hubschrauber kerzengerade in die Luft, kippte dann etwas nach vorn, um einen weiten Bogen zu fliegen und Dr. Plachunin Gelegenheit zu geben, ganz Satowka aus der Luft zu überblicken.

Bei dem Manöver schrie Jefim: »Jetzt fällt er doch herunter! Er ist nicht schwindelfrei, das Kerlchen!«

Der kleine Doktor nahm winkend Abschied, dann gewann der Hubschrauber schnell an Höhe und war bald nur noch ein Punkt, der im Grau des Himmels verschwand.

»Nun sind wir wieder allein!« sagte Tigran zu Tassburg, ohne seine Ergriffenheit zu verbergen. »Der Genosse Doktor konnte ein unangenehmer Mensch sein – aber wir sind Freunde geworden. Es war doch eine Wohltat, sich endlich einmal wieder mit einem gebildeten Menschen unterhalten zu können. Ein Glück, daß Sie uns erhalten bleiben, Michail Sefronowitsch. Wir müssen uns jetzt öfters abends zusammensetzen.«

»Auch ich werde Satowka bald verlassen.«

»O Himmel, ist das sicher?«

»Nach den neuesten Nachrichten aus Omsk, ja!«

»Das ist ein Unglück! Erst Plachunin, und nun auch Sie, mein Freund! Da kommt einmal ein Hauch der neuen Zeit zu uns, und ebenso schnell verweht er wieder. Zurück bleiben die Eintönigkeit, der Stillstand.«

»Das stimmt nicht, Tigran Rassulowitsch. Seien Sie nicht undankbar dem Schicksal gegenüber. Diese Menschen hier brauchen Sie! Hier wird geboren, getauft, gelernt, geliebt, geheiratet, gelebt und gestorben... ein Kreislauf wie überall. Das ist niemals ein Stillstand!«

»So ist es gut! Predigen Sie dem Priester!« Tigran legte seine Hände auf Tassburgs Schultern. Sie trugen beide dicke Pelzmäntel. Der Frost wurde von Stunde zu Stunde schärfer, je mehr der Himmel sich vom Blau des Morgens in das jetzige Grau verwandelt hatte.

»Und was wird nun aus Natalia?«

»Das entscheidet sich in einer Woche.«

»Wieso wissen Sie genau diese Zeit?«

»In einer Woche kommt ein Transporthubschrauber aus Omsk. Vom Zentrallager.«

»Und mit dem fliegen Sie davon?«

»Nein! Mit dem fliege ich zuerst nach Mutorej und suche Natalias Eltern. In Mutorej wird sich alles entscheiden...«

»Die Sache mit Kassugai?«

»Ja. Ich glaube nämlich nicht daran, daß Kassugai die Behörden alarmiert hat. Er hat eine ganz private Jagd auf Natalia gemacht. Ist es so, wird sie es nicht mehr nötig haben, sich zu verstecken.«

»Und wo kommt sie dann plötzlich her, he?« fragte Tigran nachdenklich. »Ihr Auftauchen kann ich doch kaum durch ein Wunder geschehen lassen... Das glaubt mir keiner!«

»Ich habe da eine Idee.« Tassburg lächelte schwach. »Aber um sie auszuführen, muß ich erst in Mutorej gewesen sein.«

Später, wieder daheim im »Leeren Haus«, saß Michail am warmen Feuer und wärmte sich die kalten Hände. Natalia saß am Tisch und nähte einen Knopf an sein Hemd.

»Nun ist Plachunin fort«, sagte er.

»Ich habe es gesehen!« Natalia lächelte ihn an, und es war unmöglich, dieses glückliche Lächeln auszulöschen. »Ich habe durch einen Spalt der Decke aus dem Fenster geblickt. Genau über uns ist der Hubschrauber davongeflogen. Ich konnte Dr. Plachunin deutlich sehen. Er blickte auf unser Haus hinunter.«

»Sicherlich mit einem Fluch...«

»Der trifft mich nicht!« Sie stand auf, kam zu Tassburg an den Ofen und kniete neben ihm nieder. Mit einer unsagbaren Zärtlichkeit legte sie ihren Kopf in seinen Schoß und sah ihn mit großen Augen an.

»Eines Tages wirst du es bereuen«, sagte Michail mit zugeschnürter Kehle.

»Nie, Mischa, nie!« Sie umfaßte seine Hüften. »Ich werde nie bereuen, daß ich bei dir bleibe.«

13

Das Maß des dörflichen Winterlebens wurde vom Frost diktiert. Man arbeitete in den Häusern, es wurde gezimmert und gestrichen, die Geräte wurden ausgebessert, das Vieh war in den Ställen zu versorgen, ab und zu wurde geschlachtet, das Fleisch gepökelt oder einfach ins Freie gehängt, wo es schnell vereiste. Es blieb so frisch und schmeckte später – in der Pfanne oder im Topf aufgetaut – köstlich.

Nach sieben Tagen qualvoller Fahrt kamen die Wagen aus der Taiga in Satowka an: der Geologentrupp, der Bohrtrupp, die Materialwagen, die fahrbare Funkstation. Die ganze Mannschaft war wieder beisammen und wurde von Tassburg herzlich begrüßt. Es waren rauhe Kerle, besonders die Bohrleute! Das zeigte sich, als sie bereits am ersten Abend durch das Dorf strichen und nach Mädchen Ausschau hielten – wie ausgehungerte Wölfe! Was ein guter, umsichtiger Vater war, verrammelte seine Tür und ließ sein Töchterlein nicht aus den Augen; und die Ehemänner von jungen Frauen verkündeten, sie würden ihre Weibchen verprügeln, wenn sie auch nur einen Blick auf die strammen Kerle aus Omsk warfen.

»Das ist ein Problem, ich verstehe es«, sagte Tigran Rassulowitsch zu Tassburg. Sie saßen zusammen im warmen Popenzimmer und spielten Schach. Dabei tranken sie Tee, den der Pope mit Schnaps anreicherte. Es roch wie in einer Destille. »Die Männer kommen aus der Taiga zurück und sind regelrecht ausgehungert nach einem hübschen, strammen Weibchen! Was kann man da tun?«

»Ich werde mit ihnen exerzieren – Notübungen ansetzen, Katastrophenalarm, Materialappelle. Ich werde schon dafür sorgen, daß sie sich verausgaben!« Tassburg trank einen kleinen Schluck von dem heißen, dampfenden Tee. Er hustete. Es war mehr Schnaps als Tee... »Soll es hier Schlägereien oder noch Schlimmeres geben?«

»Sie haben es gut! Sie haben alle Freuden zwischen Himmel und Hölle daheim! Wenn Ihre Leute das herausbekommen, Michail, werden sie Sie lynchen!« Tigran unterbrach das Schachspiel und starrte vor sich hin. Er hatte seine Soutane ausgezogen und saß im Unterhemd und Hose da. »Wie kann man da helfen, Michail Sofronowitsch? Ich bin ein Mensch, der immer helfen will – auch Ihren Männern. Wir haben drei noch relativ junge Witwen im Dorf und einige Unverheiratete, deren Jungfernschaft nur noch Erinnerung ist...«

»Tigran! Das sagen Sie, ein Priester?«

»Helfen können ist eine Mission.«

»Dr. Plachunin hatte recht: Sie sind ein Erzhalunke!«

»Es ist die Pflicht des Christen, seinem Nächsten zu helfen an Geist und Leib!« Tigran hob unterstreichend den Zeigefinger.

»Ausdrücklich heißt es: Leib! Geht es noch klarer?«

»Es kommt auf die Auslegung an«, antwortete Tassburg und lachte.

»Wir in der Taiga denken einfach: Alles, was einem Menschen guttut, soll man tun! Leib ist Leib – gibt es da noch Fragen? Ich werde mit den Frauen sprechen...«

»Tigran Rassulowitsch, sind Sie bei Trost? Ein Priester als Kuppler! Man wird Sie wegjagen!«

»Im Gegenteil! Die Weibchen werden dreimal so inbrünstig in der Kirche ihren Sonntagsgesang herausjubeln! Michail Sofronowitsch, Sie leben doch schon eine ganze Zeit unter uns und begreifen uns noch immer nicht. Bald werden Sie und Ihre Männer weg sein... Dann gehen die Jahre über Satowka hinweg wie bisher, bis vielleicht eines Tages der Wald uns wieder auffrißt, so wie wir uns vor hundertfünfzig Jahren in den Wald gefressen haben! So eine Zeit wie die, in der Sie und Ihr Trupp hier waren, kommt nie wieder. Das wissen doch alle. Und zu dieser Zeit gehört nun auch mal das Glück der Frauen! Vielleicht gibt es sogar Kinderchen in Satowka... starke Kinderchen! Das wäre doch ein Erfolg!«

»Mit Ihrer Moral möchte ich nicht diskutieren!« sagte Tassburg und trank den nächsten Schluck des heißen Schnapses mit Tee. »Das ist mir zu anstrengend!«

»Und wäre verlogen!« Tigran setzte erfreut eine Schachfigur, denn er hatte bei Tassburg einen Fehler entdeckt. »Wer ist denn der erste Ihres Trupps hier im Dorf, der mit einem damals noch unverheirateten Mädchen ein Kind gezeugt hat, na? Schweigen Sie, Genosse! Gehen Sie in sich! In drei Zügen sind Sie matt...«

So ging das Leben in Satowka dahin. Mit Schachspielen und Trinken, mit heimlicher Liebe in der Nacht, wenn Natalias warmer Körper an Michail kroch und ihr heißer Atem über sein Gesicht lief, oder auch mit den angedrohten Appellen, die die Männer mit einem verhaltenen Grinsen über sich ergehen ließen.

Seit drei Tagen waren fünf der Weibchen im Einsatz, mit den anderen verhandelte Tigran noch und versprach ihnen die Hilfe des ganzen Dorfes einschließlich der Kirche, wenn sie wirklich ein Kindlein bekommen sollten.

Der Pope hielt sogar fromme Sprüche bereit, zum Beispiel: »Der Schoß eines jeden Weibes sei fruchtbar...« Und am fünften Tag verriegelten auch die letzten Frauen ihre Haustür nicht mehr. Nun waren alle zufrieden, was Tigran mit mildem Lächeln zur Kenntnis nahm. Nach dem Sonntagsgottesdienst kauften die Witwen je eine große Kerze bei ihm und weihten sie dem heiligen Stephanus.

»Sagte ich es nicht?« rief er am Abend beim Schachspiel mit Tassburg. »Ein wahrer Frieden liegt über Satowka! Das ist jedes Opfer wert! Was glauben Sie, Genosse Tassburg, wie es im Dorf aussähe, wenn ich nicht die glorreiche Idee gehabt hätte...«

»Diese Vorstellung allein entschuldigt alles«, sagte Tassburg und lachte.

»Prophylaxe ist die halbe Gesundheit!« Tigran Rassulowitsch starrte böse auf das Schachbrett. Heute verlor er. »Der Mensch beugt viel zuwenig vor...«

Nach zehn Tagen tauchte dann der große Lastenhubschrauber über Satowka auf, von allen wie ein Weltwunder bestaunt. Seine beiden Rotorflügel wirbelten sogar den gefrorenen Schnee von den Hausdächern und hätte sie fast abgedeckt, wenn der Pilot nicht so einsichtig gewesen wäre, wieder auf Höhe zu gehen und erst außerhalb des Dorfes, in Lagernähe zu landen.

Es war das Feld des Bauern Tschimnoski, und der trug auf Grund der Tatsache, daß man sein Feld als Landeplatz gewählt hatte, von Stund an den Kopf so weit in den Nacken, daß es ihm in die Nase geschneit hätte, falls es geschneit hätte. Tschimnoski war auch der erste, der die gewaltige Libelle besichtigen durfte, und erzählte daraufhin überall, daß der Kommandant des großen Flugkörpers ihn sogar geduzt hatte! Bis an sein seliges Ende war Tschimnoski damit aufgewertet und in Zukunft nicht mehr umzuwerfen.

Der Hubschrauber brachte nicht nur Material, Kleidung und Verpflegung mit, sondern – wie schon per Funk angekündigt – auch die neuen Einsatzpläne. Tassburgs Befürchtungen wurden Wahrheit: Das Gebiet der neuen Bohrungen lag am Chunku. Im großen Verwaltungszelt hatte er die Karten auf Klapptischen ausgebreitet und studierte sie mit seinen Geologen.

Draußen luden die Männer den Hubschrauber aus. Die Besatzung – ein Pilot, ein Kopilot und ein Techniker als Funker – saßen im Küchenzelt, tranken Tee und aßen eine Fleischsuppe mit Nudeln.

Tassburg blickte hoch und musterte seine Kollegen. Seine Faust lag auf der Karte.

»Wißt ihr, was das bedeutet?« fragte er. »Das Gebiet am Chunku? Schlimmste Einsamkeit...«

Die Geologen nickten stumm. Sie dachten das gleiche wie ihr Chef: Wir sind ein verlorener Haufen. Man nennt uns Pioniere der neuen Zeit, aber in Wahrheit sind wir die ärmsten Hunde. Unsere einzige Verbindung zur Welt werden ein Hubschrauber und ein Funkgerät sein. Sonst nur waldbewachsene Hügel, Flüsse ohne Ufer und Sümpfe – die unberührte Taiga!

»Ich werde mit der Zentrale in Omsk sprechen, ob wir nicht alle erst vor diesem Einsatz Urlaub bekommen können«, sagte Tassburg rauh. »Vier Wochen für jeden, das müßte reichen, um für ein kommendes Jahr aufzutanken.«

»Wenn Sie das erreichen, Michail Sofronowitsch«, sagte der Chefgeologe Pribylow, »ziehe ich mit Ihnen auf einen anderen Stern, wenn's sein muß! Diese vier Wochen wären herrlich...« Er schwieg, schluckte und dachte an seine Frau und die zwei kleinen Kinder, die im fernen Swerdlowsk warteten.

Er war der einzige Verheiratete – bisher wenigstens – und hatte neben seinem Feldbett das Bild seiner Frau und der Kinder stehen.

»Ich will es durchdrücken!« Tassburg atmete tief auf. »Morgen fliege ich erst einmal nach Mutorej, um dort zu erfahren, was die Geologische Unterabteilung V von uns denkt! Wir sind Menschen und keine Maschinen... und selbst die beste Maschine geht zu Bruch, wenn man sie nicht pflegt! Das muß den Genossen einmal gesagt werden!«

Am nächsten Tag also flog Tassburg mit dem großen Hubschrauber nach Mutorej. Natalia hatte von ihm Abschied genommen, als fliege er zu den Sternen.

»Ich bin in zwei Tagen zurück«, sagte er und küßte sie immer wieder. »Dann wissen wir alles, Natjenka...« Als er zur Tür ging, hing sie noch an ihm, und er trug sie ein Stück mit sich fort.

»Wenn du die Eltern siehst, Mischa...« stammelte sie und küßte ihn immer und immer wieder. »Wenn du Väterchen und Mamuschka siehst, bitte, bitte, erschlag sie nicht!«

Sie weinte plötzlich und ließ sich zurücktragen und aufs Bett legen. »Sie haben mich verkauft«, schluchzte sie, »ja, das haben sie! Aber sie haben es nicht schlecht gemeint. Bei Kassugai lebt sie besser, haben sie gedacht. Ein mächtiger Mann ist er. Und wir bekommen eine Stellung in der neuen Fabrik und können auch besser leben. Alles wird besser, weil wir so ein gutes Töchterchen haben! Das haben sie gedacht – mehr nicht. Mischa, Mischa, wenn du sie siehst, erschlag sie nicht...«

»Ich weiß nicht, was ich tue.« Er wischte ihr die Tränen vom Gesicht. Dann fuhr er fort: »Ich weiß nur, daß ich ihnen nie sagen werde, daß ich dich kenne. Ich komme als Fremder und gehe als Fremder. Ich will nur wissen, ob du ein freier Mensch bist...«

Wer Mutorej in seinem Leben nicht zu sehen bekommt, hat nichts verpaßt.

Eigentlich hat niemand etwas versäumt, der die Steinige Tunguska nicht kennt, es sei denn, er könnte sich berauschen an einem wilden Fluß, an endlosen Wäldern und Hügelketten, überwuchert mit Urwald, an Einsamkeit und Stille, die nur von den vielfältigen Stimmen der Natur unterbrochen werden.

In diese Erkenntnis hinein haben Menschen kleine Städte wie Batkit oder Mutorej gebaut. Fragt man sie, warum, so können sie keine Antwort außer der geben, daß sie ihre Eltern auch vergeblich danach gefragt hätten...

Etwas anderes dagegen ist es, einen Beamten zu fragen.

Er hat Antworten genug, und sie sind wahr. Sibirien ist ein Land mit einer solchen Fülle von Bodenschätzen, daß – so glauben die Leute in Sibirien – der Fortbestand der Menschheit bei aller westlichen Degeneration noch für Jahrtausende gesichert ist. Denn keine Generation kann soviel Reichtum heben, kann diese riesigen Gebiete kultivieren... Nur immer ein Stückchen schaffen sie, wie einen kleinen Kratzer auf der Haut.

Sibirien – das ist die Ewigkeit. Vom Ural bis zum Kap Deschnew... das ist ein Land, das der Mensch niemals voll erobern wird.

Mutorej nun verdankte seine Vorrangstellung an der Steinigen Tunguska drei Dingen: seinem Holzkombinat, seiner Sowchose für Landwirtschaft und seiner gemischten Fabrik mit mehreren Abteilungen, die neben Matratzen auch Möbel, Platten für Betonarbeiten und Eisenbahnschwellen herstellt. Als Zu- und Abfahrtswege benutzt man den Fluß und eine Landstraße, die aber mindestens fünf Monate im Jahr nicht zu befahren ist. Dafür gibt es eine Kleineisenbahn mit Breitspur, die sich durch die Taiga quält, um dann in die normale Linie nach Jennisseisk zu münden.

Vor allem für diese Eisenbahnlinie stellt die Fabrik Schwellen her, denn jedes Jahr wurden die Schwellen von nomadisierenden Eingeborenen, meistens Ewenken, aus dem Schotterbett gerissen und verheizt. Das war einfacher, als selbst Bäume zu fällen und in passende Stücke zu schneiden. Auf diese Art wußte man im voraus nie, wie lange man mit dem Zug fahren konnte und wo die Schienen nur noch locker auf den Steinen lagen. Die Halunken von Ewenken faßte man nie, aber es wurde besser, seitdem man die Eisenbahnlinie durch Hubschrauber überwachte.

Michail Tassburg landete an einem eiskalten Mittag im großen Innenhof der Sowchose von Mutorej. Er war durch Funk angemeldet worden, und der Leiter der Sowchose, der Genosse Jewgenij Iwanowitsch Slumbek – ein Mann mit einem merkwürdigen Namen – erwartete ihn im Schutz eines großen Scheunentors.

Nachdem sich die Schneewolke, die die Rotorflügel aufwirbelte, gesenkt hatte, lief Slumbek heran und umarmte Tassburg, als sei er dessen Bruder. Man kannte sich von früher, als der Geologentrupp in der Sowchose seine Reisevorräte aufgefüllt hatte.

»Daß wir uns wiedersehen, Genosse Brüderchen!« schrie Slumbek begeistert. »Wissen Sie, was ich mir damals gedacht habe, als Sie mir sagten, Sie wollten nördlich der Tunguska nach Erdgas suchen? Das ist der verrückteste Auftrag, habe ich gedacht, den man annehmen kann! Der kommt nie wieder! Ja, das habe ich gedacht. Und nun steigen Sie vom Himmel herab, gesund und kräftig! Haben Sie nun Erdgas gefunden?«

»Nein.« Tassburg schlug den Pelzkragen hoch. In Mutorej, fand er, war es noch kälter als in Satowka. Das mochte vom Fluß kommen, der natürlich zugefroren war und wie eine riesige Kühlmaschine wirkte. »Wir werden weiterziehen – an den Chunku!«

»Das ist ja nun völlig verrückt!« Slumbek schlug die Hände über dem Kopf zusammen. »Und Sie gehen wirklich...?«

»Natürlich! Man kann ein Land wie Sibirien nicht im Sessel erobern! Und wenn wir Erdgas finden, ist Rußland wieder um ein Bohrloch der anderen Welt voraus!«

Bevor Tassburg dazu kam, nach Natalias Eltern zu fragen, war es ganz selbstverständlich, daß er zum Mittagessen bei den Slumbeks eingeladen wurde. Ein üppiges Mahl war es, mit gefüllten Pelmini, gebratenem Fisch, einem Steak und Rote-Bete-Salat. Dazu reichte man Kwaß, das berühmte russische Bier, das aus Brot gebraut wird, und hinterher, zur Verdauung, einige Gläser Wodka. Slumbek, der wie ein Bär gegessen hatte und nun verhalten rülpste, reichte Papyrossi herum.

»Auch wir haben unsere Sorgen«, berichtete dann behaglich der Genosse Slumbek. »Stellen Sie sich vor, Michail Sofronowitsch: Da gab es bei uns einen gewissen Genossen Rostislaw Alimowitsch Kassugai, Leiter des Holzkombinats und neuer Direktor der Matratzenfabrik! Ein bekannter Mann, man mußte sich gut mit ihm stellen. Beste Beziehungen zur Bezirksregierung, mit allen maßgeblichen Genossen per du... Und was tut Kassugai eines Tages im Spätsommer? Er setzt sich mit einem Freund in seinen Wagen, sagt, sie führen einmal kurz den Fluß hinauf, um an einer einsamen Stelle zu baden – und weg sind sie! Bis heute! Man hat sie gesucht, den Fluß hinauf und hinunter, man hat sogar mit Hubschraubern die Umgebung abgeflogen... Sie sind irgendwo in der Taiga verschwunden! Jeder glaubt, daß die beiden Genossen von Verbrechern entführt und ermordet worden sind – und das Auto ist längst umlackiert und verkauft worden! Das fällt hier nämlich nicht auf. Neue Wagen müssen beantragt und bestellt werden, da kennt man jeden. Aber wer gebrauchte Autos weiterverkauft, braucht keine Lizenz. Und wenn das Auto beispielsweise in Batkit auftaucht – wer fragt schon danach? Vielleicht steht es auch irgendwo in einem Schuppen und taucht erst im nächsten Jahr wieder auf – dann fragt überhaupt keiner mehr! Auf jeden Fall: Kassugai und sein Freund sind weg! Kannten Sie den Genossen Rostislaw Alimowitsch?«

»Nein!« erwiderte Tassburg. Er rauchte seine Zigarette und sah nachdenklich dem blauweißen Qualm nach. »Er wollte nur baden gehen, sagen Sie?«

»So ist es!«

»Und seine Frau?«

»Er ist unverheiratet.«

»Er hatte auch keine Braut?«

»Bräute? O je!« Slumbek lachte dröhnend. »Jeden Tag eine andere! Kassugai war gefürchtet! Wenn er einen schönen Rock sah, benahm er sich wie ein Stier vor dem roten Tuch! Wenn er geheiratet hätte – das arme Weibchen! Und er bekam auch immer, was er wollte, so ein mächtiger Mann war er! Aber jetzt ist er weg! Die Mädchen atmen auf, die Behörden stehen vor einem Rätsel, und es gibt nur wenige Menschen in Mutorej, die sich freuen würden, wenn er wieder auftauchte.«

»Sie auch nicht, Jewgenij Iwanowitsch?« fragte Tassburg.

»Ich mit eingeschlossen, das sage ich offen! Kassugai war ein widerlicher, arroganter Mensch, den man nur immer in den Hintern treten konnte. Er trat auf, als sei er ein direkter Abkömmling von Stalin oder gar Lenin! Haha!« Slumbek freute sich riesig über diesen Vergleich. »Nur die Verwaltung jammert. Wo bekommt man einen neuen Direktor her? Es heißt, man suche in Omsk einen, aber wer Mutorej und Steinige Tunguska hört, der legt sich sofort mit Herzschmerzen ins Bett. Bei Kassugai war es anders – der war hier geboren!«

Es wurde noch viel erzählt an diesem Mittag, bis Tassburg endlich dazu kam, sich von Slumbek zu verabschieden und nach Natalias Eltern zu suchen. Etwas sehr Wichtiges hatte er bereits erfahren: Kassugai hatte nichts den Polizeibehörden gemeldet. Seine Jagd nach Natalia war ein privates Unternehmen gewesen, und auch das Kopfgeld war demnach von ihm allein ausgesetzt worden. Also gab es auch keinen Steckbrief... Nichts konnte Natalia daran hindern, wieder aufzutauchen. Sie hatte sich nur strafbar gemacht, weil sie ohne Abmeldung ihren Arbeitsplatz und die Stadt verlassen hatte. Aber das war ein Vergehen, über das man mit den Behörden freundlich sprechen konnte. »Sie hat es aus Liebe zu mir getan!« würde Tassburg sagen. »Genossen, könnt ihr es einer liebenden Frau verdenken, wenn sie ihrem Glück nachläuft...?«

Es würde keinen Beamten geben, der das nicht verstand.

Nachdem Tassburg den Genossen Slumbek verlassen hatte, ging er den normalen Weg: er ließ sich bei dem Leiter des Personalbüros vom Holzkombinat melden. Auch dort mußte er erst einen Wodka trinken und von seiner schweren Arbeit in der einsamen Taiga erzählen, ehe er seine Frage nach Natalias Eltern anbringen konnte. Der Genosse Personalbüroleiter telefonierte mit dem Verwalter der Zentralkartei, und nach fünf Minuten brachte eine freundliche Genossin die Karte der Eheleute Miranski.

»Ich kann Ihnen leider nicht weiterhelfen«, sagte der Personalbüroleiter und hielt Tassburg die Karteikarte vor die Nase. »Die Miranskis sind fort...«

»Fort? Was heißt das?« Tassburg nahm die Karteikarte und studierte sie.

Es war eine nüchterne Eintragung: »Verzogen nach Krasnojarsk. Neue Anstellung im Hüttenkombinat Sibirska. Gruppe Aktivist I.« Dahinter das Datum. Es war ein Tag, vier Wochen nach Natalias Flucht vor Kassugai.

»Ich erinnere mich an die Miranskis«, fuhr der Personalbüroleiter des Kombinats fort. »Es waren fleißige Leute. Nie krank, immer über dem Plansoll. Ein Vorbild – hier steht es ja: Aktivist I. Wir haben die Leute ungern ziehen lassen, aber in Krasnojarsk gab es fast den doppelten Lohn! Und ein Hüttenwerk ist im Aufbauplan wichtiger als ein Holzkombinat oder eine Sowchose. Außerdem hatten die Miranskis einen großen Kummer und wollten nicht länger in Mutorej leben...«

»Kummer? Wieso?« fragte Tassburg langsam.

»Ihre Tochter, das einzige Kindchen, lief ihnen weg! Natalia Nikolajewna hieß sie. Sie war plötzlich verschwunden und hinterließ einen Zettel, auf dem stand: Ich will nicht mehr leben! – Das hat die Eltern tief getroffen. Sie haben tagelang geweint und dann die Stelle im Hüttenwerk von Krasnojarsk angenommen. Wir hatten die Suchanzeige des Werkes am Schwarzen Brett angeschlagen, und neun Familien hatten sich beworben... Man hat die Familie dann mit einem Transportflugzeug abgeholt.« Der Leiter der Personalabteilung nahm die Karteikarte aus Tassburgs Hand zurück und legte sie auf den Tisch. »Das sind so kleine Schicksale, die auch bei uns passieren«, sagte er dabei. »Da will ein junger Mensch nicht mehr leben – warum, das weiß keiner! Geht weg, schreibt einen Zettel und taucht nie wieder auf. Ist vielleicht schon längst weggeschwemmt in den Jenessei oder liegt in der Tiefe des Flusses, festgeklemmt zwischen den Steinen. Ja, so ist das!«

»Hat man nach dieser Natalia gesucht?«

»Nein! Warum auch? Wenn sich hier einer umbringen will, kann er es so gründlich tun, daß alles Suchen vergebens ist. Wo wollen Sie suchen, Genosse? Wo anfangen? Nicht einmal Überreste werden Sie finden! Sie wissen doch, daß es hier noch Wolfsrudel gibt...« Der Personalbüroleiter blickte Tassburg sinnend an. »Warum haben Sie nach den Miranskis gefragt, Michail Sofronowitsch?«

»Miranski muß auch noch Bewerbungen geschrieben haben. Eine ist in Omsk bei der Geologischen Forschungszentrale gelandet und mir per Funk durchgegeben worden. Ich wollte mir diesen Miranski einmal ansehen...«

»Zu spät, Genosse Tassburg!« Der Personalbüroleiter nahm es ihm ab – Tassburg atmete auf. Er war nicht auf diese Frage vorbereitet gewesen und hatte doch die Antwort so glatt dahergesagt, daß sie glaubhaft klingen mußte. »Miranski wäre ein guter Mann für Sie gewesen. Aber was hätten Sie mit der Frau gemacht?«

»Vielleicht in Omsk in der Kantine? Wer weiß!« Tassburg winkte ab. »Die Sache ist ja nun erledigt. In Krasnojarsk werden die Miranskis wieder Fuß gefaßt haben. Ist der Tod der Tochter eigentlich gemeldet worden?«

»Sie meinen...«

»Ist der Tod dieser – wie hieß sie noch...?«

»Ach so, Natalia!«

»Ja, dieser Natalia. Ist ihr Tod eingetragen? Ist sie amtlich tot?«

»Natürlich! Der Abschiedszettel, ihr Verschwinden, jetzt der frühe Wintereinbruch, den keine Frau in Sommerkleidern in der Taiga überleben kann – da muß man einen Strich durch den Namen machen! Genau wie bei Kassugai...«

»Ich habe von dem Fall in der Sowchose gehört. Genosse Slumbek hat mir alles genau erzählt.«

»Bei Kassugai kommt nur ein Mord in Frage!« sagte der Personalbüroleiter ernst. »Das war eine glatte Sauerei...«

»Und ein Zusammenhang zwischen dieser Natalia und Kassugai?« fragte Tassburg vorsichtig.

»Unmöglich!«

Es war ein guter Nachmittag für Tassburg. Fast fröhlich verabschiedete er sich von dem Personalbüroleiter und ließ sich wieder zur Sowchose fahren, wo man ihm ein Zimmer für die Nacht zur Verfügung gestellt hatte.

In Mutorej weiß man nichts, dachte Michail. Natalias Eltern haben geschwiegen, und sie waren so geistesgegenwärtig, die Sache mit dem Selbstmord zu erfinden. Um alle Spuren für immer zu verwischen, sind sie nach Krasnojarsk gezogen. Welch ein Opfer! Welch eine Belastung ihrer Herzen! Sie sind weggezogen mit der Gewißheit, nie mehr von ihrer Tochter zu hören, von ihrer einzigen Tochter! Sie haben den gelogenen Tod zu einem wirklichen Tod gemacht...

Wer kennt sich in den Seelen der Menschen aus?

Am nächsten Morgen flog Tassburg nach Satowka zurück. Noch während der große Hubschrauber über dem Dorf kreiste und wieder auf dem Feld des stolzgeschwellten Bauern Tschimnoski landete, rannte Tigran Rassulowitsch, eingehüllt in einen bodenlangen Wolfspelz, zum Lager des Geologentrupps. Es hielt ihn nicht länger im Haus, er platzte vor Neugier.

»Na, was ist, was ist?« fragte er, als er endlich allein mit Tassburg war. Sie saßen in dem durch einen Eisenofen überheizten Verwaltungszelt. »Haben Sie den alten Miranski an die Wand geschmettert und die Rabenmutter mit dem Kopf in heiße Suppe getaucht? Ha! Ich hätte es getan! Ich bin ein impulsiver Mensch!«

»Natalias Eltern sind nicht mehr in Mutorej«, antwortete Tassburg müde. Er hatte die Nacht in Mutorej kaum geschlafen und darüber nachgedacht, wie man Natalia jetzt auftauchen lassen könnte. »Sie leben jetzt in Krasnojarsk.«

»O Himmel! Sie haben ihre Tochter einfach aufgegeben! Wie wollen Sie das Natalia beibringen?«

»So, wie es ist! Auf jeden Fall ist sie ein freier Mensch, denn sie gilt als tot. Keiner vermißt sie mehr, keiner erwartet sie, keiner will etwas von ihr.«

»Dann gehört sie nur noch Ihnen, Michail...«

»Ja.« Tassburg antwortete mit einem tiefen Aufatmen.

»Sie sind von Gott gesegnet, Michail«, sagte Tigran dunkel. »Ein Mensch, den es nicht mehr gibt, schenkt Ihnen ein Kind...«

14

Die Sensationen rissen nicht ab in Satowka!

Es war, als ob – auf wenige Wochen zusammengeballt – alles nachgeholt werden sollte, was man in 150 Jahren, abgesehen von den Unglücksfällen im »Leeren Haus«, in abgeschiedener Ruhe versäumt hatte.

Es war schon vollkommen dunkel draußen, und der Frost klirrte bei jedem Schritt, als es an die Tür der braven Witwe Anastasia Alexejewna klopfte. Da Tigran das nie tat, sondern ungestüm an die Tür hämmerte, war Anastasia unschlüssig, ob sie den Riegel wegschieben sollte. Als es noch ein zweites Mal klopfte, zaghafter noch als vorher, vermutete Anastasia, daß es die Nachbarin wäre, die sich etwas leihen wollte. Sie ging also zum Eingang und legte das Ohr gegen die Tür.

»Wer ist draußen?« rief sie. »Es ist eine unchristliche Zeit für Besuche!«

»Machen Sie bitte auf...« antwortete eine klägliche Frauenstimme. »Bitte, machen Sie auf. Sie tun ein gutes Werk...«

Anastasia war so verwirrt, daß sie wirklich den Riegel wegschob und die Tür aufriß. Eine völlig zugeschneite weibliche Gestalt schwankte in das warme Zimmer, taumelte zur Ofenbank und sank darauf nieder. Anastasia warf die Tür wieder zu, stieß einen hellen Laut der Verwunderung aus und betrachtete das fremde Wesen.

»Danke«, stammelte die Frau, von der jetzt der Schnee abtaute und in Rinnsalen auf den Boden lief. »Oh, ich danke Ihnen...«

»Wer... wer sind Sie?« fragte die verwirrte Anastasia und wünschte sich, daß Tigran hiersein möchte. Taucht da eine fremde Frau auf, aus der Taiga doch anscheinend, völlig durchfroren, am Rande des Todes offensichtlich, sicherlich halb verhungert – schleppt sich bis an meine Tür und sitzt nun hier auf meiner warmen Ofenbank, um aufzutauen. Mein Gott, was werde ich hören?

Die Fremde schlug die Decke zurück, in die sie sich eingewickelt hatte, und streifte das Kopftuch ab.

Zum Vorschein kam ein junges, blasses Mädchen, zart wie ein Vögelchen, mit großen, ängstlichen Augen, die Anastasia bettelnd anblickten.

»Nur etwas wärmen möchte ich mich«, sagte das Mädchen. »Nur ein Stündchen ausruhen. Und wenn Sie ein Stück Brot hätten, Mütterchen, ein kleines Stück trockenes Brot... Das genügt! Ich falle Ihnen sonst nicht zur Last, ich gehe nach einer Stunde wieder...«

»Wohin?« fragte Anastasia, deren mütterliches Herz sich regte, obwohl sie nie ein Kind gehabt hatte.

»Ich weiß es nicht...«

»Woher kommst du?« Anastasia fand, daß bei einem so jungen Mädchen ein Du angebrachter war als das formelle Sie. »So einfach aus dem Wald?«

»Wie herrlich die Wärme ist...« Das Mädchen lehnte sich an den gemauerten Ofen. Es schloß die Augen, und Anastasia fand, daß das Mädchen sehr schön sei. Ein schmales, ebenmäßiges Gesicht, langes Haar, das in seinem Braun einen Schimmer Gold trug. Die Beine des Mädchens steckten in derben Stiefeln, die Kleidung unter der Decke war geflickt und schmutzig. »Schenken Sie mir eine Stunde, Mütterchen?«

»Aber ja! Kommt einfach aus dem Wald! Na, so etwas!« Anastasia lief zu ihrem Schrank, holte das Brot heraus und schnitt eine dicke Scheibe ab. Sie hielt sie dem Mädchen hin, das gierig danach griff. Mit beiden Händen stopfte es das Brot in den Mund und kaute mit vollen Backen.

»Du mußt doch irgendwo herkommen!« sagte Anastasia und setzte sich neben das Mädchen. Die Wasserlache auf dem Fußboden verbreiterte sich. »Aus einem Dorf, einem Haus? Du hast doch Vater und Mutter...«

»Sie sind tot.« Das Mädchen schluckte, sie kaute noch immer. »Alle beide tot. Erschlagen...«

»O ihr Heiligen!« stammelte Anastasia. »Von wem denn?«

»Ich weiß es nicht. Nomaden waren es, schlitzäugige, gnadenlose Menschen. Sie haben unsere Karren überfallen, Vater und Mutter erschlagen und mich weggeschleppt, wochenlang durch den Wald. Und sie haben sich auf mich gestürzt, einer nach dem anderen... Und dabei haben sie mich geschlagen, bis ich mich nicht mehr wehren konnte...«

Das Mädchen begann zu weinen, legte den Kopf gegen Anastasias Schulter und schluchzte herzzerbrechend.

»Jetzt bin ich schwanger«, stammelte die Fremde schließlich. »Aber ich konnte fliehen – endlich... endlich! Vier Tage laufe ich schon durch die Taiga. Ich habe in Höhlen geschlafen, bis ich das Dorf hier fand. Mütterchen, ich bin auf die Knie gefallen und habe dankbar gebetet: Danke auch für das Brot...«

Eines muß man Anastasia lassen: Sie hatte ein mitfühlendes Herz! Und wenn sie mitfühlte, glaubte sie auch alles. Als das Mädchen weinte, war auch sie den Tränen nahe. Sie sprang auf, rannte zum Herd, schob die Suppe wieder über das Feuer, holte frisches Brot, gesalzene Butter, Speck und saftige, eingelegte Gurken. Alles, was auch Tigran so gern aß...

»So etwas!« rief sie dabei. »Diese Halunken! Diese Männer! Was heißt eine Stunde, mein armes Vögelchen! Du kannst bei mir bleiben die ganze Nacht, und morgen bringe ich dich zu unserem Popen, der wird dir weiterhelfen. Vater und Mutter erschlagen und von den Nomaden mißbraucht... mein armes, kleines Püppchen! Riechst du? Das ist eine Sauerkohlsuppe, die wird dir guttun! Zieh die nassen Kleider aus, mein Töchterchen, leg dich in mein Bett... Mein Gott im Himmel, vier Tage bei diesem Wetter in der Taiga – und so zart und zerbrechlich! Leg dich hin – leg dich hin!«

Sie holte eine große Schüssel, schöpfte die Suppe hinein und trug sie zu dem Mädchen. Die Unbekannte lächelte dankbar, stellte die Schüssel in ihren Schoß und aß heißhungrig.

Um die gleiche Zeit hatte sich Tigran Rassulowitsch durch die Hintertür in das »Leere Haus« geschlichen.

»Es ist gelungen!« sagte er zu Tassburg. »Ich habe beobachtet, wie Anastasia sie ins Haus geholt hat.« Er schnaufte und rieb sich die Hände. »Eine gute Seele, diese Anastasia!«

»Ja, wirklich, eine gute Seele!«

»Mein Kompliment, Michail Sefronowitsch, Sie haben Natalia vollendet zurechtgemacht! Man wird ihr alles glauben. Wo haben Sie den Wodka?«

»Hinter Ihnen auf dem Regal.«

Der Pope drehte sich um, nahm die Flasche, entkorkte sie und setzte sie an den Mund. Den Umweg über ein Glas hielt er für Zeitverschwendung. Er leckte sich nach dem langen Schluck die Lippen und ließ die Flasche offen vor sich stehen.

»Diese Idee war genial!« sagte er. »Das Mitleid von ganz Satowka ist Natalia sicher. Da wir hier eine große Familie sind, wird sie das Töchterchen von allen werden.«

»Nicht lange! Mein Plan geht nämlich weiter.« Tassburg streckte die Beine von sich. Es war so warm, daß er sein Hemd bis zum Hosengürtel aufgeknöpft hatte. »Nomaden haben sie vergewaltigt, wird sie erzählen. Jetzt ist sie schwanger.«

»Sie böser Nomade!« unterbrach Tigran ihn fröhlich.

»Aber soll sie das Kind von diesen Verbrechern bekommen – durch ewige Demütigungen erzwungen? Nein! Jeder, der dazu in der Lage ist, hat die Pflicht, sie nach Batkit oder sogar nach Omsk zu bringen, wo man ihr in einem guten Krankenhaus das Kind wegnehmen kann. Und ich bin in der Lage, sie wegzubringen! Mein Hubschrauber steht draußen beim Lager. Er wird in drei Tagen nach Omsk zurückfliegen. Er wird das arme, mißhandelte Geschöpf mitnehmen...«

»Die Tränen kommen mir!« Tigran starrte Tassburg an und setzte die Wodkaflasche abermals an den Mund. »O Sie raffinierter Gauner! Und wer muß mitfliegen, damit das arme Vögelchen in die richtigen Hände kommt? Sie natürlich!«

»Das nenne ich Logik, Tigran Rassulowitsch!« Tassburg lachte zufrieden. »Jeder wird das einsehen.«

»Und in Omsk heiraten Sie Natalia im Heiratspalast ganz offiziell...«

»Gewiß!«

»Und dann?«

»Komme ich mit ihr zurück, um im Frühjahr an den Chunku zu ziehen.«

»Und schleppen Frau und Kind durch die Taiga? Sie Idiot, würde Dr. Plachunin sagen!«

»Vielleicht gelingt es mir auch, in Omsk eine Stellung in der Zentrale zu bekommen. Wer weiß das vorher? Wichtig ist erst einmal, daß Natalia und ich nach Omsk kommen. Und das wird jetzt möglich!«

Was Natalia im Laufe der Nacht der braven Witwe Anastasia anvertraute, war so schrecklich, daß die Gute abwechselnd weinte und fluchte.

»Nun ist alles vorbei«, tröstete sie Natalia, die schluchzend an der Schulter der Witwe lehnte. Sie streichelte das Haar des Mädchens und kam sich wirklich wie eine Mutter vor, zu der das Töchterchen mit einer großen Sorge kommt.

»Sie werden dir alle helfen! Auch der mächtige Genosse Ingenieur! Wir haben nämlich Geologen hier, weißt du, die können mit der ganzen Welt sprechen – über Funk, sagt der Pope. Sie drücken auf einen Knopf und ssst – ist Moskau in ihrem Ohr! So fortschrittlich sind wir hier! Sie werden dir helfen – alle... Leg dich hin und schlafe...«

Am Morgen holte Anastasia den Popen aus der Kirche.

»Ein schwangeres Mädchen?« grollte der Riese, und sein Bart sträubte sich gefährlich. »Kommt zu dir aus dem Wald wie eine lahme Füchsin? Und du glaubst ihr? Ha, das muß ich mir alles selbst anhören...«

Es lief alles so ab, wie man es besprochen hatte. Natalia erzählte nochmals ihre schreckliche Geschichte, der Pope war erschüttert und segnete sie, und Anastasia weinte aus mütterlicher Zuneigung kräftig mit.

Dann erschienen Petrow, der Dorfsowjet, der Ingenieur Tassburg mit seinem Chefgeologen Pribylow, und Tigran Rassulowitsch unterrichtete sie über das Schicksal des armen Mädchens. »Wie sie gelitten hat!« sagte er feierlich. »So kann ein Mensch nur einmal in seinem Leben leiden! Genosse Tassburg, das arme Vögelchen muß sofort in ärztliche Hände. In gute ärztliche Hände, um festzustellen, ob es keinen körperlichen Schaden davongetragen hat. Und wo gibt es solche Spezialisten? Nur in Omsk! Sagen Sie, Genosse Tassburg, fliegt Ihr Hubschrauber nicht nach Omsk zurück? Und dazu noch leer? Na, kommt Ihnen nicht ein Gedanke?«

»Das ist die Lösung, Tigran Rassulowitsch!« rief Tassburg, als habe er gerade erst begriffen, was der Pope wollte. »Natürlich bringen wir die arme Genossin nach Omsk! Ich selbst werde sie begleiten und im Krankenhaus abliefern! Ich kenne den Chefarzt gut... er gehört meinem Schachklub an!«

»Wie sich das Schicksal rundet!« bemerkte Tigran völlig unnötig. »Es paßt alles, wie das Gürtelende in die Schnalle! Wann fliegen Sie, Genosse Tassburg?«

»Übermorgen.«

»Aber bis dahin bleibt sie bei mir!« sagte Anastasia laut und blickte die Männer scharf an. »Bei mir, nicht bei euch! Von Männern hat sie erst einmal die Nase voll! Und du, Petrow, bringst mir auf Gemeindekosten ein großes Stück Fleisch für das Vögelchen!«

Petrow nickte stumm. Welch ein schönes Mädchen, dachte er. Und die Nomaden mißbrauchen es. Wehe, wenn in den nächsten Tagen einer der schlitzäugigen Jäger hier auftaucht! Mit Wasser übergießen wir ihn und lassen ihn erstarren! Er brummte wie ein Bär, schielte Natalia an und machte sich dann auf den Weg, um das Dorf von dem neuen Ereignis zu unterrichten und um tätige Hilfe zu bitten.

Mit keiner Silbe dachte er daran, daß hier das Mädchen stand, auf dessen Ergreifung der tote Kassugai tausend Rubel ausgesetzt hatte.

Nur einer dachte daran: Jefim, der Idiot.

Kaum wußte er, was vorgefallen war, rannte er schon in die Kirche und fand Tigran neben der Ikonostase. Er wechselte gerade heruntergebrannte Kerzen aus.

»Väterchen!« schrie Jefim mit seiner hohen Narrenstimme. »Deine Glocke ist angekommen! Und der neue Anstrich für die Kirche! Das Mädchen, das sie für tausend Rubel suchten, ist im Dorf!«

Tigran Rassulowitsch starrte Jefim an, hob die Hand... Und dann kam etwas, woran sich Jefim später nur sehr lückenhaft erinnerte. Er flog durch die Luft, von einer so gewaltigen Ohrfeige getroffen, daß er gegen die Kirchenwand prallte, dort zusammenbrach und eine Viertelstunde lang schmerzlos schlief. Als er aufwachte, sagte der Pope zu ihm: »Vergiß alles, was du gedacht hast, Jefim – oder ich schlage dir das Hirn aus dem Kopf. Verstehen wir uns?«

»Ja, mein gutes Väterchen«, antwortete Jefim und schlich nach Hause.

Der Abflug des großen Hubschraubers war ein Ereignis von großer Tragweite im dörflichen Geschehen.

»Mach Natalia glücklich, mein Junge«, sagte Tigran am Abend zuvor, als er und Tassburg zum letztenmal am Schachbrett saßen. »Die Hölle verschlinge dich, wenn du sie nicht sorgsamer behandelst als dein Augenlicht!« Er räusperte sich und starrte auf das Schachbrett. Er wollte sich seine tiefe Rührung nicht anmerken lassen. »In vier Zügen matt, Michail Sofronowitsch! Mein letzter Sieg! Verdammt, du wirst mir fehlen. Ihr werdet mir alle fehlen!«

»Hinterlassen wir euch nicht… kleine Nachkommen!« Tassburg lachte gepreßt. Auch ihm fiel der Abschied von Satowka plötzlich schwer. »Ich wette, daß einige der Weiberchen schwanger sind. So haben Sie im nächsten Jahr mit Geburten und Taufen allerhand zu tun…«

»Wenigstens ein Trost, wenn auch ein schwacher!« Tigran seufzte und griff wieder nach der Flasche. »Dieser verdammte Dr. Plachunin hatte recht: Es ist an mir ein Wunder geschehen, daß ich mich noch nicht totgesoffen habe. Wenn ihr alle weg seid, wird's noch schlimmer werden!«

»Vielleicht kommen Natalia und ich doch einmal zu Besuch nach Satowka zurück. Mit unserem Kind…«

»Vielleicht? Nie, Michail Sofronowitsch! Wenn Sie erst in Omsk sind und der Wechsel Ihrer Stellung hat geklappt, so werden Sie die Taiga und ihre Menschen vergessen!«

»Das bestimmt nicht, Tigran!« Tassburg war sehr ernst geworden. »Die Taiga kann man nie vergessen. Man kann sie hassen – man kann sie lieben – man kann sie verfluchen – vergessen aber kann man sie nie! Wer einmal in der Taiga gewesen ist, hat einen Zipfel des Begreifens mitgenommen, was die Schöpfung ist!«

»Das haben Sie schön gesagt.« Tigran wischte sich über die Augen. »Ich bin froh, wenn Sie morgen in der Luft sind. Abschiednehmen ist etwas Grauenhaftes, wenn das Herz an einem Menschen hängt.«

So kam der nächste Morgen. Fast das ganze Dorf begleitete Natalia und Tassburg zu dem Hubschrauber, dessen Motoren schon liefen.

Tigran Rassulowitsch war nicht dabei. Er stand in der Kirche vor seinen Heiligenbildern und betete.

Dafür gab der Dorfsowjet den Gedanken aller Ausdruck, indem er rief:

»Du wirst sehen, Genossin, in Omsk beginnt ein neues Leben für dich! Der Genosse Ingenieur wird dir dabei helfen. Und wir alle in Satowka werden an dich denken!«

Es war fast prophetisch gesprochen, nur wußte das Petrow nicht.

Man gab Natalia einen großen Korb mit Lebensmitteln mit, vom gesamten Dorf gestiftet, winkte ihr zu und schüttelte Tassburg die Hände, bevor auch er in dem geschlossenen Rumpf des Hubschraubers verschwand. Der Chefgeologe half ihm beim Einsteigen. Er wußte noch nicht, daß Tassburg ihn in Omsk zum neuen Leiter des Trupps vorschlagen wollte.

»Sie werden den Urlaub für uns alle durchsetzen?« fragte Pribylow.

»Das werde ich! Wenn unser Trupp zum Chunku geht, ein Jahr lang in die Einsamkeit, muß man uns vier Wochen Atemholen bewilligen.«

»Und wann kommen Sie zurück?«

»So schnell wie möglich.« Das war ein dehnbarer Begriff, aber in diesem Augenblick dachte keiner daran, Worte auszulegen.

»Guten Flug, Genosse Michail Sofronowitsch!« rief der Chefgeologe und trat zurück.

»Danke!«

Die Tür klappte zu und wurde verriegelt. Tassburg sah sich nach Natalia um. Sie hockte in der hintersten Ecke und starrte ins Freie.

»Hast du Angst?« fragte er und kam zu ihr.

»Es ist mein erster Flug, Mischa...«

Das Aufheulen der Motoren unterbrach ihre weiteren Worte. Ein Zittern lief durch die Maschine, dann schwebte sie empor. Natalia klammerte sich an Tassburg fest und schloß die Augen. Über ihnen drehten sich die Rotorflügel. Es war, als säßen sie im Innern einer Windmühle.

»Blick hinaus!« sagte Tassburg Natalia ins Ohr. »Das Dorf ist unter uns! Wir fliegen eine Abschiedsrunde...«

Sie starrte in die Tiefe.

Satowka! Und in der Umgebung die tiefverschneiten und vereisten Wälder, die Kahlschläge der Felder, die Gärten, die Kamine, aus denen Rauch quoll, die Häuser, klein wie aus einem Spielzeugladen – und auf den Straßen die Menschen. Punkte, die winkten...

»Das ist die Kirche«, stammelte Natalia und drückte sich eng an Michail. Im Lärm der Motoren hörten sie nicht, wie Tigran gerade die Glocke läutete, während ihm die Tränen, dick und rund, in den mächtigen Bart rollten.

»Und unser Haus!« rief Natalia und drückte Tassburgs Arm. »Unser verfluchtes Haus! Unser kleines Paradies... Mischa, ich war so glücklich dort unten! Werden wir woanders auch so glücklich sein?«

»Überall, Natjenka! Denn überall, wo du bist, ist das Glück!« Er schrie es gegen den Lärm an, dann küßte er sie, und als sie wieder hinausblickten, lagen nur noch die dunklen Wälder unter ihnen, die Unendlichkeit der Taiga, in einer kalten Sonne schimmernd, als sei der Schnee mit Diamanten überstäubt.

In der Nacht wachte Anastasia auf, weil es merkwürdig hell vor ihrem Fenster wurde. Sie sprang aus dem Bett, rannte ans Fenster und prallte mit einem Aufschrei zurück.

Das verfluchte Haus stand in Flammen! Aus dem Dach schlugen bereits die Feuerlohen, Funkenregen stob auf; es gab keinen Teil des Hauses, der nicht brannte.

»Mein Gott, ich danke dir!« Anastasia faltete die Hände und sank in die Knie. »Endlich, endlich, nach hundertfünfzig Jahren läßt du es abbrennen! Welch ein Glück!«

Sie sah nicht, wie eine riesige Gestalt in einem bodenlangen Wolfspelz gerade in der Dunkelheit verschwand.

Dagegen fand der Küster, Totengräber und Sargmacher Gasisulin seinen Popen wenig später schwer atmend in der Stube vor, als er ins Popenhaus stürzte und schrie: »Das Teufelshaus brennt ab! Es brennt! Es brennt!«

Tigran Rassulowitsch fuhr mit einem Schrei hoch – eine Meisterleistung der Schauspielkunst –, warf sich den Wolfspelz über, der noch vor Nässe tropfte, rannte Gasisulin nach.

Es stimmte: Das »Leere Haus« war inzwischen eine einzige Fackel, und alle Bewohner von Satowka standen herum und rührten keine Hand, um das Feuer zu löschen.

Als das schwere Dach einstürzte und ein neuerlicher Funkenregen in die Nacht stob, donnerte Tigran in die Menge:

»Gottes Zorn hat zugeschlagen!« Er hob sein großes Brustkreuz weit über sich. »Erkennt ihr Ihn? Er läßt Feuer regnen auf die Menschen, so wie er einst Sodom bestrafte in heiligem Zorn...«

Es war der Idiot Jefim, der schnuppernd die Nase hob. »Es riecht nach Petroleum und Benzin...« sagte er mit seiner hellen Stimme. »Riecht ihr es nicht, Genossen?«

Tigran griff zu und zog ihn wie einen nassen Hasen an sich.

»Das ist der Gestank des Teufels, der ausgetrieben wird!« rief er.

»Es riecht nach Petroleum«, beharrte Jefim eigensinnig.

Tigran hauchte ihn an, hob ihn am Kragen hoch und warf ihn weit weg in den Schnee. Dort fiel Jefim in sich zusammen und wagte sich nicht mehr zu rühren.

»Er ist eben doch nur ein Idiot!« verkündete Tigran feierlich. »Kommt, lasset uns den Satan durch einen Choral vertreiben...«

Sie faßten sich an den Händen – alle Männer und Frauen von Satowka, ein großer Kreis um das brennende, in sich zusammenstürzende Haus. Dann umkreisten sie es singend, als sei es ein Erntebaum; und sie sangen und tanzten ihren Reigen so lange, bis das verfluchte »Leere Haus« nur noch ein Haufen qualmender Balken war. Müde Flammen züngelten noch dazwischen.

Fünf Tage später traf ein Funkspruch aus Omsk im Lager der Geologen ein. Er lautete:

»HABEN SOEBEN GEHEIRATET STOP DENKEN AN EUCH ALLE STOP NATALIA UND MICHAIL«

»Das habe ich geahnt«, sagte der Chefgeologe, als er den Funkspruch vorgelesen hatte. »Nur daß es so schnell geht... Er kennt das Mädchen doch kaum eine Woche! Brüder, muß unser Michail Sofronowitsch verliebt sein!«

Verliebt, sagte er.

Es war nicht das rechte Wort.

Es war eine Liebe, so grenzenlos wie der Himmel über der Taiga.